Stephanie Laurens
Amor y esperanza
LOS LESTER

Editado por Harlequin Ibérica.
Una división de HarperCollins Ibérica, S.A.
Núñez de Balboa, 56
28001 Madrid

© 1995 Stephanie Laurens. Todos los derechos reservados.
LAS RAZONES DEL AMOR, Nº 142 - 1.10.12
Título original: The Reasons for Marriage
Publicada originalmente por Mills & Boon®, Ltd., Londres

© 1995 Stephanie Laurens. Todos los derechos reservados.
UN FUTURO DE ESPERANZA, Nº 142 - 1.10.12
Título original: A Lady of Expectations
Publicada originalmente por Mills & Boon®, Ltd., Londres

© 1996 Stephanie Laurens. Todos los derechos reservados.
TRAMPA DE AMOR, Nº 142 - 1.10.12
Título original: An Unwilling Conquest
Publicada originalmente por Mills & Boon®, Ltd., Londres
Estos títulos fueron publicados originalmente en español en 2004, 2005 y 2006

Todos los derechos están reservados incluidos los de reproducción, total o parcial. Esta edición ha sido publicada con permiso de Harlequin Enterprises II BV.
Todos los personajes de este libro son ficticios. Cualquier parecido con alguna persona, viva o muerta, es pura coincidencia.
™ TOP NOVEL es marca registrada por Harlequin Enterprises Ltd.
® y ™ son marcas registradas por Harlequin Enterprises Limited y sus filiales, utilizadas con licencia. Las marcas que lleven ® están registradas en la Oficina Española de Patentes y Marcas y en otros países.

I.S.B.N.: 978-84-687-0997-0
Depósito legal: M-28337-2012

AMOR Y ESPERANZA

Las razones del amor 7

Un futuro de esperanza 199

Trampa de amor 415

LAS RAZONES DEL AMOR

CAPÍTULO 1

La puerta de la biblioteca del duque de Eversleigh se cerró. Desde la butaca que había detrás del enorme escritorio de caoba, Jason Montgomery, el quinto duque de Eversleigh, contempló los paneles de roble con una pronunciada desaprobación.

—¡Imposible! —musitó, pronunciando la palabra con desprecio y desdén.

Cuando el sonido de los pasos de su primo Hector fue alejándose, la mirada de Jason abandonó la puerta y se dirigió hasta un enorme lienzo que colgaba de la pared.

Con expresión sombría, estudió los rasgos del joven representado en el cuadro, la descarada y despreocupada sonrisa, los pícaros ojos grises coronados por una alborotada cabellera castaña. Los amplios hombros estaban adornados con el púrpura de su regimiento y había una lanza a un lado, todo ello evidencia de la ocupación del joven. Un músculo vibró al lado de la comisura de los labios de Jason. Rápidamente lo controló. Sus austeros y afilados rasgos se endurecieron para convertirse en una máscara de fría reserva.

La puerta se abrió para dar paso a un caballero, elegantemente vestido y que esbozaba una agradable sonrisa. Se detuvo con la mano en el pomo de la puerta.

—He visto que se marchaba tu primo. ¿Te encuentras a salvo?

Con la confianza que daba estar seguro de que sería bienvenido, Frederick Marshall no esperó respuesta. Cerró la puerta y se dirigió hacia el escritorio. Su Excelencia el duque de Eversleigh lanzó un explosivo suspiro.

—Maldita sea, Frederick. ¡No es un asunto de risa! ¡Hector Montgomery es sombrerero! Sería una irresponsabilidad por mi parte permitirle que se convirtiera en duque. Ni siquiera yo puedo soportar ese pensamiento... y eso que no estaré aquí para verlo. Además, por muy tentadora que pudiera resultar la idea, si yo presentara a maese Hector a la familia como mi heredero, se produciría un gran revuelo, un motín entre las filas de los Montgomery. Conociendo a mis tías, pedirían que me metieran en la cárcel hasta que yo capitulara y me casara.

—Me atrevo a decir que tus tías estarían encantadas de saber que eres capaz de identificar el problema, y su solución, tan claramente —replicó Frederick, tras tomar asiento frente al duque.

—¿De qué lado estás, Frederick? —quiso saber Jason mientras miraba con detenimiento a su amigo.

—¿Necesitas preguntarlo? Sin embargo, no hay ningún sentido en ocultar los hechos. Ahora que Ricky no está, tendrás que casarte. Cuanto antes te decidas a hacerlo, menos probable será que tus tías piensen en ocuparse del asunto ellas mismas, ¿no te parece?

Tras haberle dado aquel buen consejo, Frederick se recostó en la butaca y observó cómo su amigo lo digería. Los rayos de sol entraban por los ventanales que había a espaldas de Jason y hacían brillar sus famosos rizos castaños, cortados a la moda. Los anchos hombros hacían justicia a uno de los más severos diseños de Schultz, realizado en color gris y acompañado de unos ajustados pantalones. El chaleco que Frederick observó por debajo de la levita gris, una prenda muy sutil en tonos grises y malvas, le provocó una cierta envidia. Solo había un hombre en toda Inglaterra que pudiera provocar sin esfuerzo alguno que Frederick Marshall se sintiera menos elegante y ese era precisamente el hombre que estaba sentado frente a él, sumido en una tristeza poco acostumbrada en su amigo.

Los dos eran solteros y su amistad se basaba en muchos intereses comunes, aunque en todos ellos era Jason el que sobresalía. Consumado deportista, jugador notable, peligroso con las armas y aún más con las mujeres y poco acostumbrado a reconocer autoridad alguna más allá de sus propios caprichos, el quinto duque de Eversleigh había vivido una hedonista existencia que pocos podían superar. Esta era precisamente la razón por la que la solución a su situación le resultaba mucho más difícil de digerir.

Al ver que Jason miraba una vez más el retrato de su hermano menor, conocido por todos como Ricky, Frederick ahogó un suspiro. Pocos conocían lo bien que se habían llevado los dos hermanos, a pesar de los nueve años de diferencia que había entre ambos.

A sus veintinueve años, Ricky había poseído un encanto arrollador que apaciguaba la vena alocada que compartía con Jason y que lo había llevado a la gloria como capitán en Waterloo, para acabar muriendo en Hougoumont. Los despachos habían alabado profusamente a todos los desgraciados soldados que habían defendido una fortaleza tan vital tan valientemente, aunque ninguna alabanza había logrado aliviar la pena que Jason había experimentado.

Durante un tiempo, el clan de los Montgomery se había contenido, conscientes más que nadie del afecto que habían compartido los dos hermanos. Sin embargo, conociendo también el entendimiento que se había forjado años antes sobre el hecho de que Ricky se hiciera cargo de la responsabilidad de proporcionar la siguiente generación, dejando así que su hermano se viera libre de ceñir su vida por los vínculos del matrimonio, no era de esperar que el interés de la familia por los asuntos de Jason permaneciera aplacado permanentemente.

Como consecuencia, cuando Jason retomó sus habituales ocupaciones con un vigor desacostumbrado, tal vez acicateado por una necesidad de borrar su reciente pasado, sus tías habían empezado a intranquilizarse.

Cuando su despreocupado sobrino siguió sin mostrar intención alguna de dirigir su atención a lo que ellas consideraban un apremiante deber, decidieron que había llegado la hora de intervenir. Alertado por una de las tías de Jason, lady Agatha Colebatch, Frederick había estimado oportuno hacer que Jason se enfrentara con el asunto antes de que sus tías lo obligaran a hacerlo. Había sido la insistencia de Frederick lo que había provocado que Jason consintiera en conocer a su heredero, un primo muy lejano.

El silencio quedó roto por un bufido de frustración.

—Maldito seas, Ricky —gruñó Jason, sin dejar de mirar el retrato de su hermano—. ¿Cómo te atreves a haberte ido al infierno dejándome a mí para que me enfrente al infierno en la tierra?

—¿El infierno en la tierra? —repitió Frederick, entre risas.

—¿Se te ocurre una descripción mejor de la santificada institución del matrimonio?

—Oh, no lo sé. No creo que tenga por qué ser tan malo como el infierno.

—¿Acaso eres un experto en el tema?

—Yo no, pero a mí me parecería que tú sí.

—¿Yo? —preguntó Jason, atónito.

—Bueno, todas tus últimas amantes han estado casadas, ¿no?

El aire de inocencia de Frederick no engañó en absoluto a Jason. Sin embargo, el comentario de su amigo hizo que le desapareciera el ceño que había estropeado hasta entonces su hermoso rostro.

—Tu misoginia te derrota, amigo mío. Las mujeres con las que me acuesto son las principales razones de la desconfianza que tengo en los venerables lazos del matrimonio. Esas mujeres son unos perfectos ejemplos de lo que no desearía como esposa.

—Precisamente —replicó Frederick, notando la sospecha con la que lo observaban los ojos grises de su amigo—. Así que tú, al menos, tienes ese conocimiento.

—Frederick, querido amigo, no tendrás algún motivo adicional en este asunto, ¿verdad? ¿Acaso te han susurrado mis tías sus amenazas al oído?

Para su confusión, Frederick se sonrojó.

—Maldito seas, Jason. No me mires así. Si quieres que te diga la verdad, lady Agatha habló conmigo, pero ya sabes que ella siempre se ha visto inclinada a ponerse de tu lado. Simplemente me señaló que sus hermanas ya estaban considerando candidatas y que si yo deseaba evitar un enfrentamiento, haría bien en hacerte considerar el asunto.

Jason esbozó un gesto de tristeza.

—Considéralo hecho, pero, ahora, bien podrías ayudarme con el resto. ¿Con quién demonios me tengo que casar?

—¿Qué te parece la señorita Taunton? —sugirió Frederick, tras pensarlo unos instantes—. Es lo suficientemente guapa como para captar tu atención.

—¿La que tiene los tirabuzones rubios? —preguntó Jason, frunciendo el ceño. Cuando Frederick asintió, él sacudió la cabeza con decisión—. Ni hablar. Tiene voz de pajarillo.

—Entonces la chica de los Hemming. Tiene una fortuna y se dice que están deseando tener un título. Solo tendrías que indicárselo y sería tuya.

—Sí, ella, sus tres hermanas y la protestona de su madre. No, gracias. Prueba otra vez.

Siguieron así unos minutos, repasando las jóvenes que habían sido presentadas en sociedad aquel año y sus hermanas que aún no estaban casadas. Al final, Frederick estuvo a punto de admitir su derrota.

Tomó un sorbo del vino que Jason les había servido a ambos para darles fuerzas durante el proceso y decidió probar una táctica diferente.

—Tal vez —dijo, mirando de reojo a su amigo—, dado los requerimientos tan concretos que tienes, sería mejor que clarificaras lo que requieres en una esposa para que así pudiéramos encontrar una candidata adecuada.

—¿Lo que requiero en una esposa? —repitió. Dio un sorbo del excelente vino de Madeira que había adquirido recientemente y a continuación, con gesto distraído, comenzó a acariciar el tallo de la copa. Tardó unos segundos en responder—. Mi esposa debe ser una mujer virtuosa, capaz de dirigir Eversleigh Abbey y esta casa de un modo apropiado para la dignidad de los Montgomery.

Frederick asintió. Eversleigh Abbey era la casa familiar de los Montgomery, una enorme mansión situada en Dorset. Dirigir la mansión y actuar como anfitriona de las concurridas reuniones familiares que se celebraban allí estiraría al máximo el talento de la mejor educada señorita.

—Al menos, tendría que resultar presentable. Me niego a que ningún esperpento sea la duquesa de Eversleigh y, naturalmente, tendría que ser capaz de proporcionarme herederos y, además, tendría que permanecer principalmente en Eversleigh Abbey, a menos que yo requiriera específicamente su presencia en la ciudad.

Al escuchar aquella fría declaración, Frederick parpadeó.

—¿Quieres decir después de que haya terminado la temporada?

—No. Quiero decir en todo momento.

—¿Tienes la intención de encarcelarla en Eversleigh Abbey, aun cuando tú te estás divirtiendo en la ciudad? —preguntó Frederick. Cuando Jason asintió, él hizo un gesto de desesperación—. ¡Dios Bendito, Jason! Entonces, lo que quieres es una ermitaña.

—Te olvidas de una cosa muy importante, Frederick. Como tú mismo señalaste antes, yo tengo mucha experiencia con las aburridas esposas de la alta sociedad. Sea lo que sea, puedes estar seguro de que mi esposa no formará parte de sus filas.

—Ah —susurró Frederick. Cuando su amigo le ofreció aquella afirmación, no tuvo más que añadir—. ¿Qué más requieres en tu esposa?

—Tendrá que provenir de una buena familia —respondió Jason, tras recostarse en su butaca y cruzar los tobillos—. Mi familia no aceptaría nada menos. Por suerte, la dote no importa... Después de todo, dudo que yo la notara. Sin embargo, los vínculos con otras personas son imperativos.

—Dado lo que tú tienes que ofrecer, no creo que eso resultara un problema —comentó Frederick—. Todas las familias de la alta sociedad que tengan hijas empezarán a hacer cola a tu puerta cuando se den cuenta de que tienes intención de casarte.

—Sin duda. Si quieres que te diga la verdad, eso es lo que me empuja a tomar tu consejo y actuar ahora mismo, antes de que las hordas desciendan sobre mí. La idea de examinar a todas esas estúpidas debutantes me horroriza.

—Ese es un punto que aún no has mencionado. Me refiero a lo de estúpidas —explicó, cuando Jason levantó las cejas para indicar que no le había comprendido—. Nunca has podido soportar a los necios, así que es mejor que añadas ese detalle a tu lista.

—Dios santo, sí. Mi presunta esposa debe tener algo más de ingenio que las demás. ¿Sabes una cosa? —le preguntó a Jason, después de considerar el tema durante unos instantes—. Me pregunto si existe una mujer así.

—Bueno, tus requerimientos son algo exigentes, pero estoy seguro de que, en alguna parte, debe de haber una mujer que encaje con tu descripción.

—Ah... Ahora llegamos a la parte más difícil —dijo Jason, con una expresión de diversión en los ojos—. ¿Dónde?

—Tal vez debamos buscar una mujer más madura, pero que provenga de una familia adecuada... En realidad, eres tú el que tiene que casarse —repuso Frederick, al captar la mirada de Jason—. Tal vez deberías tener en cuenta a la señorita Ekhart, la joven que tu tía Hardcastle te presentó la última vez que estuvo en la ciudad.

—¡Que el cielo me libre! Venga, Frederick. ¿En qué encaja esa mujer con las características que te acabo de enumerar?

—¡Por Dios santo! —exclamó Frederick—. Debe de haber una mujer adecuada en alguna parte.

—Te puedo decir sin temor a equivocarme que yo nunca he encontrado a ninguna. Sin embargo, estoy de acuerdo contigo en que debe de haber al menos una mujer que encaje con lo que te he dicho. La cuestión es dónde empezar a buscarla.

Como no tenía ni idea, Frederick guardó silencio. Por su parte, Jason, sin dejar de pensar en su problema, comenzó a juguetear con un puñado de invitaciones.

Se incorporó en la butaca para poder examinar más cómodamente los elegantes sobres.

—Morecambe, Devenish de Sussex... Los de siempre —enumeró. Una a una, las invitaciones fueron cayendo sobre la mesa—. Darcy, Penbright... Veo que lady Allington me ha perdonado.

—¿Por qué tenía que perdonarte?

—Es mejor que no preguntes. Minchingham, Carstair... —dijo. De repente, Jason se detuvo—. Vaya, no había recibido una de estos desde hacía mucho tiempo. Los Lester —añadió. Dejó a un lado el resto de los sobres y tomó un abrecartas.

—¿Jack y Harry?

Jason desdobló la tarjeta y asintió.

—Efectivamente. Requieren mi presencia para una sucesión de entretenimientos que durará una semana, es decir, según yo deduzco, para una bacanal, en Lester Hall.

—Sospecho que yo también tengo una. Me pareció reconocer el emblema de los Lester, pero no la he abierto.

—¿Piensas asistir?

—No es exactamente mi estilo de entretenimiento —respondió Jason—. La última vez que fui, fue demasiado licencioso.

—No deberías permitir que tu misoginia estropeara tu modo de disfrutar la vida, amigo mío —comentó Jason, con una sonrisa.

—Permítame que informe a Su Excelencia el duque de Eversleigh que Su Excelencia se divierte demasiado.

—Tal vez tengas razón —repuso Jason, con una carcajada—. Sin embargo, volviendo a nuestro tema, no han abierto Lester Hall desde hace años, ¿verdad?

—Según me han dicho, el viejo Lester ha estado algo delicado. Todos creyeron que le había llegado su hora, pero Gerald estuvo en Manton la semana pasada y me dejó entender que el viejo había salido adelante.

—Mmm... Parece que se ha recuperado lo suficiente para no tener objeción alguna para que sus hijos abran de nuevo la casa. Sin embargo —añadió, mirando de nuevo la invitación—, dudo que encuentre allí una candidata adecuada.

—No creo que sea muy probable —dijo Frederick. Se echó a temblar y cerró los ojos—. Aún recuerdo el peculiar aroma de una mujer vestida de morado que me persiguió impenitentemente en su última fiesta.

Con una sonrisa, Jason hizo el gesto de descartar la invitación junto con las demás. De repente, detuvo la mano y volvió a examinar la tarjeta.

—¿Qué ocurre?

—La hermana —respondió Jason—. Había una hermana. Más joven que Jack y Harry, pero, si no me equivoco, mayor que Gerald.

—Es verdad —admitió Frederick—. No la he visto desde la última vez que estuvimos en Lester Hall, de lo que debe de hacer unos seis años. Si no me equivoco, era muy esquiva. Solía perderse en las sombras.

—No me sorprende, dado el usual tono de los entretenimientos en Lester Hall. Creo que yo no la conozco.

Cuando Jason no hizo ningún comentario adicional, Frederick lo miró fijamente, analizando la expresión pensativa de su amigo.

—No estarás pensando...

—¿Por qué no? La hermana de Jack Lester podría ser la mujer adecuada.

—¿Y tener a Jack y a Harry como cuñados? ¡Dios santo! Los Montgomery nunca volverán a ser los mismos.

—Los Montgomery estarán demasiado agradecidos de que me case, sea con quien sea. Además, al menos los hombres Lester no esperarán que yo me convierta en un monje si me caso con su hermana.

—Tal vez ya está casada.

—Tal vez, pero no lo creo. Más bien sospecho que es ella quien dirige Lester Hall.

—¿Sí? ¿Por qué?

—Porque fue una mujer la que escribió esta invitación —respondió Jason mientras entregaba la invitación a Frederick para que pudiera examinarla—. No se trata de una mujer madura ni de una niña, pero sí de una dama y, por lo que sabemos, ni Jack ni Harry se han visto atrapados por las garras del matrimonio. Por lo tanto, ¿qué otra dama joven reside en Lester Hall?

De mala gana, Frederick reconoció la posibilidad de que la afirmación de su amigo fuera verdad.

—¿Significa eso que piensas asistir a la fiesta?

—Creo que sí. Sin embargo, tengo la intención de consultar el oráculo antes de que nos comprometamos.

—¿El oráculo? —preguntó Frederick—. ¿Antes de que nos comprometamos?

—El oráculo es mi tía Agatha —replicó Jason—. Seguro que ella sabe si la joven Lester sigue soltera y resulta adecuada. Ella lo sabe todo en este mundo... En cuanto a lo de nosotros, mi querido amigo Frederick, tras haberme hecho comprender mi deber, no puedes negarme tu apoyo en este asunto.

—Maldita sea, Jason... No creo que necesites que yo te lleve de la mano. Tienes más experiencia en la caza de mujeres que ningún otro hombre al que yo conozca.

—Eso es cierto —declaró Su Excelencia, el duque de Eversleigh, sin perder la compostura—, pero esto es diferente. He tenido muchas mujeres. Esta vez, deseo una esposa.

—¿Y bien, Eversleigh?

Lady Agatha Colebatch estaba sentada tan erguida como una emperatriz que está a punto de conceder una audiencia. Extendió una mano y observó con cierta impaciencia cómo su sobrino se acercaba lentamente para tomársela antes de realizar una elegante reverencia ante ella.

—¿Debo asumir que esta visita significa que has empezado a comprender tus responsabilidades y que has decidido buscar una esposa?

—De hecho, tía, tienes razón.

—¿Acaso tienes en mente a alguna dama en particular? —preguntó lady Agatha.

—Así es —respondió Jason. Se detuvo para observar el asombro que se reflejaba en el rostro de su tía antes de proseguir—. La dama que en estos momentos está a la cabecera de mi lista es una de los Lester, de Lester Hall en Berkshire. Sin embargo, desconozco si sigue soltera.

Asombrada, lady Agatha parpadeó.

—Supongo que te refieres a Lenore Lester. Que yo sepa, no se ha casado.

Cuando lady Agatha guardó silencio, Jason decidió provocar que siguiera hablando con una pregunta.

—En tu opinión, ¿resultaría la señorita Lester adecuada como la próxima duquesa de Eversleigh?

—¿Y qué ocurre con lady Hetherington?

—¿Quién? —replicó Jason.

—Sabes muy bien a quién me refiero.

Durante un largo instante, Jason mantuvo la desafiante mirada de su tía. En realidad, no tenía ningún recelo en admitir algo que ya había pasado a la historia. Aurelia Hetherington había proporcionado una diversión momentánea, una pasión pasajera que rápidamente se había apagado.

—Si quieres saberlo, ya he terminado con la *belle* Hetherington.

—¡Por supuesto! —exclamó lady Agatha.

—No obstante, no acabo de ver qué tiene eso que ver con que Lenore Lester sea adecuada o no para convertirse en mi duquesa.

Lady Agatha parpadeó.

—Tienes razón. Su educación, por supuesto, queda más allá de toda duda. Su relación con los Rutland, y más aún con los Haversham y los Ranelagh, haría que dicha unión fuera más que deseada. Su dote podría dejar algo que desear, aunque sospecho que tú ya sabes más de eso que yo.

—Sí. Sin embargo, no creo que eso sea una consideración de demasiada importancia.

—Eso es cierto —respondió la dama, preguntándose si Lenore Lester podría en realidad ser una candidata adecuada.

—¿Qué me puedes decir de la dama en sí?

—Como ya debes saber, dirige la mansión familiar. La hermana de Lester está allí, por supuesto, pero Lenore siempre ha sido la señora de la casa. Lester está envejeciendo. Nunca ha sido un hombre fácil, pero Lenore parece entenderlo muy bien.

—¿Por qué no se ha casado?

—En primer lugar, nunca la han presentado en sociedad. Debía de tener doce años cuando su madre murió. Lleva haciéndose cargo de la casa desde entonces. No ha tenido tiempo de venir a Londres y de pasarse las noches bailando.

—Entonces, ¿no está acostumbrada a las diversiones de la ciudad? —preguntó Jason, con mucho interés.

—No.

—¿Cuántos años tiene?

—Veinticuatro.

—¿Y es una mujer presentable?

Aquella pregunta llamó la atención de lady Agatha.

—Pero... ¿Es que no la conoces?

—Tú sí, ¿verdad?

Bajo el escrutinio de los ojos grises de su sobrino, lady Agatha trató de recordar la última vez que vio a Lenore Lester.

—Tiene buena estructura ósea —dijo—. Piel bonita, cabello claro y creo que ojos verdes. Más bien alta y delgada. ¿Qué más necesitas saber?

—¿Posee una facultad de comprensión razonable?

—Sí, de eso estoy segura...

La aguda mirada de Jason notó rápidamente la intranquilidad de su tía.

—Sin embargo, tienes ciertas reservas en lo que se refiere a la señorita Lester, ¿verdad?

—No se trata de reservas, pero, si te sirve de algo mi opinión, me ayudaría mucho saber por qué te has fijado en ella.

Brevemente y sin emoción alguna, Jason le contó a su tía las razones que tenía para contraer matrimonio. Al concluir su enumeración, le concedió a su tía un momento para que asimilara todo lo que él le había contado.

—Entonces, querida tía, volvamos al quid de la cuestión. ¿Crees que servirá?

Después de dudarlo durante un instante, lady Agatha asintió.

—No veo razón alguna por la que no sería así.

—Bien —respondió Jason, poniéndose de pie—. Ahora, si me perdonas, debo marcharme.

—Sí, por supuesto —dijo lady Agatha. Rápidamente extendió la mano, aliviada de poder quedarse a solas. Necesitaba tiempo para examinar el verdadero significado de la inesperada elección de su sobrino—. Seguramente te veré en casa de los Marsham esta noche.

—Creo que no —respondió Jason, tras realizar una reverencia—. Me marcho a Eversleigh Abbey mañana por la mañana. Viajaré directamente a Lester Hall desde allí.

Tras inclinar la cabeza, Jason salió de la sala. Lady Agatha lo observó atentamente. El fértil cerebro de la dama hervía de posibilidades. No le sorprendía que Jason deseara casarse tan fríamente. Lo que le parecía increíble era que se hubiera fijado en Lenore Lester.

—Señorita Lester, ¿lista para una alegre semana?

Con sonrisa serena, Lenore Lester le dio la mano a lord Quentin, un caballero de mediana edad y poco ingenio. Como un general, la joven estaba al pie de la imponente escalera del vestíbulo de su casa, dirigiendo sus tropas. A medida que iban llegando los invitados de sus hermanos, les dedicaba una afectuosa bienvenida antes de dirigirlos a sus habitaciones.

—Buenas tardes, milord. Espero que el tiempo siga así de agradable. Resulta tan terrible tener que enfrentarse a la lluvia...

Desconcertado, lord Quentin asintió.

—Bueno... Sí, tiene razón.

Lenore se giró para saludar a la señora Cronwell, una rubia algo desaliñada, que había llegado inmediatamente después de lord Quentin. A continuación, dejó a ambos en manos del mayordomo.

—Las habitaciones del ala oeste, Smithers.

Cuando volvió a quedarse a solas, Lenore consultó la lista que tenía en la mano. Aunque aquella era la primera de las fiestas de sus hermanos en la que actuaba como anfitriona, estaba acostumbrada a su papel. Lo había realizado con aplomo desde hacía cinco años, desde que su tía Harriet, su carabina, se había visto afectada por la sordera. En realidad, tenía que admitir que habitualmente se ocupaba de sus amigos y de los de su tía, un circulo bastante selecto, aunque no veía problema alguno en ocuparse de las amistades algo más ruidosas de sus hermanos. Se ajustó los anteojos con montura de oro, agarró el lapicero que le colgaba de una cinta que llevaba alrededor del cuello y tachó los nombres de lord Quentin y de la señora Cronwell. Como la mayoría de los invitados habían visitado la casa con anterioridad, ya los conocía. La mayoría ya habían llegado. Tan solo quedaban por presentarse cinco caballeros.

Al escuchar el sonido de los cascos de los caballos, Lenore levantó la mirada hacia la puerta. Se atusó unos cabellos que se le habían escapado del tenso recogido que llevaba sobre la nunca y se alisó el delantal de sarga verde oliva que llevaba sobre un vestido de cuello alto y manga larga.

Una profunda voz masculina resonó a través de la puerta abierta de la casa. Lenore se irguió y llamó a Harris, el lacayo jefe, para que acudiera a su lado.

—¡Oh, señorita Lester! ¿Podría usted indicarnos el camino al lago?

Lenore se giró al tiempo que dos bellezas, ataviadas con vestidos de fina muselina, salían de uno de los salones. Lady Harrison y lady Moffat, hermanas, habían aceptado la invitación de los hermanos de Lenore, confiando en darse respetabilidad la una a la otra.

—Bajen por ese pasillo y luego giren a la izquierda en dirección al jardín. La puerta del invernadero debería estar abierta. Sigan todo recto, bajen los escalones y sigan de frente. Lo encontrarán enseguida.

Las damas le dieron las gracias y, entre susurros, se marcharon. Lenore, por su parte, se volvió hacia la puerta mientras murmuraba unas palabras.

—Harris, si no regresan dentro de una hora, envía a alguien para comprobar que no se han caído al lago.

El sonido de unas botas subiendo decididamente los escalones que llevaban a la casa llegó con claridad a los oídos de Lenore.

—¡Señorita Lester!

Lenore se volvió y vio que lord Holyoake y el señor Peters descendían las escaleras.

—¿Puede indicarnos dónde está la diversión, querida?

—Mis hermanos y algunos de los invitados están en la sala de billar —respondió Lenore, sin alterarse lo más mínimo por el guiño de ojos que le dedicó lord Holyoake—. Timms...

Inmediatamente, otro lacayo salió de entre los que esperaban en perfecta formación, ocultos entre las sombras de las puertas principales.

—Si desean seguirme, señores...

El sonido de los pasos del trío en dirección hacia la sala de billar quedó prácticamente oculto por el repiqueteo de los tacones de unas botas de montar sobre los escalones del pórtico. Lenore dedicó de nuevo su atención hacia la puerta.

Dos caballeros entraron en el vestíbulo. Lenore se quedó asombrada por el aura de innegable elegancia que rodeaba a ambos. Inmediatamente su atención se vio atraída por la figura más alta. Una capa gris caía en amplios pliegues hasta las pantorrillas, que iban cubiertas por relucientes botas de montar. Tenía el sombrero entre las manos, dejando así al descubierto una melena de rizos castaños. Los recién llegados entraron en la casa al tiempo que los lacayos se apresuraban a ayudarlos a despojarse de sombreros, capas y guantes.

Tras examinar el vestíbulo, el caballero más alto se giró para fijarse en ella con una desconcertante intensidad.

Con cierto sobresalto, Lenore sintió que la observaba de pies a cabeza antes de centrarse por fin en su rostro. La joven sintió que la afrenta ante tal comportamiento le florecía en el pecho, junto con una serie de otras emociones menos definidas.

El hombre se dirigió hacia ella, seguido de su acompañante. Lenore se esforzó por recuperar la compostura, otorgando un frío aire de urbanidad a la expresión de su rostro.

Justo en aquel momento, el vestíbulo cayó presa del caos. Su hermano Gerald entró del jardín seguido de un pequeño grupo de damas y caballeros. Al mismo tiempo, varios caballeros, dirigidos por su hermano Harry, salieron de la sala de billar. Los dos grupos se encontraron en medio del vestíbulo y se fundieron en medio de risas y parloteos.

Lenore trató de ver por encima de aquel mar de cabezas, impaciente por tener al hombre que le había dedicado aquella turbadora mirada ante ella. Tenía la intención de dejarle muy claro desde un principio que no le gustaba que la trataran de un modo tan indebido.

Observó que el recién llegado se había encontrado con su hermano Harry y que ambos se estaban saludando muy afectuosamente. Entonces, el caballero realizó algún comentario jovial que provocó que Harry se echara a reír y señalara en dirección de Lenore. Ella resistió la necesidad de inspeccionar la lista, decidida a no darle al recién llegado la oportunidad de verla acobardada.

Por fin, el caballero llegó a la escalera y se detuvo delante de Lenore. Con seguridad en sí misma, la joven le miró los pálidos ojos grises y, de repente, todos sus deseos de recriminarle su actitud desaparecieron sutilmente. El rostro que tenía ante si no parecía el de un hombre que apreciara las recriminaciones femeninas. Fuerte, duro, casi dictatorial, solo el gris de sus ojos evitaba que se le pudiera aplicar el epíteto de «austero». Aplacó un ligero temblor y extendió la mano.

—Bienvenido a Lester Hall, señor.

Sintió que el recién llegado le atrapaba los dedos entre los suyos.

Llena de enojo, notó que se echaba a temblar. Mientras el caballero realizaba una elegante reverencia, ella examinó su elegante aspecto. Iba vestido con una levita oscura. El corbatín y los pantalones de montar mostraban un aspecto inmaculado. Las botas relucían. Sin embargo, resultaba demasiado alto. Demasiado alto y demasiado corpulento. Demasiado abrumador.

A pesar de estar un escalón por debajo de ella, sentía como si mirarlo a los ojos fuera a provocarle una tortícolis. Por primera vez desde que podía recordar, mantener su máscara de distanciamiento, el escudo que había ido forjando a través de los años para repeler cualquier ataque, le costó más esfuerzo de lo debido.

Dejó a un lado la momentánea fascinación y detectó un brillo de comprensión en los ojos grises que la observaban. Levantó la barbilla y le lanzó una inequívoca advertencia con los ojos. Sin embargo, el caballero se mostró imperturbable.

—Señorita Lester, yo soy Eversleigh. Creo que no nos conocemos.

—Desgraciadamente no, Su Excelencia —respondió ella, con tono calculado para descartar cualquier pretensión por parte de aquel caballero

Jason estudiaba atentamente a la joven que tenía frente a él. Ya no era ninguna niña, pero seguía siendo esbelta y poseía la gracia natural de un felino. Sus rasgos, finos y delicados, no poseían defecto alguno. Unas finas cejas se arqueaban sobre hermosos ojos del más pálido de los verdes, rodeados por un gran abanico de pestañas de color castaño. La piel de su rostro, perfecta, poseía un cremoso color marfil sobre el que destacaba una nariz pequeña, una decidida barbilla y la rica promesa de sus labios. Los ojos de la joven miraban directamente a los suyos con una expresión de implacable resistencia, enmarcados por aquellos anteojos dorados.

Incapaz de resistirse, Jason sonrió y se giró hacia un lado para presentar a su amigo Frederick.

—Este es...

—El señor Marshall... —dedujo ella. Rápidamente retiró la mano de la de Eversleigh para estrechar la de Frederick Marshall. Con una amplia sonrisa, este realizó una reverencia.

—Espero que nos haya guardado habitaciones, señorita Lester.

Me temo que no nos habíamos dado cuenta de que habría aquí tanta gente y hemos llegado con algo de retraso.

—No importa, señor. Los estábamos esperando —dijo Lenore, devolviéndole la sonrisa. Como Eversleigh era el único duque que asistía, le había reservado la mejor suite, colocando a su amigo en las habitaciones de al lado. A continuación se volvió hacia Harris, que estaba a su lado en la escalera—. La suite gris para Su Excelencia y la habitación azul para el señor Marshall. Sin duda, querrán familiarizarse con sus aposentos —añadió, dirigiéndose hacia Frederick Marshall—. Los veremos a la hora de cenar, a las seis y media en el comedor.

Con una cortés inclinación de cabeza, Frederick Marshall comenzó a subir la escalera. Lenore esperó que Eversleigh siguiera a su amigo, pero este no se movió. El nerviosismo se apoderó de la joven.

Habiendo encontrado que no era de su gusto la novedad de verse despedido tan a la ligera, Jason dejó que la tensión entre ambos subiera un punto más antes de volver a tomar la palabra.

—Según tengo entendido, señorita Lester, usted va a ser nuestra anfitriona durante esta semana de disipación.

—Así es, Su Excelencia.

—Espero que no se vea usted abrumada por sus deberes, querida mía. Estoy deseando conocer mejor lo que, evidentemente, pasé por alto en mis anteriores visitas a Lester Hall.

—Por supuesto, Su Excelencia —replicó ella. Rápidamente, calculó que, si Eversleigh había estado antes en Lester Hall, ella debía de haber tenido dieciocho años, por lo que habría tenido mucho interés en mantenerse alejada de él o de otros caballeros. Lo miró con inocencia—. Efectivamente, los jardines están muy hermosos en esta época del año. Me atrevo a decir que seguramente no tuvo usted oportunidad de hacerles justicia la última vez que estuvo aquí. Un paseo por ellos resultaría de sumo interés.

—Sin duda... Si usted me acompañara.

—Me temo que mis deberes, tal y como usted los ha llamado, me apartan con frecuencia de los invitados de mis hermanos, Su Excelencia. Sin embargo, dudo que se note mi ausencia. Los entretenimientos que proporcionan mis hermanos resultan muy divertidos.

—Le aseguro, señorita Lester —dijo Eversleigh, con una sonrisa en los labios y un cierto brillo en los ojos—, que yo sí notaré su ausencia. Además, le prometo que la distracción que puedan proporcionar los entretenimientos de sus hermanos resultará recompensa insuficiente por la falta de su compañía. De hecho, me resulta difícil imaginarme qué podría impedirme buscarla, dadas las circunstancias.

Aquellas palabras resonaron como un desafío, un reto al que Lenore no estaba segura de desear enfrentarse. No iba a permitir que ningún caballero, ni siquiera alguien tan notable como Eversleigh, turbara su ordenada vida.

—Me temo, Su Excelencia, que nunca me he considerado uno de los entretenimientos de Lester Hall. Tendrá que conformarse con lo que tenga más a mano.

—Y yo me temo que me ha malinterpretado usted, señorita Lester —replicó él, con una impía sonrisa—. Yo preferiría calificarla a usted como una de las atracciones de Lester Hall, la clase de atracción que se ve frecuentemente pero que raramente se aprecia.

Si no hubiera sido por la extraña intensidad con la que la observaba, Lenore se hubiera tomado aquellas palabras como un elegante cumplido. Sin embargo, se sintió aturdida. Su corazón, durante tanto tiempo a salvo bajo el delantal, palpitaba de un modo incómodo. Con un enorme esfuerzo, apartó los ojos de los de él. Vio que lord Percy Almsworthy avanzaba entre la multitud y que llegaba hasta las escaleras. Lenore sintió un inmenso alivio.

—¡Lord Percy! ¡Qué alegría volver a verlo!

—Lo mismo digo —replicó lord Almsworthy.

—Haré que un lacayo lo acompañe inmediatamente a sus habitaciones —dijo Lenore. Levantó la mano y llamó a dos sirvientes—. Su Excelencia estaba a punto de subir —añadió.

—Sí, a la suite gris, según creo —murmuró él.

Para su sorpresa, Lenore sintió que él le tomaba la mano entre sus largos dedos. Antes de que pudiera hacer algo al respecto, Su Excelencia el duque de Eversleigh se llevó la mano a los labios y depositó un suave beso sobre las yemas.

—Hasta más tarde, señorita Lester —dijo, observando con satisfacción la atónita expresión de su anfitriona.

Lenore sintió un molesto hormigueo sobre la piel. Sin saber qué hacer o decir, se limitó a mirarlo. Para su consternación, vio que una sutil sonrisa curvaba los labios de Eversleigh. Entonces, con una cortés inclinación de cabeza, le soltó la mano y comenzó a subir las escaleras detrás del lacayo.

Lenore no pudo encontrar ningún comentario que le borrara aquella expresión tan presuntuosa de los ojos a Eversleigh. Su único alivio era que, al menos, se había marchado.

Se volvió hacia el vestíbulo. Un acongojado lord Percy la sacó de su ensimismamiento.

—Señorita Lester, ¿le importaría indicarme cuál es mi habitación?

CAPÍTULO 2

—Y bien, ¿cuánto tiempo piensas quedarte ahora que has decidido que la señorita Lester no es adecuada?

Jason se apartó de la ventana y levantó las cejas con un gesto de sorpresa.

—Mi querido Frederick, ¿por qué tienes tanta prisa a la hora de descartar a la señorita Lester?

—Bueno, dado que te conozco desde hace mucho tiempo, no necesito esforzarme mucho para imaginarme que no te vas a casar con un adefesio. Como Lenore Lester es indudablemente un adefesio, estoy seguro de que no te vas a casar con ella. Bueno, ¿cuánto tiempo podemos tardar en marcharnos sin ofender a nadie?

Jason se sentó al lado de su amigo muy pensativo.

—¿No te parece que su desaliño resultaba bastante evidente?

—Creo que eso salta a la vista.

—¿No te parece que incluso demasiado evidente?

Frederick frunció el ceño.

—Jason, ¿qué es lo que se te está pasando por la cabeza?

—Nada. Simplemente me siento intrigado por la señorita Lester.

—Pero... ¡Maldita sea! Si hasta llevaba un delantal.

—Sí, y un vestido de batista, a pesar de que lo que se lleva ahora es la muselina. No solo resultaba un adefesio, sino que parecía decidida a parecerlo. Lo que quiero saber es por qué.

—¿Por qué esa mujer es un adefesio?

—No. El porqué Lenore Lester desea parecer un adefesio. No

es un disfraz, porque no llega a borrar la realidad. Evidentemente, hasta ahora se ha salido con la suya. Por la seguridad en sí misma que mostraba, me imagino que hasta el momento ha conseguido convencer a los que vienen de visita a esta casa que, efectivamente, es lo que parece.

—¿Y qué te hace pensar que no es un adefesio?

Jason sonrió y se encogió de hombros.

—¿Cómo explicarlo? ¿Tal vez su aura? La señorita Lester puede vestirse como quiera, pero a mí no va a poder engañarme.

—¿Y qué me dices de esos anteojos? —preguntó Frederick.

—El cristal no tiene aumento.

—¿Estás seguro?

—Completamente —respondió Jason—. Por lo tanto, querido Frederick, no queda otra conclusión que pensar que Lenore Lester está decidida a colocarnos una venda sobre los ojos. Si eres capaz de olvidarte de la impresión que provoca su aspecto, tal y como lo hice yo, y sin duda la tía Agatha antes de mí, verás que es un diamante en bruto. Una joya en estado puro. No hay razón alguna para que Lenore Lester tenga que llevar ese recogido tan sencillo y mucho menos pesados vestidos y un delantal. Son simples distracciones.

—Pero... ¿por qué?

—Eso es precisamente lo que yo me estaba preguntando —dijo el duque de Eversleigh con determinación—. Me temo mucho, Frederick, que tendrás que sufrir las tribulaciones de una semana entera de los entretenimientos de Jack y Harry. No vamos a marcharnos de aquí hasta que yo descubra lo que esconde Lenore Lester. Y por qué.

Noventa minutos más tarde, con el murmullo de las voces que conversaban en el salón como telón de fondo, Jason estudió el vestido que su anfitriona se había puesto para aquella velada. Había entrado muy sigilosamente y observaba con tranquilidad a todos los presentes. Rápidamente, Jason se acercó a su lado.

—Señorita Lester...

Lenore se quedó inmóvil. Entonces, lentamente, aprovechando

el tiempo para levantar sus defensas, se volvió parar mirar a Jason. Con la máscara firmemente colocada, extendió la mano.

—Buenas noches, Su Excelencia. Confío en que haya encontrado adecuadas sus habitaciones.

—Perfectamente, muchas gracias.

Las palabras fáciles de la conversación banal, que deberían haber fluido con facilidad dada la experiencia que Lenore tenía en sociedad, parecieron evaporarse. Se preguntó por qué la mirada plateada de Eversleigh producía tal efecto en ella. Al observar que él sonreía, sintió un peculiar calor por todo el cuerpo.

—Permítame felicitarla por su vestido, señorita Lester. No había visto antes nada parecido.

—Oh...

Las alarmas empezaron a resonar en el pensamiento de Lenore. Resultaba imposible no reconocer que su vestido, una camisola de seda, abotonada hasta el cuello, con mangas largas también abotonadas y llevada bajo una especie de enorme saco que caía en amplios pliegues desde por encima del pecho, contrastaba profundamente con los vestidos de muselina o seda del resto de las damas. Estos se recogían por debajo de los senos para así resaltar mejor la figura de la dama en cuestión. Por el contrario, el de Lenore estaba diseñado expresamente para conseguir un propósito diametralmente opuesto. El comentario de Eversleigh, añadido a su atractiva sonrisa, confirmaba el temor de Lenore de que, al contrario del resto de los hombres, no había caído víctima de aquel engaño. Desconcertada pero decidida a no demostrarlo, inclinó la barbilla con una mirada de inocencia en los ojos.

—Me temo que tengo poco tiempo para las frivolidades de Londres, Su Excelencia. Ahora, me temo también que debo atender a mi padre. Si me disculpa...

—Yo aún debo presentarle mis respetos a su padre, señorita Lester, y me gustaría hacerlo. Si usted me lo permite, la acompañaré hasta donde él está.

Lenore dudó. Los dedos empezaron a retorcer la larga cadena que llevaba alrededor del cuello y de la que colgaban un par de innecesarios anteojos. No había razón para rechazar la compañía de Eversleigh. Después de todo, ¿qué podía hacer él?

—Creo que encontraremos a mi padre al lado de la chimenea, Su Excelencia.

Lenore recibió una encantadora sonrisa como respuesta a sus palabras. Con intimidante facilidad, Eversleigh la condujo a través de los ruidosos invitados hasta el lugar en el que Lester estaba sentado.

—Papá —dijo ella, antes de inclinarse para besarlo en la mejilla.

El honorable Archibald Lester protestó.

—Ya iba siendo hora. Esta noche bajas un poco tarde, ¿no te parece? ¿Qué ha ocurrido? ¿Una de esas mujeres de faldas ligeras ha tratado de tirar a Smithers?

—Claro que no, papá —respondió ella, ignorando los descabellados comentarios de su padre—. Simplemente me he retrasado. Permíteme que te presente a Su Excelencia el duque de Eversleigh.

El señor Lester se volvió para mirar a Jason. Este realizó una elegante reverencia y aceptó la mano que el anciano le ofrecía.

—Creo que no lo he visto desde hace años —comentó Lester—. Conocí muy bien a su padre. Cada vez se parece más a él, en todos los aspectos, por lo que he oído.

—Eso me han dicho —dijo Jason, inclinando la cabeza.

El señor Lester bajó la cabeza. Durante un instante, pareció completamente perdido en los recuerdos. Entonces, levantó la cabeza y miró a través de la sala.

—Recuerdo haber ido a París un año en el que su padre estuvo allí. Pasamos mucho tiempo juntos. Fueron seis meses maravillosos. Las damas parisinas sí que saben cómo calentarle la sangre a un hombre —añadió, mirando con desprecio a las damas que los rodeaban—. Estas no tienen ni idea. Los jóvenes no sabéis lo que os estáis perdiendo.

—Desgraciadamente —repuso Jason. No pudo reprimir una sonrisa al comprobar, de reojo, que Lenore se había sonrojado—, creo que los camaradas de Napoleón han cambiado mucho las cosas desde la última vez que estuvo usted en París, señor.

—¡Maldito advenedizo! —exclamó Lester—. Sin embargo, la guerra ha terminado. ¿Ha pensado alguna vez en cruzar el canal para saborear las delicias de la *bonne vie*?

—Me temo, señor, que mis gustos se inclinan más por lo inglés. Además, tengo entre manos un proyecto que amenaza con absorber por completo mi atención durante el futuro cercano —reveló, mirando a Lenore como si deseara incluirla en la conversación.

—¿De verdad? —preguntó Lenore, manteniendo la expresión serena a pesar de la convulsión interna que le provocó aquella mirada—. ¿De qué proyecto se trata?

—Me encuentro enfrentado a un enigma, señorita Lester. Una conclusión que, a pesar de coincidir aparentemente con los hechos, yo sé que es falsa.

—Se parece a las rancias y viejas teorías que a ti tanto te gustan querida mía —bufó el señor Lester—. Deberías ayudar a Su Excelencia.

Sin saber qué decir, Lenore levantó la mirada y miró directamente a los ojos de Eversleigh.

—Excelente idea —dijo Jason, sin poder evitar esbozar una pequeña sonrisa de triunfo.

—En realidad, no creo que...

Sus palabras se vieron interrumpidas por Smithers, que anunció con pomposa voz que la cena estaba servida.

Lenore parpadeó y vio que la sonrisa seguía iluminando los fascinantes rasgos de Eversleigh. La estaba observando con un gesto expectante. De repente, ella comprendió la causa. Era el invitado de mayor categoría. Como anfitriona, debía iniciar el cortejo para la cena de su brazo. Una inevitable frustración se apoderó de ella, pero, con serenidad, se dispuso a cumplir con su deber.

—Si fuera tan amable como para prestarme su brazo, Su Excelencia...

No le sorprendió que él se lo ofreciera inmediatamente. Harris, uno de los lacayos, llegó rápidamente para atender a su padre. Con un gesto impaciente, el anciano los animó a que empezaran a andar.

—¡Vamos, vamos! Tengo hambre —dijo.

Lenore permitió que Eversleigh la condujera hacia la puerta. Jason, por su parte, esperó hasta que alcanzaron la relativa tranquilidad del vestíbulo antes de murmurar:

—Como le decía, señorita Lester, me fascina un ejemplo de lo que yo creo podría ser descrito como un hábil engaño.

—¿Hábil engaño, Su Excelencia? ¿Con qué propósito?

—De eso no estoy seguro, pero tengo la intención de descubrirlo, señorita Lester.

—¿De verdad, Su Excelencia? —preguntó ella, arriesgando una mirada hacia el rostro de Eversleigh—. ¿Y cómo se propone resolver ese enigma?

—Mi querida señorita Lester, ¿le sorprendería que le dijera que me considero especialmente preparado para resolver este enigma en particular? Es como si mi existencia no hubiera sido nada más que una preparación para este desafío

—Me resulta bastante difícil creer eso, Su Excelencia —repuso ella. La visión del comedor ante ellos le dio fuerzas—. Le ruego que me informe cuando haya resuelto su rompecabezas.

La sonrisa que recibió hizo que Lenore se sintiera indispuesta.

—Créame, señorita Lester. Usted será la primera en saberlo.

—¿De verdad? —replicó ella, decidida a no desmoronarse. Levantó la cabeza y se esforzó por mantener intacta la compostura. Cuando tomó asiento a un lado de la larga mesa, trató de mostrarse aburrida—. Me intriga usted, Su Excelencia.

—No, señorita Lester. Es usted la que me intriga a mí.

Los demás comenzaron a entrar en el comedor y fueron tomando asiento a lo largo de la mesa. Eversleigh hizo lo propio y se instaló a la derecha de Lenore. Intencionadamente, ella había colocado al joven lord Farningham, un caballero que no suponía peligro alguno, a su izquierda.

Mientras observaba cómo todos se acomodaban y se empezaba a servir el primer plato, Lenore sintió que los nervios se le tensaban irremediablemente. Era Eversleigh y su turbadora propensión a derrumbar las defensas de la joven la causa de tanta intranquilidad. No sabía lo que él era capaz de hacer con su compostura, en la que siempre podía confiar, pero, evidentemente, tendría que enfrentarse al problema durante unas cuantas horas.

Para alivio suyo, la señora Whitticombe, que estaba sentada al otro lado de lord Farningham, monopolizó la atención de todos con una divertida anécdota. Lenore aprovechó la oportunidad para examinar la mesa. La diversión y la conversación parecían ser las constantes entre los anfitriones y todos sus invitados.

—He oído, Eversleigh, que hay muchos urogallos por sus terrenos en esta época del año —comentó de repente lord Farningham, recuperando así la atención de Lenore.

—Sí, según me ha asegurado mi guarda, será una buena temporada. Usted está en Kent, ¿verdad?

Los dos hombres se sumieron en una conversación sobre la caza y las posibles presas. Cuando el tema se agotó, más o menos cuando empezaron con el segundo plato, Lenore decidió aventurar una pregunta propia.

—Hábleme de Eversleigh Abbey, Su Excelencia —dijo—. He oído que es una mansión enorme.

—Es muy grande —respondió él—. La abadía original data de justo después de la reconquista, pero mi familia ha realizado numerosas adiciones a lo largo de los años.

—¿No hay fantasma?

—Me temo que ni siquiera una simple aparición.

En aquel momento, lady Henslaw, que estaba sentada al lado de Eversleigh, reclamó su atención. Por su parte, Lenore comenzó a hablar de caballos con lord Farningham. Mientras tanto, no dejaba de observar a todos los invitados y vio con satisfacción que todo iba a las mil maravillas. Los criados tenían mucha experiencia y sirvieron la cena y retiraron copas y platos sin el más mínimo error.

De repente, se escuchó una conmoción en el vestíbulo. Smithers salió inmediatamente para regresar un instante después y abrirle la puerta a una dama. Lady Amelia Wallace, la prima de Lenore, entró en el comedor seguida de su acompañante, la señora Smythe. Jack se levantó. Tras presentar sus excusas, Lenore dejó a un lado su servilleta y se dispuso a acompañar a su hermano.

—Buenas noches, Jack. Lenore... —dijo Amelia, mientras le entregaba la mano a Jack y besaba afectuosamente a Lenore—. Siento haber llegado tan tarde, pero uno de nuestros caballos se quedó cojo... y no tenía ni idea de que esta fuera una de vuestras «semanas» —añadió, en voz algo más baja.

—No importa, querida mía —afirmó Jack—. Tú siempre eres bienvenida.

—No te preocupes —le aseguró Lenore—. Así me harás compañía. Te sentaré al lado de mi padre hasta que te sitúes un poco.

—Sí, por favor —suplicó Amelia. Sus tirabuzones rubios subían y bajaban mientras saludaba a los invitados que conocía.

Mientras Jack ejercía de anfitrión, Lenore se ocupó de incluir otra ala en la enorme mesa. Cuando Amelia y la señora Smythe quedaron instaladas, Lenore le indicó a Smythers las habitaciones que deseaba asignar a las recién llegadas. Tras recibir sus órdenes, Smithers asintió y se marchó.

Lenore regresó a su asiento, preguntándose lo que habría llevado a Amelia, ya viuda, a Berkshire. Tomó el tenedor y, al girarse ligeramente, notó que Eversleigh la estaba observando con una expresión inescrutable en los ojos. Tenía su copa en la mano.

El duque sonrió y levantó la copa a modo de brindis silencioso. Estuvo dudando si decirle a su anfitriona que la habilidad de permanecer impasible ante lo inesperado era un talento que estaba seguro que su esposa debía poseer. Se preguntó lo que ella respondería.

Después de percatarse de la sonrisa de Eversleigh, Lenore se volvió con decisión hacia lord Farningham, aunque era consciente de que, si se lo permitía, podría pasarse el resto de la velada observando el fascinante rostro del duque. De mala gana, Jason dedicó su atención a lady Farshaw y a los demás durante el resto de la cena.

Tras tomar el postre, Lenore fue a buscar a su tía Harriet. Ambas abandonaron el comedor seguidas del resto de las damas. Mientras cruzaban el vestíbulo, tomó la firme resolución de no volver a permitir que Eversleigh la turbara de aquella manera.

—¡Maldita desvergonzada! La que se viste de seda rosa y cree que los demás no pueden ver a través de la tela...

Aquel comentario por parte de su tía sacó a Lenore de sus pensamientos. No le costó imaginarse a quién se refería. La señora Cronwell, por suerte, que estaba algo más retrasada, estaba resplandeciente con un vestido de seda rosa adornado con plumas de avestruz. Sabiendo que la dama no podía escucharla, Lenore asintió, dado que sabía que sería inútil mostrar su desacuerdo. Harriet estaba casi completamente sorda. Cuando llegaron al salón, Lenore ayudó a la dama a acomodarse en su butaca favorita, algo alejada de la chimenea.

—Te traeré una taza de té cuando llegue el carrito —dijo Lenore, al ver que su tía sacaba su labor de encaje de la bolsa que la anciana tenía al lado de la silla.

Harriet asintió y centró toda su atención en su labor. Lenore la dejó con la esperanza de que no siguiera hablando en voz alta de las invitadas.

A pesar de la presencia de algunas mujeres a las que no podía llamar amigas, Lenore se sentía cómoda con sus invitadas. Hacía mucho tiempo que había perfeccionado el arte de entablar conversación con personas con las que no deseaba mantener amistad, lo que dejaba a estas algo atónitas sobre el modo en el que aceptaba su presencia. Con las que tenían un estatus similar al suyo se comportaba como una verdadera anfitriona, escuchaba sus chismes y alababa sus vestidos. En aquella clase de reuniones era cuando se enteraba de lo que ocurría más allá de los muros de Lester Hall. Aquella noche, sin embargo, una vez que hubo cumplido su deber y hubo charlado con todo el mundo, se dirigió al lado de su prima. Tenía deseos de saber por qué Amelia había llegado tan inesperadamente.

—Fue Rothesay —dijo Amelia, con un mohín de desagrado—. Me está acosando, Lenore.

—Creo que el vizconde es uno de esos caballeros a los que les cuesta comprender la palabra no.

—No es tanto eso como una triste carencia de imaginación. Creo que simplemente no puede entender que una dama pueda rechazarlo.

Amelia, con solo dieciséis años, se había casado con un hombre cuarenta años mayor que ella, cumpliendo así los deseos de sus padres. Viuda desde los veintitrés años, con una herencia respetable y sin protector, era el objetivo de los lobos de la alta sociedad. Para huir de Londres y del inoportuno lord Rothesay, Amelia había ido a visitar a sus parientes de Berkshire.

—Estoy segura de que unos pocos meses serán suficientes para calmar el ardor de Rothesay. Había pensado irme con la tía Mary, pero no va a regresar a Bath hasta finales de mes —explicó Amelia, sin dejar de observar a los caballeros que habían decidido cambiar el oporto por la compañía femenina.

—Como ha dicho Jack, tú siempre eres bienvenida en esta casa —afirmó Lenore. Al ver el modo en el que su prima miraba a los caballeros, se quedó algo atónita—. No habrá nadie aquí cuya presencia te haya molestado, ¿verdad?

—No. Solo estaba comprobando que no hay problemas en potencia. No te preocupes. Estoy segura de que conseguiré sobrevivir a los amigos de Jack y Harry. Todos parecen estar lo suficientemente bien situados como para no necesitar mi dinero y lo bastante educados como para aceptar una negativa. Sin embargo, debo decir que me sorprende ver a Eversleigh aquí.

—¿Sí? ¿Por qué? —preguntó Lenore, acuciada por la curiosidad.

—Había oído que está decidido a casarse. Me había imaginado que estaría ejerciendo de anfitrión para las más bellas de entre las debutantes en su casa de Eversleigh Abbey en vez de disfrutar de las delicias de los entretenimientos que ofrecen tus hermanos.

—De algún modo, no me había parecido el tipo de hombre de los que se casan —comentó Lenore, tratando de resistir la tentación de volverse para buscar a Eversleigh entre los presentes.

—Tienes razón. En realidad, no tenía intención alguna de casarse. Su hermano era el encargado de proporcionar los herederos para la familia, pero murió en Waterloo, así que Eversleigh tiene que sacrificarse.

—Me pregunto si él lo considera de ese modo...

—Sin duda. Es un truhan, ¿no? Además, por lo que he oído y visto, es la pobre mujer con la que se case por la que debemos sentir pena. Eversleigh es un diablo muy guapo y puede resultar completamente encantador cuando así lo desee. Sería muy difícil permanecer ajena a tanto atractivo masculino. Desgraciadamente, Su Excelencia es uno de los de la vieja escuela en ese sentido. No lo veo cayendo víctima de las flechas de Cupido y reformándose. Su pobre esposa probablemente terminaría despechada y con el corazón roto.

Lenore consideró la predicción de Amelia. «Encantador» no era la palabra que ella hubiera utilizado para describir a Eversleigh. El poder que había en él iba más allá del encanto. Contuvo un escalofrío y decidió que Amelia tenía razón. Se debía sentir una profunda pena de la futura lady Eversleigh.

Tras dejar a su prima con lady Henslaw, miró a su alrededor y localizó a Eversleigh charlando con su padre. Frunció el ceño. No le parecía que los recuerdos de un anciano resultaran entretenidos para un hombre como el duque. Sin embargo, decidió olvidarse del asunto y siguió con su trabajo como anfitriona, presentando a los invitados entre sí, asegurándose de que la conversación fluía con facilidad y vigilando a las damas más vulnerables. Dos de estas inocentes eran las hermanas Melton, lady Harrison y lady Moffat, a las que descubrió bajo el asedio de un trío de caballeros.

—Buenas noches, lord Scoresby —dijo Lenore, con una dulce sonrisa.

Scoresby se vio obligado a tomarle la mano, con lo que Lenore consiguió su propósito de aliviar a lady Moffat de una atención demasiado asfixiante. El noble murmuró un saludo.

—He oído que recientemente ha puesto usted casa en la ciudad, lady Moffat —añadió Lenore, con una sonrisa.

Lady Moffat se aferró a aquel comentario como si se estuviera ahogando y comenzó a describir todos los aspectos de su casa. Lady Harrison también se unió a la conversación. A los cinco minutos, Lenore tuvo la satisfacción de ver que tanto lord Scoresby como el señor Marmaluke se despedían de ellas con una inclinación de cabeza. El señor Buttercombe aguantó hasta que se acercó Frederick Marshall y comenzó a hablar con ellas.

Cuando Lenore vio que Smithers entraba con el carrito del té, se dispuso a efectuar su última obligación de la velada. Los caballeros la ayudaron a distribuir las tazas, aunque decidió llevarle a su tía Harriet el té personalmente. Nunca se sabía cómo iba a reaccionar la anciana.

—Gracias, querida —gritó Harriet.

Lenore le colocó la taza sobre la mesa y, cuando se dio la vuelta para marcharse, se encontró cara a cara con el duque de Eversleigh.

—Mi querida señorita Lester, ¿no tiene usted taza de té? —le preguntó él, con una sonrisa.

—Ya he tomado una taza, Su Excelencia.

—Estupendo. Entonces, como ya ha facilitado tazas de té para todo el mundo, tal vez no le importará pasear conmigo por la sala.

—¡Igual que su padre! —exclamó Harriet, antes de que Lenore pudiera sobreponerse al hipnotismo de los ojos del duque—. Siempre intentando levantarle a una mujer la falda, aunque de Lenore no conseguirá nada. Ella es muy lista. Algunas veces, me parece que es demasiado lista para su propio bien.

Las mejillas de Lenore se ruborizaron inmediatamente. Por fortuna, nadie más parecía haber escuchado el horrendo comentario de su tía.

—Su Excelencia, le suplico que disculpe a mi tía. Está...

—Querida señorita Lester, yo no soy la clase de hombre que se ofendería por algo tan nimio —la interrumpió él, con una carcajada—. Sin embargo, sugiero que nos marchemos antes de que nuestra presencia siga estimulando a su estimada tía.

Como no encontró modo alguno de oponerse a tal sugerencia, colocó la mano sobre la manga que Eversleigh le ofrecía y permitió que él la alejara de la chimenea. En aquel momento, vio que la doncella de su tía y el ayuda de cámara de su padre entraban en el salón. En cuanto los dos ancianos hubieran terminado su té, se retirarían, tal y como hacían siempre. Lenore pensó que ella misma no tardaría mucho en ausentarse. Al ver que lady Moffat y lady Harrison seguían bajo el ala protectora de Frederick Marshall, decidió hacérselo saber.

Trató de dirigirse hacia ellas, pero su acompañante se lo impidió. Le atrapó la mano sobre la manga y levantó las cejas, interrogándola con la mirada.

—Me gustaría hablar con lady Harrison, Su Excelencia —dijo, con una sonrisa.

—Me temo que no es una buena idea. Creo que hago que lady Moffat y lady Harrison se pongan algo nerviosas —explicó, al ver la perplejidad con la que lo observaba Lenore.

—Si usted pudiera reprimir su tendencia al flirteo, estoy segura de que conseguirían superarlo —replicó.

—¿Al flirteo? Querida señorita Lester, se equivoca usted por completo. Los caballeros como yo nunca flirtean. La misma palabra sugiere algo frívolo y mis intenciones, como haré que usted sepa, son muy serias.

—En ese caso, se encuentra usted en el lugar equivocado, Su Excelencia. Siempre he considerado que las fiestas de mis hermanos son completamente frívolas.

—Entiendo —replicó él, con una sonrisa en los labios. Comenzó a andar de nuevo, obligando a Lenore a acompañarlo—. Entonces, usted considera que esta semana no tiene propósito alguno más allá de la frivolidad.

—Milord, usted ha venido a estas fiestas anteriormente...

—Dígame una cosa, señorita Lester. ¿Estoy en lo cierto al detectar una nota de desdén, incluso de censura, en la actitud que muestra hacia las fiestas de sus hermanos?

—No veo nada malo en la persecución del placer por parte de mis hermanos. Ellos se divierten y no hace mal a nadie.

—Sin embargo, tales placeres no son para usted.

—La frivolidad no tiene nada que ver con mi estilo, Su Excelencia.

—¿Lo ha probado alguna vez? —preguntó Jason—. Con la compañía adecuada, incluso los pasatiempos más frívolos pueden resultar agradables.

—¿De verdad? —replicó ella, tratando de mantener una expresión ausente—. Sin duda usted es un experto en el asunto, ¿no es así, Su Excelencia?

Jason se echó a reír.

—*Touché*, señorita Lester. Hasta yo tengo mis utilidades, pero dígame, dada la antipatía que siente por todo lo frívolo, ¿disfruta usted organizando acontecimientos como este o los sufre como un deber impuesto?

—Creo que más bien disfruto —admitió ella—. Estas fiestas suponen un contraste con las otras que tenemos de vez en cuando.

—Sin embargo, ¿no toma usted parte en los entretenimientos de sus hermanos?

—Me temo que me atraen las cosas algo más serias.

—Mi querida Lenore, ¿qué te ha hecho pensar que la idea de la búsqueda del placer no es una empresa seria?

Lenore se detuvo en seco al notar que él había utilizado su nombre de pila. Se apartó de él, lo que Jason le permitió, pero cuando fue a retirar la mano, el duque se la agarró con fuerza.

—No le he autorizado a que utilice mi nombre, Su Excelencia —protestó ella.

—¿Acaso es necesario que nos hablemos con tanta ceremonia, querida mía?

—Por supuesto —replicó ella. Eversleigh era demasiado peligroso.

Con una extraña sonrisa, Jason inclinó la cabeza, a modo de aceptación de su veredicto. Cuando Lenore miró a su alrededor, se dio cuenta de que ya no estaban en el salón, sino en la terraza. Estaba a solas, con Eversleigh, sin la compañía de una carabina. El pánico comenzó a apoderarse de ella.

—Me resulta algo extraño que te ofrezcas a organizar estas fiestas, pero que permanezcas tan distante de los frutos de tu labor.

—El entretenimiento en sí mismo no es preocupación mía. Mis hermanos se ocupan de organizar la frivolidad. Yo... simplemente proporciono la oportunidad de que nuestros huéspedes se diviertan.

Lenore miró hacia el jardín, tratando de concentrarse en las palabras y de negar la distracción que le asaltaba los sentidos. Seguía teniendo la mano atrapada en la de Eversleigh. Los dedos de él, largos y fuertes, le acariciaban suave y rítmicamente la palma de la mano. Era una caricia tan inocente que ella no quiso llamar la atención sobre lo que podría ser tan solo un movimiento inconsciente.

Lo acompañó hasta la balaustrada. La cálida luz del crepúsculo los envolvía. El perfume de la madreselva turbaba los sentidos de Lenore. A través de las pestañas, comprobó que los rasgos del rostro de Eversleigh permanecían muy relajados, sin demostrar la intención que la había puesto a ella en guardia. Estaba examinando la escena que se desarrollaba ante ellos. Entonces, bajó la cabeza para mirar el rostro de la joven.

—Entonces, dime, querida mía —dijo de repente—. ¿No has sentido nunca la tentación de soltarte el cabello?

Aunque mientras realizaba su pregunta no dejaba de mirar el recogido que Lenore se había hecho en lo alto de la cabeza, ella supo que sus palabras no tenían nada que ver con el peinado que llevaba.

—Yo creo que lo que usted denomina la frivolidad que está tan de moda, solo puede tener como resultado dificultades innecesarias, Su Excelencia. Yo encuentro más placer en mis propósitos intelectuales, por lo que dejo los entretenimientos más frívolos para los que disfrutan con ellos.

—¿En qué propósitos intelectuales estás inmersa en el momento?

—Estoy realizando un estudio sobre la vida diaria de los asirios.

—¿Los asirios?

—Sí. Resulta fascinante descubrir cómo vivían y cuáles eran sus costumbres.

—Yo no desearía quitarle importancia a tus estudios en modo alguno, querida mía, pero, ¿me permites que te dé un consejo?

—Por supuesto.

—¿No te parece que sería mejor saborear los placeres que la vida tiene que ofrecer antes de rechazarlos de plano? Aquí hay un mundo que aún tienes que explorar, Lenore —susurró, dejando que fuera la atracción que estaba surgiendo entre ambos y no sus brazos lo que hiciera que ella se acercara un poco más—. ¿Acaso no sientes curiosidad?

Durante un segundo, Lenore se quedó sin palabras, tanto que se vio obligada a responder con un movimiento de cabeza.

—Mentirosa...

Contra su voluntad, aquella palabra hizo que Lenore fijara toda su atención en los labios de Eversleigh. Sintió que los suyos se le secaban. Rápidamente, se pasó la punta de la lengua por encima para humedecérselos.

El repentino suspiro de Eversleigh la sobresaltó. Sintió que él se estremecía, pero la sensación desapareció inmediatamente. De repente, él levantó las manos y se las colocó sobre los hombros.

—Los peligros de una inocente —musitó, mirando a los confundidos ojos verdes de Lenore—. Porque sigues siendo inocente, ¿verdad, dulce Lenore?

Tanto si fue el tono de su voz como la devastadora caricia del pulgar de Eversleigh sobre el labio inferior lo que la provocó, la ira de la joven no tardó en manifestarse. Se aferró a aquel sentimiento y le espetó:

—El deseo no conduce a todas las mujeres, Su Excelencia.

No estaba preparada para el modo en que él la miró. Su febril imaginación hizo que se sintiera como una presa, sobre la que Eversleigh estaba a punto de saltar.

—¿Es eso un desafío, querida mía?

—¡Por supuesto que no! No estoy aquí para proporcionarle a usted entretenimiento, milord. Ahora, si me perdona, tengo otros invitados de los que ocuparme.

Sin esperar respuesta alguna, Lenore se dio la vuelta y regresó al salón. ¡Maldito Eversleigh! Había nublado por completo todos sus sentidos con sus preguntas. Se negaba a ser un desafío, ni para él ni para ningún otro hombre.

Al contemplar a los invitados que llenaban el salón, Lenore respiró profundamente y trató de olvidarse de lo acontecido en la terraza. Buscó a lady Moffat y a lady Harrison, pero no las vio por ninguna parte. Igualmente, Amelia también se había marchado.

La joven se dirigió hacia la puerta, abrumada por su propio torbellino interior. En lo sucesivo, tendría que evitar a Eversleigh, lo que sería una pena. Había disfrutado mucho con su compañía.

CAPÍTULO 3

A la mañana siguiente, mientras Lenore descendía por la escalera, decidió que no permitiría que él volviera a comportarse de aquella manera. Bajo la suave superficie de su delantal azul, que llevaba sobre un vestido de mañana de color beis, el corazón le latía al ritmo acostumbrado. Con un poco de suerte y de cuidado, seguiría haciéndolo así durante el resto de la semana.

Años antes, se había opuesto de plano al matrimonio. Por lo que había visto, el matrimonio no tenía nada deseable que ofrecerle que ella no tuviera ya. Ella prefería la vida tranquila y bien organizada. Un esposo, con los deberes y las obediencias que implicaba, solo podía molestar su paz. Por lo tanto, se había esforzado considerablemente en establecerse una reputación de excentricidad al tiempo que evitaba a cualquier caballero que pudiera suponer un peligro para su futuro. Para todos sus conocidos, ella era la culta señorita Lester, una dama que siempre estaba implicada en algún estudio esotérico, que dedicaba su atención a intereses varios aparte de ocuparse de la casa de su padre. A la edad de veinticuatro años, estaba más allá del alcance de cualquier hombre.

O, al menos, eso era lo que ella había pensado. Se detuvo para arreglar las flores de un jarrón que había en el descansillo. Había animado a sus hermanos a invitar a sus amigos a Lester Hall, esperando que la actividad alegrara a su padre. Él aún se estaba recuperando de una larga enfermedad y Lenore sabía que le gustaba el bullicio y las risas de los jóvenes. Había tenido la seguridad de que ella ya estaba a salvo de los caballeros que pudieran asistir. Eversleigh había tardado menos de doce horas en poner a prueba esa convicción.

Se obligó a pensar en positivo. Estaba exagerando la situación. En realidad, no tenía nada que temer. A pesar de la reputación del duque, nadie lo había acusado nunca de extralimitarse. Efectivamente, había sabido ver muy bien a través de su fachada, pero, hasta que ella declaró su falta de interés en el coqueteo, no le había mostrado en absoluto su faceta de seductor.

Cerró los ojos durante un instante y suspiró. Tras abrirlos, siguió bajando por la escalera. Tendría que haberse dado cuenta de que airear sus sentimientos de aquel modo sería como mostrarle un capote rojo a un toro. Ningún hombre sería capaz de resistirse a aquel desafío y mucho menos el que, por lo que se rumoreaba, tenía a la mitad de la bellas de Londres a sus pies. Dado que había demostrado tener pocas defensas ante él, lo mejor sería evitarlo. La ausencia sería una barrera que Eversleigh no conseguiría superar jamás.

La casa estaba muy tranquila. Todas las damas aún estaban en sus dormitorios y esperaba que los caballeros ya hubieran abandonado la casa. Harry había planeado un paseo a caballo para mostrarles a todos sus amigos sus nuevos potros de carreras, que estaban en una granja lejana.

De repente, cuando Lenore estaba descendiendo los últimos peldaños, la puerta de la sala de billar se abrió.

—¡Maldita sea tu suerte, Jason! Te juro que un día te tomaré la medida y me compensaré por todas estas derrotas.

Al reconocer la voz de su hermano y deducir que solo había un Jason entre los invitados, Lenore se quedó inmóvil. Pensó en escabullirse, pero ya era demasiado tarde. Jack la había visto.

—¡Lenore! La persona adecuada. Mira. Este canalla me acaba de robar veinticinco guineas y yo no tengo más de cinco encima. ¿Te importaría pagar mi deuda, querida hermana?

—Sí, por supuesto —respondió ella, descendiendo al vestíbulo. Desde allí, saludó a Eversleigh.

—Buenos días, señorita Lester. Confío en que haya dormido bien —dijo él, tomando la mano que ella le había ofrecido.

—Muy bien, gracias —mintió Lenore. Rápidamente retiró la mano.

—Yo tengo que marcharme para ir a ver a los perros. Higgs me dijo algo sobre una infección. A papá le daría una apoplejía si les ocurriera algo grave. Me reuniré contigo en los establos, Eversleigh —anunció Jack, antes de marcharse rápidamente.

Al ver que su hermano se marchaba, Lenore murmuró con resignación:

—Si no le importa acompañarme, Su Excelencia.

Eversleigh asintió y la acompañó hasta un pequeño despacho que había cerca de las escaleras. Observó cómo Lenore se sentaba al escritorio y se sacaba una llave del pequeño bolsillo que tenía en la cintura.

—¿Son estos sus dominios?

—Sí. Desde aquí dirijo la casa y la finca.

—A menudo me he preguntado cómo se las arreglan Jack y Harry. No parece que sientan la necesidad de ocuparse de sus tierras.

—Como siempre parece haber una gran abundancia de entretenimientos en otras partes que los mantienen muy ocupados y a mí me divierte hacerlo, hace tiempo que llegamos a un acuerdo.

—No puede resultar fácil, al no ser la persona que tiene la autoridad.

—Yo siempre he estado aquí y todo el mundo sabe perfectamente quién dirige Lester Hall. Dígame, Su Excelencia —dijo, observándolo a través de los anteojos—, ¿se ocupa usted personalmente de sus tierras?

—Por supuesto, señorita Lester. Ni puedo ni deseo negar esa responsabilidad.

—Entonces, ¿qué le parecen a usted las Leyes sobre el Trigo?

—Que no funcionan, señorita Lester.

A continuación, se enzarzaron en una conversación que Jason jamás hubiera creído posible. Lenore mostró curiosidad y conocimiento sobre el tema.

—Entonces, ¿cree usted que serán rechazadas?

—Sí, aunque se tardará algún tiempo.

Lenore asintió. Resultaba agradable poder encontrar un caballero que pudiera y quisiera hablar de aquellos temas con ella. Su padre había perdido todo contacto con el mundo exterior y a sus hermanos no les importaba el asunto.

Recordó lo que les había llevado al pequeño despacho y abrió un cajón. Sacó otra llave, y, tras levantarse de la silla, se dirigió hacia el armario que ocupaba la estancia.

Abrió la puerta y dejó al descubierto una caja fuerte. Introdujo la llave y, tras meter la mano, sacó un pequeño saco de monedas. Contó las que necesitaba para saldar la deuda de su hermano y se dispuso a entregárselas a Eversleigh.

—No. Quédeselas.

—No. Jack nunca me lo perdonaría.

—No aceptaré las monedas, pero me comprometo a decirle a Jack que su deuda ha sido saldada —dijo Eversleigh. Una vez más, Lenore volvió a negarse—. Está bien. No aceptaré dinero en pago de la deuda de Jack, sino que me conformaré con la respuesta a una pregunta, señorita Lester.

—¿Qué pregunta?

—No se la diré hasta que usted no acceda a saldar de este modo la deuda de su hermano.

—Muy bien —dijo ella, tras considerarlo durante un instante. Volvió a colocar el dinero en el saco y lo metió en la caja fuerte. Tras cerrarla con llave, se volvió para mirar a Eversleigh—. ¿Cuál es la pregunta, Su Excelencia?

—¿Por qué insiste usted en ocultar su luz, querida mía?

—¿Cómo ha dicho, milord?

—Le he preguntado que por qué desea ocultar sus atributos a los que podrían apreciarlos.

—No tengo ni idea de a lo que se refiere, Su Excelencia.

—Veamos si puedo explicarme —respondió él. Avanzó hacia el armario y se colocó directamente delante de ella. Colocó las manos sobre la madera del mueble, justo por encima de los hombros de Lenore, atrapándola así entre sus brazos.

—Estoy convencida de que es usted demasiado caballero como para tener que recurrir a la intimidación, Su Excelencia.

—Crea lo que quiera de mí, querida mía, pero permítame que le quite esto antes de que oscurezca sus hermosos ojos.

Antes de que Lenore pudiera reaccionar, Eversleigh le quitó los anteojos y los dejó encima del escritorio. Lenore ahogó una expresión de afrenta y parpadeó para controlar su ira.

—Una gran mejora —afirmó él, con una sonrisa—. Permítame informarla, señorita Lester, de que, al contrario de la mayoría de los que vienen aquí de visita, yo no estoy ciego ni soy un inocente. Por ello, deseo saber por qué se empeña usted en ocultar sus encantos.

—Mis encantos, como usted insiste en llamarlos, son míos, según creo. Si me place ocultarlos, ¿quién tiene derecho para pedirme lo contrario? —le espetó ella.

—Hay muchos, señorita Lester, que mantendrían que una mujer hermosa fue creada para el disfrute de los hombres.

—Yo no estoy en esta tierra para contentar a los hombres, milord. De hecho, he descubierto que evitando las complicaciones que causan los varones resulta más fácil llevar una vida tranquila y ordenada —replicó Lenore. Rápidamente, se dio cuenta de que había dicho demasiado—. Es decir...

—No. Creo que lo he comprendido perfectamente —dijo Eversleigh, impidiéndole así que siguiera hablando.

Para consternación de la joven, el duque se acercó un poco más a ella, creando con sus ojos una red plateada de la que resultaba imposible escapar. Lenore nunca se había sentido tan indefensa en toda su vida.

—No desea casarse. Esconde sus dones bajo la pesada batista con la esperanza de que nadie vea lo suficiente como para sentirse interesado...

—No veo razón alguna para que ningún hombre pudiera sentirse interesado por mí, Su Excelencia.

La reacción del duque no fue la que Lenore había esperado. Él sonrió y le pellizcó la tela del vestido, justo por encima de la cinturilla. Deliberadamente, agitó la tela de un lado a otro. Lenore contuvo el aliento, completamente horrorizada. Abrió los ojos al experimentar la turbadora sensación de la tela rozándole los erectos pezones. Como pudo, le apartó la mano.

—Permítame informarla, señorita Lester, de que tiene un pobre entendimiento de los intereses masculinos. Le sugiero que profundice un poco más en sus estudios antes de sacar conclusiones.

—¡Como no tengo intención de casarme, no me interesa en absoluto el tema, Su Excelencia!

Aquella afirmación hizo que Eversleigh la mirara a los ojos, con una expresión dura en el rostro. Completamente arrebolada, Lenore mantuvo la mirada, pero no pudo ver nada en el acero de su mirada que le indicara cuáles eran los pensamientos del duque. Entonces, para alivio de la joven, él se irguió y bajó las manos a los costados.

—Señorita Lester, ¿se le ha ocurrido alguna vez que la han consentido demasiado?

—Sí, Su Excelencia. Mi padre y mis hermanos siempre me han apoyado en mi decisión —respondió ella, levantando la barbilla.

—Se han mostrado débiles, señorita Lester. Su padre y sus hermanos no se han ocupado del deber que tenían con usted —afirmó. Con un rápido gesto, le agarró la barbilla con una mano y examinó una vez más los rasgos de la joven—. Una mujer de su inteligencia y belleza está desperdiciada fuera del vínculo del matrimonio.

—No comparto esa opinión, Su Excelencia.

—Lo sé, querida mía. Tendremos que ver qué se puede hacer para cambiarla.

De repente, la puerta del pequeño despacho se abrió.

—¡Oh! Perdóneme, señorita Lenore, pero he venido para preparar los menús.

Tras zafarse de la mano de Eversleigh, Lenore giró la cabeza y vio que se trataba del ama de llaves, la señora Hobbs.

—Sí... —susurró—. Lord Eversleigh y yo estábamos examinando la cerradura de este armario. Estaba atascada —mintió. Tras lanzarle una mirada de advertencia al duque, se giró hacia el escritorio.

—Ah, bien —dijo la señora Hobbs, entrando en el despacho con una carpeta llena de viejos menús y de recetas—. En ese caso, es mejor que haga que John le eche un vistazo.

—No es necesario —se apresuró Lenore a afirmar—. Ya funciona.

Miró de nuevo a Eversleigh, rezando para que se comportara como debía y se marchara. Para su alivio, él realizó una elegante reverencia.

—Me alegro de haber podido resultar de ayuda, querida mía —

dijo—. Si tiene alguna otra dificultad que esté dentro del alcance de mis escasas habilidades, le ruego que no dude en requerir mi ayuda.

—Gracias, Su Excelencia —replicó Lenore, entornando la mirada.

Jason sonrió y se dirigió hacia la puerta. Desde el umbral, se volvió de nuevo para mirar a Lenore. Ella se había sentado y se disponía a examinar los menús con el ama.

—¿Señorita Lester?

—¿Sí, milord?

—Sus anteojos, querida —dijo, señalándole el escritorio.

Tragándose una maldición, Lenore agarró la delicada montura y se la colocó en la nariz. Cuando levantó la mirada, su torturador ya se había marchado.

—Bien, para almorzar he pensado que podríamos...

Con un suspiro, Lenore dedicó toda su atención a la señora Hobbs. Una hora más tarde, estaba mirando por la ventana, con el libro de cuentas abierto delante de ella, cuando Amelia abrió la puerta del pequeño despacho.

—¡Por fin te encuentro! —exclamó.

Lenore sonrió a su prima y dejó el libro a un lado al ver que Amelia se acercaba y tomaba asiento en la butaca que había frente al escritorio.

—Supongo que la velada de anoche transcurrió sin incidente alguno.

—Tienes razón. Son un grupo perfectamente manejable, todos excepto Eversleigh. Sin embargo, no me tuve que preocupar de él. Su Excelencia se había marchado a alguna parte. A decir verdad, yo también me retiré temprano. Por cierto, te busqué por todas partes, pero no pude encontrarte.

—Me vi detenida en la terraza.

—Oh... ¿Qué fue lo que te detuvo?

—Una conversación sobre los méritos relativos de las civilizaciones pasadas y presentes, si no recuerdo mal.

—Una de tus aburridas conversaciones... Bueno, creo que te agradará saber que me he ocupado de una de las labores que te corresponden como anfitriona.

—¿Y eso?

—Las hermanas Melton. Habían agotado al pobre señor Marshall.

Tuve que rescatarlo, lo que me recuerda... ¡He descubierto la razón de que Eversleigh esté aquí!

—¿Y cuál es? —preguntó Lenore, esperando que Amelia no detectara la ansiedad que se le había reflejado en la voz.

—El señor Marshall me contó que Eversleigh teme tener que enfrentarse a sus celestinas tías. Creo que está aquí recuperando sus energías antes de regresar a la ciudad y enfrentarse con su destino. Tiene seis tías, ¿lo sabías?

—Sí, ya lo sabía. Son amigas de Harriet. ¿Con qué clase de mujer crees que se casará Eversleigh? —le preguntó a Amelia, tras aclararse la garganta.

—Con un diamante recién pulido. La debutante de la última hornada que encaje con esa descripción y sea de la familia adecuada. Después de todo, es lo que se espera de él. Además, por una vez, Eversleigh parece decidido a cumplir con lo que se espera de él.

Lenore asintió y guardó silencio. Después de unos instantes, Amelia volvió a retomar la palabra.

—Dime, Lenore. ¿Qué sabes del señor Marshall?

—¿Cuánto tiempo tardaste en rescatarlo anoche? —preguntó Lenore, muy sorprendida.

—Bueno, no podía dejar al pobre hombre... No se estaba divirtiendo —añadió Amelia, sonrojándose profundamente—. Además, las Melton son muy guapas, pero...

—Pensé que habías venido aquí para evitar eso precisamente.

—No, Lenore. Vine aquí para evitar que me persiguieran. Por lo que sé, Frederick Marshall no ha perseguido a una mujer en toda su vida.

—Sí, yo también lo he oído, lo que resulta algo extraño dada su amistad con Eversleigh.

—Sí, pero es muy refrescante. Dime una cosa, Lenore, ¿sigues inclinada a seguir con tu singular existencia, sin dejarte llevar por las complicaciones de los hombres?

—Por supuesto —afirmó ella—. Y habría pensado que tú, más que ninguna otra mujer, apreciarías mi actitud.

—Ya lo sé, pero a veces me pregunto... Si una no va al mercado, no puede comprar y si una... no se predispone al amor, ¿cómo va a encontrarlo?

—El amor, como tú sabes muy bien, no es para nosotras.

—Lo sé, lo sé... Sin embargo, ¿acaso no sueñas de vez en cuando? Por cierto —dijo Amelia, dedicando a Lenore una pícara sonrisa—, ¿qué ocurrió con esos sueños que tenías, en los que eras la prisionera de un ogro malvado que te tenía encerrada en una torre guardada por un dragón, de la que solo podía rescatarte un valiente caballero andante?

—Hace mucho tiempo me di cuenta de que estar prisionera en una torre podría ser bastante incómodo y que la posibilidad de que me rescatara un caballero andante era bastante remota.

—¡Oh, Lenore! Entiendo tus razones, pero nunca he comprendió por qué estás tan convencida de que no hay esperanza para nosotras.

—Digamos que el amor entre los miembros de la alta sociedad es un asunto bastante desafortunado. Solo aflige a un sexo, dejándolo vulnerable para toda clase de sufrimientos. Solo tienes que escuchar lo que cuentan las amigas de Harriet. No sé cómo han podido soportar esa vida. Yo nunca podría.

—¿Te refieres a... los sufrimientos emocionales? ¿Al dolor de amar y no ser correspondida?

—Sí.

—Sí, pero... Si una no se arriesga y entrega su amor, no puede esperar ser amada a cambio. ¿Qué es peor, arriesgarse a no conocer nunca el amor y morir sin haberlo experimentado o correr el riesgo y tener la posibilidad, por pequeña que sea, de encontrar el premio?

—Sospecho que eso depende de las posibilidades que se tienen de encontrarlo...

—Lo que, a su vez, depende del hombre que una ame.

El silencio se apoderó del pequeño despacho. Entonces, se escuchó el sonido de un gong. Con un profundo suspiro, Amelia se puso de pie y se sacudió las faldas. A continuación, miró directamente a los ojos de Lenore.

—Ha llegado la hora de almorzar.

Aquella tarde, Lenore entró en el salón con expresión serena. Inmediatamente, fue consciente de la presencia de Eversleigh al otro lado de la sala, charlando con un grupo de invitados. Ella asumió su papel de anfitriona inmediatamente, aunque evitando el grupo en el que se encontraba el duque. A continuación, se acercó a Amelia, que estaba conversando animadamente con Frederick Marshall, las hermanas Melton y otros dos caballeros.

—¡Oh, señorita Lester! ¡Me divertí tanto a mediodía! —exclamó lady Moffat, muy animadamente.

—Me alegro de ello —replicó Lenore. Efectivamente, la idea de servir el almuerzo al lado del lago parecía haber tenido mucho éxito entre todos los invitados.

—Yo les estaba explicando que el baile de esta noche ha de ser completamente informal —comentó Amelia.

—Sí. Esta noche solo estamos los invitados que hay en la casa —afirmó Lenore—. El baile que se celebrará el viernes será mucho mayor.

—¡Qué emocionante! Mi hermana y yo tenemos muchas ganas de que se produzca —confirmó lady Harrison, tras intercambiar una alegre mirada con su hermana.

El anuncio de que la cena estaba servida recordó a Lenore su dilema. ¿Aprovecharía Eversleigh la informalidad de aquella noche para sentarse en cualquier lugar de la mesa, dejando que ella pudiera pedir a quien le apeteciera que se sentara a su lado en la cena?

Miró de soslayo hacia el otro lado de la sala y vio que él avanzaba, con paso decidido, sin dejar de mirarla. Al instante, Eversleigh se detuvo al lado de Lenore y, con un elegante gesto, le ofreció su brazo.

—¿Vamos, señorita Lester?

—Por supuesto, Su Excelencia —respondió Lenore, antes de colocar los dedos sobre la manga de su interlocutor.

—¿Ayudaría si le prometiera que no voy a morder? —susurró él mientras se dirigían hacia la puerta.

Aquellas palabras sorprendieron mucho a Lenore. La expresión que vio en los ojos de Eversleigh la desconcertó aún más. Giró rápidamente la cabeza y miró al frente, decidida a no darle la satisfacción de saber lo agradecida que estaba por aquella afirmación.

Eversleigh cumplió lo prometido. Conversó amigablemente con la señora Whitticombe, que estaba sentada a su derecha, y con lord Farningham. Efectivamente, el duque de Eversleigh podía ser completamente encantador cuando lo deseaba.

Aquella noche, el entretenimiento estuvo a cargo de cinco músicos. Lenore no dejó de animar a sus invitados. Se preocupó constantemente de que ninguna de las damas ni de los caballeros se quedara sin danzar. A pesar de que era una actividad que le gustaba mucho, casi nunca bailaba, sabiendo lo incómodo que la mayoría de los caballeros encontraban el ejercicio. Era demasiado alta hasta para sus hermanos, por lo que pasó la mayor parte del tiempo charlando con la señora Whitticombe.

De repente, notó la presión de unos dedos en el codo.

—No baila usted, señorita Lester —le dijo Jason, tras dedicar una encantadora sonrisa a la señora Whitticombe—. Le importaría concederme el honor de este vals?

La invitación se realizó tan cortésmente que Lenore no pudo negarse. Además, la proposición de Eversleigh, tan alto, era demasiado tentadora como para dejarla pasar y permitió que él la llevara a la pista de baile.

—¿Tiene mucha dificultad para encontrar músicos por aquí?

—Normalmente no —respondió ella—. Hay dos ciudades cercanas que cuentan con sociedades musicales, así que casi nunca carecemos de oportunidades.

Después de unas cuantas vueltas, Lenore se sintió como si estuviera volando. Se obligó a pensar que simplemente se debía al hecho de que Eversleigh fuera tan alto y tan fuerte. A medida que fue relajándose, empezó a disfrutar más del baile.

—Baila usted muy bien, señorita Lester —dijo él. Efectivamente, Lenore resultaba tan ligera como una pluma entre sus brazos. Las velas teñían de oro su cabello e incluso su extraño vestido parecía formar parte de la magia.

—Gracias, Su Excelencia —repuso ella, sin levantar los ojos—. ¿Le gustaron los caballos de mi hermano Harry?

—Sí, son excelentes.

—Me ha dicho que los de usted también son muy buenos.

Lenore levantó la vista y comprobó que él estaba sonriendo. El brazo con el que Eversleigh le agarraba la cintura se había tensado un poco más. La joven trató de concentrarse en la música para que esta bloqueara la miríada de sensaciones que le asaltaban los sentidos. Tuvo que reconocer que se sintió muy desilusionada cuando terminó el baile.

—Sé que debo devolverla a su carabina, querida mía, pero no estoy seguro de atreverme —comentó él, con una sonrisa.

—Dudo que eso fuera adecuado, Su Excelencia —observó Lenore, recordando el comportamiento de Harriet la noche anterior—. Por suerte, yo ya he superado la edad de tener que ceñirme a tales convenciones.

—Está usted equivocada, señorita Lester —replicó él—. Tal vez no sea una debutante, pero está muy lejos de no resultar deseable.

Lenore frunció el ceño, tras dar por sentado que el comentario estaba relacionado con la conversación que habían tenido aquella mañana, pero, sacándola de sus ensoñaciones, el señor Peters se materializó por sorpresa ante ella.

—Si me hace el honor, señorita Lester, creo que están empezando a tocar un baile popular.

Completamente consternada, Lenore observó la reverencia del señor Peters. La invitación de Eversleigh la había tomado tan por sorpresa que la había aceptado sin pensar en las posibles consecuencias. Al ver la sonrisa de Peters, sintió que caía sobre ella todo el peso de su papel como anfitriona. Con decisión, extendió la mano.

—Será un placer, señor. Si me perdona, Su Excelencia...

—No le deseo más que diversión, mi querida señorita Lester —replicó él, con una sonrisa en el rostro que hizo que el corazón de Lenore se echara a temblar.

Horas más tarde, Eversleigh consiguió encontrarse con Frederick Marshall. Jason había notado que su amigo sentía una especial predilección por la compañía de lady Wallace.

—¿Piensa quedarse toda la semana, Su Excelencia? —le preguntó Amelia, con una expresión de inocencia en el rostro. La tranquilizaba la presencia del señor Marshall.

—Esa es precisamente mi intención —respondió Eversleigh—. ¿Qué dices tú, Frederick? ¿Esperar encontrar lo suficiente aquí como para concentrar tu interés?

Frederick le lanzó una mirada de desaprobación antes de que Amelia se girara para mirarlo.

—No veo razón alguna para decir que no.

—Excelente —dijo Amelia. Tras haber conseguido la declaración que buscaba, la dama era toda sonrisas—. Estaré deseando disfrutar de su compañía, señores. Sin embargo, ahora debo ir a charlar con lady Henslaw, si me perdonan.

Con una artística inclinación de cabeza, Amelia los dejó. Jason observó cómo la dama se dirigía hacia lady Henslaw y luego se volvió a mirar a Frederick, que estaba haciendo precisamente lo mismo.

—Esperemos que a lady Wallace no le guste el púrpura.

—¿Cómo dices? —preguntó Frederick. Enseguida, comprendió la intención de su amigo—. Maldita sea, Jason, no tiene nada que ver con eso. Lady Wallace es simplemente un modo de pasar el tiempo, una mujer sensata con la que uno puede tener una conversación sin que se espere que él tiene que conquistarla.

—Ah... Entiendo.

—Hablando de conquistar a las damas —repuso Frederick, sin hacer caso al comentario—, me he percatado de que disfrutaste mucho de tu vals con la señorita Lester. Permíteme que te diga, aunque estoy seguro de que tú ya lo sabes, que rayó en la indecencia.

Una sutil sonrisa se dibujó en los labios de Jason.

—Mi única defensa es lo evidente. Ella también disfrutó. Sin duda alguna, es la mujer más grácil con la que he bailado nunca.

—Sí, y ahora todo el mundo lo sabe. ¿Crees que ella te estará dando las gracias el resto de la velada?

—No era eso precisamente lo que había anticipado. A propósito, quería preguntarte si has escuchado algún chisme sobre el destino que me espera.

—De hecho, sí. Por lo que he oído, la mayoría de los que vienen de Londres han oído hablar de tus intenciones.

En voz muy baja, Jason lanzó una maldición.

—¿Acaso te preocupa eso? —preguntó Frederick, muy sorprendido—. Después de todo, era inevitable.

—Preferiría que no se supiera, pero dudo que afecte seriamente al resultado. Sin embargo, sospecho que tendré que pensar más en el modo correcto de abordar mi problema.

Al notar la dirección en la que miraba su amigo, Frederick le preguntó:

—¿Sigues empeñado en la señorita Lester?

—¿Te sorprende?

—No del todo —contestó Frederick, al recordar el vals—, pero, ¿dónde radica tu problema?

—La dama está decidida a no casarse.

—¿Cómo has dicho?

—Ya me has oído, pero si te imaginas que voy a dejar escapar a la única mujer que encaja perfectamente con mis requerimientos, la señorita Lester y tú estáis muy equivocados.

Un molino que había en las cercanías de la mansión, combinado con los efectos de la fiesta de la noche anterior alivió a Lenore de muchas de sus responsabilidades durante la mayor parte del día. Como los caballeros estaban ausentes, las damas prefirieron descansar y recuperarse. Después de un almuerzo ligero, Lenore descubrió que tenía la tarde libre. Decidió dedicar su tiempo a sus abandonados estudios.

La biblioteca era un remanso de paz. Lenore entró, abrió las ventanas y dejó que la brisa del verano entrara a raudales. Tras respirar profundamente, se sentó y tomó el libro que había estado estudiando. Con las manos sobre la cubierta de cuero, se quedó inmóvil, mirando sin ver la pared de enfrente.

Diez minutos más tarde, sin deseo alguno de seguir examinando los pensamientos que tan fácilmente la habían capturado, los apartó con firmeza. Abrió su libro, pero tardó quince minutos en encontrar el lugar. Con gran esfuerzo, leyó tres párrafos para luego tener que releerlos.

Por fin, con un suspiro de exasperación, se rindió. Cerró el libro y se levantó de la silla. Decidió que iría a buscar a Amelia, ya que en la biblioteca no estaba realizando estudio alguno.

CAPÍTULO 4

Cuando Lenore se enteró de los planes de sus hermanos para aquella noche, era demasiado tarde para poder cambiarlos. Entró en el salón con su habitual serenidad amenazada por el pensamiento de lo que podría ocurrir una vez que los presentes, cada vez más relajados, se embarcaran en un improvisado programa de actos musicales. Sus hermanos eran capaces de empezar a entonar cancioncillas groseras. Pensar cómo iba a poder mantenerlos a raya le provocó una sombría expresión en el rostro.

Eversleigh se percató. Cuando fue a reunirse con ella para acudir al comedor, Lenore detectó una ligera sonrisa en sus labios.

—Confieso que siento curiosidad en saber qué ha ocurrido para que pueda turbar su tranquilidad, señorita Lester.

—No es nada, Su Excelencia. Le ruego que no preste atención a mis cuitas.

—Permítame que le diga, querida mía, que no tengo deseo alguno de ignorar todo lo que provoque que tal mohín de disgusto afee su hermoso rostro.

—Si desea saberlo, los planes que tienen mis hermanos para entretenernos esta noche no me tranquilizan.

—Confiese que no son nuestros talentos musicales los que la preocupan, sino los posibles temas que se elijan. Me comprometo a mantener a raya los espíritus de aquellos que se inclinen al exceso o, al menos, a tratar de evitarlo.

—No estoy segura de que pueda hacerlo, Su Excelencia —dijo Lenore, mientras tomaba asiento a la mesa.

—¿Dudas, señorita Lester? Relájese, querida mía, y deje que me ocupe yo del asunto —comentó él, sentándose a su lado—. Si quiere poner mordazas al comportamiento licencioso, ¿quién mejor que un truhan para hacerlo?

Incapaz de encontrar una respuesta aceptable, Lenore dedicó su atención a la sopa.

Cuando todos se dirigieron a la sala de música, Lenore encontró a Eversleigh de nuevo a su lado.

—Invite a las hermanas Melton a que toquen —dijo él mientras entraban juntos en la sala—. Supongo que usted también toca el pianoforte, ¿verdad?

—Sí, pero no canto.

Su acompañante la escoltó hasta una butaca que había en primera fila. Para su sorpresa, tomó asiento a su lado.

El plan de Eversleigh resultó ser la simplicidad en sí mismo. A sugerencia de él, Lenore invitó a las damas más jóvenes a tocar o a cantar una tras otra. De reojo, Lenore vio que su hermano Harry se rebullía en el asiento. Jason lo vio también.

—Ahora le toca a Harry.

Lenore se volvió hacia Eversleigh, con la consternación dibujada en los ojos.

—No creo que eso sea aconsejable, Su Excelencia.

—Confíe en mí, señorita Lester —afirmó él, con una sonrisa en los labios.

Con un suspiro, Lenore se dio la vuelta y llamó a Harry para que se colocara delante de su público. Cuando Harry estuvo preparado, contuvo el aliento y examinó los rostros expectantes que lo observaban. Parpadeó. Cambió de postura y miró al público una vez más.

Entonces, tras fruncir ligeramente el ceño, llamó a Amelia.

—Ven a acompañarme, prima.

Sin protestar, Amelia tomó asiento frente al piano. La canción que Harry eligió resultó algo bulliciosa pero en absoluto inapropiada.

Para alivio de Lenore, su hermano pareció gratificado por el estruendoso aplauso que coronó su actuación.

—Llame ahora a Frederick Marshall —susurró Eversleigh al oído de Lenore—. Canta muy bien.

Resultó ser verdad. Con Amelia de nuevo al piano, Frederick entonó una canción popular con su voz de barítono, que dejó encantados a todos los presentes. El tumultuoso aplauso que se produjo a continuación provocó una sonrisa de satisfacción en los dos intérpretes.

—Ahora, pruebe con la señorita Whitticombe.

Lenore reaccionó inmediatamente, ya sin dudar de la sabiduría de Eversleigh. A continuación, el duque le sugirió que llamara a Jack. Lenore tuvo que darse la vuelta para localizar a su hermano mayor.

—¿Jack?

—No, no, querida mía —replicó él—. Deberías ser tú quien hiciera los honores de la casa —añadió, con una amplia sonrisa—. Sugiero un dueto. Estoy seguro de que el caballero que se encuentra sentado a tu lado estará encantado de hacer los honores.

Lenore se quedó atónita, pero su experiencia le impidió demostrarlo. Se volvió hacia Eversleigh, que la recibió con una encantadora sonrisa. Con un grácil gesto, él le señaló el piano.

—¿Lista, señorita Lester?

No había modo de escapar. Sin estar segura de qué cuello le apetecía retorcer, si el de Eversleigh o el de su hermano Jack, permitió que el duque la ayudara a ponerse de pie y que la escoltara hasta el piano. En voz baja, decidieron la pieza, una suave balada que estaba segura de poder tocar bien. Colocó los dedos sobre las teclas y comenzó la introducción, consciente del calor que emanaba de su corazón y de la cercana presencia de Eversleigh.

Después, no pudo recordar mucho de su actuación, pero sabía que había cantado bien, levantando la voz con facilidad por encima de la de Eversleigh. Cuando resonó la nota final de la canción en la sala, las voces de ambos se combinaron en perfecta armonía. Los aplausos estallaron a su alrededor. Eversleigh la tomó de la mano y la hizo levantarse, mirándola con la alegría reflejada en los ojos.

—Un momento realmente memorable, querida mía. Gracias.

Durante un largo instante, Lenore permaneció mirándolo a los ojos, segura de que le iba a besar las yemas de los dedos tal y como ya había hecho antes. Sin embargo, él se volvió para mirar a su público. Sin dejar de sonreír, se colocó la mano de Lenore sobre la manga.

Completamente decepcionada primero y luego turbada por la repentina desilusión que había experimentado, Lenore vio que Smithers entraba con el carrito del té. Se excusó con Eversleigh, le dio las gracias y se entregó por completo a la relativa seguridad que le proporcionaba el reparto del té. Le estaba muy agradecida al duque por la ayuda que le había prestado aquella noche, pero, en interés de su propia paz mental, haría bien en pasar menos tiempo en su compañía.

El día siguiente, miércoles, amaneció despejado y luminoso, con un ligero toque de bruma sobre el lago. El ligero entretenimiento de la noche anterior parecía haber provocado una actitud también más ligera entre los invitados. Todo el mundo parecía más relajado, dispuesto a intercambiar sonrisas y ligera conversación en vez de bromear y lanzar miradas como en los días anteriores.

Mientras desayunaban y hacían planes para aquel día, Lenore observó a todo el mundo atentamente. Hasta aquel momento, ningún contratiempo había estropeado el buen ambiente. Cada vez tenía más esperanzas de que la semana transcurriera más tranquilamente de lo que había imaginado. Tras asegurarse de que todo iba bien, tomó un plato y se sirvió una selección de delicias del aparador.

Cuando se disponía a regresar a la mesa, vio que Amelia se dirigía hacia allí acompañada por Frederick Marshall. Su prima estaba radiante. Lenore dudó y entonces, con una grácil sonrisa, les dio los buenos días y los dejó a solas.

Cuando se dispuso a encontrar un sitio vacío en la mesa, se percató inmediatamente de la mirada de Eversleigh. Él estaba sentado al otro lado, con una mano colocada sobre el respaldo del asiento vacío que tenía a su lado. Estaba charlando con lord Holyoake, aunque sin dejar de mirarla a ella.

El deseo de rodear la mesa y tomar el asiento que sabía que él le ofrecería inmediatamente fue muy fuerte. Con decidida tranquilidad, Lenore optó por sentarse al lado de la señora Whitticombe y de lady Henslaw para poder charlar con ellas. Evitó mirar a Eversleigh, pero sintió que él la estaba observando a ella. Se aseguró de que se sentía aliviada cuando él no mostró intención alguna de hablar con ella. Sin embargo, Eversleigh sí captó su mirada cuando Lenore levantó la vista en el momento en el que los caballeros se pusieron de pie. La joven comprobó que, desgraciadamente, no pudo apartar los ojos de la sonrisa del duque mientras él se acercaba a la silla en la que ella estaba sentada.

—Buenos días, señorita Lester —dijo—. Señoras...

Con una elegante inclinación de cabeza, les deseó a las dos damas que tuvieran un buen día y saludó más subyugadoramente a Lenore antes de marcharse con el resto de los hombres. La joven se enojó consigo misma porque un simple saludo le hubiera provocado tal confusión. Su Excelencia el duque de Eversleigh solo estaba mostrándose cortés con ella.

Como las damas mostraron interés en pasear por los amplios jardines, Lenore decidió buscar refugio en la biblioteca.

Desgraciadamente, los asirios parecían haber perdido su atractivo. Le preocupaba que un tema que le había resultado fascinante hacía solo una semana le provocara tan poco interés en aquellos momentos. Afortunadamente, Amelia entró por la puerta. Su prima tenía una expresión pensativa en el rostro.

—Estoy en un apuro, Lenore —confesó Amelia, mientras tomaba asiento—. ¿Sabes cómo atraer a un caballero?

—¿Cómo atraer a un caballero? Yo creía que tu problema era cómo repelerlos.

—Precisamente. En eso tengo mucha experiencia y tal vez precisamente por eso no tengo ni idea de cómo conseguir lo contrario.

—Pero, ¿por qué?

—Bueno... Se trata del señor Marshall —confesó Amelia, tímidamente—. He descubierto que él no tiene... no tiene instintos predatorios. ¡Oh, Lenore! Resulta tan agradable que me traten como si solo importaran mis deseos. Me siento tan segura, tan cómoda con Frederick...

—¿Frederick?

—No tiene ningún sentido andarse por las ramas, Lenore. Quiero animar a Frederick a que piense en mí de un modo más personal, pero, ¿cómo consigue una mujer realizar una tarea tan delicada sin...? Bueno, sin dar la impresión que ninguna dama querría dar.

—Me temo que yo soy la última persona a la que deberías hacerle esa pregunta, Amelia. No tengo ni idea de cómo aconsejarte.

—Tonterías —insistió Amelia—. Todo el mundo te considera la mujer más inteligente, Lenore. Si tú quisieras, estoy segura de que me podrías aconsejar cómo actuar.

—Supongo —dijo Lenore, tras pensarlo durante unos instantes— que, si pudieras animarlo a estar siempre contigo, a tu lado, tanto como sea posible, al menos podría comprender que disfrutas de su compañía y que deseas que esté a tu lado.

—Eso sería un comienzo. Además, cuanto más tiempo pase con él, más oportunidades tendré de... de animarlo en la dirección adecuada. Sin embargo, debo empezar inmediatamente o me quedaré sin tiempo.

Lenore no comprendió del todo a lo que su prima se refería. Amelia se apresuró a explicárselo.

—Es por Rothesay. Estoy segura de que Frederick acompañará a Eversleigh a Londres a finales de semana. Dada su amistad, es de esperar que Frederick quiera estar a mano para apoyar a Eversleigh en el torbellino que lo va a engullir en cuanto ponga pie en la ciudad. Después de haber estado lejos de Londres tantos días, las celestinas van a descender sobre él como buitres. Por lo tanto, supongo que yo tendré que regresar a la ciudad en vez de marcharme con la tía Mary a Bath. Sin embargo, preferiría no tener que volver a enfrentarme a Rothesay sin saber al menos que hay una razón para mi presencia en la ciudad.

—Si el señor Marshall muestra interés, ¿estás dispuesta a volver a encontrarte con el vizconde?

—Si Frederick muestra un interés genuino, creo que sería capaz de enfrentarme a los mismos fuegos del infierno solo por tener una oportunidad de ser feliz —confesó Amelia.

El profundo anhelo que notó en la voz de su prima dejó atónita a Lenore. Sintió un eco en su interior, una reverberación, el puro sonido de la verdad que ella misma estaba tratando de negar. Se puso de pie y abrazó a Amelia.

—Te deseo buena suerte en tu empresa, querida mía.

Amelia se puso de pie también y rodeó la esbelta cintura de Lenore con sus brazos para devolverle el abrazo.

—Voy a poner en práctica tu consejo inmediatamente. Si Frederick no me persigue, seré yo la que tenga que perseguirlo a él —dijo. A continuación, se dirigió a la puerta de la biblioteca, pero se detuvo en seco—. De un modo propio de una dama, por supuesto —añadió.

Lenore se echó a reír, preguntándose cuánto necesitaría Frederick Marshall que Amelia lo animara. Antes de que se hubiera decidido, sus propios pensamientos la reclamaron.

No pudo concentrarse de nuevo en los asirios.

El almuerzo resultó muy ruidoso entre parloteos y risas. Casi todos los invitados se habían relajado y habían bajado las barreras de la formalidad. Se congregaron al lado del lago, donde se sirvió la comida en pequeñas mesas y mantas de cuadros extendidas sobre la verde hierba. Las viandas que se sirvieron fueron ligeras pero deliciosas y culminaron con las primeras fresas de la temporada, servidas con nata montada.

—Querida mía, sus fresas son deliciosas.

Lenore se volvió para mirar a Eversleigh, tratando de no prestar atención alguna al modo en el que le latía el pulso.

—Gracias, Su Excelencia. Tenemos un invernadero excelente.

—Estoy seguro de ello, si usted lo considera así.

Lenore decidió no prestar atención a aquel comentario. Se apartó un poco para que él pudiera unirse al círculo de personas con las que ella estaba charlando. Eversleigh así lo hizo y escuchó cómo todos los demás hablaban de la excursión que se había proyectado a una pintoresca torre que estaba dentro de los terrenos de Lester Hall.

—Jack ha dicho que es muy antigua —dijo la señora Whitticombe.

—Y que está cubierta de hiedra —añadió Lady Henslaw—. Suena tan romántico... Harry ha dicho que se dice que allí solían reunirse los amantes.

Lenore no realizó comentario alguno. La imaginación de sus hermanos no tenía límites. La vieja torre se había construido como atalaya en los días de la Guerra Civil y allí no había ocurrido nada romántico. Sin embargo, las vistas desde lo alto de la torre eran excelentes. Los invitados no se sentirían desilusionados.

—Debe de haber visitado usted esa torre muchas veces, señorita Lester. ¿Le apetece volver a hacerlo? —le preguntó Eversleigh.

—Me temo que no, Su Excelencia —replicó ella—. Creo que iré a dar de comer a las carpas que hay en el estanque.

—Sin duda, un lugar mucho más tranquilo en el que pasar esta gloriosa tarde —apostilló él.

En aquel momento, Jack se acercó al grupo, claramente con la intención de charlar con Eversleigh. Como no tenía deseo de encontrarse con su hermano después del modo en el que había interferido en sus planes para la noche anterior, Lenore realizó una inclinación de cabeza y se marchó.

Jason permitió que lo hiciera. Tenía toda la tarde delante de sí y no deseaba que Jack adivinara sus intereses. Aún no.

—¡Maldito Jason! —exclamó Jack—. ¿Qué diablos creías que estabas haciendo ayudando a Lenore con su plan de anoche?

—Solo ver cómo reaccionabas tú, ¿qué si no? Además, tu hermana tenía razón. Mira a tu alrededor y comprueba lo relajadas y tranquilas que están estas damas. ¿Crees que estarían de igual modo si Harry y tú os hubierais salido con vuestro propósito? Deberías planear tus campañas más cuidadosamente. Te habla quien tiene experiencia en ello.

Jack se echó a reír.

—Muy bien. En lo de experiencia no puedo discutir contigo, pero después de lo de anoche, reclamo mi derecho a otro juego de billar contigo. Harry se llevará a los invitados a la torre. Nosotros podemos echar una partida y seguirlos más tarde.

—Una idea excelente.

Diez minutos más tarde, Lenore salió de la casa con una cesta de pan en el brazo. Había considerado sumergirse en los asirios en un intento por recuperar el interés, pero el día era demasiado maravilloso como para pasarlo en el interior de la casa. Además, tenía que alimentar a las carpas.

Cruzó el jardín y se dirigió al laberinto, en cuyo interior estaba colocado el estanque. Cuando llegó a su destino, se sentó al borde del lago y colocó la cesta a su lado. Mientras arrojaba las migajas a los hambrientos peces, consideró la posición en la que ella misma se había colocado.

¿Qué la había llevado a rendirse a sus inesperados sentimientos e invitar solapadamente a Eversleigh? Tenía que admitir que él no suponía amenaza alguna para ella, dado que se marcharía el sábado a la ciudad para buscar a la que elegiría como esposa. No comprendía por qué se sentía desilusionada por aquella situación. Bajo su aparente tranquilidad, había reconocido el deseo de experimentar, solo una vez, las emociones que sentían otras mujeres, unas emociones a las que se había hecho adicta casi inmediatamente. Había sentido los primeros despertares, las vibrantes sensaciones que le recorrían la piel cada vez que Eversleigh estaba cerca. Instintivamente, las había dominado, pero deseaba dejarlas libres, solo una vez, sabiendo que no corría peligro alguno. Aunque cayera bajo el hechizo del duque, él no la seduciría. Estaba a salvo con él.

Sin embargo, ¿estaba a salvo de sí misma? ¿Sucumbiría al amor y al dolor que sentiría después? Tal vez debería darle las gracias a Eversleigh y a la predilección que él sentía por el billar por haberle negado la oportunidad de descubrirlo.

Veinte minutos más tarde, Jason se dirigió al laberinto, sin dejar de pensar en la mujer que estaba buscando. Sabía que ella no había cambiado su opinión sobre el matrimonio, pero dado que Lenore ya debía conocer la necesidad que él tenía de casarse, la tácita invitación que le había hecho para que la acompañara al estanque solo podía interpretarse como un deseo de hablar del asunto. El deseo que la joven tenía de no casarse era comprensible. Se le había permitido un enorme grado de independencia y, dada su innegable inteligencia, su libertad se había convertido en algo muy importante para ella. Eversleigh tenía la intención de asegurarle que ninguna mujer inteligente e independiente debía temer el matrimonio con él. De hecho, cuanto más lo pensaba, más le parecía que Lenore Lester era la mujer adecuada para él.

Después de atravesar el laberinto, se encontró en un amplio espacio de césped que rodeaba un estanque rectangular. Inmediatamente, vio a Lenore alimentando a los peces. Una sonrisa completamente espontánea se le dibujó en los labios.

Lenore supo que el duque estaba allí cuando la sombra de él cayó sobre el estanque. Inmediatamente, el corazón se le llenó de felicidad. Había aceptado la invitación que ella le había hecho. Rápidamente, trató de recuperar la compostura, decidida a que él no viera lo mucho que la afectaba. Tranquilamente, siguió alimentando a los peces.

—Buenas tardes, Su Excelencia.

—Tal y como yo había pensado, señorita Lester, este es un lugar muy tranquilo.

—¿Quiere usted alimentar a las carpas, milord? —le preguntó Lenore, tras volverse para mirarlo.

—No especialmente. Ya parecen muy bien alimentadas.

—Creo que tiene razón. Ya no necesitan más comida.

Se estaba limpiando los dedos en la cesta cuando la mano de Eversleigh apareció frente a ella. Levantó la mirada a pesar de que, como él tenía el sol a sus espaldas, no conseguía verle el rostro.

—Venga a sentarse conmigo en un banco.

Extendió la mano y la ayudó a levantarse. Juntos atravesaron el cuidado césped hasta llegar al lugar elegido. Allí, Lenore se estiró las faldas y tomó asiento. Eversleigh se sentó inmediatamente a su lado.

—Sin duda le alegrará saber que no derroté a Jack.

—¿De verdad? Me sorprende usted, Su Excelencia.

—En realidad le dejé ganar —admitió él, con una sonrisa.

—¿Por qué?

—Resultaba mucho más rápido. Ahora se ha marchado, muy contento consigo mismo, para unirse con el resto del grupo. Dígame, querida, ¿tiene usted interés alguno en los juegos de azar?

—Ninguno.

—¿Cuántos juegos ha probado?

Lenore tuvo que confesar su ignorancia. A su vez, le preguntó a Eversleigh qué juegos le gustaban. La lista era muy larga.

—Con unos intereses tan diversos, debe de pasar usted mucho tiempo en los clubes de la ciudad.

—Eso podría parecer, pero le aseguro que solo en mi juventud me resultó una tentación pasarme toda la noche jugando a las cartas. Después de todo, hay maneras mucho mejores de pasar el tiempo.

—¿Sí? ¿Acaso asiste usted a la ópera? —preguntó ella, llena de inocencia—. ¿O tal vez resulta el teatro más de su gusto?

Jason entornó la mirada. Estuvo a punto de confesar que, en momentos variados de su vida, había encontrado interés tanto en la ópera como en el teatro. Solo el deseo de la corrección con su posible esposa le impidió contar la verdad.

—Asisto a ambos, de vez en cuando.

—¿Ha visto usted a Keane? —le preguntó Lenore, muy emocionada.

—Varias veces. Es un actor excelente, siempre que se le proporcione el papel que mejor le va a su talento.

A continuación, se pusieron a charlar sobre los diversos teatros y los estilos de obras que se producían en Londres. Eversleigh no dejaba de buscar pacientemente el modo de introducir el tópico del matrimonio. Estiró las piernas y se giró ligeramente para poder mirar el rostro de Lenore.

—Dígame, querida mía, si usted pudiera diseñar su propia Utopía, ¿qué elegiría para ella?

—Bueno —dudó Lenore, algo sorprendida por aquella repentina pregunta—. Jardines, sin duda, jardines muy grandes como este. Resulta tan relajante tener un jardín por el que pasear. Dígame, Su Excelencia, ¿pasea usted a menudo por sus jardines?

—Yo raramente necesito relajación. Sin embargo, los jardines de Eversleigh Abbey son similares a estos, aunque siento decir que su estado no es tan perfecto.

—Sin duda, eso será algo que su esposa remediará —comentó Lenore, sin dejar de mirar el estanque.

—Eso espero —replicó Jason, contento de haber alcanzado su objetivo—. Entonces, un jardín y empleados suficientes para cuidarlo. ¿Qué más?

—Una casa, por supuesto. En el campo.

—Naturalmente. Grande y con los criados suficientes. ¿Y en la ciudad también?

—Confieso que siento curiosidad por visitar Londres, pero no me atrae la idea de vivir allí.

—¿Por qué no?

—No me gusta tener que admitir una actitud tan poco a la moda, pero el pensamiento de tener que sufrir a toda la sociedad, como ocurriría si yo tomara residencia en la capital, es suficiente para disuadirme.

—Creo que le hace usted una injusticia a todos los miembros de la sociedad, querida mía. No somos todos tan frívolos.

—Pero estamos hablando de mi Utopía, ¿no es así?

—Efectivamente. ¿Qué más le gustaría tener?

—Bueno, me gusta ser la anfitriona de reuniones grandes. No sirve de nada tener una casa grande y buenos criados si no se utilizan.

—Cierto. ¿Qué clase de entretenimiento le gustaría tener?

—Mi biblioteca. No podría vivir sin mis libros.

—Eversleigh Abbey tiene una enorme biblioteca. Mi padre estuvo inválido durante mucho tiempo y le gustaba mucho leer.

—¿De verdad?

—Sí. Tenemos una gran variedad de clásicos además de muchos volúmenes más nuevos.

—¿Ha hecho que cataloguen la biblioteca?

—Desgraciadamente, no. Mi padre murió antes de poder ocuparse del asunto.

—Debería hacerlo —le aconsejó ella.

—No ha mencionado usted personas en esta Utopía suya —dijo Eversleigh—. ¿Le gustaría tener un esposo e hijo para convertir su casa en hogar?

Aquella pregunta dejó atónita a Lenore. Eversleigh ya conocía perfectamente cuál era su opinión sobre el tema.

—No veo razón alguna para complicar mi vida con un marido, Su Excelencia.

—Es usted una mujer muy inteligente, Lenore. Si un hombre pudiera ofrecerle todo lo que su corazón desea, ¿seguiría sin considerar el matrimonio?

—¿Por qué me pregunta eso, Su Excelencia? —preguntó ella. Un extraño miedo se le había apoderado de la garganta y le dificultaba la respiración.

—Yo creería que resulta evidente, querida mía. Sin duda,

habrá oído rumores de que tengo intención de casarme, ¿no es cierto?

—Yo nunca escucho los chismes, Su Excelencia —replicó Lenore, frenética por negar la posibilidad que, segundo a segundo, iba cobrando más cuerpo.

—Para que lo sepa, los rumores son ciertos.

—Todo el mundo espera que se case usted con una debutante —se apresuró a decir Lenore.

—¿Le parezco yo la clase de hombre que se casaría con una mujer sin ingenio alguno?

—No, pero supongo que no todas las debutantes son mujeres sin ingenio, Su Excelencia —afirmó ella, retorciéndose las manos. Desesperadamente, trató de encontrar el modo de desviar el tema de la conversación, pero no pudo.

—He visto demasiada belleza como para no saber lo que vale en realidad —dijo, observando la rigidez con la que ella estaba sentada en el banco—. Como he dicho ya antes, tienes una visión muy limitada de lo que excita el interés de un caballero, Lenore. Tú me has dicho lo que deseas de la vida, lo que consideras importante. Yo estoy dispuesto a proporcionarte todo lo que has nombrado a cambio de que me concedas tu mano en matrimonio.

—Y todo lo que ello conlleva —dijo Lenore, pronunciando las palabras como si se tratara de una sentencia.

—No conlleva nada más allá de lo que tú puedas esperar. Como los dos sabemos, mi compañía no te resulta insoportable. De hecho, creo que estaríamos muy bien juntos, Lenore.

Una sensación de vértigo se apoderó de Lenore. La versión que Eversleigh había hecho de su destino se reflejaba claramente en los ojos que tan despiadadamente la miraban. Al darse cuenta del peligro al que se enfrentaba y lo mucho que había avanzado por un camino que se había prometido que jamás pisaría, palideció por completo.

—No —dijo, casi temblando—. No puedo casarme con usted, Su Excelencia.

—¿Por qué? ¿Por qué me has invitado aquí si no era para hablar de este tema?

—Yo no lo he invitado a usted a venir aquí —replicó, desesperada—. Mire, Su Excelencia, me siento profundamente honrada de que me haya podido considerar para ocupar el puesto de su futura esposa. Sin embargo, estoy convencida de que no resulto adecuada para el matrimonio.

—¿Por qué?

—Me temo que eso no es asunto suyo.

—Y yo me temo, querida mía, que no estoy de acuerdo. Dadas las circunstancias, me temo que merezco más que eso como excusa. Los dos somos unos adultos inteligentes. A pesar del distanciamiento en el que has vivido hasta ahora, comprendes nuestro mundo tan bien como yo.

Por fin, la ira pareció acudir en ayuda de Lenore y le dio la fuerza suficiente como para desafiarlo. ¿Cómo se atrevía a insistir en un matrimonio sin amor solo porque eso era lo que hacía todo el mundo?

—Permítame que le informe, Su Excelencia, que es usted sin duda alguna el caballero más engreído, arrogante y autoritario que he tenido la desgracia de conocer —le espetó. A continuación, se puso de pie e incluso se atrevió a mirarlo a los ojos—. No deseo casarme. Eso, para la mayoría de los caballeros, sería razón suficiente. A pesar de su opinión sobre el asunto, no tengo por qué darle explicaciones.

Al ver que él se disponía a levantarse, Lenore sintió que la furia la abandonaba. Con los ojos muy abiertos, dio un paso atrás, presa del pánico. No veía nada en los ojos de Eversleigh que le hiciera creer que se había salido con la suya. Con un desesperado esfuerzo, consiguió el aliento suficiente como para decirle:

—Si me perdona, Su Excelencia, tengo muchas tareas muy importantes de las que debo ocuparme.

Recogió su cesta y salió huyendo de allí.

Completamente exasperado, Jason la dejó marchar. Decidió que lo mejor sería que ella tuviera algunas horas para pensar, para domar su genio y reconocer lo apropiada que resultaba su oferta. Si no era así, él mismo lo haría por ella.

Desde su punto de vista, el asunto estaba claro. Estaba seguro de que no había motivo racional para permanecer soltera. Por el contrario, más bien parecía que a su futura esposa se le había permitido ser demasiado independiente durante demasiado tiempo. La independencia estaba muy bien, pero para una mujer, en el mundo en el que vivían, había unos límites. Lenore los había alcanzado y parecía dispuesta a sobrepasarlos. Necesitaba una mano que la llevara de nuevo al camino de una vida más aceptable. Como su padre y sus hermanos habían demostrado ser demasiado débiles para ocuparse de aquella tarea, tendría que ser él quien la llevara a cabo.

Se puso de pie y, con expresión inescrutable, se dirigió de nuevo a la casa. Si iba a tener que bailar al ritmo que le marcaba la sociedad, solo lo haría con Lenore Lester entre los brazos.

CAPÍTULO 5

Lenore decidió que nadie sabría lo que había ocurrido. Aquella noche, cuando entró en el salón, llevaba como siempre una serena sonrisa en los labios y la tranquilidad reflejada en el rostro. Un rápido examen de la sala le confirmó lo que ya le habían indicado sus sentidos. Eversleigh no estaba allí. Sintió una ligera sensación de alivio ante la idea de que, tal vez, se hubiera marchado. Se negó inmediatamente aquella posibilidad. Eversleigh no había aceptado su rechazo. Estaba segura de que volvería a acosarla de nuevo.

No tardó mucho en verlo entrar en el salón, justo delante de Smithers. Examinó la sala con la mirada y localizó inmediatamente a Lenore. Ella sintió que se le cortaba la respiración al ver que se dirigía hacia ella tranquilamente y que le ofrecía el brazo con un insípido «señorita Lester».

Con un gesto lleno de frialdad, Lenore le colocó la mano sobre la manga y aceptó la invitación. Mantuvo la cabeza alta, pero los párpados bajos. Mientras se dirigían a la puerta, lo miró de soslayo. No se reflejaba expresión alguna en sus duros rasgos. A pesar de todo, a Lenore no le quedó la menor duda de que él seguía igual de firme en sus intenciones. La aprensión se apoderó de ella, pero la reprimió rápidamente y se preparó para la dura prueba en la que iba a convertirse la cena.

A su lado, Jason sintió la tensión que se había adueñado de Lenore. Por ello, se esforzó por contener su propia ira. A pesar de sus peculiares vestidos, Lenore Lester poseía la capacidad de calmarle los sentidos simplemente con caminar a su lado. Sentía deseos de embarcarla en la conversación más difícil de toda su vida, pero resistió la tentación sabiendo lo nerviosa que ella estaba. Trató de analizar los motivos de aquella actitud, pero decidió no hacerlo. Ya tendría tiempo cuando hubiera conseguido que Lenore accediera a casarse con él.

La cena transcurrió sin incidentes. Lenore encabezó la comitiva de damas para abandonar el comedor. No comprendía por qué Eversleigh había estado tan contenido a lo largo de la cena, aunque no tenía esperanzas de que él dejara que la velada transcurriera sin volver a hablar con ella. Por suerte, aquella noche se había programado un baile, por lo que, afortunadamente, y gracias al propio Eversleigh, ella estaría demasiado ocupada bailando con los invitados como para poder bailar más de una vez con él. Para sobrevivir a aquella prueba, Lenore tenía sus propios planes.

Los caballeros no perdieron el tiempo con el oporto. Se unieron a las damas justo cuando los músicos empezaban a tocar. Como Lenore había previsto, no tardaron en pedirle el primer baile. Fue lord Percy.

—Debo felicitarla, señorita Lester —afirmó su pareja de baile—. Esta semana ha sido un éxito rotundo. ¡Un éxito formidable, diría más bien yo!

—Muchas gracias, milord —respondió ella—. ¿Le gustó la excursión a la torre?

—¡Oh, sí! —dijo lord Percy, con mucho entusiasmo—. Se veían desde allí unas vistas tan dramáticas. ¿Pinta usted paisajes, señorita Lester? Me gustan mucho los paisajes pintados con sensibilidad, ¿sabe usted?

—Me temo que las acuarelas no son mi fuerte, milord.

—Pero canta usted, señorita Lester. Me conmovió mucho la pieza que cantó usted con Eversleigh la otra noche. Absolutamente cautivadora. Me emocionó mucho....

Lord Percy siguió hablando de otros duetos que había tenido el privilegio de escuchar. Leonor le permitió que siguiera hablando. A pesar de que tenía una expresión muy atenta en el rostro, su mente estaba en otra parte.

Para su sorpresa, Jack le pidió que bailara con él el siguiente baile, una pieza popular que él mismo le había enseñado a danzar.

—Bien, Lennie, ¿cómo va todo, querida mía? Todo está tan tranquilo y pacífico como te dije que iría, ¿verdad?

—Admito que no ha habido ninguna dificultad, pero yo no iría tan lejos como para atribuirlo al hecho de que Harry y tú hayáis contribuido a mi paz.

—Supongo que estás hablando de lo del martes por la noche. Un error de cálculo, querida mía. Eversleigh me hizo ver que estaba equivocado.

—¿Eversleigh?

—Sí. Sabe mucho ese Eversleigh. Bueno, tenía razón. Nos lo hemos pasado muy bien hoy, más que toda la semana.

—¿Ves a Eversleigh con frecuencia en la ciudad?

—Sí. Se codea con los más importantes y es el preferido de las damas.

—¿Sí?

—Querida Lennie, tal vez te escondas en el campo, pero no eres ciega, querida mía. Llevas cinco días sentándote a su lado.

—Sí, bueno, pero ese tipo de cosas no siempre resultan completamente evidentes, hermano mío —afirmó Lenore, a pesar de que recordaba perfectamente lo que había sentido cuando, mientras bailaban en vals, él le había rodeado la cintura con el brazo.

—Además, no es solo eso. Eversleigh tiene una cierta reputación, no solo con las mujeres, aunque eso también es importante. En ese tema es un maestro. Sin embargo, su poder va más allá de eso. Se relaciona con gente muy importante y, además, es muy rico. No tiene que llamar a su hermana para que pague sus deudas —bromeó Jack.

—¿Tiene una hermana?

—No, y su hermano menor murió en Waterloo. Esa es la razón por la que tiene que casarse, pero no se lo menciones a él.

—Te aseguro que el matrimonio sería el último tema del que hablaría con Su Excelencia.

—Bien. Te aseguro que el hecho de que Montgomery se case será como el final de una era. Ha sido... Un ídolo para todos nosotros.

—No es mucho mayor que tú.

—Solo unos pocos años, pero es más bien por toda la experiencia que tiene. Ni siquiera sé cómo ha podido asimilarla toda —añadió Jack, con una pícara sonrisa.

Lenore guardó silencio al darse cuenta de que el baile estaba a punto de separarlos. Cuando volvieron a unir las manos, su hermano estaba muy pensativo.

Lenore también se sumió en sus pensamientos. Sabía que toda posibilidad de que su padre o sus hermanos la ayudaran para deshacerse de Eversleigh era completamente nula. El duque era exactamente el tipo de caballero con el que su familia desearía que se casara. Nadie comprendería la negativa de Lenore. Eversleigh era rico, poderoso y guapo. Todos creerían que se había vuelto loca.

De repente la música se detuvo.

—Muy bien —dijo Jack, deteniéndose al mismo tiempo que su hermana. A continuación, le hizo una elegante reverencia y le guiñó un ojo cuando ella se inclinó ante él—. Ahora, te dejo sola, querida. Como el anfitrión real de esta reunión, mis invitados me reclaman.

Lenore se echó a reír. Sin embargo, las palabras de su hermano no dejaban de retumbarle en los oídos. Efectivamente, estaba sola. Se tendría que ocupar de Eversleigh sin la ayuda de nadie.

La oportunidad de hacerlo se materializó casi instantáneamente. Las notas de un vals comenzaron a resonar en la sala. Lord Farningham apareció entre la multitud. Al ver que él la interrogaba con la mirada, Lenore sonrió y lo animó a acercarse. El caballero casi había llegado a ella cuando unos dedos agarraron posesivamente el codo de la joven.

—Creo que se trata de nuestro baile, señorita Lester.

Al mirar el duro rostro del duque, Lenore supo que sería inútil negarse. Además, la intimidad relativa de un vals, rodeados del resto de los invitados, era segura para sus intenciones. Rápidamente se disculpó con lord Farningham.

—Se me había olvidado, milord. Tal vez el próximo vals.

—Sí, por supuesto —dijo lord Farningham, tras hacer una reverencia.

Sin mediar palabra, Eversleigh la llevó al centro de la sala y la tomó entre sus brazos como si Lenore ya fuera suya. Ella trató de no prestar atención, a pesar de las sensaciones que atacaban sus sentidos.

—Me alegro de tener esta oportunidad de hablar con usted, Su Excelencia, dado que hay algo que deseo decirle.

—¿Sí? ¿De qué se trata?

—Como le dije, me siento muy honrada por su proposición. Sin embargo, creo que usted aún no ha aceptado mi negativa. Deseo afirmar que mi decisión al respecto es irrevocable. No hay nada que usted pueda decir que sirva para convencerme de que me case. Me gustaría señalar que esta aversión mía no es nada personal. Simplemente no siento inclinación al matrimonio y, como usted ya debe saber, no tengo razón alguna para casarme.

—Se equivoca, señorita Lester —dijo él, con innata arrogancia.

—¿En qué, Su Excelencia?

—En todo. Para empezar, usted no se siente en absoluto honrada con mi proposición, sino que siente pánico. Hay más razones de las que usted imagina para que nos casemos. En cuanto a lo de que no hay nada que yo pueda decir para convencerla, no me tiente, señorita Lester.

La amenaza quedaba evidente. Con un brusco movimiento de cabeza, Lenore pasó a mirar al vacío.

—Le he razonado mi respuesta todo lo que he podido, Su Excelencia. Si usted prefiere ignorarla, eso no es asunto mío. Sin embargo, estoy segura de que comprenderá que no deseo volver a hablar de este asunto.

—Mucho me temo, señorita Lester, que no resulta tan fácil persuadirme a mí como a otros hombres —afirmó Eversleigh, estrechándole con más fuerza la cintura—. Usted ha dicho lo que tenía que decir. Ahora me toca a mí.

La mano le abrasaba la espalda, atravesando la espesa seda del vestido. Sin embargo, Lenore consiguió reflejar en su rostro una suprema indiferencia. Cuando contestó, logró imprimir un cierto aburrimiento a su voz.

—Y yo me temo, Su Excelencia, que si menciona la palabra matrimonio o cualquiera de sus sinónimos, me pondré a gritar.

—Muy bien, señorita Lester —dijo Jason, tras un breve silencio—. Tendré que utilizar otros medios para demostrarle que está equivocada. No obstante, recuerde que esta fue idea suya —añadió, llenando de aprensión a Lenore—. Tal vez deba comenzar con las fantasías que tengo con su cabello, cayéndole en ondas por la espalda. Por supuesto, en mis sueños no lleva puesto nada más. Su cabello es como la seda, ¿verdad? Sueño con peinarlo entre los dedos, en envolver con él sus encantos...

Lenore abrió los ojos de par en par. El rubor comenzó a cubrirle las mejillas. No se atrevía a mirar a Eversleigh.

Él, con el rostro tranquilo e impasible, la estrechó un poco más entre sus brazos para que los muslos rozaran los de ella a cada paso.

—Además, están tus ojos, translúcidos estanques verdes. Sueño con cómo brillarán cuando te haga el amor, Lenore, en cómo se oscurecerán de pasión...

Lenore trató de no escuchar sus palabras, pero no lo consiguió. A pesar de todos sus esfuerzos, no podía evitar oír sus palabras, la sensual descripción que iba haciendo de cada parte de su cuerpo... Sentía que ardía por dentro, cómo la ira se fundía con el fuego que evocaban las palabras de Eversleigh. Una parte de su ser que no conocía se estiraba y ronroneaba, gozando con las visiones que él le provocaba. Su voz se había ido convirtiendo en una caricia tan explícita como las fantasías que describía.

Aquel fue el vals más largo que Lenore había danzado nunca. Cuando por fin terminó y él la soltó, solo el orgullo impidió que se desmoronara sobre el suelo. Contuvo el aliento y le extendió la mano. Con un esfuerzo sobrehumano, mantuvo el rostro tan impasible como el de él.

—Gracias, Su Excelencia, por un baile tan informativo. Estoy segura de que me comprenderá perfectamente si rechazo sus invitaciones en lo sucesivo.

Tras realizar la más ligera de las reverencias, Lenore se dirigió directamente al carro del té, que Smithers acababa de llevar a la sala. Las manos le temblaban mientras repartía las tazas. Cuando terminó su tarea, miró a su alrededor. Su padre y Harriet estaban al cuidado de los criados y no tenía deseos de acercarse a ningún miembro de la familia por si acaso notaban su agitación. Le habría gustado refugiarse en Amelia, pero, cuando la localizó por fin, vio que estaba con Frederick Marshall.

Decidida a no darle a Eversleigh la satisfacción de verla huir, se acercó a la señora Whitticombe y permaneció con ella y su círculo durante el resto de la velada.

Jason la observaba desde el otro lado de la sala, el rostro impasible y la contrariedad reflejada en la mirada.

—La señorita Lester está en la biblioteca, Su Excelencia.
—Gracias, Moggs —le dijo a su ayuda de cámara.

Como le había ocurrido durante las últimas cuarenta y ocho horas, no podía dejar de pensar en Lenore Lester. Era viernes, el último día de celebraciones. El sol de la tarde ya empezaba a relucir en las copas de los árboles. Si no conseguía la aceptación de Lenore aquel mismo día, surgirían ciertas dificultades. No le apetecía regresar a la ciudad sin un acuerdo en firme, ya que entonces tendría que enfrentarse a las celestinas que lo esperaban ansiosamente en Londres. Sin embargo, quedarse en Lester Hall implicaría que, al menos, tendría que sincerarse con Jack, algo que no le apetecía hacer, por la presión a la que se vería sometida Lenore. Sabía que la obligarían a aceptar y él no estaba preparado para apostarse el resultado de tal presión.

El día anterior, el jueves, había puesto a prueba su aguante hasta el límite. Lenore había conseguido evitarlo durante todo el día. La había buscado por todas partes, dándose cuenta al mismo tiempo de lo grande que era Lester Hall y sus jardines. Se había encontrado con varias parejas, entre ellas Frederick y lady Wallace. Este descubrimiento le había sorprendido bastante, pero siguió centrado en su búsqueda. Era a Lenore a la que deseaba encontrar.

A la hora de cenar, ella había entrado en el salón tan fría y distante como siempre. Cuando se sentaron a la mesa, Eversleigh decidió dejarse llevar por la cautela y refrenó la lengua hasta después de la cena. Sin embargo, cuando entró en el salón con el resto de los caballeros, ella se había marchado. Había afirmado que tenía dolor de cabeza y había dejado a su prima a cargo del reparto del té.

Aquello había sido el colmo. Se había pasado el resto de la velada en sus aposentos, repasando una y otra vez el deseo abrumador que tenía por casarse con ella. Aparte de satisfacer todas sus necesidades, sabía que a ella también la beneficiaría. Lenore se negaba a ver la nube que empañaba su futuro. La idea de dejarla abandonada a su destino, como hermana solterona en una casa dirigida por la esposa de su hermano no le agradaba en lo más mínimo. ¿Qué clase de alegría tendría ella cuando la despojaran de la posición de la que disfrutaba en aquellos momentos y ya no fuera la fuerza central de la familia? Estaba decidido a hacerle comprender aquel hecho y a que ella le permitiera rescatarla de su destino.

Le había dicho que estaba desperdiciando su vida fuera del matrimonio y así lo creía. Lenore había nacido para dirigir una enorme casa, tal y como él había nacido para ser el cabeza de una gran familia. A pesar de que no estaba orgulloso de su comportamiento en la pista de baile, el ejercicio había confirmado que Lenore sentía la misma atracción que él estaba experimentando.

Estaba en la biblioteca, sola. Deseaba hablar con ella con franqueza, demostrarle lo que reservaba el futuro en términos inequívocos. Después de todo, era una mujer muy inteligente.

Sin pensárselo, se dirigió a la biblioteca. Cuando llegó a la puerta, la encontró entreabierta. Entró muy sigilosamente y la vio de pie al lado de una ventana abierta, abrazándose a sí misma y sumida en sus pensamientos. Con mucho cuidado de no hacer ruido, cerró la puerta y cruzó la sala hasta detenerse delante del escritorio al otro lado del cual ella estaba.

Hacía calor allí. Lenore se había quitado el delantal. Una fina blusa de seda le moldeaba las curvas. La cinturilla de la falda de terciopelo marrón le ceñía la estrecha cintura, dejando así que la falda cayera en suaves pliegues hasta llegar al suelo. Jason le estudió el rostro. Lenore no dejaba de pellizcarse incesantemente la tela de las mangas. Era una mujer muy tranquila, pero él había turbado su paz. Sintió el deseo de acercarse a ella y tomarla entre sus brazos. Se sentía tan inquieto como ella. De repente, el anillo que llevaba en la mano derecha golpeó la mesa.

Lenore se dio la vuelta. Se había sobresaltado mucho y lo observaba con los ojos muy abiertos. Instintivamente, se colocó de manera que el escritorio quedara entre ambos y ocultó sus pensamientos con su habitual máscara.

—¿Ha venido a buscar un libro para pasar el tiempo, Su Excelencia? —dijo, con voz firme.

—He venido a buscarte a ti, Lenore. A ti y nada más —respondió, rodeando lentamente el escritorio.

Inmediatamente, Lenore se dirigió en la dirección opuesta.

—Milord, la persecución a la que me está sometiendo no tiene sentido —afirmó ella—. Debe de haber muchas mujeres que estarían encantadas de ser la próxima duquesa de Eversleigh.

—Cientos —dijo él. Avanzó sin pausa.

—Entonces, ¿por qué yo?

—Tengo muchas y excelentes razones, que estoy dispuesto a compartir contigo si te estás quieta. ¡Por el amor de Dios, Lenore! ¡Detente!

Lenore rodeó el escritorio una vez más. Con un rápido movimiento, Jason rodó por encima del mueble y aterrizó delante de ella. Con un grito ahogado, ella levantó las manos para apartarlo, pero Jason se las atrapó con una suya y la acorraló contra el escritorio. A continuación, le obligó a apoyar las manos sobre la superficie de madera y se las cubrió con las suyas. La postura provocó que Lenore se inclinara hacia atrás y él tuviera que inclinarse sobre ella.

Su intención había sido hablar con ella de las razones que recomendaban aquel matrimonio, pero, al tenerla así, todo se le fue de la cabeza.

Lenore contemplaba fijamente el rostro que tenía por encima del suyo. Se sentía sumergida en un torbellino. Escasos minutos antes se había visto sumida en sueños peligrosos, que representaban lo peligroso que Eversleigh era para ella. Cuando su amenaza se había materializado, la anticipación se había apoderado de ella. Con los ojos abiertos de par en par, se echó a temblar. La seda de la blusa subía y bajaba con cada agitada respiración.

Aquella visión trastornó por completo a Eversleigh. Llevaba días luchando contra aquella inclinación. Sin embargo, ver la esbelta columna de la garganta, el pulso latiéndole en la base, aquellos hermosos labios, separados, los ojos verdes como el mar, llenos de una mezcla de virginales dudas y de deseo lo excitó profundamente.

Lenore sintió lo que él estaba experimentando, la tensión de los brazos, de los muslos que se apretaban contra los suyos y que delataban lo que se estaba produciendo dentro de él. Abrumada por una fascinación más antigua que los mismos tiempos, no pudo hacer nada. No sabía si deseaba escapar. Se limitó a observar, completamente hipnotizada, cómo los ojos de Eversleigh se iban oscureciendo.

Por fin, con un gruñido ahogado, Jason se rindió y bajó los labios hasta los de ella. No fue un beso suave, pero a Lenore, en su inocencia, no le importó. Sin saber qué hacer, buscó apaciguar la dureza de los labios de Eversleigh suavizando y separando los suyos.

Cualquier vaga impresión que Jason hubiera podido experimentar por darle un beso dulce y breve se esfumó ante la inesperada invitación que Lenore le ofrecía. Aceptó inmediatamente y tomó posesión de la boca de la joven con una pasión ardorosa y profunda, que lo turbó tanto a él como a ella.

Lenore se echó a temblar. Sintió que él la abrazaba, que la fuerza de Eversleigh la rodeaba y la seducía incluso más que aquel beso. Levantó las manos y se las colocó sobre los hombros. Sintió cómo los músculos de él se flexionaban bajo sus dedos y, sin poder contenerse, le devolvió el beso. Se excitó mucho al sentir la respuesta que él le proporcionaba y se sorprendió de experimentar una reacción similar corriéndole por las venas.

Las sensaciones eran adictivas. Sus sentidos, que habían vivido tanto tiempo felices en la ignorancia, despertaron por la magia que él provocaba. Lenore sintió que no tenía defensa alguna ante el poder que la abrumaba y que la empujaba más allá. Completamente ciega a las normas que dictaba la sabiduría, su propia educación y los dictados de la sociedad, se dejó llevar adonde la llamaban sus sentidos, respondiendo libremente, igualando todo lo que él le pedía y deseando más aún.

Aquella reacción fue mucho más de lo que Jason había esperado. Estrechó a Lenore entre sus brazos y sintió cómo temblaba. Notó que los dedos de ella se le enredaban en el suave cabello de la nuca. Sin poder contenerse, muy lentamente, levantó una mano para cubrirle un seno.

El placer se abrió paso por el cuerpo de Lenore. El calor le inundó los pechos. Respondió inmediatamente, con besos más urgentes, sintiendo que cuerpo y alma deseaban experimentar mucho más. Los dedos de Jason no dejaban de acariciarla, provocándole una serie de sensaciones que jamás había experimentado. Los pezones se irguieron como pequeños capullos y sintió un extraño calor desplegándose en su interior. No realizó protesta alguna cuando los dedos de Jason se deslizaron bajó la fila de botones de perla que le cerraban la camisa. Era una delicia sentirlos por debajo de la suave tela, buscando las cintas de la enagua. Con un suave tirón, el nudo quedó deshecho. Tras separar la tela, la blusa le cayó hasta la cintura. La fresca caricia del aire sobre los pechos desnudos quedó rápidamente aplacada por las tórridas caricias que Eversleigh le proporcionó.

El deseo se abrió paso a través de Lenore. Gimió de placer y rompió el beso. Echó la cabeza hacia atrás, dejando que las sensaciones le recorrieran todo el cuerpo. El tiempo y el lugar ya no existían. Su ser había cobrado vida en un mundo de placer sensual.

Jason la observó atónito. Era más hermosa de lo que había imaginado. Sus pechos le encajaban perfectamente en las manos. Los pezones se erguían con pasión, una pasión que él mismo había provocado. Los murmullos de gozo que ella dejaba escapar con cada una de sus caricias eran como un canto de sirena que hacía que desaparecieran todas las reservas, todos los pensamientos. Sin poder contenerse, bajó la cabeza.

Atrapada en un mundo de delicias sensuales, Lenore gozó con todo lo que pudo sentir. Cada una de las sensaciones táctiles que Eversleigh le provocaba se veía reemplazada inmediatamente por otra. Gemía y susurraba palabras de deseo cuando sentía que los labios de él la acariciaban, que la lengua lamía suavemente un tenso pezón. Se sentía como si los huesos se le estuvieran deshaciendo. Solo podía elaborar un pensamiento coherente. No deseaba que él se detuviera. Tan absorta estaba en lo que sentía que no oyó ni los pasos ni el clic que hacía el pestillo de la puerta.

—¡Aquí estamos! La biblioteca. Sabía que tenía que estar en alguna parte. Hay muchos libros...

Lord Percy se detuvo en seco al ver a la pareja que había detrás del escritorio.

Al oír la primera palabra de Percy, Jason se apartó de Lenore y tiró de ella para protegerla con su pecho. Mientras observaba los rostros atónitos de las tres damas que acompañaban a lord Percy, la señora Whitticombe, su hija y lady Henslaw, comprendió que jamás olvidarían la imagen que habían contemplado después de abrir la puerta.

Oculta contra el pecho de Eversleigh, Lenore trató de recuperar la compostura.

Para sorpresa de todos, fue lord Percy el que salvó la situación. Se dio la vuelta y extendió los brazos para conseguir que las damas se dieran la vuelta.

—Vamos a ver los invernaderos. Me han dicho que son maravillosos —dijo.

Con eso, lord Percy cerró firmemente la puerta. El sonido producido por el pestillo devolvió a Lenore por completo a la realidad. Rápidamente, se colocó la blusa y se abrochó como pudo los botones. De repente, sentía mucho frío.

Tras envolverse con sus propios brazos, dio un paso atrás y, muy lentamente, levantó el rostro para mirar el de Eversleigh. Vio que tenía la respiración muy acelerada. Comprobó que él parpadeaba también, como si estuviera tan afectado como ella.

—Me ha engañado —afirmó, fríamente, a modo de venganza deliberada—. Como no accedía a casarme con usted, me ha preparado esta trampa. ¡Esta farsa! Como no estaba dispuesta al matrimonio, buscó atraparme para que no me quedara más remedio. Dígame, Su Excelencia —añadió, con profundo desdén—, ¿ha hecho su aparición lord Percy demasiado pronto? ¿Hasta dónde estaba dispuesto a comprometer mi honor para conseguir sus propósitos? Sin duda, es usted el hombre más despreciable que he tenido la desgracia de conocer. ¡A pesar de lo que pueda provocar esta equivocación, a pesar de los rumores y del escándalo que ha provocado, no me casaré jamás con usted!

Al ver que Jason no decía nada, que no hacía por defenderse de sus acusaciones, la compostura de Lenore se derrumbó. Presa de sollozos histéricos, se dirigió rápidamente hacia la puerta y salió huyendo.

Jason permaneció inmóvil, casi en silencio. Por dentro, la ira y la furia lo consumían como una llama mortal. Se recordó que Lenore se había mostrado histérica, disgustada y que no había sido dueña de sus actos.

La racionalización no sirvió para hacer desaparecer el escozor que le habían producido aquellas palabras. Poco a poco, se fue tranquilizando, pero se negó a dejarse llevar por el impulso de ir tras ella. Prefirió centrarse en lo que tenía que hacer, en primer lugar para hacer desaparecer la amenaza que suponía aquello para la reputación de la joven y en segundo lugar para asegurarse su mano en matrimonio.

Un hecho había quedado inscrito para siempre. Lenore Lester era suya. No se marcharía de Lester Hall sin tener la promesa de que se casaría con él. No después de aquel beso. Con los ojos fríos y la expresión pétrea, Su Excelencia el duque de Eversleigh abandonó la sala.

CAPÍTULO 6

A las cinco y media, a pesar del dolor que sentía en las sienes y de la desilusión que se había apoderado de ella, Lenore entró en el comedor, lista para saludar a los invitados de su padre. Jack estaba ya esperándola.

—¿Estás lista para recibir a las hordas? —le preguntó mientras le guiñaba un ojo.

—No creo que se les pueda denominar hordas —replicó Lenore—. Si no se te ha olvidado, acordamos invitar solo a seis parejas para cenar. El resto no llegará hasta las ocho.

—He echado un vistazo al salón de baile —dijo Jack—. Estamos muy orgullosos de ti, Lennie.

Tras tomar el brazo de su hermano, Lenore esbozó una sonrisa. Juntos, se dirigieron hasta las puertas principales de la casa, donde esperarían a los invitados.

—Estoy segura de que todo saldrá a la perfección, mientras que Harry y tú os comportéis adecuadamente —dijo ella—. Los criados han trabajado como esclavos y los invitados que hay en la casa se han dejado llevar por su entusiasmo. Ha habido tanta demanda de las tenacillas de rizar el pelo que las criadas están medio muertas.

Jack se echó a reír. Para alivio de Lenore, los dos guardaron silencio.

Habían pasado menos de dos horas desde el dramático incidente de la biblioteca, pero Lenore aún no había recuperado la calma. Cada vez que pensaba en lo ocurrido, sus sentimientos amenazaban con abrumarla por completo. Sabiendo que no podía permitirse el lujo de la distracción, y mucho menos aquella noche, con tantos ojos puestos en ella, decidió hacer todo lo posible por olvidarse de lo sucedido. Con una firme sonrisa, se colocó al lado de su hermano y se preparó para recibir a los invitados.

Cuando se oyó el primer sonido de la campana del timbre, Lenore se volvió a mirar a Jack.

—Papá aún no ha bajado.

—Dudo que haga acto de presencia hasta más tarde.

Lenore suspiró y, tras volver a esbozar su sonrisa, se volvió al tiempo que Smithers anunciaba la llegada del comandante Holthorpe y esposa. El resto de los invitados no tardaron en llegar y por fin pudieron reunirse todos con los que ya llevaban una semana en la casa. Cuando llegó el momento de anunciar la cena y Lenore vio que su padre aún no había hecho acto de presencia, interrogó con la mirada a Harriet.

Su tía se encogió de hombros. Temerosa de que su padre se hubiera puesto enfermo, se dirigió hacia la puerta.

Antes de que llegara, la puerta se abrió para dar paso a su padre. Harris iba empujándole la silla y, a su lado, caminaba Eversleigh. Lenore se quedó helada. Un mal presentimiento se adueñó de ella y le rodeó los hombros como una fría capa.

—¡Amigos! —exclamó Archibald Lester, con una amplia sonrisa en el rostro. Al ver a Lenore, su sonrisa se hizo aún más radiante—. Es un placer para mí daros la bienvenida a Lester Hall, placer doble, ya que tengo algo que anunciaros.

Jason, que seguía aún al lado de Lester, se tensó. Se giró hacia el anciano solo para escuchar lo que se disponía a anunciar.

—Hoy he dado mi bendición a la unión entre mi hija, Lenore, y Jason Montgomery, duque de Eversleigh.

Un murmullo de excitación recorrió toda la sala. Archibald Lester no dejaba de sonreír de orgullo y alegría. Por su parte, Lenore empezó a palidecer y se sintió como si se hubiera convertido en piedra.

Con dos pasos, Jason se acercó a ella. Tenía el rostro iluminado por una encantadora sonrisa, pero los ojos mostraban una expresión de preocupación. Tomó los helados dedos de la joven entre los suyos y se los llevó a los labios.

—No te desmayes —susurró.

La calidez de sus labios devolvió a Lenore a la realidad. Se giró y lo miró atentamente.

—Yo nunca me desmayo —replicó, completamente abrumada.

—Sonríe, Lenore. No puedes desmoronarte y avergonzarte a ti misma y a tu familia.

Lenore comprendió que él tenía razón. Fuera lo que fuera lo que él había hecho y por mucho dolor que sintiera, no era momento para el histerismo.

Para alivio de Jason, ella se irguió. Una ligera sonrisa se le dibujó en los labios, aunque estuvo lejos de reflejar tranquilidad o seguridad en sí misma. El pánico le ensombrecía los ojos.

—Puedes superar esto, Lenore. Confía en mí —susurró él—. No voy a dejarte sola.

Por suerte, fue Amelia la que se le acercó primero. La tomó entre sus brazos y la estrechó contra su cuerpo llena de felicidad. A continuación, todos y cada uno de los invitados se dispusieron a dar la enhorabuena a la futura duquesa de Eversleigh. Lenore respondió lo mejor que pudo a las felicitaciones de todos y, a su pesar, agradeció la presencia de Eversleigh a su lado. Él mantuvo sus dedos entrelazados con los de Lenore, infundiéndole tranquilidad y fuerza.

La cena se retrasó. Cuando por fin se sentaron a la mesa, Lenore ya había conseguido recuperar un poco la compostura y se ocupó de todo con su habitual gracia y tranquilidad. Mientras no pensara en lo que acababa de ocurrir, podría salir adelante.

Se levantaron de la mesa justo antes de las ocho. Los caballeros escoltaron a las damas al salón de baile y todos irrumpieron en exclamaciones de admiración al ver la magnífica decoración. Ramos de flores primaverales y de las primeras rosas adornaban profusamente todos los rincones, enroscándose en las columnas, llenando jarrones y urnas.

La línea que formaron para recibir a los invitados que aún estaban por llegar sirvió para reavivar los sentimientos de Lenore. Unas veces sentía deseos de asesinar al hombre que estaba a su lado y otras, sobre todo cuando él le acariciaba los dedos, el corazón se le henchía, lleno de gratitud por el apoyo que él le estaba prestando y de algo más que no se atrevía a nombrar.

Con cada minuto que pasaba, el torbellino en el que estaban sumidos sus pensamientos se intensificaba. Lo único que podía hacer era sonreír y asentir cuando su padre presentaba a Eversleigh como su prometido. Tal era su confusión, que ni siquiera oyó que los músicos empezaban a tocar. Fue Eversleigh quien la hizo percatarse del hecho cuando se dirigió a su padre.

—Sospecho que deberíamos abrir el baile, señor, si usted me permite que me lleve a su hija.

—Es toda tuya, hijo mío —dijo Archibald Lester, con una orgullosa sonrisa, mientras los animaba a dirigirse a la pista de baile.

Muy delicadamente, Jason la tomó entre sus brazos y juntos comenzaron a dar los primeros pasos. Bailaron como si estuvieran hechos el uno para el otro y sus cuerpos fueran meros complementos el uno del otro.

—Tu baile tiene todas las trazas del éxito, querida mía.

—Sí, en especial después del anuncio de mi padre.

—Eso se ha debido a una desgraciada equivocación —afirmó él—. Tenemos que hablar, Lenore, pero no aquí ni ahora.

—Por supuesto que no ahora —repuso Lenore. ¿Una equivocación? ¿Acaso no era todo como ella se había pensado?

—Entonces, debemos hablar más tarde, pero tenemos que hablar. Esta vez no trates de zafarte de mí.

Jason vio que ella asentía y se sintió satisfecho. Sin embargo, el destino quiso que no tuviera oportunidad aquella noche. Cuando el carruaje de los últimos invitados abandonó Lester Hall y el último de los que estaban hospedados en casa se marchó a su habitación, su prometida estaba completamente agotada. Al pie de las escaleras, vio que ella recibía un abrazo de sus hermanos mayores y un beso de Gerald. Lenore acogió sus felicitaciones con una sonrisa que apenas le levantó las comisuras de la boca.

—Buenas noches.

Jason asintió mientras Harry, ahogando un bostezo, empezaba a subir hacia su dormitorio. Con una somnolienta sonrisa, Gerald lo siguió. Entonces, con Lenore del brazo, Jack se acercó a él.

—¿Tienes tiempo para echar una partida antes de que te marches mañana, futuro cuñado?

—Sí, claro.

—¡Estupendo! Que duermas bien.

Jack se marchó, sin sorprenderse en absoluto de que Lenore se retrasara un poco. Con gesto ausente, Lenore se frotó la frente con una mano, tratando de deshacerse así del dolor que sentía.

—Ahora, Su Excelencia, tal vez la biblioteca...

—No. Estás agotada —dijo él—. No hay nada que tengamos que decir ahora que no pueda esperar hasta mañana.

—Pero pensé que dijo...

—Vete a la cama, Lenore. Te veré mañana. Ya tendremos entonces tiempo más que de sobra para solucionarlo todo.

Cuando ella siguió mirándolo con una expresión vacía en el rostro, Jason la agarró por el codo y la animó a subir la escalera. Al final, demasiado agotada como para discutir con él, Lenore obedeció inmediatamente.

No dijo ni una palabra mientras atravesaban los largos pasillos. Bajo la tenue luz, Jason estudió su rostro. Parecía tan fatigada, tan frágil tras dejar a un lado su máscara social... Cuando llegaron a la puerta de su dormitorio, él la abrió y, tras tomarle la mano, se la llevó a los labios y le besó suavemente las yemas de los dedos.

—Que duermas bien, Lenore. No te preocupes. Ya hablaremos mañana.

Entonces, con una triste sonrisa, le hizo una reverencia.

Lenore entró en su habitación y, tras lanzarle una mirada de asombro, cerró lentamente la puerta.

—Es mejor que vaya levantándose, señorita Lenore. Son más de las once.

Lenore lanzó un gruñido y escondió el rostro en la suave almohada para evitar la luz que inundó su espacio cuando su doncella, Gladys, retiró las cortinas que adornaban el dosel de la cama.

—Además, tiene usted una nota del duque.

—¿De Eversleigh? —preguntó Lenore, girando la cabeza tan rápidamente que el bonete se le cayó—. ¿Dónde?

Gladys le entregó una hoja doblada.

—Me dijo que se la entregara en cuanto usted se despertara.

Lenore tomó la nota y se recostó sobre las almohadas. Mientras tanto, Gladys se ocupó en recoger el vestido de la noche anterior. La joven miró la inscripción que había en la parte frontal de la nota. Las palabras «Señorita Lester» resaltaban sobre el papel en perfecta caligrafía.

A pesar de la seguridad que había tenido la noche anterior de que se quedaría dormida en cuanto la cabeza le tocara la almohada, el descanso había tardado en llegar. El torbellino de emociones en el que había estado inmersa toda la noche le impidió encontrar el sueño. Por eso, trató de decidir qué terreno pisaba.

Un punto estaba claro. La ira que se había apoderado de ella en la biblioteca se había dirigido a la persona equivocada. Eversleigh no se había merecido ninguna de sus acusaciones. Tendría que disculparse, algo que debilitaría aún más su posición en las negociaciones con las que trataría de liberarse de su inesperado compromiso.

Decidió también que, como no sabía lo que había ocurrido entre su padre y el duque, sería mejor que no opinara hasta que conociera plenamente todos los hechos. El duque siempre se había portado correctamente con ella, lo que no contribuía a fomentar la imagen que había tratado de hacerse de él como un tirano sin piedad, dispuesto a pasar por encima de sus sentimientos. Además, a pesar de las asombrosas revelaciones del día anterior, aún no sabía por qué Su Excelencia estaba tan empeñado en casarse con ella. Todo ello, la dejaba en un estado de absoluta inseguridad en sí misma.

Con un gesto de tristeza, abrió la nota. *Te espero en la biblioteca.* No había escrito nada más.

Colocó la nota sobre la almohada y sintió un deseo completamente infantil de permanecer en la cama, fingiendo así que el día anterior no había sido más que un mal sueño. Los invitados se estarían preparando para marcharse. Sabía que debía estar presente, pero no sintió el menor remordimiento en dejar que se ocuparan sus hermanos. Además, los criados estaban bien preparados, por lo que su presencia no era esencial.

Al final, con un profundo suspiro, se incorporó en la cama.

—No —dijo, al ver el vestido gris que Gladys le mostraba—. Tengo un vestido de muselina amarilla en alguna parte. Ve a ver si puedes encontrarlo. Creo que ha llegado el momento de ponérmelo.

La muselina resultó ser más dorada que amarilla. El escote resultaba perfectamente decente, aunque la suave tela ceñía la esbelta figura de Lenore de un modo que no conseguían hacerlo la batista ni los delantales. Harriet se lo había encargado en Londres hacía dos años en un intento vano por interesar a Lenore en la moda. Tras mirarse en el espejo, la joven decidió que serviría. Se había recogido el cabello y, desde su punto de vista, su esbelto cuello, tan expuesto en aquel momento, resultaba demasiado largo.

Decidió no darse tiempo para cambiar de opinión, ni de vestido, y se dirigió a la biblioteca.

Él no la oyó entrar. Estaba sentado frente al escritorio, hojeando el libro sobre los asirios que ella había estado estudiando. Lenore aprovechó el momento para observarlo. Su rostro parecía menos angular y su expresión menos arrogante. Se reflejaba una gran cantidad de fuerza en su rostro y en su cuerpo, pero resultaba más deseable que peligroso.

Lentamente, Lenore se acercó a él, consciente de la profunda fascinación que sentía. Jason la oyó y se dio la vuelta. La examinó inmediatamente, buscándole en el gesto algo que indicara su estado de ánimo.

—Buenos días, querida.

—Su Excelencia —susurró ella.

Durante un momento, el vestido que llevaba puesto dejó inmóvil a Jason. Entonces, él cerró el libro y se puso de pie.

—Debo disculparme, Su Excelencia, por mis exabruptos de ayer —se apresuró Lenore a decir—. Sé que mis acusaciones fueron infundadas y que no venían en absoluto al caso. Le ruego que me perdone.

—Creo que, en ese momento, te sentías algo abrumada.

—Efectivamente, en ese momento no estaba pensando con mi acostumbrada claridad.

—Muy bien —dijo él, sin dejar de mirarla—. A propósito de tal acontecimiento, supongo que te aliviará saber que ni lord Percy ni ninguna de las tres damas recuerdan nada al respecto. De hecho, dudo que se acuerden de que vinieron a la biblioteca.

Lenore parpadeó.

—¿Es ese uno de los beneficios de ser tan poderoso?

—Sí. Uno de los pocos beneficios —replicó él, con una sonrisa.

—¿Por qué? —preguntó Lenore, perpleja—. Estoy segura de que su... interrupción reforzó un poco más su propósito.

—Mi querida Lenore, si crees que voy a permitir que el escándalo roce siquiera el nombre de mi futura esposa, estás muy equivocada.

—Oh —musitó ella. Aquello era precisamente lo que se había imaginado.

—Sin embargo, si estamos disculpándonos, ahora me toca hacerlo humildemente a mí, Lenore, por la sorpresa a la que te viste sometida anoche. No fue intención mía que se realizara tal anuncio. Yo simplemente le pedí a tu padre permiso para cortejarte adecuadamente. Creo que él malinterpretó mis palabras.

Lenore comprendió que sus palabras eran sinceras. Sin saber qué decir, se dio la vuelta y comenzó a mirar por la ventana.

—Me temo que tiene eso por costumbre. Solo oye lo que desea escuchar y no presta atención al resto —dijo, por fin—. No obstante, aunque los dos estemos de acuerdo en que ninguno somos responsables de la situación en la que nos encontramos, aún tenemos que enfrentarnos a ella.

—¿Qué situación es esa?

Lenore se volvió. Al ver la expresión que él tenía en el rostro, entornó los ojos.

—Estamos comprometidos, Su Excelencia. Así lo creen todos los que asistieron al baile de anoche. Por lo tanto, milord, yo le suplico que me libere de... de este contrato tan imprevisto.

Una dura expresión volvió a reflejarse en el rostro de Jason. Al verla, el corazón de Lenore se echó a temblar.

—Me temo que eso, querida mía, resultaría muy difícil.

—Usted puede hacerlo. Podríamos decir que nos hemos equivocado.

—Yo no me he equivocado —replicó él—. Aunque estuviera dispuesto a dejar que desperdiciaras tu vida aquí...

—¡Yo no estoy desperdiciando mi vida!

—¿Con antiguas civilizaciones? —preguntó Jason, señalando

el escritorio—. Tienes que vivir la vida, Lenore. Debes vivir el presente, no el pasado.

—Tengo muchas cosas con las que ocupar mi presente, Su Excelencia.

—Jason, por favor, y si te refieres a tu posición como señora de Lester Hall, ¿cuánto tiempo crees que eso durará cuando Jack se case?

—Bueno, Jack no...

—Nos llega a todos —afirmó Jason, con cierta ironía—. No puedes esperar conservar la posición que tienes aquí durante mucho tiempo, querida mía. Si consideras el asunto, creo que te darás cuenta de que el matrimonio conmigo te asegura el estatus y la posición que mereces. Yo te necesito mucho más que los Lester, Lenore. Además de Eversleigh Abbey, que, Dios sabe, es suficientemente grande como para alojar a un batallón, como ocurre con frecuencia, están las casas de Londres, al igual que mis propiedades en Leicestershire, Northumberland y Cornualles.

—Comprendo por qué sus tías desean que se case, Su Excelencia —admitió ella, con expresión turbada.

—Jason. Además, no creo que desees destruir la paz mental de tu padre —dijo él, jugando por fin su mejor baza. Inmediatamente, vio que había dado en el blanco y decidió insistir en su ventaja—. Mi ofrecimiento le quitó un gran peso de los hombros. Lleva años preocupado por ti y por tu futuro. Por lo que me insinuó, nuestro compromiso tranquiliza también a tu tía. Aparentemente, ella se ha sentido responsable por tu estado civil y se ha llegado a imaginar que había fracasado a la hora de inculcarte los sentimientos adecuados.

—¡No! —exclamó Lenore, abrumada—. Fui yo la que decidió lo que quería hacer. No fue culpa ni de mi padre ni de mi tía.

—Tal vez sea así, pero no puedes negar su preocupación por tu estado de ánimo.

—Pero... —susurró. Poco a poco se sentía más atrapada en la tela de araña de la situación en la que se encontraba.

Conmovido por la expresión de indefensión que ella tenía en los ojos, Jason decidió jugárselo todo a una última carta.

—Querida mía, si me das una razón lógica por la que no deberíamos casarnos, te prometo que haré lo que pueda para disolver nuestro compromiso.

Lenore se emocionó mucho al escuchar aquel ofrecimiento, a pesar de que sus sentimientos no parecían corresponder. Se le iluminaron los ojos, para apagársele nuevamente al comprender la posición en la que estaba. Miró los ojos de Eversleigh para confirmar que aquella oferta era genuina. Sin embargo, no pudo aceptarla.

Ninguna dama ni caballero de su clase consideraría el miedo a sufrir, el miedo a dar y no recibir nada a cambio, el miedo mismo de amar como una razón lógica en ninguna circunstancia. ¿Cómo podía aguar la alegría de su padre? Tal y como se había temido la noche anterior, no tenía salida. No había alternativa.

Bajó la mirada y se observó las manos entrelazadas.

—No tengo razón alguna, Su Excelencia —dijo.

No se percató de que él había estado conteniendo el aliento y que lo dejó escapar con suavidad cuando escuchó la respuesta de Lenore.

—Jason —la corrigió.

—Está bien. Jason.

Durante un momento, todo quedó en silencio. Lenore sintió una extraña tensión entre ellos y, temerosa de dónde pudiera llevarlos, se volvió de nuevo para mirar por la ventana.

—Dado que parece que vamos a casarnos, Su Excelencia... Jason, me gustaría saber lo que se espera de mí, la razón por la que ha decidido que yo sea la próxima duquesa de Eversleigh.

—Estoy seguro de que realizarás admirablemente tus deberes, querida mía.

—A pesar de todo, me gustaría saber precisamente qué deberes cree usted que implica mi papel —insistió Lenore.

—Como esposa, necesito una mujer de buena familia que pueda actuar como anfitriona, alguien que tenga el talento y la experiencia necesarias para dirigir una casa grande y para oficiar en reuniones formales y familiares. No necesito una esposa alocada, más centrada en su propio disfrute que en el bienestar de sus invitados. En ese sentido, tus credenciales son impecables.

—¿Qué clase de entretenimientos se celebran en Eversleigh Abbey? —preguntó ella, tras volverse de nuevo para mirarlo.

Después de describirle las grandes reuniones familiares y las numerosas fiestas que se celebraban en la casa o en los jardines, Jason describió la mansión con más detalle.

Lenore realizó algunas preguntas que él respondió antes de admitir:

—La mansión familiar lleva sin señora desde hace más de diez años. Encontrarás muchos asuntos que requerirán tu atención.

—¿Tendré libertad plena para ocuparme de todos los asuntos domésticos?

—Lo dejaré todo en tus manos —respondió él, con una encantadora sonrisa—. Mi ayudante, Hemmings, y mi secretario, Compton, te ayudarán en lo que necesites. No obstante, yo seguiré ocupándome de los asuntos de las fincas y del patrimonio.

—Yo no tengo deseo alguno de interferir en tales áreas. ¿Existen medidas para ayudar a los trabajadores, a tus arrendatarios y a sus familias?

—Como ya he dicho, tendrás muchas cosas de las que ocuparte. Sin una señora de la casa que se ocupe de tales asuntos, se suele pasarlos por alto.

—¿Tendría su apoyo para instituir ayudas si yo creyera que están justificadas?

—Siempre que contaras con mi aprobación, por supuesto.

Lenore lo miró atentamente. Entonces, decidió que la situación resultaba aceptable. Asintió y abordó el tema en el que esperaba tener menos éxito.

—¿Querrá que yo pase mucho tiempo en Londres?

Jason detectó inmediatamente la intranquilidad que había en su voz. Darse cuenta de que no deseaba estar en Londres debía haberle supuesto una gran alegría, pero, en vez de eso, para su sorpresa, se oyó decir:

—Yo normalmente paso en la ciudad la temporada de fiestas y espectáculos. Como no deseo que estés en Eversleigh Abbey si yo no estoy allí, te animo a que experimentes la vida en la capital antes de darle la espalda. Sin embargo, si después de que la hayas probado encuentras que bailes y fiestas no son de tu agrado, no tendré reparo alguno en que permanezcas en Eversleigh Abbey, siempre que accedas a viajar a Londres cuando yo requiera tu presencia.

Lenore tenía que admitir que la oferta de Eversleigh era mucho más de lo que había esperado.

—Entonces, se espera de mí que me ocupe de sus casas. Si Londres me aburre, me puedo retirar al campo —dijo, muy satisfecha.

—Así es. Además, por supuesto, está el tema de la descendencia.

—Sí, comprendo que necesita un heredero, Su Excelencia —dijo Lenore, apartando la mirada.

—Jason, por favor. Además, serán herederos. En plural. Tal y como están las cosas, si muero sin tener descendencia mi título y mis propiedades irán a parar a un primo lejano, que no tiene preparación alguna a la hora de dirigir unas propiedades tan extensas, ni en la vida política y, ni siquiera, he de decirlo, suficiente dignidad para llevar el título. Por consiguiente, debo asegurarme de que el título permanece en mi rama de la familia.

—Comprendo —susurró Lenore, sin saber qué decir. Tenía la voz tensa. El alivio de momentos antes había desaparecido al darse cuenta del otro lado de la moneda. Tenía muchas reservas sobre su habilidad para tratar con Eversleigh sin enamorarse de él. Lo ocurrido el día anterior en la biblioteca lo había demostrado. Sabía que no le quedaba elección. Se esforzaría mucho por mantener las distancias, pero...—. ¿Esas son las razones que le han llevado a querer casarse conmigo?

—Sí.

—¿Tiene alguna preferencia por cuándo deberíamos casarnos, su... Jason?

—Tan pronto como sea posible, lo que significa dentro de cuatro semanas —respondió él, sin reserva alguna.

—¡Cuatro semanas! —exclamó ella, levantando los ojos—. No podemos casarnos dentro de cuatro semanas.

—¿Por qué no?

—Porque... porque... ¡Porque no puede tomar decisiones como esa y esperar que yo obedezca sin rechistar!

—Eso de «sin rechistar» no es una expresión que yo relacionaría con tu persona, querida mía. Si te paras a examinar mis circunstancias, comprenderás por qué se debe evitar cualquier retraso.

Lenore lo observó sin saber a qué se refería. Rápidamente, Jason formuló una explicación, rechazando de plano la idea de decirle la verdad.

—Como ya sabes, está circulando el rumor de que tengo la intención de casarme. Si regreso a Londres sin la protección de una boda inminente, lo más probable es que me asalten las celestinas, para convencerme de que cambie de opinión y me case con sus hijas.

Sin poder evitarlo, Lenore esbozó una ligera sonrisa ante la situación que Jason le había descrito.

—Te aseguro que no es asunto de risa —prosiguió él—. Cuando era más joven, me acosaron durante años. Ni siquiera te podrías creer las estratagemas que emplearon esas arpías.

—¿Por qué estoy segura de que saldría ileso hasta de sus intentos más arteros? —replicó Lenore, con escepticismo.

—Además, con la edad que los dos tenemos, nadie creerá que casarnos dentro de cuatro semanas es precipitado.

Lenore tenía sus dudas, pero prefirió guardar silencio.

Eversleigh estaba decidido a convertirse en su esposo, por lo que daba lo mismo que aquel hecho se produjera en cuatro semanas o cuatro meses. Tal vez así evitaría el nerviosismo sobre los deberes que aún no había realizado.

—Tu padre está de acuerdo —añadió él—. Nos casaremos en la catedral de Salisbury. Uno de los primos de mi padre es el obispo. Jack y yo nos ocuparemos de organizarlo todo. Harry y Gerald viajarán a Salisbury con tu tía y tu padre.

Lenore lo escuchó completamente atónita. Después de un instante, Jason siguió con la descripción de los planes que tenía para ella.

—Hemos pensado que te gustaría utilizar el tiempo en renovar tu guardarropa. Jack ha accedido a quedarse hasta el martes para poder escoltarte a la ciudad. Como tu tía no puede actuar como carabina, mi tía, lady Agatha Colebatch, se ocupará de ese deber. Creo que ya la conoces...

—Sí. Es una de las mejores amigas de tía Harriet —dijo Lenore. Se sentía completamente abrumada.

—Bien. Creo que ahora no está en la ciudad. Tal vez yo tarde un par de días en hacerla acudir. Ella sabrá a qué modista llevarte. Como he persuadido a tu padre para que me permita hacerme cargo de los gastos, puedes encargar todo lo que desees.

—Pero eso... Eso no...
—Tu padre y Jack están de acuerdo.
—Me gustaría saber una cosa. ¿Siempre le organiza la vida a todo el mundo?
—Cuando lo necesitan y yo deseo alcanzar algún objetivo, sí —respondió él, sin inmutarse.

Lenore suspiró y bajó la cabeza. Lo miró con los ojos entrecerrados y comprendió que él estaba esperando que ella diera alguna señal de su capitulación. Con gran pesar por su parte, volvió a levantar los ojos.

—Como hemos acordado casarnos y, como usted evidentemente así lo desea, accedo a casarme con usted dentro de cuatro semanas, Su Excelencia.

Jason le dedicó una brillante sonrisa. Lenore sintió que un ligero rubor le cubría las mejillas. Al verlo, Jason sonrió con más ganas.

De repente, Lenore decidió que cuatro semanas eran cuatro semanas y que debería aprovechar el poco tiempo que le quedaba para ella.

—Ahora, si me perdona, Su Excelencia, tengo muchas tareas que requieren mi atención.

Se levantó, realizó una ligera genuflexión y dejó que él le tomara la mano. Como siempre, Jason se la llevó a los labios y le besó las puntas de los dedos. Sin embargo, antes de que ella pudiera retirarla le dio un beso más íntimo en la palma de la mano.

Lenore sintió que le temblaban las rodillas. Trató de sobreponerse, diciendo las primeras palabras que se le ocurrieron.

—Espero sinceramente, Su Excelencia, que no lamente haberme elegido como su esposa.

—¿Lamentarlo? —preguntó él, muy asombrado—. Claro que no, Lenore. Nunca.

Aquella promesa se hizo eco dentro de ella. Tras realizar una ligera inclinación de cabeza, Lenore se dio la vuelta y se dirigió hacia la puerta.

Jason observó cómo se marchaba. Tuvo que contenerse para no llamarla y asegurarle que ella nunca se lamentaría de haberse casado con él.

CAPÍTULO 7

El martes amaneció y, como había decretado Su Excelencia el duque de Eversleigh, Lenore, acompañada de Jack, se dirigió a Londres en el carruaje de los Lester. Eversleigh se había marchado el sábado después de almorzar y había prometido reunirse con ella en la casa de lady Agatha Colebatch en Green Street.

Amelia se había marchado de Lester Hall el día anterior, también en dirección a Londres. Su prima tenía muchos planes, por lo que Lenore esperaba que Frederick Marshall le proporcionara la felicidad que se merecía.

Con decidido esfuerzo, Lenore concentró su mirada en las calles de Londres. Habían entrado en la capital hacía ya un buen rato. Green Street no podía estar muy lejos.

El ruido había sido su primera impresión sobre la gran ciudad, convertido en una interminable cacofonía de gritos de los vendedores, el incesante ruido de los carruajes y el golpeteo de los cascos de los caballos sobre las calles empedradas. En segundo lugar, le pareció que había visto más gente en aquel breve espacio de tiempo que en toda su vida. Poco a poco, las viviendas humildes fueron dando paso a casas de ladrillo, pegadas las unas a las otras sobre una ruidosa calle. Estas también fueron dejando paso a las casas más elegantes y por último a mansiones, algo más alejadas de la calle.

El viaje transcurrió sin novedad, a excepción del inesperado comentario de Jack. Su hermano le pidió ayuda para que, una vez estuviera establecida como duquesa de Eversleigh, le ayudara a encontrar esposa.

—Nuestro padre tiene mucho mejor aspecto desde que Eversleigh le pidió tu mano. Yo acabaré sintiéndome culpable si no me caso —dijo—. Tú has sido una de sus preocupaciones. Yo la otra. Ahora que Eversleigh ha decidido casarse, supongo que yo debería hacer lo mismo, para dejar tranquilo a nuestro padre.

Lenore apoyó la cabeza sobre el asiento y suspiró. De mala gana, se estaba sumergiendo en la única vida que se le ofrecía. Decidió que dependía de ella sacar todo lo positivo que pudiera de aquella experiencia.

Mientras el carruaje entraba en una calle más tranquila, alineada con árboles, se preguntó cuánto podría sacar si ponía todo su corazón en el matrimonio.

El carruaje se detuvo delante de una elegante casa. Mientras Lenore miraba por la ventana, la puerta se abrió de par en par. La luz que salía desde el interior de la casa iluminó los escalones.

Jack descendió primero y la ayudó a bajar a ella. A los pocos minutos estaban en el salón de lady Agatha.

—¡Lenore, querida mía! —exclamó la anciana, poniéndose de pie—. Bienvenida a Londres.

Lenore trató de hacerle una reverencia a su anfitriona, pero la dama se lo impidió.

—¡Tonterías! No debe haber ceremonias entre tú y yo, querida —afirmó. Entonces, giró la cabeza para fijarse en Jack. Al darse cuenta de que la anciana lo estaba mirando, él realizó inmediatamente una reverencia—. Tengo que darte las gracias, Lester, por haberme traído a tu hermana. Eversleigh me ha pedido que presente sus disculpas. Ha tenido que ir a Eversleigh Abbey por un asunto urgente. Tu hermana y yo pasaremos una velada tranquila. Lenore tiene que estar resplandeciente mañana y supongo que tú querrás cenar en tu club.

Tratando de ocultar una sonrisa ante el modo tan directo en el que lady Agatha le había pedido que se marchara, Jack inclinó la cabeza.

—Sí, señora, si a usted no le importa.

—Claro que no. Puedes venir a visitar a tu hermana cuando quieras, pero te advierto que mañana estaremos muy ocupadas.

Jack asintió. Tras guiñar el ojo a modo de despedida para Lenore, se marchó.

Cuando se cerró la puerta, Agatha le indicó a Lenore que se sentara a su lado.

—Espero que no te importe, querida, pero los hombres, en especial los hermanos, son a veces un estorbo.

Sin saber exactamente a lo que se refería la anciana, Lenore se limitó a asentir. Rápidamente, notó que Agatha estaba examinando atentamente su vestido. Su carabina terminó frunciendo el ceño.

—Por cierto —comentó—, Eversleigh tiene la intención de ir a visitar a Henry cuando vuelva de Eversleigh Abbey para asegurarse de que todo va bien. Es mi primo, el obispo de Salisbury —añadió, al ver que Lenore no había comprendido a quién se refería—. Por supuesto, será el acontecimiento del año. No ha habido ninguna boda en la familia Eversleigh desde hace una eternidad. Asistirá toda la ciudad, ya verás.

Lenore no podía considerar el acontecimiento con el mismo entusiasmo que su anfitriona, porque se sintió algo desmoralizada ante tal perspectiva. Lady Agatha siguió hablado. La anciana estaba llena de revelaciones.

—No sabes lo contentas que estamos todas, mis hermanas y yo, porque hayas accedido a casarte con Eversleigh. Sinceramente, no creí que fuera así.

Lenore se sonrojó ligeramente cuando trató de explicar cómo se había producido su compromiso.

—Me temo que la situación se complicó un poco. Resultó que yo terminé sin tener mucha capacidad de elección en el asunto.

—¡Dios Santo, Lenore! Eso no está bien. No me digas que tú, de entre todas las mujeres, has permitido que mi arrogante sobrino te arrolle de esa manera —comentó la anciana, llena de incredulidad.

—En realidad, no fue así del todo —dijo la joven, tratando de explicarse—. Él no me obligó a aceptar, pero, tal y como estaban las cosas, me pareció que no tenía alternativa.

—No me digas más —susurró lady Agatha, desmoronándose sobre los cojines—. Ya lo veo todo. No quiero desilusionarte, querida, pero esa es precisamente la razón por la que Eversleigh tiene tanto éxito a la hora de salirse con la suya. Las cosas siempre resultan de un modo que la manera que él propone parece ser la única. Es una costumbre muy irritante. Todos contamos contigo para que se la quites.

—Mucho me temo, lady Agatha, que no es muy probable que yo ejerza la suficiente influencia con Su Excelencia como para provocar tal transformación.

—¡Tonterías! Por cierto, puedes llamarme Agatha simplemente. Eversleigh me llama así excepto cuando se comporta de un modo difícil. En cuanto a eso de que tú no estás en condiciones de ejercer influencia alguna en Eversleigh, querida mía, sospecho que no has comprendido del todo la posición que vas a ocupar.

—Hemos hablado del tema. Dentro de mis deberes, veo pocas perspectivas de... una relación más íntima, como la que se necesita par...

—¡Tal y como yo me imaginaba! A pesar de los deberes funcionales sobre los que mi sobrino haya querido hablarte, puedes estar segura de que no te eligió como su duquesa, por encima de todas las demás, simplemente por tu habilidad para llevar a cabo esos deberes. Jason tal vez sea un pragmático en lo que se refiere al matrimonio, pero estoy convencida de que jamás se hubiera inclinado por una mujer con la que no pudiera relacionarse a un nivel más personal. Y por personal no me refiero al tipo de asociación que un caballero podría entablar, por ejemplo, con una de esas señoritas impuras que están tan de moda. No. El tipo de relación que un hombre como Eversleigh esperaría entablar con su esposa es la que se base en el respeto y la confianza mutuos. Si dicha relación existe, y estoy segura de que así es, no debes tener miedo, querida mía. Eversleigh escuchará tus opiniones. Es decir, si tú decides contárselas. Precisamente por eso esperábamos que tú aceptaras su proposición. Jason necesita una duquesa con carácter y habilidad para hacerse escuchar para que lo equilibre, para que lo haga más humano. ¿Sabes a lo que me refiero?

Lenore no estaba segura de que así fuera, pero la puerta se abrió y provocó una interrupción en el discurso de lady Agatha.

—¿Sí, Higgson? —dijo la dama, mientras su mayordomo se inclinaba ante ella.

—Usted quería que le recordara que la cena se serviría hoy

temprano, milady —respondió Higgson—. La doncella de la señorita Lester la está esperando en su habitación.

—Gracias, Higgson —repuso lady Agatha. Entonces, se volvió para mirar a Lenore—. Eversleigh mencionó que tu doncella de Lester Hall no te iba a acompañar a la ciudad y me sugirió que te encontrara una muchacha adecuada. Trencher es la sobrina de la doncella de mi hermana Attlebridge. Estoy segura de que conoce bien su oficio. Sin embargo, si no es de tu gusto, solo tienes que decirlo y encontraremos a otra.

—Gracias. Estoy segura de que será adecuada

Se preguntó hasta dónde llegaban los poderes de organización de Eversleigh. Sin embargo, diez minutos más tarde, tras haber subido a su habitación con órdenes de descansar y recuperarse antes de la cena, Lenore agradeció que a su prometido se le hubiera ocurrido pedirle ayuda a su tía. Trencher era un tesoro. Tenía aproximadamente la edad de Lenore y era muy menuda. Había deshecho el equipaje de su señora, había colocado los cepillos sobre la superficie del tocador y había ordenado que le prepararan un baño caliente.

—Espero que me perdone por tomarme esa libertad, señorita, pero pensé que estaría agotada después de haberse pasado todo el día viajando.

Lenore suspiró y le dedicó una sonrisa de aprobación. Trencher tenía razón. Estaba destrozada, aunque no sabía si se debía solo al carruaje de su padre.

Después de un relajante baño, Trencher la animó a que se tumbara en la cama.

—Yo me aseguraré de despertarla a tiempo para vestirse para cenar.

Segura de que su doncella no le fallaría, Lenore se tumbó en la cama. Decidió que le vendría bien reflexionar sobre la visión que Agatha tenía sobre el matrimonio, pero, a pesar de sus intenciones, se quedó dormida en cuanto la cabeza le rozó la almohada.

Cuando Trencher la despertó una hora más tarde, no hizo comentario alguno sobre los vestidos pasados de moda de su señora. Lenore solo se había llevado los mejores y había dejado los delantales y los anteojos en su casa. Habían quedado atrás los días en los que sentía la necesidad de ocultarse. Al ver el reflejo de su rostro en el espejo, hizo un gesto de dolor que no pasó desapercibido para Trencher.

—Será solo esta noche, señorita. La señora ha dicho que Lafarge se ocupará de hacerle algo adecuado. Además, esta noche no tienen compañía. Solo estarán la señora y usted, por lo que no tiene que sonrojarse.

Después de parpadear varias veces, Lenore decidió no revelar su ignorancia cuestionando a Trencher. Reservó sus preguntas para Agatha y esperó hasta que las dos estuvieron cómodamente sentadas a la mesa del comedor, con la única presencia de Higgson.

—¿Quién es Lafarge? —preguntó Lenore, mientras las dos mujeres se tomaban una sopa.

—Veo que Trencher te la mencionó, ¿verdad? Es la modista más exclusiva de Londres. Ha accedido a realizar tu guardarropa, que, si quieres saber mi opinión, será maravilloso. Esa mujer es un genio de los vestidos. Nos espera mañana en su salón a las diez en punto.

—¿Por eso tengo que tener muy buen aspecto?

—Sí. Es la persona más importante a la que tendrás que convencer de tu belleza.

—Yo no soy ninguna belleza.

—Atractivo, estilo... Llámalo como quieras. Ese algo que tienen algunas mujeres y que las hace destacar en medio de una multitud. Eso será lo que busque Lafarge. Ha accedido a considerarte como cliente, pero podría cambiar de opinión.

Abrumada por completo, Lenore consideró aquel inesperado obstáculo. Siempre había pensado que era el cliente quien elegía a su modista. Evidentemente, en el caso de las modistas que estaban más de moda, ese no era el caso.

—No te preocupes por nada —dijo Agatha—. No hay razón alguna para que ella no vea algo interesante en ti. Por cierto, pensé que aprovecharía esta oportunidad para hablarte de Eversleigh y la familia. Cuando se sepa que estás aquí, nos lloverán las invitaciones. Es poco probable que volvamos a tener una noche tranquila como esta. Supongo que ya conoces la muerte de Ricky.

—¿Es el hermano de Eversleigh? —preguntó Lenore—. Jack me dijo que murió en Waterloo.

—En Hougoumont —corrigió Agatha—. Trágico y glorioso. En realidad, típico de Ricky.

—Lo que no terminé de comprender era por qué Jack pensaba que esa era la razón por la que Eversleigh se veía obligado a casarse.

—Siempre me ha parecido que eres una joven con la que no conviene andarse por las ramas, así que te lo diré sin rodeos. Eversleigh nunca tuvo intención de casarse. Jason nunca pareció muy proclive a dejarse llevar por los sentimientos. Al menos, eso es lo que él cree. Ricky y él tenían un pacto para que Ricky fuera el que se casara y su hijo terminara heredando el título.

—Y Waterloo dio al traste con ese plan.

—Así es. Además, Jason y Ricky estaban muy unidos, por lo que Hougoumont destrozó algo más que los planes de Jason sobre un futuro sin preocupaciones. Ni siquiera yo me atrevo a mencionar Hougoumont en presencia de Jason.

—Comprendo —susurró ella, mirando sin ver el rodaballo que acababan de servirle.

—Sin embargo, estoy empezando a pensar si eso no sería un ejemplo del Todopoderoso haciendo de las suyas.

—¿Cómo es eso?

—Bueno, me atrevo a decir que Ricky hubiera sido un duque más que aceptable. Estaba tan preparado para ello como el propio Jason y la familia hubiera aceptado que sus hijos llevaran la línea sucesoria, pero todos preferíamos que Eversleigh se viera sucedido por su propio hijo, particularmente si tú te asegurabas de que el mencionado hijo no se parecía a su padre en todos los aspectos. El plan de Jason estaba bien, pero él siempre dio por sentado que otros podían realizar cualquier tarea tan bien como él. Sin embargo, Ricky jamás habría resultado tan imponente como Jason. Simplemente, no era tan fuerte, tan poderoso, y, en lo que se refiere al gobierno de una familia muy grande, con propiedades muy grandes, es precisamente esa cualidad la que puede suponer una gran diferencia.

Lenore levantó las cejas para indicar su interés, pero no hizo comentario alguno. Tal y como había esperado, Agatha siguió dándole una historia abreviada de los Montgomery, refrescándole la memoria sobre las tías de Eversleigh y su numerosa descendencia. Cuando Agatha decidió retirarse a su dormitorio, la cabeza de Lenore le daba vueltas con tanta información.

A la mañana siguiente, se levantó temprano. Trencher estaba ya allí, muy emocionada por la perspectiva de que su señora fuera a visitar el famoso salón de Lafarge y dejó que la doncella la ayudara a ponerse el vestido de muselina dorada, el mejor que poseía.

Le sirvieron el desayuno en su habitación, tal y como acostumbraba a hacer Agatha. A continuación, Lenore salió a dar un paseo por el pequeño jardín que había en la parte posterior de la casa, mientras esperaba a su anfitriona para dar sus primeros pasos en el mundo de la moda.

El carruaje de Agatha se detuvo frente a una tienda de Brunton Street. Sobre la puerta, colgaba un rótulo muy sencillo. *Mme. Lafarge. Modista.*

Cuando descendieron del carruaje, Agatha se sacudió las faldas y miró la puerta.

—Lafarge solo cose para una selección de clientes. Es muy cara, según he oído.

—¿Acaso no es ella tu modista?

—¡Dios santo, no! Tal vez yo tenga dinero, pero no soy tan rica. No. Esto es cosa de mi sobrino.

«Por supuesto», pensó Lenore. Frunció el ceño, se encogió de hombros y siguió a su mentora por la estrecha y empinada escalera que había al otro lado de la puerta.

Madame Lafarge las estaba esperando en un gran salón muy elegante que había en la primera planta. La modista resultó ser una francesa menuda y de aspecto severo, que no dejó de observar a Lenore durante las presentaciones.

—Camine para mí, señorita Lester —le ordenó—. Vaya hacia la ventana y regrese aquí.

Lenore parpadeó atónita, pero cuando Agatha asintió, se dispuso a obedecer. Al principio dudó un poco, pero regresó al lugar en el que *Madame* esperaba con más seguridad en sí misma.

—Eh, bien. Ya veo a lo que se refiere *monsieur le duc* —comentó

Lafarge, A continuación, se acercó a Lenore y le miró los ojos—. Sí... Verdes y dorados. *Mademoiselle* tiene veinticuatro años, ¿no es así?

Sin poder encontrar palabras, Lenore asintió.

—*Très bien*. En ese caso, no tenemos que limitarnos —dijo la modista, con una sonrisa de aprobación. Caminó alrededor de Lenore y asintió por fin—. *A merveille*... Creo que todo irá muy bien.

Deduciendo que aquello significaba que la elusiva modista había visto algo en ella, Lenore se relajó un poco.

De repente, *Madame* dio unas palmadas. Para sorpresa de Lenore, una muchacha apareció en seguida para recibir un montón de órdenes en francés. La joven asintió y desapareció inmediatamente. Un minuto después, aparecieron seis chicas, cada una de las cuales llevaba un atuendo a medio terminar.

Bajo la supervisión de *Madame*, Lenore se probó las prendas. *Madame* se las ajustó con gran habilidad mientras le explicaba las virtudes de cada una de ellas y el uso que esperaba que se les diera. Lenore no comprendió la verdad hasta que se probó el tercer atuendo. Ella era una mujer muy alta y delgada y, sin embargo, los vestidos solo necesitaban pequeños retoques. Levantó la cabeza y se tensó.

—Quieta, *mademoiselle* —le ordenó *Madame* Lafarge.

—¿Para quién se hicieron estos vestidos, *Madame*? —preguntó Lenore.

—Para usted, señorita Lester, por supuesto.

—¿Cómo es posible?

—*Monsieur le duc* me dio una descripción de su complexión y de su talla. A partir de eso, pude diseñar estos modelos. Como ve usted, la memoria del duque no ha fallado.

Un temblor recorrió la espalda de Lenore. Agatha había estado en lo cierto. Eversleigh estaba demasiado acostumbrado a organizarlo todo a su gusto. La idea de que su guardarropa pudiera llevar la huella de él en vez de la de ella era mucho más de lo que podía soportar.

—Me gustaría ver el resto de los vestidos que usted ha preparado.

Además de los tres que ya se había probado, el de muselina

verde de paseo, el vestido de viaje y la creación color ámbar, Lafarge le había hecho tres vestidos de noche. Tras probarse el primero, Lenore sintió muchas dudas. La fina seda se le ceñía al cuerpo y enfatizaba su altura y el suave abultamiento de sus senos. Se preguntó si tendría el valor de ponérselo. El escote era muy bajo, rayando casi con lo indecoroso. Aparte de una pequeñas mangas de farol, dejaba los brazos completamente al descubierto. Los otros dos vestidos eran de un corte similar.

—¿Desea ver también el resto?

—*Madame* —respondió Lenore, muy asombrada—, ¿qué es exactamente lo que ha encargado Su Excelencia?

—Un guardarropa completo de lo mejor, con todas las telas que corresponden a su estatura. Vestidos, abrigos, capas, camisones, enaguas, camisas, batas... Todo lo que usted pudiera necesitar, *mademoiselle*.

Incluso Agatha se quedó atónita. Sin embargo, aquello fue más que suficiente para Lenore.

—¿Se han hecho ya esas prendas?

Rápidamente, Lafarge ordenó a las muchachas que llevaran los artículos que ella había creado hasta entonces siguiendo las órdenes del duque. Lenore tocó suavemente las delicadas telas. Cuando levantó una camisa, sintió una emoción muy peculiar por todo el cuerpo. La prenda era prácticamente transparente.

—Todo ha sido creado siguiendo las órdenes de *monsieur le duc, mademoiselle*.

Tras examinar cuidadosamente todas las prendas, Lenore se volvió para mirar a Agatha. En las manos tenía una bata prácticamente transparente con un camisón a juego.

—Estoy segura de que esto no es lo que llevan el resto de las mujeres de la alta sociedad.

—Bueno —dijo Agatha, sin saber si escandalizarse o alegrarse—. Sí y no, pero si Eversleigh lo ha escogido para ti, lo mejor que es que te lo lleves. Ya podrás hablar del tema con él cuando esté en Londres.

—Tal vez, no son la clase de prendas que yo crearía para las más jóvenes, pero, si me permite la libertad, *mademoiselle*, a muy pocas de ellas les favorecería este tipo de prendas. *Monsieur le duc* fue muy claro sobre la clase de prendas con las que deseaba verla a usted.

Lenore ya se lo había imaginado, pero no podía comprender sus motivos. Se preguntó qué debía hacer.

La mayoría de las prendas estaba casi terminada. Lafarge debía tener los talleres funcionando a toda velocidad. Tras tocar suavemente una delicada camisa de seda, Lenore tomó su decisión.

—*Madame*, ¿dio permiso Su Excelencia para que yo pudiera añadir lo que quisiera a esta colección?

—*Mais oui* —respondió Lafarge, mucho más alegre—. Todo lo que usted deseara tener, siempre y cuando el estilo fuera adecuado.

—Muy bien. En ese caso, deseo doblar el pedido.

—*Comment?* —preguntó la francesa, completamente atónita.

—Por cada prenda que haya pedido Su Excelencia, yo deseo pedir otra —explicó Lenore—. Con un estilo, color y tela diferentes.

Agatha se echó a reír.

—Muy bien hecho, querida mía —afirmó—. Una reacción de lo más adecuada. Me estaba preguntando cómo te comportarías ante esta situación. Me alegra ver que le vas a dar un poco de su propia medicina.

—Por supuesto. No podía mostrarme tan insensible como para no apreciar su regalo, pero tampoco voy a consentir que me dicte lo que debo hacer en temas de mi propio guardarropa.

—¡Bravo! —exclamó Agatha—. ¡Dios Santo! Pero esto llevará mucho tiempo. ¿Está usted libre, *Madame*?

—Estoy completamente a su servicio —repuso la modista. No era ella la que iba a quejarse.

Pasaron varias horas examinando telas y analizando estilos. Agatha animó a Lenore a manifestar su punto de vista y, al final, Lafarge tuvo que felicitarla.

—Tiene usted un gusto excelente, *mademoiselle*. No lo pierda y siempre será muy elegante.

Lenore sonrió como una colegiala. El término «elegante» era precisamente lo que estaba buscando. Parecía lo más adecuado si iba a ser la esposa de Eversleigh.

Tras realizar la lista de lo que había aprobado Su Excelencia, las damas se dispusieron a tomar un refrigerio. De repente, Lafarge dejó su taza de té sobre la mesa.

—*Tiens!* ¡Soy una estúpida! Se me ha olvidado el traje de novia.

Palmoteó las manos y dio órdenes a las muchachas para que se llevaran todos los platos. Entonces, una de las ayudantes entró llevando reverentemente un vestido de novia de seda de color marfil cubierto con delicadas perlas. Lenore se quedó completamente atónita.

—Es el vestido de novia de Georgiana... o parte de él, si no me falla la memoria —dijo Agatha.

—Así es. De la mamá de *monsieur le duc*. *Mais oui*. Me pidió que reformara el vestido al estilo moderno. Es exquisito, ¿no les parece?

Lenore solo pudo asentir. No dejaba de mirar el hermoso vestido. Cuando se lo puso, se echó a temblar. El vestido pesaba mucho. Tenía el escote alto, de chimenea y mangas largas y ajustadas que eran muy del gusto de la joven. El vuelo de la falda le salía directamente de debajo del pecho hasta llegar al suelo, lo que le daba a la prenda una elegancia regia, muy adecuada para la esposa de un duque.

Después de ajustarle el vestido y de que Lenore se lo hubiera quitado, Lafarge le mostró, con ciertas dudas, una prenda de seda.

—Esto es lo que *monsieur le duc* eligió para la noche de bodas.

Resignada, Lenore examinó la prenda mientras Agatha ahogaba una carcajada. A continuación, devolvió el camisón, completamente transparente, y la bata a juego a Lafarge.

—Supongo que es mejor que lo envíe con el resto.

Eran más de las dos cuando volvieron a montarse en el carruaje. Los primeros vestidos se enviarían aquella misma tarde, junto con varias camisas y enaguas.

—No ha sido tan aburrido como esperabas, ¿verdad? —le preguntó Agatha, con una sonrisa.

—Tengo que admitir que no me aburrí en lo más mínimo —respondió Lenore.

—¿Quién sabe? Tal vez incluso aprendas a disfrutar de los placeres de la gran ciudad. Siempre dentro de un límite, por supuesto.

—Tal vez...

—Dime una cosa. Esos vestidos que has pedido tú... No son el estilo usual, pero tampoco son tu estilo habitual. No me digas que Eversleigh ha tenido éxito donde tu tía, yo misma y mis hermanas fracasaron todas.

—Mi anterior estilo venía dictado por las circunstancias —respondió Lenore, con una sonrisa—. En mi situación anterior, tenía que visitar sola las propiedades de la familia y tener en mi casa a los amigos de mis hermanos, por lo que me pareció más práctico llevar vestidos que ocultaran en vez de mostrar. Como ya sabes, Agatha, yo no buscaba el matrimonio.

—Entonces, ¿no te importa lo que ha elegido?

—Yo no diría tanto, dado que algunos de los modelos son... Sin embargo, ahora que voy a casarme, no veo razón alguna para seguir ocultándome.

Esbozó una sonrisa y se preguntó cuánto tiempo tardaría Eversleigh en ir a visitarla.

Fue al día siguiente. Lenore estaba bajando las escaleras cuando oyó el murmullo de la profunda voz de Eversleigh en el vestíbulo. Después de detenerse durante un segundo, siguió descendiendo tranquilamente. Jason se volvió para mirarla justo cuando ella pisó las baldosas del vestíbulo. Observó atentamente el delicado peinado, el vestido de mañana de color ámbar y las zapatillas que ella llevaba puestas. Lenore no tuvo dificultad alguna en adivinar los pensamientos de su futuro esposo. Se dirigió hacia él con su habitual seguridad y extendió la mano.

—Buenos días, Su Excelencia. Confío en que esté bien.

—Así es —respondió él, tras llevarse la mano de Lenore a los labios—. Discúlpame por no haber estado aquí para recibirte. Unos asuntos me llevaron a Dorset y luego a Salisbury, como espero que te haya explicado la tía Agatha.

—Lady Agatha ha sido muy amable conmigo —dijo ella, retirando la mano tras experimentar la ya familiar sensación que le recorría todo el cuerpo cada vez que él le besaba la mano. Entonces, se dio la vuelta, dispuesta a conducirlo al salón—. Sin duda, le alegrará saber que ayer las dos fuimos a visitar a *Madame* Lafarge, que está tratando de crear un guardarropa adecuado para la duquesa de Eversleigh. Mañana, tenemos pensado ir a visitar a los zapateros, a los sombrereros y a los fabricantes de guantes. Dígame, milord, ¿tiene algún artesano en particular que desearía que visitáramos?

Aquella pregunta tan cortés fue más que suficiente para poner en guardia a Jason.

—Estoy seguro de que Agatha sabrá quiénes son los mejores —murmuró.

Agatha se alegró mucho de ver a Jason. Inmediatamente, le informó de un baile que iba a dar su hermana, lady Attlebridge, al día siguiente por la tarde.

—Mary ha accedido a utilizar la fiesta para dar a conocer vuestro compromiso. Primero, habrá una cena muy selecta, por lo que debes estar allí a las siete. ¿Vamos en mi carruaje o en el tuyo?

—He enviado mis principales carruajes a que los arreglen, así que me imagino que tendrá que ser el tuyo. Había pensado llevar a la señorita Lester a dar un paseo en coche por el parque —dijo él, volviéndose para mirar a Lenore—, es decir, si te apetece.

De hecho, no había nada que pudiera atraer más a Lenore.

—Es usted muy amable, Su Excelencia. Si no le importa esperar mientras voy a por mi estola....

Jason asintió. Lenore realizó una elegante salida del salón y subió corriendo las escaleras. El día era algo fresco y se moría de ganas de estrenar la estola de color cereza que le habían llevado del taller de *Madame* Lafarge aquella misma mañana. Era una de las prendas que Eversleigh había encargado. En cuanto a las otras compras que había hecho, no pensaba decirle nada antes del baile de lady Attlebridge.

Llamó a Trencher para que le atusara el cabello y se lo sujetara bien, dado que no tenía un sombrero adecuado. Se colocó la estola y se la abotonó. Comprobó que el ámbar de color pastel no desentonaba con el profundo color cereza. Entonces, se percató de las zapatillas.

—Dame los botines y los guantes marrones. Tendré que arreglarme con ellos hasta que me compre algo más adecuado.

Mientras descendía las escaleras, iba abrochándose los botones de los guantes, por lo que no se percató de la presencia de Eversleigh.

—Eres muy rápida, querida mía —comentó—. Ese tono rojo te sienta admirablemente.

Jason la tomó de la mano y la condujo hasta la puerta.

—No es un color que antes haya tenido la oportunidad de ponerme, pero debo admitir que me gusta mucho.

El brillo orgulloso que se reflejó en los ojos de Eversleigh llenó a Lenore de una curiosa alegría.

Llegaron al parque muy rápidamente. Era el primero de julio y la mayor parte de la alta sociedad había abandonado la capital. Sin embargo, aún quedaban los suficientes para saludar con una inclinación de cabeza y murmurar al paso de Eversleigh en su calesa, con una elegante dama a su lado.

—Debo darle las gracias por mi traje de novia, milord —comentó Lenore—. Es precioso.

—Era de mi madre —comentó Jason—. Según dice todo el mundo, el matrimonio de mis padres fue un éxito. Por eso me pareció adecuado utilizar el vestido de mi madre. El anuncio de nuestro compromiso aparecerá en la *Gazette* pasado mañana, después del anuncio en el baile de mi tía. Primero, tuve que asegurarme de que mis parientes más importantes, como mi tío Henry, se enteraban a través de mí. Si no, me lo habrían hecho pagar muy caro.

—Ya me lo imagino. Su familia es muy grande, ¿verdad?

—Sí. Si me preguntaras cuántos reclaman tener parentesco conmigo, no sabría decirte un número. Me temo que los Montgomery somos una familia muy prolífica.

—¿Vendrán todos a nuestra boda?

—Gran parte de ellos. Sin embargo, no te preocupes, no tendrás que conversar con todos ellos.

—Como su esposa, creo que al menos debería conocer sus nombres. Dios Santo, solo me quedan tres semanas para aprendérmelos todos...

—Lenore, créeme. No tienes que aprenderte nada.

—Tal vez usted pueda pasear por una recepción sin importarle no saber el nombre de todo el mundo, pero a mí sí me importa.

—¡Dios Santo, mujer! No conseguirás aprenderlos nunca.

—¿Estoy en lo cierto al suponer que desea que nos casemos dentro de tres semanas?

—Nos vamos a casar dentro de tres semanas —afirmó él.

—Muy bien. En ese caso, sugiero que me ayude a aprenderme los nombres de sus parientes y de sus amigos en la alta sociedad. Algunos ya los conozco. Otros no. Necesitaré ayuda a la hora de definir los que usted más quiere que reconozca y los que no.

Aquellas palabras le recordaron a Jason que Lenore, efectivamente, ya conocía a algunos de sus «amigos» cuya amistad no querría animarla a continuar. Además, había otros que afirmaban tener amistad y que él no querría que ella conociera.

—Tendremos que preparar una lista de invitados —sugirió Lenore.

—En realidad —replicó él, con cierta frialdad—, la lista de invitados ya está preparada.

Lenore acogió en silencio aquella afirmación.

—¿Sí?

La falta de entusiasmo en aquel pronunciamiento hizo que Jason se volviera para mirarla. Sin embargo, no notó en su mirada ninguna señal de enojo, lo que era imposible. El hecho de que ella estuviera aislándose, ocultándole sus sentimientos y que él no pudiera penetrar la máscara detrás de la que ella se ocultaba si Lenore no lo deseaba, lo turbó profundamente.

—Tu padre empezó la lista —explicó—. Jack y tu tía añadieron algunos nombres y yo se lo dicté todo a mi secretario.

De nuevo, pasó otro minuto en completo silencio.

—Tal vez le podría decir a su secretario que me hiciera una copia para mí.

—Vendré mañana para invitarte a dar un paseo. Te traeré una copia y podremos hablar sobre ella durante el recorrido.

Jason había hablado con voz muy cortante, señal de que su mal genio estaba a punto de aflorar. No era que tuviera derecho alguno a estar enfadado con ella, pero Lenore lo turbaba profundamente con su fría y tranquila apariencia. Tenía todo el derecho del mundo a montarle una escena y a pedirle explicaciones sobre su arrogante comportamiento. Sin embargo, se conducía como si aquella transgresión no importara. No lograba entender por qué aquel hecho afectaba tanto a su equilibrio.

Lenore mantenía la mirada al frente, con una serena sonrisa en los labios. Dio las gracias en silencio por los años de entrenamiento en el sutil arte del disimulo. Sabía que el parque no era el lugar adecuado para dejarse llevar por una acalorada discusión, aunque aquello no significaba que tuviera intención de discutir aquel error más tarde con su prometido. Él utilizaría la lógica para hacerle creer que sus actos habían sido completamente razonables. Además, el tono irritado de la voz de Eversleigh ya había proporcionado un bálsamo para el orgullo herido de Lenore. Recordó que el sentimiento de culpa siempre había convertido en osos a sus hermanos. Aquel pensamiento la alegró considerablemente.

—Tal vez deberíamos empezar con los miembros de la alta sociedad —comentó ella—. ¿Quién es aquella dama del sombrero verde?

Decidida a no dejar que el silencio se desarrollara de nuevo entre ellos, Lenore siguió interrogando a su prometido sobre las personas con las que se encontraban hasta que, media hora después, él giró los caballos para regresar de nuevo a Green Street.

CAPÍTULO 8

Mientras el carruaje de lady Colebatch avanzaba por Park Lane, Lenore se cubrió un poco más con la capa de terciopelo que llevaba puesta aquella noche. Sentía en el estómago un nudo de aprensión. La capa era una de las prendas que Eversleigh le había encargado y, aunque hacía una tarde agradable, el aire era lo suficientemente fresco como para justificar su necesidad de calor.

Agatha iba sentada a su lado, completamente resplandeciente. Resultaba evidente que esperaba disfrutar inmensamente de aquella velada. Lenore, por su parte, tragó saliva y contempló a Eversleigh. Estaba muy elegante con su traje negro y el corbatín de color marfil. Los rasgos de su rostro quedaban en las sombras, pero, cuando pasaron al lado de una farola, Lenore comprobó que la estaba mirando. Le dedicó una sonrisa de animo que la joven trató de devolverle.

En un esfuerzo por distraerse de lo que la esperaba, repasó la lista de los Montgomery que estaba a punto de conocer. Gracias a Agatha, conocía de memoria a la familia más cercana. Dado que ya conocía a las tías de Eversleigh, consiguió aplacar algo sus nervios, aunque sabía que la velada no sería fácil.

Eversleigh había ido a buscarla a mediodía para dar un paseo por el parque, tal y como le había prometido. Le entregó una copia de la lista de invitados, en la que aparecían más de trescientos nombres. Cualquier sensación de incomodidad que hubiera podido haber entre ellos había desaparecido por el regalo que Eversleigh le había enviado por la mañana.

Después de regresar con Agatha de adquirir sombreros, guantes, zapatillas y botas, habían descubierto un paquete dirigido a Lenore.

Tras retirar el envoltorio, la joven había descubierto un par de botines de cabritilla, precisamente del mismo color de la estola, a juego con un par de guantes. Acompañando a ambos objetos, había un sombrero con largas cintas de color cereza. No llevaba tarjeta.

Cualquier duda que Lenore hubiera podido tener, desapareció cuando se probó los botines en su dormitorio. Le estaban a la perfección. Trencher se había echado a reír y había admitido que Moggs había aparecido en las cocinas la tarde anterior, preguntando el número de calzado que utilizaba la señorita Lenore.

A la joven le turbaba el hecho de que hubiera puesto Londres patas arriba hasta encontrar un zapatero que pudiera hacer unos zapatos del mismo color de la estola en un día. El modo tan brusco en el que había reaccionado cuando ella le dio las gracias, como si el esfuerzo no valiera nada, casi como si él no deseara reconocerlo, había resultado aún más raro.

Diez minutos más tarde, llegaron a Attlebridge House, en Berkeley Square. Jason descendió rápidamente del carruaje y ayudó a su tía primero y luego a su prometida a bajar a la acera. A continuación, se colocó la mano de su prometida sobre la manga y notó cómo ella temblaba. Le sonrió afectuosamente para animarla y esperó al lado de su tía a que se abriera la puerta. En aquel breve instante, recordó las gracias que Lenore le había dado aquella mañana por los botines que le había enviado, acompañadas de una sonrisa de gran dulzura. Él se había comportado muy bruscamente con ella, algo atónito por el hecho de que, mientras había regalado con frecuencia diamantes a sus amantes, había contentado a su futura esposa con unos botines.

Mientras entraban en el vestíbulo de la casa, Lenore comprendió que se acercaba el momento de la verdad. Abrumada por una repentina timidez, permitió que Jason le quitara la capa de los hombros. Trató de parecer segura de sí misma sacudiéndose las faldas para que se estiraran. Entonces, con la cabeza muy alta, miró a Agatha.

—Estás absolutamente espléndida, querida mía —dijo la dama—. ¿No te parece Eversleigh?

Él guardó silencio. Se limitó a observarla muy lentamente de la cabeza a los pies. Lenore no pudo evitar que un ligero rubor le cubriera las mejillas. Por fin, Eversleigh se dio cuenta de que su tía le había preguntado y trató de hablar, pero tuvo que aclararse la garganta antes de poder hacerlo.

—Estás... exquisita, querida mía.

Al notar lo ronca que él tenía la voz, Lenore lo miró a los ojos y se quedó muy satisfecha de lo que vio. Entonces, cuando Eversleigh sonrió, ella sintió un delicioso escalofrío por todo el cuerpo.

—¿Entramos? —sugirió él, ofreciéndole el brazo. No le quitaba los ojos de encima.

Efectivamente, la seda verde plateada se le ceñía a las curvas del cuerpo. El vestido era algo más discreto que lo que él había pedido, pero, a pesar de todo, resultaba más sugerente al ofrecer la promesa de mostrar lo que tan artísticamente ocultaba. Lenore se sintió muy satisfecha. La sensación de éxito estuvo a punto de cortarle la respiración. A continuación, el uno al lado del otro, entraron en el gran salón.

Todas las conversaciones se detuvieron. Los invitados los observaban atónitos, sin perder detalle del regio modo en el que se dirigían a lady Attlebrigde. No había duda alguna de que los dos serían el foco de interés de aquella velada.

Así fue. Para alivio de Lenore, Eversleigh no se apartó de su lado en toda la noche. Con una sonrisa, le presentó a las amistades y conocidos con los que se encontraron. Sin embargo, Lenore notó que las que más le preocupaban eran sus tías. Por fin comprendió que ella ya las conocía cuando, tras ir a ver a lady Eckinton, la más imprevisible de las seis, murmuró:

—Ya te conocen, ¿verdad?

—Pensé que lo sabías. Vienen a menudo de visita a Lester Hall. Son todas amigas de Harriet. Conozco a la mayoría de tus tías desde que tenía... unos doce años o así.

—Y yo que había temido que tendría que protegerte de ellas... La próxima vez que vengan a echarme la bronca sobre algo, ya sé detrás de quién tengo que esconderme —dijo, con voz dura, a pesar del alivio que el hecho le había producido.

Lenore se sorprendió un poco, pero se echó a reír ante aquel comentario.

—Dime quién es la dama que lleva ese atroz turbante morado. Lleva mucho tiempo tratando de atraer nuestra atención. Está en el sofá que hay al lado de la pared.

—Esa, mi querida Lenore, es la prima Hetty. Ven. Te la presentaré.

Así fue pasando la velada. Tras la cena, cuando se realizó el anuncio oficial del compromiso, Lenore se sentía como en su casa entre los Montgomery. Después, pasaron al salón de baile.

Lenore se deslizó por la pista del brazo de Jason, sonriendo y saludando con la cabeza a todo el mundo. La sala estaba completamente repleta, por lo que la joven agradeció que los ventanales de la sala estuvieran abiertos. Al lado de Jason y agradecida por el apoyo que él le ofrecía, las respuestas que daba a las presentaciones y saludos eran completamente automáticos.

De repente, los músicos empezaron a tocar.

—Vamos, querida mía.

Como si hubiera estado esperando la señal, Eversleigh la llevó al centro de la sala. La tomó entre sus brazos y comenzaron a moverse al compás de la música. Era un vals. El vals en honor de su compromiso.

—Ah —dijo ella, relajándose entre sus brazos—. Se me había olvidado...

—A mí no.

—Dime una cosa, milord. ¿Es buen bailarín lord Alvanley?

—Lo suficiente. Por lo que más destaca Alvanley es por su ingenio más que por su gracia. Además, es casi una cabeza más bajo que tú, por lo que, si estuviera en tu lugar, no le concedería ningún baile, pero bueno, ya basta de hablar de mis amigos y de mis parientes —añadió él—. Preferiría saber más de ti.

—¿De mí?

—Sí. Espero sinceramente que cancelaras el pedido de vestidos que le encargué a Lafarge. Tu estilo es único, querida mía. Me gusta más que ningún otro.

—En realidad, milord... —dijo ella, más satisfecha de lo que nunca habría imaginado.

—Jason.

—Jason, los vestidos que tú habías encargado eran muy apropiados. Simplemente se trata de que, hasta que me acostumbre a ese estilo, me temo que me turbaría llevar puestos vestidos tan reveladores. Sin duda, me acostumbraré a ellos con el tiempo.

—Lenore, preferiría que te vistieras como más te guste. Tu propio estilo resulta mucho más atractivo y más apropiado que la moda actual. Yo estaría encantado de verte siempre ataviada con vestidos como el que llevas esta noche.

—Oh... En ese caso, Jason, sospecho que debería advertirte que estás a punto de recibir una cuenta muy considerable de *Madame Lafarge*.

—Entiendo —replicó Eversleigh, con una sonrisa—. ¿Qué fue lo que hiciste? ¿Doblar el pedido?

—Sí —admitió Lenore, llena de confusión.

—Sin duda —comentó él, con una sonrisa—, te alegrará saber que pagar esa factura no provocará daños irreparables en mi fortuna. Sin embargo, la próxima vez que desees reprocharme mi comportamiento, ¿no crees, querida mía, que podrías dar rienda suelta a tu mal genio? Encuentro tus métodos para hacer que yo me lamente una novedad, por decir algo.

—Yo... —susurró ella, sin saber qué decir—. Está bien —añadió, optando por la sinceridad—. Si tú dejas de decidir por mí, yo no tendré que hacer uso de mi mal genio, algo que desearía mucho, dado que lo encuentro extremadamente agotador.

—Si así fuera, ¿te mostrarías tú agradecida por ello? —susurró él.

Los latidos del corazón de Lenore se aceleraron al notar el modo en el que los ojos de Jason le acariciaban el rostro. Sintió que se le doblaban las rodillas, una sensación que ya había experimentado antes. Demasiado preocupada por mantener los sentidos bajo control, no hizo esfuerzo alguno por responder. Sin embargo, la confusión que Jason vio en sus ojos fue contestación más que suficiente.

La música se detuvo. Jason la soltó de mala gana, pero se colocó la mano de su prometida en el brazo y le dedicó una sutil sonrisa.

—¡Dios Santo, Lenore! —exclamó una voz masculina.

Ella se dio la vuelta para encontrarse con Jack, que la estudiaba ávidamente.

—¿Cómo está papá? —le preguntó Lenore, con la intención de recobrar la atención de su hermano.

—¿Papá? Oh, está bien. De hecho, no podía estar mejor. Su salud mejorará considerablemente cuando te vea. ¿Qué les ha ocurrido a tus delantales?

—Los dejé en casa, junto con mis anteojos. Ven a bailar conmigo, hermano. Necesito practicar.

Se despidió de Jason con una ligera inclinación de cabeza y volvió a la pista de baile acompañada de su hermano. Mientras bailaban, su hermano le contó que había regresado a Lester Hall el miércoles para comunicarle a su padre que ella estaba perfectamente. Aparentemente, todo seguía bien en Lester Hall, aunque su padre y Harriet la echaban mucho de menos. No obstante, los preparativos de la boda los tenían a todos muy emocionados.

—¿Sabes que algunos de los criados han pedido permiso para hacer el viaje y que tú puedas ver algunos rostros familiares entre la multitud que espere en torno a la catedral?

Lenore se sintió muy emocionada, pero, a pesar del poco tiempo transcurrido, Lester Hall y sus asuntos estaban empezando a perder importancia para ella, superados por las crecientes demandas de su nueva vida.

Harry se acercó justo cuando terminó su baile con Jack. Después de realizar comentarios muy similares a los de su hermano, también le pidió a Lenore que bailara con él. Inmediatamente después de la pieza musical, Harry la acompañó al lado de Jason.

Su prometido estaba charlando con Frederick Marshall. Para Lenore no pasó desapercibida la mirada de asombro que él le dedicó en cuanto la vio.

—Mi querida señorita Lester —dijo, tras realizar una galante reverencia—. Está usted...

Al ver que su amigo se quedaba sin palabras, Jason se apresuró a echarle una mano.

—Se dejó los delantales en Lester Hall.

—Espero que no los estés echando de menos —comentó ella, con una inocente mirada en los ojos—. Tal vez debería mandar a por ellos, si es eso lo que deseas...

—Estaré encantado de hablar contigo de lo que deseo, querida mía —dijo, con un brillo extraño en los ojos—. Naturalmente, me agrada mucho que hagas todo lo posible por agradarme.

Resultaba evidente que aquellas palabras no tenían nada de inocente por la mirada que tenía en los ojos.

Al notarlo, Lenore se ruborizó vivamente. Frederick, más acostumbrado a los comentarios de su amigo que ella, acudió corriendo en su ayuda.

—¿Ha conseguido la aprobación del clan de los Montgomery? —comentó—. Son bastante imponentes, ¿verdad?

Lenore se aferró con fuerza al salvavidas que le ofreció Marshall y se enzarzó con él en una conversación sobre la extensa familia de su prometido. Minutos después, Agatha se acercó a ellos.

—Si queréis que os dé mi opinión, deberíamos irnos ahora mismo. Es mejor no darles demasiado para que no se acostumbren. Así los mantendremos siempre interesados.

—Yo me inclino ante tu mayor experiencia en estos asuntos, tía —comentó Jason.

Llamaron al carruaje y se marcharon de la fiesta, tras recibir una invitación para tomar el té al martes siguiente.

Una vez dentro del carruaje, Jason, que una vez más se había sentado frente a Lenore, le preguntó:

—Bien, querida mía. ¿Ha sido la fiesta tan terrible como te habías imaginado?

—Nada de eso —respondió ella, alegremente—. Creo que no me costará ningún trabajo asistir ni organizar acontecimientos similares.

Jason inclinó la cabeza. Tenía el ceño fruncido. Por su parte, Lenore, que estaba muy emocionada, siguió hablando, aquella vez con Agatha.

—Lady Mullhouse nos ha invitado a su casa la semana que viene —dijo—. Y la señora Scotridge a tomar el té.

—¡Dios mío! —exclamó Agatha—. Casi se me había olvidado lo que significa estar en el ojo del huracán. A pesar de que casi es el final de la temporada, me atrevo a decir que nuestra vida será de lo más ajetreada durante las próximas semanas.

Al oír aquellas palabras, Jason entornó los ojos. Si para algo había servido la fiesta celebrada en casa de su tía había sido para demostrar la atracción que Lenore era capaz de ejercer sobre los hombres. No menos de cinco le habían realizado comentarios sobre la belleza de su prometida.

Observó a Lenore, que observaba con serenidad las casas por las que pasaban. Sin dejar de mirarla, siguió pensando en lo ocurrido aquella noche, lo que suponía un problema para él.

Por fin, el carruaje llegó a Green Street.

—Si mañana hace bueno, podríamos ir a Merton —le dijo a Lenore—. Allí vive mi tía abuela Elmira. Está inválida y no podrá asistir a nuestra boda, pero le encantan los chismes y se pondría furiosa si no te conociera antes de nuestra unión.

No prestó atención alguna a la mirada de desaprobación que le dedicaba su tía Agatha. Toda su atención estaba centrada en Lenore.

—Me encantaría acompañarte —respondió la joven, con gran entusiasmo. Echaba de menos el aire del campo, aunque no estaba dispuesta a admitirlo—. No me gustaría que se pensara que no prestamos la debida atención a tu familia.

—No debes temer nada al respecto. Te aseguro que mi familia no lo consentiría.

Jason se permitió una ligera sonrisa. Jamás hubiera seguido el camino sobre el que acababa de poner los pies. Sin embargo, dado que su tranquilidad para el resto de sus días dependía del resultado, le parecía que tres semanas de su tiempo era un precio muy pequeño.

Para Lenore, las tres semanas que siguieron al anuncio de su compromiso pasaron en medio de un constante torbellino.

Visitas, bailes, fiestas, pruebas del vestido de novia y del vestido que llevaría en su primer día de casada...

Los únicos periodos de tranquilidad en aquel desordenado mundo eran los que pasaba con Eversleigh.

Inicialmente, se había sorprendido de lo mucho que él frecuentaba su compañía. Las escoltaba a todos los actos a los que Agatha y ella eran invitadas, la llevaba a pasear al parque... Estaba a su lado siempre que la ocasión se lo permitía.

Cuando le comentó a Agatha lo inesperada que le resultaba tanta constancia, su mentora no había parecido en absoluto sorprendida de ello.

—Jason no es ningún necio —dijo.

Aquel enigmático comentario no sirvió para apaciguar la cautela que Lenore sentía. A medida que los días pasaban fue creciendo, junto con la sospecha de que lo que más temía del matrimonio estaba a punto de producirse. Antes de que tuviera tiempo de lograr asimilar su aflicción, llegó el día de la boda.

Habían pasado exactamente tres semanas desde la fiesta de lady Attlebridge. Jason paseaba por el balcón del palacio del obispo de Salisbury, encantado de que los días del compromiso estuvieran a punto de terminar. Se alegraría de poder dejar atrás la inesperada incertidumbre que le había llevado a mantenerse muy cerca de Lenore y pasar con ella todo el tiempo que el decoro permitía.

Su admiración por Lenore se había incrementado drásticamente. Estaba razonablemente seguro de que a ella no le gustaba la vida de Londres. A pesar de todo, su comportamiento en sociedad había sido completamente impecable.

Sabía que estaba en deuda con Agatha por el hecho de que no hubiera realizado comentario alguno sobre la poco acostumbrada predilección que había mostrado por estar en compañía de su prometida. Por su parte, Frederick pensaba que se había vuelto algo necio.

Al día siguiente, se casarían en medio de la pompa y la ceremonia que eran tradicionales entre los Montgomery. Salisbury estaba a rebosar con miembros de la alta sociedad que, tal y como Agatha había predicho, había llegado desde todos los rincones del país para no perderse la ceremonia. Jason consideró el futuro. No sentía dejar atrás su hedonista libertad. No había dudas de última hora. Lanzó una postrera mirada hacia el lugar en el que, sin ninguna duda, su prometida estaba descansando ataviada con un casto camisón, muy diferente al que llevaría al día siguiente. Sonrió y se metió en la casa.

Estaba muy satisfecho con el modo en el que habían salido las cosas. Todo había salido mejor de lo que hubiera esperado nunca.

Plena de alegría, Lenore repasó su boda entre una mezcla de agotamiento y felicidad. Había podido disfrutar completamente de su boda desde el momento en el que, del brazo de Jack, había avanzado hacia el altar. A ambos lados del pasillo se escucharon murmullos sobre la belleza del vestido, aunque ella no prestó atención alguna. Toda su atención estaba centrada en su futuro esposo, que la esperaba en el altar acompañado de Frederick Marshall.

Cuando Jack la entregó a Eversleigh, los dedos de Lenore temblaron ligeramente, pero él se los agarró con fuerza y la ayudó así a aplacar los nervios. A partir de aquel momento, todo había transcurrido como en un sueño.

Llena de gozo, Lenore bostezó. Recordó también con regocijo cómo Amelia, acompañada de Frederick Marshall, había recogido el ramo de novia que ella había lanzado desde la puerta del carruaje antes de marchar. El rostro feliz de su amiga le provocó una sonrisa de satisfacción.

Giró la cabeza y observó al que ya era su esposo. Tenía los ojos cerrados, por lo que Lenore recorrió a placer el carruaje que su esposo le había regalado, además de los caballos que tiraban de él. Recordó las miradas de envidia que había provocado entre las damas de la alta sociedad. Pocas podían presumir de esposos a los que se les ocurrieran unos regalos tan extravagantes. Regalar diamantes resultaba muy fácil. Carruajes y caballos requería pensarlo mucho más. Tras lanzar una mirada de afecto a su esposo, sonrió.

A continuación, giró la cabeza y contempló una vez más el paisaje. El sol estaba empezando a bajar de su cenit, por lo que se preguntó cuánto tiempo tardarían en llegar a Eversleigh Abbey.

—Deberías tratar de dormir un poco —le dijo Jason, de repente, como si le hubiera leído el pensamiento—. Aún falta mucho para llegar a la mansión.

—¿Sí? ¿Habrá oscurecido ya cuando lleguemos allí?

—Casi, pero le he dicho a Horton que se detenga en lo alto del camino que conduce a la casa. Desde allí, la podrás ver muy claramente. Creo que aún habrá luz suficiente para que puedas verla.

Tras aquel breve comentario, Jason volvió a cerrar los ojos. Lenore pensó en lo que le depararía el resto del día. Tendría que conocer a los criados de su nueva casa y examinar las habitaciones principales antes de permitir que se abrieran las maletas. A continuación, vendría la cena. Decidida a no consentir que la imaginación minara su seguridad en sí misma, decidió detenerse en aquel preciso momento. Seguramente Jason tenía razón. Dormir un poco le vendría muy bien. Se acomodó contra un rincón del carruaje y, poco a poco, acunada por el traqueteo del camino, se quedó dormida.

Se despertó cuando un bache bastante profundo la envió contra el cuerpo de Jason. Él la tomó entre sus brazos y evitó que cayera al suelo. Entonces, la colocó en una postura más cómoda, obligándola a que apoyara la cabeza sobre su hombro. Lenore no protestó. El brazo de su esposo le proporcionaba un firme cojín sobre el que descansar y garantizaba su seguridad. Completamente satisfecha en brazos de su esposo, Lenore volvió a quedarse dormida.

Sin embargo, Jason estaba mucho menos satisfecho con la postura que ella ocupaba. No sabía qué clase de locura lo había empujado a tomarla entre sus brazos, pero ya no podía apartarla. Lenore se había acurrucado y le había colocado una mano sobre el pecho. Jason cerró los ojos, tratando de controlar su reacción. Después de un instante, la miró y sacudió la cabeza con resignación. Colocó la barbilla sobre los rizos de su cabello y aquella vez, completamente despierto, se dejó llevar por sus sueños.

Cuando llegaron a las puertas de la finca, la despertó muy suavemente.

—La luz es muy tenue, pero creo que aún tenemos tiempo.

Lenore parpadeó y descendió del carruaje detrás de él. Delante de ellos, rodeada de enormes jardines, estaba Eversleigh Abbey. La imagen resultaba imponente. La mansión dominaba el paisaje, aunque, sin embargo, parecía formar una parte intrínseca de él, como si las piedras que la formaban hubieran echado raíces en la tierra. Lenore comprendió que aquella era su casa. Una gran excitación se apoderó de ella.

—Hay claustros en el interior de las alas este y oeste —le dijo Jason.

—¿De cuando era un monasterio?

—Sí.

—¿Dónde está la biblioteca?

—En la esquina oeste del edificio principal —respondió Jason, señalando dos enormes ventanales—. Hay más ventanas al lado oeste.

Mientras observaban, las luces empezaron a encenderse en la casa. Alguien sacó dos enormes lámparas y las colocó en los escalones de entrada a la casa.

—Vamos. Nos están esperando.

Jason la tomó del brazo. Lenore le obedeció inmediatamente. Se moría de ganas por ver su nueva casa. Cuando el carruaje se detuvo frente a los escalones de entrada a la mansión, el sol había desaparecido por completo. Jason y Lenore descendieron sobre la grava del camino y subieron los escalones que llevaban a las imponentes puertas de roble de la casa. Mucho antes de que llegaran, estas se abrieron de par en par. El mayordomo, que encabezaba el pequeño comité de bienvenida, realizó una majestuosa reverencia.

—Bienvenido, Su Excelencia —dijo. Realizó otra reverencia—. Su Excelencia...

Durante un momento, Lenore se preguntó por qué se había repetido. Entonces, lo comprendió y se sonrojó. Jason, con una comprensiva sonrisa en el rostro, la hizo avanzar.

—Permíteme que te presente a los criados, querida —dijo—. Este es Morgan, que lleva con nosotros toda la vida. Su padre fue mayordomo antes de él. Y esta es la señora Potts.

Lenore sonrió, aceptando agradecida los saludos y felicitaciones de los criados, que le fueron presentados por Morgan y la alegre señora Potts. A sus espaldas, Jason empezó a dar órdenes a Moggs, su ayuda de cámara, que se había adelantado con Trencher y el equipaje desde Salisbury.

Cuando las presentaciones hubieron terminado, Jason la tomó de la mano y, tras despedir a los criados, la miró atentamente.

—Supongo que es mejor que te enseñe la biblioteca antes de que te dispongas a descubrirla tú sola y te pierdas.

Lenore sonrió y se dispuso a seguirlo. Cuando llegaron a la biblioteca, comprobó que esta era enorme. El pequeño fuego que ardía en la chimenea era incapaz de hacer desaparecer las sombras que la envolvían. Jason encendió rápidamente un candelabro.

Entonces, tomó la mano de su esposa y recorrió con ella la sala.

—Debe de haber miles de libros aquí —susurró Lenore.

—Probablemente. No sé el número. Ya te dije que eso te lo dejaba a ti.

—¿Están ordenados de algún modo?

—Relativamente. Mi padre parecía saber dónde estaban los libros sin ningún orden específico.

Mientras se iba haciendo planes para organizar algo que parecía rayar en el caos, Lenore miró hacia el techo. Se dio cuenta de que el techo era altísimo y que no lograba vislumbrarlo.

—¿Hay una galería allí arriba?

—Sí —respondió Jason—. Rodea toda la sala. Para subir hay que tomar esas escaleras.

Lenore se dio cuenta de que la galería subía muy por encima de los ventanales. Sería un lugar perfecto para colocar su escritorio...

Casi sin que ella se diera cuenta, Jason la llevó de nuevo hacia la puerta. Allí, apagó de un soplido las velas del candelabro.

—Bueno, ya verás el resto de la casa mañana. He dado órdenes para que te sirvan una cena ligera en tus aposentos. Tu doncella te está esperando arriba.

—Sí, por supuesto...

De repente, Lenore sintió que se le aceleraba el pulso. Se le agolparon muchas preguntas en los labios. Estaba segura de que Jason tendría sus planes para aquella noche... aunque no sabía si conocerlos la ayudaría a sentirse mejor.

En lo alto de la magnífica escalera, Jason le indicó la derecha.

—Tus aposentos están por aquí.

Dieron unos pasos más y Jason se detuvo frente a una puerta. La abrió y dejó que ella lo precediera. Lenore entró. Aquel era su dormitorio.

Estaba elegantemente decorado en tonos verdes y dorados, que contrastaban de un modo muy atractivo con el papel de color marfil de la pared. Los muebles relucían a la luz de las velas y candelabros que había repartidos por toda la estancia. El dosel de la cama estaba decorado con una delicada gasa de color verde. Las cortinas y la tapicería de las sillas eran de terciopelo también verde.

—¡Es precioso!

Jason sonrió. Tras aplicar un férreo control sobre sus inclinaciones, cerró la puerta y se dirigió hacia otra puerta que había a la izquierda.

—Dejaré que te acomodes. El tirador para llamar a los criados está junto a la chimenea —dijo. Colocó la mano sobre el pomo y examinó a su esposa una vez más—. Hasta más tarde, Lenore...

Tras realizar una inclinación de cabeza, abrió la puerta y desapareció tras ella.

Lenore contempló la puerta y dedujo que conducía al dormitorio de Jason. Tragó saliva. Al menos no tendrían que soportar una cena formal. A pesar de su alivio, se preguntó si aquello no habría pospuesto un poco más lo que ocurriría más tarde...

Sacudió los hombros y dejó a un lado sus necios temores. No era una debutante recién salida del colegio. Se acercó a la chimenea y examinó el delicado tirador. Entonces, tiró con fuerza y llamó a Trencher.

CAPÍTULO 9

—Es mejor que salga ya, señorita... Quiero decir, Su Excelencia, o se va a poner toda arrugada.

Perezosamente, Lenore abrió los ojos y miró a su doncella a través del vapor que salía del agua.

—Dentro de un momento —dijo. Cerró los ojos y trató de volver a capturar su relajado estado de ánimo. Sin embargo, no pudo hacerlo. Trencher tenía razón.

Se levantó y dejó que la doncella la enjuagara con un cubo de agua limpia, que había dejado calentándose al lado del fuego. Cuando salió de la bañera, se cubrió con la suave bata de seda que Trencher le ofreció y se dirigió hacia la puerta de su dormitorio. Trencher a su vez llamó a los criados para que vaciaran la bañera y se marchó corriendo detrás de su señora, tras cerrar con firmeza la puerta que separaba las dos estancias.

Se sentía tan relajada... Se sentó frente al tocador y comenzó a cepillarse el cabello. Mientras lo hacía, observó a través del espejo que Trencher colocaba un camisón y una bata de seda de color marfil encima de la cama. ¿Seda de color marfil? Lenore se volvió inmediatamente.

—Ese no, Trencher.

—Pero Su Excelencia... Su Excelencia ha pedido expresamente que usted se lo ponga esta noche.

Lenore dejó que la exasperación se le reflejara en el rostro. ¿Qué podía hacer? ¿Rebelarse ante lo que se le imponía y causar una escena o capitular... aunque fuera solo aquella vez? Pensar que tendría que explicar a Eversleigh por qué había decidido no agradarle la hizo decidirse.

—Muy bien —dijo Lenore, volviendo a cepillarse el cabello.

Aliviada, Trencher se acercó a ella para ayudarla con el cabello. Cuando este empezó a relucir como si se tratara de oro, Lenore se puso de pie y permitió que Trencher la ayudara con el camisón. Con cierta aprensión, contempló el resultado en el espejo. Realizado al estilo de una toga romana, el camisón tenía un profundo escote. Los dos lados del cuerpo se unían por debajo de los senos, marcando así también la cintura. Todo se recogía por medio de una pequeña anilla de seda. Carecía de mangas y los pliegues de la falda llegaban hasta el suelo. Así visto, el camisón no tenía nada más. Hasta que se movía. Entonces, las aberturas laterales, que iban desde lo alto de las caderas hasta el suelo, se hacían plenamente aparentes. Tras estudiar el efecto, Lenore sacudió la cabeza.

En silencio, extendió la mano para que Trencher le diera la bata, que estaba hecha de la seda más transparente y no escondía nada.

—Ahora déjame —le dijo a Trencher—. Te llamaré cuando te necesite por la mañana.

Cuando se quedó a solas, Lenore sacudió los hombros para deshacerse del pánico que estaba empezando a apoderarse de ella.

La cena se le había servido en el salón contiguo. Tras saciar su apetito, lo único que le quedaba era esperar. Tratando de no pensar, se quitó la bata y se metió en la cama. Ahuecó las almohadas y se recostó sobre ellas sin dejar de mirar la puerta. En un esfuerzo por distraerse, se puso a examinar todos los muebles y los ornamentos. Por fin, miró el reloj que había sobre la chimenea y se dio cuenta de que no sabía a lo que Jason se había referido cuando había hablado de «más tarde».

Sabía que si permanecía allí mucho más, preguntándoselo, estaría completamente nerviosa cuando su esposo entrara. Se giró para tomar el libro que había en su mesilla de noche.

No había ningún libro. Llena de frustración, miró a su alrededor. Trencher aún no había desembalado el baúl en el que estaban sus libros. Con un gruñido, Lenore se dejó caer sobre las almohadas. Estaba condenada a esperar a su marido en medio de aquel nerviosismo.

De repente, se incorporó y saltó de la cama. Se puso la bata con una expresión de frustración ante lo inadecuada que resultaba y miró a su alrededor. Localizó las zapatillas que iban con el atuendo justo debajo de la cama. Cuando vio que eran de tacón alto, las dejó donde estaban.

Abrió la puerta con mucho cuidado y aguzó el oído. No se oía nada. Esperando que todos los criados se hubieran retirado ya, se dirigió hacia la escalera y bajó de puntillas.

A oscuras, tomó el pasillo que conducía a la biblioteca. Nada más llegar, cerró rápidamente la puerta.

El fuego se había apagado, pero, como no se habían corrido las cortinas, la luz de la luna iluminaba la estancia. No tardó mucho en encontrar las cerillas y encender las velas que había al lado de la chimenea.

Había planeado tomar el primer libro que le llamara la atención, pero lo que vio le produjo tanta emoción que no pudo evitar repasar estantería por estantería, a pesar del frío que sentía en los pies y a través de la fina tela de la bata. Iba a pasar de una estantería a otra cuando se chocó con un fuerte cuerpo.

Lanzó un grito y dio un paso atrás, levantando el candelabro todo lo que pudo. Al mismo tiempo, Jason se lo arrebató y no pudo evitar que la cera caliente le cayera sobre la mano. Antes de que pudiera ocuparse de la cera, Lenore le atrapó la mano y empezó a retirarle la cera.

—¡Qué tontería acabo de hacer! —exclamó ella. Examinó la pequeña quemadura. Entonces, se lamió un dedo y se lo aplicó encima—. Podría haber quemado los libros.

—No eran precisamente los libros los que me preocupaban. ¿Te importaría decirme, esposa mía, qué estabas haciendo aquí?

—Estaba buscando un libro.

—¿Por qué?

—Bueno, suelo leer un poco antes de irme a la cama. Trencher aún no ha desembalado mis libros, por lo que pensé que podría tomar prestado uno de aquí. Sin embargo, no dejes que te moleste —dijo, al ver que su esposo estaba completamente vestido, como si fuera a ir a montar. Tal vez «más tarde», sería mucho, mucho más tarde—. Estoy segura de que puedo encontrar el camino de vuelta a mi habitación —añadió, con un cierto tono de desilusión.

—En primer lugar, desde hoy mismo, todos estos libros son tuyos. No necesitas tomarlos prestados. En segundo lugar, no vas a necesitar leer antes de dormir... al menos durante el futuro más cercano. En tercer lugar, ya me has molestado... ¡Y mucho! En cuanto a lo de dejarte que encuentres sola tu dormitorio... eso será por encima de mi cadáver, querida mía.

Lenore lo observó completamente atónita.

Jason la agarró por la muñeca y tiró de ella hacia la puerta. Ya había ido antes al dormitorio de Lenore y lo había encontrado vacío. Presa del pánico, se había vuelto a vestir y había bajado corriendo las escaleras para dirigirse a los establos, convencido por alguna razón de que ella había salido huyendo. Sin embargo, desde el exterior de la casa, había visto que había luz a través de los ventanales de la biblioteca.

Tras dejar el candelabro sobre una mesa, se percató de que podía escuchar el sonido de sus botas sobre el suelo, pero que los pies de Lenore no producían ruido alguno. Al mirarle los pies, se quedó atónito.

—¿Dónde diablos están tus zapatillas?

—No deseaba atraer la atención de los criados.

—¿Por qué no? A partir de hoy también son tus criados.

—No me apetecía que nadie me viera, dado el modo en el que voy vestida.

—Tu atuendo no fue diseñado para ir a la biblioteca —dijo él. Mientras hablaba, centró su atención en lo que había estado tratando de no mirar. Su esposa estaba tan atractiva ataviada con aquella diáfana seda...

Sin poder evitarlo, la tomó en brazos.

—¡Jason! ¡Milord! —exclamó ella—. Por el amor de Dios, Jason, déjame en el suelo. ¿Y si nos ven los criados?

—¿Qué ocurrirá si nos ven? Si lo recuerdas, me he casado contigo esta mañana.

Abrió de una patada la puerta entreabierta de la biblioteca y salió al pasillo. Lenore se aferró a él y le colocó las manos alrededor del cuello. Resultaba muy turbador que él la pudiera transportar con tan poco esfuerzo... Sin embargo, permaneció en silencio mientras él la subía por las escaleras. Al llegar a lo más alto, Jason giró a la izquierda.

—Jason... Mis aposentos están al otro lado...
—Lo sé.
—¿Adónde me llevas? —preguntó. El pánico se había apoderado de ella.
Jason se detuvo y abrió una puerta.
—Esta noche te poseeré en mi cama —afirmó.
Cuando él cerró la puerta, Lenore vio la cama con dosel más grande que había visto en toda su vida. Jason se acercó a ella y, tras dejar a Lenore de pie al lado del lecho, le quitó la bata. A continuación, la hizo sentarse sobre la colcha de seda.
Lenore no pudo emitir sonido alguno. Tenía un nudo en la garganta. Observó que Jason se quitaba el pañuelo y que se sentaba sobre una silla para despojarse de las botas.
—¿No ibas a salir?
—No estoy vestido así para ir a visitar a los vecinos. Estas son las ropas que me pongo para cazar a mi esposa —replicó él.
De repente, Lenore lo comprendió todo. El pánico y la vergüenza le impidieron seguir hablando. Observó cómo Jason se quitaba la camisa y la dejaba caer al suelo. Abrió los ojos de par en par y el corazón empezó a latirle a toda velocidad. Cuando vio que él se llevaba las manos a la cinturilla, decidió que había visto más que suficiente.
Al escuchar el crujido de la seda, Jason miró hacia la cama y vio que su esposa había desaparecido debajo de las sábanas.
—¡Por el amor de Dios, Lenore! Tienes tres hermanos...
—Tú no eres mi hermano —susurró ella.
El sentido del humor de Jason, que tanto se había esforzado por controlar en los últimos diez minutos, estuvo a punto de ganarle la partida. Rápidamente, terminó de desnudarse y se tumbó en la cama al lado de ella. Lenore estaba envuelta en la colcha, mirando hacia el otro lado. Jason se apoyó sobre el colchón y consideró sus opciones. Al final, decidió pellizcarle el trasero.
—¡Ay! —exclamó Lenore. Se dio la vuelta rápidamente para encontrarse entre los brazos de Jason—. ¡Eso me ha dolido!
—¿Qué te parece si te quito el dolor con un beso? —sugirió él, inclinándose peligrosamente hacia ella
Lenore se quedó inmóvil. Con los ojos muy abiertos, parecía

estar diciéndole más claramente que con palabras lo escandalosa que le parecía su sugerencia.

—¿No? —suspiró él dramáticamente—. Está bien. Tal vez más tarde.

Lenore trató de negárselo con la cabeza, pero una mano de Jason le inmovilizó la mandíbula. Un instante después, depositó un beso sobre los labios de la joven. Ella cerró los ojos. Durante un momento, todos sus pensamientos habían quedado completamente anulados. No sabía lo que podía esperar, pero los largos momentos de su noche de bodas le demostraron que el gozo que experimentó sobrepasaba todo lo que había sentido hasta entonces.

Para Jason, aquellos mismos momentos fueron la culminación de un cortejo inusualmente largo para él. Jamás había esperado tanto por una mujer. Ni, para su sorpresa, tampoco la había deseado tanto. Introducir a su esposa en los placeres carnales era un premio que se había prometido, un premio que había buscado activamente. No se apresuró, sino que buscó la participación activa de Lenore. Cuando le quitó el camisón, se sintió abrumado, sorprendido de que todo lo que veía en aquellos instantes fuera suyo.

Lenore se movía sensualmente entre la tela, como si estuviera gozando con el tacto de las sábanas contra su suave piel. Jason le enredó las manos en el cabello y se lo extendió suavemente por la almohada. A través de los párpados semicerrados, Lenore estudió el rostro de su esposo y reconoció el deseo y la necesidad dibujados en sus ojos. Se arqueó ligeramente para apretar los senos contra la mano que los acariciaba. Él sonrió e inclinó la cabeza. Le enseñó todas las maneras en las que un hombre podía besar a una mujer. Le enseñó a no sentir vergüenza por el deseo. Las manos de Jason eran como las de un mago, acariciándole la febril piel, dándole la vida. Los besos tranquilizaban y excitaban a la vez, conduciéndolos a ambos por el camino del deseo. Lenore se aferraba a él, seducida por el tacto de los músculos de su esposo, por la fuerza que emanaba de ellos. Cuando después de lo que pareció una eternidad, Jason se unió a ella para escalar juntos las cumbres de la pasión, Lenore aprendió lo que era flotar más libre que el mismo aire, relucir con más fuerza que el sol... Los latidos del corazón de ambos, entrelazados, se convirtieron en la esencia de la vida.

Muy lentamente, fue recuperando el control sobre sus sentidos. Saciada y somnolienta, devolvió los suaves besos que Jason le daba, casi sin darse cuenta del modo en el que él estaba halagándola. Cuando la tomó entre sus brazos, Lenore sonrió y, llena de felicidad, se acurrucó a su lado.

Un crujido despertó a Lenore. Asombrada, trató de incorporarse, pero no pudo hacerlo. Un peso le atenazaba la cintura. De repente, al encontrarse con los ojos de su esposo, recordó dónde y con quién estaba. Un sonido ahogado, medio de sorpresa medio de timidez, se le escapó de los labios.

—¡Calla! —exclamó él. Entonces, una mano le agarró la cabeza y la obligó a volver a apoyarla contra las almohadas—. Moggs... Fuera.

Durante un instante, un atónito silencio recibió aquella orden. A continuación, Lenore escuchó que la puerta del dormitorio se cerraba suavemente.

Jason captó la mirada de su esposa.

—Tendrás que disculpar a Moggs. Sin duda, creyó que estaba solo.

—Oh —susurró ella. No tenía el camisón puesto. Jason también estaba desnudo.

El efecto de su descubrimiento se reflejó en dos grandes ojos abiertos de par en par. Jason comprendió el mensaje que se reflejaba en ellos y sonrió. Entonces, se apoderó de sus labios y los reclamó tal y como había hecho la noche anterior, conduciéndolos a ambos a la dulce cima del placer.

Lenore tardó horas en llamar a Trencher.

Las semanas que transcurrieron después fueron idílicas para Lenore. Los días estaban plenos de felicidad y de alegría mientras Jason le enseñaba su nueva casa. Nunca estaba muy lejos de su lado. Las noches les procuraban placeres de una clase muy diferente, una telaraña de sensaciones que los envolvía a ambos con sus hilos de seda. A través de aquella maraña de sentimientos, Lenore comprendió que lo que había presentido, lo que tanto había temido, era posible... Sin embargo, en aquellos momentos parecía que ninguna nube oscura podría amenazar su felicidad.

Mientras se incorporaba sobre la cama de su esposa, Jason le dio un juguetón azote en el trasero, desnudo bajo las sábanas de seda.

—¡Ay! —exclamó ella—. ¿Acaso no te he hecho gozar, milord? —añadió ella, con una expresión juguetona en el rostro.

—Siempre me haces gozar, Lenore, como tú muy bien sabes. Deja de buscar cumplidos.

La sonrisa de Lenore fue deslumbrante. Jason se inclinó sobre ella y depositó un beso sobre el afrentado trasero. Ella se echó a reír.

—De hecho, los progresos que has hecho en tu estudio sobre algunas de las virtudes de una esposa solo pueden ser calificados de notables.

—Ya me habían dicho que eras un profesor muy experimentado —replicó ella.

—Bueno, tengo que admitir que en ciertas disciplinas se me ha considerado un maestro —bromeó él.

Con una pícara sonrisa, Jason se levantó de la cama y se dirigió hacia su dormitorio. En la puerta, se dio la vuelta y observó cómo su esposa se estiraba sobre la cama, como una gata saciada y satisfecha. Llevaban casados poco más de un mes, pero el atractivo que emanaba de ella no se había desvanecido. Cada día la encontraba más fascinante, más tentadora y la pasión de la que ambos disfrutaban más satisfactoria. Aquello no era precisamente lo que había esperado.

—Tienes que admitir, querida mía, que este matrimonio de conveniencia ha resultado de lo más apropiado para los dos —dijo. Entonces, salió de la habitación.

Lenore le contestó con una sonrisa, pero, cuando se quedó a solas, su rostro se cubrió de una expresión pensativa. De repente, las nubes parecieron nublar el sol. Sintió frío y se cubrió con la colcha. ¿Habría sido aquel comentario una advertencia para que ella no olvidara la base sobre la que se asentaba su matrimonio?

Ella no había olvidado nada. Sabía muy bien que aquella era una breve estancia en el paraíso, que muy pronto aquella fase terminaría y él se marcharía para seguir con su vida como había hecho antes. Lenore había sabido muy bien cómo sería su vida desde el principio, desde el momento en el que conversaron sobre las razones de su matrimonio en la biblioteca de Lester Hall. Sabía muy bien cómo consideraba Jason su papel como esposa, pero estaba dispuesta a centrarse en el presente, a disfrutar de cada momento y a reunir una buena colección de recuerdos para que, cuando llegara el momento de decirle adiós, pudiera hacerlo con dignidad.

De mal humor, Lenore apartó la colcha, se puso la bata y llamó a Trencher.

Los primeros anticipos del otoño aparecieron sobre el verde de los árboles del bosque. Aquel día, Jason y Lenore habían decidido ir a pasear con sus caballos por las praderas que rodeaban la mansión.

En las últimas semanas, habían montado mucho a caballo. Lenore le había acompañado a todas partes, a pesar de que no era una amazona muy experimentada, ansiosa por conocer todo lo que pudiera sobre Eversleigh Abbey.

Cuando se acercaron a un seto, Jason tiró de las riendas e hizo que su caballo se girara un poco.

—Por aquí —dijo.

Lenore le siguió. Pasaron por un postigo y luego prosiguieron por un estrecho sendero que se dirigía hacia el bosque.

Como siempre, Lenore se sentía algo nerviosa sobre su plácida yegua, por lo que hacía que esta se acercara todo lo posible al purasangre de Jason. Siempre que podían, tomaban una pequeña calesa para sus excursiones, pero aquel día él le había explicado que solo podrían llegar a aquel lugar a lomos de sus caballos. Lenore únicamente esperaba que mereciera la pena.

Después de atravesar el bosque, se encontraron de nuevo en medio de un espacio abierto. Lenore se quedó boquiabierta y refrenó su yegua. El valle de Eversleigh se extendía delante de ellos, como un pequeño mantel de retales de diferentes colores. Eversleigh Abbey aparecía en medio, como un centinela de color gris.

—¡Qué hermoso! —susurró ella.

Jason desmontó y se acercó para ayudarla a ella a bajar de la yegua. Después de atar a los caballos, se sentaron para contemplar el maravilloso paisaje. Jason le explicó a quién pertenecían las diferentes granjas que se divisaban desde allí, todas ellas arrendadas a los Eversleigh. A continuación, se quedaron en silencio, un silencio feliz, mientras la tarde dorada los envolvía en su placidez.

Envuelto en la satisfacción que le proporcionaba el momento, Jason pensó lo extraño que resultaba que se sintiera tan en paz, como si hubiera conseguido la ambición de toda una vida y se contentara con estar al lado de su esposa, gozando de los pequeños placeres de la existencia.

Miró a Lenore, que estaba sonriendo, con los ojos cerrados. De repente, el deseo se apoderó de él, el deseo y algo más, una riqueza de sentimientos para los que no estaba preparado. Apartó la mirada y se fijó en la mansión. Durante las últimas seis semanas, Lenore se había convertido en parte de todo aquello, en sinónimo de su hogar. Era la señora de Eversleigh Abbey, tanto en espíritu como en hechos.

Había tomado con éxito las riendas de la casa, tal y como Jason había esperado. Estaba seguro de que, en el futuro, no tendría que volver a preocuparse sobre los asuntos que ella había tomado bajo su jurisdicción. Aquello significaba que no había razón alguna para que no pudiera regresar a la ciudad. Ya había llegado el mes de septiembre y la gran ciudad se estaría preparando para la temporada de fiestas y excesos. Una apatía total se apoderó de él al pensar en aquel torbellino social. ¿Qué era lo que le había hecho cambiar?

—¿En qué estás pensando? —le preguntó ella.

—No te interesaría saberlo —respondió él.

Había respondido con un tono brusco, del que se arrepentía completamente. Sin embargo, ya era demasiado tarde. Lenore había fruncido el ceño. Su mirada carecía de expresión alguna.

—Discúlpame por haberme inmiscuido.

De repente, Lenore se puso de pie. La felicidad de aquella tarde había desaparecido de un plumazo. Empezó a sacudirse las faldas.

Tratando de ocultar su irritación, Jason también se puso de pie. ¿Cómo podía explicarle sus pensamientos cuando ni siquiera él mismo los comprendía, cuando podrían ser demasiado peligrosos como para expresarse en palabras?

Habían concertado aquel matrimonio. Él no tenía derecho alguno a esperar más, ni podía estar seguro de conseguir más aunque lo pidiera. Lo que había entre ambos era mucho más de lo que había esperado obtener... No tenía deseo alguno de hacerlo peligrar.

Asumió el aire aburrido que utilizaba para desviar la curiosidad de las damas y dijo:

—Mi querida Lenore, no está bien que las parejas casadas vivan la una en los bolsillos de la otra.

Lenore se mordió la lengua para no responder. Se dirigió hacia donde estaba su yegua, recriminándose haber sido tan estúpida. Aquella era la verdad y lo sabía. Jamás volvería a cometer el mismo error. Jamás olvidaría que el suyo era un matrimonio de conveniencia y nada más. En lo sucesivo, mantendría las distancias, como él, aparentemente, tenía la intención de hacer.

Jason la ayudó a montar y luego se subió a su caballo. Tomaron el camino de vuelta en absoluto silencio. A través del tumulto de sus pensamientos, uno resaltaba por encima de todo lo demás. Le había dicho claramente las razones que él tenía para casarse. Lenore las había aceptado y estaba teniendo éxito rotundo en todos los frentes. Jason no podía pedir más.

¿Y si pudiera tener lo que su corazón más deseaba? ¿Qué ocurriría entonces?

Su caballo se encabritó. Jason lo controló y dedicó toda su atención al trayecto que los separaba de casa.

En los días que siguieron, Lenore intentó establecer una rutina diaria que la mantuviera apartada de su esposo. Con vistas a cuando él no estuviera en la casa, se organizó los días para que estuvieran llenos de actividades, sin dejar tiempo alguno para paseos a caballo o meriendas campestres. Si sus quehaceres domésticos resultaban insuficientes, siempre le quedaba la biblioteca en la que poder refugiarse.

Por su parte, Jason parecía respetar el deseo de Lenore de tener su propia vida. Así debía ser. Él viviría con sus preocupaciones y ella con las suyas. No había necesidad alguna, dada la relación que compartían, de establecer más comunicación.

Jason lo sabía, pero, en el fondo, no le gustaba. Al principio se dijo que su aflicción pasaría. Sin embargo, cuando se encontraba en el pasillo que llevaba a la biblioteca, mirando la puerta, resultaba mucho más difícil deshacerse de sus pensamientos. Decidió que el destino estaba jugando con él.

Una noche, cuando fueron a cenar a casa de los Newington, el mismo destino quiso que, cuando estaban en la puerta a punto de marcharse, el fox terrier de lady Newington se escapara de la casa y empezara a mordisquearles las patas a los caballos del carruaje que Jason y Lenore habían llevado.

Se desató el caos. El lacayo trató de tranquilizar a los caballos y hacer que el perro saliera de debajo de los cascos de los asustados animales. Tras ordenar a Lenore que permaneciera en la puerta de la casa, Jason fue corriendo para ayudar al atribulado lacayo. Al ver que entre ninguno de los dos lograban sacar al perro de debajo de los caballos, Lenore echó a correr y se agarró a la cabeza de uno de los caballos para tratar de tranquilizarlo como había visto hacer a Jason en cientos de ocasiones.

Por fin, el lacayo consiguió sacar al perro de debajo del carruaje y, de una patada, lo hizo desaparecer en medio de unos arbustos. Lentamente, los animales empezaron a calmarse, probablemente tras sentir que el diablillo que los había atacado se había marchado. Con gran alivio, Lenore soltó la cabeza del animal y miró a su marido. Entonces, se dio cuenta de que su alivio había sido prematuro. Sus labios se habían transformado en una obstinada línea. Sus ojos eran puro acero. Estaba furioso y, a duras penas, estaba tratando de morderse la lengua. Lenore sintió que una garra helada le oprimía el corazón. En aquel momento, lord Newington se acercó a ella.

—¡Lady Eversleigh! Ha sido usted muy valiente, querida mía, pero también ha corrido un peligro innecesario. Hay que tener cuidado con estas bestias.

—Eso es precisamente lo que yo estaba pensando —dijo Jason,

con los dientes apretados—. Tal vez, querida mía, deberías sentarte en el carruaje. Es mejor que nos marchemos.

Mientras Jason se despedía de lord Newington, Lenore se acomodó en el interior del carruaje. A los pocos instantes, Jason se montó también, pero esperó hasta que hubieron llegado a la carretera antes de pronunciar palabra alguna.

—Espero, querida Lenore, no, más bien deseo que en el futuro, cuando te dé una orden directa, la obedezcas.

—Si ese es el caso, milord —replicó ella, con la barbilla muy alta—, sugiero que te esfuerces por darles un poco más de sentido a tus órdenes. Sabes muy bien que ese caballo podría haber causado mucho daño si yo no hubiera tratado de tranquilizarlo. Lord Newington no reaccionó a tiempo y, aunque lo hubiera hecho, dudo que hubiera tenido la fuerza suficiente para realizar el trabajo. Yo lo hice y todo terminó bien. No comprendo en absoluto por qué estás tan enojado. Estoy segura de que no es simplemente porque te desobedecí.

—Que Dios me dé paciencia —replicó él—. ¿No se te ha ocurrido, querida mía, que me podría haber preocupado tu bienestar? ¿Que me sienta responsable de tu seguridad?

—¿Y por qué iba a ser así? —le espetó ella—. Tal vez estemos casados, pero no me parece causa suficiente para permitirte que me dictes órdenes en circunstancias como las que hemos vivido hace unos momentos.

—¡Si no te comportaras de un modo tan estúpido, dudo que tuviera deseos de dictar orden alguna!

—Sigo sin ver por qué destinas tus sensibilidades a mi pobre ser —repuso ella, cada vez más enojada—. Dada la naturaleza contractual de nuestra relación, no veo por qué tienes que sentirte responsable de mi persona. Si resulto herida como resultado de mis actos, no creo que eso te afecte a ti para nada. Considero que mi vida solo es preocupación mía.

—Hasta que me proporciones los herederos que deseo, olvídate de esa consideración.

Al escuchar aquellas frías palabras, Lenore se quedó muda. Se sintió a la deriva, presa de la desesperación. El tono frío de la voz de Jason acababa de confirmar sin duda alguna cómo consideraba su unión. Su único interés en ella radicaba en el hecho de que aún tenía que darle herederos. Lenore trató de reprimir las lágrimas que le llenaron los ojos. Se había estado preguntando por qué tardaba tanto en regresar a Londres. Ya lo sabía. Cuando ella hubiera cumplido aquella parte de su promesa, el interés que su esposo sentía por ella se evaporaría por completo. Se había casado con ella por unas razones muy concretas. Su matrimonio no era nada más. Sumida en tales pensamientos, Lenore agradeció la oscuridad que los envolvía.

A medida que el carruaje se acercaba a la casa, la ira que Jason sentía fue remitiendo lo suficiente como para que se diera cuenta de lo que había dicho. Abrumado por tal falta de sensibilidad, buscó desesperadamente algo que decir. A pesar de que sabía que debía encontrar palabras que explicaran su actitud, no halló nada. El silencio que reinaba en el carruaje se estaba haciendo más negro que la misma noche.

—Lenore...

Por primera vez en su vida, Jason no sabía qué decir. No sabía cómo explicar lo que sentía. No se conocía...

Por su parte, no parecía que Lenore estuviera muy dispuesta a recibir explicación alguna. Los esfuerzos que estaba haciendo por no llorar consumían gran parte de sus energías. Se puso una mano en la sien.

—Me temo que tengo un terrible dolor de cabeza. Si no te importa, preferiría estar en silencio.

Jason aceptó su sugerencia con una tensa inclinación de cabeza. Sin saber por qué, se preguntó por qué aquella jaqueca de Lenore tenía que dolerle a él tanto.

Lenore consiguió mantener la cabeza bien alta mientras él la ayudaba a descender del carruaje. Subió las escaleras de Eversleigh Abbey con la mano sobre la manga de su esposo, pero, cuando llegaron al vestíbulo, murmuró:

—Mi jaqueca, milord... Creo que me retiraré inmediatamente a mis aposentos.

Jason realizó una reverencia, aparentemente indiferente, y la dejó marchar. Aquella fue la primera noche que Lenore durmió sola desde que llegó a la abadía.

CAPÍTULO 10

¿Cómo podía haberlo pasado por alto? Abrumada, Lenore miró fijamente las páginas de su diario. Los dedos le temblaban.

Se había despertado temprano, aunque, completamente agotada, había permanecido tumbada sobre la cama durante horas. Al final, se levantó y llamó a Trencher y se vistió. No obstante, decidió hacer todo lo posible por evitar a su marido en la mesa del desayuno. Por ello, tomó asiento frente al escritorio que tenía al lado de una ventana y abrió su diario para registrar los acontecimientos de la noche anterior, por muy deprimentes que estos fueran.

En un esfuerzo por aliviar su tristeza, repasó lo escrito en páginas anteriores, las que estaban llenas de alegría y felicidad. Fue entonces cuando lo comprendió todo.

Se habían casado a últimos de julio. En aquellos momentos, estaban a mediados de septiembre. Agosto había sido un mes completamente gozoso, en el que no habían aparecido las molestias mensuales. Para ser una mujer que se había visto sometida con regularidad a dicha aflicción desde que tenía los trece años, la conclusión era evidente.

Estaba embarazada. Encinta. Casi con toda seguridad, llevaba en sus entrañas al hijo de Jason.

Durante un instante, consideró no decírselo, pero sabía que eso era imposible. Por mucho que deseara prolongar el tiempo que él pasara a su lado, a pesar de lo ocurrido la noche anterior, no podía ocultarle aquella noticia. Estaba esperando que aquello ocurriera para poder regresar a Londres. Además, aquella había sido su principal razón para casarse. Debía decírselo... y después mostrarse indiferente cuando él se marchara. Aquello sería lo más duro. Todo había ocurrido tal y como ella había predicho. Se había enamorado de Jason. No sabía exactamente cuándo, pero todo había ocurrido semanas atrás. Estaba profunda e irrevocablemente enamorada. Llevaba semanas sabiéndolo, a pesar de que no había querido reconocerlo.

Con su habitual tranquilidad, cerró el diario y lo guardó en un cajón. Se puso de pie, se estiró las faldas del vestido y se dirigió a la puerta. Tenía que encontrar a su esposo para darle la buena nueva... antes de que se desmoronara y se echara a llorar.

Sin embargo, Jason no estaba desayunando. Morgan la informó de que el señor se había marchado a montar a caballo.

Al final, Lenore no vio a su esposo hasta la hora de cenar. Llegó al comedor justo antes que Morgan, tan apuesto y atractivo que Lenore tuvo que parpadear para aclararse la vista. Se sentaron en la inmensa mesa. La presencia de los criados hacía que fuera imposible tener una conversación privada. Además, Jason parecía completamente ausente. Después de probar suerte con una serie de temas sin importancia, Lenore decidió también guardar silencio.

Antes de dejarlo a solas para que se tomara su oporto, Lenore decidió tomar la iniciativa, en caso de que él decidiera no ir al salón.

—Milord —dijo—, hay algo que debo hablar contigo, si fueras tan amable como para concederme unos minutos.

—Sí, por supuesto —replicó él, levantando la mirada—. Me reuniré contigo dentro de un instante.

Cuando la puerta se cerró, Jason se tomó el vino de un trago y rechazó el decantador que el lacayo le ofreció. ¿Cómo habían podido llegar al punto de que su esposa tuviera que pedir cita para verlo? ¿Qué diablos había ocurrido entre ellos? Se había pasado todo el día tratando de definir lo que había cambiado. Fuera lo que fuera lo que había ocurrido, solo le importaba que su esposa pareciera estar preocupada por algo. Resultaba inútil tratar de resolver su problema hasta que no hubiera conseguido encauzar el de ella.

Rápidamente se dirigió al salón. Al verlo, Lenore se incorporó inmediatamente sobre el asiento. Jason le sonrió y se acercó para sentarse en la butaca que había enfrente.

—Muy bien, esposa mía, soy todo oídos. ¿Qué es lo que ha ocurrido para que estés tan preocupada? Dime, Lenore, ¿qué es lo que ocurre?

—Yo... Estoy embarazada

A pesar de sus mejores intenciones, no pudo evitar que el hecho sonara más que como la catástrofe que a ella le parecía que era. Sin poder evitarlo, bajó la cabeza.

—Querida mía —dijo él, lleno de la más pura felicidad—, me acabas de hacer el hombre más feliz del mundo.

Lenore levantó los ojos, asombrada por la sinceridad con la que él parecía haber hablado.

—Oh... Sí, claro. Es... Bueno, dadas las circunstancias, supongo que no tardarás en regresar a Londres, ¿verdad?

Había tenido la intención de seguir mirando a Jason, pero no pudo hacerlo. En consecuencia, no vio la tristeza que se reflejó en los ojos de su esposo por el modo en el que ella había quebrado aquel momento de alegría. Lenore quería que se marchara. Después de cumplir las expectativas de su matrimonio, era libre para marcharse.

—Sí, supongo que sí —dijo, casi como si no fuera él quien hablaba—. Hay algunas cosas de las que debo ocuparme, creo que me marcharé dentro de un par de días.

Sin saber cómo, Lenore encontró la fuerza para mantener las apariencias sobre lo que verdaderamente sentía. Lo miró a los ojos y sonrió.

—Me preguntaba, milord, si podrías conseguirme algunos libros en Hatchards. Hay unos estudios de catalogación que me gustaría consultar antes de empezar con la biblioteca. Si pudieras enviármelos tan pronto como fuera posible, te estaría muy agradecida.

Jason no quería la gratitud de Lenore, pero si eso era lo único que ella le ofrecía, así sería. Atónito y confundido, la contempló con una expresión baldía en el rostro.

—Estaré encantado. Si me das tu lista, haré que mi secretario se ocupe del asunto en cuanto yo llegue a la ciudad.

—Muchas gracias, milord —dijo ella, aún con la sonrisa en los labios—. Ahora, si me perdonas, iré a escribir esa lista inmediatamente. No me gustaría retrasar tu partida por ello.

Completamente abatido, Jason se puso de pie al mismo tiempo que ella. Con una elegante inclinación de cabeza, Lenore pasó a su lado y se dirigió hacia la puerta.

—Buenas noches, milord —le deseó, antes de marcharse.

—Buenas noches, esposa mía.

Habló con tono frío, distante, muy lejano a la calidez que habían compartido en el pasado. Lenore cerró la puerta, suspirando por lo que sabía que no volvería a tener.

Jason se derrumbó en la butaca. Se cubrió el rostro con las manos y, durante mucho tiempo, permaneció inmóvil, sin saber qué hacer. Horas más tarde, subió las escaleras sin haber encontrado respuesta alguna. Se desnudó y se puso la bata. Consideró entrar en la habitación de Lenore, pero ella había dejado muy claro que esperaba que se marchara.

Con un gruñido ahogado, se retiró de la puerta y se dirigió hacia la ventana para mirar la oscuridad. Siempre había creído que sabía lo que deseaba de la vida, del matrimonio y, últimamente, de Lenore. Sin embargo, parecía que ella lo había cambiado todo. Después de treinta y ocho años de vivir entregado al hedonismo, se sentía como un necio incapaz de librarse de su confusión. La maraña en la que se habían convertido sus sentimientos amenazaba con desgarrarlo por dentro.

Tal vez lo mejor sería que se marchara. Evidentemente, Lenore no lo quería allí, fuera lo que fuera lo que él podría querer de ella. Había deseado una esposa que cumpliera y aceptara las razones que él tenía para casarse. Ya tenía lo que deseaba. No podía quejarse. Sin embargo, podía minimizar el dolor que sentía. No había nada que le impidiera marcharse a Londres, tal y como ella le había sugerido. Allí habría muchas mujeres dispuestas a calentarle la cama, como siempre había sido.

Jason pensó en lo que ocurriría cuando le dijera que se marchaba. ¿Qué haría Lenore? ¿Dedicarle una brillante sonrisa e ir a por su lista de libros?

Tras lanzar una maldición ahogada, se quitó la bata y se metió en la cama. Se marcharía al día siguiente por la mañana. Temprano. Sin la maldita lista de libros que ella quería. Ya se la mandaría. Al menos, así no tendría que soportar sus sonrisas cuando se despidiera de él.

Una conversación inane recibió a Jason en el momento en el que pisó el salón de lady Beauchamp. Después de pasar dos noches en círculos menos elevados, volvía a estar en el regazo de la alta sociedad. Mientras saludaba a los conocidos, se preguntó, no por primera vez en los últimos tres días, qué era lo que estaba haciendo allí. Al llegar a Eversleigh House había encontrado un montón de invitaciones sobre el escritorio de su biblioteca. Aquella era la tercera noche en la que había soportado el aire viciado y las voces en busca de... Con expresión dura, Jason decidió permitir que fluyera el pensamiento que tan diestro se había hecho en evitar. Estaba buscando alivio a la fascinación que sentía por su esposa.

—¡Eh, Jason!

Cuando se volvió, vio a Frederick, que avanzaba en su dirección. Se dieron la mano. Frederick añadió una palmada en el hombro.

—¿Dónde has estado? Esperaba verte antes.

—En Eversleigh Abbey —respondió Jason.

—Oh. ¿Y dónde está Lenore?

—Se ha quedado allí —contestó él. Había estado esperando aquella pregunta.

—¿Cómo es eso? —quiso saber Frederick. Parecía preocupado—. No ocurrirá nada, ¿verdad?

—No. Ella prefiere el campo. ¿Acaso no lo recuerdas?

—Sí, pero al estar recién casados... Pensé que ella habría venido contigo al menos esta vez.

—No —replicó Jason. Decidió cambiar de conversación—. Por cierto, ¿qué es todo eso que he oído sobre Castlereagh?

Después de diez minutos de conversación sobre el último escándalo político, Jason dejó a su amigo para dejarse ver entre las perfumadas damas de chillones vestidos que, durante años, le habían proporcionado la posibilidad de un tipo muy diferente de escándalo. Mientras inspeccionaba el terreno, se encontró con Agatha.

—Aquí estás, Eversleigh. Ya iba siendo hora —dijo la dama, observando a su sobrino con ojo astuto—. Veo que por fin has logrado separarte de los entretenimientos de Eversleigh Abbey, ¿verdad?

Jason no pudo encontrar nada que decir. Se limitó a sonrojarse, lo que provocó la hilaridad de Agatha.

—¿Dónde está Lenore? Aún no la he visto —comentó Agatha, mirando a su alrededor.

—No está aquí.

—¿Cómo? No estará indispuesta, ¿verdad?

—No. Se ha quedado en Eversleigh Abbey.

—Oh, pero... —susurró, completamente asombrada—. Yo hubiera dicho que los dos sois lo suficientemente mayores como para saber lo que os conviene, pero sería mucho mejor que Lenore viniera ahora a la ciudad para ser presentada como tu duquesa. Ya tendrá después tiempo más que de sobra para quedarse en el campo. No conviene desilusionar las expectativas de la alta sociedad, ya lo sabes.

Tras haberle dado aquel sabio consejo y con aspecto más turbado del que había tenido en un principio, Agatha realizó una inclinación de cabeza y se marchó.

Jason sabía que su tía tenía razón en su comentario sobre la alta sociedad londinense. Nadie conocía aquel mundo mejor que ella. Tal vez debería comunicárselo a Lenore...

—¡Eversleigh! Me alegra tanto volver a verte entre nosotros...

Jason se volvió para encontrarse con lady Ormsby, una espectacular belleza de la que él siempre había sospechado que tenía ciertos designios sobre él. Solo necesitó unas sutiles frases para confirmar aquel hecho. La dama le hizo comprender que, después de que él se hubiera proporcionado la seguridad adicional de una esposa, una pieza de camuflaje más para una aventura ilícita, sentía que nada se interponía entre ambos para que pudieran tener una relación.

En el pasado, Jason habría aceptado sin rechistar la oferta de lady Ormsby. Sin embargo, en aquel momento, tras mirarla detenidamente, no sabía qué era lo que le había atraído de ella. Carecía de suavidad, de feminidad, de la espontánea sensualidad de Lenore. La idea de conformarse con alguien como ella en lugar de sus derechos conyugales lo asqueó. No era posible.

Tras librarse de las garras de lady Ormsby, Jason reflexionó una vez más sobre lo que había sentido durante los tres días que llevaba en Londres. Llegó a la conclusión de que echaba de menos a Lenore. El día anterior, lo más emocionante que había hecho era ir a comprar los libros que ella le había encargado, añadiendo dos más que pensaba que podrían gustarle. Tras enviarlos a Eversleigh Abbey, se había pasado el día vagabundeando por la ciudad, pensando en lo que estaría haciendo su esposa.

En cuanto a las noches, eran tristes y solitarias. Se había pasado gran parte de su vida solo, pero en aquellos momentos sentía la soledad más que nunca. Sus brazos anhelaban el calor de Lenore.

—¡Eversleigh! Por el amor de Dios, hombre, ¡me estás pisando el chal!

Rápidamente, Jason apartó los pies del chal de su tía Eckington y se disculpó.

—Perdóname, tía.

—Estás perdonado. Por cierto, ¿dónde está tu esposa? Todavía no la he visto, pero, con tanta gente, no es de extrañar.

—Se ha quedado en Eversleigh Abbey durante unos días —mintió—. Yo he venido antes para asegurarme de que todo está en orden en Eversleigh House. Pienso ir mañana a buscarla para que se reúna conmigo aquí.

—¡Excelente! Me parece muy bien —exclamó la anciana—. Sin duda querrá establecerse en sociedad mientras que la indulgencia que se le concede a una recién casada aún esté de su lado. Sin embargo, debo decirte que me alegra ver que te estás tomando tus responsabilidades muy en serio, Jason. El hecho de que un matrimonio funcione puede suponer una enorme diferencia, ¿sabes? Has escogido muy bien al elegir a Lenore. Darle a vuestro matrimonio unos cimientos sólidos será un esfuerzo bien recompensado.

Con eso, lady Eckington se marchó. Jason la observó alejarse con una sonrisa en los labios. Por una vez, estaba completamente de acuerdo con la hermana mayor de su padre.

Tras haber tomado su decisión, para bien o para mal, Jason no perdió el tiempo. Se marchó de Londres al día siguiente y pasó la noche en Salisbury, para llegar a Eversleigh Abbey a primera hora de la tarde. Subió rápidamente los escalones de la casa y, al cruzar el umbral, oyó un agudo grito.

—¡Maldita sea, Morgan! ¡Oh, es usted, Su Excelencia! Perdóneme, milord, pero no lo esperábamos —dijo la señora Potts.

Jason vio que el ama de llaves estaba de rodillas, rodeada de un pequeño batallón de doncellas. Estaban fregando el suelo. Dos se levantaron inmediatamente para secar el agua que él había derramado cuando le dio una patada a uno de los cubos.

—La señora decidió que había llegado el momento de limpiar el vestíbulo —le informó la señora Potts—. Y con mucha razón.

—¿Dónde está la señora? —preguntó Jason.

—En la biblioteca, Su Excelencia.

—En ese caso, iré a buscarla.

—Sí, Su Excelencia. ¿Va usted a... a quedarse, milord?

—El tiempo que me quede depende de la señora. Sin embargo, los dos nos marcharemos a la ciudad dentro de unos días como mucho.

—Sí, por supuesto, Su Excelencia —respondió la mujer, con una sonrisa en los labios.

Jason se dio la vuelta y se dirigió a la biblioteca. En cuanto entró, vio que Lenore había empezado con los trabajos de catalogación de libros. Había montones de volúmenes por todas partes. Cerró la puerta de la biblioteca con suavidad, pero no pudo verla.

En la galería, Lenore estaba sentada en un cojín sobre el suelo, mirando a través de uno de los ventanales con un libro sobre las propiedades medicinales en el regazo. No había conseguido pasar una sola página en más de una hora. Los primeros cuatro días desde la partida de Jason habían pasado sumidos en medio de una bruma. Al fin, el día anterior, se había dicho basta y se había decidido a hacer el esfuerzo de recuperar su vida. Tenía una posición, una casa que dirigir, una biblioteca que catalogar... Además, tenía un niño creciendo dentro de ella. Todo ello la había animado para ponerse manos a la obra.

Con un suspiro, trató de concentrarse en el libro que tenía sobre el regazo. No podía recordar por qué lo había estado estudiando.

—Me lo tenía que haber imaginado.

Cuando Lenore levantó los ojos y vio a su esposo, tuvo que contenerse para no saltar de alegría. Tenía tantas ganas de ponerse de pie y correr hacia sus brazos... Con gran esfuerzo, logró contener sus impulsos.

—Buenas tardes, milord —dijo, con la serenidad intacta—. No esperábamos verte de vuelta tan pronto. ¿Ha ocurrido algo malo?

Al encontrarse con un rostro mucho más tranquilo de lo que había esperado, Jason permaneció impasible. La actitud de su esposa acababa de aguar sus esperanzas. Le había dejado muy claro que no lo había echado de menos.

—Mis tías han preguntado por ti —ofreció, a modo de explicación—. Creen que deberías venir a la ciudad para realizar tu presentación como mi esposa ahora en vez de más tarde. Insistieron bastante en el asunto y yo, tras haber considerado las razones que me dieron, creo que tienen razón.

—¿Significa eso que deseas que regrese a Londres contigo?

—Creo que sería mucho mejor que aparecieras en la ciudad al menos durante el principio de la temporada.

Tras lanzar una mirada de resignación a los montones de polvorientos libros, Lenore permitió que él la tomara de la mano y la sacara de su santuario. La idea de marcharse a la ciudad con él, observar cómo se divertía en compañía de otras mujeres mucho más hermosas y atractivas para un hombre que ella, la llenaba de temor. Sus sentimientos, que acababan de tranquilizarse después del trauma que le había producido su marcha, volverían a sufrir. ¿Cómo podría superarlo?

Tendría que hacerlo. Jason no le estaba pidiendo nada escandaloso. De hecho, probablemente estaba haciendo lo adecuado al insistir en que lo acompañara a Londres. Sus tías así lo creían. Lenore decidió aceptar lo inevitable. Al descubrir que su esposo no quería demorarse más de lo que ella tardara en prepararse, ocupó las siguientes horas en organizar la casa para el tiempo en el que ella estuviera ausente. A continuación, hizo que Trencher empezara a hacer las maletas. Se marcharon al día siguiente después de almorzar.

Al sentir el traqueteo del carruaje sobre los caminos empedrados, Lenore recostó la cabeza sobre el asiento y rezó para que Dios la librara de aquel sufrimiento.

Nunca se había visto tan afectada y sospechaba que la causa era su embarazo. Había leído que aquello les ocurría a las mujeres embarazadas.

El largo viaje había transcurrido sin novedad. La primera etapa, hasta Salisbury, no había sido tan larga. Allí, habían pasado la noche con el tío de Jason y habían vuelto a emprender el camino después de desayunar. Por suerte, Jason se había pasado gran parte del trayecto a caballo, para dejar así que Trencher viajara en el carruaje con su señora a solas. Lenore había tenido la oportunidad de descubrir que Trencher era una fuente de sabiduría sobre la maternidad.

—Tres de mis hermanas ya han tenido seis hijos, milady. No tenga miedo. Esto solo durará un tiempo. Es mejor no pensar en el estómago. Piense en algo agradable.

Lenore pensó en Jason y en las horas que habían pasado juntos en la cama. Como aquello la había llevado a la situación en la que se encontraba, volvió a pensar en las náuseas, con lo que no consiguió mejorarse.

Por suerte, cuando Jason volvió a entrar en el carruaje, se sintió mucho mejor. Lenore no le dijo nada de su indisposición. No quería que él le prestara más atención de la que le dedicaba.

Sin embargo, el lento avance por las calles de la capital volvió a poner a prueba su fortaleza.

—Ya estamos aquí —anunció Jason.

Cuando el carruaje se detuvo, abrió la puerta, descendió y ayudó a bajar a Lenore. Subieron juntos las escaleras que llevaban a la casa.

Lenore solo había realizado una breve visita a Eversleigh House durante las semanas que pasó en Londres antes de su matrimonio. Sin embargo, no había visto aún el modo en el que Jason había decidido cambiar la decoración de las que iban a ser sus habitaciones durante su estancia en Londres. Por lo tanto, Jason la condujo a sus aposentos con cierta expectación.

—Estas son tus habitaciones —dijo, tras abrir la puerta de par en par.

Lenore entró y lo examinó todo muy detenidamente. Al igual que las habitaciones que ocupaba en Eversleigh Abbey, aquellas habían sido decoradas con mucho gusto y elegancia. Lanzó un suspiro de apreciación y se volvió para mirar a su esposo.

—Es precioso, milord —dijo—. Todo está tal y como yo hubiera deseado decorarlo.

—Había supuesto que darías tu aprobación. Por eso, espero que apruebes también esto.

Lenore se acercó al tocador, al que Jason se había dirigido mientras hablaba, y vio que él descansaba la mano sobre un cofre de terciopelo.

—Encargué que las hicieran especialmente para ti —dijo, levantando la tapa del cofre—. He utilizado algunas de las piedras de la colección familiar. Los diamantes están en la caja fuerte que hay abajo. Ya te los mostraré más tarde, pero supongo que, en estos momentos, estas serán más de tu estilo.

Lenore no pudo responder. Se había quedado sin palabras. Examinó los collares, pendientes, colgantes, anillos y broches que contenía el cofre. Las esmeraldas, los topacios y las perlas relucían contra el forro de raso negro. Lentamente, se sentó sobre el pequeño taburete y comenzó a tocar las joyas. Nunca había tenido objetos de tanto valor. Había heredado las perlas de su madre, pero el resto se reservaba para la esposa de Jack.

—Oh, Jason... —susurró, mientras acariciaba un collar de perlas y esmeraldas.

—Venga, pruébatelo —dijo él, con una sonrisa en los labios.

Jason sacó el collar y se lo abrochó. Lenore se puso de pie y se miró en el espejo.

—Es verdaderamente exquisito, milord —afirmó, mirándolo a través del espejo—. No sé cómo darte las gracias.

—No tienes por qué hacerlo, querida mía. Después de todo, eres mi esposa.

A pesar de que sus palabras eran ligeras, la expresión de sus ojos no lo era. Lenore observó cómo se acercaba a ella y bajaba la cabeza, con el objetivo evidente de besarle la garganta. El pánico se apoderó de ella.

Rápidamente se dio la vuelta y dijo lo primero que se le ocurrió.

—A pesar de todo, milord, estos son los regalos más maravillosos que me han hecho nunca. Te doy las gracias sinceramente.

No pudo mirarlo a los ojos. El silencio se extendió entre ellos durante un instante, hasta que él lo rompió diciendo:

—Me alegro de que cuenten con tu aprobación, querida mía —afirmó, con voz gélida—. Ahora te dejaré a solas. Sin duda querrás descansar. Por cierto —añadió, cuando llegó a la puerta—, mi tía Eckington da un baile esta noche. Si no estás demasiado cansada, creo que sería aconsejable que asistiéramos.

—Sí, por supuesto —repuso Lenore—. Estoy segura de que ya me habré recuperado para entonces. Me gustará ponerme alguna de estas joyas esta noche, Jason.

—Y yo estaré deseando verte con ellas —replicó él. Entonces, con una cortés inclinación de cabeza, se despidió de ella.

Abrumada por lo que sentía, Lenore se sentó sobre el taburete con una mano contra los labios. Sabía perfectamente por qué había evitado que él la besara. Un beso sería suficiente para que él volviera a tenerla entre sus brazos y, cuando eso ocurriera, solo habría un fin posible para aquel abrazo. No temía el resultado, muy al contrario, era algo que deseaba con todo su ser. Lo que temía era que, tras reconocer ella misma la profundidad de los sentimientos que tenía hacia Jason, terminara por no poderlos mantener en secreto. No podía permitir que él supiera que lo amaba. La avergonzaría a ella y probablemente a él. Se mostraría tan amable y gentil como un hombre podía ser, pero no la amaría jamás.

Aquella no había sido nunca una de las razones por las que se había casado con ella.

CAPÍTULO 11

Aquella noche, Jason observó cómo su duquesa presentaba sus respetos a la alta sociedad. El baile de su tía Eckington era el lugar más idóneo para hacerlo porque ella ocupaba un lugar muy importante en la sociedad londinense. Con el apoyo de sus tías, el éxito de Lenore estaba asegurado.

En realidad, su esposa no necesitaba ayuda alguna. Estaba espléndida. El cansancio parecía haberse desvanecido de su rostro. Se había puesto el collar de esmeraldas y perlas que se había probado aquella tarde, con un precioso vestido verde oscuro. Estaba muy hermosa, tanto que no podía apartar los ojos de ella.

Lenore, con el apoyo de las tías de Jason, sufrió una interminable ronda de presentaciones. Las dos mujeres se aseguraron de que conociera a todas las personas de importancia. Se sorprendió de que todo el mundo la invitara a sus fiestas, pero al fin comprendió que, como duquesa de Eversleigh, formaba ya parte de su grupo. Este hecho le dio fuerzas para soportar las sonrisas y las preguntas a las que todas la sometían.

No quería que se conociera su estado. Cuando las tías de Jason supieran que llevaba en sus entrañas al heredero de la familia, no dejarían de mimarla y la volverían loca. Prefirió guardar silencio.

—¡Vaya! —exclamó Agatha, muy contenta—. Lo has hecho muy bien, querida mía. Sé que todo esto resulta agotador, especialmente dado que no piensas pasar mucho tiempo en la ciudad, pero resulta muy importante. No te vendría bien ignorarlo.

Lenore asintió y se preguntó dónde estaría Jason. Se sentía muy mal por lo ocurrido aquella tarde, cuando él le regaló las joyas. Desde entonces, no habían tenido la oportunidad de hablar y, por lo tanto, ella no había podido disculparse con él y mucho menos darle las gracias por sus maravillosos regalos. Si la situación seguía como hasta aquel momento, dudaba que pudiera hacerlo.

Tal vez aquello era lo mejor. Cuando llegaran a casa aquella noche, se disculparía y lo haría reír. Entonces, le daría las gracias tal y como había deseado hacerlo aquella tarde.

—Lady Eversleigh, querida. Me alegro mucho de verla en la ciudad.

Lenore se dio la vuelta. El que había hablado era lord Selkirk, un amigo de Harry. Rápidamente extendió la mano.

—Buenas noches, milord. ¿Va a estar usted en Londres durante toda la temporada o solo hasta la próxima reunión en Newmarket?

Antes de que pudiera darse cuenta, Lenore se vio rodeada de una pequeña corte de conocidos, amigos de sus hermanos y de algunas de las damas que había conocido durante las semanas que pasó en Londres antes de su boda. No pudo evitar la conversación. Lenore sonrió y soportó la tensión. Nadie podría decir que la duquesa de Eversleigh no estaba a la altura.

Sin embargo, se sentía flaquear. El calor de la sala y el aire cada vez más viciado estaban empezando a marearla. Se preguntó, desesperada, cómo podría liberarse de todo aquello. La conversación se transformó en un simple zumbido para sus oídos.

—Por fin te encuentro, querida.

La voz de Jason la hizo volver a la realidad antes de que se desmayara. Lenore lo miró con el alivio reflejado en los ojos y una tensa sonrisa en los labios.

Jason comprendía lo que ocurría. Había cruzado la sala en cuanto se había percatado de la situación. La tomó de la mano y, tras realizar una ligera reverencia, se la llevó a la pista de baile.

Lenore sintió que volvía a la vida en brazos de su esposo, mientras giraban bailando al ritmo de un vals.

—Gracias, milord —susurró—. No... no me sentía muy bien. Supongo que será por la falta de aire.

—Sin duda —dijo Jason—. Nos marcharemos después de este baile.

Lenore le estuvo plenamente agradecida. Cuando se encontraron a solas en el carruaje, se preguntó si sería el momento adecuado para darle las gracias por las joyas.

Trató de encontrar el modo de introducir el tema, pero, inconscientemente, apoyó la cabeza sobre el hombro de él. Dos minutos más tarde, estaba profundamente dormida.

Al darse cuenta, Jason guardó silencio. En realidad, considerando la fascinación que sentía por su esposa, prefería que estuviera dormida para no confundirlo aún más.

Al verla en el baile, rodeada de hombres, había sentido un poderoso sentimiento que solo podía describir como celos. Estaba celoso de toda la alta sociedad, incluso de las mujeres que reclamaban la amistad de su esposa.

Se recostó sobre el asiento y, tras un momento de duda, rodeó a su esposa con un brazo protector. Un fuerte sentimiento se apoderó de él.

Sabía que Lenore no había comentado nada a sus tías sobre su estado. No le sorprendió. Su esposa era lo suficientemente inteligente como para saber cómo se comportarían sus tías cuando se supiera la noticia.

Sus propias razones eran mucho más serias. Desde el lugar que había ocupado en la sala de baile, había visto que muchos caballeros observaban a Lenore con especulación. Sin embargo, sabía que ninguno de ellos se atrevería a insinuársele. Jamás se acercarían a una joven esposa hasta que se supiera que estaba embarazada. A partir de ese momento, los esposos solían hacerse más complacientes y se pasaban más tiempo en el club, dejando descuidada la puerta de su casa. Cuando se supiera que Lenore estaba embarazada, se convertiría en una suculenta presa. Aunque él no tenía intención de convertirse nunca en un marido complaciente, prefería que su esposa no se viera expuesta a los atractivos de los mayores seductores de la alta sociedad londinense.

Cuando llegaron a la casa y ella no se despertó, Jason decidió tomarla en brazos y llevarla así al interior. Para su sorpresa, ella abrió brevemente los ojos y sonrió. Entonces, le rodeó el cuello con los brazos y colocó la mejilla sobre el hombro de Jason mientras le permitía que la llevara a su dormitorio. Inmediatamente volvió a quedarse dormida.

Llegaron enseguida al dormitorio. Trencher, que iba corriendo por el pasillo, se quedó atónita al ver a su señora en brazos del duque. Jason le indicó que abriera la puerta y ella obedeció inmediatamente. A continuación, él entró en la habitación y depositó a Lenore suavemente sobre la cama.

Permaneció a su lado, observándola, durante un instante. No había nada que deseara más que poder quedarse allí con ella durante el resto de la noche. Sin embargo, después de lo ocurrido aquella tarde, no se atrevía.

Había creído que el deseo que ardía entre ellos jamás moriría, pero ya no era así. El rechazo al que ella lo había sometido aquella tarde le había resultado insoportable. Lenore estaba dispuesta a ser su esposa, pero nada más que eso.

—Trata de no despertarla —le susurró a Trencher—. Déjala dormir hasta que se despierte.

Tras dar aquella orden, salió del dormitorio antes de que sus más bajos instintos se rebelaran y le hicieran cambiar de opinión.

A la mañana siguiente, Lenore se despertó y se estiró. Inmediatamente, supo que estaba sola, aunque deseó que no hubiera sido así. Además, la cabeza empezó a darle vueltas.

—Dios mío —murmuró. Se tocó la frente. La tenía empapada de un sudor frío.

Media hora más tarde, se sentía un poco mejor, lo suficiente para levantarse y llamar a Trencher.

—¡Oh, Su Excelencia! —exclamó la muchacha en cuanto llegó—. Parece que esta vez le ha dado muy fuerte.

Trencher se dirigió inmediatamente a la butaca sobre la que Lenore se había desmoronado y la miró con preocupación.

—No se levante —añadió—. Voy a bajar a la cocina a por un poco de té. Al oír aquellas palabras, Lenore la miró alarmada—. Créame, señora, mi madre dice que es lo mejor.

Diez minutos más tarde, tras tomarse una taza de té, Lenore, efectivamente, se sentía mucho mejor.

—¿Me va a ocurrir esto todas las mañanas?

—Al menos durante un tiempo. Algunas veces, durante todo el embarazo.

Lenore cerró los ojos y se echó a temblar. Se preguntó si Jason sabría lo que iba a tener que pasar para proporcionarle su heredero. Esperaba que sí. De hecho, si no lo sabía, se aseguraría de que así fuera.

No. No lo haría. ¿Qué iba hacer Jason al respecto? Si se lo decía, él podría sentirse obligado a dejarla regresar al campo. Se había mostrado tan generoso... No podía defraudarlo, particularmente después de lo ocurrido el día anterior por la tarde.

Cerró los ojos y suspiró. Aún tenía que compensarlo por lo ocurrido el día anterior.

Tras recordar el incidente, frunció el ceño. Desde que le había dicho que estaba embarazada, él no había acudido a su cama. Recordó que no le había importado lo más mínimo dejarla sola en Eversleigh Abbey ante de marcharse a Londres él solo. Además, solo había regresado a por ella por la insistencia de sus tías. Evidentemente, no deseaba mantener relaciones íntimas con ella después de haber resuelto el tema del heredero. En resumen, el interés que Jason sentía por ella se había desvanecido.

¿Por qué no se había dado cuenta antes? Porque lo amaba y había mantenido sus esperanzas más allá de lo posible.

—Tal vez, Trencher, debería volver a tumbarme un rato —dijo.

Sin rechistar, la criada la ayudó a acostarse.

Abajo, en el soleado comedor, Jason observó los restos de su desayuno. Por fin, había terminado comprendiendo el hecho de que su esposa hubiera decidido adoptar el hábito de moda entre las mujeres y quedarse en la cama hasta mediodía para no encontrarse con él. Tomó su periódico y se dirigió a la biblioteca.

Tras examinar el correo, hizo girar la silla y empezó a mirar por la ventana. No podía seguir así.

Había regresado a Eversleigh Abbey con muchas esperanzas, solo para ver cómo desaparecían de un plumazo. ¿Qué se había imaginado? No le había dado a Lenore indicación alguna de que su interés por ella fuera más allá del afecto que un caballero debía sentir por su esposa, con la esperanza de que la aflicción que sentía terminara por pasar. Al contrario, solo había crecido un poco más. Lo consumía durante todos los momentos del día y lo dejaba confuso y de mal genio.

Decidió que tendría que esperar a que terminaran los primeros compases de la temporada. Era imposible conseguir nada en la ciudad, sobre todo por los rumores que su actitud podría despertar. Cuando regresaran a Eversleigh Abbey y estuvieran solos, podría tratar de volver a encender las brasas de la pasión que había ardido entre ellos con tanta fuerza y hacer que Lenore lo deseara tanto como él la deseaba a ella. Hasta entonces, lo único que tenía que hacer era evitar que le ocurriera mal alguno y, sobre todo, que no la acosaran los lobos de la alta sociedad.

Tras haber tomado aquella decisión, se levantó de la butaca, sintiéndose como si viera el sol por primera vez en semanas, y salió de la biblioteca.

—Dame ese tarro, Trencher.

Lenore se refería al *rouge* que había mandado comprar a Trencher aquella mañana. Nunca antes había utilizado aquel cosmético, pero no había duda de que lo necesitaba en aquellos momentos. Tenía las mejillas demasiado pálidas.

—¿Está segura, Su Excelencia? —le preguntó la criada mientras le entregaba el pequeño tarro—. Tiene usted una piel tan bonita que parece una pena ocultarla...

—Será aún una pena mayor que lady Albemarle y sus invitados me vean así —replicó ella.

Abrió el tarro y, con una borla, se aplicó el fino polvo rojo sobre las mejillas, tratando de que los resultados fueran tan naturales como fuera posible.

Llevaban ya una semana en Londres. Habían ido de fiesta en fiesta y había sido el centro de atención durante más tiempo del que deseaba. Hasta aquel momento, había podido superarlo. Sin embargo, las náuseas matinales le estaban pasando factura. No solo le resultaba imposible levantarse antes de mediodía, sino que en los últimos días había empezado a sentir náuseas también antes de comer. No sabía cómo podía superar sus problemas sin ausentarse de las innumerables visitas a las que se veía invitada. Sin embargo, si su estado empeoraba, tendría que hacer algo.

Tras observar los resultados del maquillaje en el espejo, se puso de pie.

—Mi vestido, por favor.

Trencher la ayudó a ponerse un vestido de gasa plateada, con el que estaba muy elegante. Se miró al espejo y, sin poder evitarlo, se preguntó si Jason estaría presente aquella noche. Se marcharía en breve a la casa de lady Albemarle e iría a recoger a Agatha en su carruaje. Como la mayoría de los esposos, Jason no la acompañaba en los almuerzos, los tes o los paseos que tenía durante el día. Aquello era su rutina diaria. Aproximadamente a las cinco, regresaba a casa para cambiarse de ropa para cenar. A continuación, iban a un baile o una fiesta. Resultaba imposible no asistir al menos a dos todas las noches.

Lenore estaba cansada de todo, pero estaba decidida a pasar en Londres el inicio de la temporada para establecer su posición como duquesa de Eversleigh. Se lo debía a Jason y no tenía intención de fallarle en eso.

Completó su atuendo con uno de los collares que Jason le había regalado, un abanico de plata, un bolso y una capa negra.

—Está usted muy guapa, milady.

Tras mirar con escepticismo a su doncella, Lenore, con la cabeza bien alta, salió de la habitación y se dispuso a bajar las escaleras para enfrentarse a su tortura diaria.

El baile que se celebró en la casa de los Albemarle fue tan poco memorable como los demás. Bailó con los caballeros que consideró adecuados, agradecida de que los que no lo eran tanto se mantuvieran alejados de ella. En realidad, había esperado más problemas en aquel sentido que los que estaba teniendo, por lo que agradecía que su posición como esposa de Jason sirviera para aplacar su interés.

Como había ocurrido en toda las fiestas de las noches anteriores, su esposo también había acudido al baile de los Albemarle. Lenore lo vio hablando con la muy atractiva lady Hidgeworth y otros caballeros. La dama tenía la mano puesta sobre la manga del duque de Eversleigh.

Cuando Jason se percató de que ella lo estaba mirando, le hizo una elegante reverencia. Lenore realizó una cortés inclinación de cabeza, aunque deseó no haberlo hecho cuando vio que su esposo se separaba de lady Hidgeworth para dirigirse hacia ella.

—Me alegro de verte, querida mía.

A Lenore no le quedó más remedio que extender la mano y rezar para que la luz de los candelabros la ayudara a ocultar su secreto.

—Milord, confieso que me sorprende encontrarte aquí —replicó ella.

—¿De verdad, querida mía? —preguntó él—. ¿Cómo puede ser, cuando hay tantas damas hermosas entre las invitadas de lady Albemarle?

Lenore parpadeó. Estaba segura de que no se refería a ella, así que dio por sentado que aquel comentario aludía a lady Hidgeworth y a otras damas parecidas.

Sin soltarle la mano, Jason examinó más detenidamente el rostro de su esposa. Estaba muy pálida. De hecho, le parecía que se había aplicado *rouge* en las mejillas.

—¿Te encuentras bien, querida mía? Pareces estar cansada.

—¿De verdad? Te aseguro, milord, que me estoy divirtiendo mucho —mintió—. Tal vez el aire que hacía esta tarde en el parque me ha secado demasiado la piel del rostro. Tendré que pedirle a Trencher que vaya a comprarme alguna loción. ¡No me gustaría que me salieran arrugas!

—Por supuesto que no —murmuró Jason—. En ese caso, como veo que estás tan entretenida, te dejaré en compañía de tus amigos.

Con una sonrisa muy breve, Jason hizo una reverencia y se marchó. Lenore se volvió para hablar con sus amigos, pero sintió que el alma se le caía a los pies cuando vio que Jason se alejaba de ella.

Él no se alejó mucho. Se dirigió a un rincón en el que una oportuna palmera servía para ocultarlo de las damas más casquivanas. Algunas de las invitaciones que ellas le habían ofrecido hubieran hecho que una prostituta se sonrojara. Como no había podido convencerlas de que no estaba disponible, había pasado a ignorarlas por completo, esperando así que le devolvieran el cumplido.

Desde su posición, observó a Lenore y los caballeros más peligrosos. Ninguno de ellos se había atrevido a entrar en el círculo de amigos de su esposa. De repente, al considerar que Lenore podría estar interesada por otro hombre, sintió que la ira se apoderaba de él. Aunque enseguida se convenció de que aquello no era posible. No había visto en ella gesto alguno que indicara tal propensión. Sin embargo, tenía que reconocer que, si Lenore sentía alguna pasión ilícita por algún caballero, podría ser que hiciera todo lo posible por ocultarlo, tal y como era capaz de hacer con sus sentimientos más íntimos.

Cuando vio que Lenore aceptaba el brazo de lord Carstairs para bailar, Jason hizo una mueca de enojo y se separó de la protectora palmera. De repente, lady Dallinghurst lo asaltó por la derecha y le impidió que se acercara a la pareja.

—¡Jason! Te juro que hace una eternidad que no hablamos a solas, milord.

—Por si lo has pasado por alto, Althea, estamos rodeados al menos de otras trescientas personas.

—¿Desde cuándo te ha detenido esto, Su Excelencia? —ronroneó la mujer, tan osada como para ponerle una mano en la manga.

Jason la miró y sintió pena por el ausente lord Dallinghurst. Althea era mujer que no se andaba por las ramas.

—¿Está Dallinghurst en la ciudad? —le preguntó Jason.

—No —respondió ella, con ojos brillantes—, y no va a regresar hasta dentro de un mes —añadió, esperando una proposición de la naturaleza más explícita.

—Es una pena —replicó—. Me gustaría charlar con él sobre un caballo. Cuando lo veas, dile que estoy muy interesado, ¿lo harás, querida?

Tras realizar una cortés inclinación de cabeza, Jason siguió su camino, dejando a lady Dallinghurst completamente anonadada. Decidió que había llegado la hora de sugerirle a su esposa que se marcharan a la fiesta de lady Holborn, la siguiente de una lista interminable antes de que alguna de aquellas damas tan ligeras de cascos averiguara el interés tan pasado de moda que sentía hacia su esposa.

Al día siguiente a mediodía, Lenore estuvo al borde del desastre.

Había decidido asistir al almuerzo que ofrecía lady Hartington en los jardines de su casa. Como Hartington House estaba a cierta distancia de la ciudad, el almuerzo duró toda la tarde. Para Lenore, el almuerzo supuso un agradable cambio comparado con los salones mal ventilados de la capital. Todo fue a pedir de boca hasta que lady Morecambe y la señora Athelbury, damas con las que Lenore tenía muy buena relación, decidieron ir al lago a pasear en batea.

—Ven con nosotras, Lenore. Lord Falkirk se ha ofrecido a manejar la batea.

Lenore accedió y, junto a sus amigas, se dirigió a la orilla del lago, donde la batea ya las estaba esperando. El joven lord Falkirk ya se había colocado en su lugar, con la larga pértiga entre las manos.

—Señoras, ¿qué les parece si hacemos un rápido viaje a la fuente y luego regresamos?

Entre risas, las tres accedieron y se montaron en la batea.

—¡Allá vamos! —exclamó lord Falkirk. Entonces, empujó con la pértiga para hacer que la batea se alejara de la orilla.

Lenore se arrepintió inmediatamente. Cuando estaban a medio camino de la fuente, su estómago comenzó a moverse en perfecta sincronía con los movimientos de la batea sobre el agua. A medida que se fueron acercando a las piedras que rodeaban la pequeña fuente, tuvo que cubrirse la boca con las manos. Sentía que la nuca se le iba calentando cada vez más... una mala señal.

—¡Esto es maravilloso! —exclamó lady Morecombe. Se inclinó para agarrarse a las piedras de la pequeña isla, con lo que la batea comenzó a moverse terriblemente.

Lenore cerró los ojos con fuerza y volvió a abrirlos inmediatamente.

—Sí —consiguió decir, antes de apretar de nuevo los dientes. Sintió un escalofrío.

Por suerte, los tres ocupantes de la batea estaban más preocupados en examinar la estructura de la fuente que ella. Lenore se dijo que no tardarían en regresar a tierra y respiró profundamente. Si conseguía aguantar, su secreto no se revelaría. Recordó que Agatha y lady Attlebridge estaban entre los invitados que los observaban desde la orilla. Aquel era el último lugar sobre la tierra en el que debía caer víctima de su embarazo.

Después de analizar por completo el mecanismo de la fuente, lord Falkirk dio rápidamente la vuelta a la batea. Al ver que la orilla estaba cada vez más cerca, Lenore empezó a sentirse mejor. Desgraciadamente, el resto de los invitados empezaron a saludarlos con la mano desde la orilla. Naturalmente, lady Morecambe y la señora Athelbury respondieron y, por fuerza, Lenore tuvo que hacer lo mismo, esforzándose por esbozar una sonrisa. Sin embargo, con aquel incremento en el movimiento, además del hecho de que la señora Athelbury se inclinó sobre el agua para salpicar a los de tierra, la batea empezó a balancearse más de lo debido...

Lenore se sintió palidecer. En cualquier momento... Cerró los ojos, dispuesta a aceptar su derrota.

—¡Ya estamos aquí!

Con un grandioso ademán, lord Falkirk llevó la batea a tierra. Lenore respiró más tranquila y esperó a que las otras dos damas descendieran antes de permitir que Falkirk la ayudara a bajar a la orilla. Ya en tierra firme, el joven la miró con cierta preocupación.

—¿Está usted bien, lady Eversleigh? —le preguntó—. La veo muy pálida.

—Ha debido de ser por el exceso de sol —respondió ella, con una sonrisa—. Creo que iré a sentarme un rato a la sombra. Si me perdona, milord...

Lenore se dirigió rápidamente a un banco de madera que había debajo de un sauce. Las bajas ramas del árbol le proporcionaban cierta intimidad, por lo que pudo sacar del bolso unas sales que Harriet le había regalado hacía muchos años y que jamás había utilizado. Desde la semana anterior, siempre las llevaba en el bolso. Tras aspirar con mucho cuidado, cerró los ojos.

Cuando estuvo segura de que se podía levantar y caminar sin desmayarse, se puso de pie y se dirigió adonde estaban los demás.

Por suerte, algunas personas habían empezado a marcharse, por lo que Lenore aprovechó la oportunidad y se montó también en su carruaje. Al llegar a su casa, consiguió llegar a duras penas al dormitorio antes de que ocurriera lo inevitable.

Trencher acudió rápidamente a ayudarla. Le puso un trapo húmedo sobre la frente y la obligó a tumbarse en la cama. Eran casi las cinco, por lo que muy pronto tendría que vestirse para cenar.

—Se sentirá mucho mejor después de un baño, señora —le sugirió Trencher—, pero descanse durante un rato. Yo la despertaré cuando sea la hora.

Lenore ni siquiera trató de asentir. La inmovilidad total parecía ser su única defensa contra aquella enfermedad en particular. Cayó en un suave sopor, pero muy pronto escuchó que ya le estaban preparando el baño.

Decidió que lo ocurrido aquella tarde no podía volver a repetirse si no deseaba revelar su secreto. Por suerte, había ideado un plan, una plan que esperaba la ayudaría a ocultar su indisposición al tiempo que hacía que la duquesa de Eversleigh siguiera circulando entre la alta sociedad londinense. Era un plan tan sencillo que estaba segura que nadie lo descubriría.

Con un profundo suspiro, se quitó el trapo de la frente y, con alguna dificultad, se incorporó en la cama. La habitación dio algunas vueltas a su alrededor antes de detenerse. Lenore hizo una mueca de dolor. Definitivamente, había llegado el momento de poner en práctica su plan.

CAPÍTULO 12

Con una perfecta sonrisa en los labios, Lenore evolucionó por el salón de baile de Haddon House, riendo con lord Alvanley mientras su jovial compañero de baile la acompañaba en una vigorosa danza popular. Había pasado una semana desde el almuerzo en casa de lady Hartington y el plan de Lenore había tenido maravillosos resultados.

Rio con los comentarios de Alvanley sobre el peinado de lady Mott. Se había hecho asidua de aquella charada, proyectando así la imagen de profunda felicidad que se esperaba de una joven duquesa.

Podía charlar con cualquiera, en ocasiones sobre nada mejor que los sombreros de moda. Era una charada sobre lo superficial mientras sus mejillas seguían estando pálidas bajo el *rouge* y su mente ansiaba estar en un lugar más tranquilo, ocupándose con pasatiempos menos superficiales.

Sin embargo, estaba dispuesta a mantener su disfraz hasta que la temporada estuviera bien iniciada. A continuación, se podría retirar con honor a Dorset. Era lo mínimo que podía hacer para pagar la generosidad de su esposo.

—Dígame, querida —le dijo lord Alvanley—. ¿piensa abrir esa mansión que su esposo tiene en Dorset?

Mientras explicaba los planes futuros que tenía para Eversleigh Abbey, sintió un cosquilleo en la nuca, sensación que había asociado ya con la presencia de su esposo. ¿Estaría allí? No lo había visto en todo el día. Sintió una deprimente necesidad de darse la vuelta y buscarlo entre los invitados.

Se contuvo de hacerlo, aunque no pudo evitar volverse ligera y disimuladamente para ver si lo veía.

De soslayo, detectó un cierto movimiento. Sí. Estaba allí... y parecía que se dirigía a hablar con ella. Desesperadamente, trató de calmar la excitación que se apoderó de ella.

—¡Eversleigh! —exclamó lord Alvanley—. Acabo de tener una idea estupenda... y tu esposa también lo cree.

—¿Qué es lo que tienes entre manos, amigo mío? —preguntó Jason, tras darle la mano al vizconde.

—Tan solo una pequeña fiesta en Eversleigh Abbey —respondió él, para sorpresa de Lenore, que no había estado escuchándolo desde que sintió la presencia de su esposo—. Eso es precisamente lo que tu esposa necesita para devolverle todo su esplendor. Estamos pensando en que sea justo después de Navidad... ¿Qué te parece?

—Creo que has confundido a mi esposa —contestó Jason, tras ver en los ojos de Lenore que ella no se había comprometido a nada—. Sin embargo, creo también que tendremos en cuenta tu sugerencia, ¿verdad, querida?

—Sí, por supuesto —afirmó ella, sonrojándose ligeramente. Con rapidez, conjuró una sonrisa al ver que Alvanley le hacía una reverencia.

—Adiós, mi querida duquesa —le dijo el vizconde, aunque no antes de darle una última advertencia—. No deje que su esposo la monopolice todo el tiempo.

Con una pícara sonrisa, Alvanley se marchó y se fundió con el resto de los invitados.

Jason contuvo el deseo de hacerle burla a sus espaldas. ¿Monopolizar a su esposa? ¡Ojalá! Tranquilamente, tomó la mano de Lenore y se la llevó a los labios.

—Me alegro de haber podido encontrarte, querida. Te mueves con tanta rapidez entre las salas de baile que temía no poder alcanzarte.

—¿Me has estado buscando, milord? —preguntó Lenore, sin mirarlo a los ojos.

—Sí. Me preguntaba si te apetecería salir a montar a caballo conmigo una mañana temprano por el parque —sugirió él, tras llevarla a un lateral de la sala—. Mi purasangre necesita ejercicio. Tengo una serie de monturas adecuadas para ti aquí en la ciudad, así que no debes tener miedo. Pensé que te gustaría poder saborear otro de los placeres de la alta sociedad, dado que parecen gustarte tanto los entretenimientos que esta ofrece.

La alegría que sintió Lenore al escuchar que la había estado buscando se evaporó al saber su propuesta. No podía ni se atrevía a aceptar. Por mucho que su corazón deseara acompañarlo, su estómago no se lo permitiría.

—Yo...

Trató de encontrar una mentira aceptable. Ni siquiera podía levantarse a una hora prudente por las mañanas y mucho menos a la hora a la que Jason salía a montar.

No le había hablado de su indisposición matutina ni pensaba hacerlo para que él no la obligara a regresar a Eversleigh Abbey antes de establecerse socialmente.

—Me temo, milord, que me resultaría muy difícil levantarme a esa hora —dijo. Era la pura verdad, aunque sabía que él la interpretaría de un modo completamente erróneo.

—Entiendo. Veo que estás decidida a adoptar todos los hábitos de las damas de la alta sociedad, querida mía, para así compensar tus años de ausencia. Ten cuidado, Lenore. No prendas la vela por las dos puntas. No funciona nunca.

En aquel momento, los dos fueron conscientes de que alguien se les había acercado. Se volvieron y vieron que lord Falkirk, el de la batea, estaba presente.

—Perdone, milady —observó el joven—. Es mi baile...

—Oh, sí, por supuesto. Si me perdonas, milord —le dijo, de mala gana, a su esposo.

—Por supuesto.

Con una gracia consumada, Jason le hizo una reverencia y vio cómo ella desaparecía del brazo de lord Falkirk en dirección hacia la pista de baile. Sintió un profundo deseo de sacarla de allí y devolverla al campo a toda velocidad. Su esposa había superado con creces la antipatía que le producía la gran ciudad y todo lo que esta tenía que ofrecer. Parecía que disfrutaba de los bailes de un modo completamente genuino.

Jason admitió que ese no era precisamente su deseo. Temía perder a su esposa, la Lenore con la que se había casado y a la que deseaba más allá del raciocinio.

En aquel momento, alguien le tiró de la manga.

—Buenas noches, Su Excelencia. Dígame, ¿está encontrando usted este baile tan aburrido como yo?

Era lady Eugenia Hamilton.

—¿Te aburres, Eugenia? —preguntó él. Entonces, miró a su alrededor para examinar a los invitados—. Vaya, creo que tienes razón. Parece haber aquí una gran cantidad de personas aburridas. Me temo que hasta ahora había estado tan sumido en la conversación que no me había dado cuenta.

—¡Pero si estaba usted hablando con su esposa! —exclamó la joven.

—Precisamente —le espetó Jason, con ojos fríos como el acero—. Ahora, si me perdonas, tengo sed.

Desde la pista de baile, Lenore respiró por fin. Era vergonzoso el modo en el que se insinuaban aquellas supuestas damas. Era increíble que Jason aún no hubiera aceptado ninguna de sus proposiciones.

De repente, empezó a atormentarla la idea de que tal vez las hubiera aceptado, aunque ella no lo supiera. Sabía que su esposo sentía cierto afecto por ella, aunque su amabilidad y sus atenciones podrían provenir tan solo de un interés por su salud... y por la de su heredero. Sí, efectivamente aquella era la razón.

Tras terminar el baile, decidió que, a pesar de todo, no podía regresar a casa. La noche era aún joven. Sin embargo, podría recuperar el aliento al lado de lady Agatha antes de volver a sumergirse en aquella vorágine social.

Resultaba muy difícil dejarse llevar, en especial porque no dejaba de mirar a su alrededor para buscar entre las cabezas de los caballeros los rizos castaños de su esposo. De vez en cuando, lo vislumbraba en la distancia y se esforzaba por apaciguar sus celos hacia las damas que lo hacían sonreír tan cálidamente.

Cuando volvió a verlo sintió un profundo alivio al ver que estaba charlando con lord Carnaby. Sin embargo, no parecía estar en absoluto pendiente de ella.

Lenore se equivocaba plenamente. Mientras intercambiaba información sobre sus caballos con Carnaby, Jason no dejaba de pensar en lo hermosa que estaba su esposa. Había conseguido poner a sus pies a toda la alta sociedad.

Cuando Carnaby lo dejó solo, se apoderó de él una extraña sensación. ¿Se debería el encanto efervescente de Lenore a lo mucho que estaba disfrutando de lo que Londres podía ofrecer o habría algo más? ¿Podría ser un caballero el responsable de la transformación que parecía haber sufrido su esposa?

No. No podía creer que Lenore hubiera encontrado un amante. Era imposible.

Sin embargo, esas cosas ocurrían todos los días... Nadie lo sabía mejor que él...

Se dirigió a la sala de juegos y respiró profundamente. Al ver que un lacayo pasaba con una bandeja cargada, tomó una copa de brandy. Dio un sorbo y se tranquilizó con el pensamiento de que estaba dejando que la viciada opinión que tenía sobre muchas de aquellas esposas influyera en el modo en el que consideraba a la suya. En lo que se refería a Lenore, no había pruebas que apoyaran aquel razonamiento... ¿O sí?

Tras plantar la semilla de la sospecha, resultaba muy difícil arrancarla. Cinco días después, Jason estaba en la biblioteca, mirando por la ventana, considerando cómo demostrar sus sospechas. Sabía que aquellos pensamientos eran impropios por su parte y por la de Lenore, pero ya no podía escapar de las pesadillas que lo acosaban constantemente.

A pesar de sus deseos, no había regresado al lecho de su esposa. Le deprimía demasiado la idea de que ella no mostrara interés por él. También, resultaba imposible no aceptar cierto grado de cobardía. Ninguna mujer le había rechazado en toda su vida. Jamás había tenido que suplicar para obtener los favores de una dama. Que la primera pudiera ser su propia esposa era una venganza del destino.

Decidió que cuando estuvieran de vuelta en Eversleigh Abbey, conseguiría volver a ganársela otra vez y superar el abismo que los separaba. Hasta entonces, tendría que contener su deseo y concentrarse en cómo no perder la cordura.

Lo primero que debía hacer para ello era convencerse de que sus ridículas sospechas eran eso precisamente, ridículas. Se reclinó en el asiento y centró toda su atención en la tarea que tenía entre manos: la de cómo descubrir con quién pasaba el tiempo su esposa.

Durante las noches resultaba fácil saber dónde estaba. A pesar de lo apretado de su agenda, no había mostrado inclinación alguna a desviarse de la lista que Compton dejaba en el escritorio de su señor todas las mañanas. Allí no había peligro alguno. No sabía tanto sobre los compromisos que tenía para almorzar, aunque sabía que aquellos momentos no eran favorables a la seducción. Los estómagos vacíos interferirían con los apetitos carnales. Sin embargo, las tardes sí eran un momento de peligro. Y las tardes de Lenore eran un misterio para él.

Descartó la solución evidente. No podía mandar a Moggs que la siguiera a todas partes, por muy obsesionado que él estuviera. Sería imperdonable dejar que los criados se enteraran de sus sospechas.

De repente, alguien llamó a su puerta, lo que lo distrajo de sus pensamientos.

—¿Puedo entrar? —le preguntó Frederick, desde el umbral.

Jason le dedicó una sonrisa y lo animó a pasar.

—¿Qué te trae por aquí?

—Es jueves, ¿te acuerdas? —repuso Frederick, tras tomar asiento. Jason no comprendió a lo que su buen amigo se refería—. No sé lo que te pasa últimamente. Nos prometiste a Hillthorpe y a mí que esta tarde vendrías a echar una partida a casa de Manton.

—Ah, sí —afirmó Jason—. Se me había olvidado, pero estoy dispuesto a acompañarte ahora que me lo has recordado —añadió, con una sonrisa.

—Tal vez le debería mencionar lo distraído que estás a tu duquesa... Por cierto la he visto hace un rato en casa de lady Chessington.

—¿Sí?

—Sí. Estaba almorzando con los mismos de siempre. Agotador. No sé cómo lo hacen. Creo que, después, Lenore, se fue a la casa de la señora Applegate. Yo decidí no ir.

—Muy sabio por tu parte. Por cierto, ¿cómo está lady Wallace?

—¿Amelia? Bueno... Maldita sea, Jason. No es lo que estás pensando.

—Espero que no. Te recuerdo que ahora lady Wallace es pariente mía.

—Lo sé.

—Por lo tanto, espero que no estés jugando con los sentimientos de esa dama, compañero —bromeó Jason.

—Eversleigh... —susurró Frederick, a modo de advertencia.

Jason se echó a reír. Su amigo acababa de restaurar milagrosamente su interés por aquel día.

—Vamos a buscar a Hillthorpe —dijo, tras ponerse de pie—. Tengo el presentimiento de que todos los ases van a venir a mí.

Debería ser tan fácil como un juego de niños saber seguir los movimientos de su esposa. Aquella noche, mientras avanzaba entre los invitados de la fiesta que se estaba celebrando en casa de lady Cheswell, buscando a la señora Applegate, Jason sentía una nueva confianza en sí mismo. Estaba seguro de que la dama podría confirmar dónde había estado su esposa.

—¡Su Excelencia! —exclamó la regordeta señora Applegate cuando la encontró por fin.

Jason le tomó la mano y realizó una elegante reverencia.

—Mi querida señora Applegate, confieso que me sorprende verla a usted aquí. Me han dicho que el té de esta tarde resultó completamente agotador.

—Muy amable de su parte, Su Excelencia. Solo siento que lady Eversleigh tuviera otros compromisos. Lady Thorpe y la señora Carlisle estaban deseando conocerla. Tal vez usted pudiera convencerla para que viniera la próxima vez. Me encantaría.

—Sí, por supuesto —dijo Jason. Un repentino escalofrío se había apoderado de él—. Ahora, si me perdona, acabo de ver a alguien con quien me gustaría hablar.

Se despidió cortésmente de la dama y se perdió entre la multitud. Lenore no había estado en casa de la señora Applegate. ¿Dónde había pasado la tarde?

Al ver la cabeza de lady Morecambe, se dirigió rápidamente hacia ella.

—Buenas noches, milady.

—¡Su Excelencia! Me ha sobresaltado usted.

—Creo que pasa usted mucho tiempo en compañía de mi esposa —dijo, sin preámbulos.

—Bueno, no constantemente, Su Excelencia —replicó la dama, algo sorprendida por las palabras de Jason—. De hecho, esta tarde yo fui a casa de la señora Marshall. Lady Eversleigh no acudió. Supongo que estuvo en la tarde musical de la señora Dwyer, una experiencia muy agradable.

—Estoy seguro de ello.

Rápidamente se despidió de lady Morecambe. ¿Dónde había estado Lenore?

Pasó la siguiente media hora buscando a la señora Dwyer, hasta que llegó a la conclusión de que no había asistido a la fiesta de lady Cheswell. Las nubes de la sospecha lo iban envolviendo poco a poco.

—¡Dios Santo, Eversleigh! —exclamó Agatha—. Deja de estar ahí de pie. Tienes una silla a tus espaldas, por si no te has dado cuenta, y me gustaría sentarme.

Jason se hizo a un lado automáticamente.

—Perdóname, Agatha —respondió, sin hacerle mucho caso, y ayudó a la dama a tomar asiento.

—¿Qué demonios haces aquí, como si estuvieras sujetando la pared? ¿Observando a tu esposa? —añadió, señalando la pista de baile—. Resulta agotador, ¿verdad?

—Sí. Me resulta difícil creer que ahora disfrute tanto de lo que antes odiaba.

—Bueno, si te ha convencido a ti, no debe preocuparse porque nadie más la descubrirá. Esta tarde yo fui a la tarde musical de Henrietta Dwyer, que por cierto no fue nada del otro mundo, pero no la vi allí. Sin duda, fue a tomar el té con lady Argyle. Ojalá hubiera ido yo también.

Sintiéndose como un hombre a punto de ahogarse que trata de aferrarse a la última boya, Jason se despidió de su tía y fue a buscar a lady Argyle.

En el centro de la bulliciosa sala de baile de lady Cheswell, Lenore sonreía y charlaba con todo el mundo. Ya no le importaba que se le cayera la máscara delante de toda la alta sociedad. La banalidad de aquel mundo estaba empezando a pasarle factura. Detrás de la sólida fachada que le proporcionaba ser la duquesa de Eversleigh, Lenore suspiró y rezó para que Dios le diera fortaleza y poder superar las siguientes semanas. Agatha le había dicho que no debía celebrar ninguna fiesta hasta la temporada del año próximo, lo que significaba que lo único que debía hacer era aparecer en fiestas y bailes, sonreír y danzar. La perspectiva la ponía enferma. Al menos, su resistencia a su indisposición había mejorado mucho, al menos por las tardes.

—¡Mi querida duquesa! ¡Permítame que la felicite por su vestido!

Lenore se dio la vuelta para intercambiar un cortés saludo con lady Hartwell.

—¿Cómo está usted, lady Hartwell? *Madame* Lafarge estará encantada de saber que a usted le gusta su estilo. ¿Está usted divirtiéndose esta noche?

—Por supuesto, querida. Quería asegurarme de que había recibido mi tarjeta sobre la pequeña reunión que tengo mañana. ¿Podrá asistir?

—Claro que he recibido su nota, pero lamento decirle que prometí estar en otro lugar mañana por la tarde. Tal vez la próxima vez...

Después de prometer que asistiría a la reunión de lady Hartwell en otra ocasión, regresó una vez más a su propio círculo de amigos. Dejó a un lado el tedio y se lanzó una vez más a las charlas, el brillo y la pompa de aquellas reuniones. En silencio, dio las gracias de que cada vez quedara menos para marcharse de aquella fiesta.

Cuando por fin consiguió meterse en el carruaje con su esposo, le dedicó una somnolienta sonrisa y guardó silencio, agradecida por la oscuridad que ocultaría su agotamiento a los ojos de Jason. Resultaba reconfortante que él siempre estuviera allí para llevarla a casa. No se imaginaba que ningún otro caballero pudiera proporcionarle aquella misma seguridad, aquel sentimiento de protección. Una vez más, notó la vibrante fuerza que emanaba de él.

Sin poder evitarlo, notó que los ojos se le llenaban de lágrimas. Giró la cabeza hacia la ventana para que él no las notara. Había saboreado el paraíso. Debería contentarse con los recuerdos. Eran mucho más de lo que tenían muchas mujeres.

A su lado, Jason se sentía como un hombre condenado. Mientras el carruaje avanzaba hacia Eversleigh House, apretó los puños. Mucho antes de que llegara la hora de abandonar el baile de lady Cheswell, había agotado todas las posibles tablas de salvación. Lenore no había estado tampoco en casa de lady Argyle. Aquella tarde, no había habido ningún otro entretenimiento al que una dama de su posición hubiera acudido.

Aquel hecho dejaba sin respuesta una pregunta vital. ¿Dónde pasaba Lenore sus tardes... y con quién?

CAPÍTULO 13

En los días posteriores, Jason confirmó sin ninguna duda que su esposa se estaba ausentando de todos los entretenimientos que se organizaban por las tardes. Su estado de ánimo vacilaba entre el cinismo y la más negra desesperación. En unos momentos se convencía de que no quería saber con quién estaba su esposa y otros se veía abrumado por la necesidad de descubrir quién era el caballero responsable y flagelarlo hasta que solo le quedara un soplo de vida.

En momentos de más raciocinio, se preguntaba cómo había ocurrido todo aquello y por qué había sido tan necio como para permitir que le sobreviniera una situación como aquella.

En aquellos momentos, estaba paseando incansablemente por la biblioteca, leyendo por duodécima vez la misiva que le había enviado su tía y en la que le decía que deseaba verlo aquella misma mañana a las once en punto. No comprendía por qué Agatha había elegido aquella hora para reunirse con él, cuando casi nunca se levantaba antes de mediodía. Sin embargo, tenía la ligera sospecha de que, sin duda, iba a decirle algo que él no deseaba escuchar. Tal vez Agatha había descubierto lo que él no había podido.

El sonido del timbre hizo que se detuviera en seco. Se preparó para escuchar la desagradable verdad.

A los pocos segundos, Smythe le abría la puerta a Agatha para que pudiera entrar en la biblioteca.

—Buenos días, tía —dijo él, acercándose para acompañarla hasta una butaca.

—Me alegro de que hayas encontrado tiempo para recibirme, Eversleigh —observó Agatha, tras tomar asiento. Cuando Smythe cerró la puerta, levantó el rostro para mirar a su sobrino con preocupación—. He venido a hablarte de Lenore. No sé qué planes tienes, pero deberías llevártela inmediatamente a Eversleigh Abbey. Ha salido airosa de su pequeño engaño hasta ahora, pero no creo que dure para siempre.

—Por el amor de Dios, Agatha —replicó Jason, sin poder contenerse más—. Lo único que quiero saber es con quién está. Lo retaré a duelo, por supuesto —añadió, aliviado. Al menos así podría hacer pagarle su angustia a alguien.

—¿Has perdido el juicio? —preguntó Agatha, observándolo como si estuviera loco—. Si quieres culpar a algún hombre, tendrás que culparte a ti mismo. Me gustaría que me dijeras cómo te vas a retar a ti mismo a duelo.

Jason observó a su tía. El asombro reemplazó rápidamente a la ira.

—Por el amor de Dios —le recriminó Agatha mientras le indicaba una silla—. ¿Quieres hacer el favor de sentarte? Cuando te comportas así, me recuerdas a tu padre —añadió. Demasiado atónito para responder, Jason hizo lo que su tía le había pedido—. He venido simplemente para informarte de que Lenore no se encuentra bien. Si es así, debería volver al campo. Sabes perfectamente que no disfruta de la vida en la ciudad. Creo que este aire no le sienta bien. Además, la tensión de su nueva posición social le está resultando demasiado pesada.

—Tonterías. Se está divirtiendo más que nunca —replicó Jason.

—Tonterías, ¿eh? ¿Cuánto sabes tú sobre la vida de tu esposa? Tal vez podría interesarte que, cuando no la vi en ninguno de los entretenimientos de por la tarde durante la última semana, empecé a sospechar. Cuando no apareció para tomar el té en casa de la señora Ethelbury, vine aquí ayer a las cuatro de la tarde. ¿Sabes lo que me encontré?

Jason se tensó al escuchar aquellas palabras. ¿Allí? ¿En su propia casa? Agatha entornó la mirada.

—La encontré tumbada en su cama —le dijo—. Completamente dormida. Por eso últimamente siempre tenía mejor aspecto por las noches que por las mañanas. Se pasa las tardes recuperándose para que nadie se dé cuenta de lo agotada que está. A mí no me parece que eso implique que se está divirtiendo.

—¿De verdad la viste aquí?

—Oh, sí... Tenía el rostro de color verde, así que no me digas que no tengo razón. Está encinta, ¿verdad?

Jason asintió, casi sin darse cuenta. Lenore no lo estaba engañando... nunca lo había hecho...

Al ver que su sobrino permanecía en silencio, Agatha volvió a tomar la palabra.

—¿Qué diablos está pasando entre vosotros dos? Estáis completamente enamorados el uno del otro. Eso es capaz de verlo cualquiera, y los dos estáis jugando al escondite para convencer a todos, e incluso a vosotros mismos, de que no es así. Bueno... pues no os está sirviendo de nada, así que lo mejor que puedes hacer es llevártela al campo.

—Estás muy equivocada, tía. Lenore no me ama. No nos casamos por amor.

—¿Y quién ha dicho que fuera así? —replicó Agatha—. Recuerdo muy bien las razones que tenías para casarte, así que no tienes que repetírmelas, pero, ¿imaginas que eso tiene algo que ver con todo esto? En cuanto a lo de que Lenore no te ama... no sabes nada sobre ella. Bueno, ya sabemos todos muy bien cómo son los truhanes y tienes que reconocer, sobrino mío, que tú eras uno de los cabecillas. Nunca sabéis nada del amor. Todos estáis ciegos, aun cuando el amor os golpea en la cara. No irás a decirme ahora que tú no la amas, ¿verdad?

Jason se sonrojó vivamente.

—¡Ajá! Tenía tanta razón como la que tengo sobre Lenore. Ya lo verás... o lo verías si hicieras algo al respecto.

—Eso, querida tía, te lo prometo ahora mismo —prometió Jason, mucho más alegre.

—Dime una cosa, Jason, ¿le mencionaste a Lenore las razones que tenías para casarte?

—Claro que sí.

—¡Dios Todopoderoso! —exclamó Agatha, incrédula—. ¡Por Dios, Jason! Ni siquiera yo hubiera creído que eras capaz de eso.

No me extraña que Lenore se haya empeñado tanto en sacar adelante esta charada. Cree que te agrada con ello, que solo te está dando lo que tú querías, es decir, un matrimonio de conveniencia. ¡No! Más bien un matrimonio de razones. ¡Bendito sea el Señor, Eversleigh! Menudo lío has creado. Tu esposa ha estado poniendo en peligro su salud y la de tu heredero solo para darte la satisfacción de ver que todo el mundo recibe con los brazos abiertos a tu duquesa. Espero que estés satisfecho —concluyó la anciana. Entonces, se puso de pie—. Ahora que te he mostrado lo equivocado que estás, te sugiero que tomes medidas inmediatamente para rectificar la situación.

Tras darle su mensaje, y, además, de un modo tan satisfactorio, ya que nunca había visto a su imponente sobrino tan vulnerable, Agatha le hizo una reverencia y se marchó.

Después de la marcha de su tía, Jason no supo si alegrarse o entristecerse. Por suerte, aquella sensación no duró mucho tiempo. Lenore seguía siendo suya. Se juró que, en lo sucesivo, no daría nada por sentado en lo que se refería a su esposa. Tras respirar relajadamente por primera vez en una semana, se puso de pie y se dirigió con decisión hacia la puerta.

Iba siendo hora de que hablara con su esposa.

En su dormitorio, Lenore se acababa de levantar de la cama. Sin saber lo que se le venía encima, estaba inmersa en sus ocupaciones diarias, es decir, contemplar las rosas que adornaban el borde de la palangana de porcelana que tenía siempre en su mesilla de noche. Hacía ya tiempo que había dejado de enfrentarse a las náuseas que se apoderaban de ella nada más levantarse. Sabía que no podía hacer nada más que soportarlo. Por lo tanto, se aferró a la palangana y esperó a que las náuseas pasaran.

Notó que la puerta se abría y, sin dudarlo, dio por sentado que era Trencher con agua para que pudiera lavarse. No trató de disimular lo que le estaba ocurriendo. Para su criada no tenía secretos.

Con la mano en el pomo de la puerta, Jason examinó el dormitorio de su esposa. Había llamado a la puerta, pero no había obtenido respuesta alguna. Por eso, decidió entrar y cerrar la puerta detrás de él.

Cuando los ojos se le ajustaron a la tenue luz, vio los pies desnudos y el borde del camisón de su esposa al otro lado de la cama.

—¡Lenore!

Al oír la voz de Jason, Lenore regresó a la realidad. Levantó la cabeza y comprendió inmediatamente que ya no estaba sola.

—¡Vete! —gritó. El esfuerzo le provocó otro ataque de vómitos.

—No. Estoy aquí y pienso quedarme —afirmó.

Abrumado al verla tan pálida y tan débil, se sentó en el suelo a su lado y le apartó los mechones de la cara. Entonces, permitió que ella se reclinara contra él hasta que el ataque hubo remitido.

Lenore quiso volver a pedirle que se marchara, pero su presencia le resultaba más reconfortante de lo que nunca hubiera creído posible. Durante los siguientes minutos, Jason guardó silencio. Se concentró en apoyar a su esposa, en acariciarle suavemente los hombros y la espalda para tranquilizarla.

Entonces, la puerta se abrió. Trencher entró rápidamente, pero, al ver a su señor, se detuvo en seco. Estuvo a punto de derramar al suelo el agua que llevaba en la jarra.

Solo con mirar el rostro de la doncella, Jason supo que Trencher sabía que él había desconocido hasta entonces la indisposición de Lenore. Entornó los ojos.

Trencher se recuperó inmediatamente y se acercó a su señora.

—¡Su Excelencia, permítame que yo me ocupe de mi señora!

—No. Ve a por un vaso de agua y una toalla húmeda. Yo me ocuparé de ella.

A pesar del estado en el que se encontraba, Lenore escuchó la decisión que había en las palabras de Jason. A pesar de las circunstancias en las que se encontraba, a pesar de todo, sintió tanta felicidad porque él se mostrara tan decidido a ayudarla... Sabía que solo se estaba mostrando amable con ella, pero necesitaba tanto aquella amabilidad...

Cuando Trencher regresó con el vaso y la toalla, Jason animó a Lenore a que tomara un sorbo. A continuación, le lavó suavemente la cara y la tomó entre sus brazos.

—¿Te encuentras mejor, Lenore?

De repente, la timidez se apoderó de ella hasta tal punto que solo pudo asentir. Jason se puso de pie, pero, antes de que ella pudiera hacer lo mismo, él se inclinó y la tomó entre sus brazos. Con mucho cuidado, la depositó en la cama y la cubrió suavemente con la colcha.

—Tu señora te llamará cuando te necesite —le espetó a la doncella.

Con los ojos abiertos de par en par, Trencher hizo una reverencia y se retiró rápidamente.

Tras decidir que debía hablar muy seriamente con la doncella y con su ayuda de cámara por haberle ocultado el estado de salud de su esposa, Jason centró toda su atención en Lenore. Se sentó en la cama y le tomó una mano entre las suyas.

—¿Desde cuándo te ocurre esto, Lenore? ¿Desde que llegamos a la ciudad?

—Más o menos —confesó ella, en voz muy baja.

—Querida mía —suspiró él, entrelazando los dedos con los de ella—, ojalá me lo hubieras dicho. No soy ningún monstruo —añadió, recordando las palabras que le había dedicado su tía Agatha—. No hay nada que pueda hacer para aliviarte, pero no deseo que sigas agotándote por mi causa.

—Oh, pero estoy perfectamente... Bueno, al menos durante el resto del día —admitió ella.

—No me mientas, Lenore. No me gusta que me engañen.

—Está bien, Jason, pero te aseguro que puedo arreglármelas. No quiero que todo el mundo piense que tu esposa ha sido incapaz de hacerse cargo de su nueva posición con fuerza.

—Que piensen lo que quieran —replicó Jason—. Creo que estás dándoles demasiado crédito. Te has comportado como mi duquesa mucho mejor de lo que yo esperaba, Lenore. Ninguno de los que verdaderamente importan se tomará a mal que no asistas a sus bailes, sobre todo cuando sepan la razón. ¿Quién sabe? —le preguntó, tras besarle dulcemente la mano—. Tal vez hasta estén celosos.

Lenore se sonrojó. Deseó poseer la fuerza de voluntad para apartar la mano de las de Jason, porque le resultaba muy difícil pensar sintiendo el contacto de su piel.

—La primera parte de la temporada terminará dentro de muy pocas semanas —dijo—. Ya tendremos tiempo entonces de regresar al campo.

—Ni hablar —insistió él—. Nos marchamos mañana por la mañana, es decir, en cuanto tú puedas.

Aquellas eran las palabras que Lenore había deseado y temido escuchar.

—Pero...

—No hay peros —afirmó Jason—. Dime los entretenimientos a los que te has comprometido a asistir y haré que Compton los anule en tu nombre. Tú te vas a quedar en la cama hasta la hora de almorzar. Haré que alguien te suba la comida en una bandeja... No. Mejor aún. Te la subiré yo mismo. Después, podemos quedarnos aquí todo el día o dar un paseo por la plaza. Me temo que esta noche tendrás que seguir soportando mi compañía, porque no pienso salir. Cenaremos juntos y, a continuación, tú te retirarás a descansar. ¿Algún pero más, esposa mía?

—Me temo que has pasado por alto un impedimento para tus planes, milord.

—¿Acaso no deseas pasar el día con tu esposo o es que no deseas regresar a Eversleigh Abbey conmigo?

—No se trata de eso, Jason. Simplemente... No estoy segura de tener las fuerzas suficientes para soportar el largo viaje a Eversleigh Abbey.

—Nos lo tomaremos con calma. No hay necesidad alguna de apresurarse. Solo avanzaremos hasta donde tú tengas fuerzas para llegar —prometió Jason—. No admito más discusiones, Lenore. Te llevo al campo mañana mismo —añadió, con una sonrisa, para suavizar así sus órdenes—. Ahora descansa, querida mía. Te despertaré a la hora de almorzar.

Lenore observó cómo se marchaba su esposo sintiéndose como si le hubieran quitado un peso considerable de los hombros.

No había mencionado lo que lo había llevado a su dormitorio a aquella hora, pero, fuera lo que fuera, el resultado no la había decepcionado.

Ella había sospechado desde el principio que Jason no era el esposo desconsiderado que no mostraba interés alguno por la salud de su esposa.

No era de extrañar que quisiera llevarla de vuelta al campo al ver el estado en el que se encontraba. De lo que ya no estaba tan segura era de si pensaba quedarse allí con ella o si pensaba invitar a otros a que se reunieran con ellos en Dorset.

Con un profundo suspiro, cerró los ojos, alegrándose profundamente de no tener que levantarse.

A medida que el sueño fue rondándola, se dio cuenta de que no sabía lo que temía más, si el hecho de estar a solas con su esposo o el de que llevara invitados.

En el primero de los casos, la razón de su temor era que no sabía si podría seguir ocultándole el amor que sentía por él y en el segundo si podría ocultar los celos si algunas de las invitadas eran damas.

Tras darse cuenta de que no podría encontrar la respuesta, cruzó suavemente el umbral del agotamiento y se dejó llevar al reino en el que los sueños eran la única realidad.

Llegaron a Eversleigh Abbey en la mañana del tercer día. En cuanto puso el pie sobre los escalones que conducían a la casa, Lenore suspiró profundamente y, muy agradecida, contempló a su esposo. Tras colocar la mano sobre la manga de Jason, entraron juntos en la casa.

—¿Estás contenta de estar en casa, Lenore? —le preguntó él.

—Mucho, milord. No se me ha olvidado de que todavía tengo que catalogar esa biblioteca.

—Ah, sí —dijo Jason, con una sonrisa en los labios.

En la puerta de la casa, la señora Potts les hizo una profunda reverencia.

—Me alegro mucho de volver a verlos, Su Excelencia. Señora...

—Y yo estoy encantada de estar de vuelta —comentó Lenore.

—Debería mencionarle, señora Potts —dijo Jason—, que la duquesa necesita desesperadamente un poco de esa sopa de pollo que le preparaba a mi madre cuando estaba en estado.

El rostro de la señora Potts se iluminó.

—¡Por supuesto que sí, señor! Esa sopa es maravillosa para levantar el ánimo de una dama cuando su estado la entristece un poco. Venga conmigo, milady. La meteremos en la cama inmediatamente y yo misma le llevaré un plato. Debe de estar agotada después de tantas diversiones en Londres.

Lenore se separó de su esposo y se marchó con la señora Potts. Cuando lo miró, desde lo alto de las escaleras, vio que él tenía una sonrisa de satisfacción en el rostro. Contra su voluntad, Lenore le devolvió la sonrisa antes de dirigirse a su dormitorio.

El día pasó rápidamente. Después de la sopa de pollo, Lenore durmió durante unas horas y después, mucho más descansada, se vistió y bajó al salón. Allí encontró a su esposo y él le sugirió que fueran a dar un paseo por la soleada terraza.

Más tarde, se tomaron una taza de té. El tiempo pasó volando mientras charlaban sobre los personajes notables de la alta sociedad. Enseguida, llegó la hora de la cena, que tomaron en un salón más pequeño e íntimo.

Cuando terminaron de cenar, Lenore suspiró, muy contenta de que Jason hubiera insistido en llevarla a su casa.

—Ya me siento mucho mejor —dijo.

Al darse cuenta de lo que podrían significar aquellas palabras, se sonrojó. Tomó otro sorbo de vino, esperando que la luz de las velas sirviera para ocultar su rubor. Hasta para una esposa estaba mal solicitar las atenciones de su marido.

Sin embargo, las velas no tuvieron el efecto deseado. Las palabras y la reacción de Lenore dispararon las esperanzas de Jason, pero prefirió comportarse con cautela.

—Tendremos que asegurarnos de no hacer nada que te canse en exceso.

Rápidamente ella notó el tono sugerente de su voz y esbozó una tímida sonrisa.

—Creo que nada de lo que yo haga aquí podría cansarme.

Jason decidió ignorar el clamor de su deseo.

—Tal vez deberías retirarte temprano —le sugirió—. No hay razón para estar levantada. Yo subiré enseguida.

De repente, Lenore notó los labios muy secos y tuvo que pasarse la punta de la lengua por encima.

—Puede que tengas razón...

Lenore se levantó. Jason también se puso de pie y, cuando ella se hubo marchado, volvió a tomar asiento.

En vez de su copa de oporto, decidió tomarse un brandy. ¿Sabría Lenore lo que le hacía cuando lo miraba de aquella manera, lo que podría hacerle a cualquier hombre con el increíble atractivo de sus enormes ojos? Suprimió un temblor de puro deseo y tomó un gran trago de brandy.

Más tarde, algo más animado por una enorme dosis del mejor brandy que había en sus bodegas, se levantó y salió del salón.

Desde las profundidades de su colchón de plumas, Lenore lo oyó entrar en su dormitorio. No podía creerlo. ¿Acaso estaría ya soñando? No. El fuerte cuerpo de su esposo, cálido y firme, se deslizó sobre la cama a su lado. No. No era un sueño.

Con un sonido a mitad de camino entre un suspiro y un grito, Lenore se dio la vuelta para darle la bienvenida, y se encontró inmediatamente entre sus brazos, unos brazos que la estrecharon posesiva y apasionadamente.

Mucho más tarde, con su esposa completamente dormida a su lado, Jason exhaló un suspiro de felicidad. Agatha, que Dios la bendijera, había tenido razón.

CAPÍTULO 14

Algo después de las nueve de la mañana del día siguiente, Jason estaba leyendo el periódico en la sala de desayunos cuando se abrió la puerta. Como dio por sentado que se trataba de alguno de los criados que quería consultar con el mayordomo algún asunto doméstico, ni siquiera levantó la cabeza. Solo lo hizo cuando oyó que Morgan se dirigía a alguien.

—¿Quiere que le traiga un té recién hecho, milady? ¿Tostadas?

Jason levantó el rostro del periódico a tiempo para ver cómo Lenore tomaba asiento frente a la mesa de desayuno.

—Gracias, Morgan. Creo que tomaré una tostada.

Tras doblar el periódico, Jason esperó hasta que Morgan se marchó para ir a por el desayuno de su esposa.

—¿Deberías estar levantada tan temprano? —le preguntó a Lenore, con rostro de preocupación.

—Esta mañana me siento mucho mejor —respondió ella—. La señora Potts me aconsejó que no me quedara en la cama a menos que necesitara dormir.

—¿De verdad? Me temo que yo no estoy de acuerdo con ese consejo. Hay otras muchas razones para quedarse en la cama, que espero que tú hayas considerado con frecuencia.

Lenore se sonrojó y le lanzó una mirada de reprobación. Por suerte, Morgan regresó con el desayuno de la señora, lo que impidió que la conversación siguiera por aquellos derroteros.

Mientras se tomaba el té, Lenore trató de hacer como si no hubiera notado la constante mirada de su esposo. Parecía disfrutar mirándola, como si el tiempo no fuera de importancia.

—¿Tienes muchas cosas de las que ocuparte aquí?

—No. Prácticamente ya se han recogido todas las cosechas y no hay demasiado que hacer hasta el año que viene. Compton viene de Londres de vez en cuando, cada vez que tiene algún asunto que requiere mi atención. En estos momentos, están reparando los tejados de algunas casas del pueblo. Tal vez, algo más tarde, podríamos ir a caballo para ver el resultado. ¿O preferirías ir en calesa?

—No creo que pueda. Tal vez esté lo suficientemente bien como para bajar a desayunar, pero preferiría no tener que montar hoy en ningún carruaje. En cuanto a lo de montar a caballo, casi lo agradezco, ya que nunca he sido muy aficionada a tal actividad.

—¿Por eso rechazaste mi invitación para ir a montar a caballo por el parque? ¿Porque estabas demasiado enferma?

—La sola idea de galopar por el parque me daba ganas de vomitar —admitió ella. Tras limpiarse con la servilleta, se puso de pie.

—Lenore, ¿te importaría evitar tener secretos conmigo en el futuro? —le preguntó Jason, poniéndose también de pie.

—Por supuesto, milord —replicó ella, riéndose ante tanta severidad—. Te aseguro que eso hará que mi vida sea mucho más fácil —añadió, tras aceptar el brazo que él le había ofrecido—. No obstante debes admitir que no tenías verdadero deseo de que te vieran cabalgando en el parque conmigo. Tus tías me dijeron que nunca escoltas a las damas cuando salen a pasear a caballo.

—Mis tías son infalibles en muchas cosas —observó Jason mientras salían al vestíbulo—, pero me temo que predecir mi comportamiento no es uno de sus fuertes. En este caso, por ejemplo, a pesar de que tienen mucha razón en lo de que nunca he visto razón alguna para acompañar a las damas en sus paseos por el parque, considero que hacerlo con mi esposa es un placer del que no me puedo privar.

Lenore se preguntó si la extraña debilidad que sintió al escuchar aquellas palabras tenía que ver con su estado de buena esperanza o con el brillo que captó en los ojos de Jason.

Tras llevarse la mano de su esposa a los labios, él sonrió. Le gustaba ver color en las mejillas de Lenore.

—Ahora, debo ir a inspeccionar esas casas. Te buscaré en cuanto regrese.

Con esa promesa, dejó a Lenore en el vestíbulo y se marchó. Tras experimentar un delicioso temblor en la espalda, se dirigió hacia el salón. El comportamiento de Jason aquella mañana, tanto antes como después de que se levantara de la cama, la llevaba solo hacia una conclusión posible. Tenía la intención de reiniciar su relación, exactamente tal y como había sido durante el mes posterior a la boda.

Se sentó en una butaca frente a la chimenea y contempló la vista que se divisaba desde la ventana. Todo había cambiado tanto desde agosto... Entonces, solo había sido un viaje de descubrimiento, pero, en aquellos momentos, Lenore sabía que era posible reanudar la relación con la que tanto habían gozado. Era mucho más de lo que había esperado de su matrimonio. Mucho más...

La única nube que veía en el horizonte era lo que duraría aquella felicidad, el tiempo que Jason se sentiría satisfecho con ella y con la vida en el campo. Después de su reciente experiencia, ella sabía que solo podría pasar unas pocas semanas en Londres...

¿Acaso significaría el comentario de que ni siquiera sus tías eran capaces de predecir su comportamiento una indicación sutil de que sus gustos estaban cambiando? No había invitado a nadie a acompañarlos. Además, parecía haberle dado a entender que tenía la intención de permanecer en el campo con ella.

Con un profundo suspiro, Lenore estiró los brazos y se recostó sobre la butaca. No sabía qué pensar. A pesar de su deseo por no dejarse llevar por anhelos secretos, una pequeña esperanza prendió dentro de ella.

Sabía que Jason sentía afecto y deseo por ella. Además, quería su amor. Su esperanza se basaba en que aquella estancia en Eversleigh Abbey permitiera que aquella promesa de esperanza diera sus frutos. Desgraciadamente, ella no podía hacer nada para ayudar en el proceso. Su destino quedaba en manos de Su Excelencia el duque de Eversleigh.

—Ese va allí —dijo Lenore, señalando unos tomos encuadernados en piel, al lado de la ventana.

—¿Cómo lo sabes? —musitó Jason mientras añadía el volumen al montón.

Sin levantar la vista del libro que tenía en el regazo, Lenore se lo explicó.

—Tu padre tenía encuadernados todos los libros de Plutarco de ese mismo estilo. Desgraciadamente, no siguió orden alguno a la hora de colocarlos en las estanterías —dijo, cerrando por fin el libro que había estado estudiando—. Este debe ir con las obras de medicina. Son los que están al lado del sofá.

Sonrió al ver que Jason se agachaba para recoger el libro que tenía en el regazo.

—No entiendo por qué no puedes trabajar en tu escritorio, como cualquier ser humano razonable —protestó él.

—Estoy mucho más cómoda en el suelo —explicó, después de colocarse los cojines sobre los que apoyaba la espalda—. Además, la luz es mucho mejor aquí que donde está el escritorio.

Había colocado una gruesa alfombra al lado de una de las ventanas para señalar su área de operaciones. Allí amontonaba los libros que sacaba de las estanterías que iba vaciando para examinarlos. Dado que muchos de los volúmenes eran muy antiguos y pesaban mucho, su «despacho» en la galería había quedado descartado por el momento. Hasta el día anterior, uno de los lacayos más jóvenes la había ayudado en su trabajo, cuando Jason se había presentado en la biblioteca y se había ofrecido como ayudante.

—Yo te colocaré ese maldito escritorio donde tú quieras —prometió.

Lenore lo observó mientras Jason colocaba el libro sobre hierbas medicinales donde ella le había indicado. Se sentía desarmada por el repentino interés que Jason mostraba por todos sus proyectos. Cuando regresó a su lado, llevaba un pequeño libro rojo entre las manos.

—He encontrado este entre tus montones —dijo—. Se debe de haber caído.

—¿Sí? ¿De qué es?

—Una colección de sonetos de amor —respondió Jason, tras hojear sus páginas.

El corazón de Lenore empezó a latir a toda velocidad. Volvió a tomar sus listas y fingió estar repasándolas.

Jason no dejaba de examinar las páginas del librito. De vez en cuando, se detenía y leía unas líneas. En esos momentos, Lenore aprovechaba para mirarlo de reojo.

De repente, Jason cerró el libro y lo dejó a un lado.

—Definitivamente no es mi estilo.

Entonces, se volvió hacia Lenore y, tras agarrarla de la cadera con una mano, la obligó a tumbarse sobre la alfombra.

—¡Jason!

—No temas. La puerta está cerrada...

Lenore se sintió atrapada entre la desaprobación y la insidiosa tentación. Sin embargo, su miedo de revelar la profundidad de sus sentimientos mientras hacían el amor había remitido. Había descubierto que su esposo era tan propenso a perderse en ella como ella en él, pero en la biblioteca...

—Esto no... —susurró, antes de que él le impidiera seguir hablando con un beso—... es lo que se supone... —añadió. Otro beso marcó la siguiente parte de la frase—... me tenías que estar ayudando...

Tras haber completado su protesta, Lenore se abrazó al cuello de su esposo. Sin más objeciones, dejó que él la besara de un modo que le provocó un hormigueo en los dedos de los pies. De repente, los lazos del corpiño que llevaba puesto parecían apretarla demasiado. Muy pronto, su esposo se percató de sus dificultades. Rápidamente, se concentró en desabrochárselos.

—Estoy harto de tocar libros polvorientos —susurró—. Preferiría tocarte a ti, Lenore, durante un par de horas...

Los lazos cedieron por fin. Los hombros quedaron al descubierto y, poco a poco, el vestido fue deslizándosele hasta los pies.

¿Una hora o dos? Con un profundo suspiro, decidió que le podía conceder a su esposo aquel tiempo.

En los días que siguieron a su regreso a Eversleigh Abbey, Jason trató por todos los medios posibles de derribar la única barrera que aún existía entre su esposa y él. Había avanzado mucho desde el momento en el que enunció sus razones para el matrimonio. No solo era capaz de reconocer que estaba profundamente enamorado de Lenore, sino también que deseaba que los dos lo aceptaran y lo reconocieran abiertamente.

Aquel era el único punto con el que seguía tropezándose.

A lomos de su caballo, mientras examinaba el hermoso paisaje que se extendía bajo sus pies, reflexionó sobre el tema. Había empezado a compartir los pasatiempos de su esposa, como trabajar en la biblioteca, la había llevado a dar suaves paseos... Lenore parecía aceptar su compañía, su ayuda y su amor siempre que él lo ofrecía. Sin embargo, no le pedía nada. Nada indicaba que deseara sus atenciones.

Sin embargo, así era. De eso estaba seguro. Ninguna mujer podía fingir hasta alcanzar la pasión que Lenore obtenía sin esfuerzo, al menos no durante tanto tiempo. Ninguna mujer podía sonreírle tan afectuosa cada vez que él se acercaba a ella. Estaba seguro de que las reacciones de Lenore provenían directamente del corazón.

Contempló su casa. Desde que habían regresado a Eversleigh Abbey, una extraña paz parecía haberlo envuelto. Por fin estaba seguro de que había encontrado un lugar al que denominar su hogar. Aquello era precisamente lo que había estado buscando durante una década. Aquel era el lugar en el que deseaba permanecer, con Lenore y con sus hijos. Era precisamente a ella a quien le debía aquel descubrimiento.

Sin embargo, por mucho que se esforzaba en demostrárselo, ella se negaba a verlo. La amaba. ¿Cómo diablos iba a poder convencerla? Ya no podía contentarse ni con un matrimonio ni con una esposa convencionales, sobre todo después de saber que podía tener mucho más.

Tiró de las riendas de su caballo e inició el camino de vuelta a los establos. Agatha había estado en lo cierto. No tenía que haberle dicho las razones que lo empujaban a casarse con ella. No obstante, aquello pertenecía al pasado. Lo que Jason necesitaba asegurar era el futuro. Su futuro juntos.

—Maldita sea —murmuró—. ¿Por qué solo se permite a las mujeres que cambien de opinión?

Decidió que solo había una solución. Tendría que convencerla de que, a pesar de lo que ella creía, la amaba. Mientras se acercaba a los establos, tuvo que reconocer que no era posible que le bastara con solo palabras. Tendría que pasar a la acción.

Los rayos de luna entraban a raudales por los ventanales, bañando el dormitorio de Lenore en una luz plateada. A causa de las atenciones amorosas de su esposo, ella estaba completamente dormida. A su lado, Jason estaba despierto, escuchando atentamente para detectar los sonidos que anunciaran la llegada de Moggs y de su sorpresa. Había pasado una semana desde que decidió pasar a la acción. Le había costado mucho idear su plan y luego ponerlo en práctica. Aquella noche era la etapa final, para la cual había tenido que recurrir al apoyo de Moggs.

Por fin, un suave clic anunció la llegada de Moggs. Jason levantó la cabeza y vio a su ayuda de cámara entrar sigilosamente en el dormitorio y colocarlo todo tal y como él le había indicado. Muy despacio, se levantó de la cama y se puso la bata, que encontró en el suelo. Se unió a Moggs justo cuando él colocaba el último de los objetos sobre la alfombra.

—Gracias, Moggs —susurró Jason.

Con una silenciosa reverencia, Moggs se retiró y cerró la puerta por la que había entrado. Por su parte, Jason examinó el trabajo del mayordomo y, entonces, se sacó del bolsillo de la bata un montón de tarjetas en blanco. Durante un instante, inspeccionó las palabras que él mismo había escrito sobre ellas. Si aquello no funcionaba, solo Dios sabía qué más podía hacer.

A continuación, como una sombra, fue depositando las tarjetas en los lugares correspondientes. Finalmente, suspiró y, tras entonar una última plegaria, volvió a acostarse en la cama al lado de su esposa.

Lenore se despertó temprano. La tenue luz de los minutos anteriores al alba iluminaba la habitación. Sin necesidad de mirar a Jason, sintió que el cuerpo de su esposo estaba relajado y tranquilo y que su respiración era profunda y regular. Decidió que le vendría muy bien descansar un poco antes de que él la despertara por lo que estaba a punto de acurrucarse de nuevo entre las sábanas cuando algo le llamó la atención.

Levantó la cabeza y parpadeó. Bajo la suave luz del amanecer, le pareció ver que, a pocos pies de la ventana, había un pedestal con un jarrón de flores. ¿Eran rosas?

Frunció el ceño y miró hacia la derecha. Otro pedestal, idéntico al primero. Tras incorporarse en la cama, vio un tercero y un cuarto. De hecho, había un semicírculo de pedestales rodeando la cama, sobre los que se apoyaban unos jarrones con rosas.

No podían ser rosas. Era noviembre.

Empujada por la curiosidad, se levantó de la cama. El aire frío que reinaba en la habitación le recordó su desnudez. Decidió ponerse el camisón, que estaba en el suelo, después de que Jason se lo hubiera sacado por la cabeza. Segundos más tarde, estaba frente al primer pedestal. Efectivamente, las flores parecían ser rosas... Tal vez estaban hechas de seda. Extendió la mano y tocó un pétalo. No. Eran de verdad. Por lo que podía ver con aquella luz tan suave, rosas amarillas.

Miró a su alrededor y contó quince pedestales. Cada jarrón tenía unas veinte hermosas rosas. Tal extravagancia debía haber costado una pequeña fortuna. No había necesidad alguna de preguntar quién se las había proporcionado.

Miró hacia la cama y vio que Jason seguía dormido. Cuando volvió a mirar el primer pedestal, se percató de que había una tarjeta en la base. Solo había una palabra escrita, con la inconfundible caligrafía de su esposo. *Querida*. Nada más.

Se dirigió al siguiente pedestal y vio que había otra tarjeta. Aquella decía: *Lenore*. Con rapidez, fue recorriendo todos los pedestales para recoger las tarjetas que había debajo de todos los jarrones. Cuando las leyó todas juntas, casi no pudo creer el mensaje que contenían.

Querida Lenore,
Tenía que hacer algo para convencerte de que te amo. ¿Me amas tú a mí?

Con el corazón en la garganta, levantó la mirada y se reflejó en los ojos de su esposo. Jason ya estaba despierto, apoyado sobre las almohadas, observándola. Las sombras ocultaban la expresión de su rostro. Cuando ella se levantó, con las tarjetas en la mano sin decir nada, él sintió que el corazón le daba un vuelco.

—¿Y bien? —preguntó, tan dulcemente como pudo.

Lenore no sabía por dónde empezar.

—Ven aquí si quieres saber mi respuesta.

Jason se levantó de la cama y respiró profundamente. ¿Por qué tenía que ponérselo tan difícil? Estaba más nervioso de lo que lo había estado en toda su vida. Se puso la bata y se la abrochó con el cinturón antes de cruzar los pocos metros que lo separaban de Lenore.

Con las tarjetas en la mano, Lenore esperó hasta que Jason estuvo a su lado.

—¿De verdad me amas?

Se le había hecho un nudo en la garganta. Las lágrimas no tardarían en derramarse.

Jason sintió que se le paraba el corazón. Examinó el rostro de su esposa, tratando de descubrir qué era lo que quería averiguar con aquella respuesta y cómo podía asegurarle que lo que le había dicho era cierto. Sin pensárselo, hincó una rodilla en el suelo y tomó una mano de Lenore entre las suyas.

—Lenore, decidí casarme contigo por las razones equivocadas, pero, en realidad, nunca te pedí en matrimonio. ¿Quieres casarte conmigo, querida mía, y esta vez no por mis frías razones, sino por las adecuadas, porque me amas como yo te amo a ti?

Las lágrimas le nublaron a Lenore la vista.

—¡Oh, Jason! —susurró, entre sollozos.

Inmediatamente, él se puso de pie y la tomó entre sus brazos. Lenore dejó escapar las tarjetas, que cayeron como confeti sobre el suelo.

—Cielo, no quería hacerte llorar...

—Es... Es demasiado hermoso —musitó, entre más lágrimas—. Oh... Te aseguro que no soy ninguna llorona.

—Gracias a Dios —replicó Jason.

El alivio que sintió, a pesar de que la respuesta no había sido la más convencional, fue enorme. Levantó del suelo a su llorosa esposa y la llevó a la cama.

Después de que ambos se hubieran acurrucado bajo las sábanas, Lenore se secó los ojos con el encaje de la colcha. Entonces, se volvió a mirar a Jason y comprobó que él había cerrado los ojos, como si estuviera completamente agotado.

—¿De verdad me amas? —preguntó ella, con un hilo de voz.

—Lenore, ningún hombre puede hacer lo que yo acabo de hacer sin una buena razón. Ahora, por el amor de Dios, ven aquí y convénceme de que en esta ocasión mi razón ha sido, sin duda, la mejor.

Jason la tomó entre sus brazos. Lenore esbozó una acuosa sonrisa y, sin más, se dedicó a convencer a su esposo de que, efectivamente, lo amaba más allá de cualquier razón.

UN FUTURO DE ESPERANZA

CAPÍTULO 1

—«Lady Asfordby, de Asfordby Grange, tiene el placer de invitar al señor Jack Lester, de la casa Rawling, y a sus convidados al baile».

Cómodamente arrellanado en un sillón junto a la chimenea, con una copa de brandy en una mano y la tarjeta blanca en la que figuraba la invitación de lady Asfordby en la otra, Jack Lester comentó con mal disimulado pesar:

—Es la gran dama de esta zona, ¿verdad?

Lord Percy Almsworthy era el segundo de los tres caballeros que estaban descansando en el salón de caza de Jack Lester. En el exterior, el viento aullaba sobre el alero del tejado y sacudía las contraventanas. Los tres habían estado cazando a caballo aquel día, pero mientras que Jack y su hermano Harry eran consumados jinetes, Percy rara vez se alejaba más allá de los campos más cercanos. Lo cual explicaba por qué se veía obligado a caminar por la habitación mientras los dos hermanos permanecían repantigados en los sillones. Percy se detuvo frente a la chimenea y bajó la mirada hacia su anfitrión.

—Eso le dará un toque de color a tu estancia aquí. Además —añadió, recuperando de nuevo la calma—, nunca se sabe... podrías encontrar alguna joven dama que te llamara la atención.

—¿En este páramo? —se mofó Jack—. Si no encontré nada durante la última temporada, no creo que aquí vaya a tener muchas oportunidades.

—Oh, eso nunca se sabe.

Ajeno a su propia elegancia, Harry Lester se estiró en el diván, apoyando sus anchos hombros contra el respaldo. Su espeso pelo dorado aparecía desenfadadamente alborotado. Interrogó a su hermano con sus inteligentes y maliciosos ojos verdes.

—Pareces sorprendentemente decidido a seguir adelante. Puesto que encontrar esposa se ha convertido en algo tan importante para ti, creo que deberías mirar detrás de cada piedra. ¿Quién sabe cuál de ellas puede esconder una gema?

Jack cruzó sus ojos azules con los verdes de su hermano. Resopló y bajó la mirada. Estudió la invitación con aire ausente. La luz del fuego resplandecía sobre las suaves ondulaciones de su pelo oscuro y ensombrecía sus mejillas. Frunció el ceño.

Tenía que casarse. Había reconocido para su fuero interno aquel hecho veinte meses atrás, incluso antes de que su hermana Lenore se hubiera casado con el duque de Eversleigh, dejando caer toda la carga familiar sobre sus hombros.

—Perseverancia... eso es lo que necesitas —Percy asintió sin mirar a nadie en particular—. No podemos permitir que se agote otra temporada sin que hayas elegido una mujer. Vas a terminar malgastando tu vida si te muestras demasiado melindroso.

—Odio tener que decirlo —comentó Harry—, pero Percy tiene razón. No puedes continuar explorando el terreno durante años y años y rechazando todo lo que te ofrecen —bebió un sorbo de brandy y suavizó la voz—. Y, por lo menos, podrías permitir que alguien diera a conocer tu gran fortuna.

—¡Dios no lo quiera! —Jack se volvió hacia Harry con los ojos entrecerrados—. Y quizá debería recordarte que es nuestra gran fortuna, la tuya y la mía. Y quizá también la de Gerald —con las facciones más relajadas, Jack se reclinó en el sillón. Una sonrisa asomó a sus labios—. Además, verte jugando a «que me atrape la que pueda» con todas esas damiselas enamoradizas es profundamente tentador, hermano mío

Harry sonrió y alzó su copa.

—Esa idea ya se me había ocurrido. Pero si se descubre nuestro secreto, no va a ser por mí. Y lo que es más, me ocuparé de dejar caer alguna palabra al respecto a mi hermano pequeño. Ni tú ni yo necesitamos que termine serrándonos el suelo bajo nuestros propios pies.

—Eso es completamente cierto —Jack fingió estremecerse—, no soporto ni pensar en esa posibilidad.

Percy frunció el ceño.

—No lo entiendo. ¿Por qué ocultar que sois ricos? El cielo sabe que los Lester habéis sido considerados como una familia con escaso dinero durante generaciones. Ahora que eso ha cambiado, ¿por qué no aprovechar los posibles beneficios? Tendrían que ser las debutantes las que se os ofrecieran, y vosotros los que eligierais.

Los dos hermanos Lester miraron con simpatía a su desventurado amigo.

Percy pestañeó desconcertado y esperó pacientemente una respuesta.

Incapaz de competir en atributos con los que durante tanto tiempo llevaban siendo sus amigos, hacía años que había conseguido reconciliarse con su menos agraciado físico, sus hombros caídos y sus delgadas piernas. Naturalmente, con sus modales amables y su actitud retraída, difícilmente era la clase de caballero que habitaba los sueños de las debutantes. Por su parte, todos los hermanos Lester, Jack con sus treinta y seis años, su pelo oscuro y su complexión de atleta, Harry, dos años menor que él y con un cuerpo siempre grácil e inefablemente elegante, e incluso Gerald, de veinticuatro años y con un encanto casi infantil, estaban hechos, definitivamente, del material con el que se tejían los sueños femeninos.

—Realmente, Percy —dijo Harry—, sospecho que Jack cree que está en condiciones de elegir en cualquier caso.

Jack le dirigió una mirada altanera a su hermano.

—La verdad es que no he pensado nunca en ello.

Harry sonrió e inclinó la cabeza.

—Tengo la infinita confianza, oh, hermano mío, de que en cuanto encuentres a tu particular amada, no necesitarás la ayuda de nuestra repugnante riqueza para persuadirla a favor de tu causa.

—Sí, pero aun así, ¿por qué mantenerlo en secreto? —quiso saber Percy.

—Porque —le explicó Jack—, mientras las matronas del lugar consideren, como tan sucintamente has señalado, que apenas poseo fortuna, continuarán dejándome revolotear entre sus flores sin ninguna clase de injerencia.

Al tratarse de tres hijos despilfarradores en una familia de ingresos moderados, todo el mundo era consciente de que los descendientes de la casa Lester necesitarían esposas adineradas. Sin embargo, teniendo en cuenta las relaciones de la familia y el hecho de que Jack, como hermano mayor, fuera el futuro heredero de la casa y las principales propiedades de la familia, a nadie le había sorprendido que, en cuanto había dejado correr la noticia de que estaba contemplando seriamente la posibilidad de un matrimonio, hubieran comenzado a llegarle invitaciones.

—Naturalmente —añadió Harry—, con todos los años de… experiencia mundana de Jack, nadie espera que caiga víctima de un simple engaño y, teniendo en cuenta la aparente falta de una fortuna considerable, no hay incentivo suficiente para que esas dragonas se esfuercen en poner en práctica sus intrincadas estrategias.

—De esa forma puedo ver libremente todo el campo —Jack retomó las riendas de la conversación—. Sin embargo, en cuanto comenzara a circular por la ciudad el cambio que se ha producido en nuestra situación económica, esa vida libre de cualquier tipo de restricciones terminaría para siempre. Todas esas arpías intentarían vengarse de mí.

—No hay nada que les guste más que ver caer a un vividor —le confió Harry a Percy—. Desarrollan su más endiablada inventiva cuando un vividor con fortuna se declara interesado en el matrimonio. Les entusiasma la perspectiva de ver al cazador cazado.

Jack lo acalló con la mirada.

—Basta con decir que mi vida ya no sería tan cómoda como hasta ahora. No podría poner un solo pie fuera de casa sin tener que protegerme de cualquier peligro imaginable. Me encontraría con debutantes a cada paso, colgadas del brazo de sus amigas y batiendo constantemente sus estúpidas pestañas. En esa situación, lo más fácil es aplazar la elección de una esposa durante toda una vida.

Harry cerró los ojos y se estremeció.

La luz del entendimiento descendió sobre el angelical rostro de Percy.

—Oh —dijo—, en ese caso, deberías aceptar la invitación de lady Asfordby.

Jack sacudió lánguidamente la mano.

—Todavía tengo toda la temporada por delante. No necesito precipitarme.

—Sí, claro, ¿de verdad tienes toda la temporada por delante? —como Jack y Harry lo miraron sin comprender, Percy explicó—: Toda esa fortuna que habéis ganado, ha sido hecha gracias al comercio, ¿verdad?

Jack asintió.

—Lenore siguió el consejo de uno de los conocidos de mi padre e invirtió en una flota de buques mercantes que se desplazan hasta la India.

—¡Precisamente! —Percy se detuvo frente a la chimenea—. De modo que cualquier hombre interesado en el mundo del comercio sabe que esa flota tuvo un gran éxito. Y muchos de esos hombres deben de saber a estas alturas que los Lester fueron unos de sus mayores patrocinadores. Esas cosas es imposible mantenerlas en secreto. Mi padre, por ejemplo, debe estar al corriente de lo ocurrido.

Jack y Harry intercambiaron miradas de consternación.

—Es imposible silenciar a todos los que lo saben —continuó Percy—. De modo que solo cuentas con el tiempo que tarde alguno de esos hombres en mencionar a su esposa que la fortuna de los Lester ha cambiado para que todo el mundo lo sepa.

Harry dejó escapar un gemido.

—No... espera —Jack se enderezó—. No es tan fácil, gracias a Dios. Lenore lo organizó todo, pero, naturalmente, no pudo actuar ella sola en todo este asunto. Se sirvió de nuestro agente, el viejo Charters. Él jamás habría aprobado que una mujer se involucrara en un negocio. Hace años, al viejo Charters hubo que presionarlo para que aceptara instrucciones de Lenore. Y solo aceptó con la condición de que quedara completamente en secreto. No quería que nadie supiera que recibía órdenes de una mujer. Lo que probablemente significa que no admitirá que estaba trabajando para nosotros, puesto que es bien sabido que es Lenore la que está a cargo de nuestras finanzas. Si Charters no habla, no hay ningún motivo para imaginar que de un día para otro puedan llegar a ser conocidas nuestras ganancias.

Percy frunció el ceño y apretó los labios.

—No de un día para otro, quizá. Pero creo que no tardará mucho en saberse. Este tipo de cosas se filtran a través de las rendijas, como suele decir mi padre.

Se hizo un grave silencio en la habitación mientras sus ocupantes analizaban la situación.

—Percy tiene razón —dijo Harry con expresión lúgubre.

Resignado, Jack alzó la invitación de lady Asfordby.

—Y en más de un sentido. Mandaré a decir a lady Asfordby que nos espere.

—A mí no —Harry sacudió la cabeza con decisión.

Jack arqueó una ceja.

—Tú también estás atrapado en medio de la tormenta.

Harry volvió a sacudir la cabeza con gesto obstinado. Vació su copa y la dejó en una mesa cercana.

—Yo no he hecho saber a nadie que estoy buscando esposa por la sencilla razón de que no la busco —se levantó, estirando su largo y esbelto cuerpo y sonrió—. Además, me gusta vivir peligrosamente.

Jack le devolvió la sonrisa.

—En cualquier caso, he prometido estar en Belvoir mañana. Gerald está allí. Lo pondré al corriente de nuestros deseos de mantener en silencio el tema de nuestra fortuna. De modo que podrás ofrecerle mis disculpas a la dama en cuestión con la conciencia tranquila —Harry ensanchó su sonrisa—. Y no te olvides de hacerlo. Lady Asfordby es una vieja amiga de nuestra lamentablemente fallecida tía y puede llegar a ser un auténtico dragón. Sin duda alguna, estará en la ciudad en cuanto empiece la temporada y no me gustaría tener que enfrentarme a su fuego.

Y tras despedirse de Percy con un movimiento de cabeza, Harry se dirigió hacia la puerta.

—Voy a revisar el tobillo de Prince para ver si esa cataplasma le ha ido bien. Mañana me iré a primera hora, así que os deseo una buena caza —y, con una sonrisa de conmiseración, salió.

Cuando la puerta se cerró detrás de su hermano, Jack fijó

de nuevo la mirada en la invitación de lady Asfordby. Con un suspiro, se la metió en el bolsillo y bebió un largo trago de brandy.

—¿Entonces vamos a ir? —preguntó Percy en medio de un bostezo.

Jack asintió apesadumbrado.

—Sí, vamos a ir.

Horas después, mientras Percy se preparaba para ir a la cama y la casa parecía sumirse en el sueño, Jack permanecía frente a la chimenea con los ojos fijos en las llamas. Y todavía estaba allí cuando, una hora después, Harry volvió a entrar en la habitación.

—¿Todavía estás aquí?

Jack se llevó el brandy a los labios.

—Sí, como tú mismo puedes ver.

Harry vaciló un instante, pero inmediatamente después cruzó hacia el aparador.

—¿Reflexionando sobre las delicias del matrimonio?

Jack echó la cabeza hacia atrás y siguió con la mirada los movimientos de su hermano.

—En la inevitabilidad del matrimonio.

Harry se hundió en un sofá y arqueó una ceja.

—No tienes por qué ser tú.

Jack abrió los ojos como platos.

—¿Eso es una oferta...? ¿El sacrificio final?

Harry sonrió de oreja a oreja.

—Estaba pensando en Gerald.

—Ah —Jack dejó caer la cabeza hacia atrás y miró hacia el techo—. Tengo que admitir que yo también he pensado en él. Pero no servirá.

—¿Por qué no?

—Gerald no se casará a tiempo.

Harry esbozó una mueca, pero no contestó. Al igual que Jack, era consciente del deseo de su padre de asegurar la continuación de un linaje que había ido prolongándose durante generaciones. Esa era una de las únicas preocupaciones que aguijoneaban la mente de un hombre que, por otra parte, ya se había preparado para morir.

—Pero no es solo eso —admitió Jack con mirada distante—. Si quiero dirigir la casa como es debido, necesitaré una mujer que realice la misma labor que estaba haciendo Lenore, no en lo que concierne a los negocios, sino en todo lo demás, en todas las obligaciones de una distinguida esposa —sonrió con ironía—. Desde que Lenore se fue, he aprendido a apreciar sus talentos como no lo había hecho hasta ahora. Pero en este momento las riendas están en mis manos y maldito seré si no consigo que mi casa funcione como le corresponde.

Harry sonrió.

—Tu fervor siempre ha sido sorprendente. No creo que nadie espere una transformación tan espectacular. Un vividor convertido en un responsable propietario en solo unos meses.

Jack gruñó:

—Tú también cambiarías si recayera tanta responsabilidad sobre ti. Pero ahora no es esa la cuestión. Necesito una esposa. Una esposa como Lenore.

—No hay muchas mujeres como Lenore.

—Lo sé —Jack mostró su disgusto—. Estoy empezando a preguntarme seriamente si existe lo que estoy buscando: una mujer agradable, con gracia, encanto, eficiente y con suficiente firmeza como para llevar las riendas de una casa.

—¿Y también rubia, bien dotada y con una alegre disposición?

—Desde luego, nada de eso le vendría nada mal, teniendo en cuenta cuáles van a ser el resto de sus obligaciones.

Harry se echó a reír.

—¿Y no hay ninguna posibilidad a la vista?

—¡Ni una! Después de un año de búsqueda, puedo informarte de que ni una sola candidata me ha hecho mirarla dos veces. Son todas tan... jóvenes, dulces e inocentes... y completamente indefensas. Lo que yo necesito es una mujer con fibra, y lo único que encuentro son auténticas lapas.

Se hizo un intenso silencio en la habitación mientras ambos consideraban sus palabras.

—¿Estás seguro de que Lenore no puede ayudarte? —preguntó Harry al cabo de un rato.

Jack negó con la cabeza.

—Eversleigh lo dejó muy claro. Su duquesa no participará en los bailes de esta temporada. En cambio —continuó Jack con los ojos ligeramente centelleantes—, permanecerá en casa, atendiendo a su primogénito y al padre del mismo. Y, mientras tanto, utilizando las propias palabras de Jason, la ciudad puede esperar.

Harry se echó a reír.

—¿Así que está realmente indispuesta? Yo pensaba que todo ese asunto de las náuseas mañaneras era una excusa que había urdido Jason para mantenerla alejada de la vida social.

Jack sacudió la cabeza sonriente.

—Me temo que su malestar es real. Lo cual significa que tendré que pasar toda la temporada sin su ayuda, con una tormenta cerniéndose sobre el horizonte y ningún puerto a la vista.

—Una lúgubre perspectiva —reconoció Harry.

Jack gimió, pensando una vez más en el matrimonio. Durante años, la mera mención del mismo le había hecho estremecerse. En ese momento, tras haber pasado horas y horas contemplando la situación, ya no lo miraba con tanto desprecio y desinterés. Y había sido el propio matrimonio de su hermana el que le había hecho cambiar de punto de vista. Aunque Jason se había casado con Lenore por motivos eminentemente convencionales, la profundidad de su amor era evidente. La luz que iluminaba los ojos de Jason cada vez que miraba a su esposa le había asegurado a Jack que a su hermana le iban las cosas perfectamente.

Al ver que el fuego agonizaba, Jack alargó la mano hacia el atizador. No estaba seguro de querer sentirse tan subyugado por el amor como Jason, pero estaba completamente convencido de que quería lo que su cuñado había encontrado: una mujer que lo quisiera. Y una mujer a la que él pudiera amar a cambio.

Harry suspiró, se levantó y se estiró.

—Es hora de acostarse. Y será mejor que tú también te acuestes. Tienes que tener buen aspecto para enfrentarte a las jóvenes damas del baile de lady Asfordby.

Con una mirada de dolorosa resignación, Jack se levantó. Mientras se acercaban al aparador para dejar sus copas, sacudió la cabeza.

—Tengo la tentación de dejar todo en manos de la suerte. Ha sido ella la que nos ha proporcionado esta fortuna, de modo que sería justo que ofreciera la solución al problema que ella misma ha creado.

—Ah, pero la suerte es una dama muy voluble —Harry se volvió hacía la puerta—. ¿Estás seguro de que quieres dejar el resto de tu vida en sus manos?

Jack lo miró con expresión sombría.

—Ya estoy arriesgando el resto de mi vida. Todo este maldito asunto no dista mucho de una partida de cartas.

—Excepto que, en este caso, si no te gustan tus cartas, puedes declinar la apuesta.

—Eso es cierto, pero el problema continúa residiendo en encontrar la carta adecuada.

Mientras salían a la oscuridad del pasillo, Jack continuó:

—Y lo menos que la suerte podría hacer por mí, es localizarla y ponerla en mi camino.

Harry lo miró divertido.

—¿Estás tentando al destino, hermano?

—Estoy desafiándolo —replicó Jack.

Con un satisfactorio movimiento de las faldas de seda de su vestido, Sophie Winterton completó el último giro con Roger de Coverley y se inclinó con una sonrisa. A su alrededor, el salón de baile de lady Asfordby Grange estaba repleto hasta los topes. La luz de las velas parpadeaba haciendo brillar los rizos y las joyas de las numerosas damas de la alta sociedad que permanecían sentadas alrededor del salón.

—Ha sido un auténtico placer, mi querida señorita Winterton —el señor Bantcombe se inclinó sobre su mano—. Ha sido un baile de lo más estimulante.

—Desde luego, señor.

Sophie miró rápidamente a su alrededor y localizó a su prima Clarissa, que estaba dándole ingenuamente las gracias a un joven mozo a solo unos metros de ella. Con sus dulces ojos azules, su piel de alabastro y los rizos que enmarcaban su rostro, Clarissa presentaba una imagen adorable.

Con una sonrisa, Sophie le prestó su mano y su atención al señor Bantcombe.

—Los bailes de lady Asfordby quizá no sean tan concurridos como las reuniones de Melton, pero, en mi opinión, son infinitamente superiores.

—Naturalmente, naturalmente —al señor Bantcombe todavía le faltaba la respiración—. Lady Asfordby es la dama más importante de los alrededores y siempre se toma muchas molestias para excluir a la plebe. Esta noche no encontrará por aquí a ningún advenedizo.

Sophie descartó inmediatamente la díscola idea de afirmar que en realidad no le habría importado que hubiera al menos un par de advenedizos, aunque solo fuera para añadir algún color a los numerosos caballeros que había llegado a conocer durante los últimos seis meses. Colocó una brillante sonrisa en sus labios.

—¿Podríamos volver con mi tía, señor?

Sophie se había reunido con su tía y su tío en la casa de Leicestershire en el mes de septiembre, después de haberle brindado a su padre, sir Humphrey Winterton, un eminente paleontólogo, una cariñosa despedida. Debiendo partir en una expedición de duración indefinida a Siria, su padre había confiado el cuidado de su hija a la única hermana de su fallecida esposa, Lucilla Webb, un acuerdo que contaba con la aprobación de Sophie. La vida que disfrutaba en la alegre casa de Webb Park, una enorme mansión situada a pocos kilómetros de la casa solariega de lady Asfordby, no se parecía en nada a la silenciosa y estudiosa existencia que había llevado al lado de su triste y taciturno padre desde que su madre había muerto, cuatro años atrás.

Su tía, una etérea y esbelta figura envuelta en seda azul, se encontraba en animada conversación con la señora Haverbuck, otra de las importantes damas de la zona.

—Ah, estás aquí, Sophie —Lucilla Webb se volvió con una sonrisa e inclinó la cabeza hacia Sophie. La señora Haverbuck se marchó—. Estoy absolutamente asombrada por tu energía, querida —sus claros ojos azules repararon en el sonrojado rostro del señor Bantcombe—. Querido señor Bantcombe, ¿le importaría ir a buscarme una bebida fría?

El señor Bantcombe se mostró inmediatamente de acuerdo. Inclinó la cabeza hacia Sophie y se marchó.

—Pobre hombre —dijo Lucilla mientras el señor Bantcombe desaparecía entre la multitud—. Evidentemente, no parece haber nadie que esté a tu altura, Sophie.

Sophie sonrió.

—Al menos todavía —musitó Lucilla con su delicada voz—. Me alegro sinceramente de ver que estás disfrutando, querida. Y estás muy guapa, aunque sea yo la que te lo diga. Todo el mundo se va a fijar en ti, sin duda alguna.

—Desde luego que sí, sobre todo si tu tía y todas las amigas de tu madre tienen algo que decir al respecto.

Sophie y Lucilla se volvieron hacia lady Entwhistle, que ocupó inmediatamente el lugar que la señora Haverbuck había dejado vacío.

—Solo he venido para decirte, Lucilla, que Henry está de acuerdo en que vayamos mañana a la ciudad.

Levantó el par de impertinentes que colgaban de su cuello y se embarcó en un detallado escrutinio de Sophie con todo el aplomo de una vieja amiga de la familia. Sophie sabía que no habría una sola faceta de su aspecto que escapara a su inspección.

—Mmm —la dama concluyó su examen—. Tal como imaginaba. Harás que todos los solteros de la ciudad se vuelvan a mirarte —añadió, volviéndose hacia Lucilla con un brillo conspirador en la mirada—, y eso es precisamente lo que quiero. El lunes doy un baile para presentar al hijo de Henry a nuestros conocidos. ¿Puedo esperar que estés allí?

Lucilla apretó los labios y la miró con los ojos entrecerrados.

—Vamos a salir a finales de esta semana, así que supongo que podríamos estar en Londres el lunes. Y no encuentro ninguna razón para no aceptar tu invitación, Mary.

—¡Estupendo! —lady Entwhistle se levantó con su habitual energía haciendo rebotar sus rizos dorados. Al ver a Clarissa entre la multitud, añadió—: Será algo completamente informal y como estamos todavía al principio de la temporada, no creo que nos haga ningún daño que Clarissa se una a nosotros.

Lucilla sonrió.

—Sé que le encantará.

Lady Entwhistle rio.

—Todo es tan terriblemente emocionante, ¿verdad? Ah, me acuerdo de cuando nosotras éramos jóvenes, Lucy, tú, María y yo... Pero ahora tengo que irme. Nos veremos en Londres.

Sophie intercambió una silenciosa sonrisa con su tía, y después, sin poder dejar de sonreír, miró hacia el atiborrado salón. Si se lo hubieran preguntado, habría tenido que admitir que no solo era Clarissa, de apenas diecisiete años y pendiente de celebrar aquel año su baile de presentación en sociedad, la que estaba siendo presa de la emoción. Bajo la compostura propia de una experimentada dama de veintidós años, Sophie era consciente de cómo se elevaba su corazón. Estaba expectante ante su primera temporada de baile.

Debería encontrar marido, por supuesto. Las amigas de su madre, por no hablar de su tía, no se conformarían con menos. Y, curiosamente, aquella posibilidad no la alarmaba como años atrás. Estaba más que dispuesta a husmear por todas aquellas fiestas, a mirar con mucho cuidado y a elegir sabiamente.

—¿Me engañan mis ojos o Ned por fin se ha decidido a dar un paso adelante?

La pregunta de Lucilla instó a Sophie a seguir la mirada de su tía hacia Edward Ascombe, conocido por todo el mundo como Ned. Era el hijo de uno de sus vecinos y en aquel momento se estaba inclinando mecánicamente sobre la mano de su prima. Sophie vio que Clarissa se tensaba.

Ligeramente más alto que ella, Ned era un joven relativamente serio. A los veintiún años, se había convertido en el orgullo de su padre y estaba completamente entregado al cuidado de aquellas tierras que algún día serían suyas. También estaba completamente decidido a conseguir a Clarissa Webb como esposa. Desgraciadamente, en aquel momento, Clarissa estaba demasiado emocionada ante la posibilidad de coincidir con alguno de aquellos caballeros desconocidos que habían llegado a la zona en busca de caza. Aquello perjudicaba gravemente a Ned, que se encontraba con la doble desventaja de ser un inocente y digno pretendiente y de conocer desde siempre a Clarissa. Peor aún, ya había dejado completamente claro que su corazón estaba a los pies de Clarissa.

Sophie, de la que Ned se había ganado toda su compasión, lo observó enderezarse y dirigirse hacia Clarissa.

—Si todavía te queda algún baile, podrías ofrecérmelo a mí Clary —Ned sonrió confiadamente, incapaz de prevenir el resbaladizo terreno en el que se estaba adentrando al mostrar tan abiertamente sus sentimientos.

—¡No me llames así! —siseó Clarissa con ojos llameantes.

La sonrisa de Ned se desvaneció.

—¿Y cómo demonios tengo que llamarte? ¿Señorita Webb?

—¡Exactamente!

Clarissa elevó un poco más su ya alarmantemente elevada barbilla. Otro joven caballero apareció en su horizonte y rápidamente, liberó su mano y le sonrió al recién llegado.

Ned frunció el ceño mirando en su dirección. Y antes de que el joven pudiera dar muestra de su ingenio, Ned preguntó con voz burlona:

—¿Me concede este baile, señorita Webb?

—Me temo que no estoy disponible, señor Ascombe —a través de la multitud, Clarissa distinguió los ojos de su madre—. ¿Quizá en el próximo baile que se celebre?

Por un instante, Sophie, que continuaba observando, se preguntó si Lucilla o ella tendrían que intervenir. Pero entonces Ned se enderezó, hizo una fugaz reverencia y giró bruscamente sobre los talones.

Clarissa permaneció erguida, con su adorable rostro completamente pálido, observando la espalda de Ned hasta que desapareció entre la multitud. Por un instante, su boca pareció relajarse. Pero, inmediatamente, apretó la barbilla, se enderezó y le dirigió una sonrisa resplandeciente al joven caballero que todavía estaba esperando a ser atendido.

—Ah —dijo Lucilla, con una mirada conocedora—. La vida siempre continúa. Al final se casará con Ned, por supuesto. Estoy segura de que esta temporada será más que suficiente para demostrar la sabiduría de su corazón.

Sophie también lo esperaba, por el bien de Clarissa y por el de Ned.

—¿Señorita Winterton?

Sophie se volvió y descubrió al señor Marston inclinándose ante ella. Aquel reservado caballero se había convertido en el objetivo de más de una de las madres casamenteras del lugar. Mientras se agachaba ligeramente para devolverle el saludo, Sophie se maldijo en silencio por su delator sonrojo. El señor Marston estaba enamorado de ella, pero ella no sentía nada en respuesta.

Interpretando aquel sonrojo como una señal a su favor, el señor Marston sonrió.

—Nuestro baile, querida —inclinó la cabeza hacia Lucilla y aceptó la mano que Sophie le tendía para acompañarla hasta la pista de baile.

Con una sonrisa encantadora y expresión serena, Sophie iba meciéndose a través de las complejas figuras del baile. Se negaba a dejarse confundir por las atenciones del señor Marston y no tenía la menor intención de alentarlo.

—Desde luego, señor —contestó a uno de sus cumplidos—. Estoy disfrutando inmensamente del baile. Sin embargo, no tendría ningún reparo en conocer a alguno de esos caballeros que han venido de Londres. Al fin y al cabo, mi prima y yo pronto frecuentaremos los salones de baile de Londres. Y conocer a algunos de sus miembros esta noche podría hacer la experiencia más cómoda.

Por la expresión desaprobadora de su pareja, Sophie dedujo que la idea de que pudiera tener ganas de conocer a cualquier otro caballero, fuera de donde fuera, no le resultaba en absoluto agradable. Suspiró para sí. Desalentar delicadamente a sus pretendientes era un arte en el que todavía tenía mucho que aprender.

A su alrededor, los invitados al baile de lady Asfordby continuaban girando convertidos en una colorida multitud, compuesta principalmente por las familias de la localidad. Entre ellas se distinguía de vez en cuando a alguno de los elegantes dandis londinenses cuya presencia aprobaba su anfitriona. Una distinción que no se extendía a la mayoría de aquel pequeño ejército de cazadores que, durante la temporada de caza, se acercaban hasta Melton Mowbray, atraídos por las partidas de caza de Quorn, Cotesmore y Belvoir.

Jack fue consciente de ello cuando, con Percy agazapado tras su sombra, se detuvo en el marco de la puerta del salón. Mientras esperaba a la anfitriona, a la que pudo ver avanzando entre la multitud para acercarse a recibirlo, fue consciente del revuelo que su aparición había provocado. Un revuelo que se extendió como una ola por la oscura fila de matronas que permanecían sentadas alrededor de la habitación y fue propagándose por los círculos de las jóvenes que tenían a su cargo.

Con una cínica sonrisa, Jack se inclinó sobre la mano de la dama.

—De modo que al final se ha decidido a venir, Lester.

Tras presentar a Percy, a quien lady Asfordby recibió con gratificado aplomo, Jack escrutó con la mirada a los danzantes.

Y la vio.

De pronto la descubrió delante de él, muy cerca de la puerta. Su mirada se había sentido arrastrada hacia ella, hacia esos rizos dorados que brillaban como un faro. Sus ojos se encontraron. Los de ella eran azules, más claros que los de Jack, del azul de un cielo de verano sin nubes. Cuando la miró, ella pareció agrandar sus ojos y entreabrió los labios.

A su lado, Percy continuaba entreteniendo a lady Asfordby, poniéndola al tanto de la última enfermedad de su padre. Jack inhaló profundamente, con los ojos fijos en la esbelta figura que continuaba bailando ante él.

Su pelo era como el oro, rico y abundante, y lo llevaba pulcramente recogido en lo alto de la cabeza, dejando que algunos rizos errantes descendieran sobre sus orejas y su nuca. Era una mujer delgada, pero, aun así, a Jack le complació advertir que bien redondeaba. Sus deliciosas curvas estaban elegantemente envueltas en una delicada seda de color magenta, que quizá resultara demasiado oscura para una debutante. Los brazos, graciosamente arqueados por los movimientos del baile, exponían una atractiva redondez que no parecía propia de una mujer tan joven.

¿Estaría casada?

Jack se volvió hacia lady Asfordby.

—Sucede que todavía no conozco a muchos de mis vecinos. ¿Podría pedirle que me presentara?

No había nada, por supuesto, que lady Asfordby deseara más. Sus ojos resplandecieron con un fervor casi fanático.

—Qué triste fue la pérdida de su querida tía. ¿Cómo se encuentra su padre?

Mientras contestaba a esa y a otro tipo de preguntas similares sobre Lenore y sus hermanos, a los que lady Asfordby conocía desde antiguo, Jack no perdía en ningún momento a su cabeza rubia de vista. Disimulaba felizmente sus intenciones deteniéndose a charlar con quienquiera que la dama decidiera presentarle y avanzaba junto a su anfitriona inexorablemente hacia el diván que, tras el baile, se había convertido en su meta.

Un pequeño grupo de caballeros, ninguno de ellos muy joven, se había reunido alrededor de aquella joven para entretenerse entre baile y baile. Otras dos jóvenes formaban también parte de aquel círculo. Ella los atendía elegantemente y su confianza se reflejaba en la sonrisa de sus labios.

En dos ocasiones la descubrió mirándolo. Y, en ambas ocasiones, ella desvió rápidamente la mirada. Jack disimuló una sonrisa y soportó pacientemente otra ronda de presentaciones.

Y por fin, lady Asfordby se volvió hacia el círculo que Jack esperaba.

—Y, por supuesto, tiene que conocer a la señora Webb. Me atrevería a decir que ya conoce a su marido, Horatio Webb, de Webb Park, un importante financiero.

Aquel apellido le resultaba familiar a Jack; sabía que estaba relacionado con el mundo de los caballos y la caza. Rápidamente se aproximaron a un diván en el que estaba sentada una elegante matrona junto a una joven que, indudablemente, era su hija. La señora Webb se volvió mientras ellos se acercaban. Lady Asfordby hizo las presentaciones. Y Jack se descubrió a sí mismo inclinándose sobre una delicada mano, con los ojos atrapados en una escrutadora mirada.

—Buenas noches, señor Lester. ¿Ha venido a la temporada de caza?

—La verdad es que sí, señora —Jack pestañeó y sonrió, intentando no exagerar el gesto.

La señora Webb le resultó inmediatamente reconocible: su hija estaba protegida por un astuto dragón.

Con un solo gesto de un dedo, la señora Webb hizo adelantarse a su hija.

—Permítame presentarle a mi hija Clarissa.

Lucilla bajó la mirada mientras Clarissa, furiosamente sonrojada, se agachaba ligeramente con su acostumbrada gracia. Sin embargo, la capacidad del habla parecía haberla abandonado. Arqueando una ceja con gesto escéptico, Lucilla miró a Jack y después le dirigió una rápida mirada a Sophie. Su sobrina estaba aplicadamente concentrada en sus amigos.

Sin embargo, con solo un gesto, Lucilla consiguió llamar su atención y hacer que se adelantara.

—Y, por supuesto —continuó Lucilla, rescatando a Jack de la enmudecida mirada de Clarissa—, debe permitir que le presente a mi sobrina, Sophie Winterton —Lucilla se interrumpió y arqueó sus finas cejas—. Aunque quizá ya se hayan conocido en Londres. Sophie fue presentada en sociedad hace unos años, pero tuvo que interrumpir la temporada de baile a causa de la inesperada muerte de su madre —miró hacia su sobrina y continuó—: Te presento al señor Jack Lester, querida.

Consciente de la perspicaz mirada de su tía, Sophie mantuvo una expresión serena. Se agachó educadamente y tendió fríamente la mano, evitando la mirada del señor Lester.

Lo había visto mientras estaba en la puerta, sombría y descarnadamente atractivo con una levita del color azul de la noche que enmarcaba su cuerpo como si hubiera sido moldeada sobre él. Su pelo oscuro le caía rebelde sobre la frente y escrutaba la sala de baile con el aspecto de un depredador, de un lobo quizá, seleccionando a su presa. Sophie había perdido el paso al sentir su mirada sobre ella. Rápidamente, había desviado la vista y había descubierto sorprendida que su corazón se había acelerado y la respiración parecía enredarse en su garganta.

En aquel momento, con aquella mirada intensa sobre ella, elevó la barbilla y respondió serena:

—El señor Lester y yo nunca nos hemos conocido, tía.

Jack atrapó su mirada mientras le tomaba la mano y curvó los labios en una sonrisa.

—Un accidente del destino que seguramente debo lamentar.

Sophie dominó con firmeza un instintivo temblor. La voz de aquel hombre era imposiblemente profunda. Mientras aquella voz parecía derramarse sobre ella, Sophie lo observó erguirse tras haberle ofrecido una elegante reverencia.

Jack la miró, y sonrió.

Sophie se tensó. Inclinó la barbilla y lo miró a los ojos.

—¿Anda de caza por los alrededores, señor?

La sonrisa de Jack iluminó sus ojos.

—Desde luego, señorita Winterton.

Bajó la mirada hacia ella. Y Sophie se quedó helada.

—Ayer mismo estuve cabalgando con los Quorn.

Sophie, casi sin respiración, intentó ignorar el brillo de su mirada.

—Mi tío, el señor Webb, también es muy aficionado a ese deporte —una fugaz ojeada le mostró a su tía enfrascada en una conversación con lady Asfordby. Los anchos hombros del señor Lester la ocultaban del resto de su círculo.

—¿De verdad? —Jack arqueó educadamente una ceja, bajó la mirada hacia las manos que Sophie había unido ante ella y volvió a alzarla hacia sus ojos—. Por cierto, su tía ha comentado que antes estaba en Londres.

Sophie resistió la urgencia de mirarlo con los ojos entrecerrados.

—Fui presentada en sociedad hace cuatro años, pero mi madre enfermó poco tiempo después.

—¿Y nunca volvió a los salones de baile? Dios mío, qué crueldad....

Las últimas palabras las pronunció muy suavemente. Todas las dudas que Sophie pudiera haber albergado sobre el hecho de que el señor Lester podía no ser lo que parecía se desvanecieron. Le dirigió una mirada muy directa.

—Mi padre quedó muy afectado por la muerte de mi madre. Me quedé con él, en Northamptonshire, ayudándole a llevar la casa y la propiedad.

Aquella respuesta no era lo que Jack esperaba. Un brillo que solo podía deberse a la intriga llameó en sus ojos oscuros.

—Lu lealtad hacia su padre la honra, señorita Winterton —Jack hizo aquella declaración con absoluta sinceridad.

Su interlocutora inclinó ligeramente la cabeza y desvió la mirada. El óvalo de su rostro enmarcaba unas facciones perfectas: enormes ojos azules rodeados de largas y espesas pestañas, una frente dorada, las cejas arqueadas, una nariz recta y pequeña y unos labios llenos del color de las fresas. Su cutis era como la nata espesa, delicioso y sin mácula. Jack se aclaró la garganta.

—¿Pero no añoraba volver a los salones de baile?

Aquella pregunta tomó a Sophie por sorpresa. La consideró y contestó:

—No, de hecho, nunca se me ocurrió pensar en ello. Tenía más que suficiente con ocuparme de mí misma. Y visitaba con frecuencia a las hermanas de mi padre que viven en Bath y en Tonbrigde Wells —alzó al mirada y se echó a reír al ver la cómica mueca de Jack.

—¿En Tonbridge Wells? —repitió con dramático desconcierto—. Mi querida señorita Winterton, es un desperdicio que la hayan mantenido en ese lugar, asfixiada por el peso de unas convenciones de otro siglo.

Sophie reprimió una risa.

—La verdad es que no era un lugar muy animado —admitió—. Afortunadamente, mi madre tenía muchas amigas que me invitaban a sus fiestas. Sin embargo, debo admitir que en casa a veces echaba de menos la compañía de personas de mi edad. Mi padre vivía muy aislado en aquel momento.

—¿Y ahora?

—Mi tía convenció a mi padre para que participara en una expedición. Es paleontólogo.

Alzó la mirada hacia Jack, esperando.

Jack la miró con expresión inescrutable. A pesar de todos sus esfuerzos, Sophie no pudo evitar una sonrisa. Con aire de resignación y gesto interrogante, Jack arqueó una ceja.

En aquel momento, Sophie cedió a la risa.

—Estudia huesos antiguos —le informó en voz baja.

A pesar de que Lester acababa de eludir una trampa garantizada para desalentar las pretensiones de cualquier vividor, Sophie no pudo evitar una sonrisa. Cuando lo miró a sus ojos, le surgió la sospecha de que el señor Lester podría ser un hombre digno de confianza en vez del cínico que aparentaba. Y volvió a tener problemas para respirar.

Jack aguzó la mirada. Y antes de que Sophie pudiera reaccionar y apartarse, alzo la cabeza y la miró con las cejas ligeramente enarcadas.

—A menos que me esté fallando el oído, eso que está empezando a sonar es un vals. ¿Me concede el honor, señorita Winterton?

La invitación fue extendida con una serena sonrisa, mientras con la mirada le decía muy claramente que no iba a conformarse con una excusa poco convincente.

A pesar de tener los nervios a flor de piel, Sophie se rindió a lo inevitable con una grácil inclinación de cabeza.

Pero su serenidad estuvo a punto de quebrarse en el momento en el que Jack la condujo a la pista de baile. Sentía su brazo como si fuera de hierro, había tanta fuerza en aquel hombre que podría haberla asustado si no hubiera advertido su deliberada contención. Jack la hacía girar sobre la pista y ella se sentía más ligera que el aire, anclada únicamente a la realidad por su sólido brazo y el calor de su mano.

Sophie jamás había bailado un vals como aquel, marcando los pasos sin pensarlos de manera consciente, dejando que sus pies se dejaran llevar por Jack y sin posarlos apenas en el suelo. Cuando sus sentidos, alterados por el contacto de aquel hombre, comenzaron a serenarse, alzó la mirada.

—Baila usted muy bien, señor Lester.

—Llevo muchos años de práctica, querida.

La intención de sus palabras era más que evidente. Sophie debería haberse sonrojado. Pero, en cambio, encontró el coraje suficiente para sonreír con calma, antes de desviar lentamente la mirada. Consciente de las peligrosas corrientes que comenzaban a fluir por su interior, no volvió a darle conversación.

Por su parte, a Jack no le importaba permanecer en silencio. Ya había aprendido todo lo que necesitaba saber. Liberado de la carga de tener que entregarse a una conversación formal, su mente podía regodearse en el placer de tenerla por fin entre sus brazos. Sophie se ajustaba perfectamente a su cuerpo, no era ni muy alta ni excesivamente baja. Si estuvieran más cerca, sus rizos acariciarían su nariz y su frente quedaría a la altura de su barbilla. No estaba complemente relajada, y Jack tampoco podía esperar que lo estuviera, pero parecía satisfecha entre sus brazos. La tentación de tensar ligeramente su abrazo para acercarla a él era casi tangible, pero Jack la dominó. Había demasiados ojos pendientes de ellos.

Y Sophie todavía no sabía que era suya.

Sonaron los últimos acordes. Jack giró y se detuvo con un elegante ademán. Bajó entonces la mirada hacia ella y le sonrió.

—La llevaré con su tía, señorita Winterton.

Sophie pestañeó desconcertada. ¿Podría oír Jack los intensos latidos de su corazón?

—Gracias, señor —recuperando la máscara de fría formalidad, permitió que la condujera de nuevo al diván.

Sin embargo, en vez de dejarla al lado de su tía, su compañero de baile se limitó a hacerle un gesto con la cabeza a Lucilla y la condujo hacia el círculo que habían vuelto a formar los conocidos de la joven. Permaneció a su lado mientras Sophie lo presentaba, con un frío aire de superioridad que, sospechaba ella, debía de serle innato. Sintiendo cómo se tensaban sus nervios, Sophie alzó la mirada hacia él en el momento en que los músicos comenzaron de nuevo a tocar.

Jack la miró a los ojos. Sophie, sintiendo que perdía la respiración, desvió la mirada. Y sus ojos se encontraron de pronto con el rostro de lady Asfordby.

—Me alegro de ver, Lester, que usted no es como algunos de esos dandis de Londres que se consideran demasiado importantes como para bailar en nuestros salones.

Sofocando un suspiro de resignación, Jack se volvió hacia su anfitriona con una sonrisa amable en los labios. Lady Asfordby miró entonces intencionadamente hacia su acompañante, haciéndole reparar en el ruborizado rostro de una jovencita.

—Me atrevería a decir, señorita Elderbridge, que me sentiría muy complacido si me concediera el honor.

Jack se inclinó con una sonrisa hacia la señorita Elderbridge, que le aseguró a su vez, casi sin aliento, que estaría encantada de bailar con él. Al oír un murmullo a su izquierda, Jack alzó la mirada y vio a Sophie posando la mano sobre el brazo de otro caballero.

Jack atrapó durante un instante la mirada de Sophie y bajó la voz para decir:

—Hasta que volvamos a encontrarnos, señorita Winterton.

Sophie abrió los ojos como platos, bajó los párpados e inclinó la cabeza. Mientras caminaba hacia la pista de baile, sentía las palabras de Jack reverberando en su interior. El corazón le latía violentamente y tenía que esforzarse para concentrarse en la conversación del señor Simpkins.

La sutil despedida de Jack Lester escondía muchos posibles significados y Sophie no tenía la menor idea de si sus palabras habían sido intencionadas o no.

CAPÍTULO 2

Habían sido intencionadas.

Esa era la única conclusión lógica a la que pudo llegar Sophie cuando, a la mañana siguiente, al asomarse a la puerta del carruaje, distinguió a Lester caminando sin rumbo fijo entre las lápidas de la iglesia.

Como si hubiera sentido su mirada, Lester alzó los ojos y la vio. Sonrió mostrando el resplandor de sus dientes blancos. Volviendo a la realidad al sentir los dedos de Clarissa en la cintura, Sophie recuperó rápidamente la compostura y bajó.

En los seguros confines de la puerta de la iglesia, se toqueteó nerviosa la toquilla y las faldas de color cereza del abrigo mientras sus primos, Jeremy, George, Amy, Clarissa y los gemelos de seis años, Henry y Hermione, descendían y se estiraban su atuendo bajo la sagaz mirada de su madre. Por fin satisfecha, Lucilla asintió y todos se alinearon. Amy se colocó al lado de su madre, Sophie y Clarissa se situaron inmediatamente detrás, seguidas por los dos chicos.

Mientras subían los escalones de la entrada, Sophie evitaba mirar hacia la izquierda y alzaba en cambio la mirada hacia el capitel que se elevaba en el cielo invernal. Marzo estaba siendo un mes inesperadamente cálido. El frío azul del cielo aparecía salpicado de algodonosas nubes que corrían empujadas por la brisa.

—Buenos días, señora Webb.

La comitiva se detuvo. Aunque Sophie solo podía ver la espalda de su tía, tuvo la impresión de que incluso a aquella temible matrona la había desconcertado encontrarse a Jack Lester a solo unos metros de la puerta de la iglesia.

Pero a pesar de la sorpresa, no había duda alguna del placer que encontraba su tía en aquel encuentro.

—Señor Lester, qué casualidad. No esperábamos volver a verlo tan pronto —ronroneó con absoluta satisfacción—. ¿Quiere sentarse con nosotros en nuestro banco?

—Lo haré encantado —hasta entonces, Jack no había vuelto a mirar a Sophie. En aquel momento, se volvió sonriente hacia ella—. Buenos días, señorita Winterton —le hizo un gesto a Clarissa—. Señorita Webb.

Sophie se agachó ligeramente y le ofreció la mano.

—Sophie, querida, quizá deberías mostrarle al señor Lester el camino mientras yo me encargo del resto de la prole.

—Por supuesto, tía —contestó Sophie, sabiendo que era mejor no discutir.

Mientras Lucilla se adentraba con sus hijos en la iglesia, Sophie alzó la mirada, solo para encontrarse con un par de ojos oscuros que contenían una gran dosis de divertida comprensión.

—¿Señorita Winterton? —con un caballeroso gesto, Jack le ofreció su brazo. Al advertir que Sophie vacilaba, arqueó ligeramente las cejas.

Con la cabeza alta, Sophie posó la mano en su brazo y permitió que la condujera hacia la puerta. Cuando penetraron en la penumbra de la nave, la joven advirtió el revuelo que se levantó en cuanto sus vecinos repararon en su acompañante. Eran casi las once y la iglesia estaba llena. Disimulando su vergüenza tras una máscara de serenidad, Sophie le señaló un par de bancos situados a la izquierda. Dos bancos antes de llegar, se encontró con la mirada malevolente de la señora Marston y la firme desaprobación de su hijo.

Reprimiendo una repentina sonrisa, Sophie pensó que, puesto que aquella era la casa de Dios, quizá el señor Lester fuera la ayuda que el Todopoderoso le enviaba para ayudarla en la difícil tarea de rechazar al señor Marston.

Sin embargo, no tuvo mucho tiempo de analizar aquella posibilidad puesto que, en cuanto llegaron a su banco, se encontró a sí misma sentada entre Lucilla y el señor Lester. Afortunadamente, el vicario entró casi inmediatamente.

Y para inmenso alivio de Sophie, el señor Lester se comportó de manera impecable, como si tuviera la costumbre de ir a la iglesia todos los domingos.

A su lado, Jack esperaba su momento.

Cuando la congregación se levantó para cantar el primer himno, alargó la mano y acarició la muñeca enguantada de Sophie. Se inclinó hacia ella y susurró:

—Me temo, señorita Winterton, que no había previsto asistir a la iglesia durante mi estancia en Leicestershire.

—Oh.

Haciendo un enorme esfuerzo, Sophie evitó preguntarse qué podía haberlo llevado entonces a la diminuta iglesia de Allingham Downs.

Buscó rápidamente a través de las páginas de su cantoral, alzó la mirada y esperó que su desconfianza fuera evidente.

—Quizá, señor, podríamos compartir mi libro.

Jack sonrió con tanta dulzura que, si Sophie no hubiera sabido lo que estaba ocurriendo, lo habría creído absolutamente inocente. Elevando la barbilla, colocó el cantoral entre ellos y lo alzó ligeramente.

Pero, cuando estaba tomando aire para entonar la primera nota del primer verso, experimentó un repentino temblor. Jack se había acercado a ella. Sophie sentía su hombro tras ella y su propio hombro rozando casi el pecho de él. Estaban tan cerca, que podía sentir perfectamente el calor de su cuerpo, al igual que las miradas con las que la estaban fulminando los Marston, madre e hijo, a su espalda.

La mano le temblaba; Jack alzó la suya para sostener el libro de cantos. Sophie sofocó el impulso de mirar hacia ambos lados... Jack estaba tan cerca... sus ojos estaban muy cerca de los suyos y sus labios se convertían en una potente distracción. Con un enorme esfuerzo, Sophie se concentró en la música, solo para ser casi inmediatamente distraída por el sonido de aquella cálida y rica voz de barítono que, sin esfuerzo alguno, apoyaba su voz de soprano.

Cuando el himno terminó, Sophie se sentía ligeramente mareada. Y tuvo que obligarse a respirar profundamente.

Su compañero de banco vacilaba. Sophie sabía que la estaba mirando. Entonces, Lester le quitó el cantoral de la mano, lo cerró delicadamente y se lo tendió.

—Gracias, señorita Winterton.

Era imposible; tenía que alzar la mirada. Los ojos de Lester, oscuramente azules, cálidos y sonrientes, estaban tan cerca de los suyos como había imaginado. Y los labios, suavizados por su sonrisa, se convirtieron en el imán de su mirada.

Por un instante, el tiempo pareció detenerse.

Haciendo un enorme esfuerzo, Sophie tomó aire e inclinó la cabeza.

Ambos fueron los últimos en sentarse.

Sophie no encontró ninguna paz en el sermón. El vicario, el señor Snodgrass, habría necesitado estar particularmente inspirado para poder competir con la sutil atracción que sentía hacia el hombre que tenía a su lado.

Sophie consiguió sobrevivir al segundo himno porque a esas alturas ya era consciente del peligro. Mantenía la mente completamente concentrada en la letra y la melodía, e ignoraba cuanto mejor podía la voz de su compañero. Ignorarlo a él resultó ser mucho más difícil.

Encontró algún alivio cuando salieron caminando lentamente por el pasillo de la iglesia. Fueron de los últimos en abandonarla. Lucilla y sus hijos los precedieron; y su tía se detuvo en el pórtico para intercambiar sus habituales palabras con el vicario.

—Conoce a Sophie, por supuesto —el vicario sonrió y estrechó la mano de Sophie—. Pero no sé si conoce al señor Lester, de la casa Rawling —Lucilla señaló a Jack, que estaba inmediatamente detrás de Sophie.

—¿De verdad? No recuerdo haber conocido nunca a nadie de allí —pestañeó mientras alzaba la mirada hacia Jack.

—Me temo que no vengo mucho por aquí.

—Ah —el vicario asintió con gesto de comprensión—. Ha venido de cacería.

Jack miró entonces a Sophie.

—Exacto.

Reprimiendo con firmeza un escalofrío, Sophie desvió la mirada. Su tía había dejado de hablar con la señora Marston, situada muy cerca de ellos, y Clarissa permanecía ligeramente apartada, envuelta en un aire fingido de aburrimiento. Aquella actitud era atribuible a Ned Ascombe, que estaba a solo unos metros, con expresión igualmente abstraída. Al advertir las miradas disimuladas que se dirigían el uno al otro, Sophie tuvo que dominar una sonrisa. Y, sintiéndose infinitamente mayor que ellos, bajó los escalones de la iglesia detrás de su tía.

Jack comenzó a seguirla, pero el vicario lo detuvo.

—Yo solía montar a menudo con los Cottesmore. Formaban una partida excelente. Entonces el señor de la casa era el comandante Coffin —y continuó divagando sobre sus viejos recuerdos.

Por el rabillo del ojo, Jack vio que Sophie se reunía con su tía, que estaba profundamente enfrascada en una conversación con una mujer del lugar.

—Y estaba también el señor Dunbar, por supuesto...

Jack se tensó al ver que un caballero rodeaba a la dama para detenerse detrás de Sophie. Se volvió bruscamente hacia el vicario e interrumpió educadamente su monólogo.

—Desde luego señor, los Cottesmore siempre han organizado las mejores partidas de caza. Espero que me perdone, creo que la señorita Winterton me necesita.

Tras despedirse con una inclinación de cabeza, se volvió y cruzó el camino a grandes zancadas. Llegó al lado de Sophie justo a tiempo de oír a aquel caballero decir en un tono que a Jack le resultó demasiado familiar:

—Su tía me ha comentado que piensa marcharse a Londres la semana que viene. ¿Me permitirá ir a hacerle una vista antes de su partida?

—Estoy segura, señor Marston, de que mi tía estaría encantada, como siempre, de aceptar su visita y la de su madre. Sin embargo, no estoy muy segura de los planes que tiene para esta semana. Es muy complicado organizar la marcha de toda la familia a la ciudad.

Al sentir una presencia a su lado, Sophie se volvió y miró con inexplicable alivio a su acompañante. Jack, sin embargo, no la miró; estaba observando al señor Marston con expresión sombría.

—Creo que anoche le presenté al señor Marston, señor Lester.

—Desde luego, señorita Winterton —pero, aparentemente, no pensaba hacer nada más que inclinar la cabeza a modo de reconocimiento.

Por su parte, Phillip Marston respondió con un gesto igualmente seco.

—Lester —lo saludó, y se volvió de nuevo hacia Sophie—. Debo decir, señorita Winterton, que no puedo evitar lamentar que la señora Webb permita que los menores de sus hijos se sumen al viaje —fijó su firme mirada en Jeremy y George—, sería preferible que se dedicaran a estudiar.

—Oh, no, señor Marston —contestó Sophie—, piense en lo educativo que puede ser el viaje para ellos. Los niños están deseando hacerlo.

—Y debería pensar, Marston, que el señor y la señora Webb son perfectamente capaces de decidir correctamente sobre sus hijos.

Sophie pestañeó. El frío deje de superioridad de la voz del señor Lester reflejaba un inconfundible desprecio. Sophie se volvió y descubrió el brazo de Lester ante ella.

—Si me lo permite, la acompañaré hasta su carruaje, señorita Winterton. Su tía ya se dirige hacia allí.

Sophie alzó la mirada; la expresión de Lester no era la que ella esperaba. Bajo su aparente seguridad, subyacía cierta tensión y una sombra de dureza. Sin embargo, no iba a dejar escapar aquella oportunidad de deshacerse del señor Marston.

—Gracias, señor —posó la mano en su brazo—. Buenos días, señor Marston.

Y, con una inclinación de cabeza, se volvió y se encontró de pronto peligrosamente cerca de Jack Lester, al final de la escalera de la iglesia. El corazón le dio un vuelco en el pecho. Alzó la mirada.

Lester la miró a los ojos.

—Ayudarla a bajar los escalones de la iglesia es lo menos que puedo hacer para reparar la... compañía que me ha prestado esta mañana.

Sophie no necesitaba mirar hacia atrás para saber que Phillip

Marston y su madre estaban justo detrás de ellos. La única confirmación que necesitaba estaba contenida en el tono suave y profundo de Lester. Indignada, pero, al mismo tiempo, incapaz de contradecir su sutil sugerencia, lo fulminó con la mirada.

—Desde luego, señor Lester, puede decirse que está en deuda conmigo.

—Y estoy dispuesto a reparar su amabilidad, señorita Winterton... cuando la vea en Londres.

Lo hizo sonar como una promesa, una promesa que su tía se encargó de dejar establecida cuando Lester la condujo al carruaje.

—Lo invitaría a hacernos una visita, señor Lester, pero me temo que, teniendo en cuenta nuestra inminente partida, no sería sensato. ¿Quizá podría venir a vernos cuando estemos en la capital?

—Por supuesto, señora Webb, nada me agradaría más —la puerta del carruaje se cerró y Lester se inclinó con un gesto en el que combinaba toda su fuerza y su elegancia—. Estoy deseando volver a verlas en Londres, señora Webb, señorita Webb —miró a Sophie a los ojos—, señorita Winterton.

Con aparente serenidad, Sophie asintió a modo de despedida. Los caballos comenzaron a cabalgar y Sophie dejó caer la cabeza contra el asiento, mientras los pensamientos giraban en su mente a una inusual velocidad.

Su tía, advirtió, estuvo sonriendo durante todo el trayecto hasta la casa.

Los domingos por la tarde acostumbraban a ser muy tranquilos en casa de los Webb. Sophie los pasaba normalmente en el salón trasero. En una casa en la que vivían cinco niños, siempre había un montón de ropa esperando a ser cosida o remendada. Aunque la parte más dura del trabajo la realizaba la costurera de su tía, Sophie siempre animaba a Clarissa para que entre ambas se encargaran de los trabajos más delicados.

La aguja resplandecía bajo el último sol de la tarde que se filtraba por las ventanas. Sophie permanecía acurrucada en la esquina de un viejo diván. Mientras una parte de su mente se concentraba en el trabajo que tenía entre manos, otra parte de sus pensamientos volaba muy lejos.

El sonido de un pestillo hizo que levantara la cabeza.

—Ha llegado Melly —Clarissa entró en el salón seguida por Mellicent Hawthorne, familiarmente conocida como Melly.

Sophie sonrió y le dio la bienvenida a Melly, una joven bajita y regordeta.

—Mi madre está hablando con la señora Webb, de modo que estaré aquí por lo menos una hora —Melly se arrellanó en un sofá mientras Clarissa se sentaba en el otro extremo del diván. Al ver que su amiga tomaba aguja e hilo, Melly se ofreció—: ¿Os gustaría que os ayudara?

Sophie intercambió una rápida mirada con Clarissa.

—No es necesario —le aseguró a Melly—, no hay mucho que hacer.

—Estupendo —Melly dejó escapar un suspiro de alivio—, porque no se me da muy bien.

Sophie se mordió el labio y Clarissa la vio inclinarse sobre su costura. La última vez que Melly las había «ayudado», habían tenido que revisar la mitad de la ropa que había cosido.

—Aun así, no creo que la señora Webb os haga zurcir en Londres. Londres, ¡oh! —Melly se abrazó a sí misma—. Cómo te envidio, Clarissa. Imagínate estar en la capital, rodeada de caballeros Como el señor Lester.

Clarissa alzó la cabeza, sus ojos azules llameaban.

—¡Estoy deseándolo! Será lo mejor que me haya pasado nunca, encontrarme rodeada de tales acompañantes, siendo solicitada por caballeros tan elegantes. Estoy convencida de que esos caballeros eclipsarán a cualquier otro del campo... Será tan emocionante.

El fervor de aquel comentario hizo que Sophie alzara la mirada.

Los ojos de Clarissa brillaban con inocente expectación. Sophie bajó la mirada hacia las pequeñas puntadas que estaba dando en uno de los puños de una camisa de Jeremy y frunció el ceño. Al cabo de un momento, aventuró:

—No deberías juzgar a todos los caballeros de Londres por el señor Lester, Clarissa.

Desgraciadamente, su prima equivocó la intención de sus palabras.

—Pero no puede haber gente mucho más distinguida, Sophie. Porque esa levita que llevaba en el baile no podía ser más elegante. Y esta mañana tenía un aspecto tan gallardo —Clarissa se interrumpió para tomar aire y continuó—: Su forma de inclinarse es de lo más grácil, ¿no lo has notado? Y su forma de hablar especialmente refinada, ¿verdad?

—Y también su voz —intervino Melly. Fingió estremecerse—. Es tan profunda que se te mete dentro y retumba por todas partes.

Sophie se pinchó un dedo. Frunció el ceño y se lo metió en la boca.

—Y bailar con él un vals debe de ser divino... Es tan fuerte...—Clarissa frunció el ceño mientras consideraba sus propias palabras.

—Aunque tampoco hemos podido oír mucho de su conversación —advirtió Melly.

—Oh, seguro que también es muy elegante. El señor Lester se mueve en los mejores círculos, en los que la conversación seguramente es algo esencial, ¿no crees, Sophie?

—Muy probablemente —Sophie tomó de nuevo la aguja—. Pero deberías recordar que a menudo es necesario ser prudente con los caballeros como el señor Lester.

Clarissa se negaba aceptar ese tipo de advertencias.

—Oh, no —dijo, sacudiendo la cabeza—. Estoy segura de que te equivocas, Sophie. Cualquiera podría confiar en el señor Lester o en cualquier otro caballero con tanta experiencia como él. Estoy convencida de que saben perfectamente cómo se han de hacer las cosas.

Sophie también estaba convencida de que Jack Lester sabría cómo hacer ciertas cosas, aunque desde luego no eran esas las cosas que Clarissa estaba imaginando.

—De verdad, Clarissa, confía en mí cuando te digo que estarías mucho más segura con un caballero sin la experiencia del señor Lester.

—Oh, vamos, Sophie —Clarissa miró a su prima con curiosidad—. ¿Le tienes manía? ¿Cómo es posible? Porque tendrás que admitir al menos que es increíblemente atractivo.

Como estaba claro que ni Clarissa ni Melly se iban a dar por satisfechas con otra respuesta, Sophie suspiró.

—Muy bien, admitiré que es atractivo.

—¿Y elegante?

—Y elegante. Pero...

—Y es terriblemente... —la imaginación de Melly no encontraba la palabra adecuada—, guapo.

Sophie miró a ambas con el ceño fruncido.

—Sí, es guapo, pero...

—Y su conversación también es muy refinada, ¿verdad?

Sophie intentó enfadarse

—Clarissa...

—¿No es cierto? —Clarissa estaba casi riendo, su natural exuberancia burbujeaba bajo su recién aprendida sofisticación.

A pesar de sí misma, Sophie no fue capaz de contener una sonrisa.

—Muy bien —se rindió, alzando una mano—, admitiré que el señor Lester es el parangón de todas las virtudes masculinas, ¿estáis satisfechas?

—Y disfrutaste bailando el vals con él, ¿verdad?

En realidad Sophie no quería recordar ni el vals ni ninguna otra de sus interacciones con Jack Lester. Desgraciadamente, los recuerdos resplandecían en su mente claros como el cristal y se negaban a desaparecer. En cuanto a los ojos de Jack Lester, Sophie tenía la sensación de que se habían quedado clavados en su cerebro. Cada vez que cerraba los ojos, podía verlos, al igual que aquella luz que reflejaban sus profundidades azules.

Pestañeó y volvió a concentrarse en el rostro de Clarissa, bañado en aquel momento por la curiosidad.

—El señor Lester es muy... habilidoso en esas materias.

Y tras aquella declaración, Sophie tomó la aguja esperando que su prima comprendiera la insinuación.

Pero Clarissa no había terminado. Extendiendo el brazo para acompañar su conclusión y con expresión de absoluto convencimiento, concluyó:

—En ese caso, estamos de acuerdo. El señor Lester es el parangón de los sueños de una dama. ¿Cómo entonces, Sophie, es posible que no estés anhelando encontrar la felicidad entre sus brazos?

—Bueno, en sus brazos o en los de alguien como él —añadió Melly, siempre tan pragmática.

Sophie no levantó inmediatamente la cabeza. La pregunta de su prima era muy similar a la que ella había estado haciéndose antes de que Clarissa y Melly hubieran entrado en la habitación. ¿Lo que ella sentía era sencillamente la inevitable respuesta a un hombre como Jack Lester? O era... Interrumpió bruscamente aquel pensamiento.

—Te advierto, Clarissa —contestó, mientras doblaba la camisa de Jeremy—, que el señor Lester es precisamente la clase de caballero con el que no es en absoluto sensato tener ese tipo de pensamientos.

—¿Pero por qué?

Sophie alzó la mirada y vio el sincero desconcierto que reflejaba el adorable rostro de Clarissa. Hizo una mueca.

—Porque es un vividor.

Ya estaba, ya lo había dicho. Había llegado el momento de hacer descender a aquellas dos a la tierra. La reacción fue inmediata. Dos pares de ojos redondos como platos y dos bocas abiertas de par en par.

Clarissa fue la primera en recuperarse.

—¿De verdad? —parecía escandalizada por aquel descubrimiento.

—¡No! —exclamó Melly—. ¿Cómo lo sabes?

Sophie ahogó un gemido. ¿Cómo podía explicárselo? Entonces recordó algo que había sabido en cuanto lo había visto en la puerta de la casa de lady Asfordby.

—Por su aire de arrogancia. Se mueve como si el mundo le perteneciera y las mujeres fueran también parte de sus posesiones.

Tanto Clarissa como Melly se quedaron en completo silencio. Después, fruncieron el ceño. Y Clarissa alzó la mirada.

—No dudo de ti, Sophie, pero, ¿sabes? No creo que en este caso tengas razón.

Sophie arqueó las cejas, resignada ya a su resistencia.

Alentada por aquel gesto, Clarissa aventuró:

—Si el señor Lester fuera un vividor, mi madre no lo alentaría. Y lo está haciendo. Porque esta mañana ha sido evidente que se ha alegrado de verlo... y tú lo sabes. Y además, ha sido ella la que ha sugerido que se sentara en nuestro banco, a tu lado.

Y esa era, por supuesto, otra de las preocupaciones que aguijoneaban la mente de Sophie. Todo lo que había dicho Clarissa era verdad; pero la cuestión era que Sophie todavía no estaba segura de lo que pretendía su tía.

—En cualquier caso —continuó Clarissa—, lo que he dicho al principio es irrefutablemente cierto. Los experimentados caballeros de Londres son mucho más interesantes que los del campo.

Sabiendo que Clarissa estaba pensando en un caballero del campo en particular, Sophie se sintió obligada a señalar:

—Pero los jóvenes caballeros del campo crecen y también ganan experiencia. Hasta el hombre más experimentado ha sido joven alguna vez.

Aquel comentario provocó una carcajada de Melly.

—¿Os imagináis al señor Marston de joven?

Clarissa se echó a reír. Sophie sabía que debería regañarla, pero no lo hizo. Estaba demasiado de acuerdo con ellas.

Cuando Clarissa y Melly comenzaron a charlar, especulando sobre cómo serían algunos de sus conocidos cuando eran más jóvenes, Sophie intentó visualizar a un Jack Lester más joven. Y fue una tarea difícil. No podía imaginarse sus ojos sin aquel resplandor. Burlándose de sí misma, Sophie apartó de su mente aquellos estúpidos pensamientos y alargó la mano hacia la siguiente pieza de ropa que quería remendar.

Sin duda alguna, Jack Lester había nacido siendo un vividor.

CAPÍTULO 3

Definitivamente, el destino se estaba riendo de él.

Mientras conducía su carruaje a lo largo del camino de la villa, Jack entrecerró los ojos para protegerse del sol de la mañana y fijó la mirada en un grupo que cabalgaba al otro lado del valle. Una figura femenina con un abrigo de color cereza paseaba en un carruaje tirado por un caballo de avanzada edad. Al otro lado del caballo, brincaba alegremente una joven.

—Parece que tienen un problema, Jigson —le comentó Jack por encima del hombro a su acompañante.

—Sí —contestó Jigson—, y por la forma en la que se apoya en el casco, probablemente sea una piedra.

Un pequeño rastro unía los dos caminos principales por el estrecho valle que tenían justo ante ellos. Jack sonrió y revisó su equipo.

—¿Vamos a seguir por ese camino? Yo pensaba que íbamos a acercarnos al pueblo.

—¿Dónde está tu sentido de la caballerosidad, Jigson? —Jack sonrió de oreja a oreja—. No podemos abandonar a una dama en apuros.

Sophie alzó la mirada y vio a un equipo de inigualables caballos trotando hacia ellas. Agarró a Amy de la mano y pestañeó al ver que el carruaje se retiraba hacia un lado, acercándose a la cuneta en la que había tenido que detener su calesa. Solo entonces reconoció al conductor.

Mientras Jack le tendía las riendas a su mozo y bajaba de aquel distinguido carruaje, Sophie tuvo tiempo más que suficiente para admirar las elegantes líneas de los caballos y del propio coche. Lester caminó a grandes zancadas hacia ellas, con la capa volando por encima de sus relucientes Hessians y el pañuelo que llevaba al cuello tan limpio y pulcramente anudado como si estuviera en Bond Street. Su sonrisa mostraba claramente lo mucho que se alegraba de verla.

—Buenos días, señorita Winterton.

A Sophie le resultó imposible contener su respuesta.

—Buenos días, señor Lester —contestó con calor—. Dobbin ha perdido una de sus herraduras.

Lester posó la mano en el cuello del caballo y, tras dirigir una improbable mirada de disculpa a Sophie, verificó lo que acababa de decirle. Mientras soltaba la pata del caballo, preguntó:

—¿Hay un herrero en el pueblo?

—Sí, lo llevábamos hacia allí.

Jack asintió.

—Jigson, lleva al caballo de la señorita Winterton al herrero y haz que le pongan una herradura inmediatamente. Después llévalo a Webb Park y espérame allí.

Sophie pestañeó.

—Pero yo quería ir a ver a la que fue niñera de mi madre. Vive al otro lado del pueblo y voy a verla todos los lunes.

Jack contestó con una elegante reverencia.

—Considéreme su cochero, señorita Winterton. Señorita Webb —añadió, bajando la mirada hacia Amy, que continuaba mirando boquiabierta su coche.

—Oh, pero no podemos imponerle.... —la protesta de Sophie murió cuando Jack alzó la cabeza y le dirigió una mirada de arrogante confianza en sí mismo, antes de mirar a Amy.

—¿Y usted qué dice, señorita Webb? ¿Le gustaría completar la mañana haciendo una excursión hasta Long Acre?

Amy soltó un largo suspiro.

—¡Oh, espera a que se lo cuente a Jeremy y a George! —alzó la mirada hacia Jack y sonrió radiante antes de tenderle su mano—. Me llamo Amy, señor.

La sonrisa de Jack fue tan resplandeciente como la suya.

—Señorita Amy —le hizo una elegante reverencia.

La expresión de Amy sugería que acababa de hacer una amiga para toda la vida. Mientras se enderezaba, Jack le dirigió a Sophie una victoriosa sonrisa.

Sophie se volvió con toda la indignación que fue capaz de reunir, que, desgraciadamente, no fue mucha. La perspectiva de montar en aquel magnífico carruaje le resultaba mucho más atractiva que la de ir a pie. Y, después de que Jack hubiera conquistado a Amy, la decisión ya no estaba en sus manos, aunque Sophie no estaba segura de aprobarla.

El mozo de Jack ya se había hecho cargo del caballo. El hombre inclinó la cabeza respetuosamente y dijo:

—Me aseguraré de que el herrero se ocupe de él, señorita.

—Gracias —contestó Sophie, y se volvió para seguir a Jack, que estaba sentando a Amy en su carruaje.

Sophie aceleró inmediatamente el paso.

—Si me ayuda a subir a mí primero, señor Lester, Amy podrá sentarse entre nosotros.

Jack se volvió y arqueó ligeramente una ceja. La cínica risa que reflejaban sus ojos hizo ruborizarse a Sophie.

—Por supuesto, señorita Winterton.

Aliviada, pero decidida a no demostrarlo, Sophie le tendió la mano. Jack la miró y, un segundo después, Sophie fue levantada como si no pesara más que una pluma e instalada en el acolchado asiento del carruaje. Sophie contuvo la respiración. Jack la sujetaba con firmeza, podía sentir sus dedos en la cintura, largos, fuertes. Justo antes de abandonar su cintura, Jack la miró a los ojos. Sophie se hundió en las profundidades de aquellos ojos azules y tembló. Después se sonrojó violentamente. Bajó la mirada y jugueteó con su falda mientras intentaba hacerle un sitio a Amy.

Y antes de que Sophie hubiera podido recordar el objetivo de aquel viaje, Jack ya se había sentado y se estaba haciendo cargo de las riendas.

—La cesta —Sophie miró hacia la calesa—, está debajo del asiento.

Jack le dirigió una tranquilizadora sonrisa. En un santiamén, Jigson había cambiado la cesta de vehículo.

—¿Y ahora podemos irnos? —preguntó Jack.

Sophie le brindó una sonrisa de agradecimiento a Jigson.

—Vamos al otro lado del pueblo, en la carretera de Asfordby, a un kilómetro más o menos. Mildred vive en un lugar muy tranquilo. Es una mujer muy mayor.

—Era la niñera de su madre, ha dicho. ¿La familia de su madre era de por aquí?

—No, era de Sussex. Mildred vino a Webb Park cuando mi madre se casó. Lucilla era más joven, así que se quedó con ella.

Jack miró de reojo hacia el hermoso perfil que tenía a su lado. La cabeza de Amy estaba demasiado baja como para ocultárselo.

—¿Sustituye a su tía en sus visitas con frecuencia?

—Sí, suelo hacerlo cuando me quedo en su casa —se encogió de hombros—. Tía Lucilla suele estar muy ocupada. Tiene dos gemelos más pequeños que Amy, de solo seis años.

Jack sonrió.

—¿Y son muy traviesos?

—Esa palabra no es suficiente para reflejar toda la gloria de los gemelos.

Jack se echó a reír.

—De modo que la ayuda asumiendo el papel de señora de la casa.

—No es una tarea difícil. Además, he estado haciendo lo mismo en la propiedad de mi padre desde que mi madre murió.

—Ah, sí, recuerdo que me comentó que ayudaba a su padre.

—Soy la amanuense de mi padre en todos los asuntos relacionados con la propiedad y con sus estudios. Y, por supuesto, desde que mi madre murió, también me he hecho cargo de la casa —aquello sonaba como si estuviera haciendo un catálogo de sus tareas, pero aun así, no pudo evitar añadir—: Naturalmente, no nos ha sido posible organizar fiestas en la casa, pero, incluso viviendo en un lugar tan retirado, mi padre no ha podido escapar a ciertos acontecimientos sociales. Y es una pesadilla tener que llevar una casa tan vieja con el escaso servicio que hemos conservado.

Jack disimuló su interés tras una expresión de despreocupación.

—¿Quién está llevando ahora la casa?

—Está cerrada. Mi padre la habría dejado abierta, ¿pero qué

sentido tendría? Al final conseguí convencerlo para que dejara a un conserje a cargo de ella y se marchara. Al fin y al cabo, puede tardar años en regresar.

Jack la miró con curiosidad.

—Si me perdona la impertinencia, no parece muy preocupada ante esa posibilidad.

—Y no lo estoy. De hecho, me alegro de que mi padre haya vuelto a ocuparse de esos huesos antiguos. Creo que el trabajo le ayuda a alejarse tanto física como mentalmente de los recuerdos. Además, aunque yo me ocupo de muchos de sus asuntos por su bien, a veces mi padre puede llegar a ser un viejo malhumorado.

Jack respondió con una franca sonrisa.

—Sé exactamente a lo que se refiere. Mi propio padre está en el mismo caso.

Sophie aprovechó aquella oportunidad para dejar de hablar de sí misma.

—¿Es usted hijo único?

—Oh, no. Tengo tres hermanos —se obligó a fijar la mirada en los caballos mientras continuaba—. Yo soy el mayor, después está Harry. Mi hermana, Lenore, nació después; ahora está casada con Eversleigh. Y el benjamín de la familia es Gerald. Nuestra madre murió hace años, pero mi padre se conserva muy bien. Nuestra tía Harriet solía cuidarnos, pero la verdad es que Lenore se ocupaba de la mayor parte del trabajo —volvió a mirar a Sophie—. Mi hermana es una de esas mujeres que rechazan las luces brillantes de la alta sociedad; ella prefería quedarse en casa y mantener la propiedad en funcionamiento. Me avergüenza confesarlo, pero, cuando hace dos años se casó, yo no estaba en absoluto preparado para asumir esa carga.

—Pero ahora está capacitado para hacerlo, ¿verdad?

—Tuve que aprender. Desgraciadamente, mi tía Harriet murió el año pasado. De la finca puedo ocuparme, pero la casa... es otro asunto. Al igual que la de su padre, es una antigua casona llena de recovecos, hay montones de habitaciones y pasillos.

Para sorpresa de Jack, Sophie suspiró con nostalgia.

—Son terriblemente incómodas, pero en ellas uno se siente realmente en su hogar, ¿verdad?

Jack volvió la cabeza para mirar a Sophie.
—Exactamente.

Durante largos segundos, Sophie le sostuvo la mirada hasta que, de pronto, y sintiéndose casi sin aliento, la desvió de nuevo hacia el camino. Estaban llegando a las primeras casas del pueblo.

—El desvío de la izquierda conduce hacia Asfordby.

El pasaje a través de aquel pequeño pueblo exigió toda la atención de Jack y, cuando pasaron las últimas casas, Sophie ya había recuperado de nuevo el control.

—La casa de Mildred está justo delante de la siguiente esquina a la derecha.

Jack dirigió los caballos hasta una pequeña casa a la que se accedía a través de un jardín y se volvió pesaroso hacia Sophie.

—La ayudaría a bajar, pero los caballos están demasiado nerviosos como para que me arriesgue a soltar las riendas. ¿Cree que podrá bajar sola?

—Por supuesto —contestó Sophie con una mirada de superioridad. Se recogió las faldas y saltó al camino. Tomó su cesto y se volvió hacia Amy.

—Yo me quedo aquí con el señor Lester —declaró su prima—. Mildred siempre intenta recogerme el pelo —y contorsionó el rostro con una mueca de terror.

Sophie tuvo que apretar los labios para no echarse a reír. Alzó la mirada hacia Jack con expresión interrogante.

Él le respondió con una sonrisa.

—Creo que también podré ocuparme de ella.

—Muy bien. Pero no molestes —le advirtió a Amy y se dirigió hacia la puerta.

La puerta se abrió en cuanto llamó; evidentemente, Mildred estaba esperándola. La vieja dama miró con curiosidad el carruaje, pero inmediatamente arrastró a Sophie hacia el vestíbulo. Y apenas esperó a que hubiera cerrado la puerta para iniciar el interrogatorio. Al final, Sophie pasó más tiempo asegurándole que el señor Lester era un hombre de confianza que interesándose por la propia Mildred.

Cuando al final salió, encontró a Lester enseñando a Amy a sujetar las riendas. Dejó el cesto vacío en el portamaletas y subió al carruaje.

Jack alargó la mano por delante de Amy para ayudarla y, cuando estuvo instalada, la miró con expresión interrogante.

—¿Vamos a Webb Park?

Sophie sonrió y asintió. Amy tiró de las riendas, radiante.

—Entonces, dígame, señorita Winterton, ¿qué expectativas tiene sobre su estancia en la capital? —Jack quebró el amigable silencio que los envolvía desde que Amy había iniciado su carrera—. ¿Todo van a ser bailes hasta el amanecer, el Covent Garden, la Ópera y Haymarcket?

Sophie se echó a reír.

—Por supuesto, señor. Todo eso y mucho más.

—¿Más? —Jack arqueó las cejas—. Ah, entonces serán tres bailes cada noche, dos tés todas las tardes y más chismorreos de los que el propio silencio conoce.

—Y se olvida de las modistas.

—Y de los sombreros. Y tampoco deberíamos olvidar a los zapateros.

—Y también hay ciertas actividades intelectuales.

Jack se volvió entonces hacia ella con expresión de desconcierto.

—Dios mío, señorita Winterton. Nos demostrará lo ignorantes que somos. No, no, querida, nada de museos.

—Insisto, y pretendo ver todas las esculturas de lord Elgin.

—Ah, esas no cuentan —como Sophie se quedó mirándolo fijamente, le aclaró—: están de moda.

Sophie soltó una carcajada argentina. Jack sonrió y al cabo de un momento, preguntó:

—¿Y tiene intención de salir a montar?

—No hay nada que pueda apetecerme más —Sophie lo miró por encima de la cabeza de Amy—. Todos mis primos aprendieron a montar antes de comenzar a caminar, literalmente. Mi tío es un hombre muy aficionado a los caballos y estoy convencida de que se asegurará de enviar montura para todos nosotros. Aunque la verdad es que yo siempre he anhelado aprender a conducir un carruaje... —inmediatamente, el carruaje aminoró su velocidad. Cuando se detuvo, Sophie se volvió hacia Jack.

Este le respondió con una lenta sonrisa.

—Eso suena como una súplica del corazón. Y no permitiré que nadie diga que un Lester se ha negado a satisfacer el deseo de una dama.

Sophie pestañeó.

Jack ensanchó su sonrisa.

—Yo la enseñaré.

—¿Aquí?

—Ahora mismo —se inclinó hacia Amy—. Sujete las riendas.

Sophie obedeció desconcertada, tomó las riendas de cuero con sus manos enguantadas y fue tirando de ellas siguiendo las indicaciones de Jack, una tarea un tanto complicada estando Amy entre ellos.

—Así nunca funcionará —dijo Jack, expresando en voz alta los sentimientos de Sophie. Dejando las riendas en sus manos, se sentó en el asiento trasero y pareció considerar la situación—. Espere un momento. Mientras sientan la tensión de las riendas los caballos no se escaparán —bajó del carruaje mientras hablaba—. Ahora no están particularmente nerviosos, llevan fuera más de una hora.

Sophie esperaba que supiera de qué estaba hablando. Jack rodeó a los caballos y subió de nuevo al carruaje para sentarse a su lado.

—Muévase un poco, señorita Amy, así podré darle a su prima su primera lección.

Sorprendida, Sophie bajó la mirada hacia la mano que Jack acababa de cerrar alrededor de la suya para sujetar las riendas. Sabía que se estaba sonrojando, pero, incapaz de pensar en otra alternativa, siguió los movimientos de Amy a través del asiento, permitiendo que su instructor se sentara a su lado. Su primera lección, ¿sobre qué?

Se arriesgó a alzar la mirada hacia él; los ojos de Jack resplandecían con un brillo burlón.

—Caramba, señorita Winterton —dijo en voz baja—, si ofreciera una guinea por sus pensamientos, ¿la aceptaría?

Sophie se sonrojó todavía más. Inmediatamente, desvió la mirada hacia los caballos.

—Y ahora, lo primero que tiene que recordar...

Para sorpresa de Sophie, y a pesar de la distracción de su compañía, rápidamente dominó el uso de las riendas y fue capaz de mantener a los caballos perfectamente alineados. Y lo más sorprendente fue que Lester se limitó a ejercer estrictamente el papel de maestro. Sin duda alguna, reflexionó Sophie, estaba suficientemente preocupado por el bienestar de sus caballos como para concentrarse únicamente en su seguridad. En cualquier caso, las sospechas de Sophie resultaron ser infundadas. Abandonó todas sus precauciones y rápidamente bajó la guardia para concentrarse en la práctica de las lecciones que le estaban impartiendo.

Webb Park apareció muy pronto ante ellos.

Emocionada, Sophie guió el carruaje hacia el camino y fue aminorando la marcha cuando llegaron al patio delantero. Sus ojos brillaban y sus mejillas resplandecían ruborizadas cuando se volvió hacia su compañero para devolverle las riendas.

—Una más que encomiable primera excursión —Jack respondió a la tímida sonrisa de Sophie con una sonrisa propia y buscando su mirada.

Inmediatamente salió un mozo a ocuparse de los caballos. Jack abandonó entonces las riendas y descendió. Amy se levantó de su asiento y comenzó a cotorrear con el mozo.

Sophie también se levantó y no puso objeción alguna cuando Jack tendió los brazos hacia ella para ayudarla a bajar. Al sentir bajo los pies el sólido contacto de la tierra, alzó la mirada hacia él y sintió que el rubor cubría su rostro. Controló con firmeza aquella sensación y aceptó el cesto vacío que Jack le tendía.

—Gracias, señor Lester. Ha demostrado ser un auténtico caballero andante. No solo debo darle las gracias por la oportunidad con la que ha acudido a nuestro rescate, sino también por sus excelentes clases.

Jack le tomó la mano.

—Todo lo contrario, señorita Winterton, las gracias debería dárselas yo. Rara vez tengo oportunidad de salir con una dama con tanto talento.

Sophie le dirigió una mirada escéptica.

—La verdad, señor, es que no me considero muy diferente a otras mujeres.

Jack esbozó una sonrisa que suavizó sus facciones.

—Ahora sí que se equivoca. Usted es única.

Sophie abrió los ojos como platos. Y Jack la sintió estremecerse.

Dejando que sus párpados velaran sus ojos, Jack alzó la mano de Sophie y estudió con interés su palma estrecha y sus dedos largos. Después, volvió a levantar los párpados para sostenerle la mirada al tiempo que besaba la parte interior de su muñeca.

—Usted eclipsa a todas las bellezas londinenses.

Sophie sentía que la piel le ardía allí donde Lester había posado sus labios. Se había quedado sin respiración y notaba la amenaza de un mareo. Necesitó poner en juego toda su experiencia para conseguir esbozar una sonrisa natural.

—Gracias, señor. ¿Quiere pasar a ver a mi tía? Sé que le gustaría darle personalmente las gracias por su ayuda.

Jack aceptó su descarte sin pestañear, aunque con expresión divertida.

—No, gracias, sé que su tía estará muy ocupada, no quiero imponerle mi presencia en este momento.

—En ese caso, le deseo un buen día, señor Lester.

Jack le dirigió entonces una seductora sonrisa.

—Hasta la vista, señorita Winterton.

Sophie se volvió y subió los escalones de la entrada. En el vestíbulo, se volvió. Jack había montado ya en su carruaje. Mientras ella lo miraba, tiró de las riendas y, tras despedirse de ella con la mano, se alejó por el camino.

Sophie continuó observándolo hasta perder de vista su cabeza oscura. Después, bajó la mano que inconscientemente había levantado para despedirse de él, frunció el ceño y entró en la casa. Al cabo de un rato localizó a Amy en la cocina.

—Vamos, Amy, deberías cambiarte.

La niña, sin dejar de parlotear, la siguió escaleras arriba y Sophie fue bruscamente arrancada de sus propios pensamientos cuando su prima preguntó inocentemente:

—¿El señor Lester te está cortejando?

Por un momento, Sophie se sintió como si el mundo estuviera tambaleándose. Tosió atragantada.

—¡Dios mío, Amy! —la penumbra de las escaleras ocultaba su intenso sonrojo—. Por supuesto que no, solo estaba bromeando —intentó buscar palabras más convincentes para negar esa posibilidad, pero no se le ocurrió ninguna.

CAPÍTULO 4

No contento con sus esfuerzos, el destino parecía estar intentando ayudarlo a cada momento.

Mientras permanecía sentado en la sombra de un cortavientos y observaba la pequeña cabalgata que ascendía hacia la colina Ashes, Jack no pudo evitar una sonrisa.

Jigson, siempre consciente, había sido constante en sus contactos para conseguir información y así, Jack se había enterado de que los más pequeños de los Webb, acompañados de la señorita Winterton y de la señorita Webb, solían montar a caballo la mayoría de las tardes. Y, por lo que había dicho uno de los mozos de los Webb, el camino que ascendía hasta la colina era normalmente su ruta favorita.

Mientras los veía galopar a través de los pastos, la sonrisa de Jack iba agrandándose. Su dama iba deliciosamente envuelta en un vestido de terciopelo verde musgo. Se volvió y miró con expresión interrogante a Percy, que iba montando a su lado.

—¿Vamos?

—¿Qué? Ah, sí, vamos. Hace un tiempo terrible.

Jack se inclinó y avanzó, alejándose de las sombras de los abetos.

Cuando llegó a la cumbre de la colina, Sophie hizo girar a su caballo para ver a sus primos y alzó la mirada, pero no vio inmediatamente a Jack. Clarissa, que había llegado unos minutos antes, se había vuelto para contemplar el paisaje que se extendía ante ellas. Unas enormes paredes de piedra dividían los campos de color ocre salpicados apenas por las incipientes manchas verdes de la primavera. Jeremy y George, de catorce y doce años respectivamente, todavía estaban lejos de la cima. Amy, meciéndose en un plácido ejemplar, cerraba la comitiva.

Tras asegurarse de que todos estaban bien, Sophie aflojó las riendas. Con los ojos brillantes y las mejillas encendidas, tomó aire, saboreando su frescura.

—Qué agradable encuentro, señorita Winterton.

Aquel saludo le hizo girar bruscamente la cabeza; y esa voz profunda coloreó sus mejillas incluso antes de que sus ojos lo vieran. Jack iba montado en un corcel de color negro, cazador, esbelto y fuerte. Mientras el animal caminaba hacia ella, con el cuello orgullosamente arqueado, Sophie quedó impactada por la fuerza que de él se desprendía. Después, alzó la mirada hacia su dueño.

Con los hombros cubiertos por una casaca de *tweed*, los pantalones de montar y el absoluto control sobre su caballo, parecía el epítome de un caballero del campo.

Sus facciones se teñían de aquella arrogancia que identificaba a sus antecesores con más precisión que su apellido. Sus ojos eran de color azul oscuro, su mirada intensa.

—Buenas tardes, señor Lester —se obligó a tenderle la mano enguantada.

Jack le tomó la mano y se inclinó sobre ella.

—Los he visto venir hacia aquí y me preguntaba si podríamos unirnos a ustedes.

—¡Qué espléndida idea! —exclamó Clarissa con toda su inocencia.

Sophie, haciendo un esfuerzo por no perder la dignidad, retiró la mano y señaló el camino que continuaba por la cresta de la colina.

—Si le complace, señor.

Jack señaló entonces a Percy.

—¿Me permite presentarle a lord Percy Almsworthy?

—Encantado de conocerla, señorita Winterton.

Sophie, preparada ya para mostrarse recelosa, vio inmediatamente que lord Percy estaba hecho de un material diferente que su compañero. Sintiéndose más segura, sonrió y le tendió la mano.

Sophie presentó después a sus primos, en estricto orden de edad. Jeremy y George apenas esperaron a que Amy hubiera pronunciado un tímido «hola» para exclamar:

—¡Qué gran ejemplar, señor!

—¡Tiene unos magníficos flancos!

—¿De qué establo procede?

—¿Es un Thoroughbred?

Jack se echó a reír.

—Lo crio mi hermano, es uno de los descendientes de Jack Whistle.

—¿El ganador del Derby?

Jack miró a los ojos a Sophie.

—¿Y su hermano está también aquí? —se interesó Gerald.

Jack no pudo disimular una sonrisa.

—Estaba, pero ha tenido que irse a Belvoir.

—Oh —ambos chicos parecieron sufrir una gran decepción al comprender que habían perdido la oportunidad de acribillar a preguntas a un criador capaz de obtener un ejemplar como aquel.

—No importa —los consoló Jack—. Le comentaré que están interesados en hablar con él y es posible que puedan conocerlo en Hyde Park.

—¡Genial! —exclamó Jeremy y, con el rápido cambio de intereses que caracterizaba a los más jóvenes, se volvió hacia George—. Una carrera hasta ese roble.

Mientras se alejaban galopando, Sophie alzó la mirada hacia Jack.

—Tendrá que perdonarlos, son absolutamente devotos de todo lo relativo a los caballos.

Jack le dirigió una sonrisa.

—Harry y yo éramos iguales.

Sophie desvió la mirada. Podía oír a Clarissa y a lord Percy conversando; estaban a solo un paso de ellos. Era cierto que no llevaban carabina alguna, pero Sophie no podía imaginar que hubiera nada inapropiado en aquella situación. La presencia de los niños le daba un toque de inocencia a aquella reunión.

Jack acababa de darse cuenta de la ausencia de un mozo y tuvo que intentar disimular su repentina expresión de preocupación.

—Dígame, señorita Winterton, ¿suelen montar sin acompañante?

—Todos mis primos son jinetes expertos; hay muy pocas posibilidades de que sufran algún percance por estos caminos.

—¿Caminos ha dicho? —preguntó Jack, señalando con la cabeza la cresta por la que cabalgaban.

Sophie tuvo la gracia de ruborizarse.

—No puede esperar que con tales bríos puedan conformarse con un entretenimiento tan poco atrevido. También Clarissa y yo somos muy buenas amazonas, y el caballo de Amy es tan viejo que rara vez se atreve a cabalgar. Y además —añadió, mirándolo de reojo—, no creo que usted y su hermano, ¿Harry ha dicho que se llamaba?, se hubieran conformado con cabalgar por los caminos.

Para su sorpresa, Jack apretó los labios hasta convertirlos en una dura línea.

—Por supuesto que no, señorita Winterton. Y esa es la razón por la que me siento perfectamente cualificado para expresar la opinión de que cualquier desastre es posible cuando dos jóvenes montan ejemplares tan buenos —se volvió para contemplar a los adolescentes y miró de nuevo hacia Sophie—. Y esa es la razón por la que creo que debería contar con la compañía de un mozo.

Ligeramente irritada, Sophie palmeó el cuello de su propia montura.

—No tiene por qué preocuparse de que puedan alejarse excesivamente de mí. Pocos caballos son capaces de correr tanto como Sheik.

Aquel gesto hizo que Jack se fijara en su caballo; hasta entonces, a pesar de su interés, no había reparado en él. Y cuando vio aquel impresionante ejemplar, se le pusieron los pelos de punta. A pesar de que había advertido cierto tono de advertencia en la voz de Sophie y de que sabía que no iba a recibir con agrado su comentario, se aclaró la garganta y preguntó:

—¿Siempre monta ese caballo, señorita Winterton?

—No —admitió Sophie al cabo de un momento de vacilación—. Solemos montar diferentes caballos para que hagan ejercicio.

—¿Y su tío sabe que está montando un caballo tan peligroso?

Sophie se tensó.

—Señor Lester, he crecido rodeada de caballos. Monto a caballo desde que era una criatura y le aseguro que soy perfectamente capaz de controlar a Sheik o a cualquier otro caballo de mi tío.

—Ese caballo es demasiado fuerte para usted. No debería montar un animal como ese.

—Señor Lester —replicó Sophie con voz glacial—, creo que deberíamos dejar este tema de conversación. Soy perfectamente capaz de controlar a Sheik y a cualquier otro caballo de las cuadras de mi tío. Y ahora, si no le importa, creo que debería ir a reunirme con mis primos.

Resistiendo el impulso de alzar la cabeza, atizó las riendas y Sheik comenzó a cabalgar. Creyó oír un bufido de enfado y, de pronto, vio el caballo negro de Jack a su lado.

La irritación, la consternación y un sentimiento incluso más irritante comenzaban a devorar su impaciencia. Sophie mantenía la mirada fija ante ella, ignorando la presencia de Jack.

Él, por su parte, contemplaba su fría dignidad con absoluta desaprobación.

Los dos chicos y Amy estaban esperándolos en el roble. Clarissa y lord Percy también los siguieron hasta allí. Cuando el segundo se detuvo, Sophie le oyó decir:

—En mi opinión, los mejores sombreros se encuentran en Drunilla, justo al final de Bruton Street —evidentemente, su prima y lord Percy estaban hablando de moda. Y este parecía absolutamente satisfecho.

Con un suave resoplido, Sophie se volvió hacia sus primos más pequeños.

—Continuaremos cabalgando a lo largo de los setos hasta llegar a la cuesta, y, una vez allí, volveremos bordeando el bosque.

Jeremy, George y Amy intercambiaron miradas al advertir cierta dureza en su tono. Sin decir una sola palabra, comenzaron a cabalgar tras ella. Jack permanecía a su lado y Clarissa y lord Percy cerraban la comitiva, absortos todavía en su conversación.

Sophie miraba a Jack de reojo. Este permanecía con expresión inescrutable. Con firme determinación, Sophie alzó la barbilla y continuó avanzando a lo largo de la cerca.

El silencio que los envolvía era cada vez más incómodo. Sophie sentía de vez en cuando el roce de la mirada de Jack. Sabía que continuaba con el ceño fruncido. Y se preguntaba por qué sentía la garganta tan tensa que incluso le resultaba difícil respirar.

Tras ella, George iba arrastrando despreocupadamente el látigo por los setos. Y poco después, Sophie se enteraría de que, inadvertidamente, George había asustado a una liebre que había salido disparada y había terminado aterrizando entre los cascos de Sheik.

El animal comenzó a relinchar.

Sophie intentó no perder el control. Era lo único que podía hacer para mantener su precario equilibrio.

Pero Sheik salió disparado. Sophie se aferraba a su montura. Montada de lado, como correspondía a una dama, no podía hacer fuerza suficiente para dominar a aquel animal asustado. El viento le silbaba en los oídos y le robaba la respiración. Los setos terminaban en un prado que descendía bruscamente. Rezando con fervor, Sophie soltó una rienda y tiró con todo su peso de la otra. Casi sollozando, se echó hacia atrás. La maniobra no funcionó. Sheik giró la cabeza, pero no aminoró su velocidad. Sophie estaba a punto de caer de la silla. Un grito escapó de su garganta mientras se inclinaba hacia adelante para aferrarse al cuello del caballo. Pero un simple tirón de la poderosa cabeza de Sheik le arrebató las riendas de las manos. Resoplando, el animal voló hacia la cuesta que descendía ante ellos.

Sophie luchaba para recuperar las riendas. Al cabo de unos metros, la cuesta se adentraba en el bosque y tenía que recobrar el control sobre el animal antes de que lo alcanzara.

Pero el caballo las tenía firmemente sujetas entre sus dientes.

Una ráfaga de color negro fue la primera indicación que tuvo Sophie de que la ayuda estaba a punto de llegar. A continuación, apareció Jack a su lado, se inclinó hacia ella y cerró una mano sobre sus dedos para apoyarla en su esfuerzo de arrebatarle las riendas al animal. Sophie sintió que iba ejerciendo una presión creciente para que Sheik sintiera inexorablemente su orden.

Poco a poco, el animal fue tranquilizándose hasta detenerse.

Jadeando, Sophie se irguió en su asiento. Casi inmediatamente, sintió que el mundo giraba a su alrededor. Una fuerte maldición llegó hasta sus oídos, pero parecía haber sido pronunciada a metros y metros de distancia. Sintió unas fuertes manos en la cintura y la ingravidez se sumó a las desconcertantes sensaciones que la asaltaban.

Sintió bajo los pies la tierra firme. Y también que su cuerpo temblaba como una hoja.

En el instante siguiente, la envolvió un cálido abrazo y una mano enorme acunó su cabeza para hacerle apoyar la mejilla contra el firme pecho de un hombre.

Sophie se aferró a él como si fuera una sólida ancla en su repentinamente peligroso mundo.

—¡Dios mío! ¿Está bien?

Lester parecía tan afectado como ella. Con la garganta todavía atenazada por un nudo, Sophie asintió.

De pronto, sintió unos dedos fuertes clavándose en su antebrazo. Jack la separó bruscamente de él. Sophie respingó y alzó la mirada, solo para ser sometida a una inmisericorde sacudida.

—¡Creía que había dicho que podía controlar a ese animal!

Sophie contempló aturdida la furia que ardía en los ojos de Lester. Un frío helado corrió por sus venas. La sangre abandonó su rostro. Y todo parecía oscurecerse.

Jack palideció cuando Sophie se derrumbó en sus brazos. Con un amortiguado juramento, la estrechó contra él.

Sophie no se resistió. Y, apoyándola contra él, Jack la guió hasta un tronco caído en el suelo.

—¡Siéntese!

Sophie alzó la cabeza ante la dureza de su tono. Simultáneamente, sus piernas cedieron y se vio obligada a obedecer. Jack se cernía sobre ella con el rostro convertido en una máscara de hielo.

—Está blanca como una sábana. Baje la cabeza.

Mareada y desorientada, Sophie se limitó a mirarlo fijamente. Jack volvió a maldecir.

Y lo siguiente que supo Sophie fue que su cabeza estaba bajando hacia sus rodillas bajo la insistente presión de la mano de Jack. Este no la soltó hasta que apoyó la frente en las rodillas. Sophie no opuso resistencia, se limitó a respirar profundamente mientras intentaba serenar su torbellino interior. Tanto el mundo como todos sus sentidos regresaron lentamente hacia ella. Solo entonces fue consciente de que unos dedos largos se habían aventurado por el interior del cuello de su blusa para acariciar su nuca. Eran unos dedos firmes, fríos, que trazaban misteriosos dibujos sobre su piel. El desmayo volvía a convertirse en amenaza, pero los dedos de Jack la anclaban a la realidad, sosegaban sus nervios y le prometían seguridad.

Permanecieron así durante lo que a Sophie le pareció toda una década. Al cabo de un rato, Sophie tomó aire y se incorporó. Jack apartó la mano de su nuca para ofrecerle ayuda. Tras unos segundos de vacilación, Sophie la tomó y permitió que la ayudara a levantarse.

—Tengo que darle las gracias por su ayuda, señor Lester —consiguió decir, pero no fue capaz de mirarlo a los ojos.

—Preferiría infinitamente, señorita Winterton, que, en vez de darme las gracias, me prometiera no volver a montar a ese caballo, ni a ningún otro ejemplar como él.

La fría arrogancia de su tono no dejaba ninguna duda sobre la naturaleza de su petición. Sophie alzó la cabeza y repuso:

—Lo que ha sucedido, señor Lester, ha sido un accidente.

—El hecho de que estuviera montando ese caballo, señorita Winterton, no ha sido en absoluto accidental. Ese caballo es demasiado fuerte para usted y lo sabe.

Sophie apretó los labios y lo miró fijamente.

—Y antes de que nos vayamos de aquí —continuó Jack con una expresión dura como el granito—, quiero que me prometa que, de ahora en adelante, no volverá a cometer ninguna imprudencia como esta —la vio pestañear, pero no apartaba la mirada de la suya—. Es más, me permito advertirle que si alguna vez vuelvo a verla montada en ese caballo, le prometo que no podrá volver a sentarse durante algún tiempo —la vio abrir los ojos con incredulidad y arqueó una ceja—. ¿Ha quedado suficientemente claro, querida?

Sophie reprimió un escalofrío. Incapaz de sostenerle la mirada, bajó los ojos hasta su boca, convertida en una dura línea en aquel atractivo rostro.

No los separaban más de treinta centímetros. Afortunadamente, el impacto del pánico comenzaba a desvanecerse. Sophie sentía que recuperaba sus fuerzas, su habitual independencia, y también su resolución. Volvió a levantar los ojos hacia él.

—No tiene ningún derecho a hacerme ese tipo de exigencias, señor Lester. Y tampoco a amenazarme.

Sus palabras eran frías. Su compostura frágil, pero permanecía intacta.

Jack no respondió. Estaba demasiado ocupado intentando dominar el tumulto de sentimientos que lo embargaba. Necesitaba hasta la última gota de determinación que poseía para reprimir el impulso de estrecharla entre sus brazos y demostrarle por qué tenía derecho a hacerle ese tipo de demandas.

Sophie sentía su agitación. Su presencia física era sobrecogedora. Sentía su fuerza como si fuera una entidad tangible que emanaba de su cuerpo. Era un aura que la rodeaba, amenazando con devorarla, con atraparla, con conquistar su fuerza de voluntad hasta hacerla suya.

—¿Sophie? —la voz de Clarissa interrumpió sus pensamientos—. ¿Sophie, estás bien?

Un escalofrío le recorrió la espalda. Sophie pestañeó y, haciendo un gran esfuerzo, miró hacia Clarissa, que se acercaba junto al resto de sus primos.

—Sí, estoy bien, no me he hecho daño —Sophie comenzó a caminar, recorriendo los pocos metros que la separaban del caballo.

Jack caminaba a su lado sin tocarla, pero dispuesto a sujetarla en el caso de que lo necesitara. Ella era consciente en todo momento de su protectora presencia. Recordando lo mucho que le debía, porque era demasiado sincera para no reconocerlo, alzó la mirada hacia él.

Jack atrapó su mirada.

—¿Será capaz de montar hasta su casa?

Sophie asintió en silencio.

—Y quiero agradecerle su ayuda, señor.

Jack respondió a su agradecimiento con una corta inclinación de cabeza, sujetó las riendas del caballo, alargó las manos hacia ella y, casi sin esfuerzo, la levantó para sentarla en la silla.

Sophie, nerviosa por la inmediata reacción provocada por aquel contacto, fingió concentrarse en arreglar las faldas de su vestido.

Una vez formada la partida, se alegró de encontrar a Clarissa, abiertamente preocupada, interponiéndose entre ella y el señor Lester. Lord Percy, que cabalgaba a su izquierda, resultó ser una en absoluto amenazadora compañía con la que estuvieron hablando sobre los más diversos temas mientras regresaban a casa bañados en el sol dorado de la tarde.

No volvió a intercambiar palabra alguna con su salvador, pero cuando cruzó las puertas de Webb Park, Sophie fue consciente de la insistencia de su lúgubre mirada.

Una vez en casa, las circunstancias parecieron conspirar para que Sophie no tuviera un solo momento de paz. Como aquella noche no había invitados, la cena fue servida a las seis en punto para toda la familia. Y, naturalmente, sus tíos fueron inmediatamente puestos al corriente de hasta el último detalle de su emocionante rescate. Lo único que Sophie podía hacer era intentar eliminar los adornos con los que sus primos embellecían el relato. Por sus rostros resplandecientes y la emoción de sus voces, era evidente que Jack Lester se había convertido en el héroe del día.

—Querida Sophie —comentó su tía, con su habitual calma completamente intacta—, espero que no hayas sufrido ningún daño.

—Ninguno, tía —contestó Sophie, entre cucharada y cucharada—, ha sido un desgraciado accidente, pero nadie ha resultado herido.

—¡Gracias al señor Lester! —exclamó Amy.

—Deberías haber visto a ese caballo negro, padre —le comentó Jeremy a su padre—. Un auténtico caballo de carreras.

—¿De verdad? —respondió Horatio Webb—. Pues debo decir que no me importaría nada echarle un vistazo a ese caballo capaz de alcanzar a Sheik.

—Creo que el señor Lester está pasando una temporada por los alrededores —ofreció Clarissa.

Horatio asintió.

—En la casa Rawling, supongo —y con infinita calma, tomó

los cubiertos y comenzó a cortar el asado que, en ese mismo instante, habían colocado ceremoniosamente ante él.

La cena fue seguida por un juego de mesa tras el cual, sintiéndose agotada tanto física como mentalmente, Sophie se fue a la cama. Esperaba tener tiempo en su habitación para repasar todo lo ocurrido aquella tarde y poder contemplarlo con cierta perspectiva.

Sin embargo, se quedó profundamente dormida. En sus sueños la persiguieron un par de ojos azules como la medianoche.

La mañana siguiente estuvo dedicada a todas las tareas que había que completar para el traslado a la capital previsto para el fin de semana. Era ya media tarde cuando Sophie quedó por fin libre de obligaciones. Apenas había tenido tiempo de bajar al vestíbulo principal cuando la encontró uno de sus primos y le pidió que salieran a dar su acostumbrado paseo a caballo.

—Muy bien, pero hoy nos llevaremos a un mozo con nosotros. Jeremy, por favor, dile a John que nos acompañe. Yo iré a buscar a Clarissa y quedaremos en los establos.

Cuando minutos después apareció en los establos seguida por Clarissa, Arthur, el encargado de los establos, la miró con expresión interrogante, Sophie le respondió:

—Hoy me llevaré a Amber. Hace tiempo que no la sacamos, creo.

El viejo Arthur pestañeó, pero inmediatamente se encogió de hombros, como queriendo decir que él no tenía por qué cuestionar los caprichos de sus señores y fue a buscar la yegua. Para sorpresa de Sophie, Clarissa tampoco le preguntó por la elección de su montura. Amber era tan dócil como cualquier caballo de los establos de la familia, se decía Sophie. Su elección no tenía nada que ver con el señor Lester.

Hasta el día anterior, ella misma había llegado a pensar que Jack Lester podía albergar algún interés romántico en ella. Pero su forma de reaccionar la tarde anterior le había demostrado que el profundo sentimiento que reflejaban los ojos oscuros de Lester y que era capaz de hacer estragos en su sofisticada calma no participaba de la delicada naturaleza del amor.

El amor, tal como ella lo entendía, era un sentimiento delicado, construido sobre la amabilidad, la consideración y el afecto. Para ella el amor estaba hecho de miradas tiernas y dulces sonrisas como las que cruzaban sus tíos o las que había visto entre su padre y su madre. El amor era calma, serenidad y una inmensa sensación de paz.

Y, desde luego, lo que había visto en los ojos de Jack Lester no era en absoluto pacífico.

Mientras revivía aquellos momentos en su mente, Sophie se estremeció. ¿Qué era lo que había desatado en el interior de Jack? ¿Y cómo la veía él realmente?

La primera pregunta de Sophie también había estado inquietando a Jack desde que había regresado de Webb Park la tarde anterior. En cuanto aquella violenta oleada de emociones había cedido para dejar paso a la cordura, se había quedado horrorizado. ¿De dónde habían surgido aquellos sentimientos?

En aquel momento, con la luz de la tarde filtrándose por las ventanas y mientras paseaba inquieto por el salón de la casa Rawling, todavía continuaba forcejeando contra las revelaciones del día anterior.

Todavía estaba profundamente conmovido por la fuerza de los sentimientos que se habían desatado en su interior cuando había visto la frágil figura de Sophie desaparecer en dirección al bosque y hacia una posible muerte.

Y también por el significado que la parte racional de su cerebro le daba a esos sentimientos.

Él había supuesto inocentemente que cortejar a la mujer a la que había elegido como futura esposa sería un proceso en el que los sentimientos permanecerían firmemente bajo su control. Ignorante como era del sentimiento del amor, había supuesto que un asunto como aquel seguiría un curso tranquilo y previamente descrito.

Pero, obviamente, se había equivocado. Sentimientos como los que había experimentado el día anterior eran peligrosos.

El amor, comenzaba a comprender, era una fuerza digna de ser tenida en cuenta.

Una llamada a la puerta lo sacó de sus pensamientos. Miró por la ventana y vio a su mozo conduciendo a un hermoso caballo hacia los establos. Aquella imagen despertó su interés.

Una segunda llamada, en aquella ocasión a la puerta del salón, anunció la entrada del ama de llaves.

—El señor Horatio Webb quiere verlo, señor.

Un segundo después, Horatio Webb apareció en la habitación. Mientras deslizaba su mirada serena por el confortable salón, cálido y acogedor, con sus ricos paneles de roble y los numerosos grabados adornando las paredes, apareció en el rostro de Horatio una sonrisa de inefable buen humor. Aquella casa continuaba siendo un estupendo alojamiento para cazadores; contaba con unas cuadras muy sólidas y suficientes comodidades para sus huéspedes. Horatio se acercó a su anfitrión y sonrió al advertir que Jack Lester era tal como lo había imaginado.

—¿Señor Webb? —Jack le tendió la mano.

—Señor Lester —Horatio estrechó con fuerza la mano que le tendía—. He venido para darle las gracias por el servicio que nos prestó al evitar una posible desgracia familiar ayer por la tarde.

—No fue nada, se lo aseguro, señor. No hice nada que no hubiera hecho cualquier otro caballero en similares circunstancias.

—Oh, no dudo de que cualquier otro caballero lo habría intentado, señor Lester, pero como ambos sabemos, pocos habrían tenido éxito.

Jack se rindió entonces al hechizo del peculiar brillo de los ojos de Horatio.

—¿Una copa de Madeira, señor?

Cuando Horatio asintió, Jack cruzó el salón para servir dos copas y volvió hacia su invitado.

—Phoenix es uno de los pocos caballos que podrían competir con Sheik. Y me alegro infinitamente de haberlo llevado ayer.

Con un gesto, invitó al tío de Sophie a tomar asiento y se sentó después frente a él.

Horatio saboreó con paladar experto el delicado vino y después volvió a posar sus ojos grises sobre Jack.

—Hablo muy seriamente, señor Lester. Como usted comprenderá, para mí tiene un gran valor su intervención de ayer. Si no fuera porque pronto tendremos que trasladarnos a la ciudad, insistiría en que viniera a cenar con nosotros una de estas noches. Sin embargo, como ese es el caso y nos iremos el mismo viernes, la señora Webb me ha encargado que le suplique que venga a visitarnos cuando estemos establecidos en Mount Street. Naturalmente, yo sumo mi petición a la de mi esposa. Asumo, por supuesto, que pronto regresará a la capital.

Jack asintió.

—Sí, abandonaré Melton cualquier día de estos, tendré que viajar primero a Berkshire, pero supongo que llegaré a la ciudad antes de que ustedes se hayan marchado.

Horatio asintió.

—Por favor, transmítale mis saludos a su padre. En otro tiempo fuimos, si no grandes amigos, sí, desde luego, conocidos.

Jack abrió entonces los ojos como platos.

—¡Usted es ese Webb! —pestañeó y le explicó precipitadamente—: Perdone, no me había dado cuenta. Hay tantos Webb por esta zona que no estaba seguro de cuál podría haber sido el compinche de mi padre. Tengo entendido que mi padre y usted compartían muchos intereses. Él me habló de su amor por el campo.

—Ah, sí —Horatio sonrió sereno—. Es mi único vicio. Pero creo que usted también lo comparte.

Jack le devolvió la sonrisa.

—Desde luego, disfruto del deporte, pero mi interés no alcanza las obsesivas alturas del de mi padre.

—Naturalmente —admitió Horatio—. Ustedes, los más jóvenes, tienen otras obsesiones como competir contra los Quorn, los Cottesmore y los Belvoir. Pero la cuadra Lester sigue siendo una de las mejores de esta zona.

—Bajo la dirección de mi hermano Harry —contestó Jack.

Mientras la conversación derivaba en una discusión sobre caballos y perros de caza, Jack iba analizando al tío de Sophie. Horatio Webb, aunque más joven que su padre, conocía desde hacía mucho tiempo al honorable Archibald Lester. Más específicamente, había sido él el que había dejado caer en los oídos de su padre la información que había permitido la resurrección de la fortuna familiar.

Aprovechándose de una pausa en la conversación, Jack dijo:

—A propósito, me gustaría darle las gracias por el oportuno consejo que le dio a mi padre.

—No tiene por qué dármelas. Al fin y al cabo, somos amigos —antes de que Jack pudiera responder con otra expresión de gratitud, Horatio musitó—: Además, usted me ha hecho un favor todavía mayor. Le aseguro que no me habría gustado nada tener que enfrentarme a mi excéntrico cuñado para darle la noticia de que su hija se había roto el cuello montando uno de mis sementales. De modo que estamos en paz.

Por un instante, Jack comprendió la realidad que se escondía tras la máscara de Horatio Webb. Fue entonces consciente de que su visita encerraba muchos propósitos. Quizá incluso más de los que él había adivinado.

—Me alegro de haberle sido útil, señor.

Horatio sonrió y se levantó.

—Y ahora tengo que irme —recorrió la habitación con la mirada una vez más y añadió—: Me alegro de ver lo bien que se conserva este lugar. Ha pertenecido a su familia durante mucho tiempo, ¿verdad?

Mientras acompañaba al sorprendente tío de Sophie hasta la puerta, Jack contestó:

—Durante cinco generaciones. Todos los Lester han aprendido aquí a cazar.

—Como debe de ser —contestó Horatio—. Y no lo olvide, nos veremos en Londres.

Horatio hizo un gesto de despedida, montó su caballo y se dirigió hacia su casa con una sutil sonrisa en los labios. Le había gustado lo que había visto en la casa Rawling. Dejando a un lado todo lo demás, era evidente que los Lester pretendían continuar conservando parte de sus campos, tanto allí como en Berkshire.

Lucilla podía estar contenta.

Cuando regresó de la excursión, Sophie tenía un terrible dolor de cabeza. Y, como normalmente no era presa de tales achaques, se sentía profundamente limitada. Mientras precedía a Clarissa al salón, se frotó las sienes en un esfuerzo por aliviar aquel desagradable palpitar.

Todo era, por supuesto, culpa de Jack Lester. Si no hubiera pasado la mitad de su tiempo preocupada y escrutando el horizonte temiendo verlo en cualquier momento, sin duda alguna habría disfrutado como siempre de la excursión. Pero, en cambio, se sentía fatal.

Dejó el sombrero de montar en una silla y se sentó en un sillón, frente a la chimenea.

—Es una pena que el señor Lester y lord Percy no se hayan reunido con nosotras —Clarissa se dejó caer en el diván, evidentemente dispuesta a charlar—, estaba segura de que estarían esperándonos como ayer.

—A lo mejor ya han vuelto a Londres —sugirió Sophie—. Los campos están tan encharcados que gran parte de los cazadores ha vuelto a la ciudad.

Era habitual que, al menor signo de deshielo, los cazadores procedentes de la ciudad abandonaran los campos en busca de lugares más refinados.

—Oh, pero no creo que el señor Lester y lord Percy sean como esos cazadores, sobre todo teniendo tan buenos caballos.

Sophie pestañeó y se preguntó si el dolor de cabeza le estaría afectando a la razón.

—¿Y eso qué tiene que ver? Casi todos los cazadores que vienen por aquí tienen buenos caballos.

Pero la mente de Clarissa estaba tomando otros rumbos.

—Son increíblemente elegantes, ¿verdad? Tienen ese refinamiento tan propio de Londres...

Sophie estudió abiertamente el hermoso rostro de su prima.

—Clarissa, por favor, créeme, no todos los caballeros de Londres son como lord Percy y el señor Lester. Algunos no son mejores que... que muchos de los jóvenes caballeros que se pueden conocer en los bailes de por aquí. Y otros son mucho peores.

—Quizá, pero es indudable que tanto el señor Lester como lord Percy son unos auténticos caballeros.

Sophie cerró los ojos y deseó poder objetar algo.

Clarissa se levantó y giró en medio de la habitación.

—¡Oh, Sophie! Estoy deseando verme rodeada de todos esos dandis... Será tan emocionante ser pretendida por tales caballeros...

de un modo completamente respetable, por supuesto. Y sé —continuó en voz más baja—, que se supone que no debería decirlo, pero me muero porque llegue el día en el que alguno de ellos intente coquetear conmigo.

Sophie no creía que su prima tuviera que esperar mucho. Ella, por su parte, debería intentar hacerla volver a la tierra y defender a los caballeros de la localidad. A Ned en particular. Si no se hubiera encontrado tan mal, lo habría hecho. Pero con aquel dolor de cabeza y su propia confusión mental, dudaba que pudiera encontrar las palabras necesarias para tener éxito.

—Pero, ¿y tú, Sophie? Después de su caballeroso rescate de ayer, ¿no te gusta ni un poco el señor Lester?

—Reconozco que el señor Lester es un hombre muy valiente. Sin embargo, no creo que ese sea el único criterio para elegir a un marido.

—¿Entonces cuál es tu criterio?

Sophie estudió la sonrisa de Clarissa. Su prima, concluyó con desgana, no iba a conformarse con una mentira.

—En primer lugar, que le gusten los niños —una prueba que, sospechaba, Jack Lester superaría sin dificultad. Había manejado muy bien a Amy, y también a sus hermanos—. Y que tenga sentido del humor —él también lo tenía, en ocasiones incluso censurable—. Y me gustaría que fuera un hombre firme y digno de confianza —ese sí que era un requisito que su caballero andante podría tener dificultades para cumplir. Los vividores eran completamente indignos de confianza—. Y, suficientemente atractivo, aunque no es necesario que sea un Adonis. Y también tiene que saber bailar el vals. ¿Satisfecha?

Clarissa soltó una carcajada y aplaudió.

—¡Pero eso es magnífico! El señor Lester podría ser el hombre adecuado para ti.

Sophie se levantó rápidamente. Intentó disimular la brusquedad de su movimiento con una risa.

—Clarissa, no dejes que te pierda tu imaginación. Nuestros encuentros con el señor Lester han sido únicamente una coincidencia.

Clarissa pareció ligeramente sorprendida por su vehemencia, pero, para intenso alivio de Sophie, se abstuvo de discutir.

—Supongo que algo debe haberlos retenido hoy —sugirió en cambio—. Me pregunto cuándo volveremos a encontrarnos.

Jack podía haber contestado la pregunta de Clarissa esa misma noche. Porque estaba pensando en dejar Leicestershire al día siguiente por la mañana. A primera hora.

Y así se lo dijo a Percy, que estaba sentado con él en el salón.

—¿Qué ha pasado? Yo pensaba que pretendías quedarte aquí durante varias semanas.

—También yo. Pero ha surgido algo —antes de que Percy pudiera preguntar el qué, añadió—: Y el tiempo ha cambiado, así que creo que será mejor que vaya a ver a mi padre y después regrese a Londres.

La decisión de abandonar Leicestershire había surgido de la firme convicción de que no podía volver a repetirse una escena como la ocurrida cuando había rescatado a Sophie de su caballo. Sin embargo, gracias a aquel incidente, en ese momento estaba en tan buenas relaciones con los Webb que lo habían invitado a visitarlos cuando estuviera en la ciudad.

Y, teniendo en cuenta sus turbulentas e impredecibles reacciones, consideraba que lo más sensato era suspender cualquier otra posible actividad relacionada con Sophie hasta que esta estuviera a salvo en el que Jack consideraba su propio terreno.

De modo que, por el bien de Sophie y por el suyo, admitió a regañadientes, estaba decidido a dejar de ver el hermoso rostro de Sophie hasta que estuviera en Londres.

Sería lo mejor para todo el mundo.

CAPÍTULO 5

Mientras subía las escaleras de la casa de los Entwhistle, Sophie bajó la mirada hacia las sedas y satenes de su vestido, consciente de que aquella era su vuelta a los salones. A su alrededor se alzaban los acentos refinados y los tonos dramáticos de la élite social, entregada una vez más a su pasatiempo favorito: ahogar con sus voces los acordes del violín. Inmediatamente delante de ella, estaba Lucilla enfundada en un exquisito vestido de noche de seda azul oscuro.

—¿No es maravilloso? —preguntó Clarissa, que estaba al lado de Sophie—. Tantos vestidos bonitos. Y los hombres son tal como me los imaginaba. Algunos son muy guapos, ¿verdad?

Mientras susurraba aquellas palabras, Clarissa miraba a un joven elegante que, al saberse fruto de su admiración, la devoró con la mirada desvergonzadamente. Clarissa se sonrojó y se escondió tras su abanico.

Siguiendo el curso de su mirada, Sophie miró a los ojos al caballero en cuestión y lo hizo con el ceño fruncido. El hombre sonrió, se inclinó ligeramente y se volvió de nuevo hacia su acompañante.

Sophie agarró a su prima del brazo.

—Desde luego. Y tú también eres muy atractiva, así que es normal que te devoren con la mirada. Y la mejor manera de responder a esas atenciones es ignorarlas.

—¿De verdad?

Clarissa miró con recelo hacia el caballero, en aquel momento enfrascado en una conversación con sus amigos. Aliviada, bajó la mirada hacia su vestido, un delicado modelo de muselina de color aguamarina con encaje blanco en el escote y las mangas abullonadas.

—Debo admitir que tenía dudas sobre la elección de *madame* Jorge. Pero en realidad me sienta bien, ¿verdad?

—Como ese caballero acaba de confirmar —contestó Sophie—. Ya te dije que nunca debías discutir con *madame* Jorge. Dejando a un lado todo lo demás, es una pérdida de tiempo.

Clarissa se echó a reír.

—Jamás habría imaginado que sería así.

Sophie sonrió. Habían dejado Leicestershire el viernes y habían llegado a Londres el domingo por la tarde. El resto del día se había agotado en el previsible caos de deshacer el equipaje e instalar a la familia en la casa. Lucilla los había enviado a todos a la cama temprano, no sin antes advertirles a Clarissa y a Sophie:

—Iremos mañana a primera hora a ver a *madame* Jorge. Me niego a permitir que vayáis a un solo baile sin un vestido apropiado.

De modo que, al día siguiente, inmediatamente después del desayuno, estaban enfrente de la puerta por la que se accedía al salón de *madame* Jorge.

—Solo espero que pueda atendernos con tan poco tiempo de antelación —había dicho Lucilla mientras subían las escaleras.

Madame Jorge había sido la modista favorita de la madre de Sophie y de su tía durante años; el propio guardarropa de Sophie para su presentación en sociedad lo había cosido ella. Pero, definitivamente, *madame* Jorge no era lo que alguien esperaba de una modista que tenía una nutrida clientela entre lo más selecto de Londres.

Para empezar, era una mujer enorme. Pero sus manos pequeñas de dedos gordezuelos eran sorprendentemente hábiles. El cuello apenas se le distinguía y llevaba el pelo permanentemente recogido en un moño en lo alto de la cabeza. Unos ojos azules diminutos chispeaban en un rostro de mejillas sonrojadas. Solo la sagacidad de su mirada y la firmeza de su boca la delataban.

—¡Y también ha venido la señorita Sophie! —había exclamado al verlas—. ¡*Ma pouvre* pequeña, cuánto me alegro de verla otra vez!

Jorge la había envuelto en un enorme abrazo y después la había agarrado del brazo para verla mejor.

—¡Pero sí! Está maravillosa, *wunderbar* —Jorge jamás había sido capaz de hablar en una sola lengua. Era políglota, hablaba por lo menos tres lenguas. Y casi siempre todas a la vez—. A ti, *liebeschen*, tendremos que volver a tomarte medidas —sus ojos resplandecían—. Y haremos que todos los caballeros se vuelvan a mirarte.

Sophie había susurrado que esperaba que no lo hicieran, pero no estaba segura de que Jorge la hubiera oído. La modista había visto entonces a Clarissa, que permanecía en un segundo plano, un poco abrumada.

—¡Oh, *petit chou*! Eres igual que tu madre, ¡pero, sí! Es muy joven, pero el capullo ya muestra un gran valor, ¿*hein*?

Clarissa había mirado a su madre completamente desconcertada. Lucilla había tomado a Jorge por banda y le había explicado lo que quería y el poco tiempo con el que contaban.

Jorge lo había comprendido inmediatamente.

—¡*Quelle horreur*! Presentarse en el baile sin un vestido apropiado... ¡ni pensarlo! No, no, de una u otra manera, lo conseguiremos.

Y lo había conseguido.

Mientras bajaba la mirada hacia su propio vestido, de un delicado color verde pálido que hacía parecer más intenso el azul de sus ojos y realzaba el oro de sus rizos, Sophie se sintió más que satisfecha. Las largas líneas de la falda, que caía desde lo alto de la cintura y aquel original escote cuadrado, destacaban la esbeltez de su figura. Jorge, como siempre, había acudido a su rescate. Era como un hada con una varita mágica en la mano. Les había entregado los vestidos a las seis de esa misma tarde y sus primeros modelos de día estarían en la puerta de su casa a la mañana siguiente.

Clarissa continuaba mirando con avidez al resto de los invitados, todavía separados de ellas por sus anfitriones.

—Jamás me habría imaginado a tanta gente elegante reunida en un mismo lugar.

—No sé si mencionarlo, pero para lo acostumbrado en la ciudad, esta es una reunión pequeña, y hasta cierto punto informal. No debe de haber más de cien personas.

Clarissa le dirigió una mirada que no resplandecía precisamente de emoción. Habían llegado al final de las escaleras y en aquel momento estaban entrando en el vestíbulo. Cuando la cortina de cuerpos que había ante ellos se abrió, se encontraron frente a lady Entwhistle.

—Lucilla, querida, me alegro tanto de que hayas venido —lady Entwhistle y Lucilla se rozaron apenas las mejillas. Miró con ojo experto el vestido de Lucilla y arqueó una ceja—. Caray, desde luego ha merecido la pena el esfuerzo.

—Dios mío, querida, la verdad es que ha sido agotador —con una sonrisa casi maliciosa, se acercó al siguiente anfitrión de la línea, un sobrino de Entwhistle, el señor Millthorpe, dejando a Sophie y Clarissa con la anfitriona.

Sophie fue una vez más sometida al escrutinio de aquella dama. Al igual que en ocasiones anteriores, lady Entwhistle no pasó un solo detalle por alto.

—Mmm, sí. Excelente, querida, sin duda alguna, disfrutarás de una temporada maravillosa en esta ocasión.

Sophie sonrió serenamente y, junto a su prima, avanzó hasta el señor Millthorpe.

El señor Millthorpe era un joven caballero de aspecto agradable, que estaba obviamente intimidado al encontrarse en aquella situación. Respondió al saludo de Sophie con un nervioso murmullo y después se volvió hacia Clarissa.

—Me alegro mucho de conocerla, señorita.... señorita... ¡señorita Webb! Espero que no le importe... concederme unos minutos más tarde, cuando... me haya liberado de esto —y señaló ingeniosamente hacia su tía.

Un poco desconcertada, Clarissa le dirigió una sonrisa tímida.

Eso fue más que suficiente para alentar al señor Millthorpe, que le dirigió una sonrisa resplandeciente y volvió a entregarse a sus obligaciones.

Un poco sorprendida, Clarissa se reunió con Sophie, que estaba esperándola al final de las escaleras por las que se descendía a la zona de baile.

Sophie resistió la tentación de buscar entre aquel mar de cabezas. Bajó la mirada, se levantó la falda y comenzó a descender siguiendo a su tía. A su lado bajaba Clarissa, nerviosa y con los ojos abiertos como platos, embebiéndose de todo lo que veía. La sensación de opresión en los pulmones le indicaba a Sophie que tampoco ella era inmune a la expectación. Y ser consciente de ello ensombreció sus ojos.

Había pocas probabilidades de que el señor Lester acudiera a aquella fiesta. E, incluso aunque asistiera, no había ningún motivo para pensar que quisiera bailar con ella.

Jack Lester era un vividor. Y los vividores no bailaban con jovencitas, a menos que tuvieran una buena razón para hacerlo. Ella, sin embargo, estaba en la ciudad buscando marido, el marido perfecto, y debía dedicar todos y cada uno de sus pensamientos a aquel objetivo.

La determinación resplandecía en su mirada cuando alzó la cabeza... solo para encontrarse con unos ojos del color de la medianoche.

El corazón dejó de latirle; un antiguo temblor la estremeció. Aquel hombre llenaba su visión, colmaba sus sentidos.

Jack vio la sorpresa que reflejaban sus enormes ojos. Sophie se había detenido en el segundo escalón, con los labios ligeramente entreabiertos y la dulce turgencia de sus senos moviéndose al ritmo de su respiración.

Sin apartar los ojos de los suyos, Jack arqueó lentamente una ceja.

—Buenas noches, señorita Winterton.

El corazón de Sophie volvió a la vida. Ella volvió a ponerse en alerta y le tendió la mano.

—Buenas noches, señor Lester, no esperaba verlo por aquí.

Jack volvió a arquear una ceja, pero no contestó directamente.

—¿Podría concederme el placer de un vals? El tercero, si todavía no lo tiene reservado.

Sophie ni siquiera había tenido tiempo de mirar su carné de baile. Lo abrió mientras le dirigía a Jack una fría mirada, tomó un lápiz diminuto y escribió su nombre en el lugar apropiado.

—Y quizá —continuó Jack—, ¿no podría acompañarla a cenar después del baile?

—Será un placer, señor Lester —musitó, desviando la mirada.

—Sí, lo será.

Para sorpresa de Sophie, después de acompañarla hasta el diván que su tía había elegido para descansar, el señor Lester intercambió algunas cortesías con Lucilla y, con una elegante reverencia, se despidió.

A pesar de la naturaleza del baile de lady Entwhistle y de que la temporada solo estaba empezando, había suficientes solteros como para que Sophie hubiera llenado su carné de baile antes de que hubiera comenzado la primera danza.

Clarissa, por su parte, demostró ser un foco de potente atención para los caballeros.

Manteniendo la voz firme y clara, Sophie intentaba disculparse con el señor Harcourt.

—Lo siento, señor. Lamento desilusionarlo, pero mi carné de baile esta lleno.

Minutos después, oyó que Clarissa decía esas mismas palabras para deshacerse de lord Swindon.

Una vez recuperado el equilibrio, Sophie comenzó a ser consciente de su zozobra, una sensación que no estaba del todo bien. Y solo cuando se descubrió escrutando la sala con la mirada por tercera vez, se dio cuenta de qué era exactamente lo que sentía.

Y a pesar de que estuvo a punto de susurrar un juramento, se colocó una sonrisa en los labios, y, con renovada determinación, prestó atención a su acompañante.

Estaba allí para encontrar marido, no para ser víctima de los ojos azules de un vividor.

A fuerza de pura determinación, Jack consiguió mantenerse ocupado hasta que comenzó el baile que precedía a la cena. Él era un hombre demasiado experimentado para cometer un error, se recordaba constantemente. De modo que se había obligado a circular lanzando sutiles invitaciones a las otras mujeres de la pista de baile. En aquel momento, mientras sonaban los últimos acordes de una pieza, se abrió camino entre la multitud para ir a buscar a Sophie. Y el destino volvió a sonreírle, pues la encontró terminando de darle las gracias a su pareja, lord Enderby.

—Señorita Winterton —con una ligera inclinación de cabeza, tomó la mano de Sophie—. Buenas noches, Enderby.

—Oh, es usted, Lester. Me ha sorprendido verlo antes aquí. Pensaba que estaría en Newmarket.

Jack sonrió, mirando a Sophie a los ojos.

—Descubrí a tiempo que esta temporada iban a surgir distracciones inesperadas en Londres.

—¿De verdad? ¿Y qué tipo de distracciones?

Sintiendo un intenso calor en las mejillas, Sophie contuvo la respiración.

La mirada de Jack se hizo más intensa.

—Lejos de mi intención revelar ningún secreto —contestó—, pero no tardará en descubrirlo —no apartaba la mirada de Sophie—. En cualquier caso, he venido para robarle a la señorita Winterton, Enderby. Creo que mi baile es el siguiente —y, con aires de amo y señor, posó la mano de Sophie sobre su codo y se volvió con ella hacia la pista.

—Creo que tiene razón, señor Lester, ¿pero no debería volver antes con mi tía? —preguntó Sophie.

—¿Por qué? Usted ya no es una debutante, querida. Y a pesar de toda esta muchedumbre, el salón no está tan lleno como para que su tía no pueda verla.

Eso, comprendió Sophie mientras intentaba sosegar a su atribulado corazón, era cierto.

—Además, no pretendo secuestrarla, ¿sabe? Simplemente he pensado que podría apetecerle ver quién ha venido al baile de esta noche.

El «oh» de Sophie fue prácticamente visible en su expresión. Después, tras una última y recelosa mirada, renunció a resistirse y continuó posando la mano en su brazo.

Tal como le había prometido, Lester comenzó a pasear con ella por el salón.

—Lady Entwhistle ha tenido suerte, ha venido mucha gente, y eso que prácticamente no ha comenzado la temporada. Lord Abercrombie —Jack señaló a un reconocido cazador— rara vez deja Northamptonshire hasta últimos de abril.

A Sophie también le había sorprendido encontrar a muchos de los ya algo mayores, pero todavía elegibles solteros de la ciudad.

—Y dígame, señorita Winterton, ¿cómo encuentra a la alta sociedad después de cuatro años de ausencia? ¿Continúa conservando su atractivo?

—¿Su atractivo? No sé si esa es la palabra más adecuada, señor Lester —frunció ligeramente el ceño—. Yo hablaría de glamour, quizá. Pero cualquiera que tenga ojos en la cara puede darse cuenta de que es algo transitorio, una ilusión sin ninguna sustancia real —continuaron andando y Sophie sonrió con ironía—. Siempre he pensado que estas reuniones de la alta sociedad, en las que venimos a impresionarnos unos a otros, nos distraen de nuestras verdaderas obligaciones.

Lester la miró con expresión enigmática.

—Es usted muy sabia para los años que tiene, querida.

Sophie lo miró a los ojos y arqueó una ceja con gesto escéptico.

—¿Y usted, señor? Me cuesta creer que su punto de vista sobre este tipo de acontecimientos coincida con el mío. Siempre se ha dicho que los caballeros como usted persiguen ciertos intereses para los cuales resulta indispensable la temporada de bailes.

—Desde luego, querida. Sin embargo, no debería imaginar que esos intereses son los que pueden haberme traído a la capital en tan temprana época este año.

—¿Ha sido el aburrimiento el que lo ha traído hasta aquí? —preguntó Sophie fríamente.

—No, señorita Winterton, no ha sido el aburrimiento.

—¿No ha sido el aburrimiento? ¿Entonces, señor?

Lester se limitó a arquear una ceja con expresión indescifrable.

Sophie lo miró fríamente.

—Ah, ya entiendo. Confiese, señor, que ha sido la perspectiva de los meses que tendría que pasar envuelto en fango la que lo ha arrancado en su desesperación de Leicestershire.

Jack respondió con una carcajada.

—Se equivoca de nuevo, señorita Winterton.

—Entonces me temo que habrá sido la atracción de los salones de juego.

—La atracción ha tenido algo que ver en ello, lo admito, pero no tiene nada que ver con el juego.

Sophie pestañeó y frunció ligeramente el ceño.

—¿Ha venido en busca de fortuna?

La mirada de Jack se tornó más intensa.

—No en busca de fortuna, señorita Winterton, sino de mi futuro.

Con su mirada atrapada en la de Lester, Sophie habría jurado que el reluciente parqué que la sostenía estaba temblando. Fue débilmente consciente de que se habían detenido. La gente que los rodeaba parecía haberse desvanecido; el sonido de sus conversaciones dejó de alcanzarla. Tenía el corazón en la garganta, impidiéndole respirar.

Sophie buscó aquellos ojos azules como la medianoche, pero no pudo encontrar en ellos ningún indicio de la loca posibilidad que había asaltado su mente.

Entonces Lester sonrió.

—Creo que nuestro vals está empezando, señorita Winterton —se interrumpió y preguntó con voz profunda—: ¿Me concede este baile?

Sophie reprimió un escalofrío. Ella no era ninguna jovencita. Era una experimentada mujer de veintidós años. Ignorando los latidos de su corazón y la sutil entonación de Jack, reunió toda la dignidad que le quedaba, inclinó la cabeza y posó la mano en la de su acompañante.

Este cerró los dedos sobre los suyos. En ese instante, Sophie comenzó a dudar de la pregunta a la que había contestado. Pero aun así, siguió a Lester hasta la pista y se dejó llevar entre sus brazos. Con un rápido giro, Lester la introdujo en el círculo de danzantes; de pronto, ya solo eran una pareja más entre las muchas que bailaban en la pista.

Sophie se lo repetía una y otra vez. No había nada especial en aquel vals, no había nada especial entre ellos. Una parte de su mente formulaba aquellas frases, pero el resto no las escuchaba, absorbido como estaba en aquella silenciosa comunión con un par de ojos azules.

De pronto, Sophie se dio cuenta de que el baile había terminado. No habían dicho una sola palabra durante el mismo; pero, al parecer, las cosas estaban ya suficientemente claras para ambos. Sophie apenas podía respirar.

Jack la miraba con expresión seria y delicada al mismo tiempo, mientras volvía a hacerle posar la mano en su brazo.

—Es hora de cenar, señora mía.

Sus ojos sonreían suavemente. Y Sophie se deleitaba en su resplandor.

—Por supuesto, señor, confío en que me acompañe.

Jack sonrió ligeramente.

—Ojalá lo hiciera siempre.

Jack localizó una mesa para dos y fue a buscar un surtido de sándwiches y dos copas de champán. A continuación, se dedicaron a recordar los momentos más interesantes de las pasadas temporadas para después comenzar a formular hipótesis sobre la situación de diversos personajes.

A pesar de su despreocupada actitud, Sophie agradecía aquella distracción. Se sentía como si estuviera tambaleándose en el borde de un precipicio invisible.

La euforia persistía. Era una curiosa elevación de su ánimo; era como si el corazón se hubiera liberado del peso de la gravedad y fuera de pronto más ligero que el aire. Aquella sensación se prolongó incluso cuando Jack la acompañó diligente hasta Lucilla.

Una vez allí y recuperada por fin la compostura, Sophie le tendió la mano.

—Le agradezco estos momentos tan agradables, señor —su voz sonaba extrañamente suave y ligeramente ronca.

Un pequeño grupo de caballeros estaba esperando su llegada.

Jack los miró en absoluto complacido, pero era demasiado inteligente como para demostrarlo. En cambio, tomó la mano de Sophie y se inclinó elegantemente. Se enderezó, y, por última vez en aquella velada, dejó que sus miradas se encontraran.

—Hasta la próxima vez que nos veamos, señorita Winterton.

Y sus ojos indicaban que sería pronto.

Para consternación de Sophie, fue a verlos a la mañana siguiente.

Fue llamada por su tía para que acudiera al salón y cuando llegó, lo encontró allí, arqueando las cejas con expresión ligeramente desafiante.

—Buenos días, señorita Winterton.

Decidida a dominarse, Sophie consiguió ocultar su sorpresa bajo una máscara de serenidad.

—Buenos días, señor Lester.

Sintió el calor de la sonrisa de Jack antes de que este le soltara la mano para recibir a Clarissa, que había entrado tras ella.

Consciente de que su tía estaba pendiente de ella, Sophie cruzó hacia el diván. Su prima corrió a sentarse a su lado.

Jack volvió de nuevo a su asiento. Anteriormente, había excusado su presencia atendiendo a la súplica que le había hecho Lucilla.

—Como le estaba diciendo, señora Webb, es muy agradable encontrarse con tiempo libre antes de que la temporada esté en pleno apogeo.

—Desde luego —contestó Lucilla, mirándolo con aparente inocencia—. Sin embargo, debo confesar que el pequeño anticipo del que disfrutamos anoche me ha refrescado la memoria. Había olvidado lo agotadora que puede llegar a ser la temporada completa.

—Desde luego, viniendo directamente de la vida campestre, imagino que los bailes pueden llegar a ser una dura prueba.

—Una prueba muy ceremoniosa, por lo menos —se mostró de acuerdo Lucilla. Se volvió en su silla y preguntó—: ¿No os parece, queridas?

Clarissa sonrió radiante y abrió la boca para negar cualquier posible opinión contraria a la fiesta del día anterior, pero Sophie intervino antes que ella.

—Desde luego. Puede que no estuviera a rebosar, pero tampoco puede decirse que fueran pocos los invitados. Al final, el ambiente estaba muy cargado.

Aquella era una manera muy sencilla de no admitir un deleite sin límites y de no despreciar la capacidad de convocatoria de su anfitriona.

Jack reprimió una sonrisa.

—Desde luego. De hecho, señorita Winterton, me preguntaba

si le gustaría salir a despejarse dando un paseo por el parque. He traído mi carruaje.

—Qué espléndida idea —exclamó Lucilla, volviéndose con los ojos abiertos como platos hacia Sophie.

Pero Sophie estaba mirando a Jack.

—Yo... —de pronto, bajó la mirada hacia sus manos, que tenía entrelazadas en el regazo, sobre la muselina lila de su vestido—, debería ir a cambiarme.

—Estoy segura de que el señor Lester te excusará, querida.

Y, con un asentimiento, Sophie se retiró y corrió hacia su habitación. Una vez allí, llamó a una de las doncellas, abrió la puerta del guardarropa y sacó el vestido de paseo que Jorge le había enviado esa misma mañana, un modelo en tonos dorados con algunas sombras verdes que, cuando se movía, parecía de bronce. Sophie sostuvo el vestido contra ella frente al espejo, sonrió encantada y dio varios pasos de baile. Justo entonces, vio a la doncella mirándola desde el marco de la puerta y se detuvo bruscamente.

—Ah, estás ahí, Ellen. Pasa, necesito cambiarme.

Al mismo tiempo, en el salón, Jack estaba inmerso en una conversación para la que apenas debía emplear la mitad de su cerebro. De pronto, inesperadamente, Lucilla declaró:

—Espero que disculpe a Clarissa, señor Lester. Pero todavía estamos muy ocupados —se volvió hacia Clarissa—. ¿Te importaría ir a ver cómo están los gemelos? Ya sabes que no me quedo tranquila si no sé lo que están haciendo.

Clarissa sonrió resplandeciente, se levantó, presentó sus excusas a Jack y se marchó.

—Tienen seis años —comentó Lucilla sobre los gemelos—, una edad terriblemente imaginativa.

Jack pestañeó y decidió volver a un terreno más seguro.

—Permítame felicitarle por su hija, señora Webb. Rara vez he visto tanta belleza sumada a una disposición tan dulce. Le profetizo un gran e inmediato éxito.

Lucilla resplandecía de satisfacción.

—Desde luego. Afortunadamente, tanto para mí como para el señor Webb, y me atrevería a decir que también para Clarissa, esta temporada tiene únicamente la intención de... ensanchar sus horizontes. Su futuro ya está prácticamente decidido. Se trata de un joven caballero de Leicestershire, uno de nuestros vecinos, Ned Ascombe.

—¿Ah, sí?

—Oh, claro que sí. Pero tanto mi marido como yo consideramos que no es sensato que una joven tome una decisión tan importante sin haber... explorado antes el terreno, por así decirlo. La elección será la misma, pero ella estará mucho más segura de haber tomado la decisión correcta si le damos la oportunidad de convencerse a sí misma. Ese es el motivo por el que hemos decidido que Clarissa disfrute de toda la temporada.

—¿Y su sobrina?

—La primera temporada de Sophie fue extremadamente corta. Su madre murió a las tres semanas. Fue algo muy trágico.

Su mirada se había entristecido, Jack inclinó la cabeza y esperó.

—Ya ve, señor Lester —continuó Lucilla, alzando la cabeza para mirarlo a los ojos—, tanto el señor Webb como yo deseamos que cualquier caballero que aprecie a nuestra querida Sophie le permita disfrutar de toda la temporada en esta ocasión.

Jack sostuvo la desafiante mirada de Sophie durante lo que le pareció una eternidad, tras lo cual, inclinó casi a regañadientes la cabeza.

—Por supuesto, señora —contestó—. Cualquier caballero que aprecie a su sobrina, estoy seguro, será capaz de acatar sus deseos.

Elegante como siempre, Lucilla sonrió y se volvió hacia la puerta al oír que se corría un pestillo.

—Ah, estás aquí, Sophie.

Jack se levantó y avanzó, deleitándose en la visión que tenía ante sus ojos: Sophie había aparecido convertida en la encarnación de la elegancia.

Tranquilizada por la sonrisa de Jack y la admiración que reflejaban sus ojos, Sophie le devolvió la sonrisa y le tendió la mano. Juntos se volvieron hacia Lucilla.

—Cuidaré de su sobrina, señora Webb.

Lucilla estudió la imagen que hacían y sonrió:

—Confío en su buena voluntad, señor Lester. No tarde mucho; lady Cowper vendrá a vernos esta tarde y después tendremos que ir a casa de lady Allingcott —y con un elegante asentimiento de cabeza, los despidió.

Hasta que no llegaron al parque y Jack dejó que sus caballos estiraran las patas, Sophie no se permitió comenzar a creerse que aquello era real. Realmente estaba paseando en un carruaje con Jack Lester. La brisa fría y juguetona se enredaba entre sus rizos y por encima de ellos, las ramas de los árboles mostraban sus nuevos brotes. Mirando de reojo a su acompañante, Sophie se preguntó, y no por primera vez, qué pretendería.

—No esperaba verlo tan pronto —comentó, fijando la mirada en el camino.

Jack bajó la mirada hacia ella.

—No podía permanecer durante mucho tiempo lejos de usted —y aquello era, reflexionó casi a su pesar, completamente cierto.

En un principio, pretendía conceder a los Webb el tiempo que necesitaban para instalarse en la capital; sin embargo, no había sido capaz de resistir el impulso de invitar a Sophie a dar un paseo.

De alguna manera, esperaba cierta confusión en respuesta a su franca contestación. Pero, para su deleite, Sophie alzó la barbilla y respondió con calma:

—En ese caso, quizá pueda serme útil y explicarme quiénes son todas estas personas. Mi tía ha tenido poco tiempo para ponerme al corriente y hay muchas a las que no conozco.

Jack sonrió. Eran casi las doce, una hora perfecta para ser vistos por el parque.

—Supongo que a las señoritas Berry las conoce —respondió Jack cuando pasaron por delante de un antiguo landó detenido en el arcén del camino—. Durante toda la temporada, se las puede encontrar en ese lugar.

—Por supuesto que me acuerdo de ellas —Sophie saludó a las dos damas con una alegre sonrisa y ellas asintieron en respuesta.

—Después, tenemos a lady Staunton y a sus hijas. No tiene por qué conocerlas, aunque seguramente, su prima llegará a conocer a la más joven.

Sophie les brindó una sonrisa distante y ellas se quedaron mirándola fijamente, sin disimular su envidia. Y a pesar de la indudable pericia de Jorge, dudaba que fuera el vestido nuevo el que suscitaba tanto interés.

Continuó mirando hacia adelante y vio a una joven alta, vestida con un modelo rojo cereza, paseando por el césped del brazo de un hombre desenfadadamente atractivo. Ambos alzaron la mirada cuando el carruaje pasó cerca de ellos. El rostro de la mujer se iluminó y alzó la mano en lo que a Sophie le pareció una imperiosa llamada.

La reacción de Jack fue inmediata: se tensó. Cuando fue evidente que no solo no iba a pararse, sino que tampoco pensaba disminuir la velocidad, Sophie alzó la mirada para descubrir la fría reserva que se había apoderado de las facciones de su acompañante.

—¿Y esa era...?

Recibió una mirada de fría advertencia. Aun así, arqueó una ceja y esperó.

—Harriet Wilson —contestó Jack por fin—. Una mujer a la que, definitivamente, no necesita conocer.

Se cruzaron con otros muchos paseantes. Jack los conocía a todos y sus comentarios sobre ellos mantenían a Sophie distraída. Estaba satisfecha de su compañía y también de haber sido la elegida para aquel paseo; más tarde ya tendría tiempo de pensar en lo que eso podía significar. De momento se limitaba a sonreír y a deleitarse en el resplandor de sus ojos azules.

—¡Jack!

Aquel grito los arrancó a ambos de su ensimismamiento.

Procedía de un joven caballero de pelo oscuro que se acercaba hacia ellos en un precioso faetón.

—Llevo años buscándote —declaró el joven caballero desviando sus ojos, también de un azul intenso, de Jack a Sophie. Sonrió con alegre buen humor—. ¡Y, desde luego, no esperaba encontrarte aquí!

—Gerald —Jack saludó a su hermano y bajó la mirada hacia los caballos que tiraban de su faetón—. ¿De dónde has sacado ese carruaje?

—El faetón acaba de salir de los talleres del viejo Smither. Y los caballos son de Hardcastle. Los caballos me los dejan a quinientas libras el par. En el faetón no me hacen ninguna rebaja, ya sabes cómo son los Smither.

Jack arqueó las cejas y asintió. A continuación, le tendió las riendas a Sophie y le preguntó:

—¿Quiere hacerme el honor, querida?

Intentando disimular su sorpresa, y gratamente complacida puesto que era consciente de que pocos caballeros confiarían sus caballos a una mujer, Sophie asintió y tomó las riendas. Con una sonrisa, Jack bajó de su carruaje para admirar el de Gerald. Tanto este último como el amigo que lo acompañaba lo observaban sin poder disimular su impaciencia.

—No está nada mal.

Gerald sonrió encantado.

—Pero permíteme presentarte a la señorita Winterton. Señorita Winterton, este es el menor de mis hermanos, Gerald Lester.

Mientras su hermano presentaba a lord Somerby, el joven que lo acompañaba, Jack le dirigió una última mirada al faetón, se volvió después hacia Gerald y dijo:

—Y ahora, tendrás que perdonarnos. Tengo el deber de llevar a la señorita Winterton a su casa.

—¡Jack! No bromees, ¿debo quedármelo o no?

Jack se echó a reír.

—Yo me lo quedaría. Pero asegúrate de que los Smither te hacen un buen precio. Pásate por mi casa esta noche y te entregaré un cheque.

Aunque era su propio dinero el que Gerald iba a gastar, Jack, en su condición de fideicomisario, tenía que aprobar las transacciones de su hermano.

—Pasaré alrededor de las siete —contestó Gerald con una enorme sonrisa, y desapareció con su faetón por la larga avenida.

Sophie alzó la mirada sonriente hacia Jack. Este, como si estuviera sosteniendo su mirada, se volvió hacia ella.

—Y ahora, me temo que tengo que devolverla a Mount Street.

Y sin más, azuzó a los caballos, que giraron por la principal avenida.

—¡Sophie, querida! —los saludó lady Osbaldestone desde uno de los carruajes—. Así que tu tía por fin ha regresado a la ciudad.

—Desde luego, señora —Sophie se inclinó en su asiento para estrecharle la mano—. Estaremos aquí toda la temporada.

—¡Cuánto me alegro! Ya era hora de que volvieras a estar entre nosotros.

Jack intercambió saludos con la dama y tuvo que resignarse a ser ignorado durante los siguientes diez minutos. La falta de preocupación de lady Osbaldestone al encontrar a una joven de la que se preciaba de ser mucho más que conocida en compañía de Jack, le hizo sonreír para sí con ironía. Había habido otro tiempo, no muy lejano, en el que no se habría mostrado tan contenta. Sin embargo, el hecho de que hubiera dado a conocer que estaba buscando esposa le había concedido cierta aceptación entre las grandes damas.

Esperó a que se hubieran despedido de la dama en cuestión y hubieran emprendido de nuevo el camino hacia las puertas del parque para comentar:

—Lady Osbaldestone parece bastante decidida a verla bien casada.

—Desde luego, todas están muy ocupadas urdiendo estrategias para casarme.

—¿Todas?

—Todas las amigas de mi madre —le aclaró—. Me ven como una especie de huérfana desvalida y están dispuestas a verme «adecuadamente establecida de una vez por todas».

Pronunció las últimas palabras imitando la entonación de lady Osbaldestone y alzó la mirada hacia Jack, esperando verle sonreír al imaginarse a tantas damas preocupadas por su bienestar. Pero Jack permanecía con el rostro pétreo, carente por completo de expresión.

Ansiosa por encontrar una razón para aquel gesto, buscó en las profundidades de sus ojos. Jack vio desaparecer lentamente su sonrisa para ser sustituida por una desconcertada y clara pregunta.

—Sophie... —Jack tomó aire y miró hacia adelante, justo a tiempo de evitar una colisión contra un tílburi que cruzaba en aquel momento las puertas del parque a gran velocidad.

Soltó una maldición. En el consiguiente caos que se produjo mientras tranquilizaba a sus caballos, recibió las lamentables disculpas del propietario del tílburi, un joven con apenas edad para afeitarse.

En cuanto el tílburi se alejó, Jack se volvió hacia Sophie.

—¿Está bien?

—Sí —Sophie le dirigió una sonrisa radiante, aunque por dentro se preguntaba si sería cierto.

Jack se obligó también a sonreír.

—Será mejor que la lleve cuanto antes a casa si no quiero que su tía me prohíba volver a verla.

Sophie no dejó de sonreír.

—Mi tía es una mujer muy comprensiva.

Aquel, pensó Jack, era el eufemismo más grande que había oído en toda su vida. No hizo ningún esfuerzo por romper el silencio hasta que llegaron a Mount Street. E, incluso entonces, tras entregarle las riendas a Jigson, se abstuvo de hacer ningún comentario. Se limitó a bajar y a ayudarla a descender rápidamente.

Tal como esperaba, Sophie no mostró signo alguno de nerviosismo, Permanecía frente a él, arqueando ligeramente una ceja con expresión interrogante.

A pesar de sí mismo, Jack sonrió. Esbozó aquella lenta y sensual sonrisa que normalmente utilizaba para esconderse de las damas de buena familia.

Sophie no lo desilusionó. Estudió su rostro, analizando obviamente su sonrisa y continuó mirándolo con las cejas arqueadas.

Jack rio suavemente, pero sacudió la cabeza.

—Este no es el momento todavía. Una vez más, querida, hasta nuestro próximo encuentro.

CAPÍTULO 6

Para Sophie, el resto del martes y todo el miércoles pasaron en un abrir y cerrar de ojos. Tal como se esperaba, lady Cowper fue a verlos y Lucilla y ella pasaron toda una hora hablando entre ellas. Sophie miraba por la ventana con expresión distante.

Regresó al presente cuando la dama se marchó y le dirigió una radiante sonrisa a modo de despedida. La sonrisa continuaba en su rostro mucho tiempo después de que el carruaje de lady Cowper se hubiera alejado calle abajo.

—Bueno, queridas —dijo Lucilla cuando regresó al salón—, a la luz de los argumentos de lady Cowper, tenemos que reconsiderar nuestra estrategia.

—¿Cómo es eso, tía? —la verdad era que Sophie no era capaz de recordar gran parte de la conversación de lady Cowper.

—Porque, querida, las invitaciones están creciendo día a día y tenemos que comenzar a establecer una táctica.

Sophie intentó concentrarse en lo que quería decir su tía. Pero cada vez que se callaba, su mente comenzaba a valorar los matices de cierta voz o la luz que iluminaba unos ojos azules. Frunció el ceño y se esforzó en borrar aquellos pensamientos de su mente.

—¿Te refieres a que sería necesario adelantar el baile de presentación de Clarissa?

—Me parece que es indispensable. Mientras no la presentemos en sociedad, no podrá estar presente en los bailes y las fiestas que, como mi querida Emily ha señalado, preceden este año al comienzo de la temporada —Lucilla hizo una mueca—, pero no es una decisión que se pueda tomar a la ligera —estuvo pensando en silencio y se enderezó—. Esta tarde tenemos que ir a visitar a lady Allingcott y mañana por la noche se celebra la fiesta de lady Chessington, mañana está la de los Almack, incluso ellos han empezado antes de lo previsto este año. Y os suplico que mantengáis los oídos atentos. Dependiendo de lo que todas oigamos, creo que podríamos comenzar con una fiesta improvisada, solo para los más jóvenes, la semana que viene. Y dejar el baile de Clarissa para una semana después. Se tratará simplemente de adelantarlo todo un poquitín —se volvió hacia Clarissa—, ¿qué tienes que decir, querida?

—¡Suena maravilloso! Pero no me gustaría perderme ninguno de los bailes de las siguientes semanas.

—¿Y por qué ibas a tener que hacerlo? Esta es tu temporada, mi amor, y has venido a disfrutarla —le dirigió una sutil sonrisa—, como dijo *madame* Jorge: «lo conseguiremos».

Sophie no tenía nada que decir en contra de los planes de su tía. El señor Lester, por supuesto, no estaría presente en los bailes y las fiestas informales que ofrecían las familias de las más jóvenes para hacerles más fácil su presentación en sociedad. Hasta que Clarissa no hubiera sido presentada oficialmente, tanto ella como el resto de las damas de la familia deberían limitarse a asistir a ese tipo de acontecimientos sociales, lo cual no estaba mal en el caso de que no hubiera otras ofertas. Pero aquel año, la temporada iba a ser diferente.

Acudieron a casa de lady Allingcott, a la fiesta de lady Chessington, y el miércoles visitaron a lady Hartford, a la familia Smythe y después asistieron al baile de los Almack, pendientes en todo momento de lo que el resto de los invitados tenía que decir y de los acontecimientos sociales previstos para la temporada.

Durante el desayuno de la mañana siguiente, Lucilla convocó un consejo de guerra.

—Y ahora, prestad atención. He consultado con tu padre, Clarissa, y está de acuerdo conmigo. Celebraremos tu baile de presentación en sociedad dentro de dos semanas.

Clarissa soltó un grito; sus hermanos comenzaron a hacer muecas, burlándose de ella.

—Y además —Lucilla levantó ligeramente la voz—, no veo razón suficiente como para no invitar a la fiesta a algunos caballeros que ya nos son conocidos.

Sophie sabía que su sonrisa era casi tan radiante como la de Clarissa. Era ridículo el júbilo que la invadió al pensar que iba a poder verlo otra vez. Vivía esperando ese momento, pero, dado que Lester no había parecido en casa de los Almack, seguramente no volverían a verse hasta que Clarissa hubiera debutado y ellas pudieran moverse libremente en todos los ámbitos sociales.

A no ser, por supuesto, que la invitara a salir a pasear otra vez.

Pasó el resto de la mañana pendiente de la puerta. Cuando llegó la hora del almuerzo sin que el señor Lester hubiera llamado, dejó a un lado su desilusión y, con una sonrisa radiante en los labios, bajó al comedor. Estaba decidida a ocultar su verdadero ánimo.

Y fue al día siguiente por la tarde cuando, en casa de la señora Morgan-Stanley, la burbuja de su felicidad se pinchó.

Al entrar en el salón, Lucilla se reunió inmediatamente con el círculo de damas que se había formado en torno a la chimenea. Clarissa cruzó hacia los ventanales, donde se habían retirado las más jóvenes a intercambiar sueños. Con una confiada sonrisa, Sophie se acercó un pequeño círculo de jóvenes para las que aquella no era su primera temporada. Estaba tomando el té con ellas en una esquina cuando, en medio de una discusión, la señorita Billingham, una joven delgada y de facciones duras, la miró de reojo.

—¡Por supuesto! Era la señorita Winterton, la vimos en el parque la otra mañana, paseando en un carruaje con el señor Lester.

—¿Con el señor Lester? —la señorita Chessington pestañeó asombrada—. Pero yo pensaba que él nunca se exhibía a solas con una mujer.

—Hasta ahora no —admitió la señorita Billingham, con el aire de una persona que hubiera dedicado largas horas de estudio a ese asunto—. Pero es evidente que al final se ha dado cuenta de que tiene que cambiar de métodos —cuando las demás, Sophie incluida, la miraron con expresión interrogante, la señorita Billingham consintió en explicar—: Bueno, es de sobra sabido que debe hacer una buen boda. Más que buena, puesto que tiene varios hermanos y todo el mundo sabe que los Lester apenas tienen un penique.

Sophie no fue la única que pestañeó ante la crudeza de su planteamiento, pero en su caso, el gesto fue puramente reflejo. Su mente corría a toda velocidad y sentía un terrible vacío en la boca del estómago.

—Mi madre siempre ha mantenido que en algún momento tendría que ocurrir. La última temporada pareció dedicarla a buscar una diosa. Probablemente, haya empezado a comprender que no puede aspirar tan alto.

La señorita Billingham miró a Sophie. Las demás, siguieron el curso de su mirada.

—Supongo que, al estar al principio de la temporada, ha decidido divertirse un poco y echar mano de algo práctico y seguro, por así decirlo, buscando su compañía, señorita Winterton.

Sophie palideció al asimilar el significado de aquellas palabras. Un brillo de satisfacción iluminaba los ojos de la señorita Billingham. Pero el orgullo acudió al rescate de Sophie, que se irguió, alzó la barbilla y la miró con gélida altivez.

—Me atrevería a decir, señorita Billingham, que quizá el señor Lester no haya encontrado a alguien que responda a sus propósitos, puesto que no puede decirse que yo sea una persona particularmente rica.

Al principio, la señorita Billingham no entendió la alusión, pero la dificultad del resto del círculo para disimular sus sonrisas por fin le hizo comprenderla. Su rostro se puso rojo como la grana. Abrió la boca y miró a su alrededor en busca de apoyo. Como no encontró ninguno, musitó algo y dio media vuelta para ir a reunirse con su madre.

—No le haga ningún caso —le aconsejó la señorita Chessington—, está furiosa porque el año pasado Lester no la tuvo en cuenta para nada.

Sophie se esforzó en devolverle la sonrisa.

—Por supuesto que no le haré caso. Pero, ¿y usted qué esperanzas tiene? ¿Tiene interés en alguien en particular?

—¡Dios mío, no! Yo estoy decidida a divertirme. Toda esa molestia del marido la dejaré para más adelante.

Pensando que, varios meses atrás, ella habría estado igual de despreocupada, Sophie apartó de su mente la idea del matrimonio y se aferró al animado espíritu de la señorita Chessington hasta que llegó la hora de marcharse.

Una vez de vuelta en la tranquilidad del carruaje de su tía, regresó la fría razón y con ella la tristeza que amenazaba con envolverla. Sophie cerró los ojos y apoyó la cabeza en el asiento.

—¿Te encuentras bien, querida?

La voz de Lucilla interrumpió los pensamientos de Sophie. Intentó sonreír, pero el resultado fue poco más que una mueca.

—Me duele un poco la cabeza. El salón de la señora Morgan-Stanley me ha parecido un poco claustrofóbico.

Fue la mejor excusa que se le ocurrió.

Mientras el carruaje continuaba rodando con firmeza, Sophie mantuvo los ojos cerrados. A pesar de todas sus maquinaciones, pensó, Lucilla siempre la había protegido. Si Jack Lester no fuera un pretendiente recomendable, no habría permitido su amistad. Su tía era una mujer muy inteligente. Pero, ¿de verdad podía confiar plenamente en su perspicacia?

Quizá la señorita Billingham estuviera equivocada.

Aquella posibilidad le permitió descansar durante el resto del día. Hasta que, al final de la jornada, la pequeña reunión musical celebrada en casa de lady Orville terminó con todas sus esperanzas.

Y fue la anciana lady Matchman la que desinfló definitivamente sus ilusiones. Lady Matchman era una mujer pequeña, de pelo cano y ojos plateados, un alma buena que, al menos por lo que Sophie sabía, jamás había hecho intencionadamente daño a nadie.

—Sé que no te importará que te lo comente, Sophie, querida, tú sabes lo unida que estaba a tu madre, para mí era casi una hija... Fue tan triste que nos dejara —se le llenaron los ojos de lágrimas y se llevó la mano a los ojos para secárselas—. Qué tonta soy —sonrió con determinación mientras se sentaba en una silla—. Pero esa es precisamente la razón por la que tengo que decirte algo, Sophie, porque no podría vivir sabiendo que has sufrido un daño que yo podría haber evitado.

Una mano de hierro se cerró sobre el corazón de Sophie. Paralizada, miró a lady Matchman, intentando comprender.

—Debo decir que yo pensaba que Lucilla te habría advertido, pero, sin duda alguna, como acaba de regresar a la capital, quizá no esté al corriente de todo.

El frío que crepitaba en el interior de Sophie había alcanzado su mente. No se le ocurría ninguna manera de interrumpirla. No quería oír nada más, pero la dama continuaba, con su amable tono, matando cualquier posible esperanza.

—Es acerca del señor Lester, querida. Es un hombre tan atractivo, tan caballeroso y con tan buenas relaciones... Pero necesita una esposa rica. Muy rica. Lo sé porque yo conocía a su tía. Siempre se ha sabido que los Lester tendrían que hacer un matrimonio por dinero. Es algo tan descorazonador.

Sophie sentía un doloroso nudo en el pecho; sus facciones parecían haberse congelado. No podía hablar.

Lady Matchman le palmeó la mano.

—Te vi en el parque, en su carruaje. Y me atrevería a decir que él es todo lo que una chica como tú podría desear. Pero créeme, Sophie, querida, no es para ti.

Sophie pestañeó rápidamente. El corazón le dolía. El cuerpo entero le dolía. Pero no podía dar rienda suelta a su dolor en medio de la sonata que estaba tocando la señorita Chessington. Tragó saliva. Haciendo un esfuerzo sobrehumano, consiguió esbozar una débil sonrisa.

—Gracias por su advertencia, lady Matchman —y no se atrevió a decir nada más.

Cuando al final de la noche se dirigían de regreso a casa, la luz de una farola iluminó plenamente el rostro de Sophie. Lucilla la miró con preocupación.

—Sophie, mañana te quedarás en la cama. No quiero que enfermes en esta época del año.

—Sí, tía —aceptó Sophie dócilmente, e ignorando las miradas interrogantes de su prima, subió los escalones de la entrada.

El día siguiente amaneció, pero no llevó con él alivio alguno. Desde detrás de la cortina de su dormitorio, Sophie vio a Jack Lester bajar los escalones de la entrada de su casa, montarse en su carruaje y alejarse a toda velocidad. Sophie estuvo observándolo hasta verlo desaparecer en una esquina; después, con un enorme suspiro, regresó al interior de su habitación.

Lester había ido a invitarla a dar un paseo y se había encontrado con la noticia de su indisposición.

Sophie sorbió sonoramente y caminó desanimada hasta la cama. Al pasar por delante del tocador, vio su rostro en el espejo. Unas oscuras ojeras enmarcaban sus ojos; las mejillas estaban pálidas, los labios secos.

La advertencia de la señora Matchman había llegado demasiado tarde. Durante las largas horas de la noche, Sophie se había enfrentado a un hecho desconcertante: la delicada semilla del amor había caído en su corazón y, al calor de la sonrisa de Jack, había florecido.

Pero ella no era un buen partido. Nada podía cambiar esa fría y cruel realidad. Los días que tenía por delante no iban a ser nada fáciles.

CAPÍTULO 7

Incluso Picadilly estaba abarrotada. Jack frunció el ceño mientras dejaba las sombreadas avenidas del parque tras él y se obligaba a conducir a sus caballos entre el tráfico, de carruajes y pedestre, que abarrotaba la calle principal.

Hizo una mueca ante la lentitud con la que avanzaba y sujetó las riendas con firmeza. Su carruaje avanzaba tan lentamente como él. Suponía que su relación con Sophie Winterton estaba progresando satisfactoriamente, pero aun así, no era aquel paso de tortuga el que se había imaginado cuando había decidido cambiar la informalidad del campo por las delicias de la ciudad. El pequeño baile de lady Entwhistle le había hecho albergar alguna esperanza. Y, sin embargo, aquella mañana, la tía de Sophie había dejado muy claro que no pensaba permitir que su sobrina se levantara.

Lo cual, en su presente situación, era un serio revés.

No había visto a Sophie desde hacía casi una semana y, cuando por fin se había decidido a ir a visitarla, lo habían informado de que estaba enferma. Por un momento, se había preguntado si su indisposición sería real o se trataría de una de las artimañas de las que se valían a veces las mujeres, pero rápidamente había descartado aquella posibilidad. Tras regañarse a sí mismo por ser tan susceptible, le había encargado a Pinkerton, su criado, un ramo de rosas amarillas que había enviado a Mount Street con una tarjeta sin firmar en la que le deseaba a la señorita Winterton una pronta recuperación.

El sábado y el domingo, la había buscado en el parque mañana y tarde, pero no había visto en ningún momento el carruaje de los Webb.

Al parecer, el destino lo había abandonado. A pesar del resplandeciente sol, su imagen de la temporada iba haciéndose cada vez más sombría.

Un organillero estaba haciendo bailar a su mono en la calle, bloqueando la calzada para disgusto de comerciantes y de viandantes poco inclinados a esa clase de entretenimientos. Jack sonrió y volvió a prestar atención a sus caballos. Y, mientras lo hacía, un fogonazo dorado llamó su atención.

Se volvió, buscó entre la multitud que poblaba la acera y vio a Sophie con Clarissa tras ella, los dos chicos y Amy. Mientras observaba, la pequeña comitiva se detuvo ante la puerta de una tienda y a continuación, tras dejar a la doncella y al criado que los acompañaba en el exterior, se adentraron en ella.

Jack leyó el letrero de la tienda y sonrió. Acercó su carruaje a la acera y, tras pedirle a Jigson que se hiciera cargo de las riendas, bajó y entró por la misma puerta por la que acaba de entrar Sophie.

La puerta se cerró tras él, separándolo bruscamente del bullicio de la calle. El tranquilo y refinado ambiente de la que era una librería y biblioteca lo envolvió. Allí nadie elevaba la voz. Pero a pesar de la tranquilidad, la librería estaba abarrotada. Jack buscó entre las cabezas, pero no encontró lo que buscaba. Un remolino perturbó la calma. Jack vio entonces a Jeremy, a George y a Amy peleándose por hacerse un hueco en el escaparate para poder continuar viendo lo que ocurría en la acera.

Con una sonrisa, Jack se acercó al primer pasillo de libros y fingió buscar entre los títulos. Continuó buscando y, en el tercer pasillo, descubrió a Sophie alzando la mirada hacia una novela con un evidente deseo de bajarla. La novela en cuestión estaba apretada entre otras dos, en la estantería más alta, prácticamente fuera de su alcance.

Sophie pensó en pedirle al dependiente que se la bajara, pero hizo una mueca; al entrar se había mostrado excesivamente empalagoso con ella. De modo que lo intentaría una vez más antes de rendirse a sus atenciones.

Tomó aire, se estiró e intentó alcanzar el libro.

—Permítame, querida.

Sophie se sobresaltó. Se volvió bruscamente y el color abandonó su rostro.

—¡Oh! Ah... Vaya, señor Lester. Este es el último lugar en el que esperaba encontrarlo.

—Me lo imagino. Ni siquiera yo habría esperado encontrarme aquí. Pero la he visto entrar y no he podido dominar el deseo de echar un vistazo a un establecimiento tan atractivo. Es extraño, ¿verdad?

—Desde luego —Sophie le dirigió una fría mirada—. De lo más extraño.

Aceptó el volumen que Lester le tendía, recordándose su sensata determinación de ver a aquel hombre como él mismo la veía: como una simple conocida.

—Le agradezco sinceramente su ayuda, señor, pero no quiero que siga perdiendo el tiempo por mí.

—Le aseguro que no lo estoy perdiendo. He encontrado lo que he venido a buscar.

—¿Ah, sí? La verdad es que no pensaba que fuera usted un hombre particularmente inclinado a la lectura.

—Le confieso que soy más hombre de acción que de introspección.

—Quizá sea preferible, dadas las grandes propiedades que debe dirigir.

—Muy probablemente.

—Estás aquí, Sophie. Oh, hola, señor Lester —Clarissa apareció por la esquina del pasillo y sonrió alegremente cuando Lester se inclinó ante ella.

Jack le estrechó la mano.

—¿Ya ha encontrado suficientes novelas para mantenerse entretenida, señorita Webb? —miró el montón de libros que Clarissa llevaba entre las manos.

—Oh, sí —contestó Clarissa—. ¿Estás lista, Sophie?

—Sí, supongo que será mejor nos vayamos antes de que Jeremy termine cayéndose por la ventana.

Cuando Sophie y Clarissa terminaron el proceso de préstamo

de las novelas, la primera sintió que alguien le quitaba el paquete de libros de las manos

—Permítame —Jack sonrió cuando Sophie alzó la mirada ligeramente sorprendida.

—Si no le importa, las acompañaré a Mount Street.

Sophie vaciló un instante. Después, bajó los párpados e inclinó la cabeza.

—Gracias, se lo agradezco.

Con Clarissa a su lado, la conversación se hizo muy fluida. Mucho más de lo que Sophie esperaba. De hecho, los escalones de la casa de su tío aparecieron ante ellos mucho antes de lo que esperaban. Jeremy y George los subieron de dos en dos para llamar al timbre, seguidos de cerca por Amy. Con una alegre sonrisa, Clarissa se despidió de su acompañante y siguió a sus hermanos mientras se abalanzaban hacia la puerta.

Sophie conservó en todo momento la compostura y, sosteniendo la puerta abierta, recibió los libros de manos de Lester y dijo con calma:

—Gracias por su acompañamiento, señor Lester. Sin duda alguna, volveremos a vernos en cuanto comiencen los bailes.

—Me temo, querida, que me supone demasiada paciencia —se interrumpió un instante y escrutó su rostro con la mirada—. ¿Le importaría que viniera a buscarla para salir a pasear otra vez?

Sophie contuvo la respiración y deseó ser capaz de mentir. Pero cuando Lester arqueó una ceja y fijó en ella la mirada, se oyó decir a sí misma.

—Me encantaría, señor. Pero —se precipitó a añadir—, me temo que no soy dueña de mi tiempo. Mi tía ha decidido comenzar a recibir invitados y debo ayudarla cuando me lo requiera.

—Desde luego, querida. Pero estoy seguro de que su tía no querrá mantenerla escondida —tomó su mano, la miró a los ojos, y acercó los dedos a sus labios.

—¡No! —tan sorprendida como el propio Lester por su negativa, Sophie se quedó mirándolo de hito en hito—. Adiós, señor Lester —susurró en un tono apenas audible.

Jack se sintió como si acabaran de darle un golpe en la cabeza. Sophie se volvió y desapareció en el interior de la casa sin mirar atrás.

Al verse solo en medio de la acera, Jack tomó aire y, con expresión pétrea, se alejó a grandes zancadas de allí.

¿Qué demonios había hecho mal?
Aquella pregunta estuvo persiguiendo a Jack durante tres días y continuaba repitiéndose incesantemente en su cerebro aquella fría tarde en la que subió los escalones de la casa de los Webb para llamar a la puerta. A pesar de sus iniciales intenciones, aquella era la primera vez que volvía a Mount Street después de su inesperada excursión a la biblioteca. Aquel día, había vuelto a su casa de un pésimo humor, que solo había visto ligeramente aliviado al descubrir la invitación que lo estaba esperando.

El señor Horatio Webb tiene el placer de invitar al señor Jack Lester al baile que se celebrará el jueves por la noche.

Aquellas palabras no habían disipado el negro nubarrón que parecía haberse instalado sobre él, pero al menos, le habían concedido una tregua.

Tras ser recibido por el mayordomo, Jack subió las escaleras, y al entrar en el salón, se detuvo en el umbral de la puerta y miró a su alrededor contemplando aquel ambiente cálido y acogedor. No había demasiados invitados, lo que dejaba espacio suficiente para bailar, pero era evidente que los anfitriones no estaban decepcionados por la respuesta a su invitación. Descubrió inmediatamente a Sophie. Para él, no había una sola mujer comparable a ella, envuelta aquella noche en una seda del color de la miel. Haciendo un enorme esfuerzo, se obligó a desviar la mirada hacia sus anfitriones. Al verlo, Lucilla salió inmediatamente a recibirlo.

—Buenas noches, señor Lester.

—Señora Webb. ¿Puedo decirle que me he sentido muy honrado al recibir su invitación?

—Soy yo la que se alegra de verlo. Me preocupaba que nuestra querida Sophie pudiera encontrar un poco aburrida nuestra presente ronda de compromisos. ¿Podría atreverme a esperar que la ayudara a aliviar su aburrimiento?

—Desde luego, señora. Estaré encantado de hacer todo lo que pueda para ayudarla.

—Sabía que podía confiar en usted, señor Lester —con un gesto imperioso, lo agarró del brazo—. Ahora acompáñame a hablar con el señor Webb.

En el otro extremo del salón, Sophie estaba charlando con un grupito de damas de su misma edad. Algunas, como la señorita Chessington, habían sido invitadas específicamente para que le hicieran compañía, mientras que otras, como la señorita Billingham, tenían hermanas pequeñas que hacían su presentación en sociedad ese mismo año. Gradualmente, había ido sumándose a ellas un pequeño grupo de caballeros.

Ahogando un suspiro, Sophie se aplicó a la tarea de mantener viva la conversación, una tarea fácil, estando apoyada por la siempre efervescente señorita Chessington.

—He oído —estaba comentando—, que habrá un duelo en Paddington Green entre lord Malmsey y el vizconde de Holthorpe.

—¿Y por qué? —preguntó la señorita Billingham, estremecida.

Belle Chessington miró a los caballeros que las acompañaban.

—¿Y bien, señores? ¿Nadie puede aclararnos este pequeño misterio?

—No creo que ese sea el tipo de cosas de las que unas damas quieran oír hablar —respondió el señor Allingcott.

—Si es eso lo que crees —le informó la señorita Allingcott a su hermano mayor—, es que no sabes nada sobre damas, Harold. La razón de un duelo siempre es una información emocionante.

—¿Y alguien conoce algún detalle más sobre la ascensión de un globo aerostático en Green Park? —preguntó Sophie.

En menos de un minuto, había conseguido distraer a sus invitados. Sophie alzó la mirada... y deseó poder atarle una campanilla a Jack Lester al cuello. Una campanilla, un cascabel, cualquier cosa que pudiera advertirla de su presencia.

Lester sonrió y, por un instante, Sophie se olvidó de dónde estaba.

—Buenas noches, señor Lester —se oyó decir a sí misma, como en la distancia.

Deseaba fervientemente que su sonrisa no fuera tan reveladora como sus sentimientos.

—Señorita Winterton.

La sonrisa de Lester no era cálida ni delicada, lo que le hizo sospechar a Sophie que quizá había sido demasiado transparente. Sin perder la compostura, se volvió y sorprendió el ávido resplandor de la mirada de la señorita Billingham.

—¿Conoce a la señorita Billingham, señor?

—Oh, sí —respondió Augusta Billingham con expresión coqueta—, desde luego. El señor Lester y yo somos viejos conocidos —le tendió la mano con una sonrisa empalagosamente dulce.

Jack vaciló un instante, pero le estrechó la mano y la saludó con una corta reverencia.

—Señorita Billingham.

—Y esta es la señorita Chessington.

La radiante sonrisa de Belle no tenía nada que ver con la de Augusta.

—Señor.

Jack le sonrió con naturalidad y permitió que Sophie le presentara al resto de sus acompañantes. Cuando la joven terminó, él comenzó a sentirse ligeramente fuera de lugar, pero aun así, se resistía a separarse de Sophie.

Cuando los músicos comenzaron a tocar, le susurró al oído:

—Espero que regrese después del baile, señorita Winterton. Me sentiría prácticamente perdido en este lugar si no fuera por la tranquilidad que me brinda su presencia.

Sophie alzó la cabeza y lo miró a los ojos.

—Qué descarado —le susurró en respuesta. Pero no pudo evitar una sonrisa.

Mientras Sophie bailaba, Jack intentó iniciar una conversación con algunos de los caballeros más jóvenes. Estos parecían ligeramente intimidados. Aquello le hacía sentir a Jack cada uno de sus treinta y seis años y lo reafirmaba en su determinación de poner fin cuanto antes a su vida de soltero.

Cuando la música se detuvo, Jack se acercó a Sophie. Esta se dirigía hacia el final del salón, donde había vuelto a reunirse su pequeño grupo, y reía con expresión despreocupada al lado de su joven acompañante. Jack la miró a los ojos y advirtió que se operaba en ella un cambio sutil.

Sophie se obligó a continuar riendo, negando la repentina tensión de sus pulmones y le dirigió a Jack una mirada burlona.

—¿Ha sobrevivido, señor?

Con un único y fugaz movimiento de ceja, Jack se deshizo del acompañante de Sophie. Nervioso, el joven inclinó la cabeza y musitó algo ininteligible antes de marcharse.

Tras darle las gracias por el baile, Sophie se volvió hacia Lester con el ceño fruncido.

—Creo que es injusto aprovecharse de su edad.

—Me temo, querida que mi... que las marcas de mi experiencia son imborrables. Me siento como el proverbial lobo entre los corderos.

Su mirada dejó a Sophie sin respiración. Ella arqueó fríamente una ceja y fijó después la mirada en sus amigos.

Lester se dirigía hacia ellos, pero sin ninguna prisa. Y tampoco hizo ningún intento por iniciar una conversación, lo cual la dejó tiempo suficiente, si no para recobrar la compostura como le habría gustado, al menos sí para reconocer la verdad de su observación.

Jack Lester estaba fuera de lugar. Y no solo por sus modales, tan fríamente arrogantes, sino también por su aspecto, su innegable elegancia y su experiencia. Nadie que lo mirara podía dudar de lo que era: un peligroso vividor.

Sophie frunció el ceño y se preguntó por qué sus sentidos se negaban a registrar lo que seguramente era un miedo razonable.

—¿Por qué ese ceño?

Sophie alzó la mirada y descubrió a Jack mirándola con expresión pensativa.

—¿Preferiría que la dejara con sus amigos más jóvenes?

—No —le aseguró ella, y supo mientras lo decía que era cierto.

Una llama iluminó los ojos profundamente azules de Lester.

Al cabo de unos segundos, Jack se inclinó para susurrarle al oído:

—Creo que está a punto de comenzar un vals. ¿Me concedería el honor de bailarlo conmigo?

Sophie desvió la mirada e inclinó la cabeza. Juntos, regresaron al pequeño círculo de amigos. Jack se mantuvo a su lado, aunque ligeramente detrás.

Veinte minutos después, oyó que los músicos comenzaban a tocar. Sophie, que sabía perfectamente que continuaba detrás de ella, se volvió hacia él, ofreciéndole tímidamente su mano.

Con una sonrisa de alivio y anticipación al mismo tiempo, Jack se inclinó y la condujo a la pista de baile.

Pero su alivio apenas duró. Una sola vuelta en la pista de baile fue suficiente para indicarle que estaba pasando algo. Su pareja de baile sonreía e incluso permitía que sus miradas se encontraran. Pero permanecía tensa entre sus brazos, no estaba tan relajada como la vez anterior, y su sonrisa tenía un cierto tono de amargura.

La preocupación de Jack Lester crecía a cada paso. Al cabo de un rato, le comentó con delicadeza:

—Había olvidado preguntárselo, señorita Winterton. Sinceramente, espero que se haya recuperado de su indisposición.

Momentáneamente distraída de su esfuerzo por mantener alerta los sentidos para protegerse de la proximidad de Lester, Sophie pestañeó y después se sonrojó. El sentimiento de culpa la invadió.

—Sí, claro —se precipitó a asegurarle—. Yo... —buscó las palabras adecuadas para no tener que mentir—, no era nada serio, solo un ligero dolor de cabeza. Además, señor, me temo que he olvidado darle las gracias por su amable regalo. Porque las envió usted, ¿verdad? Me refiero a las rosas amarillas.

Para su inmenso alivio, Lester asintió y le dirigió una sonrisa sincera, aunque ligeramente distante.

—Solo espero que le alegraran el día —fijó en ella su mirada—. Como usted alegra los míos.

Las últimas palabras fueron apenas un susurro, pero hicieron sonar las campanas de alarma en la mente de Sophie. De pronto se sentía fatal. ¿Cómo iba a poder continuar fingiendo de esa manera? Jamás funcionaría. Ella no era suficientemente rica; al final Lester lo averiguaría...

La tristeza se reflejaba claramente en su mirada.

—¿Sophie? —le preguntó Jack con el ceño fruncido.

La música llegó al final. Jack Lester la soltó un instante, pero solo para hacerle posar la mano en su brazo.

—Vamos, paseemos un poco.
Sophie abrió los ojos como platos.
—Oh, no, de verdad. Será mejor que volvamos.
—Sus amigos podrán sobrevivir unos minutos sin usted. Hay una ventana abierta al final de la habitación. Creo que le vendría bien tomar aire.

Sophie sabía que el aire fresco la ayudaría, pero el hecho de que Jack Lester hubiera sido suficientemente sensible como para sugerirlo no la ayudaba en absoluto.

—Venga, siéntese —Jack la guió hasta una de las sillas apoyadas en la pared.

Sophie se sentó. Sentir el frío de la madera en la espalda y en los hombros la ayudó a pensar.

—Quizá, señor Lester, podría pedirle que me trajera algo de beber.

—Por supuesto —respondió Jack.

Se volvió y le hizo un gesto a uno de los camareros, al que despachó en busca de un vaso de agua. Sophie disimuló su consternación.

—Y ahora, señorita Winterton —dijo Jack, volviéndose para mirarla—, va a decirme lo que le ocurre.

Era una orden, ni más ni menos. Sophie tomó aire y se obligó a sostenerle la mirada.

—¿Que qué me ocurre? —abrió los ojos como platos—. Vaya, señor Lester, no me ocurre nada —extendió las manos con un gesto de perplejidad—, solamente estoy un poco acalorada.

—Sophie...

Mantenía los ojos fijos en los de ella y estaba comenzando a acercarse.

—Su vaso de agua, señorita.

Sophie desvió la mirada y se volvió hacia el camarero.

—Gracias, John —tomó el vaso y despidió al camarero con una sonrisa.

Tuvo que hacer un serio esfuerzo de concentración para mantener el vaso firme. Con la mirada fija en las parejas que bailaban en la pista, se llevó el vaso a los labios y bebió. Un silencio atroz los envolvía.

Al cabo de unos minutos, Sophie se sintió suficientemente fuerte como para alzar la mirada. Lester la estaba observando con expresión imperturbable, pero ya no le parecía tan amenazador.

—Gracias, señor —le dijo Sophie—, ahora me encuentro mucho mejor.

Jack asintió. Pero antes de que pudiera encontrar las palabras para formular cualquier otra pregunta, distrajo su atención un grupo de jóvenes que reía a menos de tres metros de distancia.

Sophie también miró y vio a su prima rodeada de un grupo de caballeros que se disputaban su atención. Al advertir la amargura en la casi siempre radiante expresión de su prima, Sophie frunció el ceño.

—No parece que esté muy cómoda.

Jack volvió a alzar la mirada hacia la joven belleza y tensó los labios al ver los jóvenes festejantes interrumpiéndose bruscamente para ganarse su favor.

—En ese caso, me temo que tendrá que abandonar la ciudad —se volvió hacia Sophie—. Su prima va atener un gran éxito.

Sophie suspiró.

—Lo sé —continuó observando a Clarissa y frunció el ceño al ver que se instalaba en el rostro de su prima una expresión claramente enfurruñada—. ¿Qué...? Oh, Dios mío.

Siguiendo el curso de la mirada de Sophie, Jack se encontró frente a un atractivo joven, indudablemente recién llegado del campo, que se dirigía con determinación hacia el grupo que rodeaba a la prima de Sophie. El joven ignoró a los festejantes de Clarissa con un gesto con el que se ganó al instante el respeto de Jack. Directamente, sin ninguna clase de preámbulos, se dirigió a Clarissa. Para desilusión de Jack, estaban demasiado lejos como para poder oír sus palabras. Y, desgraciadamente, con aquella aparición el joven no pareció ganarse el favor de Clarissa, en cuyo rostro se había abierto paso una clara indignación.

—Oh, Dios mío, espero que no vuelva a llamarla Clary.

Jack bajó la mirada. Sophie estaba observando el drama que se desplegaba ante ella con aire ausente.

—Haga lo que haga, parece que ha fallado en su embajada.

Sophie lo miró preocupada.

—Se conocen desde niños.

—Ah, ¿por casualidad no es ese joven Ned Ascombe?

—Sí, claro —Sophie lo miró fijamente—, es el hijo del vecino de mis tíos en Leicestershire.

Jack contestó a la pregunta que reflejaban sus ojos.

—Su tía me lo comentó —miró de nuevo hacia la joven pareja, sintiendo una inmediata simpatía por aquel joven.

Mientras lo observaba, Ned renunció a la que sin duda alguna era una discusión perdida y, con una amarga pero desafiante expresión, se retiró.

—¿Debo asumir que no esperaba verlo en Londres? —preguntó Jack.

—Desde luego, Clarissa no lo esperaba.

Jack arqueó las cejas con expresión cínica.

—Su tía me dio a entender que su futuro estaba más o menos decidido.

Sophie suspiró.

—Y probablemente lo esté. Estoy convencida de que al final de la temporada, después de haber sido el centro de atención durante tanto tiempo, mi prima estará encantada de regresar a Leicestershire.

—¿Y a Ned?

—Y a Ned.

Sophie terminó el vaso de agua y consideró que había llegado el momento de regresar a la seguridad de su círculo.

—Si me perdona, señor Lester, debería volver con mis amigos.

A pesar de sus propios deseos, Jack pestañeó, dejó el vaso de agua vacío en una mesa cercana y le tendió la mano.

Sophie puso la mano en la suya y él la ayudó a levantarse. La joven tuvo que esforzarse para aplacar el temblor de sus dedos.

Alzó la mirada y descubrió a Lester mirándola con el ceño fruncido.

—Sophie, querida, crea que jamás haría nada para causarle dolor.

A Sophie le dio un vuelco el corazón. Sentía en los ojos el escozor de las lágrimas, pero no podía entregarse a ellas. Intentó decir algo, pero tenía la garganta atenazada. Con una sonrisa, inclinó la cabeza y desvió la mirada.

Lester la acompañó hasta sus amigos y se alejó de ella. Pero no abandonó la casa inmediatamente. Algo andaba mal, Sophie no confiaba en él. Intentando disimular su inquietud bajo un aire de moderno aburrimiento, se acercó a la alcoba en la que permanecía Ned Ascombe, vigilando con la mirada a la que seguramente terminaría siendo su prometida.

Jack apoyó un hombro contra el otro lado de la pared y comentó:

—¿Sabe? De esa forma no funcionará.

Con aquel lacónico comentario consiguió ganarse la atención de Ned. Este volvió la cabeza, frunció el ceño y se enderezó bruscamente.

—Oh, perdón, señor.

Jack le dirigió al joven una tranquilizadora sonrisa.

—Soy yo el que debería disculparme por haberlo interrumpido —le tendió la mano—. Soy Jack Lester, un conocido de los Webb. Creo que lo vi en casa de lady Asfordby.

Ned le estrechó la mano con firmeza.

—Supongo que ha visto... —cerró la boca bruscamente y volvió a mirar hacia la pista de baile—, sí, usted estaba con Sophie.

Jack sonrió para sí.

—Sí, como usted dice, lo he visto. Y puedo asegurarle sin miedo a equivocarme que su actual estrategia no funcionará —buscó en su bolsillo, sacó una tarjeta y se la tendió al joven—. Si quiere aprender cómo deben hacerse las cosas para ganarse el favor de Clarissa, pase a verme mañana. Alrededor de las once.

Ned tomó la carta, leyó su nombre y lo miró desconcertado.

—¿Pero por qué? Si ni siquiera me conoce.

—Considérelo como una muestra de compañerismo. Créame, no ha sido usted el único que ha sido rechazado esta noche.

—Y bien, ¿querida? ¿Jack Lester te ha desilusionado? —apoyado contra la almohada en la cama que compartía con su esposa, Horatio Webb le dirigió una mirada interrogante a Lucilla.

—No, supongo que el señor Lester no me ha desilusionado, sin embargo, las cosas no están progresando tal como esperaba —estuvo pensando en ello y de pronto miró a su esposo con una sonrisa—. Yo diría que, sencillamente, había olvidado la dolorosa lentitud con la que se desarrollan estos dramas.

Horatio bajó los documentos que estaba repasando y miró a su esposa por encima del borde de las gafas.

—No te habrás metido de por medio, ¿verdad?

—Yo no diría tanto. Pero realmente, no podía permitir que el señor Lester arrastrara a Sophie al matrimonio antes de que la pobre haya tenido oportunidad de saborear el éxito, después de la trágica interrupción de su anterior temporada.

—Mmm —Horatio removió sus papeles—. Ya sabes lo que pienso sobre lo de entrometerse en la vida de los demás, incluso con las mejores intenciones. ¿Quién sabe? Quizá Sophie preferiría acortar la temporada por Jack Lester.

Con la cabeza inclinada, Lucilla consideró aquella idea y después sonrió. Al cabo de un momento, suspiró.

—Quizá tengas razón. ¿Cuándo has dicho que estarán aquí los caballos?

—Ya están aquí. Llegaron ayer. Si quieres, puedo enseñárselos a los chicos esta misma mañana.

Lucilla resplandeció.

—Sí, sería una buena idea. Pero tendremos que pensar también en sus acompañantes —acarició la mano de su esposo—. Pero eso déjamelo a mí, estoy segura de que podré encontrar a la persona adecuada.

—Me pregunto si Lester habrá traído a ese caballo cazador a la ciudad.

Lucilla sonrió, pero no dijo nada. Se acurrucó bajo las sábanas y comentó:

—Estoy realmente asombrada por tu visión de futuro. Fuiste suficientemente inteligente como para ayudar a los Lester a recuperar su fortuna y ahora no hay nada que te impida darle a Jack Lester su bendición.

Horatio la miró con expresión de asombro. Abrió la boca y la cerró bruscamente. Después de contemplar las exquisitas facciones de su esposa durante largo rato, volvió a tomar sus documentos, se colocó las gafas sobre el puente de la nariz y dejó a su esposa con sus sueños.

CAPÍTULO 8

A las once en punto de la mañana siguiente, sonó el timbre de casa de Jack en Upper Brook Street. Jack alzó la mirada y arqueó las cejas.

—Creo que es el señor Ascombe, Pinkerton. Lo recibiré aquí.

Estaba en el salón, sentado a la mesa y Pinkerton acababa de recoger los restos del desayuno.

—Muy bien, señor.

Jack asintió y dirigió una atenta mirada a la última edición del *Racing Chronicle*.

—Ah, y prepara una cafetera.

—Sí, señor —contestó el mayordomo, y abandonó sigilosamente la habitación.

Cuando llegó hasta él el sonido de la voz del recién llegado, Jack dobló el Chronicle, se levantó y se estiró, intentando aliviar la tensión de sus huesos.

La puerta se abrió y Pinkerton instó a Ned Ascombe a entrar antes de ir a preparar el café.

—Buenos días, señor —sintiéndose definitivamente torpe, y en absoluto seguro de por qué había ido hasta allí, Ned miró a su anfitrión.

Jack le tendió la mano.

—Me alegro de verlo, Ascombe. ¿O puedo llamarte Ned?

—Como usted quiera —al darse cuenta de que aquello no parecía muy amable, se obligó a sonreír—: Casi todo el mundo me llama Ned.

Jack le devolvió la sonrisa y lo invitó a sentarse. Esperó a que Pinkerton, que había vuelto a aparecer en completo silencio, les sirviera el café y, como un espectro, se desvaneciera nuevamente, para decir:

—Tengo entendido, a través de la señorita Winterton, que le gustaría que la señorita Webb lo tuviera en más consideración, por decirlo de alguna manera.

Ned apretó con fuerza el asa de su taza y, aunque violentamente sonrojado, fue capaz de sostenerle a Jack la mirada.

—Sophie siempre ha sido una buena amiga, señor.

—Es cierto, pero si yo te tuteo, será mejor que tú también me tutees. No me gustaría que me consideraras suficientemente viejo como para ser tu padre.

Ned sonrió un poco más relajado.

—Jack, entonces.

—Estupendo. Y ahora que hemos dejado las formalidades de lado, me gustaría hablarte de tu contratiempo con la señorita Webb.

El semblante de Ned se oscureció.

—Bueno, ya viste lo que ocurrió —gruñó—. Clarissa estaba alentando a toda una compañía de jóvenes frívolos e intrascendentes.

—Espero que no se lo dijeras a ella.

—No con esas mismas palabras.

—Me temo, muchacho, que necesitas desesperadamente consejos sobre cómo se debe conducir una campaña en la ciudad.

—¿Una campaña?

—El tipo de campaña que hay que desplegar para ganarse el corazón de una dama.

—El corazón de Clarissa siempre ha sido mío.

—Sí, seguramente. La cuestión es que ella tiene que reconocerlo. Y, por lo que vi anoche, si continúas de esa manera, vas a retroceder más que avanzar.

Ned miró su taza con el ceño fruncido y alzó después la mirada hacia Jack.

—Yo no estoy hecho para la ciudad. No sé cómo tratar a las damas; estoy más acostumbrado a la silla de montar que a los salones de baile.

—¿Y no lo estamos todos? La mayor parte de los caballeros que asisten a esos bailes preferirían estar en cualquier otra parte.
—¿Y entonces por qué asisten?
—¿Por qué fuiste tú a la fiesta de la señora Webb?
—Porque quería ver a Clarissa.
—Precisamente. Y el único incentivo capaz de mantenernos a la mayor parte de nosotros en un salón de baile es precisamente ese. ¿Porque en qué otro lugar tendríamos oportunidad de conversar o tener algún tipo de relación con las damas? De modo que, si quieres conquistar el corazón de Clarissa, tendrás que estar dispuesto a participar en toda la temporada de bailes.

Ned arrugó la nariz.

—Mi padre estaba en contra de que viniera a la ciudad, le parecía que debía esperar a que Clarissa regresara. El señor y la señora Webb están convencidos de que Clarissa no soportará tanto ajetreo y terminará deseando volver al campo.

—Tengo una fe inestimable en la perspicacia de los señores Webb, pero ¿no crees que estás dando demasiado por sentado el afecto de Clarissa?

Ned volvió a sonrojarse.

—Eso es precisamente lo que me preocupa. Por eso he venido a la ciudad.

—Y has hecho bien. Por lo poco que he visto, yo diría que, sean cuales sean sus inclinaciones, Clarissa está segura de que será uno de los grandes éxitos de la temporada de este año. Eso significa que tendrá a todo tipo de pretendientes a sus pies. Y, aunque ella continúe echando de menos el campo, no hay que olvidar que son muchos los caballeros a los que les gusta la vida rural y que no dudarían en aceptar a una esposa a la que le disguste la ciudad.

—¿Estás diciéndome que Clarissa podría ser pedida por algún otro caballero al que le gustaría retirarse al campo? —Jack asintió contundentemente—. ¿Y si no consigo que se interese por mí... ella podría aceptar?

Jack volvió a asentir.

Después de un largo silencio, durante el que se dedicó a examinar atentamente el fondo de su taza de café, Ned alzó la cabeza y miró a Jack con honestidad.

—Te agradezco tu advertencia, Jack. Me has dado algo en lo que pensar. Pero no sé qué hacer al respecto.

—No tienes por qué asustarte. Yo tengo mucha experiencia y estoy dispuesto a ponerme a tu disposición. Me atrevería a decir que en cuanto hayas aprendido cómo funciona este mundo, todo este asunto te parecerá un simple desafío.

—¿Quieres decir...? ¿Estás sugiriendo que estás dispuesto a ayudarme?

—No lo estoy sugiriendo. Estoy diciéndote que estoy dispuesto a ser tu mentor en este asunto.

—Pero... ¿por qué? —Ned se sonrojó violentamente—. Quiero decir...

Jack soltó una carcajada.

—No, no te disculpes. Es una pregunta perfectamente comprensible. Digamos que no soporto ver a un joven tan enredado en un problema. Y, por supuesto, también tengo cierto interés en la familia Webb.

—¿Sophie?

Jack inclinó la cabeza.

—Ah.

Tal como Jack esperaba, Ned pareció aceptar el interés de Jack en Sophie como excusa suficiente para justificar su interés por él.

—Considera mi ofrecimiento a la luz de alguien que está haciendo todo lo que está en su mano para que su dama no sea innecesariamente distraída por los jaleos que se produzcan en el seno de su familia.

Ned alzó la mirada e intentó disimular una sonrisa.

—Supongo que tienes razón. Sophie siempre ha sido como una hermana mayor para Clarissa.

—Me alegro de que me comprendas.

Ned asintió.

—Si las cosas son como las has planteado, tengo que admitir que no me serviría de mucho alejarme de la pelea. Pero me siento completamente perdido —le sonrió a Jack—. ¿Estás seguro de que puedes convertirme en un dandi?

—En absoluto. De lo que estoy seguro es de que puedo ayudarte a comportarte como un auténtico caballero —le dirigió a

Ned una significativa mirada—. No intentes olvidar ni esconder tus orígenes. No tiene nada de deshonroso ser el propietario de grandes hectáreas de tierra.

Ned se sonrojó ligeramente.

—Gracias. No sé cómo lo has sabido, pero es lo que siempre he pensado.

—Lo sé porque he pasado por todo esto antes que tú. Yo también tengo una propiedad de la que cuidar. Sin embargo, eso nunca me ha impedido sentirme en Londres como en mi propia casa.

—Ah —la revelación de que Jack también tenía vínculos con el campo hizo desaparecer las últimas dudas de Ned—. Entonces, ¿qué tengo que hacer?

—Necesitas un sastre. Y después un barbero. Hasta entonces, no podrás hacer nada. Y después, tendremos que presentarte en algunos establecimientos que todo caballero que se precie debería frecuentar. Más adelante, planificaremos tu campaña con más detalle —Jack sonrió.

—Haré lo que sea necesario. Cualquier cosa con tal de evitar que Clarissa deje de mirar a esos petimetres como los miraba anoche.

Jack se echó a reír y se levantó.

—Adelante, entonces. No hay mejor momento que el presente para empezar.

Mientras Ned saboreaba su café en Upper Brook Street, Horatio Webb estaba ocupado presentándoles a sus hijos y a su sobrina los caballos que había hecho llevar desde el campo.

—Son ideales para los paseos por el parque —dijo mientras recorría con su familia los establos—. Y a esos dos supongo que los reconoceréis.

—¡Por Júpiter! ¿Esos no son los que les compraste a lord Cranbourne? —George y Jeremy se quedaron mirando a los dos ejemplares que su padre señalaba con los ojos abiertos como platos.

Horatio sonrió radiante.

—He pensado que necesitarían un poco de ejercicio. ¿Creéis que podréis manejarlos?

Tras la entusiasta respuesta de sus hijos, Horatio sonrió a Amy, a la que llevaba agarrada de la mano.

—Y para usted, señorita, he traído a Pebbles. A la vieja Maude no le habría gustado el tráfico de la ciudad, ¿sabes?

Amy fijó la mirada en la plácida yegua gris que acababa de acercarse lentamente hacia la puerta de su cubículo.

—¡Mira! —exclamó la niña mientras la yegua olfateaba esperanzada sus bolsillos—. ¡Me conoce!

Eso, por supuesto, consiguió conmover a Amy. Horatio la dejó intimando con su yegua y sonrió a las dos jóvenes que quedaban.

—Y ahora, Clarissa, me temo que no podía encontrar nada mejor que Jenna, así que te la he traído. Espero no haberte desilusionado.

Clarissa sonrió encantada y acarició la aterciopelada nariz de su yegua.

—¿Cómo iba a desilusionarme? —ronroneó mientras la yegua le hociqueaba la mejilla—. Tenía miedo de que no quisieras traerla para tan poco tiempo —le dijo a su padre.

—El viejo Arthur la veía muy triste, pensaba que te echaba de menos. Y ya sabes el buen corazón que tiene —Horatio palmeó el hocico de la yegua y se volvió hacia Sophie.

—Y para ti, mi querida Sophie —la agarró del brazo y la condujo hacia el siguiente cubículo, en el que una elegante yegua ruana meneaba la cabeza con curiosidad—, espero que Dulcima sea un caballo adecuado para ti. No es tan fuerte como Sheik, pero es perfecto para los confines del parque.

Sophie se quedó mirando de hito en hito aquella hermosa yegua.

—Pero... es nueva, ¿verdad?

—La encontré en los establos Tattersall. Está acostumbrada a ser montada en la ciudad. Ha sido todo un hallazgo.

—Por supuesto. Pero yo me habría conformado con cualquier otro caballo, tío. Espero que no la hayas comprado solo por mí.

—Qué va, por supuesto que no —ante la mirada de incredulidad de Sophie, Horatio bajó la mirada—. Además —dijo, guiñándole inesperadamente el ojo—, me atrevería a decir que el señor Lester también monta por el parque de vez en cuando. Y no quiero que diga que no te cuido como es debido.

Aquel comentario acalló todas las protestas de Sophie. Desconcertada, frunció el ceño y abrió la boca, para volver a cerrarla otra vez.

—Os dejaré solas para que os vayáis conociendo —y, tras despedirse de la yegua con una palmada amistosa, Horatio retrocedió para ver cómo les estaba yendo a sus hijos.

Sophie miró a su tío con los ojos entrecerrados. Después resopló disgustada y se volvió hacia la yegua. Como si la hubiera entendido, esta sacudió la cabeza e inclinó las orejas hacia delante. Sophie sonrió.

—Eres un animal muy inteligente, ¿verdad?

La yegua relinchó con vigor.

Tiempo después, cuando todos estuvieron listos para dejar a sus compañeros equinos, la familia regresó hacia la casa.

En respuesta a las ansiosas preguntas de Jeremy y George, Horatio contestó:

—Deberíais darles un día o dos para que se recuperaran del viaje y comenzaran a acostumbrarse a los ruidos de la ciudad.

—¡El lunes entonces! —gritaron los más jóvenes.

—Sin embargo —continuó Horatio—, me temo que en la ciudad no podréis salir únicamente con un mozo —miró primero a Sophie y después a Clarissa, que caminaban a su lado—. Ni a vuestra tía ni a mí nos gustaría.

—Pero Toby pronto estará aquí también, ¿verdad? —aventuró Clarissa.

Horatio asintió. Se esperaba que su hijo mayor, que en aquel momento se encontraba en Oxford, se reuniera pronto con la familia.

—Es cierto. Pero aun así, debéis recordar que Toby apenas tiene veinte años. No sería justo hacerle responsable de todos vosotros.

—¿Entonces qué podemos hacer? —preguntó Sophie, comprendiendo que su tío tenía razón—. ¿Dónde podremos encontrar a un acompañante adecuado?

Horatio esbozó la más inescrutable de las sonrisas.
—Tú tía ha prometido encargarse de ello.

El martes por la tarde vio a las señoritas Webb en el parque. El tiempo continuaba siendo razonablemente cálido y todo el mundo salía para aprovecharlo. Desde el asiento de su carruaje, al lado de su tía y con Clarissa sonriendo radiante frente a ella, Sophie asentía y saludaba, decidida a no dejar que su mirada vagara por el resto del parque buscando a un caballero al que haría mejor en olvidar.

Después de completar el circuito, su tía le indicó al cochero que se detuviera al lado del carruaje de lady Abercrombie.

La dama en cuestión, tan sociable como antipático era su marido, fue todo sonrisas.

—¡Lucilla, querida! ¡Qué alegría! ¿Piensas quedarte toda la estación?

Mientras Lucilla intercambiaba chismorreos con la dama, Sophie y Clarissa hicieron lo que se suponía que debían hacer las jóvenes damas en tales ocasiones: responder a cualquier pregunta que les hicieran, pero, por otra parte, permitir que sus miradas vagaran ociosamente por el lugar en el que estaban.

Entretenida en aquella ocupación, Sophie saludaba a los conocidos que pasaban e intercambiaba tópicos con ellos, pero todo lo hacía automáticamente, mientras su mirada iba haciéndose cada vez más intensa. Y, cuando comprendió lo que estaba haciendo, frunció el ceño y se regañó a sí misma.

Con firme determinación, buscó alguna distracción. Y descubrió al señor Marston, serio y circunspecto como un juez, esperando para poder hablar con ella.

—Oh, Dios mío, señor —molesta con su propia torpeza, esbozó una sonrisa—. No sabía que pensaba venir a Londres.

El señor Marston le estrechó la mano e inclinó la cabeza. Saludó también a Clarissa y a Lucilla que, al oír su voz, se habían vuelto sorprendidas hacia él. Después de un corto intercambio de palabras, Lucilla volvió a prestar atención a lady Abercrombie, dejando al señor Marston hablando con Sophie.

—Realmente, señorita Winterton, no tenía intención de sumarme a tanta frivolidad. Sin embargo, llegué a la conclusión de que en este caso mi presencia era necesaria.

—¿A qué se refiere exactamente, señor?

—Me precio de tener un profundo conocimiento de su mente, señorita Winterton. Y me temo que una dama de naturaleza tan refinada como la suya, encontrará poca diversión en la capital —Phillip Marston le dirigió una mirada a Lucilla, que cada vez estaba más enfrascada en su conversación y bajó la voz—. Como su tía estaba decidida a traerla a la ciudad, sentí que lo menos que podía hacer era viajar hasta aquí para hacer todo lo que esté en mi mano para ayudarla.

Absolutamente anonadada, Sophie buscó en silencio la réplica más adecuada para aquella revelación y descubrió que no tenía ninguna. De hecho, en cuanto consiguió asimilar las implicaciones de la declaración del señor Marston, decidió que no las aprobaba, y tampoco a él, por supuesto. De modo que fijó en él una fría mirada y contestó:

—Debo informarle, señor, que encuentro fascinantes todos los acontecimientos sociales a los que mi tía me acompaña.

—Su lealtad hacia su tía la honra, querida, pero me creo en el deber de señalar que la temporada todavía no ha empezado. Ya comprenderá mi preocupación en el momento en el que participen en esas fiestas los caballeros más bulliciosos de la ciudad. Me atrevería a decir que entonces se alegrará de contar con mi compañía.

Sophie tomó aire, alzó la mirada... y experimentó un alivio inexplicable. El corazón le dio un vuelco. Intentó apaciguar inmediatamente su reacción al tiempo que veía a Jack Lester sonriendo.

Absolutamente decidida a tranquilizarse, Sophie le tendió la mano.

—Buenas tardes, señor Lester.

—Señorita Winterton. Acabo de descubrir que está usted aquí —ignoró al señor Marston.

Pero el señor Marston, advirtió Sophie, no parecía dispuesto a ignorarlo a él. De hecho, parecía incluso ofendido.

—Ah, creo que ya conoce al señor Marston. Acaba de llegar de Leicestershire. Y estaba comentándole lo mucho que me ha sorprendido encontrarlo aquí —Sophie advirtió que los dos hombres intercambiaban miradas. Marston visiblemente nervioso.

—Marston —Jack lo saludó con un breve movimiento de cabeza y se volvió hacia Sophie—, señorita Webb —Jack le estrechó la mano y señaló al joven que tenía a su lado—, creo que al señor Ascombe lo conocen los dos.

Sophie pestañeó y sonrió encantada. Por el rabillo del ojo, advirtió que Clarissa se quedaba boquiabierta. Ned había ido al sastre. A un buen sastre. Su chaqueta hacía justicia a sus hombros, como hasta entonces no había hecho ninguna de las prendas que tenía. Y se había cortado los rizos con moderno desaliño. Tanto sus pantalones de montar como sus botas eran nuevos y se sumaban a tan notoria transformación. Sophie le tendió la mano y le sonrió con calor.

—Desde luego que sí. Me alegro mucho de verte, Ned.

Parte de la tensión de Ned desapareció. Le dirigió a Sophie una sonrisa.

—Estás deslumbrante, Sophie. ¿Estás decidida a causar sensación esta temporada?

Sophie estaba impresionada por el confiado tono de Ned. Una rápida mirada a su derecha le indicó que no era la única. Clarissa estaba mirando a Ned con la confusión claramente dibujada en sus enormes ojos azules.

—Estoy decidida a disfrutarla —respondió Sophie—. ¿Vas a quedarte en Londres toda la temporada?

—Eso espero. Hasta ahora no había sido consciente de cuántas distracciones pueden encontrarse en la ciudad.

—Hola, Ned.

Ante el vacilante saludo de Clarissa, Ned se volvió hacia ella con una amable, pero en absoluto especial sonrisa.

—Buenas tardes, señorita Webb. Tiene un aspecto espléndido. ¿Está disfrutando de su estancia en la ciudad?

Sophie se mordió el labio. Y cometió el error de dirigirle una rápida mirada a Jack. El brillo travieso de sus ojos estuvo a punto de hacerle perder el control.

Clarissa, claramente desconcertada por el cambio que se había operado en su amigo de la infancia, musitó una respuesta que el señor Marston interrumpió.

—Buenas tardes, Ascombe —Phillip Marston miró a Ned con expresión crítica—. Sospecho que a su padre le sorprendería verlo arreglado de esta manera.

Ned obvió la agria declaración de Phillip Marston y se limitó a sonreír y a estrecharle la mano.

Y entonces Lucilla se unió a la refriega. Saludó a Jack como a un viejo conocido, alabó a Ned y, tras un rápido monólogo sobre la variedad de la vida social de la capital, comentó que a sus hijos les gustaría montar por las mañanas en el parque, pero no tenían acompañantes.

—Ni siquiera cuando llegue Toby, me gustaría dejar a un grupo de inocentes sin más experiencia que la de sujetar las riendas cabalgando por aquí.

Sophie le dirigió una mirada de reproche a su tía, pero Lucilla fingió no notarla. Tal como era previsible, una voz profunda contestó:

—El señor Ascombe y yo estaríamos encantados de acompañarlos, señora Webb. ¿Estaría dispuesta a dejar a su familia a nuestro cargo?

—Por supuesto, señor Lester. No podría pensar en nadie de más confianza.

Jack inclinó la cabeza, aceptando su encargo, y decidió comenzar a aprovecharse de la situación.

—¿Quizá a la señorita Winterton y a la señorita Webb les gustaría venir a dar un paseo para que podamos acordar cuál será el mejor momento para encontrarnos?

Lucilla abrió ligeramente los ojos.

Sophie no estaba muy convencida de que fuera muy sensato pasear al lado de Jack Lester. Para ella era imprescindible guardar las distancias.

—¡Qué idea tan espléndida! —Clarissa se volvió hacia Lucilla con los ojos brillantes.

—De acuerdo... —contestó Lucilla—, pero solo serán quince minutos. Os esperaré aquí.

Para inmenso alivio de Sophie, Phillip Marston no dijo nada. Se limitó a inclinarse bruscamente y se marchó.

Jack apenas lo notó. Le tendió la mano a Sophie para ayudarla a descender de su carruaje con la satisfacción dibujada en su sonrisa. Vestida con una muselina de color oro, le parecía una auténtica princesa de cuento.

Con la mano apoyada en el brazo de Lester, Sophie comenzó a caminar. Clarissa iba a su lado, del brazo de Ned, al que le dirigía tímidas miradas. Muy correctamente, la comitiva permanecía unida y siempre a la vista de Lucilla.

Consciente una vez más de aquella fuerza que parecía una parte integral de Jack Lester y contra la que sus sentidos no parecían encontrar defensas, Sophie se esforzaba por mantener la calma. Eran amigos, solo amigos.

—Al parecer, este año la temporada ha comenzado inusitadamente pronto —comentó Jack, mirando vagamente a su alrededor—. No recuerdo haber visto a tanta gente paseando tan temprano desde hace años.

—Mi tía también me lo ha comentado —contestó Sophie—. Creo que la semana que viene se celebrará un número considerable de bailes de presentación.

—Mi baile de presentación será el viernes —les comunicó Clarissa, intentando disimular su emoción—. Mi madre dice que no hay ningún motivo para no dejarse llevar por el ritmo de los acontecimientos.

—Su madre es una mujer muy sabia, señorita Webb —Jack le dirigió una sonrisa—. Sospecho que hay pocos temas en los que no sería sensato seguir el consejo de su tía.

—¿Ha hecho alguna excursión al Royal Exchange, señorita Webb? Me han dicho que es espectacular —el tono de Ned era encomiablemente sereno, carente de toda ansiedad.

Al oír a Clarissa, todavía recelosa e insegura ante los nuevos aires de Ned, contestar abiertamente y con una total falta de afectación, Sophie tuvo que hacer grandes esfuerzos para no sonreír.

Al advertirlo, y decidiendo que por aquel día ya había ayudado suficientemente a Ned en su empresa, Jack aminoró el paso.

Sophie lo advirtió. Y alzó la mirada. Miró a su acompañante con firmeza y arqueó una ceja. Cuando él se limitó a sonreír en respuesta, Sophie se rindió a la tentación.

—¿Me equivoco, señor, si aventuro que está ayudando a Ned a adaptarse a la vida de la ciudad?

Jack se inclinó y bajó la voz.

—Ned es un buen chico. Pero como acaba de venir del campo, se está enfrentando a una oposición de proporciones injustas. Simplemente, he pensado que sería justo apoyarlo.

—¿De verdad? ¿Entonces su apoyo tiene como único objetivo combatir una injusticia?

—Soy un hombre inclinado a combatir injusticias —le informó Jack con arrogancia. Pero abandonó repentinamente su altivez y añadió en un tono más profundo—: Pero eso no significa que no tenga otros motivos para desear que Clarissa siente la cabeza.

—¿Y cuáles son esos motivos, señor?

—Llámame Jack —Jack miró hacia la joven pareja y preguntó—: ¿Crees que estoy teniendo éxito?

Inmediatamente se volvió hacia ella. Sophie, con el corazón acelerado, no estaba segura de cómo responder. Con un decidido esfuerzo, fijó la mirada en Clarissa.

—Mi prima parece emocionada con el nuevo aspecto de Ned.

Jack suspiró a su lado.

—Quizá debería aprender algo de él. Es posible que Percy pueda darme algún consejo

Al percibir el derrotismo de su tono, Sophie giró automáticamente hacia él y comprendió al instante que había caído en su trampa. La cálida diversión de su mirada la invitaba a seguirle el juego. Sophie bajó inmediatamente los ojos y susurró:

—El tiempo vuela. Creo que deberíamos volver con mi tía.

—Me atrevo a decir que tiene razón, señorita Winterton —y con un par de zancadas, se acercó a Clarissa y a Ned.

Ned se volvió con un brillo de alivio en la mirada, pero antes de que hubieran podido retroceder hacia el carruaje de su prima, alguien los llamó desde otro coche cercano.

—¡Jack!

Los cuatro se volvieron. Sophie reconoció a Gerald Lester con su nuevo faetón. Ned también se había fijado en el carruaje. Y Gerald se había fijado en Clarissa. Naturalmente, hubo un momento para las presentaciones.

—Seguro que nos veremos en algún baile —dijo Gerald antes de despedirse, después, sacudió el látigo y se despidió.

—Criatura... —se burló Jack, pero estaba sonriendo.

Sophie observó alejarse aquel caro carruaje. Aquella era otra de las razones por las que Jack Lester debía hacer un buen matrimonio, pensó.

Era obvio que Gerald Lester era un caballero poco acostumbrado a hacer economías. Y la elegancia de Lester evidenciaba que tampoco él estaba dispuesto a reparar en gastos. Los Lester, al menos los que hasta entonces conocía, pertenecían a aquel ambiente y sabían comportarse en los círculos a los que su apellido y sus propiedades les permitían acceder. Y era igualmente obvio que tenían que buscar la manera de financiar aquel costoso estilo de vida. Por lo tanto, Jack necesitaba una esposa rica.

No era algo extraño en su ambiente, eran muchas las familias que vivían por encima de sus posibilidades. Lo único que ella podía hacer era maldecir al destino por haber hecho que los Lester fueran una de ellas.

CAPÍTULO 9

Resignada a lo inevitable, Sophie fue la primera de los Webb en aparecer en el vestíbulo a la mañana siguiente. Mientras bajaba las escaleras, abrochándose los guantes, apareció una sonrisa en sus labios. Debería haber imaginado que Lucilla aprovecharía la oportunidad de unir a Ned y a Clarissa, especialmente después de que el primero hubiera conseguido despertar el interés de su prima. Y Jack Lester, por alguna misteriosa razón, parecía haberse ganado el favor de sus tíos. Sophie hizo una mueca.

Bajó el último escalón e intentó deshacer el nudo de tensión que tenía en el estómago. La situación, se dijo a sí misma, podía haber sido peor. El señor Marston podía haberse ofrecido a acompañarlos.

Estaba tan absorta en sus pensamientos que no vio al joven que salía de la biblioteca.

—¡Sophie! ¿Cómo estás?

Antes de que pudiera contestar, Sophie se encontró envuelta en un enorme abrazo.

—¡Toby! —exclamó al reconocer a su asaltante—. ¡Cuidado con mi sombrero!

—Esa cosa tan diminuta no es un sombrero, Sophie —Toby le dio un toquecito a su sombrero, formado por una pluma de faisán y un trozo minúsculo de terciopelo—. No te protegería en absoluto de la lluvia.

—Como espero que sepas a estas alturas de tu vida, Tobías Webb, la importancia de la moda no reside en su capacidad para protegernos de los elementos —el severo tono de Sophie era desmentido por el cariño que reflejaban sus ojos—. ¿Has hecho un buen viaje?

—Lo he disfrutado mucho. Peters y Carmody han venido conmigo.

—Ya entiendo —Sophie disimuló una sonrisa—. ¿Has visto a tus padres?

—Sí, papá me ha dicho que pensabais salir a montar esta mañana con Ned Ascombe y el señor Lester. He pensado que podría ir con vosotros.

—Por supuesto —contestó Sophie, encantada de contar con una nueva distracción que contrarrestara el efecto de Jack Lester—. Pero supongo que están a punto de llegar con sus caballos.

—Ya he estado en los establos preparando el mío, así que no me entretendré. Solo tengo que subir a cambiarme de ropa.

Mientras Sophie estaba en el vestíbulo viendo subir a su primo, que se detuvo al final de las escaleras para saludar a su hermana Clarissa, llegó hasta ella el ruido de cascos que precedía la llegada, no solo de sus monturas, sino también de Jeremy, Gerald y Amy, que estaban esperando asomados a las ventanas del piso de arriba.

Después de saludar entusiasmados a su hermano mayor, la tribu descendió y se arremolinó alrededor de Sophie, ansiosa por emprender la primera excursión al parque.

Jack, con Ned tras él, bajó la cabeza, conmocionado por aquel escándalo. Sin embargo, la expresión resignada de Sophie le aseguró que ella no estaba a punto de sucumbir, a pesar del alboroto.

—¡Tranquilos, diablillos! —su firme recibimiento transformó a los niños en ángeles.

Sophie tuvo que esforzarse para mantenerse seria. Jack la miró a los ojos y ella perdió definitivamente la batalla y curvó los labios en una generosa sonrisa.

—Buenos días, señor. Ya estamos casi listos.

—¿Casi? —Jack le tomó la mano, arqueó una ceja con expresión interrogante y saludó con la cabeza a Sophie.

—Mi primo mayor, Toby, ha vuelto. Acaba de ir a cambiarse.

Sophie saludó a Ned mientras se preguntaba si sería posible liberar los dedos de la cálida mano que los tenía atrapados. A pesar de su firme intención de mostrarse distante, su corazón, aquel órgano ingobernable cuando Jack Lester andaba de por medio, se aceleró.

—Toby adora montar y no quería perderse nuestro paseo.

—Por supuesto que no. Y menos cuando tan importante e intrépida compañía se va a convertir en el blanco de todas las miradas.

La sonrisa de Lester fue seguida de los gritos de entusiasmo de los jóvenes Webb. Sophie, sin embargo, imaginó de pronto el aspecto que tendría aquella comitiva en el parque. Y comprendió que Lucilla, cuando había hablado el día anterior con Lester y con Ned, no había mencionado en ningún momento a los más pequeños de la familia.

Mientras los niños se ponían los sombreros y los guantes, Sophie bajó la voz para decir:

—Señor Lester, comprendería que, si considera que mi tía no fue suficientemente explícita con usted al no mencionar a los niños, quizá no quiera ser visto con todos nosotros en el parque.

Jack se volvió hacia ella con expresión de auténtica sorpresa y sonrió.

—Le aseguro que mi estatus me permite ser visto en el parque con toda la familia Webb al completo. Y además, querida, me gustan sus primos.

Al alzar la mirada y advertir la diversión de su rostro, Sophie no dudó de su sinceridad. Aquello la tranquilizó y llevó una nueva sonrisa a sus labios.

Lo cual, pensó Jack, era una perfecta recompensa para los problemas que veía cernirse sobre él.

Bajó entonces Toby las escaleras con un entusiasmo casi idéntico al de sus hermanos. Le presentaron a Jack y saludó después a Ned con naturalidad.

Sophie, al lado de Lester, fue la última en abandonar la casa. Desde el último escalón, observaba aquel auténtico caos. Mientras Jack se acercaba con ella hacia su yegua, la joven dio las gracias en silencio al pensar que, una vez a lomos del caballo, ya no tendría que enfrentarse a las reacciones aparentemente inevitables provocadas por la cercanía de Lester.

Pero cuando se detuvo al lado de Dulcima, Sophie comprendió que incluso allí iba a encontrarse algún obstáculo. Obstáculos tales como llegar a la silla de aquella yegua altísima.

Jack, por supuesto, jamás veía un obstáculo ante él. Agarró a Sophie por la cintura, la alzó y la dejó delicadamente en la silla.

Sophie intentó disimular su sonrojo al tiempo que se prometía hacer un especial esfuerzo en evitar sus reacciones ante su contacto. El corazón le latía alocadamente. Sentía la cálida mirada de Jack sobre su rostro, pero se negaba a mirarlo. Cuando se hubo colocado las faldas, Lester estaba ya sobre la silla y dispuesto a partir.

Decidida a no mostrarse afectada por su compañía, Sophie se obligó a alzar la mirada y sonreír. Observó a Jack mientras este se situaba al lado de su yegua. Con los demás ante ellos, iniciaron por Mount Street la procesión que los llevaría al parque.

Sophie mantenía la mirada fija en la calzada. Pero, al cabo de unos metros, la montura de Jack volvió la cabeza hacia Dulcima, relinchó y sacudió sus crines. Dulcima continuó trotando tranquilamente. El caballo repitió la maniobra, en aquella ocasión hociqueando a la yegua. Sophie frunció el ceño. Cuatro pasos más, y el caballo se volvió de nuevo hacia la yegua.

—Señor Lester —Sophie se sintió obligada a apoyar las protestas de su yegua—, vigile a su caballo.

Jack adoptó una expresión de pesar, tensó las riendas, se inclinó hacia delante y palmeó el cuello de su caballo.

—No importa, viejo amigo. Las damas más exquisitas son siempre las más difíciles de conquistar. Finge no haberla visto siquiera. Yo sé cómo te sientes.

Por un instante, a Sophie se le quedó la mente completamente en blanco. Giró hacia Jack, lo fulminó con la mirada y, con un gesto que se parecía peligrosamente al de su yegua, miró hacia delante.

Para su inmenso alivio, aparecieron ante ellos las puertas del parque. Entraron y procedieron a cabalgar sin prisa, disfrutando del sol de la mañana.

Jack miró hacia Sophie y sonrió para sí. Presa de una irritante inseguridad, no se había atrevido a invitarla a montar otra vez. Pero el paseo que habían dado el día anterior le había ayudado a tranquilizarse. Nervios femeninos, ese era el problema. Lo único que debía hacer era darle tiempo suficiente para que se sintiera cómoda con él.

De modo que, dominando a su inquieto caballo, se acercó a ella, pensando no solo en la floreciente primavera, sino también resignado a aceptar todas las historias que sin duda alguna se contarían sobre él en el club aquella noche. Se consoló a sí mismo diciéndose que, por lo menos, la persecución de Sophie lo obligaría a ir a casi todos los bailes de la temporada, pero le evitaría tener que pasar mucho tiempo en ningún club.

Y, por si su búsqueda de esposa no lo mantenía suficientemente ocupado, siempre le quedaba la tarea de evitar que Ned Ascombe se sintiera herido.

—Estoy seguro de que la preparación de su baile de presentación en sociedad debe de estar haciéndole ejercitar su imaginación, señorita Webb —Jack se acercó a Ned para poner fin a lo que, ante sus experimentados ojos, estaba siendo una recaída.

Ned, recordando el papel que le habían pedido que jugara, lo miró con expresión de culpabilidad.

—Sí, por supuesto —respondió Clarissa—. Pero mi madre se está ocupando de todos los detalles. El tema será clásico, aunque yo habría preferido los Ritos de la Primavera, mi madre dice que es un tema que se ha repetido hasta el aburrimiento durante estos últimos años —Clarissa miró a Ned.

—Estoy seguro de que la señora Webb sabe mejor que nadie lo que hace —fue su veredicto.

Al cabo de un momento de asombro, Clarissa se removió ligeramente en su montura. Como no encontró palabra alguna de consuelo en Ned, miró directamente hacia delante.

Jack sonrió de oreja a oreja y retrocedió, seguro de que Ned no volvería a cometer otro lapsus en su relación con Clarissa. Al menos aquella mañana.

—¿Está permitido galopar en el parque, señor? —preguntó Toby, situándose al lado de Jack.

—Usted y sus hermanos más pequeños podrían hacerlo. Sin embargo, no estaría bien que la señorita Webb y la señorita Winterton intentaran tal proeza.

Toby arrugó la nariz.

—¿Las convenciones de siempre?

Jack asintió.

—Como usted mismo ha dicho.

Toby miró a su prima arqueando una ceja y al ver su sonrisa, sonrió con pesar.

—Lo siento, Sophie —se volvió hacia sus hermanos y los desafió—: El último en llegar a ese roble tendrá que contarle a mamá lo que hemos hecho hoy.

Sus hermanos pequeños respondieron inmediatamente.

Sophie no tardó en advertir que su presencia atraía numerosas miradas. Intentó ignorarlo, hasta que se dio cuenta de que la sorpresa era la emoción predominante en los rostros de los caballeros con los que se cruzaban.

Volvió la cabeza e interrogó con la mirada a su acompañante.

Jack sonrió.

—Me temo que no es muy frecuente verme acompañando a una familia por el parque.

—Oh.

—Pero no me arrepiento lo más mínimo —la tranquilizó al instante—. Y dígame, mi querida señorita Winterton, si pudiera elegir, ¿preferiría el campo o la ciudad?

—El campo —respondió inmediatamente—. La ciudad es agradable, pero solo... durante un período corto. ¿Y usted, señor? ¿Pasa mucho tiempo en el campo?

—La mayor parte del tiempo —Jack sonrió de oreja a oreja—, y aunque no se lo crea, voluntariamente. Las tierras, por supuesto, necesitan una atención constante. Cuando mi hermana se fue, me dejó una lista de todas las mejoras que debían hacerse. Me temo que, hasta entonces, yo no le prestaba a nuestra propiedad toda la atención debida. Mi hermana conseguía mantenernos económicamente, algo que no era asunto fácil y, en consecuencia, mis hermanos y yo dejamos todas las decisiones relativas a los asuntos de la familia en sus manos. Pero ahora pretendo resucitar nuestra propiedad. Sé lo que se necesita; lo único que hace falta ya es conseguir que se hagan las cosas.

Un puño de acero se cerró sobre el corazón de Sophie. Entrecerró los ojos. Sus facciones se congelaron en una expresión de atención arrebatada e inclinó la cabeza.

Animado, Jack le describió brevemente aquellas mejoras que le parecían más urgentes.

—Creo que es algo que tiene que ver con el hecho de ser heredero de esas tierras —concluyó—. Siento un compromiso, una responsabilidad ahora que son prácticamente mías. Y sé que Harry siente lo mismo sobre la cuadra que algún día será suya.

Sophie asintió y se aferró a las riendas con fuerza. Por la experiencia de las propiedades de su padre, sabía lo que costaban los sueños de Jack. Y sus palabra se habían convertido en un peso casi insoportable en su corazón.

La distracción llegó de la forma más inesperada. Un brusco grito le hizo volverse y descubrieron al señor Marston trotando rápidamente hacia ellos.

—Buenos días, señor Marston —lo saludó Sophie con expresión majestuosa.

—Muy buenos días, señorita Winterton —Marston intentó la difícil tarea de inclinarse sobre la mano que Sophie le ofrecía, pero un brusco movimiento del caballo lo obligó a sujetarse rápidamente. Frunció el ceño, sujetó al animal y saludó a Jack con obvia desgana.

Jack le devolvió el saludo con una auténtica sonrisa.

Pero su caballo, un ejemplar pardo, continuaba resistiéndose.

Phillip Marston hizo todo lo que pudo por ignorarlo. Saludó a Ned y a Clarissa y fijó su mirada en Sophie.

—Pensé que podría tener problemas para encontrar un caballo que me permitiera acompañarla. Como usted ya sabe, no tengo mucha experiencia en la ciudad, pero estoy seguro de que se sentiría más cómoda con alguien con quien ha compartido un pasado.

Afortunadamente, Sophie se libró de tener que dar una respuesta aceptable porque en aquel momento llegaron sus primos gritando alegremente y con los rostros iluminados por el júbilo.

Phillip Marston los miró con el ceño fruncido.

—¡Qué jóvenes bárbaros! ¿Así es como se comportan cuando no están bajo el ojo vigilante de su padre?

Aquella regañina hizo desaparecer sus sonrisas. Jeremy, George y Amy miraron instintivamente a Jack.

Este los tranquilizó con una sonrisa.

—Tonterías, Marston —dijo en un tono sereno, pero distante—. A esta hora, el parque es un lugar perfectamente adecuado para que los más jóvenes se desahoguen. Más tarde, quizá, esta conducta sería reprobable, pero ahora mismo no hay nada en absoluto indecoroso en mostrarse contento.

El trío pareció revivir milagrosamente. Le dirigieron a Jack una mirada de agradecimiento y se colocaron a su lado. Por un instante, Sophie se permitió envidiarlos.

Phillip Marston apretó los labios. Su ceño fruncido dejaba pocas dudas a la hora de interpretar sus sentimientos. Sophie se estaba devanando los sesos intentando buscar un tema de conversación seguro cuando a Marston se le ocurrió decir:

—Me atrevo a decir que, al no ser un hombre de familia, desconoce la importancia de la disciplina en la educación de los jóvenes.

Jack controló su semblante de una forma admirable. Le dirigió a Marston una mirada interrogante y este, tal como Sophie imaginaba, continuó declamando airadamente:

—Es natural, por supuesto. Al fin y al cabo, la disciplina no es su estilo, ¿verdad? Habiendo tenido tan poca disciplina en su propia vida, debe de costarle comprender que otros vivan bajo otro código de conducta.

—Confieso que no pensaba que mi vida hubiera sido tan diferente de la del resto de los de mi clase —contestó Jack en tono de aburrimiento.

Phillip Marston rio con condescendencia.

—Ah, pero lo es. Me atrevería a decir que le sorprendería saber que algunos de nosotros pasamos meses en nuestras tierras, ocupándonos de asuntos como la administración o las cosechas —obviando el sonrojo de Sophie, Marston continuó—: No todos podemos pasarnos la vida en Londres, gastando nuestro dinero en las mesas de juego y en cualquier otra clase de diversiones.

Aquello ya era excesivo para Sophie.

—¡Señor Marston! —lo regañó con gélida indignación—. Me extraña, señor, que ni siquiera sepa que existe algo parecido a la diversión —a ella misma le sorprendió la dureza de sus palabras.

Sin embargo, inmediatamente quedó claro que el señor Marston no corría ningún peligro de sentirse humillado.

—Claro que la conozco. Pero nunca me ha atraído. Sin embargo, soy consciente de que otros lo encuentran mucho más de su gusto. Sin duda alguna, Lester, acompañar a un grupo de inocentes no debe ser de su agrado. Al fin y al cabo, hacer de niñera de unos cuantos mocosos no es en absoluto su estilo —Marston se inclinó hacia delante—: He oído decir que la señora Webb fue la que le indujo a participar en esta pequeña excursión. Me atrevería a sugerir que usted preferiría estar en cualquier otra parte. Sin embargo, como yo no tengo nada mejor que hacer, estoy dispuesto a asumir esa responsabilidad.

—Todo lo contrario, Marston —contestó Jack—. Créame, no hay nada que pueda apetecerme más que escoltar a este particular grupo de inocentes. De hecho, creo que si intentara analizar este asunto más de cerca, se daría cuenta de que una de las mayores diversiones de la vida consiste precisamente en disfrutar de una compañía agradable.

El alivio que se produjo en el grupo fue casi palpable.

—Es más, señor Marston —continuó Jack con una enorme sonrisa—, yo no me habría perdido este paseo por nada del mundo.

Phillip Marston miró a Sophie confundido. Su glacial expresión encendió las primeras luces de comprensión en su cerebro. Tensó las riendas.

El caballo, tras haberse comportado de un modo razonable durante aquellos diez minutos, reaccionó comenzando a sacudirse inquieto. Marston intentó dominar al animal al tiempo que susurraba maldiciones perfectamente audibles para todos.

Controlando con firmeza su risa, Sophie aprovechó aquella oportunidad.

—Señor Marston, creo que lo más sensato sería que devolviera ese caballo inmediatamente a los establos. Confieso que sus cabriolas me están poniendo nerviosa.

Después de aquello, a Phillip le quedaban pocas opciones. Con expresión lúgubre, asintió brevemente y se dirigió directamente hacia las puertas del parque.

—¡Uf! —Toby se acercó a Sophie con una luminosa sonrisa en los labios—. No me gustaría ser uno de los mozos del establo.

Aquel comentario provocó una carcajada que alivió la tensión del grupo.

Por mutuo acuerdo, decidieron regresar a casa.

Vigilar a los niños en medio del tráfico de la ciudad mantuvo a Sophie completamente ocupada. Pero cuando doblaron la esquina de Mount Street y los más jóvenes se adelantaron, alzó la mirada hacia su compañero.

—Creo que debo disculparme por la conducta del señor Marston.

—Tonterías. Eso es algo que usted difícilmente podía controlar. Además —continuó, sosteniéndole la mirada—, todavía no la he visto alentarlo.

—¡Ni lo haré jamás! —al ver la expresión satisfecha de Jack, deseó haberse mostrado más circunspecta. Al fin y al cabo, no era asunto de Jack a quién alentara ella o dejara de alentar. Intentando refugiarse en un asunto más banal, comentó—: De modo que los bailes por fin han comenzado.

—Sí, y el baile de presentación de su prima será uno de los primeros.

En aquel momento, se detuvieron y desmontaron los caballos.

—Sí, mi tía está decidida a aprovechar al máximo esta temporada.

Clarissa hizo avanzar su caballo para colocarse al lado de Jack.

—Desde luego —declaró—. Mi madre está trabajando para que sea un baile multitudinario.

Sophie intercambió una sonrisa irónica con Jack. Este se volvió hacia Clarissa y levantó lacónico una ceja. Evidentemente, Ned había seguido fielmente sus instrucciones.

—¿Ah, sí? ¿Y qué sabe usted de multitudes, señorita Webb?

Clarissa se sonrojó e hizo con la mano un gesto de desdén.

—Solo lo que me ha contado Sophie.

—Ah —sin dejar de sonreír, Jack se volvió hacia Sophie.

Los Webb más pequeños ya se habían ido, dejando a los mozos ocupados con sus caballos.

—¿Y bien? —Jack la miró arqueando una ceja—. ¿Ha sido soportable montar conmigo?

—Desde luego, señor. Ha sido de lo más agradable.

Jack se echó a reír.

—Estupendo, porque sus primos desean que se convierta en un acontecimiento frecuente.

Con una inclinación de cabeza, Sophie mostró su acuerdo y le tendió la mano para despedirse de él.

Con la mano de Sophie entre la suya, Jack bajó la cabeza y sonrió.

—Entonces, hasta el multitudinario baile de su tía, señorita Winterton. Y aunque nos separe un mar de humanidad, haré todo lo posible por llegar a su lado —y, con una desenfadada sonrisa, soltó su mano.

Tras asentir educadamente, Sophie escapó escaleras arriba, negándose a mirar de nuevo hacia atrás.

En la esquina de esa misma calle, había dos jinetes en sus respectivas monturas. Aparentemente, estaban hablando sobre el tiempo. Pero, en realidad, su interés estaba centrado en otro asunto.

—Vaya, me ha parecido ver a uno de los Lester... —lord Maltravers pestañeó somnoliento mientras miraba a su acompañante—. Una dura noche seguida por tan temprano amanecer debe de haberme afectado a la cabeza.

El capitán Terrence Gurnard sonrió burlón.

—Los Webb son demasiado refinados como para permitir que sus polluelos se acerquen demasiado a esa serpiente. Pero es evidente que la prima está más que dispuesta a satisfacer a Lester.

—Es curioso —lord Maltravers frunció el ceño—. Pensaba que esa dama tenía una fortuna de lo más corriente. Y que Lester necesitaba mucho más que eso.

—Es obvio que no. Pero, gracias a Dios, no me preocupa. Siempre y cuando no le eche el ojo a esa suculenta ciruela, por mí como si se queda con el resto de Londres. Vamos, movámonos. Ya he visto todo lo que necesitaba.

Y se alejaron en sus monturas hacia el alojamiento de Hubert.

—¿Sabes, Gurnard? He estado pensando...

—Creía que no eras capaz de hacerlo hasta después del mediodía.

—No, estoy hablando en serio. Esa forma de empezar... ¿Estás seguro de que no hay otra manera mejor de conseguir el dinero para pagar tus deudas de juego? ¿No hay ninguna posibilidad de que tu último contrincante retrase el último pago?

Terrence Gurnard volvió la cabeza y miró a su amigo a los ojos.

—Mi último oponente era Melcham.

Hubert palideció.

—Oh —dijo—. En ese caso, creo que te entiendo. Y bien, ¿para cuándo la boda?

CAPÍTULO 10

En su tía, pensó Sophie, no podía confiar. Por lo menos no en lo relativo a Jack Lester. Aunque esperaba verlo en el baile de presentación de su prima, Sophie no había imaginado que lo vería también entre los pocos favorecidos que habían sido invitados a la cena que precedía al acontecimiento.

Desde el lugar en el que se encontraba, al lado de la chimenea y cerca de su tía, Sophie observó a Jack inclinarse ante Lucilla. Llevaba una chaqueta azul marino del mismo color de sus ojos. Sus pantalones eran de color marfil y el pañuelo que llevaba al cuello una obra de arte. Un enorme zafiro brillaba entre sus pliegues, fracturando la luz en los siete colores. Aparte del sello de oro que adornaba su mano derecha, no llevaba ningún otro adorno, nada que pudiera distraer a los sentidos de la potencia de su cuerpo. Después de intercambiar algunas palabras con él, Lucilla se lo envió a su sobrina.

Esta lo recibió con una serena sonrisa.

—Buenas noches, señor Lester.

—Señorita Winterton —se inclinó grácilmente sobre su mano y la miró a los ojos—. Sophie.

La serena expresión de Sophie no flaqueó mientras le sostenía la mirada. Al ver a Ned, que había seguido a su mentor, volverse hacia Clarissa, Sophie alzó la mirada hacia Lester.

—Ned me ha contado lo mucho que ha hecho por él. Ha sido un gesto muy amable por su parte.

Tras haberse embebido de la elegancia de Sophie, vestida aquella noche con un vestido de color marfil que, recogido sobre un hombro, caía en largas líneas hasta el suelo, se volvió hacia su protegido.

—No ha sido una gran cosa. La casa es suficientemente grande y la proximidad nos permite aumentar el tiempo del que disponemos para... pulirlo.

—¿Así es cómo lo llama?

—Sí, lo único que Ned necesita es pulir su estilo.

—¿Y ese es el secreto de un caballero?

—Oh, no, querida —su mirada se hizo más intensa—. Cuando, como en mi caso, el juego es más sofisticado, se necesitan armas de diferente calibre.

—En cualquier caso, señor, estaba dándole las gracias por ayudar a Ned, y también quería agradecerle la ayuda que nos ha prestado esta mañana. No sé cómo nos las habríamos arreglado con Jeremy, George y Amy si no hubiéramos contado con usted.

—Como ya le he dicho en otras ocasiones, sus primos son unos pilluelos encantadores.

Esa misma mañana, Jack se había presentado con Ned en casa de los Webb y la habían encontrado sumida en el tumulto que habitualmente precedía a un baile. Conscientes de que ni Clarissa ni Sophie podrían salir, se habían ofrecido a llevar a los más jóvenes al parque.

—Sí —contestó Sophie, mientras observaba a su tía recibiendo a más invitados—. No sé cómo mi tía es capaz de tenerlo todo en la cabeza. Creo que el baile de esta noche ha sido una de sus mayores empresas.

—Teniendo que ocuparse de usted y de su prima, es lógico que haga uso de todos los recursos que tiene a su disposición.

La sonrisa de Sophie vaciló ligeramente. Pero casi al instante, inclinó la cabeza con determinación y contestó:

—Desde luego. Y tanto Clarissa como yo estamos decididas a no desilusionarla.

Era una forma sutil de recordarle que ella también esperaba encontrar marido. Al igual que él quería encontrar esposa. Sophie era perfectamente consciente de que Jack Lester y ella habían estrechado su relación más de lo que era habitual entre un caballero y una dama. Sin embargo, poco a poco iba acercándose el momento en el que sus diferentes destinos tendrían que separarlos.

—¡Sophie, querida! —exclamó lady Entwhistle—. Estás radiante, ¿verdad, Henry?

Lord Entwhistle le guiñó el ojo a Sophie y le estrechó la mano.

—Y el señor Lester también —lady Entwhistle le tendió la mano y miró a Jack con aprobación mientras este se inclinaba ante ella—. Es un placer volver a verlo, señor. He oído decir que lady Asfordby está en la ciudad. ¿Ya ha coincidido con ella?

Jack le dirigió una mirada fugaz a Sophie.

—Todavía no he tenido ese placer, señor.

—Es una pena haber tenido que abandonar la temporada de caza —lord Entwhistle se volvió hacia Jack—. Y no es que a ustedes los jóvenes les importe, por lo que veo, les basta con cambiar de terreno —añadió, mirando alrededor de la sala.

—Pero me temo que hay pocos zorros en Londres, de manera que nos vemos obligados a aguzar la vista —contestó Jack.

—¿Obligados? ¡Ja! Vaya, siempre he oído decir que los juegos más divertidos se encuentran en la capital.

Sophie tenía que esforzarse para no echarse a reír.

—¡Por Dios, Henry! —lady Entwhistle abrió sonoramente su abanico.

—Pero es verdad, mira a Lester. En caso contrario, él no estaría aquí. ¿Qué tiene que decir, joven? ¿No cree que las calles de Londres ofrecen mejores recompensas que los campos de Leicestershire?

—En realidad —contestó Jack, mirando a Sophie—, no sé si estoy de acuerdo con usted, señor. Debo confesar que he descubierto un inesperado tesoro en Leicestershire.

Por un momento, Sophie podría haber jurado que el mundo había dejado de girar. Y, por un instante, se permitió deleitarse en el resplandor de los ojos de Lester. Pero después volvió la realidad, y con ella, las conjeturas que se reflejaban en la mirada de lord Entwhistle, la indudable sorpresa que evidenciaba el rostro de su esposa y el papel que se suponía debería jugar ella.

—Espero que el señor Millthorpe se haya habituado ya a la vida londinense. ¿Podremos verlo aquí esta noche?

La sorpresa desapareció de los ojos de la dama.

—Sí, por supuesto. Lucilla ha tenido la amabilidad de invitarlo al baile y estoy segura de que asistirá. Os tiene mucho cariño a Clarissa y a ti —miró hacia el extremo del salón en el que Clarissa estaba rodeada de una corte de jóvenes caballeros—. Y supongo que estará bien acompañado. Como ya le he dicho a tu tía, la mitad de los jóvenes de esta ciudad están postrados a los pies de Clarissa.

Sophie se echó a reír y desvió la conversación hacia los acontecimientos sociales de la temporada.

A los pocos minutos, entró Minton para anunciar que la cena estaba servida.

Mientras lord y lady Entwhistle abandonaban el salón, Jack se volvió hacia Sophie:

—Creo, querida Sophie, que me corresponde el placer de acompañarla.

Sophie alzó la mirada y le tendió la mano.

—Será un placer, señor.

Las risas y las conversaciones los envolvieron en cuanto entraron en el comedor. Una sutil emoción llenaba el aire. Horatio, genialmente rechoncho, se sentó a la cabecera de la mesa. Lucilla en el extremo contrario, mientras que Clarissa, que resplandecía como un hada con su vestido rosa de seda, estaba en medio de uno de los laterales. Ned se sentó a su lado. Jack condujo a Sophie enfrente de Clarissa y después se sentó a su derecha.

Tal como estaba previsto, se brindó por Clarissa; su prima se sonrojó mientras Ned la miraba ligeramente asombrado.

Mientras volvía a sentarse, Sophie miró a Jack. Este la miró a su vez, elevó su copa y dijo:

—Por su temporada, querida Sophie.

Sophie sintió un escalofrío, pero consiguió sonreír e inclinó elegantemente la cabeza.

A su izquierda estaba el señor Somercote, un primo lejano de los Webb, reservado hasta el punto de mostrarse casi maleducado.

La dama que estaba a la derecha de Jack era la señora Wolthambrook, una elegante viuda. Sophie se preguntaba si aquella sería realmente su mejor ubicación, pero, para el final del primer plato, ya había recuperado la plena confianza en su vida. Aquella vieja dama tenía un irónico sentido del humor que Jack reconoció y con el que inmediatamente se avino. Sophie se descubrió a sí misma arrastrada a una discusión con la señora Wolthambrook y con Jack, que sirvió para disimular las deficiencias de su otro acompañante.

Fue casi una sorpresa descubrir que se habían terminado los postres. Lucilla se levantó y le pidió a todo el mundo que regresara al salón de baile.

Mientras subía las escaleras del brazo de Jack, Sophie reparó en la astuta mirada de lady Entwhistle. Pero no tenía por qué extrañarse, reflexionó Sophie. Al sentar a Jack Lester a su lado, se había hecho evidente que su tía estaba haciendo las veces de Cupido. Y era inconcebible que, tras llevar casi tres semanas en la capital, su tía todavía no estuviera al corriente de la situación de Jack Lester. Pero Lucilla nunca se había dejado llevar por los convencionalismos en los asuntos del corazón. Ella se había casado con Horatio sin ningún reparo cuando este apenas tenía fortuna y la propia madre de Sophie también se había casado por amor.

Desgraciadamente, pensó Sophie, mirando de reojo el sombrío perfil de Jack, aquel no era un destino para ella. Ocultando el dolor de su corazón herido tras una serena sonrisa, entró en el salón de baile, cuya decoración estaba siendo abiertamente admirada por todos los presentes.

Jack se volvió hacia ella.

—Como ya le he dicho, los esfuerzos de su tía han sido formidables.

Sophie sonrió, pero el corazón no acompañaba a su sonrisa; de hecho, se sentía como si su noche estuviera terminando cuando, con una elegante reverencia, Jack la dejó junto a su familia para que cumpliera con el deber de recibir a los invitados.

Jack ya le había pedido un vals, se recordó Sophie, sacudiendo mentalmente sus emociones. Dibujó una radiante sonrisa y cumplió con su deber, tomando buena nota de aquellos invitados a los que su tía recibía con cierto sutil énfasis. Lucilla podía estar alentando a Jack Lester, pero estaba claro que también quería ofrecerle a Sophie un espectro de posibles caballeros entre los que pudiera elegir.

Lo cual era perfecto, decidió Sophie. Porque aquella noche iba a comenzar su temporada propiamente dicha. Debería empezar a buscar marido. No tenía sentido postergar lo inevitable. Y no podía casarse con Jack Lester porque él necesitaba más dinero del que ella podía proporcionarle. Ahogando un suspiro, Sophie mantuvo la sonrisa en el rostro mientras su tía se volvía para recibir al último de la larga fila de invitados.

—Ah, señor Marston —ronroneó Lucilla—, me alegro de que haya podido venir.

Sophie se tragó un juramento en absoluto propio de una dama. Esperó a que el señor Marston saludara a Clarissa para después volverse hacia Sophie.

—Buenas noches, señor —lo saludó ella—. Confío en que se encuentre bien.

—Yo... Me gustaría poder hablar más tarde con usted, señorita Winterton.

Sophie intentó mostrarse encantada ante aquella perspectiva.

—Lady Colethorpe, mi sobrina, Sophie Winterton.

Con cierto alivio, Sophie se volvió hacia la siguiente invitada y sacó al señor Marston de su mente.

En el salón de baile, Jack se abría paso entre los invitados, deteniéndose de vez en cuando para hablar con algún conocido. Percy, por supuesto, también había acudido al baile y saludó a Jack con algo muy cercano al alivio.

—He estado con mi padre —le explicó Percy—. Está convencido de que va a morirse. Todo son tonterías, por supuesto —deslizó la mirada por el elegante atuendo de su amigo y suspiró—. ¿Qué tal han ido las cosas por aquí? Parece que ya han venido todos los caballeros a la ciudad.

—Acabas de decirlo tú mismo —le confirmó Jack—. Y supongo que esa es la razón por la que se ha adelantado el baile de esta noche. Lucilla Webb siempre está al tanto de ese tipo de sutilezas.

—Mmm. He estado hablando con mi padre de los Webb. Los conoce muy bien. Y tiene una palabra para definir a la señora Webb.

—¿Y es?

—Peligrosa.

—Eso ya lo sé. Y, sea peligrosa o no, me temo que estoy comprometido a estrechar nuestra relación.

—¿Entonces vas en serio?

—Una vez encontrada mi dama, no pienso dejarla marchar.

—Ah, bueno —Percy se encogió de hombros—. Entonces te dejaré que cumplas con tu tarea. ¿Dónde dices que has visto a Harry?

Después de mostrarle a Percy el camino, Jack se volvió y descubrió que Sophie y su familia acababan de abandonar la puerta para mezclarse con el resto de invitados. Localizó a Sophie en el otro extremo del salón, rodeada de un pequeño grupo de caballeros. Caballeros eminentemente elegibles, comprendió al instante. Jack sintió removerse todo su sentido de la posesión, pero inmediatamente lo contuvo. Ya le había pedido un baile a Sophie y la había acompañado durante al cena. Lucilla se enfadaría si intentaba reclamar algo más.

Intentando apaciguar su genio, buscó con la mirada a Clarissa. La prima de Sophie resplandecía de felicidad. Y tenía motivos para hacerlo, pensó Jack al ver la corte que la acompañaba. Todos ellos unos cachorros, pero Clarissa solo tenía diecisiete años.

Al ver a Ned conservando su lugar al lado de Clarissa a pesar de todos los esfuerzos por desplazarlo, sonrió. Siempre y cuando Ned circulara cuando comenzara el baile, no había ningún inconveniente en su presente ubicación. Su protegido mantenía una expresión distante, lo que hacía que Clarissa lo mirara ligeramente sorprendida en más de un ocasión. Ned estaba aprendiendo muy rápido.

Tras recordarse que debería hacerle de vez en cuando alguna advertencia a Ned, Jack permitió que su mente volviera a sus preocupaciones.

¿Sería capaz Sophie, al igual que su tía, de una manipulación a gran escala? Jack sacudió la cabeza descartándolo. Su Sophie no era una mujer maquinadora. Era una mujer franca, abierta, casi transparente. Pero cuando la vio sonreír al marqués de Huntly, la expresión satisfecha de Jack se desvaneció.

Anunciaron el primer vals y Clarissa, delicadamente sonrojada, se acercó a la pista de baile con su padre. Cuando terminó el vals, Horatio le dirigió una sonrisa radiante.

—Bueno, querida, ahora ya has sido oficialmente presentada en sociedad. ¿Estás contenta?

—Sí, papá —contestó sinceramente.

Pero al ver a Ned inclinándose ante otra dama, la sonrisa de Clarissa desapareció. Horatio lo advirtió.

—Será mejor que vuelvas con tu corte, querida. Pero piensa de vez en cuando en tu viejo padre. Y no acumules demasiados pretendientes.

Aparentemente ajeno a la sorprendida mirada de Clarissa, Horatio la guió hasta su círculo y, con una paternal palmada en la mano, la dejó.

—Señorita Webb. Baila el vals estupendamente —la alabó lord Swindon—, debe de haber practicado incesantemente en Leicestershire.

—¿Podría ofrecerle un vaso de limonada, señorita Webb? Debe de estar sedienta después del esfuerzo del baile —le ofreció lord Thurstow, un genial pelirrojo cuyo voluminoso contorno explicaba su conjetura.

Pero el comentario más aterrador llegó del señor Marley, un joven que se consideraba a sí mismo un poeta.

—Una oda. Siento que una oda surge en mi cerebro. Una oda a su incomparable gracia.

Clarissa miró al joven alarmada. ¿Por qué tenían que ser tan tontos?

Y a medida que avanzaba la noche, fue reafirmándose en su postura. Aquello no era lo que había ido a buscar a Londres. Pasarse el día con caballeros apenas mayores que George o Jeremy no era precisamente su sueño.

Cuando Ned reapareció en su rescate para solicitar su baile, Clarissa alzó la mirada hacia él y sonrió tímidamente.

—Es un alivio bailar con alguien a quien conozco.

Sin olvidar sus instrucciones, Ned se limitó a arquear una ceja.

—¿De verdad? —sonrió—. No te preocupes, pronto te acostumbrarás a ser el centro de tantas atenciones.

Clarissa se lo quedó mirando sin salir de su asombro.

—Este baile no está nada mal —añadió Ned alegremente—,

tu madre debe de estar muy contenta. Creo que nunca había visto a tantas jóvenes damas.

Afortunadamente para Ned, la danza los obligó a separarse en aquel momento. Cuando el baile volvió a unirlos, Clarissa le dirigió una mirada glacial.

—Como tú mismo has dicho —le advirtió—, estoy segura de que aprenderé a responder convenientemente a todos los cumplidos que los caballeros se empeñan en hacerme.

Una vez más, el propio baile evitó la catástrofe. Cuando la música terminó, Ned, frío y distante, y Clarissa, igualmente fría, volvieron a encontrarse. Después de inclinarse mecánicamente sobre su mano, Ned abandonó el grupo, dejando a Clarissa con las mejillas sonrojadas y un peligroso brillo en la mirada.

A escasa distancia, Sophie estaba haciendo una lista de posibles pretendientes. La tarea no era difícil, pues eran varios los que se habían presentado ante ella mostrando su interés. Eran muchos los caballeros que estaban esperando una dama como ella, que no estuviera en los inicios de la juventud, pero todavía fuera suficientemente joven. Lord Annerby, el señor Somercote, el marqués de Huntly...

Acababa de bailar con el último cuando una voz profunda interrumpió sus pensamientos.

—Creo que nuestro vals es el siguiente, señorita Winterton —Jack saludó al marqués—: Huntly.

—Lester —lo saludó a su vez el marqués—. ¿Has visto a Percy por aquí?

—Al principio de la velada estaba hablando con Harrison.

—Supongo que debería ir a hablar con él. Es mi hermano, ¿sabe? —le confió a Sophie—. Mi padre está a las puertas de la muerte y debería saber cómo se encuentra. Si me perdona...

Mientras lo observaba marcharse, Sophie tachó al marqués de su lista. Su falta de sensibilidad le había parecido brutal.

Al ver su expresión, Jack decidió no dar la explicación que había estado a punto de ofrecer. No consideraba a Huntly un rival, pero, ¿por qué tirar piedras contra su propio tejado? Tomó la mano de Sophie y la posó en su brazo.

—¿Quiere que demos un paseo por la sala antes de empezar el baile?

Sophie pestañeó y frunció el ceño.

—En realidad debería regresar con mi tía.

Ocultando su contrariedad tras una educada sonrisa, Jack se inclinó y la condujo obedientemente hacia el lugar en el que su corte la estaba esperando.

Un movimiento poco sensato. Jack no estaba impresionado por la pequeña multitud de posibles candidatos, que aparentemente no habían encontrado nada mejor que hacer en el primer baile de la temporada que congregarse alrededor de Sophie. Su humor no mejoró al tener que oír sus cumplidos. Por su parte, ellos lo ignoraban, seguros de que la fortuna de Sophie era insuficiente para que se sintiera atraído por ella. Pero su sonrisa se transformó casi en un gruñido cuando oyó que Sophie decía:

—En efecto, me gusta la ópera, señor Annerby.

—En ese caso, me aseguraré de avisarla en cuanto empiece la temporada, señorita Winterton —contestó lord Annerby, regodeándose con su éxito.

Jack apretó los dientes. Él llevaba años evitando la ópera. Para su inmenso alivio, los acordes del vals fueron su salvación.

—¿Señorita Winterton?

Sophie pestañeó sorprendida mientras le tendía la mano. Jack cerró con fuerza los dedos alrededor de los suyos. Sus palabras habían sonado como una orden.

Cuando estuvieron en la pista de baile, Jack consideró la posibilidad de cerrar los ojos. Con ellos cerrados, sus sentidos podrían concentrarse únicamente en Sophie, en la suavidad de su calor, en cómo encajaba entre sus brazos y en la sutil caricia de la seda contra sus piernas.

Pero, ahogando un suspiro, mantuvo los ojos abiertos.

—¿Está disfrutando del baile, señor Lester?

—Estoy disfrutando del vals —contestó Jack. La miró a los ojos y advirtió el ceño que se formaba sobre sus azules órbitas. Extrañado, continuó—: ¿Pero cuándo vas a empezar a tutearme? Llevo semanas intentando que lo hagas.

Aquella fue la primera vez que Jack vio a una dama sonrojarse y fruncir el ceño al mismo tiempo.

—Lo sé —admitió Sophie, obligándose a dirigirle una mirada

de desaprobación—, y sabe que no debería hacerlo. No es en absoluto aceptable.

Jack se limitó a sonreír.

Sophie lo miró exasperada y decidió fijar los ojos en el más seguro espacio de sus hombros. Como siempre, estar en sus brazos tenía un efecto tan intenso en ella que agradeció que llegaran los últimos acordes del vals.

Jack la vio sonrojarse, pero era demasiado sensato como para hacer ningún comentario. En cambio, la acompañó hacia una mesa y consiguió hábilmente un plato de exquisiteces y un par de copas de champán. Fueron interrumpidos en numerosas ocasiones. Jack se aburría estoicamente y se recordaba constantemente que Lucilla no consideraría aquel baile como el lugar conveniente para que le declarara a Sophie sus intenciones. Cuando los entremeses se terminaron, insistió en acompañar a la joven con su tía.

Y la mirada que le dirigió a Lucilla hizo que esta tuviera que disimular una sonrisa.

Cuando Clarissa y Sophie fueron reclamadas para el siguiente baile, Lucilla se volvió hacia él.

—Debo reconocer, señor Lester, que ha hecho un gran trabajo con Ned.

—Me alegro de que su transformación cuente con su aprobación, señora.

—Desde luego. De hecho, le estoy inmensamente agradecida.

Al ver que se acercaba lady Entwhistle con la clara intención de hablar a solas con Lucilla, Jack se excusó y se fundió con la multitud. Al pasar entre los bailarines, oyó una risa cristalina. Alzó la mirada y vio a Sophie sonriendo radiante a lord Ainsley, un atractivo y muy rico caballero.

Ahogando un gruñido, Jack se refugió en una alcoba. ¿Qué estúpido habría inventado la práctica del cortejo? Reprimiendo sus maldiciones, intentó serenarse. Podía haberse ido, pero la noche todavía era joven. Además, no se atrevía a dejar a su protegido sin su apoyo. Jack pasó la mirada por encima de los brillantes rizos de Sophie y buscó entre los danzantes a Clarissa.

Tal como era previsible, la prima de Sophie estaba sonriendo a un elegante caballero con el que giraba en la pista de baile. Y parecía ensimismada con su pareja.

Pero Jack se equivocaba.

Aunque Clarissa sonreía y asentía a la conversación del señor Pommeroy, su atención no estaba pendiente de aquel joven caballero. Por el rabillo del ojo, podía ver a Ned bailando con la señorita Ellis. Y aquella visión la llenaba de una furia que jamás había experimentado.

Con los ojos entrecerrados, intentó concentrarse en el señor Pommeroy. Hizo un mueca. Sorprendido, el señor Pommeroy tropezó y estuvo a punto de caerse. Sintiéndose culpable por haber hecho un gesto tan evidente, Clarissa se empeñó en facilitarle el baile a su pareja.

Su corte de admiradores, desgraciadamente, tenía poco que ofrecerle. Eran tan jóvenes... Ni siquiera en el más loco de sus sueños les habría asignado aquel papel que tanto necesitaba llenar.

Y estaba mirando a Ned reunirse con el grupo de dos jóvenes que ese mismo año hacían la presentación en sociedad, cuando, al desviar la mirada, vio a Toby acercándose a ella con un auténtico Adonis.

—Ah, ¿Clarissa? —Toby miró inseguro a su hermana—. ¿Podría presentarte al capitán Gurnard? Forma parte de la Guardia Real.

Toby no estaba seguro de cómo iba a reaccionar su hermana, pero el capitán había mostrado gran interés en conseguir una invitación personal, algo en lo que Toby no podía ver ningún daño.

Clarissa, con los ojos abiertos como platos, no perdía un solo detalle de aquel hombre que tenía frente a ella. Le sonrió radiante y le tendió la mano.

—¿Qué tal, capitán? ¿Lleva mucho tiempo en la Guardia Real?

El capitán estaba tan deslumbrado que no era capaz de ver más allá de los ojos azules de Clarissa y la delicada curva de sus labios. Lo único que pudo concluir fue que el destino se había apiadado de él. Con una encantadora sonrisa, soltó la mano que Clarissa le había ofrecido.

—Llevo varios años en mi regimiento.

—¿Varios años? Pero... —se interrumpió y se llevó tímidamente una mano a los labios—, no pensaba que fuera usted tan mayor.

Gurnard se echó a reír.

—Pues lo soy, señorita Webb. De hecho, me temo que no puedo competir con esos jóvenes que la rodean. Hace tiempo que me abandonó la despreocupación de la juventud. Pero quizá, querida, ¿consentiría en acompañarme por la sala hasta que comience el siguiente baile?

Plasmando una sonrisa en su rostro, Clarissa asintió con aparente deleite y posó la mano en la casaca roja del capitán.

Mientras la conducía entre los invitados, el capitán Gurnard no podía evitar el aire suficiente de su sonrisa. Pero lo que lo habría desconcertado abiertamente habría sido saber que por dentro, la sonrisa de Clarissa era idéntica a la suya.

Sophie, mientras tanto, se había encontrado con un obstáculo para su esfuerzo. Un obstáculo, alto, delgado y extrañamente amenazador. Jack había abandonado su refugio para gravitar a su lado como un depredador.

Sophie estaba cada vez más furiosa. Lester estaba intimidando a sus pretendientes. A ella tampoco le gustaba aquella opción, pero era la única que tenía, un hecho que Jack debería reconocer, en vez de perseguirla porque... bueno, la única conclusión que se le ocurría era que estaba celoso de la atención que les prestaba a otros hombres.

Pero era entre esos hombres entre los que debería elegir un marido, y le irritaba que Jack continuara haciéndole más difícil aquella tarea. Cuando sir Stuart Mablethorpe, un distinguido estudiante, descubrió a Jack mirándola y se olvidó de lo que estaba diciéndole, Sophie le dirigió a Jack una mirada glacial.

Que él soportó imperturbable.

Conteniendo su rabia, Sophie se mostró más que dispuesta a sonreír a lord Ruthven, un caballero que, sospechaba, se parecía mucho a Lester en todos los aspectos menos uno: no necesitaba una mujer rica.

—¿Querría, señorita Winterton, dar una vuelta conmigo por el salón? —le preguntó lord Ruthven.

—Por supuesto, estoy empezando a cansarme de estar aquí.

Ruthven curvó los labios en una sonrisa.

—Permítame entonces ofrecerle una posibilidad de escapar —y sin más, le ofreció su brazo.

Con firme serenidad, Sophie posó la mano en su brazo, negándose a prestar atención al cargado silencio que dejó tras ella. Era demasiado sensata como para atreverse a mirar incluso a Jack.

Jack, por su parte, esperó a estar seguro de que tenía sus emociones bajo control para mover un solo músculo. Y, para entonces, Sophie y Ruthven estaban ya en medio del salón. Con expresión pétrea, Jack consideró sus posibilidades. Y al final, con su habitual languidez, se decidió a caminar entre los invitados, esperando coincidir con Sophie.

Pero cuando llegó al final del salón, Sophie ya se había dado cuenta de que los ojos verdes de Ruthven veían más que la mayoría. Y sospechaba que su interés estaba más motivado por la perspectiva de poder fastidiar a Jack que por una real atracción. Ruthven se detuvo bajo una galería y se volvió para contemplar el salón.

—Ah, está aquí, Ruthven —Jack se materializó de pronto a su lado—. Acabo de ver a lady Orkney en las escaleras. Está buscándolo.

—¿Ah sí? —Ruthven arqueó con gesto escéptico una ceja.

—Desde luego. E insiste en hablar con usted. Ya sabe cómo es.

Lord Ruthven hizo una mueca, se volvió hacia Sophie y se disculpó:

—Me temo que tendrá que excusarme, señorita Winterton. Mi tía puede llegar a ponerse histérica si no aparezco. Y me atrevería a decir que Lester estará encantado de acompañarla —y, con una irónica sonrisa, se inclinó sobre su mano y salió.

Sophie se volvió hacia Jack con los ojos entrecerrados. Su expresión impasible no la engañó ni por un momento.

—Venga conmigo, señorita Winterton.

Sophie clavó los pies en el suelo.

—No tengo intención de ir a ninguna parte con usted, señor Lester.

—Jack —pronunció aquella sílaba con una contundencia que no le dejó a Sophie ninguna sombra de duda sobre su humor—.

Y si prefiere que aireemos nuestras diferencias en público, ¿quién soy yo para negárselo a una dama?

—Muy bien, señor Lester —contestó Sophie, sosteniéndole la mirada—, pero no iremos a la terraza.

Por el rabillo del ojo, Sophie pudo ver las cortinas que separaban la sala de música del salón de baile. Medio escondida por la galería, era poco probable que alguien pudiera utilizar aquella habitación. De manera que, sin abandonar el salón de baile, podían contar con cierta intimidad. Así que Sophie apretó los labios y señaló hacia las cortinas.

—Por aquí.

Jack la siguió hacia la zona en sombras y le sostuvo las cortinas mientras Sophie se deslizaba entre ellas. La siguió y las cortinas cayeron tras ellos, amortiguando el sonido de la música. Un candelabro iluminaba la habitación, arrancando destellos dorados de las superficies del arpa y el piano.

Sophie caminó hasta el centro de la sala, alzó la barbilla y se enfrentó a Jack:

—Y ahora, señor Lester, quizá podamos explicarnos claramente.

—Eso era precisamente lo que yo estaba pensando —contestó Jack, colocándose directamente frente a ella—. Y quizá, podamos empezar hablando de lo que pretende conseguir con todos esos caballeros que ha estado coleccionando.

—Una pregunta muy pertinente —respondió Sophie—. Pero creo recordar que yo misma le expliqué que mi primera temporada fue muy corta. Y como usted sabe, no solo mi tía, sino también todas las amigas de mi madre, están decididas a casarme. Y esa es la razón por la que tengo que pensar en posibles pretendientes —diciéndolo así, sonaba terriblemente frío.

—¿Por qué?

—¿Perdón?

—¿Por qué necesita todo un paquete de posibles maridos? ¿Con uno no le basta?

—Porque me niego a casarme con un hombre que no tenga los atributos que considero apropiados —contestó Sophie, irritada por su cerrilidad.

—¿Y cuáles son esos atributos?

—Atributos tales como tener propiedades en el campo y estar dispuesto a pasar allí la mayor parte del año. Y ser cariñoso con los niños —Sophie se sonrojó y continuó—. Y que sepa... que sepa montar y...

—¿Y que sepa bailar el vals sin pisarla?

Sophie lo miró con recelo y advirtió el brillo burlón que reflejaban sus ojos. Alzó la barbilla.

—Son muchas las cualidades que considero necesarias en el hombre con el que me gustaría casarme. Y, como podrá imaginarse, no puedo saber si el hombre que elijo es el correcto si no... —hizo un gesto con la mano—, exploro antes el terreno —terminó con expresión beligerante.

Jack frunció el ceño al recordar las palabras de Lucilla. ¿De verdad necesitaba Sophie compararlo con otros para estar segura?

—¿Y cómo —continuó diciendo Sophie—, se supone que voy a hacer eso si no es hablando y bailando con ellos? Y precisamente por eso, considero injusto que se interponga en mi camino.

—Sophie —respondió Jack en voz muy baja, tras unos segundos de silencio—, créeme cuando te digo que no pienso permitir que te relaciones libremente con todos los solteros de la alta sociedad.

Sophie estuvo a punto de dar una patada en el suelo.

—¡Se está comportando de una forma escandalosa! Supongo que entenderá que debo casarme, ¿verdad?

—Sí, pero...

—Y que debo elegir entre los solteros que hay disponibles, ¿no?

—Sí, pero...

—En ese caso, con toda su considerable experiencia, quizá le gustaría decirme de qué otra manera voy a aprender lo suficiente sobre ellos como para descubrir cuál sería el mejor marido.

—Es muy fácil.

—¿Ah, sí? ¿Y cómo?

Jack fijó la mirada en sus labios.

—Debería casarse con el hombre que más la quiera.

—Ya entiendo —dijo Sophie con las espadas todavía en alto—. ¿Y cómo se supone que voy a identificarlo?

Muy lentamente, Jack curvó los labios en una sonrisa.

—Así —contestó. Inclinó la cabeza y rozó sus labios con un beso.

Sophie se estremeció y se quedó completamente paralizada. Cerró los ojos y fue consciente de la ola de dulce añoranza que la invadía. Los labios de Jack eran cálidos, suaves, firmes.

Jack buscó su mano y entrelazó los dedos en los suyos. Sophie cerró los dedos alrededor de su mano, aferrándose a ella como si fuera un salvavidas.

Sabía que debía retroceder, pero no se movió, continuaba atrapada por el deseo. Y ser consciente de ello la hizo temblar. Jack enmarcó delicadamente su rostro con la mano y no la soltó mientras acariciaba sus labios con la boca.

Otra oleada de añoranza la invadió, más dulce, más urgente que la anterior. Sophie sentía que sus sentidos comenzaban a deslizarse peligrosamente hacia un precipicio. Alzó las manos y se aferró a las solapas de Jack al tiempo que se inclinaba hacia su beso, ofreciéndole sus labios.

Jack se estremecía mientras la pasión bullía dentro de él. La acalló despiadadamente, negándose a romper la magia del momento. Los labios de Sophie eran cálidos e invitadores, tan dulces como un néctar. Sophie se estrechaba ligeramente contra él. Sus senos rozaban su pecho. Suavizaba los labios bajo los suyos y se estremecía delicadamente... Y Jack supo que había tenido razón desde el principio. Sophie era suya.

Incapaz de resistir la cautivadora tentación de sus labios, se permitió profundizar su beso hasta que se vio obligado a encadenar el deseo de continuar saboreando aquella apasionada dulzura.

Retrocedió con reluctancia, poniendo fin a aquel beso.

Sophie abrió los ojos lentamente. Desconcertada, apartó las manos de sus solapas. Pero no retrocedió. Se lo quedó mirando fijamente, como si estuviera intentando comprender.

Deseaba que Jack la besara otra vez. Necesitaba sentir sus brazos a su alrededor, aunque fuera consciente de que eso solo complicaría su ya de por sí difícil situación.

Jack veía el deseo en sus ojos y en sus labios entreabiertos. Y luchó contra sus instintos, contra la urgencia de envolverla entre sus brazos.

Justo en ese momento, las cortinas se abrieron y llegó hasta ellos el bullicio del salón.

Inmediatamente, Sophie y Jack se volvieron para ver a Phillip Marston sosteniendo las cortinas. Su expresión solo podía ser descrita como de severa desaprobación.

—De modo que está aquí, señorita Winterton. Permítame acompañarla de nuevo con su tía.

Sophie no se movió. Tomó aire y miró a Jack. Este se volvió hacia Marston con expresión distante.

—Se equivoca, Marston. La señorita Winterton no necesita más compañía que la mía.

Una delicioso escalofrío de emoción recorrió la espalda de Sophie.

—La señorita Winterton estaba un poco mareada por el calor que hace en la sala de baile —explicó Jack—. Nos hemos retirado aquí para permitirle recuperarse —miró a Sophie—. Y ahora, si se encuentra mejor, la llevaré de nuevo con su círculo de amistades.

—Gracias, señor —contestó Sophie. Por lo menos, se consoló, no la había abandonado al señor Marston.

CAPÍTULO 11

En menos de veinticuatro horas, Jack había llegado a la conclusión de que el destino había decidido hacer honor a su reputación. Jack tenía intención de continuar con Sophie la discusión que tan rudamente había interrumpido Phillip Marston. Pero el destino no le dio oportunidad.

Salieron a montar como lo hacían habitualmente. Un simple baile no iba a enfriar el espíritu ecuestre de los Webb. Los más pequeños iban pegados a él, bombardeándolo con preguntas sobre el proyectado ascenso del globo. Cuando Percy apareció frente a ellos, Jack envió despiadadamente a los niños con su amigo. Pero para entonces, los caballeros que habían descubierto a Sophie y a Clarissa la noche anterior, ya los habían alcanzado.

Y todavía no había empezado lo peor.

Tal como Jack había predicho, el baile de presentación de Clarissa Webb había marcado de facto el principio de la temporada. Los días se transformaron a partir de entonces en una orgía de desayunos venecianos, almuerzos al aire libre, tés y cenas formales, y todos ellos seguidos por una sucesión de fiestas y bailes. Y, bajo aquella frenética carrera, el objetivo de sumar aliados. Un objetivo que Jack asumía por primera vez en su vida.

De hecho, mientras permanecía apoyado contra la pared de uno de los rincones del salón de baile de lady Marchmain, como siempre, observando a Sophie, en lo único en lo que podía pensar era en conseguir un aliado. Él había ido a la ciudad con el objetivo de utilizar la temporada para cortejar a Sophie. Y no soportaba verse desplazado mientras la veía sonreír a otros hombres.

—Me pregunto... ¿debería preguntar quién es ella? ¿O es preferible que me comporte como un invitado educado?

Al oír aquellas palabras, Jack se volvió con el ceño fruncido hacia su hermano Harry. Al advertir su expresión interrogante, bufó y volvió a su ocupación.

—Cerca de la puerta. Vestido de seda de color ámbar. Rubia.

—Naturalmente —Harry había localizado a Sophie siguiendo la mirada de su hermano—. No está mal. ¿Cómo se llama?

—Sophie Winterton.

Con una sonrisa, Harry salió caminando lentamente hacia los invitados. Con una sonrisa irónica en los labios, Jack se dispuso a ver cómo su hermano conseguía una hazaña que para él era cada vez más difícil.

—Gracias, señor Somercote —Sophie sonrió y le tendió la mano, esperando que aceptara su negativa. Desgraciadamente, el señor Somercote estaba comenzando a mostrar de una forma demasiado explícita su interés.

—Mi querida señorita Winterton...

—¿Es usted la señorita Winterton?

Sophie se volvió aliviada hacia al propietario de aquella voz y se descubrió frente a un hombre sorprendentemente atractivo y más elegante incluso que Jack Lester. Algo que no tardó en explicarse.

—Soy Harry Lester, señorita Winterton, el hermano de Jack.

—¿Cómo está, señor Lester?

Harry miró un instante al señor Somercote y se volvió de nuevo hacia el rostro de Sophie.

—¿Le importaría dar una vuelta conmigo por la sala, señorita Winterton?

La arrogante sonrisa que curvó sus fatalmente atractivos labios le indicó a Sophie que, a pesar de sus diferencias físicas, los Lester eran, definitivamente, hermanos.

—Por supuesto, señor, sería de lo más agradable.

Harry ya le había hecho posar la mano en su brazo. Con un delicado asentimiento de cabeza, Sophie desinfló las expectativas del señor Somercote y permitió que Harry se alejara con ella.

—Ha venido a la ciudad con su tía y sus primos, ¿verdad?

—Sí, exacto, he venido con los Webb.

—Me temo que no tengo el placer de conocerlos. Quizá pudiera presentármelos si coincidimos con ellos.

Sophie descubrió rápidamente que Harry tenía una gran facilidad para hacer transcurrir el tiempo de forma agradable y hacía gala de unos modales excepcionales. No tardó en encontrarse relajada y riendo. Solo la llegada de su siguiente pareja de baile, el señor Chartwell, puso fin a su paseo.

El hermano de Jack se despidió de ella con una elegante reverencia y una sonrisa traviesa.

Sophie apenas tuvo tiempo de detenerse a pensar en los hermanos Lester. En cuanto terminó de bailar con el señor Chartwell, Jack la reclamó para sí, dándole apenas tiempo de despedirse del caballero en cuestión. Sin embargo, tras haber detectado la expresión apesadumbrada de Chartwell, estaba demasiado aliviada como para reprochárselo.

Pero su agradecimiento disminuyó notablemente cuando comprendió que las dificultades de Jack para aceptar su destino todavía no habían sido resueltas.

—Sophie, quiero hablar contigo. En privado.

—Ya sabe que no sería sensato. Y tampoco apropiado.

Jack se tragó un juramento.

—Sophie, te juro... —comenzó la música del vals. Jack tomó a Sophie entre sus brazos y en cuanto comenzaron a girar, continuó—: Si tengo que seguir soportando esto mucho más, yo...

—Espero que no haga nada que me obligue a interrumpir nuestra relación.

Una luz salvaje iluminó los ojos de Jack. Soltó un juramento y desvió la mirada. Pero la fuerza con la que sostenía a Sophie indicaba que la discusión estaba lejos de haber terminado.

—Sophie, aceptaré que necesitas tiempo, pero no soy un hombre paciente. De modo que, si encontraras la manera de acelerar esta fase, te estaría eternamente agradecido.

Sophie pestañeó con los ojos abiertos como platos.

—Yo... lo intentaré.

—Hazlo, pero recuerda, Sophie, que eres mía. Y eso nada puede cambiarlo.

El sentimiento de posesión que reflejaba su rostro y aquella intransigente advertencia sorprendieron a Sophie incluso más que la esencia de su arrogante exigencia.

—Por favor, Jack...

Jack dominó la urgencia de estrecharla entre sus brazos para poner fin de una vez por todas a aquella persecución.

—Vamos, te llevaré con tu tía.

Por lo menos lo había llamado Jack.

—Algo va mal.

Habían pasado dos noches después del baile de lady Marchmain. Horatio, ya en la cama, se volvió para observar a su esposa, que permanecía sentada frente al tocador, cepillándose el pelo.

—¿Qué te hace pensar eso? —preguntó Horatio.

—Sophie no está contenta.

—¿Y por qué no? Yo creía que con tantos pretendientes y Jack Lester entre ellos estaría todo lo contenta que puede estar una joven dama.

—Pues bien, no lo está. Y creo que es por algo que tiene que ver con Lester, aunque no logro imaginar lo que puede ser. Porque es evidente que a Lester lo devoran los celos cada vez que la ve sonriendo a otro. No sé qué más puede querer Sophie.

—Mmm —Horatio frunció el ceño—. ¿Estás segura de que Jack Lester es lo que ella quiere?

—Créeme, querido, no hay un solo hombre al que Sophie aprecie ni una décima parte que a él.

—En ese caso, me atrevería a decir que las cosas terminarán saliendo por sí solas.

Lucilla se deslizó bajo las sábanas y se acurrucó contra su esposo. Esperó a que Horatio hubiera apagado la vela para decir:

—¿Y no crees que debería... bueno, averiguar cuál es el problema?

—¿Te refieres a inmiscuirte en sus asuntos? —el tono de Horatio dejaba nítidamente clara su opinión—. No, deja que los jóvenes cometan sus propios errores, querida.

Lucilla sonrió en la oscuridad.

—Sin duda, tienes razón, querido —sonrió en la oscuridad—. En realidad, estaba pensando en descansar un poco de la ciudad. La temporada puede llegar a hacerse aburrida sin un descanso. Y no quiero que Clarissa y Sophie se cansen todavía. ¿Qué te parecería que celebráramos una fiesta en casa de tía Evangeline?

Protegido por la oscuridad, Horatio sonrió lentamente.

—Lo que tu quieras, querida.

A los jóvenes no les haría ningún daño pasar algún tiempo juntos. El tiempo suficiente para corregir sus errores.

Pero el destino no había vuelto a sonreír a Jack. Y en cuanto a Sophie, ella cada vez encontraba más difícil sonreír.

Pensar que Jack quisiera casarse cuanto antes le resultaba deprimente. Y lo que él había imaginado que sucedería después, mucho más. Sus sueños estaban hechos añicos y cada vez le resultaba más difícil mantener una fachada de serenidad. Había convertido en costumbre unirse al círculo en el que estaba Belle Chessington, confiando en el carácter alegre de su amiga para levantar su ánimo. Pero su resplandor era completamente superficial. Por dentro todo era melancolía.

Acababa de volver a su círculo del brazo del señor Chartwell cuando oyó una voz profunda tras ella.

—Espero, señorita Winterton, que me conceda un baile —Jack sonrió a Sophie, la tomó de la mano y la separó de su corte—. He estado enseñando a Ned a atarse el pañuelo y ha tardado más de lo que esperábamos.

Sophie sentía todos sus nervios en tensión.

—Me temo que mi carné de baile está lleno, señor Lester.

Jack frunció ligeramente el ceño.

—Ya me lo imaginaba. Pero habrás reservado algún baile para mí, ¿verdad?

Ambos saludaron a la señorita Berry, que los observaba cómodamente arrellanada en un sofá, y continuaron avanzando en silencio.

Hasta que Jack se detuvo bruscamente y la hizo volverse hacia él.

—¿Sophie?

Sophie se enfrentó a la intensidad de su mirada. Sentía el corazón latiéndole en la garganta.

—Todavía no he aceptado a nadie para el segundo vals.

—Ahora me tienes a mí —sofocando la casi violenta pasión que amenazaba con explotar, Jack atrapó su mano y continuó caminando.

Al cabo de unos minutos, devolvió a Sophie con su tía y se despidió de ella hasta el segundo vals.

Y para entonces, su humor era incluso más salvaje que cuando había llegado.

Para Sophie, el segundo vals llegó excesivamente pronto. Todavía no había conseguido recuperar la compostura, seriamente alterada por los acontecimientos de la semana anterior.

Cuando Jack la rodeó con el brazo, tuvo que batallar seriamente contra el impulso de rendirse a su fuerza.

Y estaba tan absorta en aquella batalla que no se dio cuenta de que habían abandonado el salón hasta que sintió en el rostro el frío aire de la noche.

—¿Dónde...? —Sophie miró a su alrededor y descubrió que estaban en la terraza. Pero, aparentemente, aquel no era su destino, porque Jack continuó urgiéndola a avanzar—. ¡Jack!

Jack se detuvo y se volvió hacia ella.

—Era evidente que te estaba costando bailar. Necesitabas tomar aire.

—¿Adónde vamos?

La respuesta fue un pequeño invernadero situado al final de la terraza. Las paredes de cristal dejaban entrar la luz de la luna, envolviéndolo todo en un baño de plata. Un par de sillas de mimbre y dos mesitas eran el único mobiliario de la habitación.

—¿Cuánto tiempo más, Sophie? —preguntó Jack en cuanto cerró la puerta y avanzó hacia ella—. ¿Durante cuánto tiempo piensas seguir haciéndome sufrir?

Sophie levantó la mano como si quisiera separarlo; la detuvo en su pecho y Jack se detuvo directamente ante ella. Al sentir el calor de su cuerpo, Sophie se estremeció. Alzó la mirada hacia su rostro. ¿Cómo creía Jack que se sentía, teniendo que renunciar al hombre al que amaba? Alzó la barbilla.

—Me temo que la decisión no es tan sencilla. De hecho, las atenciones de mis actuales admiradores no son en absoluto de mi gusto. No creo que fuera feliz aceptando a ninguno de mis presentes admiradores.

Un frío glacial envolvió el corazón de Jack. Esperó unos segundos antes de preguntar:

—¿Ninguno?

Sophie negó con la cabeza.

—No sé qué hacer. Se supone que debo aceptar a alguien para final de la temporada.

—¿Y por qué no a mí?

—No puedo casarme contigo. Sabes que no puedo.

—¿Por qué no? —preguntó Jack con expresión imperturbable—. Ambos sabemos que reúno todos los atributos que buscas en un hombre: una propiedad en el campo, ganas de residir allí y la necesidad de formar una familia. Eso es lo que quieres, ¿no?

Sophie se lo quedó mirando de hito en hito.

—Y, por supuesto —continuó Jack curvando los labios en una vacilante sonrisa—, hay algo más entre nosotros —alzó la mano para deslizar un dedo por el hombro de Sophie.

Sophie se estremeció y contuvo la respiración.

—Hay... cierta compatibilidad —dijo Jack—, que hace que todo lo demás sea insignificante, ¿no es cierto, Sophie?

Sophie tragó saliva.

—Pero yo no tengo dinero.

—Eso no importa —Jack endureció su mirada. Tomó aire—. Sophie...

Sophie posó precipitadamente los dedos sobre sus labios.

—¡No! —chilló, y maldijo su temblorosa voz. Por fin había comprendido, y sabía lo que debía hacer. Tomó aire intentando darse fuerzas y se obligó a sostenerle la mirada—. Me temo que no lo comprendes, Jack. Yo no he sido rica jamás en mi vida... y he venido a Londres decidida a hacer una buena boda —mintió—. Sé que no lo he dicho hasta ahora, pero pensaba que lo comprenderías. Y no he visto nada en Londres que me haya hecho cambiar de opinión. Uno de los requisitos que debe cumplir mi futuro marido es el de ser considerablemente rico.

Sus palabras iban cargadas de una total credibilidad. Sophie las oyó con el corazón latiéndole dolorosamente en el pecho, pero permaneció erguida, con la cabeza alta. Era preferible que Jack creyera que había perdido toda la sensibilidad a que le ofreciera casarse con ella hipotecando su futuro, renunciando a aquellas responsabilidades que tan importantes eran para él. Jack era como Lucilla: estaba dispuesto a sacrificarlo todo por amor. Pero ella no se lo permitiría.

La estupefacción de Jack no habría sido mayor si lo hubiera abofeteado. Sophie no conocía sus verdaderas circunstancias. Él había asumido que Horatio se lo contaría a Lucilla y que esta habría informado a Sophie. Pero, evidentemente, no lo había hecho.

Bajó la mirada hacia al rostro de aquella mujer a la que había creído comprender. Pero ella quería casarse por dinero, pretendía dejar su felicidad de lado, renunciar a su amor a cambio de frío dinero.

Con un sabor amargo en la boca, tomó aire y miró a Sophie. Sentía frío. Un puño de acero se había cerrado alrededor de su corazón y lo apretaba sin piedad. Retrocedió un paso.

—Me disculpo, señorita Winterton, si mis atenciones no han sido bienvenidas. No la molestaré más. Soy consciente de que mi actitud puede haberle dificultado la búsqueda de un pretendiente adecuado. Le presento mis disculpas.

Con una corta inclinación de cabeza, dio media vuelta para marcharse. Pero se detuvo un instante y volvió la cabeza hacia ella.

—Solo espero que, cuando encuentre el tesoro que la espera al final del arco iris, no sufra una gran desilusión.

Y se marchó.

Durante unos segundos, Sophie permaneció donde estaba, orgullosamente erguida. Inclinó después la cabeza, tomó aire y apretó los ojos con fuerza, intentando mitigar el dolor que florecía en su interior.

Diez minutos después, regresó al salón de baile sin traza de tristeza en el rostro. Fríamente compuesta se reunió con su círculo de amigos. Una rápida mirada le reveló que Jack no estaba a la vista. Sophie se derrumbó por dentro. Pero había hecho lo correcto, se recordó. Y no debía olvidarlo.

Casi en el otro extremo del salón, semioculto en una alcoba, Jack se amargaba viendo las sonrisas de Sophie. Si necesitaba alguna prueba de la superficialidad de sus sentimientos hacia él, acababa de recibirla.

—Ah, así que estás aquí. He estado buscándote —Ned rodeó la planta que bloqueaba la entrada a la alcoba y miró la copa de Jack—. ¿Qué es eso?

—Brandy —contestó Jack.

—¿No había ninguna otra bebida?

—No —Jack sonrió gravemente, pero no dijo nada más.

Por su parte, Ned no necesitaba beber para sumirse en el estupor.

—He bailado mi última pieza con Clarissa. Su carné de baile está prácticamente lleno y ese sinvergüenza de Gurnard va a acompañarla durante la cena. ¿Debemos quedarnos por aquí o podemos marcharnos?

—Yo no te aconsejaría marcharte hasta después de la cena, si no quieres que se diga que solo has venido para bailar con Clarissa.

—Pero solo he venido a bailar con Clarissa —gruñó Ned—. ¿No podemos marcharnos?

Muy lentamente, Jack sacudió la cabeza, con la atención fija en el otro extremo de la habitación.

—Ya te dije que este juego no es para pusilánimes —durante largo rato, no dijo nada más, pero Ned esperó pacientemente.

De pronto, Jack se enderezó, apartándose de la pared. Miró a Ned con su habitual expresión arrogante.

—Ve y únete al círculo de otra joven dama. Pero, hagas lo que hagas, no estés cerca de Clarissa durante la cena. Y si hasta entonces has sobrevivido, no creo que te haga daño hablar con ella después, pero no más de quince minutos.

—Cortejar a una mujer en la ciudad es un auténtico infierno —declaró Ned—. ¿De dónde han salido todas esas reglas? —y, sacudiendo la cabeza con disgusto, se marchó.

Una vez estando su protegido bajo control, Jack continuó observando a aquella mujer que, a pesar de todo, continuaba siendo suya.

Cuatro días más tarde, Sophie permanecía sentada en el carruaje, contemplando sombría la triste perspectiva que se avecinaba. La pequeña excursión organizada por Lucilla y anunciada esa misma mañana había tomado a toda la casa por sorpresa. Aunque quizá debería haber sospechado que su tía estaba planeando algo; durante los últimos días, la había sorprendido en algunos momentos particularmente abstraída. Y el resultado era aquella excursión de tres días a la casa de la anciana tía Evangeline.

En perfecto acuerdo con su humor, la misma noche que había rechazado a Jack había estallado una tormenta en la capital. Y, desde entonces, las amenazadoras nubes habían obligado a Lucilla a vetar sus salidas al parque.

Sophie se preguntaba si Jack pensaría que lo estaba evitando. La triste verdad era que todavía no se sentía con fuerzas para encontrarse de nuevo con él. ¿Quizá el destino habría enviado aquella lluvia en su ayuda?

Desde luego, tampoco Jack parecía tener ninguna prisa por volver a hablar con ella. Quizá ya nunca la tendría. Había estado presente en los bailes a los que habían asistido durante las tres noches anteriores. Sophie lo había visto en la distancia, pero Jack no se había acercado a ella.

Sophie cerró los ojos e intentó buscar algo de paz en el repetitivo balanceo del coche de caballos. Había hecho lo que debía, continuaba repitiéndose a sí misma. Las lágrimas había conseguido ocultarlas a los agudos ojos de Lucilla. Y también había disimulado su tristeza. Pero no había podido evitar que se apoderara de su alma, aunque estuviera decidida a no permitir que nadie la viera.

Y eso significaba que tenía que enfrentarse a la posibilidad de que Jack hubiera aceptado la invitación de Lucilla para sumarse a aquella excursión. Eran veintisiete los invitados a disfrutar de la tranquilidad campestre en un antigua casa situada cerca de Epping

Forest. Pero Jack no iría. Sophie suspiró, sintiendo, en vez de alivio, una inefable tristeza al pensar en ello.

—Por cierto, Clarissa —dijo de pronto Lucilla, interrumpiendo los pensamientos de Sophie—, debería habértelo mencionado antes, pero no deberías alentar al capitán Gurnard. No estoy segura de que sea lo que parece.

—No tengas miedo, mamá —Clarissa sonrió alegremente—. No tengo intención de sucumbir a las artimañas del capitán.

Lucilla miró a su hija con los ojos entrecerrados y, aparentemente tranquilizada, se recostó contra el asiento.

Clarissa continuaba sonriendo. Su plan estaba funcionando, aunque no tan rápidamente como le habría gustado. Ned estaba mostrando una notable resistencia a la idea de imitar a sus pretendientes. No mostraba ninguna señal de querer postrarse a sus pies. Sin embargo, Clarissa estaba ya dispuesta a aceptar una declaración de amor por su parte. Su único problema residía en cómo obtenerla.

Afortunadamente, durante los próximos días, en ausencia del capitán, quizá pudiera avanzar su causa.

El carruaje se detuvo de pronto. Sophie miró por la ventana y descubrió dos puertas imponentes ante ella. El crujir posterior de la grava bajo las ruedas anunció que habían llegado a la casa.

Las gotas de lluvia estaban comenzando a caer cuando bajaron al porche, de modo que corrieron al interior de la casa. El resto de la familia había decidido ir montada a caballo desde la ciudad y Horatio había acompañado a sus hijos. Minton y el resto de los sirvientes los habían seguido de cerca con el equipaje. El jardín delantero de la casa bullía de actividad mientras todos desmontaban los caballos y se precipitaban a bajar el equipaje antes de que se iniciara la tormenta.

La familia se reunió en el vestíbulo y miró a su alrededor con interés. Se trataba de un vestíbulo rectangular, oscuro, con las paredes de madera cubiertas de tapices. Un anciano mayordomo salió a recibirlos y un ama de llaves más anciana lo acompañó lámpara en mano.

Cuando la mujer se inclinó ante ellos, Lucilla posó la mano en la mesa que había en el centro de la habitación.

—¡Oh, Dios mío!

—¿Querida? —Horatio corrió a su lado.

—¿Mamá? —repitieron numerosas gargantas.

—Me temo que me encuentro muy mal —comenzó a decir Lucilla con un hilo de voz.

—No digas nada —le aconsejó Horatio—. Ven, apóyate en mí, te llevaré a la cama.

La vieja ama de llaves, con los ojos abiertos como platos, los acompañó por las escaleras.

—He preparado las habitaciones tal como me indicaron.

Minton ya había bajado las maletas. Tras enviar a Clarissa con Mimms y con el ama de llaves, Sophie corrió al otro lado de su tía y ayudó a Horatio a llevarla hasta el dormitorio. Para entonces, Mimms ya se había hecho cargo de todo; había abierto la cama y el fuego ardía en la chimenea.

Rápidamente, ayudaron a Lucilla a acostarse. Una vez tumbada, comenzó a recuperar el color. Abrió los ojos y los miró con pesar.

—Esto es terrible. Ya lo he organizado todo. Hay veintisiete personas que vienen hacia aquí. Llegarán antes de la cena. Y si continúa lloviendo, tendremos que entretenerlos durante dos días.

—No tienes que preocuparte de nada —le dijo Horatio, palmeándole la mano.

—Pero no tendrás anfitriona —se lamentó Lucilla, secándose una lágrima.

Sophie enderezó los hombros.

—Estoy segura de que podré arreglármelas con la ayuda del tío Horatio y de tía Evangeline. Además, tú estarás también en la casa, así que podré revisar contigo todos los detalles. Y vamos a tener suficientes carabinas. Tú misma me dijiste que habías invitado a muchas matronas.

El semblante de Lucilla se iluminó, pero frunció el ceño pensativa.

—Supongo... —por un momento, fue todo silencio—. ¡Sí! —anunció por fin, y asintió—. Podría funcionar, pero... —miró a Sophie con pesar—, me temo, querida, que no va a ser nada fácil.

Aliviada por haber evitado la inminente catástrofe que sin duda habría tenido lugar en el caso de que Lucilla se hubiera derrumbado, Sophie sonrió fingiendo una absoluta confianza.

—Lo conseguiremos, tía, ya lo verás.

Después de asegurarse de que Lucilla se había resignado a permanecer en la cama, Sophie, Clarissa y Horatio fueron a presentar sus respetos a tía Evangeline. Había pasado mucho tiempo desde la última vez que Sophie había visto a aquella anciana pariente, a la que los años no habían tratado con amabilidad. Continuaba caminando con soltura, pero su cabeza no discurría como siempre. De hecho, estaba convencida de que Clarissa era Lucilla y Sophie su madre fallecida, María. Renunciaron a sacarla de su error y se concentraron en explicarle cuál era la situación. No supieron si realmente los comprendió, pero por lo menos Evangeline les dejó vía libre para disponer de las cosas como desearan.

Sin embargo, la perspectiva de tener que vigilar a una dama que, como el ama de llaves gentilmente les había informado, pasaba las horas vagando por los pasillos de la casa envuelta en chales que arrastraban sus flecos por los suelos era poco reconfortante.

Llegó hasta ellos un sonido del exterior. Sophie alzó la cabeza y escuchó con atención. Se había levantado el viento y continuaba lloviendo con firmeza. Después reconoció el sonido inconfundible de unos arreos. Se levantó. Los primeros invitados acababan de llegar.

Desde el primer momento, aquello fue una locura. Cuando la señora Billingham y dos de sus hijas, que fueron las primeras en llegar, terminaron de bajar los peldaños de su carruaje, sus vestidos ya estaban empapados hasta la altura de las rodillas.

—¡Qué horror, mamá! ¡Estoy empapada! —exclamó la más joven.

—No sé por qué te quejas. Todas estamos empapadas. Y encima venimos a darle trabajo a la señora Webb, que está enferma. No sé si no deberíamos dar media vuelta y regresar a la ciudad.

—Oh, no mamá, ¡no puedes ser tan cruel! —se lamentó la mayor de las dos hermanas.

—Señora Billingham, no hay ninguna necesidad de que se vayan —intervino Sophie con su calma habitual—. Ya está todo organizado y estoy segura de que a mi tía no le gustaría que se marcharan por culpa de su indisposición.

—Bueno, en ese caso, nos quedaremos por lo menos hasta el lunes por la mañana —la señora Billingham miró hacia la puerta abierta—. Quizá para entonces haya mejorado el tiempo, y entonces tomaré una decisión.

Poco tiempo después, llegó lord Ainsley, que había optado por un vehículo descubierto y apareció mojado hasta los huesos. Intentó sonreír, pero el constante castañetear de sus dientes le dificultaba la tarea.

Sophie estaba horrorizada. Comenzó a dar órdenes a diestro y siniestro, pidiendo que prepararan baños y mostaza para evitar resfriados. Se volvió hacia lord Ainsley, que desaparecía ya escaleras arriba y fue a recibir a lord Annerby.

Y así continuó durante toda la tarde.

Belle Chessington y su alegre madre estuvieron entre las últimas en llegar.

—Qué tarde tan atroz —comentó la señora Chessington mientras bajaba con una sonrisa y la mano tendida.

Sophie suspiró aliviada. El marqués de Huntly, que también había optado por conducir él mismo su carruaje, había dejado el vestíbulo empapado.

Horatio se había retirado al salón para recibir a todos aquellos caballeros que ya se habían instalado y buscaban algo que los ayudara a entrar en calor mientras esperaban la cena.

Las Chessington y el marqués estaban a punto de subir las escaleras cuando un tremendo estornudo les hizo volverse hacia la puerta.

El señor Somercote permanecía en el marco de la puerta, con el agua corriendo a mares por su abrigo.

—¡Dios mío, señor! —Belle Chessington retrocedió para ayudar a pasar a aquel pobre caballero.

Su lugar en el puerta fue inmediatamente ocupado por la señorita Ellis y su madre, seguidos poco después por el señor Marston, lord Swindon y lord Thurstow. De todos ellos, solo lord Marston llevaba una anticuada manta de viaje que lo mantuvo seco. Sophie corrió a ayudar a los recién llegados a quitarse los abrigos.

Repasó mentalmente la lista de invitados y advirtió que la mayoría de ellos habían llegado.

El señor Marston la interceptó nada más llegar.

—Señorita Winterton, ¿dónde está su tía?

Su pregunta, pronunciada en un tono claramente recriminatorio, silenció el resto de las conversaciones.

Ahogando un juramento, Sophie se lanzó a darle explicaciones. Sin embargo, el señor Marston no se dejó tranquilizar e interrumpió su discurso para anunciar:

—En ese caso, tendremos que volver todos a la ciudad. No podemos imponer nuestra presencia a su familia estando su tía gravemente enferma. Y, por supuesto, debemos considerar también ciertas convenciones.

Por un instante, se hizo un tenso silencio. Todos se volvieron hacia Sophie que, haciendo un considerable esfuerzo, consiguió esbozar una sonrisa.

—Le aseguro, señor Marston, que mi tía no tiene nada más que un resfriado y la haría muy infeliz que una ligera indisposición obligara a cancelar su fiesta. Y, estando mi tía abuela, mi tío, la señora Chessington y otras muchas damas como ella presentes, no creo que corramos el peligro de infringir norma alguna. Y ahora —se volvió sonriente hacia los demás—, si quieren retirarse a sus habitaciones y secarse...

—Perdóneme, señorita Winterton, pero debo insistir en que el señor Webb sea consultado. Este no es un asunto menor.

Un tremendo trueno quebró el estupefacto silencio que siguió a aquellas palabras; el rayo que lo precedió proyectó la sombra de otro recién llegado en el vestíbulo.

Sophie y los demás se volvieron inmediatamente hacia él.

—Como siempre, Marston, se equivoca —dijo Jack mientras avanzaba hacia el interior de la casa—. Tal como le ha dicho la señorita Winterton, la indisposición de la señora Webb es un asunto menor. Y no creo que nuestra amable anfitriona agradezca que le dé más importancia —con su habitual gracia, se acercó a Sophie y se inclinó sobre su mano—. Buenas noches, señorita Winterton.

Sophie se quedó paralizada. Se había convencido a sí misma de que no volvería a ver a Lester. Y, sin embargo, allí estaba, como un dios pagano llegando en medio de la oscuridad y librándola de problemas como el señor Marston.

—Pero, por favor —continuó Jack—, no quiero impedir que proporcione socorro a esos pobres desafortunados —su sonrisa evitó que el término pudiera parecer ofensivo.

Sophie tomó aire, retiró la mano y sonrió con altivez.

—Si a usted y al señor Marston no les importa, llevaré a los demás a sus habitaciones.

Sin dejar de sonreír, Jack inclinó la cabeza. Phillip Marston asintió con el ceño fruncido.

Decidida a mantener la calma, Sophie se dispuso a ocuparse de los últimos invitados de su tía. Mientras lo hacía, Ned cruzó la puerta de la casa y la saludó con una enorme sonrisa.

—¿Cierro la puerta? Jack estaba seguro de que seríamos los últimos.

Sophie sonrió y asintió.

—Por favor.

Mientras ayudaba a lord Thurstow, Sophie se preguntó si Jack Lester habría postergado intencionadamente su llegada para ampliar el efecto o si su tardanza sería un reflejo de sus pocas ganas de llegar.

La pesada puerta se cerró en medio de aquella lúgubre noche. Para Sophie, aquel sonido fue como la campana que anunciaba su condena.

CAPÍTULO **12**

Sophie apenas tuvo tiempo de ponerse un vestido de noche y peinarse antes de que sonara el gong anunciando la cena. Tras echar un último vistazo a su reflejo en el espejo, salió. El pasillo estaba a oscuras y al doblar una esquina se encontró con dos pequeñas figuras.

Jeremy frunció el ceño.

—Podemos bajar a cenar, ¿verdad, Sophie?

Sophie pestañeó.

—No vamos a armar ningún follón.

—Aquí estamos muy aburridos, Sophie. Tener que cenar con Amy y cono los gemelos... no es justo.

—Nosotros ya no somos niños —Gerald fijó los ojos en su rostro, como si estuviera retándola a contradecirlo.

Sophie ahogó un gemido. Con todas las decisiones que había tenido que tomar durante la tarde y las que todavía le quedaban por tomar, le quedaba muy poca paciencia para tratar con los pequeños. Pero los quería demasiado como para regañarles. Les pasó el brazo por los hombros y los estrechó contra ella.

—Sí, lo sé, pero esta noche se ha precipitado todo y, aunque esta es una cena informal, no creo que sea lo mismo que cuando estamos en Webb Park.

—No sé por qué no —repuso Jeremy.

—Y si no os acostáis pronto esta noche, mañana no podréis levantaros a tiempo para ir a cazar.

Sophie se sobresaltó. Aquella voz profunda le había puesto los pelos de punta. Pero ambos niños se volvieron entusiasmados mientras Jack aparecía de entre las sombras.

—¿A cazar?

—¿De verdad nos llevará?

Jack arqueó una ceja.

—No sé por qué no. Ya lo he hablado antes con vuestro padre. Si deja de llover, deberíamos hacer algo de deporte —miró fugazmente a Sophie y se volvió de nuevo hacia los pequeños—. Pero esta noche tendréis que acostaros pronto. Y eso significa que tendréis que cenar con los niños. A no ser, por supuesto, que prefiráis...

—Oh, no —le aseguró Jeremy—. Queremos ir a cazar.

Recuperado el buen humor, los dos chicos salieron corriendo. Sophie dejó escapar un suspiro de alivio y alzó la mirada hacia Jack.

—Gracias, señor Lester.

Jack fijó la mirada en su rostro con expresión imperturbable.

—De nada, querida. ¿Vamos?

Señaló hacia las escaleras con un gesto. Sophie asintió y comenzó a caminar.

Mientras recorrían aquella corta distancia en silencio, Sophie era dolorosamente consciente de la fuerza del hombre que estaba a su lado. Su falda rozaba ocasionalmente sus botas. Pero Jack no le ofreció en ningún momento su brazo.

Bajaron y giraron hacia el comedor. Minton la estaba esperando en el vestíbulo.

—¿Podría hablar un momento con usted, señorita?

A Sophie se le cayó el corazón a los pies.

—Sí, por supuesto —se disculpó con una sonrisa hacia Jack y se acercó a él.

—Es por los camareros, señorita. Digamos que... no hay suficientes. Al parecer, su tía abuela no ha visto la necesidad de contar con ellos y la señora Webb no imaginó que se necesitarían más. Ni siquiera el señor Smither, que es el mayordomo de la casa... El caso es que solo somos dos, lo que hará que el servicio sea particularmente lento. Naughton, el mayordomo del señor Webb, ha dicho que podría ayudarnos, pero aun así...

Minton no necesitaba darle más explicaciones. Sophie se preguntó qué podría pasar a continuación. ¿De dónde demonios iba a sacar de repente camareros para servir la mesa?

—Supongo que los cocheros no...

—Preferiría a las doncellas. Pero ya sabe que no está bien visto tener mujeres esperando alrededor de la mesa.

—¿Puedo hacer una sugerencia?

Sophie se volvió y vio a Jack caminando a grandes zancadas hacia ella con expresión extremadamente educada.

—No he podido evitar oír la conversación. Sugiero —añadió dirigiéndose a Minton—, que le pida a Pinkerton, mi mayordomo, ayuda. También pueden contar con los mayordomos de Huntly, Ainsley y Annerby. Por el resto no puedo responder, pero estoy seguro de que Pinkerton los conocerá.

La expresión de preocupación de Minton desapareció.

—Justo lo que necesitaba, señor. Gracias —se volvió hacia Sophie—. Todo está bajo control, señorita, no tenga miedo —y sin más, salió corriendo.

Sophie disfrutó de un momento de alivio.

—Tengo que darle las gracias otra vez, señor Lester. Jamás se me habría ocurrido esa solución. Solo espero que realmente sirva.

—No se preocupe. Tales arreglos no son nada extraordinario. A nadie le llamará la atención.

—Gracias —musitó de nuevo Sophie, dejando que asomara una sonrisa a sus labios.

Jack ya había cerrado la mano alrededor del pomo de la puerta.

—Pase usted primero, señorita Winterton.

Sophie entró en el comedor y descubrió que la mayor parte de los invitados estaban ya reunidos. Solo la señora Billingham y la señora Ellis habían preferido que les llevaran la cena a su habitación.

Clarissa estaba rodeada de su ya habitual grupo, al que se había sumado Ned. En él también estaban otras jóvenes damas y sus risas eran un delicado contrapunto a otras conversaciones más serias. Su tío, junto a otros caballeros tan maduros como él, estaba enfrascado en una conversación sobre la caza en la localidad.

La tía Evangeline demostró ser una inesperada distracción.

Había bajado a examinar a los invitados que habían invadido su casa y charlaba animadamente con las damas, mientras amenazaba con tropezar con su larguísimo chal a cada paso.

Cuando Minton anunció la cena, la dama en cuestión apretó el brazo a Sophie.

—Yo cenaré en mi habitación, María —insistía en llamarla como a su madre—. María, te dejo a cargo de todo. Y vigila a Lucilla, ¿de acuerdo?

La cena no supuso mayores problemas. Cuando Sophie vio que los platos eran servidos a un ritmo diligente, comenzó a relajarse. Ella había entrado en el comedor del brazo de Huntly, que en aquel momento estaba sentado a su derecha. A su izquierda habían colocado a lord Ainsley. La conversación fluía agradablemente en la mesa. Todo el mundo se conocía y parecía dispuesto a disfrutar. Sophie dejó que su mirada vagara hacia Clarissa y Ned que, junto con el señor Marley y lord Swindon, se habían enfrascado en una discusión sobre algún tema que parecía serio. Jack Lester se dedicaba por entero a la señora Chessington. Sophie le había visto ofrecerle su brazo para entrar en el salón.

Una vez terminada la cena, Sophie condujo a las damas al salón. Los caballeros estaban dispuestos a prolongar la sobremesa, pero todavía faltaba una hora para que se sirviera el té.

De modo que damas y caballeros abandonaron el comedor y se dividieron en pequeños grupos. Sophie se preguntaba cómo iba a entretenerlos. No había organizado ninguno de aquellos juegos que tan de moda estaban en las fiestas campestres. Se estaba devanando los sesos en busca de inspiración cuando intervino Ned:

—Hemos pensado que podríamos jugar a las representaciones, Sophie.

—Claro que sí, me parece una idea excelente.

Observó con atención mientras Sophie y Ned rodeaban a los invitados más jóvenes y despejaban una zona del salón. Muchas de las matronas parecían dispuestas a contemplarlos con indulgencia. Sophie alzó la mirada y descubrió que su tío se acercaba a ella.

—Lo estás haciendo magníficamente, querida —la felicitó—. Lester se ha hecho cargo de Huntly. Ainsley y Annerby están probando suerte al billar —miró a su alrededor—. Del resto me temo que tendrás que ocuparte tú, pero estoy seguro de que sabrás manejarlos.

No estando Marston de por medio, Sophie también estaba segura de que lo conseguiría.

Belle Chessington no quería dejar escapar al señor Somercote, de manera que solo quedaban el señor Chartwell, la señorita Billingham y algunas señoras. Sophie sonrió.

—Desde luego, tío. Parece que las cosas nos están saliendo sorprendentemente bien.

Para alivio de Sophie, dejó de llover durante la noche. La mañana amaneció húmeda y sombría, pero suficientemente benigna como para que saliera la partida de caza. Cuando las damas bajaron a desayunar, los caballeros ya se habían ido. E incluso Marston había aprovechado la oportunidad de estirar las piernas.

Las damas se conformaron con salir a pasear por el jardín y Sophie aprovechó para subir a ver a los gemelos y a Amy, a los que la niñera había instalado en el ático. El trío estaba entretenido construyendo un castillo y la tía Evangeline los acompañaba. Sophie los dejó y se fue a ver a su tía, a la que encontró durmiendo. Mimms le confirmó que la indisposición de su tía había cesado, pero todavía se encontraba muy débil.

Los caballeros regresaron a tiempo para el almuerzo, una comida informal en la que fueron admiradas sus hazañas cinegéticas. Mientras escuchaba aquella conversación, Sophie pensó en la experiencia de su tía. Lucilla había seleccionado a sus invitados con mano experta, consiguiendo organizar una agradable fiesta con elementos tan difíciles como el señor Marston y el señor Somercote.

Para el final de la comida, había vuelto a llover. Por silencioso acuerdo, los caballeros se retiraron a la biblioteca y al billar, mientras las damas tomaban posesión del desayunador y del salón para charlar en pequeños grupos.

Una vez estuvo todo el mundo instalado, Sophie se acercó a la cocina para hablar con la cocinera y decidió después que tenía derecho a disfrutar de un rato para sí misma. El jardín de invierno había resultado ser un sorprendente descubrimiento. Era enorme y estaba repleto de helechos y plantas trepadoras, muchas de las cuales Sophie no había visto en toda su vida. Abrió la puerta de cristal y se deslizó en la principal avenida, esperando disfrutar de por lo menos media hora de paz.

Cerró los ojos y aspiró profundamente. La húmeda fragancia de la tierra y de aquel verde impregnado del perfume de las flores inundó sus sentidos. Asomó a sus labios una sonrisa.

—Así que está aquí, señorita Winterton.

Sophie abrió los ojos. Su sonrisa se desvaneció. Tragándose un juramento, se volvió y vio al señor Marston avanzando hacia ella. Como siempre, tenía el ceño fruncido.

—Señorita Winterton, no sabe lo poco que me complace encontrarla aquí.

Sophie pestañeó y arqueó las cejas con gesto altivo.

—¿Ah, sí, señor?

—Por supuesto, señorita Winterton. Lo que no entiendo es cómo su tío puede tener la conciencia tranquila. Yo sabía desde el primer momento que continuar con esta aventura era extremadamente insensato.

—Me temo, señor, que no puedo permitir que calumnie a mi tío, que, como todo el mundo sabe, me cuida de una manera excepcional. La verdad es que no entiendo en absoluto su razonamiento.

El señor Marston parecía tener problemas para dominarse.

—Lo que quiero decir, señorita Winterton, es que me sorprende encontrar a una joven a la que consideraba de mente elevada y modales intachables en un lugar en el que podría aparecer cualquier caballero.

—Señor Marston, ¿podría señalar que estoy en casa de mi tía abuela, rodeada no solo de sirvientes, sino también de otras muchas personas a las que considero amigas?

—Se equivoca, señorita Winterton. Ninguna mujer puede permitirse el lujo de perder su reputación dejándose cortejar...

—Marston, no hace falta que aburra a la señorita Winterton con el catecismo de las jóvenes damas —Jack avanzó a grandes zancadas entre el follaje. Su expresión era tranquila y relajada, pero Sophie reparó en el duro brillo de sus ojos.

Una repentina mezcla de sentimientos, alivio, nerviosismo, anticipación y, sobre todas ellas, un creciente enfado, la dejó momentáneamente paralizada. Pero al cabo de unos segundos, se volvió hacia el señor Marston alzando la barbilla con aire desafiante.

—El señor Lester está en lo cierto, señor. Le aseguro que no necesito ninguna lección sobre esa clase de temas.

Hizo aquel comentario sin ninguna beligerancia, dándole al señor Marston la oportunidad de retractarse. Él, sin embargo, parecía más interesado en fulminar a Jack con la mirada. Un gesto inútil, puesto que, al mirar a su salvador, Sophie descubrió que la estaba observando.

—He venido a buscarla, señorita Winterton. Están a punto de servir el té.

Sophie intentó sonreír mientras posaba la mano en el brazo de Jack.

Phillip Marston bufó:

—¡Esto es ridículo! Recibir lecciones de comportamiento de un... —se interrumpió al descubrir la mirada de Jack.

—¿Qué estaba diciendo, señor Marston?

La serenidad con la que formuló Jack su pregunta irritó todavía más a Phillip Marston.

—Nada, nada. Si me perdona, señorita Winterton, no estoy de humor para tomar el té —giró sobre sus talones y desapareció entre la exuberante vegetación.

Sophie no se molestó en disimular su suspiro.

—Gracias otra vez, señor Lester. Y le pido disculpas por la conducta del señor Marston.

—No tienes por qué disculparte. De hecho, aunque parezca extraño, comprendo perfectamente cómo se siente Marston.

Sophie frunció el ceño, pero no tuvo oportunidad de indagar sobre el significado de aquel comentario; el té estaba a punto se servirse y los invitados de su tía estaban esperando.

Cuando Sophie se despertó a la mañana siguiente y miró tentativamente hacia el exterior, fue recibida por los débiles rayos del sol y un cielo azul claro. Se relajó contra la almohada sintiéndose mucho más confiada que la mañana anterior. Antes de bajar al comedor, se acercó a ver a Lucilla. La encontró sentada en la cama, disfrutando de un chocolate caliente.

—Cariño, me encantaría bajar a ver cómo van las cosas, pero todavía me encuentro bastante débil —esbozó una mueca—. Quizá pueda bajar esta noche.

—Tendrás que quedarte en la cama hasta que te encuentres bien —declaró Horatio, que entraba en aquel momento con una bandeja.

Sophie dejó a su tía al cuidado de Horatio y bajó al desayunador. Allí estaban esperándola varios de sus pretendientes.

—Este arroz con pescado es de un gusto notable —alabó el marqués.

—¿Le gustaría que le ofreciera un poco de beicon, señorita Winterton? —el señor Chartwell levantó la tapa de una de las fuentes de plata y la miró con expresión interrogante.

Sophie les sonrió a todos ellos y consiguió sentarse al lado del señor Somercote, que permanecía en completo silencio al lado de Belle Chessington.

Al final de la mesa, Jack parecía absorto en su conversación con la señora Ellis y su hija. A su lado, Ned hablaba con Clarissa, lord Swindson y el señor Marley. Sophie sonrió al ver la expresión arrebatada de su prima y no tardó en abandonar la mesa con la excusa de ir a ver a sus primos más pequeños.

Al entrar en la habitación de juegos, la niñera la informó de que los niños habían salido a dar un paseo a caballo. Sonriendo, Sophie volvió a bajar a los brazos de sus pretendientes.

El marqués decidió tomar la delantera.

—Mi querida señorita Winterton, ¿le apetecería salir a dar un paseo por el jardín? Creo que ya han florecido algunas rosas.

—¿O quizá preferiría recorrer los alrededores del lago? —le preguntó el señor Chartwell, dirigiendo una dura mirada al marqués.

—Hay un bonito cenador justo al otro lado del bosque —le ofreció lord Ainsley—. Debe haber un paseo muy bonito hasta allí.

El señor Marston se limitó a fruncir el ceño.

Sophie resistió la urgencia de cerrar los ojos e invocar a los dioses y fue capaz de dirigirles a todos ellos una sonrisa.

—Desde luego, ¿y por qué no vamos todos juntos? Al fin y al cabo, no son grandes distancias. Podemos ir a ver las rosas del jardín, el lago y el claro del bosque.

Los cuatro musitaron algo ininteligible y se miraron con el ceño fruncido, pero, por supuesto, tuvieron que mostrarse de acuerdo. Satisfecha, Sophie se resignó a soportar un par de horas de insípida conversación. Por lo menos podría tomar un poco de aire fresco.

Mientras paseaban, se cruzaron con algunos grupos de invitados a los que saludaban entre sonrisas y con los que intercambiaban información sobre las mejores vistas de la zona. En la distancia, Sophie distinguió la inconfundible figura de Jack Lester acompañando a la señora Ellis y a la señora Doyle. Ninguna de las damas había llevado a sus hijas con ellas, pero de pronto, la mayor de las señoritas Billingham se unió al grupo y no paró de mirar a hurtadillas a Jack Lester.

Sophie apretó los dientes y desvió la mirada. Para ella, el día acababa de perder todo su atractivo.

En el pequeño cenador situado al final del bosque de abedules, Jack paseaba inquieto con expresión lúgubre. Había ido hasta allí intentando esconderse de la señorita Billingham, que parecía convencida de que estaba a punto de proponerle matrimonio.

Por otra parte, los pretendientes de Sophie parecían más decididos cada día. Y aunque estaba claro que la joven no tenía ningún interés en ellos, había confesado que quería dinero y todos ellos tenían dinero que ofrecerle. De modo que solo era cuestión de tiempo que se decidiera por alguno.

Con un suspiro frustrado, Jack se detuvo ante uno de los arcos del cenador... A pesar de todo, continuaba queriendo a Sophie.

Un movimiento le llamó la atención. Al volverse, descubrió a Sophie caminando hacia el cenador.

Jack sonrió lentamente: el destino por fin había vuelto a acordarse de él.

Pero entonces vio que alguien seguía de cerca a Sophie. Desvió la mirada hacia el otro camino, pero descartó inmediatamente la idea de dejar a Sophie a solas con Marston. Además, Horatio había tenido que irse por un asunto relacionado con sus negocios inmediatamente después del almuerzo. De manera que, decidió Jack, tenía la obligación de vigilar de cerca a su sobrina.

Miró a su alrededor y se fijó en una pequeña puerta que había en una de las paredes del cenador. Al abrirla, descubrió en su interior una pequeña habitación en la que se almacenaban mazas de croquet, aros y pelotas. Jack descubrió que, apartando aquellos objetos, podía permanecer en el interior del cenador y continuar viendo lo que ocurría fuera.

Desde allí vio a Sophie subiendo lentamente las escaleras del cenador. Una vez allí, dejó la pequeña cesta que llevaba en la mesa que había en el centro. Y estaba girando para contemplar la vista cuando oyó unos pasos tras ella.

—Señorita Winterton...

Un segundo antes de volverse hacia Phillip Marston, Sophie se permitió esbozar una expresiva mueca. Después se volvió con expresión gélida.

—Señor Marston.

—Debo volver a protestar, señorita Winterton. No me parece en absoluto adecuada su tendencia a escaparse sola.

—No sabía que fuera una oveja, ni tampoco un bebé.

Phillip Marston la miró con el ceño fruncido.

—Por supuesto que no. Pero es una dama atractiva y debería ser consciente de lo que eso significa. Particularmente estando cerca del señor Lester.

—Le agradecería —replicó Sophie con voz glacial—, que dejara al resto de los invitados de mi tía al margen de este asunto, señor.

El señor Marston inclinó la cabeza con su particular expresión de superioridad.

—En eso no puedo menos de estar de acuerdo con usted. De hecho, ha sido mi intención de dejar al resto de los invitados de su tía al margen lo que me ha impulsado a venir a buscarla —el señor Marston cruzó las manos tras la espalda y fijó la mirada en el suelo—. Como usted sabe, para mí no ha sido fácil participar en esta pequeña fiesta. De hecho, ni siquiera apruebo el deseo de su tía de llevarla a la ciudad. Era completamente innecesario. Usted no necesitaba venir a Londres para encontrar un pretendiente adecuado.

Sophie alzó la mirada suplicante hacia los cielos. Pero su mente parecía haberse agotado. No se le ocurría ningún comentario ingenioso.

—Pero no diré nada más sobre la decisión de su tía —Phillip Marston apretó los labios—, en cambio he resuelto solicitarle que abandone la protección de sus tíos y regrese a Leicestershire conmigo. Podemos casarnos allí. Creo que la conozco lo suficiente como para pensar que no querrá una gran boda. Tales fruslerías pueden ser adecuadas en la ciudad, pero no lo son en absoluto en el campo. Mi madre, por supuesto, aprobará...

—¡Señor Marston! Señor, no sé cómo he podido hacerle creer que podía recibir con agrado una proposición matrimonial de su parte, pero si es así, le ofrezco mis disculpas.

Phillip Marston pestañeó. Tardó varios segundos en comprender las palabras de Sophie. Cuando lo hizo, frunció el ceño con más severidad que nunca.

—¡Ejem!

Marston y Sophie se volvieron sobresaltados al tiempo que el señor Chartwell y el marqués subían los escalones del cenador. Sophie los miró fijamente. Después, resistiendo la urgencia de sacudir la cabeza, retrocedió hasta el otro lado de la mesa, dejando a sus pretendientes frente a ella.

—Eh... estábamos paseando por aquí y no hemos podido evitar oír su conversación —le explicó Huntly en tono de disculpa—. Pero he sentido que tenía que decirle que no necesita casarse con Marston. Yo sería absolutamente feliz si decidiera casarse conmigo.

—En realidad —lo interrumpió el señor Chartwell con una firme mirada—, yo estaba deseando poder hablar a solas con usted, señorita Winterton. Sin embargo, tal y como se han desarrollado los acontecimientos, le suplico que considere también mi ofrecimiento.

Sophie creyó oír un bufido burlón, pero antes de que hubiera podido decidir quién era el responsable, el señor Marston se había arrodillado en el suelo.

—Señorita Winterton, será mucho más feliz cerca de su familia, en Leicestershire.

—¡Tonterías! —exclamó Huntly, volviéndose hacia su rival—. Actualmente los viajes no suponen problema alguno. Además, ¿por qué va a conformarse con vivir en una pequeña granja cuando podría vivir en una mansión?

—Marston Marnor —exclamó Phillip Marston fulminando a sus oponentes con la mirada—, es un lugar que la señorita Winterton conoce perfectamente. Tengo dinero y mis tierras se extienden hasta los dominios de sus tíos.

—¿De verdad? —replicó el marqués—. Pues quizá le interese saber, señor, que mis tierras también tienen un tamaño considerable y, a la luz de mi patrimonio, la señorita Winterton haría mucho mejor casándose conmigo. Además, debemos considerar también el título. Que es algo que también tiene algún valor, ¿o no?

—Muy poco, si hemos de atender a los rumores —lo interrumpió el señor Chartwell—. Además, me temo que si estamos hablando de dinero, no pueden competir conmigo.

—¡Ya basta! —la exclamación de Sophie hizo que los tres se volvieran hacia ella. Rígida y apenas incapaz de dominar su furia, los miró con los ojos entrecerrados—. Estoy muy disgustada con todos ustedes. ¿Cómo se atreven a presumir que saben lo que yo pienso, lo que yo siento, y a comentarlo de esa manera?

Era una pregunta incontestable. Los tres se movieron inquietos. Furiosa, Sophie caminó lentamente ante ellos.

—Jamás en mi vida me habían ofendido de esta manera. ¿De verdad creen que me casaría con un hombre que pensara que estoy dispuesta a contraer matrimonio por dinero? —los laceró con la burla de su mirada—. Me gustaría pedirles que se fijaran en mi tía, que se casó por amor y encontró la felicidad y el éxito. O en mi madre, que se casó también únicamente por amor. ¡Todas las mujeres de mi familia se han casado por amor y yo no voy a ser menos!

Sophie pestañeó para contener las lágrimas que de pronto habían asomado a sus ojos.

—Seré absolutamente franca, tal y como lo han sido conmigo.

No estoy enamorada de ninguno de ustedes. De manera que no tiene sentido que continúen persiguiéndome porque no voy a cambiar de opinión. ¿Ha quedado suficientemente claro?

Sophie los miró, retándolos a contestar. Típico en él, Phillip Marston comenzó a intentarlo.

—Es lógico que esté alterada. Ha sido completamente imperdonable por nuestra parte mantener esta discusión delante de usted. Pero le aconsejo que retire sus precipitadas palabras. Seguramente ni siquiera ha pensado en lo que ha dicho. Entre nosotros no tiene ningún sentido casarse por amor. Eso es más propio de la plebe. No soy capaz de pensar...

—Señor Marston —Sophie miró exasperada hacia el cielo—, creo que no me ha oído bien. No me importa lo que los demás puedan pensar sobre mi opinión sobre el amor. Y ahora —continuó, decidida a no darles ninguna oportunidad de protestar—, me temo que por esta tarde ya he disfrutado lo suficiente de su compañía, caballeros. Y, si quieren realmente convencerme de su caballerosidad, les suplicaría que me dejaran sola.

—Sí, por supuesto.

—Le suplico que acepte nuestras disculpas, señorita Winterton.

Tanto el marqués como el señor Chartwell estaban más que dispuestos a retirarse. Pero Phillip Marston era más difícil de convencer.

—Señorita Winterton —dijo con su habitual ceño fruncido—. No soy capaz de quedarme tranquilo dejándola sin vigilancia.

—¿Sin vigilancia? —Sophie apenas era capaz de aguantarse—. Señor, no creo que corra ningún peligro en el cenador de la casa de mi tía. Y más aún, habiendo expresado el deseo de su ausencia, creo que estaría incluso justificado que les pidiera a estos caballeros —miró fugazmente al señor Chartwell y al marqués—, que me protegieran de usted.

Una mirada a sus contrincantes le bastó a Marston para comprender que estarían más que complacidos de poder desahogar sus frustraciones en él.

—Como quiera, señorita Winterton. Pero hablaré más tarde con usted.

Solo el saber que por fin iba a quedarse sola, evitó que Sophie soltara un grito. Estaba furiosa... con los tres. Permaneció con la cabeza alta mientras los veía bajar los escalones del cenador. Los tres se detuvieron al final, se dirigieron potentes miradas de desagrado y se separaron, regresando cada uno de ellos a la casa por diferente camino.

Sophie los vio desaparecer satisfecha y sintió cómo iba abandonándola lentamente la furia. Dejó escapar un suspiro, que interrumpió en seco cuando oyó que detrás de ella decía una voz profunda:

—Te equivocas.

Sophie giró en redondo. Se llevó una mano al cuello y se apoyó con la otra en la mesa. Con los ojos abiertos como platos, miró el rostro de Jack.

—¿Qué... qué quiere decir con que me equivoco?

—Quiero decir —contestó Jack, acercándose a la mesa—, que al hablar con Marston, estabas pasando por alto un peligro muy particular: yo.

—¿Cómo se atreve a escuchar mis conversaciones? —respondió Sophie indignada.

—Como siempre, tus conversaciones son muy instructivas, querida. Aunque en este caso, me han dejado con una pregunta de vital importancia.

Sophie lo miró con recelo.

—¿Qué pregunta es esa?

—¿A qué estás jugando?

—Creo que quizá este sea el momento adecuado para recordarle que es usted un caballero.

—Un caballero y un vividor —replicó Jack—. Y ese matiz implica muchas diferencias.

Sophie fue repentinamente consciente de que tenía razón. Con los ojos más abiertos que nunca, retrocedió. Jack avanzó un poco más y Sophie retrocedió un nuevo paso. Dos pasos más de Jack y la joven se encontró atrapada contra una de las paredes del cenador. Jack apoyó las manos a ambos lados de su cabeza, convirtiéndola en su prisionera. Sophie volvió la cabeza hacia un brazo y hacia al otro y lo miró después con expresión recelosa.

—Y ahora, Sophie...

—Jack...

Cualquier discusión era potencialmente peligrosa; Sophie necesitaba tiempo para considerar lo que Jack podía haber oído y lo que eso le habría hecho pensar. Fijó la mirada en su pañuelo, evitando así mirarlo a la cara.

—En este momento estoy muy alterada. Como usted ha podido oír, acabo de rechazar a tres pretendientes.

Jack se inclinó hacia ella y la tomó por la barbilla para obligarla a mirarlo a los ojos.

—Entonces te sugiero que te tranquilices, porque estás a punto de recibir al cuarto.

Sophie abrió los labios para protestar. Pero no dijo una sola palabra. Jack cerró la boca sobre sus labios, saboreando sus suaves contornos y reclamándolos sin piedad. Con la cabeza convertida en un torbellino, Sophie se agarró a las solapas de su levita. Lo sintió vacilar, pero bajó de nuevo la cabeza mientras continuaba besándola con calculada experiencia. Sophie se aferró entonces a sus hombros. Jack le soltó la barbilla para rodearla por la cintura, estrecharla contra él y profundizar su beso. Sophie sentía girar todos sus sentidos y se preguntaba hasta dónde podrían llegar. Después, Jack comenzó a alzar la mano lentamente hasta su seno, que acarició con extrema delicadeza.

Sophie intentó tensarse, apartarse, negarse como sabía que debería hacer. Pero se sentía hundirse entre sus brazos, entregada por completo a su beso. Sus senos se henchían ante su contacto y su cuerpo anhelaba mucho más.

Jack la abrazó con fuerza y levantó la cabeza para susurrar contra sus labios:

—¿Te casarás conmigo, Sophie?

El corazón de Sophie le gritaba que contestara afirmativamente. Abrió los ojos lentamente, se humedeció los labios e intentó decir algo, pero no encontraba su propia voz. De modo que sacudió la cabeza lentamente.

—¿No? ¿Por qué no? —Jack no le dio oportunidad de contestar, se limitó a besarla otra vez, en aquella ocasión de manera casi imperiosa.

—Acabas de decir que te casarías solamente por amor —le recordó cuando consintió en alzar la cabeza—. Estás enamorada de mí, Sophie. Y yo estoy enamorado de ti, ambos lo sabemos —y volvió a buscar sus labios

—Por dinero —susurró Sophie.

Jack detuvo sus labios a solo unos milímetros de los de Sophie. Retrocedió lo suficiente como para mirarla a los ojos. La estudió durante largo rato y sacudió lentamente la cabeza.

—Esta vez no te bastará con eso. Acabas de decir a tres de tus pretendientes que jamás te casarías por dinero. Lo has dejado muy claro. Ellos podían ofrecerte dinero, pero no amor. Nosotros nos queremos, ¿para qué nos hace falta el dinero?

No dejaba de mirarla a los ojos. Sophie apenas podía pensar. Pero, una vez más, volvió a negar con la cabeza.

—No puedo casarme contigo, Jack.

—¿Por qué no?

—No lo comprenderías si te lo explicara.

—¿Por qué no?

Sophie apretó los labios y se limitó a negar con la cabeza. Sabía que estaba haciendo lo correcto. Y también que Jack jamás estaría de acuerdo con ella.

Para su desconcierto, apareció de pronto una lenta sonrisa en el rostro de Jack.

—A la larga me lo dirás —dijo en un tono completamente despreocupado.

Sophie pestañeó y lo vio bajar la mirada. Siguió el curso de su mirada y respingó.

—¡Jack! ¿Qué demonios estás haciendo?

Sophie batallaba infructuosamente contra las manos de Jack, ocupadas en los cierres de su vestido. Jack soltó una carcajada y se estrechó contra ella para que no pudiera apartarle los dedos. De pronto, el vestido se abrió, Jack deslizó la mano en su interior y la cerró alrededor de su seno. A Sophie le temblaron las rodillas.

—Sophie... —Jack cerró los ojos y se deleitó en la firmeza de su piel. Después, inclinó la cabeza y capturó sus labios.

Durante un vertiginoso instante, una marea de placer envolvió a Sophie. Después, Jack apartó los labios de los suyos y la sensación remitió, dejando en su lugar un agradable calor. Desesperada, Sophie intentó aferrarse a la realidad.

—¿Qué estás haciendo? —preguntó, con la voz convertida en un susurro.

—Seducirte.

Sophie abrió los ojos como platos. Sintió los labios de Jack en su cuello, sobre su piel caliente. Se estremeció y miró asustada a su alrededor... a lo que podía ver por encima de los hombros de Jack.

—¿Aquí? —su mente se negaba a aceptar aquella idea. Jack tenía que estar bromeando.

—Sí, en la mesa.

¿En la mesa? Sophie miró impactada aquella inocente mesa de madera y volvió a mirar a Jack.

—No —dijo, intensamente sonrojada.

—Es fácil —musitó Jack, inclinando la cabeza para besarla tras la oreja—, yo te enseñaré.

—No —en aquello ocasión, Sophie consiguió la entonación correcta. Pero cerró los ojos y hundió los dedos en sus hombros mientras Jack continuaba acariciándola.

—Claro que sí, dulce Sophie —le susurró Jack al oído—. A menos que puedas darme una buena razón para no hacerlo.

Sophie sabía que había cientos de razones, pero solo se le ocurría una. La única que quería oír. Abrió los ojos y descubrió su rostro. Intentó fulminarlo con la mirada.

—De acuerdo —dijo, sintiendo la mano de Jack bajo sus senos. Se inclinó contra él, buscando su fuerza—. Ya te he dicho que soy una mujer con altas expectativas.

—Y ya te he dicho que eso no importa.

—Pero sí importa —Sophie intentó imprimir sinceridad a su mirada y a su voz—. Tus sueños son iguales que los míos; una casa, una familia, unas tierras de las que cuidar. Pero no conseguiré esos sueños si no hago una buena boda, y tú lo sabes.

Vio que el semblante de Jack se ensombrecía. De pronto, Jack dejó caer la frente contra la suya y gimió:

—Sophie, te debo mis más sinceras disculpas. Debería habértelo dicho hace mucho tiempo —le dio un beso en la sien y la abrazó con fuerza.

—¿Haberme dicho qué?

—Que soy escandalosamente rico, repugnantemente rico.

A Sophie se le llenaron los ojos de lágrimas.

—Oh, Jack, no —enterró el rostro en su hombro—, no me mientas.

Jack se tensó y bajó la mirada hacia la mujer que tenía entre sus brazos.

—Sophie, no estoy mintiendo.

—No tiene sentido, Jack. Ambos sabemos la verdad.

—No, tú no la sabes. Sophie, te juro que soy rico. Y si no me crees, pregúntaselo a tu tía.

Sophie le dirigió tal mirada que le hizo esbozar una mueca.

—De acuerdo, pregúntaselo entonces a Horatio.

Sophie frunció el ceño sorprendida. Horatio era un hombre de palabra. Ni siquiera por amor faltaría a la verdad.

—Pero mi tío se ha ido y no sé cuándo volverá.

Jack soltó una maldición. Consideró sus opciones, pero los únicos que conocían su recién conquistada riqueza eran parientes, amigos o empleados y Sophie no se fiaría de ninguno de ellos.

—Muy bien. En ese caso, esperaremos a que él vuelva.

Sophie asintió, luchando contra la urgencia de salir corriendo de allí. Bajó la mirada y se sonrojó violentamente. Apartó la mano de Jack de su vestido y se lo abrochó. Fuera cual fuera la verdad, no permitiría que Jack se le acercara hasta que volviera Horatio.

—¿Sophie? —Jack la sintió retroceder. Alzó la mano para atraerla hacia él, para devolverla de nuevo a sus brazos.

Sophie lo miró con aire casi de culpabilidad.

—Ah, sí —intentó retroceder—. Ya basta, Jack —protestó al sentir que tensaba el brazo sobre su cintura y posó las manos en su pecho—. Estamos de acuerdo, ¿verdad? —la luz de los ojos de Jack la dejaba sin respiración—. Esperaremos hasta que regrese mi tío.

—Sophie... —la miró con los ojos llenos de anticipación, pero con un pesado suspiro, se separó de ella—. Muy bien. Pero solo hasta que vuelva tu tío, ¿de acuerdo?

Sophie asintió en silencio.

—Y te casarás conmigo tres semanas después.

No era una pregunta. Y Sophie solo fue capaz de asentir.

—Y además —continuó—, no quiero que vuelvas a coquetear con ninguno de tus pretendientes.

—Yo no coqueteo —replicó Sophie con aire ofendido.

—Y solo bailarás el vals conmigo.

—¡Esto es indignante! —se desasió de los brazos de Jack—. No sabes lo que me estás pidiendo.

—Lo sé demasiado bien —gruñó Jack, dejándola marchar—. Es justo, Sophie. Nada de cenas con otros caballeros, salvo conmigo. Y desde luego, nada de irte a solas con nadie. ¿Estamos de acuerdo, Sophie?

Sophie podía sentir cómo le latía el pulso. Lo miró a los ojos y creyó ahogarse en ellos. El rostro de Jack estaba muy cerca del suyo.

—Sí —susurró.

Con su acostumbrada gracia, Jack le ofreció su brazo.

Sophie reunió la poca dignidad que le quedaba, tomó la cesta y posó la mano en su brazo, permitiendo que la condujera hacia la casa. Durante todo el trayecto, tuvo la sensación de estar caminando por el filo de una navaja, pero mantenía la cabeza alta.

Jack la observó con los ojos entrecerrados, sonrió lentamente y comenzó a urdir un plan.

CAPÍTULO 13

La fiesta terminó al día siguiente. Para entonces, todo el mundo era consciente de que algo había cambiado, de que Jack se había convertido, de alguna manera, en el protector de Sophie. A pesar de que esta desaprobaba sus tácticas, no podía menos de sentirse agradecida, sobre todo cuando le quitó la terrible carga de la vuelta a la capital. Estando fuera su tío, ella no se habría atrevido a viajar sola con sus primos.

Pero, a media mañana, cuando salió de casa de su tía abuela, lo tenía todo bajo control. Sus primos más jóvenes regresarían a caballo, bajo la atenta mirada de Jack, Toby y Ned. El carruaje la estaba esperando y Clarissa ya había montado. Con los brazos llenos de cojines y alfombras, Sophie miró de nuevo hacia la casa.

Lucilla estaba cruzando lentamente el vestíbulo, apoyada en el brazo de Jack. Aunque todavía estaba pálida, no mostraba signos de debilidad. Sophie corrió al carruaje para preparar el asiento de su tía.

Esta se detuvo en la entrada de la casa para respirar el aire limpio y fresco de la mañana. Los cielos azules habían retornado. Con una satisfecha sonrisa, miró a Jack.

—Me alegro de que no me haya desilusionado, señor Lester.

—Jamás he tenido intención de hacerlo, señora.

—Me alegro tanto... —añadió Lucilla, palmeándole el brazo.

Cinco noches más tarde, bajo el resplandor de los candelabros del salón de baile de la duquesa Richmond, Sophie se preguntaba por qué se habría imaginado que esperando la llegada de su tío en la ciudad estaría más segura que en el campo. Porque habían bastado unas horas para que Jack dejara nítidamente claro que pensaba cumplir todo lo que le había dicho en el cenador.

Sophie lo miró de reojo. Jack permanecía impasible a su lado, absolutamente atractivo vestido de un severo blanco y negro. Al verlo, la joven tuvo que reprimir un repentino temblor.

Jack descubrió su mirada e inclinó la cabeza hacia ella.

—Está a punto de comenzar otro vals.

Sophie le dirigió una mirada de advertencia.

—Ya he bailado un vals contigo.

—Tienes derecho a bailar dos piezas con cualquier caballero.

—Pero no dos valses, si pretendo ser sensata.

—No seas sensata, querida Sophie. Baila conmigo, te prometo que no habrá demasiados comentarios.

Por supuesto, era inútil resistirse. Sophie dejó que la llevara a la pista de baile, consciente de que cualquier resistencia sería pura hipocresía.

Mientras circulaban por la pista, notó las miradas de resignación de las antiguas amigas de su madre. En contraste, lady Drummond-Burrell, la más altiva de todas ellas, sonreía con fría aprobación.

—Es sorprendente —dijo Jack, señalando a la dama en cuestión con un movimiento de cabeza—. No hay nada que le complazca más que la caída de un vividor.

Sophie intentó fruncir el ceño, pero no lo consiguió.

—Tonterías —dijo.

—No, no es ninguna tontería. Y todas lo aprobarán en cuanto se conozca la noticia.

Sophie frunció entonces el ceño. Jack le había contado ya cómo se había producido su cambio de fortuna.

—¿Y por qué no lo cuentas ya? Presumiendo que sea verdad, por supuesto.

—Es verdad —replicó Jack—. Pero confieso que no he querido contárselo a nadie.

—¿Por qué?

—Ya conoces a la mayor de las señoritas Billingham. Imagínate lo que puede ser eso multiplicado por cien.

Sophie se echó a reír. Aquel delicioso sonido acarició los sentidos de Jack, tensando su pasión hasta un punto que era prácticamente insoportable. Apretó mentalmente los dientes. La espera, se dijo, merecería la pena.

Al final del vals, escoltó a Sophie hasta su tía y ocupó su lugar, que era el que estaba a su lado.

Sophie sabía que era absurdo discutir. Lord Ruthven se detuvo a su lado y lord Selbourne se unió a ellos. Aunque había muchos caballeros que buscaban su compañía, sus pretendientes rara vez aparecían en presencia de Jack.

Los paseos al parque continuaban y, con Jack a su lado, Sophie se encontraba deliciosamente libre de otros estorbos. Era imposible malinterpretar el interés de Lester; era tan alto que, cada vez que hablaba con ella, tenía que inclinarse. Y Sophie, naturalmente, giraba hacia él, reforzando mentalmente la imagen de que estaban a punto de anunciar oficialmente su boda. La ausencia de Horatio justificaba aquel paréntesis, pero nadie dudaba de que el anuncio terminaría haciéndose.

Con un suspiro, Sophie miró hacia Clarissa, que estaba sentada en un diván cerca de su tía. Su prima estaba radiante, encantada con cuantos jóvenes se le acercaban, pero tal como Sophie había notado, procurando no alentar a ninguno en particular. A su lado, Ned ocupaba una posición que tenía mucho que ver con la de Jack. Sophie sonrió. Había una luz en los ojos de Ned que seguramente Clarissa no había notado.

Ned, de hecho, estaba tan impaciente como Jack. Pero tanto sus padres como los de Clarissa se habían mostrado de acuerdo en que no se hiciera ningún anuncio oficial hasta que terminara la temporada de Clarissa.

Algo que le hacía sentirse claramente incómodo. Su princesa continuaba sonriendo a su corte; incluso la había oído reír con ese sinvergüenza de Gurnard.

Mientras Jack, Ned y las damas de su familia estaban a punto de comprometerse, Toby se había embarcado en una diversión de tipo muy diferente. En aquel momento, caminaba a grandes zancadas por un bulevar acompañado del capitán Terrence Gurnard.

El capitán se detuvo delante de una de las puertas que daban al mismo.

—Este es el lugar. Un pequeño infierno... pero muy acogedor.

Toby sonrió amablemente y esperó mientras el capitán llamaba. Tras una corta conversación con el portero, fueron admitidos y conducidos hacia una habitación apenas iluminada. Había unas veinte personas allí reunidas y alzaron la cabeza al verlos entrar.

Con su habitual interés, Toby miró a su alrededor, reparando al instante en la expresión de sombría determinación con la que muchos de los caballeros se aplicaban a las cartas y a los dados.

Aquella era la tercera noche que Toby pasaba con Gurnard y aquel el tercer infierno que visitaban. Toby estaba, como siempre, siguiendo uno de los consejos de su padre, que decía que la experiencia era el mejor de los maestros. Después de aquella noche, tenía la sensación de que lo sabría todo sobre el mundo del juego. Y su verdadero interés durante aquella velada era jugar. El capitán le había dejado ganar las dos noches anteriores y Toby había comenzado a recelar de sus motivos.

En un principio, Gurnard se había acercado a él sin ninguna intención en particular, y a partir de ahí se habían convertido en conocidos. Y cuando Toby había regresado de Little Bickmanstead, el capitán había ido a buscarlo y se había ofrecido a enseñarle la ciudad. Toby había aceptado el ofrecimiento de buena gana; no tenía intención de pasar mucho tiempo en la capital.

Pero en ese momento, sin embargo, estaba empezando a preguntarse si el capitán lo habría tomado por estúpido. Y, para el final de la velada, cuando declaró sus pérdidas, que misteriosamente, sobrepasaban ya su asignación, estaba completamente convencido de que el capitán había hecho justamente eso. Se consoló a sí mismo diciéndose que, como diría su padre, no había ningún problema en cometer errores si no volvían a repetirse, frunció el ceño y miró a Gurnard.

—Me temo que no podré pagarlo todo esta noche. Tendré que esperar a que mi padre regrese a la ciudad. Hablaré con él en cuanto vuelva.

Gurnard se reclinó en su asiento con el rostro sonrojado por la satisfacción y el vino.

—Oh, no tienes por qué hacerlo. No quiero que nadie diga que he causado un enfrentamiento entre un padre y un hijo por unas cuantas coronas.

Toby podría haberle contestado sinceramente, en realidad esperaba que su padre se riera de su aventura, pero un sexto sentido le hizo contenerse.

—¿Ah, no? —en realidad eran mucho más que unas cuantas coronas lo que había perdido.

Gurnard frunció el ceño y lo miró con el rostro convertido en una máscara de concentración.

—Quizá haya otra forma de que puedas reparar la deuda sin tener que recurrir a tu padre.

—¿Como cuál? —preguntó Toby, sintiendo un frío escalofrío por la espalda.

—Bueno, consideraría una bendición poder pasar unos minutos a solas con tu hermana —se inclinó sobre la mesa y dijo en tono conspirador—: Tu hermana me comentó que pensáis asistir al baile de gala de Vauxhall. Quizá puedas pagarme tu deuda consiguiendo que me encuentre con ella en el Templo de Diana, solo durante los fuegos artificiales. Te la devolveré en cuanto haya terminado.

No solo lo consideraba tonto, sino un auténtico estúpido. Aun así, Toby fue capaz de ocultar sus verdaderos sentimientos.

—¿Pero cómo voy a conseguir que Clarissa se muestre de acuerdo?

—Limítate a decirle que vas a llevarla al encuentro de uno de sus más fervientes admiradores. A las mujeres les gusta ese toque romántico —sonrió y movió lánguidamente una mano—. No sé si lo habrás notado, pero tu hermana y yo estamos profundamente enamorados. No necesitas temer que me aproveche en ella.

Toby asintió lentamente.

—De acuerdo —contestó y se encogió de hombros—. Si prefieres eso en vez del dinero...

—Definitivamente —replicó Gurnard con los ojos repentinamente resplandecientes—. Diez minutos a solas con tu hermana serán una más que suficiente recompensa.

—Toby, ¿ocurre algo?

Toby, que acababa de entrar en casa después del paseo matutino a caballo, se sobresaltó y miró de reojo a Sophie. Al ver su expresión preocupada, asintió.

—Me lo imaginaba —Sophie corrió a su lado y lo agarró del brazo—. Vamos al estudio de tu padre.

—No es nada espantoso —se precipitó a asegurarle Toby mientras cruzaban la puerta del estudio de su padre.

—Entonces probablemente no haya ninguna razón para que estés tan preocupado —contestó Sophie. Se hundió en uno de los sofás que había frente a la chimenea y miró a Toby con cariño—. Desembucha, Toby, porque estoy imaginándome ya toda suerte de horrores.

Toby hizo una mueca y comenzó a pasear frente a la chimenea con las manos en la espalda.

—Es ese sinvergüenza de Gurnard.

—¿Sinvergüenza? Sabía que Ned lo llamaba así, pero pensaba que solo era él.

—Y yo también, pero ahora lo conozco mejor. Y Ned tiene razón.

Sophie lo miró pensativa.

—Creo recordar que tu madre comentó que no confiaba en ese hombre y Clarissa se mostró de acuerdo.

—¿De verdad? —el rostro de Toby se iluminó—. Bueno, entonces todo será mucho más fácil.

—¿Mucho más fácil? Tobías, como no me cuentes inmediatamente lo que está pasando, voy a tener que ir a buscar a tu madre.

Toby se paró en seco, la miró horrorizado y procedió a contarle toda la historia.

—¡Eso es vergonzoso! —Sophie estaba indignada—. Y ese hombre no es más que un sinvergüenza.

—Indudablemente. Y un sinvergüenza peligroso. Por eso quería esperar a que regresara mi padre para darle su merecido. Y también considero que sería mejor para todos que le paráramos los pies de una vez por todas.

—Incuestionablemente —se mostró de acuerdo Sophie—. Pero no creo que sirva de nada contárselo a Clarissa.

Toby asintió.

—Y tampoco sería una buena idea contárselo a tu madre.

—Definitivamente no —Toby se estremecía solo de pensarlo.

—Pero supongo —sugirió Sophie—, que deberíamos contar con ayuda profesional.

—¿Los Rummer? ¿Y arriesgarnos a que monten un revuelo como el que montaron con las esmeraldas de lady Ashbourne? —Toby sacudió la cabeza—. No me gustaría tener que tomar esa decisión.

—Es cierto. Aun así, por lo menos sabemos que es poco probable que Gurnard haga ningún movimiento antes de la gala.

—Precisamente. Y lo único que tenemos que hacer es esperar hasta entonces.

Una hora después, Jack estaba en uno de los sillones de su salón, dispuesto a atacar su almuerzo con aire de gourmet contrariado.

—Permíteme decirte, hermano mío, que todo este asunto del cortejo es como la peste.

Harry, que se había dejado caer por casa de su hermano cuando se dirigía al campo, arqueó divertido una ceja.

—¿Debo asumir que las cosas no transcurren con debieran?

—Esa maldita mujer está siendo demasiado noble —gruñó—. Se ha convencido a sí misma de que necesito casarme con una rica heredera y está decidida a no permitir que arruine mi vida casándome con ella.

—Bueno, recuerda que esa era la impresión que querías dar.

—Eso era entonces y esto es ahora —contestó Jack con una lógica incontestable—. Además, ahora mi única preocupación es una dama en particular.

—Díselo a ella.

—Ya le he dicho que soy más rico que Creso, pero no me cree.

—¿No te cree? ¿Pero por qué ibas a decirle una mentira como esa?

—Buena pregunta. Lo que yo he podido llegar a entender es que ella cree que soy una especie de romántico y sería capaz de casarme con ella escondiendo el hecho de que no tenemos apenas nada.

Harry hizo una mueca.

—¿Y si las cosas hubieran sido diferentes? ¿Y si no hubiéramos sido favorecidos por la fortuna y la hubieras conocido? ¿Entonces qué? ¿Habrías pasado de largo y habrías buscado una rica heredera, o, como ella sospecha, habrías ocultado la verdad?

—Afortunadamente, esa no es la cuestión —al ver sonreír a su hermano, frunció el ceño—. En vez de considerar situaciones hipotéticas, ¿por qué no pones en funcionamiento tu cerebro para pensar de qué manera podría convencerla de que soy rico?

—Inténtalo con más convicción. Sé persuasivo con ella.

—Eso ya lo he intentado, créeme. Lo que necesito es alguien que responda por mí, alguien a quien ella pueda creer. Y eso significa que tendré que esperar a que su tío vuelva a la ciudad. Ha salido por un asunto relacionado con la Compañía de Indias. Y tal como están las cosas, es imposible saber cuándo volverá.

El sonido insistente de la aldaba interrumpió su paz.

Se oyeron voces en el vestíbulo; después, se abrió la puerta y entró Toby. Miró a Jack y, al ver a Harry, asintió educadamente. En cuanto la puerta se cerró tras él, se volvió hacia Jack.

—Pido que me disculpe por esta intromisión, pero ha surgido algo importante y me gustaría conocer su opinión sobre este asunto. Pero si está ocupado, puedo volver más tarde.

—No importa —Harry comenzó a levantarse—. Puedo irme si necesitáis hablar en privado.

Jack miró a Toby arqueando una ceja.

—¿Puedes hablar delante de Harry?

Toby vaciló un instante y miró hacia Harry antes de contestar:

—Es un asunto relacionado con el capitán Gurnard.

Harry lo miró con los ojos entrecerrados.

—¿El capitán Terrence Gurnard? —pronunció aquellas palabras en un tono letal. Cuando Toby asintió, se reclinó en su asiento—. ¿Y qué ha hecho en esta ocasión ese sinvergüenza?

Jack le hizo un gesto a Toby para que se sentara.

—¿Has almorzado?

Cuando Toby negó con la cabeza, Jack llamó a Pinkerton.

—Puedes comer mientras nos pones al tanto de lo ocurrido. Asumo que el problema no es muy urgente, ¿verdad?

—No, no es tan urgente.

Mientras recuperaba las fuerzas, Toby los puso al corriente de sus salidas nocturnas con el capitán y de la oferta que le había hecho a cambio de sus deudas de juego.

—De modo que ganaste las dos primeras noches y la tercera no.
—Perdiste mucho dinero, ¿verdad? —preguntó Harry.
Toby asintió.
—Me estaba tendiendo una trampa, ¿verdad?
—Desde luego, eso parece.
Jack miró a su hermano.
—No tengo mucha información sobre Gurnard, ¿cuál es la historia?
—Corren muchos rumores sobre nuestro querido capitán. Al parecer está completamente arruinado. Fue suficientemente insensato como para sentarse a jugar con Melcham y ahora está hasta las cejas de deudas.

Jack asintió.

—De modo que ha decidido que la forma más fácil de salir del agujero en el que él mismo se ha enterrado es casarse con una rica heredera.
—¿Clarissa, por ejemplo? —preguntó Toby.
—Eso parece —contestó Jack con expresión sombría—. Pero esta vez el tiempo no está de su lado. Y tendrá que asegurarse a su heredera antes de que se hagan públicas sus presentes preocupaciones. Exactamente, ¿cuándo ha dicho que quiere que se celebre ese encuentro?

Toby acababa de comenzar a contestar cuando se abrió la puerta y entró Ned. Toby se interrumpió a media frase. La amable sonrisa de Ned desapareció al ver la expresión sombría de Toby y de Harry. Miró a Jack.

Este le sonrió, con un brillo salvaje en la mirada.
—¿Qué ha dicho Jackson hoy?
Ned acercó una silla a la mesa y se dejó caer en ella.
—Tengo que trabajar mi gancho derecho. Pero el corto izquierdo lo llevo muy bien —desde que Jack le había presentado a uno de los entrenadores del Salón de Boxeo para Caballeros, Ned había comenzado a recibir clases y había demostrado grandes aptitudes para ese deporte.

—¿Sabes? Creo que hemos encontrado una utilidad para tu recién descubierto talento.

—¿Ah, sí? —la sonrisa de Jack comenzaba a inquietar a Ned.

—Supongo que querrás consolidar tu posición ante Clarissa, ¿verdad?

—Sí —admitió Ned con cierto recelo.

—Muy bien, pues me complace anunciarte que se ha presentado una situación en la que se necesita que un caballero andante acuda al rescate de una damisela de la que se ha encaprichado un ruin bellaco. Y esa dama es Clarissa, de modo que creo que deberías ir sacando brillo a tu armadura.

—¿Qué?

Tardaron otros diez minutos en explicarle a Ned la situación.

—¿Y le has contado todo esto a Sophie? —le preguntó Ned a Toby con expresión de culpabilidad.

Toby lo miró con aire culpable.

—No pude evitarlo. Amenazó con contárselo todo a mi madre.

Jack parecía disgustado.

—Mujer entrometida... —y no se refería a Lucilla.

—Ya ha quedado claro que no debemos preocuparnos hasta el día de la gala. Y si regresa antes mi padre, no habrá ningún motivo para que Sophie tenga que preocuparse en absoluto.

Jack asintió.

—Bueno, pero no le contaremos nada más. Podemos hacernos cargo del problema y... cuantas menos complicaciones, mejor.

—¿Pero cómo vamos a hacernos cargo del problema? —preguntó Ned con expresión de firme determinación.

Sucintamente y contando con la ayuda de su hermano, Jack expuso su plan de campaña. Cuando terminó, Ned estaba sonriendo,

—¡Aah! —Jack estiró los brazos y se relajó en la silla—. Por fin veo la luz.

—¿Crees que Ned lo conseguirá?

Habían vuelto a quedarse a solas los dos hermanos. Ned y Toby se habían marchado con intención de vigilar a Clarissa durante su paseo vespertino por el parque.

—¿Que si lo creo? ¡Lo sé! Con esta actuación, Clarissa caerá definitivamente en sus brazos y Sophie y yo podremos dejar de estar pendientes de este romance.

—¿Ha sido tan dura carga?

—No ha sido una carga, precisamente. Pero duele ver sucumbir a alguien tan joven.

Harry se echó a reír.

—Bueno, por lo menos ninguno de nosotros ha caído joven. Y no creo que tengas que preocuparte por Gerald.

—Gracias a Dios. Y al menos, yo tengo la excusa de ser el cabeza de familia.

—Puedes intentar razonarlo como quieras, hermano mío, pero yo sé la verdad.

Jack miró a su hermano a los ojos y suspiró.

—Bueno, por lo menos estando Ned a salvo, podré dedicar toda mi atención a cierta damisela. Y, con la ayuda de Horatio, conseguiré vencer su cabezonería.

—Déjame ser el primero en desearte felicidad.

Jack miró a su hermano y comprendió que estaba hablando en serio.

—Vaya, muchas gracias, hermano mío.

—Y también quiero hacerte una advertencia: creo que ya se conoce la noticia.

Jack hizo una mueca.

—¿Estás seguro?

—Mira, ayer estuve en casa de lady Bromford y hete aquí que lady Argly intentó ganarse mi favor. Tiene una hija de la que hacerse cargo, una mocosa que acababa de salir de la escuela —Harry arrugó la nariz—. Su madre se mostró tan pegajosa como una medusa. Algo totalmente improbable a menos que haya oído algún rumor sobre nuestra situación económica.

—Y si ella está el corriente, otros también lo estarán.

—Lo cual significa que no tardaremos en convertirnos en los brindis de todas las fiestas. De modo que, si yo estuviera en tu lugar, me aseguraría la boda cuanto antes. En cuanto a mí, he decidido ponerme a cubierto. Dadas las circunstancias, Newmarket me parece considerablemente más seguro que Londres.

—Sabes que no siempre podrás seguir huyendo.

Harry arqueó una ceja con arrogancia.

—El amor todavía no ha conseguido atraparme —se levantó y, tras dirigirle una larga mirada, se dirigió hacia la puerta—. Buena suerte, y no dejes que la emoción de la gala te haga olvidarte de mantener la espalda a cubierto. Hasta que tu dama diga que sí, no estás más a salvo que yo.

—¡Que el cielo me ayude!

La predicción de Harry se confirmó la noche del baile de lady Summerville. Jack se inclinó graciosamente sobre la mano de la dama y descubrió inquieto el brillo particular de su mirada. Afortunadamente, sus deberes de anfitriona le prohibieron perseguirlo inmediatamente, pero la promesa de ir a buscarlo más tarde dejó pocas dudas sobre el hecho de que ya habían corrido las noticias. Ya en alerta, Jack evitó a otras dos matronas. Y estaba comenzando a felicitarse de su escapada cuando vio caminar a lady Middleton directamente hacia él.

—¡Querido señor Lester! El señor Middleton y yo apenas lo hemos visto este año.

Jack se abstuvo de contestar que, en el caso de que lo hubieran hecho, seguro que habrían desviado la mirada.

—Desde luego, señora. Me temo que esta temporada he estado particularmente ocupado.

—¡Bueno! Espero que no esté tan ocupado como para no poder asistir al baile de presentación de mi sobrina. Es una joven tan dulce que se convertirá en una esposa excepcional. Su tía Harriet le tenía un cariño especial —su último comentario fue acompañado de una significativa mirada—. Middleton y yo lo esperamos.

Tras despedirse de ella, Jack intentó esconderse entre los invitados. Estaban cumpliéndose las predicciones de Harry. A pesar de que sus propias intenciones estaban claras como el cristal, todavía no estaba a salvo. Sin duda alguna, solo el anuncio de su boda podría convencer a todas aquellas madres casamenteras de que ya estaba fuera de su alcance. Una razón más para añadir a la cada vez más larga lista de motivos para acortar cuanto antes la temporada de la señorita Winterton.

Y en aquel momento vio precisamente a su presa, ataviada con un vestido de seda verde pálido y con los rizos resplandeciendo bajo la luz de las velas. Inmediatamente, caminó hacia ella.

Sophie no tardó en advertir su presencia. Se volvió hacia él y le tendió la mano al tiempo que le sonreía con calor para darle la bienvenida.

—Buenas noches, señor Lester.

—En realidad, probablemente no lo sean.

—¿Perdón? —Sophie lo miró a los ojos.

—En cuanto a la velada, creo que las he conocido mejores —contestó Jack al tiempo que le hacía posar la mano en su brazo—. Ruthven, Hollingsworth, estoy seguro de que nos perdonarán —se despidió de los dos caballeros con un asentimiento de cabeza y condujo a Sophie entre los invitados.

Al oír las risas de lord Ruthven, Sophie se volvió y lo vio explicándole algo a un estupefacto señor Hollingsworth.

—¿Qué ocurre? —preguntó Sophie, alzando la mirada hacia Jack.

—Creo que me he convertido en el tema de todas las conversaciones.

—¿Qué...?

Sophie interrumpió su pregunta al advertir las sonrisitas de las que era objeto Jack en su camino, sobre todo por parte de debutantes que, dos días atrás, ni siquiera habían osado mirarlo. Miró a Jack con recelo.

—¿Has hecho circular la historia de tu fortuna?

—No, Sophie —gruñó Jack—, no he puesto a circular ninguna historia. Sin duda alguna, la noticia ha debido darla a conocer algún otro inversor —la miró exasperado—. Ningún vividor en su sano juicio habría declarado su intención de casarse y después habría atraído a todos esos dragones anunciando su fortuna.

Sophie dominó una risa.

—No se me había ocurrido considerarlo así.

—Pues bien, es la verdad y no vas a poder escapar. Y, hablando de escapar, espero que seas consciente de que, hasta que regrese tu tío y pueda anunciarse nuestro compromiso matrimonial, deberás apoyar mi causa.

—¿De qué manera?
—Prestándome tu protección.
Sophie se echó a reír, pero la sonrisa no tardó en desaparecer de su rostro. Una sucesión de empalagosos encuentros terminó haciéndole apretar los dientes con fuerza. Algunas de las indirectas que le lanzaban a Jack eran directamente nauseabundas. Aun así, él conseguía mantener una expresión educada en el rostro y Sophie no podía menos de admirar sus maneras. Ella permanecía en todo momento a su lado, agarrada a su brazo y desafiando todos los esfuerzos por desplazarla. La señorita Billingham fue la última en intentarlo.

—A la luz del tiempo que pasamos juntos en la fiesta campestre de la señora Webb, mi madre me ha encargado que le pida una visita. De hecho, —continuó con una coqueta sonrisa—, mi madre está deseando hablar inmediatamente con usted. Si nos perdona, señorita Winterton.

Sophie se tensó, pero consiguió sonreír con dulzura.

—Me temo, señorita Billingham—, que no puedo separarme del señor Lester. Está a punto de empezar un vals —le dirigió a Jack una deslumbrante mirada—. Nuestro, vals, Jack.

Jack sonrió con expresión triunfal.

—Nuestro vals, querida Sophie.

Y se marcharon, dejando a la señorita Billingham boquiabierta tras ellos.

Sophie estaba hirviendo de indignación.

—¿Cómo se atreven? ¿Cómo es posible? Son todas unas desvergonzadas.

Jack se echó a reír y la estrechó ligeramente contra él.

—Dulce Sophie. Nada de eso importa. Tú eres mía y yo soy tuyo; y en cuanto tu tío regrese, podremos decírselo al mundo.

CAPÍTULO 14

La noche de gala de Vauxhall era un acontecimiento que nadie quería perderse. Rodeada de su grupo habitual, ampliado en aquella ocasión por la presencia de Jeremy y Gerald, Sophie caminaba junto a Jack cruzándose con muchos rostros familiares, todos brillantes de expectación ante el acontecimiento de la noche.

Sophie alzó la mirada hacia Jack y sonrió. Horatio debía estar de vuelta aquella noche. Su tío había mandado decir que a pesar de que los negocios lo habían retrasado, se reuniría con ellos en los jardines. Jack le devolvió la sonrisa y posó la mano sobre la suya. No dijo nada, pero su expresión no dejaba ninguna posible duda sobre lo que estaba pensando.

Decidida a aparentar calma, Sophie dedicó su atención a lo que la rodeaba. Jeremy, George, Toby, Ned y Clarissa, miraban también a su alrededor con ávido interés, especulaban con la edad de los olmos que se alineaban en los jardines y contemplaban la densa vegetación que separaba los caminos.

—Creo que el palco que ha alquilado vuestro tío está por allí.

Jack las condujo hacia la derecha del paseo conocido como el Grove. Lucilla, del brazo de Toby, lo siguió. Ned y Clarissa iban tras ellos y los dos niños corrían detrás. En el centro del paseo, estaba instalándose una pequeña orquesta alrededor de la cuál se habían dispuesto numerosos compartimentos de madera, muchos de ellos ya ocupados por los señores dispuestos a disfrutar del acontecimiento.

Desde el que había alquilado su tío se disfrutaba de una excelente vista de la orquesta.

—Ah, sí —Lucilla tomó asiento—. Un lugar excelente. Desde aquí se ve prácticamente todo.

Sophie advirtió que su tía no estaba mirando a los músicos. Lo más selecto de Londres se había reunido en aquel lugar. Caballeros y damas cruzaban los caminos; muchos de ellos se detenían para intercambiar unas palabras con su tía antes de continuar. Estaban también los dandis y sus eventuales acompañantes. Sophie se descubrió a sí misma fascinada por una pelirroja en particular o, mejor dicho, por su vestido, una minúscula prenda de seda y plumas que apenas ocultaba sus encantos. Hasta que notó que la dama evidenciaba interés por su palco, aunque no precisamente en ella. Con el ceño fruncido, Sophie se volvió hacia su acompañante, centro de atención de la pelirroja, solo para descubrir que era a ella a quien estaba mirando. Asomó a sus labios una sonrisa y Jack arqueó una ceja.

Vívidamente sonrojada, Sophie se volvió hacia la orquesta que, justo en ese momento, comenzó a tocar llenando la noche de su magia. Pronto comenzaron a bailar las parejas bajo los farolillos chinos suspendidos sobre sus cabezas.

Jack se levantó.

—Vamos —dijo, sosteniéndole la mano—. En Vauxhall nadie cuenta los bailes.

Por un instante, Sophie lo miró a los ojos. Pero después, con una serena contundencia que a ella misma la sorprendió, alzó la barbilla y posó la mano en la de Jack.

—Qué conveniente.

Su tío tenía que llegar cuanto antes. Ella ya no podía aguantar más.

Afortunadamente, Jack demostró ser una más que eficiente distracción y consiguió que dejara de pensar en todo lo que no fuera él, en su sonrisa y en el calor que reflejaban sus ojos. Bailó con ella dos veces. Después, se la tendió a Ned, que la cedió a continuación a Toby hasta que Jack volvió a tenerla entre sus brazos.

Sophie se echó a reír.

—Me he quedado sin respiración, señor.

Jack le sonrió y esbozó una lenta sonrisa.

—Llámame Jack.

—Jack —susurró.

Jack tensó el brazo a su alrededor y comenzó a bailar el vals.

La cena se sirvió en cada uno de los palcos. Cuando levantaron los paños de lino que cubrían los platos, encontraron sándwiches de pepino, una selección de pastelitos y una enorme fuente de jamón cortado en delgadísimas lonchas.

—Exactamente como lo recordaba —dijo Lucilla, sosteniendo una de aquellas lonchas casi transparentes. Miró a Sophie—. Cuando tu madre y yo éramos debutantes, siempre estábamos muertas de hambre después de la noche en Vauxhall —mordisqueó el jamón y añadió—: Le he pedido a Cook que nos prepare un refrigerio frío para cuando volvamos.

Jack, Ned y Toby parecieron aliviados.

En alguna parte en los jardines, sonó un gong. Los músicos habían dejado de tocar unos minutos antes.

—¡Ha llegado el momento de ver el Gran Espectáculo! —gritó Jeremy.

Todo el mundo abandonó entonces sus palcos para unirse a la multitud que se dirigía hacia una pequeña loma, en aquel momento brillantemente iluminada. Pasaron quince minutos entre exclamaciones de admiración ante los diferentes elementos, algunos mecánicos y otros sencillamente decorativos, que habían sido colocados para conformar aquella escena. Entonces las luces se apagaron y la gente regresó a los palcos y a la pista de baile.

Sophie y Jack caminaban en la penumbra agarrados del brazo. Sophie podía sentir la tensión que bullía en el interior de Jack, haciendo que sus músculos parecieran de acero.

—¿Sophie?

Jack fijó la mirada en el pálido óvalo de su rostro y en sus labios entreabiertos. Por un instante, se quedó completamente quieto, oculto por las sombras. Después, inclinó la cabeza y le dio un rápido beso.

Sophie buscó también sus labios. El corazón le dio un vuelco ante aquella caricia fugaz. Sus manos revolotearon hasta aferrarse con fuerza a él.

Jack le atrapó las manos.

—Todavía no, querida. Pero reza para que el carruaje de tu tío no se rompa un eje.

Sophie suspiró y permitió que Jack volviera a posar la mano en su brazo.

—Será mejor que volvamos al palco —Jack le apretó cariñosamente los dedos—. Los fuegos artificiales van a comenzar.

Sophie lo miró estupefacta.

—No sabía que los fuegos artificiales te interesaran tanto.

Jack bajó la mirada y curvó los labios en una maliciosa sonrisa.

—Hay muchas clases de fuegos artificiales, querida.

Por un instante, Sophie vislumbró en la oscuridad la poderosa pasión que se ocultaba tras sus ojos.

La orquesta, acompañada en aquel momento por un tenor, comenzó a tocar. Los farolillos chinos volvieron a resplandecer; las risas y el murmullo de las conversaciones, amortiguado por los efectos de la comida y el buen vino, vibraban entre las sombras.

Durante la noche, Sophie miraba a Jack a los ojos una y otra vez. Una mágica red los unía; una red de la que nadie, salvo ellos dos, era consciente.

Todo lo que los rodeaba formaba parte de aquella magia. Cuando terminó el interludio musical, el tenor comenzó a cantar un solo. Casi sin respiración y conversando suavemente, las parejas que estaban bailando empezaron a regresar a sus reservados. Mientras caminaba del brazo de Jack, Sophie vio a Belle Chessington del brazo del señor Somercote. Belle la saludó con la mano, con los ojos chispeantes. El señor Somercote también sonrió, claramente complacido y orgulloso.

—Vaya, vaya —musitó Jack—. Tendrás que decirle a tu tía que ha hecho un pequeño milagro. El silencio de Somercote ha sido motivo de preocupación de las casamenteras durante años. Pero parece que por fin ha encontrado la lengua.

Sophie se echó a reír.

—En cualquier caso, con Belle del brazo, tampoco necesitará hablar mucho.

Jack sonrió y miró hacia delante.

Y se tensó, advirtió Sophie. Al sentirlo, siguió el curso de su mirada y vio la voluminosa silueta de su tío en la distancia.

—Justo a tiempo —Jack aceleró el paso.

Cuando entraron en el palco, Lucilla le hizo señas a Sophie.

—La señora Chessington acaba de pasar por aquí. ¡Y no sabes lo que me ha contado!

Por el rabillo del ojo, Sophie vio que Jack estaba saludando a Horatio. Intercambiaron unas cuantas palabras. Jack estaba muy serio. Ambos se volvieron y salieron del palco.

Sophie se sentó al lado de su tía e intentó concentrarse en su conversación, una tarea que resultó sorprendentemente difícil.

Cuando el gong volvió a sonar, saltó prácticamente de su asiento.

—¡Los fuegos artificiales!

Una vez más, abandonaron sus palcos para dirigirse hacia una pequeña zona de arena rodeada de césped. Sonriendo con indulgencia, Sophie permitió que Jeremy y George tiraran de ella, se levantó segura y miró a su alrededor. Ned le ofreció a Clarissa su brazo y, junto a Toby, se unieron al éxodo. Pero Jack no aparecía por ninguna parte.

—Ah, estás aquí, querida —Horatio se materializó al lado del reservado—. Vamos, o te perderás la diversión.

Sophie miró a su tío fijamente. ¿Jack le habría contado todo? ¿Pero por qué no estaba entonces allí? ¿Eso significaría que...? Obligándose a moverse, abandonó el reservado.

Horatio le ofreció su brazo y comenzaron a caminar. Pero, en vez de seguir a la familia, Horatio se detuvo en medio de las sombras.

—Y ahora, mi querida Sophie, tengo entendido que has tenido ciertas reservas acerca de la situación financiera de Lester.

Sophie se volvió lentamente hacia su tío.

—Creo que Jack debería habértelo dicho mucho antes, pero tendrás que excusarlo. Ya sabes cómo son los hombres enamorados. Tienden a olvidarse de cuestiones tan banales como el dinero. Sobre todo hombres como Jack, que no necesitan casarse con una mujer rica —esbozó una sonrisa cordial y le palmeó la mano.

Los ojos de Sophie brillaban reflejando su júbilo.

—¡Oh, tío! —se abrazó a su tío.

Horatio se echó a reír, le devolvió el abrazo y la hizo volverse con delicadeza.

—Vamos, unámonos a la fiesta.

Sophie estaba más que dispuesta a hacerlo. Buscó con la mirada en medio de la oscuridad y descubrió a Lucilla y a los niños en las primeras filas. Los niños bombardearon a Horatio a preguntas.

La luz de los fuegos artificiales no tardó en confirmar a Sophie la sospecha de que ni Jack, ni Toby, ni Ned estaban presentes. Y tampoco Clarissa.

Inmediatamente, acudió a la mente de Sophie el recuerdo de Clarissa. Aquel era el momento en el que se suponía que Toby tenía que llevarla al encuentro con el capitán. Ned estaba con ellos, de manera que nadie podía hacerle ningún daño. ¿Pero dónde estaba?

Sophie pestañeó ante el resplandor de los fuegos.

Horatio debía saberlo. Miró hacia su tío. Lucilla estaba a su lado. Era imposible hablar con Horatio en aquel momento sin alertar a Lucilla y asustar a los niños.

Seguramente todo estaba saliendo bien; seguro que Jack se había ocupado de ello.

Pero también era posible que Jack estuviera en cualquier otra parte y no supiera nada de Gurnard. Quizá Toby y Ned hubieran decidido manejar ellos solos todo aquel asunto. ¿Y si Clarissa los había seguido?

Sophie se volvió y, lentamente, comenzó a abrirse paso entre la multitud.

En el Templo de Diana, oculto entre las sombras y la espesura de los setos, Jack esperaba junto a Toby. Aquel edificio, una escultura de estilo Jónico, era poco más que un decorativo cenador. Los arbustos que lo rodeaban habían crecido durante años, cubriendo de tal manera los arcos laterales que lo habían convertido en una especie de habitación de paredes verdes.

Jack miró entre las sombras. Toby había enviado a Clarissa al templo a la hora acordada, pero Ned había salido antes que ella y se había escondido junto al arco lateral, esperando su momento de gloria. Sin embargo, Gurnard se estaba retrasando.

El crujido de unos pasos en la grava hizo que Jack alzara la cabeza. Inmediatamente distinguió la silueta de un hombre caminando hacia el templo sin hacer ningún intento por disimular su presencia. Al hombro llevaba la capa roja de la Guardia Real.

—Aquí viene —susurró Toby.

Esperaron completamente quietos mientras Gurnard subía el tramo de escalones y desaparecía en el interior del templo.

Allí, sin embargo, las cosas no estaban transcurriendo tal como el capitán esperaba.

Clarissa, que había sido enviada por su hermano al templo con la promesa de que allí se encontraría con su más ardiente admirador, Ned, por supuesto, había cifrado en aquel momento muchas de sus esperanzas. Esperaba que Ned diera un paso adelante en su relación. Con un poco de suerte, incluso la besaría. ¿Por qué si no habría pedido que se encontraran allí?

Mientras iban pasando los minutos, comenzó a pensar en cómo podría acelerar un poco las cosas. Una boda en septiembre, asumiendo que Sophie no optara por un largo noviazgo, era una posibilidad.

Y había alcanzado aquel punto en sus cavilaciones cuando oyó unos pasos firmes que ascendían hacia el templo. Y pudo distinguir la inconfundible figura del capitán Gurnard.

—¿Qué está haciendo usted aquí? —le preguntó disgustada.

—Bueno, he venido a encontrarme con usted, querida.

—Me temo, señor, que los hechos hablan por sí mismos —no en vano, Clarissa era hija de Lucilla. Le habló al capitán con una altiva dignidad propia de la realeza.

Por un instante, Gurnard se quedó desconcertado. ¿Dónde estaba aquella jovencita inocente con la que quería encontrarse? Pero inmediatamente recuperó la seguridad en sí mismo. Aquella engreída joven estaba jugando a hacerse la difícil.

—Tonterías, querida —ronroneó, avanzando hacia ella—. Todo el mundo sabe que está perdidamente enamorada de mí. Pero no tenga miedo, porque yo estoy igualmente enamorado de usted.

Ni siquiera en medio de aquella oscuridad era posible malinterpretar la rigidez de Clarissa.

—Capitán, creo que no está usted en sus cabales. Si cree que, teniendo pretendientes como el señor Ascombe, podría considerarlo a usted, que no tiene más que su uniforme, me está ofendiendo.

Sacudido por la vehemencia de su tono, Gurnard pestañeó.

—¿Va a negar ahora que me ha alentado?

—Eso fue porque me estaba siendo útil —respondió Clarissa—. De esa forma pude asegurarme de que el señor Ascombe continuara prestándome atención.

—¿Que le fui útil? En ese caso, tendrá que pagar por el servicio. —se adelantó hasta ella y la agarró del brazo.

—¡Suélteme inmediatamente, señor!

Aquel furioso grito sacó a Ned del estupor en el que había sucumbido. Subió rápidamente los escalones y gritó:

—¡Suéltela inmediatamente! ¿Clarissa?

La vio al instante, y también a Gurnard agarrándola. Haciendo un heroico esfuerzo para dominarse, caminó lentamente hasta ellos.

—Aquí estás, querida. Perdona mi tardanza —le tendió la mano sin dejar de mirar al capitán con expresión fría y desafiante.

Para tomar la mano que le ofrecía, Clarissa decidió usar el brazo que el capitán le estaba sujetando. Y lo hizo sin prestarle a este ninguna atención.

Aquel gesto agotó la paciencia del capitán. No tenía tiempo para juegos, y tampoco para interferencias de ninguna clase. Esperó hasta que Clarissa deslizó la mano entre la de Ned y entonces, atacó.

E inmediatamente aterrizó en el suelo a causa de un potente puñetazo.

En medio del templo, Ned frunció el ceño e intentó proteger a Clarissa de la visión del capitán, que permanecía tumbado en el suelo.

—Lo siento, Clarissa, no es el tipo de cosa que debería hacer delante de una dama. No te irás a desmayar, ¿verdad?

—¡Dios mío, no! —Clarissa se aferró al cuello de Ned—. ¡Ha sido maravilloso, Ned! ¡Un gesto heroico! ¡Me has rescatado!

Y sin más, se estrechó en los brazos de su caballero andante.

Toby y Jack, escondidos entre los arbustos, oyeron a Ned intentando quitarse méritos, aunque no con mucha convicción. Y después llegó el silencio.

Jack suspiró y miró hacia el cielo, pensando satisfecho en su inmediato futuro. A su lado, Toby se movía inquieto.

Oyeron la voz de Ned y a Clarissa contestando algo; la pareja se volvió, todavía de la mano y con Clarissa apoyando la cabeza en el hombro de Ned, y comenzó a bajar los escalones.

—Los seguiremos —dijo Jack—. Aunque estén a punto de comprometerse, todavía no lo han hecho.

De modo que siguieron a Clarissa y a Ned en la distancia.

Cuando llegaron al palco, Clarissa le puso al tanto a su madre de todos los detalles de su rescate. Jeremy y George abrían los ojos como platos mientras se embebían de su relato. Al ver a Jack, Lucilla sonrió y le preguntó:

—¿Dónde está Sophie?

Ned y Clarissa la miraron en silencio.

Toby pestañeó.

Jack se quedó helado y miró a Horatio.

—He hablado con ella y después he venido con Lucilla y los niños —explicó Horatio, repentinamente serio—. Al final de los fuegos ha desaparecido, yo pensaba que estaba contigo.

—Debe de haber ido al templo —dijo Toby horrorizado.

—Gurnard está todavía allí —señaló Ned.

—Yo la encontraré —Jack mantuvo la expresión impasible, a pesar de las emociones que lo devoraban.

Intercambió una mirada con Horatio y, cuando este asintió, se dirigió a grandes zancadas hacia la puerta. Antes de salir, miró a Lucilla.

—No se preocupe —y acompañó sus palabras con una sonrisa de firme resolución.

—¿Sabes? —le susurró Lucilla a Horatio al cabo de unos minutos—. No sé si estamos haciendo bien.

—¿A qué te refieres?

—Bueno, estoy segura de que Sophie podrá manejar al capitán Gurnard. ¿Pero podrá manejar a Jack Lester?

Horatio sonrió y le palmeó la mano.

—Estoy seguro de que lo conseguirá.

Una vez en el templo, Sophie permaneció durante unos minutos al pie de las escaleras, intentando ver algo en la oscuridad, aunque no parecía haber nada más que sombras.

Se cerró la capa con fuerza y subió los escalones. Si no había nadie dentro, no le haría ningún daño mirar.

Las sombras la envolvieron. Sophie miró a su alrededor y ahogó un grito cuando una oscura silueta surgió imponente ante ella.

—Vaya, vaya. ¿Debo suponer que viene a buscar a su prima?

Cuando la sombra cobró la forma del capitán Gurnard, Sophie se enderezó y asintió.

—Pero parece que no está aquí...

—En cualquier caso, usted también me servirá —y la agarró del brazo.

Sophie intentó liberarse inmediatamente.

—¡Suélteme, señor! ¿Qué cree que va a poder conseguir con esto?

—Dinero, mi querida señorita Winterton, mucho dinero.

—Parece haber pasado algo por alto, capitán. Yo no soy una rica heredera.

—No, pero es algo mucho mejor. Es la mujer en la que se ha fijado Lester.

—¿Y qué se supone que significa eso?

—Significa que Lester pagará lo que sea con tal de que la devuelva a él. Y pagará todavía más para asegurarse de que vuelve... ilesa.

Reuniendo hasta el último gramo de valor que le quedaba, Sophie se puso rígida y lo empujó. Apenas consiguió mover al capitán, pero sí lo suficiente como para hacerle volverse con un gruñido.

Sophie alzó la barbilla, negándose a dejarse amilanar.

—Hay algo, como ya he dicho, que ha pasado por alto capitán. Yo no voy a casarme con el señor Lester.

—Mentirosa —replicó Gurnard, y tiró de su mano.

—¡Es cierto! —Sophie se llevó la mano libre al corazón—. Le juro sobre la tumba de mi madre que el señor Lester no ha pedido mi mano.

—Yo no tengo la culpa de que sea tan lento —estaban ya casi en la escalera.

Sophie perdió la paciencia.

—¡Es usted idiota! ¡Lo que estoy intentando dejar claro es que no voy a casarme con Jack Lester!

Gurnard se detuvo y se volvió hacia ella con la furia dibujada en cada línea de su rostro.

—Usted...

—Debería aprender a aceptar los designios del destino con elegancia —se oyó decir a una voz grave.

Se produjo un segundo de silencio, después Gurnard se volvió.

Solo para aterrizar de nuevo en el suelo de un gancho izquierdo.

Sophie lo fulminó con la mirada.

—De todos los sinvergüenzas... —comenzó a decir.

Jack sacudió la cabeza y suspiró.

—¿Tú y tu prima tenéis tan poca sensibilidad que ni siquiera sois capaces de desvaneceros ante una muestra de violencia?

—¡Ja! Ahora mismo yo también me siento bastante violenta. ¿Sabes que pretendía...?

—Sí, lo he oído —Jack alargó los brazos para estrecharla contra él—. Pero ya no tienes que preocuparte por él.

Jack miró hacia el capitán. Su víctima permanecía en el suelo.

—Espero sinceramente que me esté escuchando, Gurnard, porque solo lo voy a decir una vez. He hablado con un conocido mío, el conde Melcham. Ha quedado muy afectado al enterarse del método que ha decidido emplear para conseguir su dinero. No lo aprueba en absoluto. Y estoy seguro de que ya sabe lo que ocurre cuando algún Melcham desaprueba una actitud.

Se produjo un aturdido silencio tras el cual, Gurnard volvió a gemir.

Satisfecho, Jack hizo que Sophie se volviera hacia los escalones.

—Y ahora, querida, creo que ha llegado el momento de irse —le hizo posar la mano en su brazo y descendió con ella hasta el camino de grava.

—¿Qué ha pasado con Clarissa? —le preguntó—. ¿Ha ido al templo?

Jack sonrió y le explicó lo ocurrido, añadiendo que Horatio había aprobado su estrategia.

—Si Clarissa no hubiera ido, Gurnard habría asumido que algo le había impedido hacerlo y habría vuelto a intentarlo.

—¿Y si decide atacar ahora a otra joven debutante?

—No tendrá tiempo de hacerlo. Mañana, por cortesía de Melcham, con el que el capitán ha contraído grandes deudas, tendrá demasiadas cosas en las que pensar como para dedicarse a perseguir a otra jovencita.

Sophie estuvo pensando en lo que acababa de contarle.

—Entonces, ¿Ned ha derribado al capitán?

—Y parece que también a Clarissa —sonrió al recordarlo—. Bueno, todos pensamos que la oportunidad era demasiado buena como para que Ned no se aprovechara de ella.

Sophie estalló en carcajadas.

—¿De modo que pensasteis que esta debía ser la gran oportunidad de que Clarissa viera a Ned como un héroe?

Jack asintió.

—Oh, pobre Ned —Sophie no podía dejar de sonreír—. Para tu información, Clarissa decidió casarse con Ned hace varias semanas. De modo que no me extraña que se haya arrojado a sus brazos.

Jack la miró con los ojos entrecerrados.

—Recuérdame que le explique a Ned en lo que se está metiendo al casarse con una Webb.

Sophie apretó los labios con fuerza. Y cuando estuvo segura de que tenía su voz bajo control, dijo:

—Yo también estoy emparentada con los Webb; ¿eso me convierte también en una Webb?

—Todavía no lo he decidido.

Y fue entonces, en el momento en el que Jack la hizo volver, cuando Sophie se dio cuenta de que estaban caminando en dirección contraria. Tenían frente a ellos un camino arbolado que terminaba en los bancos del Támesis. Sophie se detuvo bruscamente.

—¿Jack?

Jack bajó la mirada hacia ella y le tomó la mano.

—Eh, tu tío ha vuelto. Y ha hablado contigo, ¿verdad?

—Sí —con los ojos abiertos como platos, Sophie estudió su

rostro—. Me ha dicho que no hay ningún motivo por el que no podamos casarnos.

—Precisamente —Jack sonrió y cerró la mano alrededor de sus dedos—. Y eso quiere decir que, por común acuerdo y gracias a la bendita intervención del destino, mi espera ya ha terminado.

—¿Pero no deberíamos...? —Sophie miró hacia la oscuridad de los arbustos de los jardines.

Jack le dirigió una mirada reprobatoria.

—De verdad, querida, no imaginarás que yo, tal como soy, podría considerar Vauxhall como un lugar adecuado para hacerte una propuesta matrimonial, ¿verdad?

No había una respuesta sensata para aquella pregunta. Pero Sophie no tuvo tiempo de considerar sus implicaciones. Habían llegado al borde del agua. Un embarcadero de piedra se extendía a lo largo del río y en él había amarrada una pequeña flotilla de embarcaciones de placer.

Sophie comenzó a experimentar una sensación muy particular. Se aferró al brazo de Jack mientras se abrían camino por las diferentes embarcaciones que los rodeaban. Los barcos eran de todas las clases y tamaños. En algunos no cabía nada más que una pareja mientras que otros albergaban hasta pequeñas fiestas. Los había también con doseles bajo los que los amantes podían disfrutar de cierta intimidad.

Y fue hacia uno de los últimos hacia donde la condujo Jack.

—¿Rollinson?

Sophie comenzó a sentirse de pronto mareada.

El barquero que estaba a cargo de la más grande y lujosa embarcación abandonó una conversación con su tripulación para volverse hacia ellos.

—Aquí está, señor Lester —sonrió—. He recibido su mensaje. La embarcación ya está lista.

—Muy bien —contestó Jack.

Sophie miró a su alrededor, intentando no pensar en lo que su presencia en aquel lugar representaba. Porque si pensaba en su situación, podría sentirse obligada a protestar.

Una vez decidido el itinerario, Jack saltó al interior del casco y se volvió hacia Sophie arqueando una ceja.

—¿Y bien, querida? —con un gracioso gesto, señaló la embarcación—, ¿estás dispuesta a confiarte a mí esta noche?

Por un instante, Sophie se quedó mirándolo fijamente, ignorando a todos aquellos que la rodeaban. Solo era capaz de ver a Jack, esperándola con un brillo muy significativo en la mirada. Cerró los ojos. Lo que Jack estaba sugiriéndole era absolutamente escandaloso. Tomó aire, abrió los ojos y se acercó al borde del embarcadero.

La ya familiar sensación de la mano de Jack en su cintura la ayudó a aplacar los nervios que de pronto habían hecho presa de ella. Jack la colocó a su lado y, sujetándola por la cintura, separó la pesada cortina de damasco del dosel y la urgió a adentrarse en él.

Sophie se introdujo entonces en aquel íntimo y lujoso mundo en el que la luna destellaba sobre el agua. La cortina cayó tras ellos y el bote comenzó a navegar. Jack la urgió a sentarse mientras su embarcación se adentraba en el río.

Cuando sus ojos se acostumbraron a la oscuridad, Sophie miró fascinada a su alrededor. Estaba sentada en medio de un montón de cojines de seda que habían extendido sobre una plataforma forrada de satén.

La plataforma llenaba prácticamente toda la zona de detrás de las cortinas, dejando apenas sitio para un una pequeña mesa en la que habían dispuesto unas copas y una serie de platos con toda clase de delicias. Jack se volvió a examinar la comida y luego la miró a ella.

—Creo que dejaré el caviar como segundo plato.

Sophie abrió los ojos de par en par. No necesitaba preguntar cuál iba a ser el primero. Se aclaró la garganta, que sentía repentinamente seca, y preguntó con inseguridad:

—¿Tú has planeado todo esto?

Jack la miró con una sonrisa triunfal.

—Hasta el último detalle —se sentó a su lado y se inclinó hacia atrás, alzando la mirada hacia la parte del dosel que les permitía disfrutar de un cielo aterciopelado plagado de estrellas—. La seducción nunca es tan satisfactoria como cuando está perfectamente planeada.

Sophie se mordió el labio y lo miró con recelo.

Con la mirada fija en su rostro, Jack soltó una carcajada y tiró de ella para que se tumbara sobre los cojines. Sophie vaciló un instante, pero al final se rindió a su delicada fuerza. Apoyado sobre un codo, Jack la miró a los ojos, sonrió, inclinó la cabeza y la besó largamente, antes de susurrar:

—No estoy bromeando, Sophie.

Una oleada de deseo atravesó a Sophie de los pies a la cabeza. Abrió los ojos para emitir una débil protesta, pero Jack volvió a besarla. Y continuó besándola hasta que ya no le quedó aliento para hablar.

—No, Sophie —Jack dejó caer una cascada de besos por sus párpados mientras le desabrochaba el vestido—. Ya te he cortejado más que suficiente, mi amor. Ahora eres mía y yo soy tuyo. Y nada más importa.

Su voz se hizo más ronca al final, cuando bajó la mirada hacia su pecho y vio aquella marfileña firmeza llenando su mano. Sophie se arqueó ligeramente contra él mientras Jack acariciaba su rosado pezón.

Incapaz de hablar, incapaz apenas de respirar, Sophie contemplaba con los ojos entrecerrados sus caricias.

Y entonces, Jack inclinó la cabeza y Sophie dejó de respirar completamente para aferrarse a sus hombros mientras él deslizaba la lengua sobre su seno.

—Además —susurró Jack contra la suavidad de su piel—, solo nos queda una cosa que discutir.

—¿Que discutir? —preguntó Sophie con un hilo de voz.

—Ajá. Tenemos que discutir qué voy a aceptar como recompensa por mi tortura.

—¿Tortura? —era ella la que estaba siendo torturada en aquel momento—. ¿Qué tortura?

—La tortura de haber tenido que cortejarte, querida Sophie.

Sophie se retorcía, consumida por el más dulce anhelo.

—¿Eso ha sido una tortura?

—Peor que una tortura —respondió Jack con voz ronca y profunda.

Sophie suspiró.

—¿Y qué considerarías una recompensa aceptable? —consiguió preguntar antes de que Jack volviera a robarle la respiración con una caricia tan certera que pensó que iba a desmayarse.

No se desmayó, pero la sensación no se detuvo, se extendía por su cuerpo como un fuego ardiendo bajo su piel.

Parecieron pasar siglos llenos de placer antes de que le oyera susurrar suavemente:

—Ya sé lo que quiero como recompensa. ¿Me lo darás?

—Sí —contestó ella con un susurro más imperceptible que la brisa.

Jack alzó la cabeza. Una sonrisa asomó a sus labios.

—Todavía no te he dicho lo que quiero.

Sophie le devolvió la sonrisa.

—Pero yo estoy dispuesta a dártelo todo.

Por primera vez en su larga vida de conquistador, Jack se quedó sin palabras. Bajó la mirada hacia aquellos ojos llenos de pasión y misterio.

—Sophie —susurró con la mirada oscurecida por la pasión—, eres todo lo que siempre he querido.

—Entonces haz el amor conmigo —musitó Sophie.

Alzó la mano y le hizo acercar los labios a los suyos antes de que su cordura decidiera emerger a la superficie y echar a perder aquel glorioso momento.

El deseo la atrapó por completo y no volvió a soltarla hasta que se hubo abrasado en su llama. Sophie alimentaba su fuego, no dejando nunca que se apagara, hasta que casi resultaron dolorosas las ganas de fundirse con él. Y cuando lo hicieron, para Sophie fue como si el sol hubiera salido en medio de la noche. Sophie se rindió al júbilo y a la delicia de aquel delirante placer. Durante unos instantes eternos, se sintió como si estuviera volando tan alto que podía tocar las estrellas que resplandecían en el firmamento. Después regresó lentamente a la tierra, a la seguridad de los fuertes brazos de Jack.

El suave balanceo del bote y el peso de Jack sobre ella le hicieron volver a la realidad.

Sorprendentemente, Sophie descubrió su mente curiosamente clara. Podía sentir la fría caricia de la brisa sobre su piel desnuda y el cálido roce de su amante, que, recostado en aquel momento a su lado, le apartaba delicadamente los rizos de la cara. Sophie abrió los ojos y lo miró. Era como una sombra sobre ella, sólida y reconfortante. Sophie escuchó el susurro del agua bajo el casco... e hizo un descubrimiento.

—No nos estamos moviendo.

La sonrisa de Jack resplandeció.

—Hemos amarrado en una zona privada. Los hombres nos han dejado hace una hora más o menos y volverán más tarde para llevarnos a casa. Mi carruaje nos estará esperando.

—Realmente has pensado en todo.

—Siempre intento complacer —la acurrucó más cómodamente entre sus brazos—. Y ahora que te he complacido, ¿cuándo nos casamos? No es que quiera meterte prisa, querida, pero hay muchas razones por las que sería preferible que nos casáramos cuanto antes.

Mientras le hacía volver la palma de la mano para besársela, Sophie asintió bruscamente.

—Sí, te comprendo —se interrumpió para aclararse la garganta, sorprendida incluso de ser capaz de pensar en aquella situación—. Mi padre vendrá a verme el mes que viene... Si pudiéramos esperar hasta entonces.

—Será difícil, pero creo que podremos esperar.

Sophie suspiró, sintiéndose profundamente satisfecha y alzó la mano para apartar los rizos oscuros que cubrían la frente de Jack.

—Tendrás que casarte conmigo; te has comprometido. Ya hemos estado separados durante demasiado tiempo.

—Yo he querido casarme contigo desde que te vi en el baile de lady Asfordby.

—¿De verdad?

—Desde el momento en el que te vi bailando con ese advenedizo de Marston —admitió Jack—, me quedé profundamente enamorado.

—¡Oh, Jack!

Después del necesario intercambio de afecto motivado por aquella revelación, Sophie fue la primera en volver a la realidad.

—Dios mío —exclamó con un hilo de voz—. Llevamos horas aquí.

Jack advirtió la preocupación que teñía su voz.

—No te preocupes, Horatio sabe que estás conmigo.

—¿Se lo has dicho también a mi tía? —preguntó Sophie estupefacta.

—Dios mío, no —Jack se estremeció—. Si lo hubiera hecho, habría sido capaz de darme instrucciones. No creo que mi orgullo lo hubiera soportado —le dio un beso en uno de los pezones—. Tu tía, mi amor, es, sencillamente, peligrosa.

En secreto, Sophie estaba de acuerdo con él, pero estaba demasiado distraída para encontrar las palabras con las que decirlo. Algún tiempo después, su mente comenzó a pensar en el futuro que se extendía ante ella. Una casa, una familia... tendría todo lo que siempre había deseado. Y al lado de Jack.

—Hablando de matrimonio, señor —bromeó—. Todavía no me ha pedido que me case con usted.

—Lo hice, pero me rechazaste.

Sophie sonrió en medio de la noche.

—Pero se supone que deberías pedírmelo otra vez ahora que cuento con la bendición de mi tío.

Jack suspiró, se incorporó sobre ella y la miró con los ojos convertidos en dos oscuros lagos de deseo.

—Muy bien, señorita Winterton, por última vez, ¿quiere casarse conmigo? Soy consciente, por supuesto, de que usted no es una rica heredera. Sin embargo, sucede que yo tampoco necesito ni quiero una esposa rica. Tú, mi querida y deseable Sophie, llenas todas mis expectativas —le dio un beso que le robó la respiración—. Hasta la última.

Una suave sonrisa asomó a los labios de Sophie mientras deslizaba los brazos por su cuello. En aquella ocasión, no respondió con palabras, sino con hechos que, para Jack, fueron mucho más elocuentes.

Cuando el carruaje de los Webb se puso en movimiento dejando tras él las sombras de Vauxhall, Lucilla se reclinó en su asiento. Frente a ella, George y Jeremy bostezaban y cerraba los ojos con los rostros iluminados por sus angelicales sonrisas. Tras ellos, en un carruaje más pequeño, iban Toby, Ned y Clarissa, que, sin duda alguna, todavía estaban hablando emocionados sobre los acontecimientos de la noche. Lucilla, sin embargo, no estaba impresionada.

La habían informado de que Jack llevaría a Sophie a Mount Street por un camino diferente.

Y tardó bastante en confiar lo suficiente en sí misma como para poder decir:

—Y tú dices que no me entrometa —y con una audible sonido burlón, miró disgustada a su esposo.

Horatio era demasiado sabio para contestar. Sonrió serenamente y miró hacia el río, mientras el carruaje traqueteaba sobre el puente.

TRAMPA DE AMOR

CAPÍTULO 1

—Entonces, ¿vamos huyendo del diablo?

La pregunta, formulada en tono suavísimo, hizo dar un respingo a Harry Lester.

—Peor —le respondió por encima del hombro a Dawlish, su ayuda de cámara y factótum—. De las madres casamenteras... y de sus aliadas, esas arpías de la alta sociedad —Harry tiró un poco de las riendas al tomar a gran velocidad un recodo del camino. No veía razón para aflojar el paso. A sus caballos, bellos y poderosos, les gustaba tener el bocado entre los dientes. El carrocín corría tras ellos. Newmarket quedaba delante—. Y no vamos huyendo. A esto se le llama una retirada estratégica.

—¿De veras? Pues no puedo reprochárselo —repuso Dawlish con acento severo—. ¿Quién iba a imaginar que el señorito Jack acabaría sentando la cabeza... y sin rechistar, si lo que dice Pinkerton es cierto? Pasmado está Pinkerton —al ver que Harry no respondía, añadió—: Teniendo en cuenta su puesto, naturalmente.

Harry soltó un bufido.

—Nada conseguirá separar a Pinkerton de Jack..., ni siquiera una esposa. Se tragará ese sapo cuando llegue el momento.

—Sí..., puede ser. Aun así, a mí no me gustaría tener que responder ante una señora..., después de tantos años.

Harry tensó los labios. Al darse cuenta de que Dawlish, que iba tras él, no podía verlo, cedió al deseo de sonreír. Dawlish llevaba toda la vida con él; cuando tenía quince años y era mozo de cuadras, entró al servicio del segundo hijo de la familia Lester, en cuanto dicho hijo se montó a lomos de un poni. Su viejo cocinero aseguraba que se trataba de un caso claro de afinidades comunes. Los caballos eran la vida de Dawlish: había reconocido a un maestro en ciernes y había resuelto seguir su estela.

—No te preocupes, viejo cascarrabias. Te aseguro que no tengo intención de sucumbir a los cantos de sirena, ni de grado ni por fuerza.

—Decirlo está muy bien —rezongó Dawlish—, pero estas cosas, cuando pasan, parece que no hay modo de oponerse a ellas. Fíjese en el señorito Jack.

—Prefiero no fijarme —contestó Harry en tono cortante. Detenerse a pensar en la rápida caída de su hermano mayor en las redes del matrimonio era un método infalible de minar su confianza. Jack y él se llevaban dos años y habían llevado vidas muy semejantes. Se habían trasladado a la ciudad hacía más de diez años. A decir verdad, Jack tenía menos razones que él para dudar del verdadero valor del amor, pero aun así su hermano había sido, tal y como insinuaba Dawlish, una presa fácil. Y aquello ponía nervioso a Harry.

—¿Piensa pasar el resto de su vida alejado de Londres?

—Espero de todo corazón no tener que llegar a ese extremo —Harry frenó a los caballos para bajar una pequeña pendiente. Los páramos se extendían ante ellos como un puerto de abrigo, libre por igual de casamenteras y arpías—. Sin duda mi falta de interés llamará la atención. Con un poco de suerte, si no doy que hablar, la temporada que viene se habrán olvidado de mí.

—Nunca hubiera creído que, con el empeño que ha puesto en ganarse su reputación, se mostrarían tan ansiosas.

Una sonrisa se dibujó en los labios de Harry.

—El dinero, Dawlish, sirve para excusar cualquier pecado.

Aguardó, confiando en que Dawlish remachara la conversación comentando sombríamente que, si las señoras de la alta sociedad eran capaces de pasar por alto sus pecados, nadie estaba a salvo. Pero Dawlish no dijo nada. Harry, que tenía la mirada fija en las orejas del primer caballo, se dijo con fastidio que la riqueza que, como un regalo providencial, sus hermanos Gerald y Jack y él mismo habían recibido hacía poco tiempo bastaba para redimir, de cara a la galería, una vida entera de pecado.

Apenas se hacía ilusiones. Sabía qué y quién era: un crápula, uno de los lobos de la alta sociedad londinense, un demonio, un libertino, un magnífico jinete y un criador excepcional de caballos de primera clase, una boxeador aficionado de cierta fama, un excelente tirador, un cazador afortunado y preciso, tanto en el monte como fuera de él. Desde hacía más de diez años, los círculos de la alta sociedad londinense habían sido su patio de recreo. Aprovechando sus talentos naturales y la posición que le procuraba su cuna, había dedicado aquellos años al placer hedonista, catando mujeres como cataba vinos. Y en todo aquel tiempo nadie le había contradicho, nadie se había interpuesto en su camino, nadie había puesto en solfa sus aires de derrochador.

Ahora, naturalmente, con una fortuna de dudoso origen a su espalda, la gente haría cola para criticarlo.

Soltó un bufido y volvió a concentrarse en la carretera. Las dulces damiselas de la alta sociedad podían ofrecerse hasta que se les pusieran las caras azules, pero él no pensaba comprar.

El cruce de la carretera de Cambridge se acercaba. Harry refrenó a los caballos, que seguían avanzando a toda velocidad a pesar de que habían salido de Londres como un relámpago. Les había dado de comer a lo largo de la carretera principal y solo les había dejado correr a su gusto tras pasar Great Chesterford, al tomar la carretera, menos transitada, de Newmarket. Habían adelantado a unos cuantos carruajes por el camino; la mayoría de los caballeros que pensaban asistir a las carreras ya estarían en Newmarket.

A su alrededor, el páramo se extendía, llano y parejo, salpicado únicamente por algunas arboledas, setos y extraños matorrales cuya vista producía cierto alivio. Ningún coche se acercaba por el camino de Cambridge. Harry dirigió a los caballos hacia el camino de tierra y le dio un leve latigazo al animal que iba en cabeza. Newmarket, y la comodidad de sus aposentos en la posada Barbican Arms, aguardaba unas pocas millas más adelante.

—A su izquierda.

La advertencia de Dawlish saltó sobre su hombro en el mismo instante en que Harry vislumbraba movimiento en una arboleda que bordeaba el camino, delante de él. Azotó a ambos caballos en la cruz; mientras el látigo retrocedía siseando hacia su empuñadura,

Harry aflojó las riendas y se las cambió a la mano izquierda. Con la derecha agarró la pistola cargada que llevaba bajo el asiento, justo detrás del pie izquierdo. Pero, al asir la culata, advirtió lo rocambolesco de la escena.

Dawlish, con un pesado pistolón en las manos, dijo:

—En la carretera real y a plena luz del día... ¡lo que hay que ver! ¿Adónde iremos a parar?

El carrocín pasó de largo.

A Harry no le extrañó del todo que los hombres que merodeaban entre los árboles no hicieran intento alguno de detenerlos. Iban a caballo, pero aun así les habría costado Dios y ayuda alcanzarlos. Harry contó de pasada al menos cinco, todos ellos embozados en gruesos mantos. El sonido sofocado de los improperios se oyó tras ellos.

Dawlish siguió rezongando, malhumorado, mientras guardaban las pistolas.

—Cielo santo, si hasta tenían un carro entre los árboles. Muy seguros del botín deben estar.

Harry frunció el ceño.

Allá adelante, la carretera describía una curva. Recogió de nuevo las riendas flojas y frenó un poco a los caballos.

Tomaron la curva... y Harry se quedó de una pieza.

Tiró de las riendas con todas sus fuerzas, atravesando a los caballos en mitad del camino. Las bestias se detuvieron piafando. El carrocín se tambaleó peligrosamente y luego se asentó sobre sus ejes.

Los exabruptos enturbiaron el aire alrededor de sus orejas, pero Harry no hizo caso. Dawlish seguía tras él, no se había caído a la cuneta. Delante de él, en cambio, se desarrollaba una escena dantesca.

Un coche de posta yacía de costado, bloqueando gran parte de la carretera. Una de las ruedas traseras parecía haberse desintegrado; el pesado vehículo, cargado de equipaje, había volcado. El accidente acababa de ocurrir: las ruedas superiores aún giraban lentamente. Harry parpadeó. Un muchacho, seguramente un mozo, luchaba a brazo partido por sacar a una joven histérica de la cuneta. Un hombre entrado en años, que por su atuendo parecía el cochero, merodeaba nervioso alrededor de una mujer de pelo gris, tumbada en el suelo. Los caballos del carruaje estaban aterrados.

Sin decir palabra, Harry y Dawlish saltaron al suelo y corrieron a calmar a los caballos.

Tardaron cinco minutos en apaciguar a las bestias, buenos caballos de tiro, fuertes y poderosos, provistos de la terquedad y las pocas luces propias de su raza.

Una vez desenredados los jaeces, Harry dejó a las bestias en manos de Dawlish. El mozo seguía atareado con la muchacha llorosa mientras el cochero revoloteaba, asustado, alrededor de la anciana, obviamente dividido entre el deber y el deseo de prestar socorro, si hubiera sabido cómo.

La mujer gimió al acercarse Harry. Tenía los ojos cerrados; estaba tumbada en el suelo, muy tiesa y rígida, con las manos cruzadas sobre el pecho plano.

—Mi tobillo... —un espasmo de dolor contrajo su rostro anguloso y tenso bajo un moño de color hierro—. Maldito seas, Joshua... Cuando consiga levantarme, me haré un escabel con tu trasero —exhaló el aire con un siseo—. Si es que alguna vez me levanto.

Harry parpadeó. La forma de hablar de aquella mujer se parecía extrañamente a la de Dawlish cuando se ponía quejumbroso. Levantó las cejas mientras el cochero se incorporaba y se tocaba la frente.

—¿Hay alguien en el carruaje?

El cochero palideció. La anciana abrió los ojos de golpe y se sentó, muy tiesa.

—¡Ay, Dios mío! ¡La señora y la señorita Heather! —su mirada sorprendida se clavó en el carruaje—. Maldito seas, Joshua... ¿qué haces ahí parado como un pasmarote mientras la señora está en apuros? —comenzó a golpear frenéticamente las piernas del cochero, empujándolo hacia el carruaje.

—Que no cunda el pánico.

Aquella orden serena y firma provenía del carruaje.

—Estamos perfectamente... solo un poco temblorosas —la voz, clara y muy femenina se detuvo antes de añadir con cierto titubeo—: Pero no podemos salir.

Harry masculló una maldición y se acercó al carruaje, deteniéndose solo un instante para quitarse el gabán y lanzarlo hacia el carrocín. Se agarró a la rueda trasera y se encaramó al carruaje. De pie sobre el costado del vehículo, se inclinó, asió el tirador y abrió la portezuela. Luego plantó los pies a ambos lados de la escalerilla y miró hacia el interior en sombras.

Y pestañeó.

La visión que asaltó su mirada le deslumbró por un instante. Una mujer aguardaba en el rayo de sol que entraba por la portezuela. Su cara, vuelta hacia arriba, tenía forma de corazón; la alta frente parecía engarzada bajo el cabello oscuro, recogido severamente hacia atrás. Sus facciones eran bien definidas: una nariz recta y firme y unos labios curvilíneos sobre un mentón delicado, pero tenaz.

Su tez era marfileña y clarísima, del color de las más puras perlas. Los ojos de Harry vagaron inconscientemente sobre sus mejillas y sobre la esbelta curva de su cuello antes de detenerse en el promontorio de sus pechos. De pie sobre ella, tal y como estaba, sus senos quedaban ampliamente expuestos a su escrutinio, a pesar de que el elegante vestido de viaje que llevaba la joven no era en modo alguno indecoroso.

Harry notó un cosquilleo en las palmas de las manos.

Unos ojos azules muy grandes, bordeados de largas y negras pestañas, lo miraban parpadeando.

Durante un instante, Lucinda Babbacombe pensó que tal vez se hubiera dado un golpe en la cabeza. ¿Qué, si no, podía explicar aquella aparición surgida de sus sueños más íntimos?

Alto y delgado, de hombros anchos y estrechas caderas, aquel hombre se cernía sobre ella con las piernas musculosas y largas apoyadas a ambos lados de la portezuela. El sol formaba un halo alrededor de su cabello rubio. A contraluz, Lucinda no lograba distinguir sus rasgos, pero sentía la tensión que lo atenazaba.

Parpadeó rápidamente. Un ligero rubor tiñó sus mejillas. Apartó la mirada, pero no sin antes percatarse de la discreta elegancia de sus ropas: la levita gris bien ceñida, de magnífico corte, y las ajustadas calzas de color marfil, bajo las que se insinuaban sus muslos poderosos. Llevaba las pantorrillas enfundadas en bruñidas botas de Hesse, y su camisa era blanca y almidonada. Notó que no llevaba ni leontinas ni sellos colgando de la cintura y que solo lucía un alfiler de oro en la corbata.

La opinión dominante sugería que un atuendo tan severo volvía a un caballero falto de interés y anodino. Pero la opinión dominante se equivocaba.

Él se movió, y una mano grande, de largos dedos y extremadamente elegante descendió hacia ella.

—Deme la mano y la sacaré de ahí. Una de las ruedas se ha hecho pedazos. No es posible enderezar el carruaje.

Su voz era grave, parsimoniosa, y bajo su tono sedoso parecía discurrir una corriente subterránea que Lucinda no lograba identificar. Miró hacia arriba a través de las pestañas. Él se había movido hacia un lado de la portezuela, apoyándose en una rodilla. La luz le daba ahora en la cara e iluminaba unas facciones que parecieron endurecerse al sentir el roce de su mirada. Movió la mano con impaciencia. Un zafiro negro, engarzado en un sello de oro, despidió un brillo opaco. Tendría que ser muy fuerte si pretendía sacarla de allí con un solo brazo.

Lucinda ahuyentó la idea de que su rescate podía convertirse en una amenaza aún más temible que el apuro en que se hallaba y le dio la mano.

Sus palmas se tocaron. Los largos dedos del caballero se cerraron sobre su muñeca. Lucinda levantó la otra mano y se asió a su brazo. Luego, se sintió volar.

Aspiró una rápida bocanada de aire. Un brazo de acero rodeó su cintura. Parpadeó. Y se halló de rodillas, sostenida entre sus brazos, con el pecho pegado al de su impasible salvador.

Sus ojos quedaban a la altura de los labios de aquel hombre. Eran estos tan severos como sus ropas, cincelados y firmes. Su mandíbula era cuadrada y el aristocrático perfil de su nariz atestiguaba su abolengo. Sus rasgos eran duros, tan duros como el cuerpo que la sostenía en equilibrio al borde del marco de la portezuela del carruaje. Le había soltado las manos, que ella había dejado caer sobre su torso. Lucinda tenía apoyada una cadera sobre la de él, y la otra sobre su recio muslo. De pronto se olvidó de respirar.

Levantó los ojos con cautela hacia los suyos... y vio el mar, calmo y límpido, de un verde claro, fresco y cristalino.

Se sostuvieron la mirada.

Hipnotizada, Lucinda se sumió en aquel mar verde y sintió que cálidas oleadas lamían su piel. Sintió que sus labios se esponjaban, notó que se inclinaba hacia él... y parpadeó frenéticamente.

Un temblor se apoderó de ella. Los músculos que la rodeaban se tensaron y luego permanecieron inmóviles.

Lucinda le notó respirar.

—Tenga cuidado —dijo él mientras se erguía lentamente, levantándola hasta que sus pies tocaron el carruaje.

Lucinda se preguntó contra qué peligro la advertía.

Harry se obligó a soltarla y luchó por refrenar sus impulsos.

—Tendré que bajarla al suelo.

Lucinda miró por encima del costado del carruaje y se limitó a asentir con la cabeza. Había más de dos metros de desnivel. Sintió que él se movía a su espalda y dio un respingo al notar que deslizaba las manos bajo sus brazos.

—No se mueva, ni intente saltar. La soltaré cuando el cochero la tenga bien agarrada.

Joshua esperaba en el suelo. Lucinda asintió con la cabeza. Se había quedado sin habla.

Harry la agarró con firmeza y la sostuvo en volandas sobre el borde del carruaje. El cochero le agarró rápidamente las piernas. Harry la soltó, pero no pudo impedir que sus dedos rozaran el costado de los pechos de la joven. Apretó los dientes e intentó borrar de su memoria aquel recuerdo, pero le ardían los dedos.

Una vez en tierra firme, Lucinda descubrió con agrado que volvía a ser dueña de sí misma. La extraña impresión que había empañado sus facultades por un momento había sido transitoria, gracias al cielo.

De un rápido vistazo comprobó que su salvador se disponía a prestarle idéntico servicio a su hijastra. Diciéndose que, a sus diecisiete años recién cumplidos, la susceptibilidad de Heather a aquella clase de embrujo era posiblemente mucho menor que la suya, Lucinda le dejó hacer.

Tras abarcar la escena con una sola mirada, se acercó con paso vivo a la zanja de la cuneta, se inclinó y le dio un bofetón a Amy, la criada.

—Ya basta —dijo como si estuviera hablando de masa para hacer bizcochos—. Vamos, ven a ayudar a Agatha.

Amy abrió de par en par los ojos llorosos y luego parpadeó.

—Sí, señora —se sorbió los mocos y a continuación le lanzó una sonrisa llorosa a Sim, el mozo, y salió a duras penas de la zanja, que por suerte estaba seca.

Entre tanto, Lucinda se había acercado a Agatha, que seguía tumbada en medio del camino.

—Sim, ayuda con los caballos. Ah, y saca esas piedras de la carretera —señaló con el pie un montón de grandes piedras aserradas que había en el camino—. Seguro que ha sido una de ellas la que ha roto la rueda. Será mejor que empieces a descargar el carruaje cuanto antes.

—Sí, señora.

Lucinda se detuvo junto a Agatha y se agachó para mirarla.

—¿Qué te pasa?

Agatha, que tenía los labios apretados, abrió sus ojos grises y la miró con los párpados entornados.

—Solo es el tobillo…, pero enseguida estaré mejor.

—Sí, ya —dijo Lucinda, poniéndose de rodillas para examinar la pierna herida—. Por eso estás pálida como un muerto.

—¡Tonterías! ¡Ay! —Agatha contuvo el aliento y cerró los ojos.

—Deja de quejarte y deja que te lo vende.

Lucinda ordenó a Amy hacer tiras con sus enaguas y procedió a vendarle el tobillo a Agatha, haciendo caso omiso de los refunfuños de la criada. Mientras tanto, Agatha miraba con recelo más allá de ella.

—Será mejor que no se mueva de mi lado, señora. Y dígale a la señorita que venga. Puede que ese hombre sea un caballero, pero no me cabe duda alguna de que tiene que ser de cuidado.

Lucinda tampoco lo dudaba, pero se negaba a esconderse tras las faldas de su doncella.

—Bobadas. Nos ha rescatado muy educadamente y pienso darle las gracias como es debido. No hay por qué armar tanto escándalo.

—¡Escándalo, dice! —mientras Lucinda se bajaba las faldas hasta los tobillos, Agatha siseó—: Tú no lo has visto moverse.

—¿Moverse? —Lucinda frunció el ceño, se irguió y se sacudió

las manos y el vestido. Al darse la vuelta, vio que Heather se acercaba a ella a toda prisa. Los ojos castaños de la joven brillaban, llenos de emoción a pesar del calvario que acababan de pasar.

Tras ella iba su salvador. Un hombre de más de metro ochenta cuyo paso elegante y ágil evocaba la imagen de un gato cazador.

Un depredador grande y poderoso.

El comentario de Agatha quedó claro al instante. Lucinda intentó sofocar el impulso repentino de huir. Él la tomó de la mano —ella debía de habérsela ofrecido— y se inclinó con gallardía.

—Permítame presentarme, señora. Harry Lester... a su servicio.

Se irguió y una sonrisa amable suavizó su semblante.

Lucinda advirtió, fascinada, cómo se curvaban ligeramente hacia arriba las comisuras de sus labios. Luego sus ojos se encontraron. Ella parpadeó y desvió los suyos.

—Mi más sincero agradecimiento, señor Lester, por su ayuda... y la de su ayuda de cámara —le dedicó una bella sonrisa a Dawlish, que estaba desenganchado los caballos del carruaje con la ayuda de Sim—. Ha sido un golpe de suerte que pasaran por aquí.

Harry frunció el ceño al recordar a los salteadores de caminos agazapados entre los árboles, más allá de la curva. Ahuyentó aquel recuerdo.

—Le ruego me permita acompañarla a usted y a su... —levantando las cejas, miró el rostro radiante de la muchacha y volvió luego a posar la mirada en su sirena.

Ella sonrió.

—Le presento a mi hijastra, la señorita Heather Babbacombe.

Heather hizo una rápida reverencia a la que Harry respondió con una leve inclinación de cabeza.

—Como le iba diciendo, señora Babbacombe —Harry se giró suavemente y volvió a atrapar la mirada de la dama. Tenía esta los ojos de un azul suave y unas pinceladas de gris, un color brumoso. Su vestido de viaje, de color lavanda, realzaba el tono de sus ojos—. Espero que me permita acompañarlas hasta su destino. ¿Se dirigían ustedes a...?

—Newmarket —contestó Lucinda—. Gracias..., pero debo encontrar acomodo para mis sirvientes.

Harry no sabía qué respuesta le sorprendía más.

—Por supuesto —respondió, y se preguntó cuántas damas que él conociera, en semejantes circunstancias, se habrían preocupado tanto por sus criados—. Mi criado puede ocuparse de eso. Conoce bien estos contornos.

—¿De veras? Qué maravilla.

Antes de que Harry pudiera pestañear, aquella mirada azul se había posado en Dawlish. Un momento después, su sirena se alejó, acercándose a su sirviente como un galeón a toda vela. Harry la siguió, intrigado. Ella llamó a su cochero con ademán imperioso. Cuando Harry llegó hasta ellos, le estaba dando instrucciones que a él mismo ya se le habían ocurrido.

Dawlish le lanzó una mirada sorprendida y cargada de reproche.

—¿Cree usted que habrá algún inconveniente? —preguntó Lucinda, que se había percatado de la distracción del ayuda de cámara.

—Oh, no, señora —Dawlish inclinó la cabeza respetuosamente—. En absoluto. Conozco muy bien a la gente de la Barbican. Se harán cargo de todos nosotros.

Harry hizo un intento decidido de recuperar el control de la situación.

—Excelente —dijo—. Si está todo arreglado, creo que deberíamos ponernos en marcha, señora Babbacombe —en un rincón de su cabeza se agitaba el recuerdo de cinco hombres embozados. Le ofreció su brazo. Ella frunció delicadamente las cejas y luego puso la mano sobre él.

—Espero que Agatha se ponga bien.

—¿Su doncella? —al ver que ella asentía, Harry añadió—: Creo que, si se hubiera roto el tobillo, tendría muchos más dolores.

Aquellos ojos azules lo miraron, acompañados por una sonrisa de gratitud.

Lucinda apartó la mirada... y advirtió la expresión recelosa de Agatha. Su sonrisa se convirtió en una mueca.

—Tal vez deba esperar aquí hasta que venga el carro a por ella.

—No —contestó Harry de inmediato. Ella lo miró con sorpresa. Él subsanó su error con una sonrisa encantadora, pero triste—. No quisiera alarmarla, pero se han visto salteadores de caminos por estos alrededores —su sonrisa se intensificó—. Y Newmarket está solo a dos millas.

—Ah —Lucinda lo miró a los ojos, sin hacer esfuerzo alguno por disimular sus dudas—. ¿Dos millas, dice usted?

—Como máximo —Harry la miró con un leve aire de desafío.

—Bueno... —Lucinda se giró para mirar su carrocín.

Harry no aguardó nada más. Llamó a Sim y señaló el carrocín.

—Ponga el equipaje de la señora en el maletero.

Al girarse, se topó con una mirada fría y altiva, y arqueó una ceja con idéntica frialdad.

Lucinda se sintió de pronto acalorada, a pesar de que corría una brisa fresca que anunciaba la inminente caída de la noche, y miró a Heather, que estaba hablando alegremente con Agatha.

—Le pido disculpas por mi insistencia, señora Babbacombe, pero no creo que sea sensato que su hijastra o usted sigan su viaje de noche y sin escolta.

Aquella voz suave y parsimoniosa obligó a Lucinda a sopesar sus opciones. Ambas se le antojaban peligrosas. Por fin inclinó un poco la cabeza y se decidió por la más estimulante.

—En efecto, señor Lester. Sin duda tiene usted razón —Sim había terminado de guardar su equipaje en el maletero del carrocín y estaba sujetando las sombrereras a los topes del coche—. ¿Heather?

Mientras su sirena se atareaba dando las últimas instrucciones a sus sirvientes, Harry ayudó a su hijastra a subir al carrocín. Heather Babbacombe, que era demasiado joven para dejarse turbar por sus encantos, esbozó una sonrisa luminosa y le dio las gracias gentilmente.

Sin duda, pensó Harry mientras se giraba para observar a la madrastra, la muchacha lo veía como una especie de tío. Sus labios se tensaron y se relajaron luego en una sonrisa mientras veía a la señora Babbacombe avanzar hacia él sin dejar de observar cuanto la rodeaba con mirada viva y calculadora.

Era esbelta y alta. Había en su porte elegante y sobrio algo que evocaba el adjetivo «matriarcal». Un aplomo, una seguridad en sí misma que se reflejaban en su mirada franca y su expresión abierta. Su cabello era oscuro, de un castaño intenso en el que se adivinaban hebras rojas a la luz del sol, y lo llevaba recogido en un prieto rodete a la altura de la nuca. Su peinado era, en opinión de Harry, excesivamente severo, y sin embargo sentía en los dedos el cosquilleante deseo de acariciar sus mechones sedosos y liberarlos de sus ataduras.

En cuanto a su figura, a Harry le costaba un arduo esfuerzo disimular su interés. Aquella mujer era, en efecto, una de las criaturas más atrayentes que veía desde hacía años.

Ella se acercó y él levantó una ceja.

—¿Lista, señora Babbacombe?

Lucinda se giró para mirarlo cara a cara, intrigada porque una voz tan suave pudiera volverse acerada tan rápidamente.

—Gracias, señor Lester —le dio la mano; él la tomó y tiró de ella hacia el costado del carruaje. Lucinda parpadeó al ver el alto peldaño del carrocín, pero un instante después Harry Lester la agarró por la cintura y la depositó sin esfuerzo en el asiento.

Lucinda sofocó un gemido de sorpresa y se encontró con la mirada atenta de Heather, llena de cándida expectación. Logró por fin dominar su turbación y se acomodó en el asiento, junto a su hijastra. Apenas había tratado con caballeros de la posición del señor Lester. Quizá aquellos gestos fueran lo corriente.

A pesar de su inexperiencia, no se llamaba a engaño, sabía que su posición no era nada corriente. Su salvador se detuvo un instante para echarse sobre los hombros el gabán, adornado —notó Lucinda— con una corta capa de vuelo, y acto seguido montó tras ella en el carrocín, con las riendas en la mano. Naturalmente, se sentó a su lado.

Con una sonrisa luminosa pegada a los labios, Lucinda le dijo adiós a Agatha con la mano y procuró ignorar la presión que ejercía el recio muslo de Harry Lester sobre su pierna, mucho más fina, y el modo en que su hombro había buscado por fuerza acomodo contra la espalda de su salvador.

El propio Harry no había previsto aquellas apreturas, cuyas consecuencias le parecían igualmente inquietantes. Agradables, pero decididamente inquietantes. Mientras azuzaba a sus bestias, preguntó:

—¿Venía de Cambridge, señora Babbacombe? —necesitaba desesperadamente distraerse.

Lucinda se aprestó a responder.

—Sí. Hemos pasado una semana allí. Pensábamos emprender viaje justo después de comer, pero pasamos cerca de una hora en los jardines. Son muy hermosos, ¿sabe usted?

Su acento era refinado e imposible de rastrear. El de su hija lo era menos, mientras que el de los sirvientes era sin duda alguna del norte del país. Los caballos acompasaron su galope. Harry se consoló pensando que apenas tardarían un cuarto de hora en recorrer aquellas dos millas, incluso teniendo en cuenta que debían cruzar la ciudad.

—Pero ¿no son ustedes de por aquí?

—No, somos de Yorkshire —al cabo de un momento, Lucinda añadió con una sonrisa—: En este momento, sin embargo, creo que podría decirse que somos poco menos que cíngaras.

—¿Cíngaras?

Lucinda y Heather intercambiaron una sonrisa.

—Mi marido murió hace poco más de un año y la casa familiar pasó a manos de un sobrino suyo, de modo que Heather y yo decidimos pasar nuestro año de luto viajando por el país. Hasta entonces, apenas habíamos visto nada.

Harry sofocó un gruñido. Era viuda: una bella viuda recién salida del luto, sin ataduras, sin compromisos, salvo el pequeño obstáculo que representaba su hijastra. En un esfuerzo por olvidarse de su creciente curiosidad y de las suaves curvas que se apretaban contra su costado por cortesía de la figura, más robusta, de Heather Babbacombe, procuró concentrarse en lo que le había dicho ella. Y frunció el ceño.

—¿Dónde tienen previsto alojarse en Newmarket?

—En la posada Barbican Arms —contestó Lucinda—. Creo que está en High Street.

—En efecto —los labios de Harry se afinaron; la Barbican Arms estaba justo enfrente del Jockey Club—. Esto... ¿tienen ustedes habitaciones reservadas? —miró de soslayo su cara y vio una expresión de sorpresa—. Esta semana son las carreras, ¿sabe usted?

—¿De veras? —Lucinda frunció el ceño—. ¿Significa eso que estará todo lleno?

—Hasta la bandera —en Newmarket se habrían concentrado sin duda todos los juerguistas y buscavidas que podían permitirse el viaje desde Londres.

Harry intentó alejar de sí aquella idea. La señora Babbacombe no era asunto suyo, se dijo. Nada tenía que ver con él. Tal vez fuera viuda y, en opinión de su ojo experto, estuviera en sazón para dejarse seducir, pero era una viuda virtuosa. Y ahí estaba el problema. Harry tenía experiencia suficiente como para saber que tales mujeres existían. En efecto, de pronto se le ocurrió que, si quería cavarse su propia tumba, elegiría sin dudarlo a una viuda virtuosa como emisaria de Cupido. Pero había advertido la celada... y no tenía intención de caer en ella. La señora Babbacombe era una bella viuda a la que haría bien dejando en paz, sin llegar a catarla. Un deseo extrañamente intenso se apoderó de él de pronto. Harry intentó encadenarlo mientras maldecía para sus adentros.

Las primeras casas aparecieron a lo lejos. Harry hizo una mueca.

—¿No tienen ningún conocido en la ciudad en cuya casa puedan alojarse?

—No, pero estoy segura de que encontraremos acomodo en alguna parte —Lucinda hizo un gesto vago mientras se esforzaba por concentrarse en lo que estaba diciendo y fijar sus sentidos en el paisaje crepuscular—. Si no es en la Barbican Arms, puede que sea en la Green Goose.

Notó que Harry daba un respingo. Se giró y se encontró con una mirada incrédula y casi horrorizada.

—En la Green Goose, no —dijo Harry sin hacer esfuerzo alguno por suavizar sus palabras.

Lucinda frunció el ceño.

—¿Por qué no?

Harry abrió la boca, pero no supo qué decir.

—El motivo no tiene importancia, pero hágase a la idea de que no puede alojarse en la Green Goose.

Una expresión intransigente se apoderó del semblante de Lucinda. Luego levantó al aire su linda nariz y miró hacia delante.

—Si hace el favor de dejarnos en la Barbican Arms, señor Lester, estoy segura de que todo se arreglará.

Sus palabras evocaron en la imaginación de Harry el recuerdo del patio y el salón principal de la posada tal y como estarían en ese momento y como él los había visto en muchas otras ocasiones. Atestados de hombres de anchas espaldas, de caballeros elegantes de la alta sociedad, a la mayoría de los cuales conocía por su nombre. Y, ciertamente, también por su carácter: podía imaginarse sus sonrisas cuando vieran aparecer a la señora Babbacombe.

—No.

Los adoquines de High Street repiqueteaban bajo los cascos de los caballos.

Lucinda se giró para mirarlo.

—¿Se puede saber qué quiere decir?

Harry apretó los dientes. A pesar de que tenía la mirada fija en las bestias mientras se abría paso entre el trasiego de la calle principal de la capital hípica de Inglaterra, notaba las miradas curiosas que les lanzaba la gente... y la expectación que levantaba la mujer sentada a su lado. El hecho de llegar con él, de dejarse ver a su lado, había concentrado de inmediato la atención de los transeúntes sobre ella.

Aquello no era asunto de su incumbencia.

Harry notó que se le endurecía el gesto.

—Aunque en la Barbican Arms haya habitaciones, que no las habrá, es una insensatez que se aloje usted en la ciudad en época de carreras.

—¿Cómo dice? —Lucinda tardó un momento en reponerse de la sorpresa—. Señor Lester, nos ha rescatado usted con toda pericia y le estamos muy agradecidas, pero soy muy capaz de encontrar alojamiento y tengo intención de quedarme en la ciudad.

—Rayos.

—¿Qué?

—No sabe usted lo que es alojarse en Newmarket cuando hay carreras o no estaría aquí —Harry tensó los labios en una fina línea y le lanzó una mirada cargada de irritación—. El diablo me lleve... ¡Mire a su alrededor, mujer!

Lucinda ya había reparado en la gran cantidad de hombres que se paseaban por las estrechas aceras. Al pasear la mirada por la escena que se abría ante sus ojos, notó que había muchos más a caballo y en los carruajes de todo tipo que transitaban la calle. Caballeros por doquier. Solo caballeros.

Heather, que no estaba acostumbrada a que la miraran lascivamente, se había inclinado hacia ella, acobardada, y la miraba con incertidumbre.

—Lucinda...

Lucinda le dio unas palmaditas en la mano. Al alzar la cabeza, se topó con la mirada descarada de un caballero montado en un elevado faetón, a cuyo escrutinio respondió con una mirada gélida.

—Es igual —dijo—. Si hace el favor de dejarnos en...

Su voz se apagó cuando distinguió, colgado sobre una amplia arcada, delante de ella, un cartel en el que se veía pintada la puerta de un castillo. En ese instante, el tráfico pareció abrirse; Harry hizo restallar las riendas y el carrocín aceleró y dejó atrás la arcada.

Lucinda se giró para mirar el letrero mientras seguían avanzando por la calle.

—¡Ahí está! ¡La Barbican Arms! —se volvió para mirar a Harry—. Se lo ha pasado.

Harry, que estaba muy serio, asintió con la cabeza.

Lucinda lo miró con enojo.

—Pare —ordenó.

—No puede quedarse en la ciudad.

—¡Claro que puedo!

—¡Por encima de mi cadáver! —Harry se oyó bramar a sí mismo y gruñó para sus adentros. Cerró los ojos. ¿Qué le estaba pasando? Abrió los ojos y miró a la mujer que viajaba a su lado. Se había puesto colorada... de ira. De pronto le dio por pensar fugazmente en cómo sería su cara cuando se sonrojara de deseo.

Tal vez su semblante dejara traslucir sus pensamientos, porque Lucinda achicó los ojos.

—¿Se propone secuestrarnos? —su voz prometía una muerte lenta y dolorosa.

El final de High Street apareció ante ellos; el tráfico era allí menos denso. Harry fustigó al caballo de cabeza y las bestias apretaron el paso. Mientras el ruido de los cascos golpeando los adoquines se iba apagando tras ellos, miró a Lucinda y dijo con aspereza:

—Considérelo una repatriación forzosa.

CAPÍTULO 2

—¿Una repatriación forzosa?
Harry la miró con los ojos entornados.
—Su sitio no está en la ciudad.
Lucinda le devolvió la mirada.
—Mi sitio está donde yo decida que esté, señor Lester.
Harry volvió a mirar a sus caballos con expresión impertérrita. Lucinda fijó la vista en el camino y frunció el ceño.
—¿Adónde nos lleva? —preguntó por fin.
—A casa de mi tía, lady Hallows —Harry la miró—. Vive a las afueras de la ciudad.
Hacía muchos años que Lucinda no consentía que nadie le dijera lo que tenía que hacer. Levantando la nariz al aire, siguió poniendo cara de desaprobación.
—¿Cómo sabe que no tiene ya otras visitas?
—Es viuda desde hace muchos años y lleva una vida muy retirada —Harry refrenó a los caballos y tomó un camino secundario—. Tiene toda un ala de la casa libre... y le encantará conocerlas.
Lucinda soltó un bufido.
—Eso no lo sabe.
Él le dedicó una sonrisa condescendiente.
Lucinda resistió el deseo de rechinar los dientes y apartó la mirada con decisión.
Heather, que se había animado nada más dejar atrás la ciudad, sonrió al mirarla. Saltaba a la vista que había recuperado su buen

humor y que aquel inesperado cambio de planes no la había perturbado lo más mínimo.

Lucinda miró hacia delante, irritada. Sospechaba que era absurdo protestar. Al menos, hasta que hubiera conocido a lady Hallows. Hasta entonces, no podría recuperar su ascendiente. El exasperante caballero que iba a su lado tenía la sartén por el mango... y las riendas. Lucinda miró de reojo sus manos, que, cubiertas con suaves guantes de cabritilla, manejaban con destreza las riendas. Tenía los dedos largos y finos y las palmas esbeltas. Lucinda ya había reparado en ello. Para su horror, aquel recuerdo le produjo un estremecimiento que sofocó con esfuerzo. Estando tan cerca, él podía notarlo... y Lucinda sospechaba que adivinaría su causa.

Lo cual la haría avergonzarse... y también la turbaría aún más profundamente. Harry Lester surtía en ella un efecto peculiar; un efecto que aún no se había disipado, a pesar de la exasperación que le causaba la altanería con que había interferido en sus asuntos. Aquel era un sentimiento nuevo para ella, un sentimiento que no era del todo de su agrado.

—Hallows Hall.

Lucinda levantó la mirada y vio dos imponente pilares que daban a una avenida umbría flanqueada de olmos. El camino de gravilla discurría suavemente a lo largo de un ligero promontorio y descendía luego bruscamente para revelar un agradable paisaje de prados ondulantes dispuestos alrededor de un lago orlado de cañas. La finca estaba rodeada en todo su perímetro por grandes árboles.

—¡Qué bonito! —Heather miraba a su alrededor, alborozada.

La mansión, un edificio relativamente reciente, construido en piedra de color miel, se alzaba sobre una elevación del terreno, por encima del camino, que pasaba por delante de la escalinata de entrada antes de doblar la esquina de la casa. Una enredadera desplegaba sus verdes dedos sobre la tierra. Había rosas en abundancia. Se oía el graznido de los patos del lago.

Un criado ya anciano se acercó renqueando mientras Harry frenaba a los caballos.

—Esperábamos verlo por aquí esta semana, señor.

Harry sonrió.

—Buenas tardes, Grimms. ¿Está mi tía en casa?

—Sí, sí que está, y se llevará una alegría cuando lo vea. Buenas noches, señoritas —Grimms se quitó la gorra para saludar a Lucinda y Heather.

Lucinda respondió con una sonrisa soñadora. Hallows Hall removía en su memoria el recuerdo de cómo era su vida antes de que murieran sus padres.

Harry se apeó y la ayudó a bajar. Tras ayudar a Heather, se giró y vio a Lucinda mirando a su alrededor con expresión melancólica.

—Señora Babbacombe...

Lucinda se sobresaltó. Luego, con una leve mueca y una mirada gélida, puso la mano sobre su brazo y dejó que la condujera escalera arriba.

La puerta se abrió de golpe, pero no la abrió un mayordomo –a pesar de que entre las sombras revoloteaba un personaje que, por sus trazas, parecía serlo–, sino una mujer de rostro anguloso y demacrado, al menos un palmo más alta que Lucinda y mucho más flaca.

—¡Harry! ¡Hijo mío! Sabía que vendrías. ¿Y a quién has traído?

Lucinda se descubrió mirando con cierta sorpresa unos ojos de color azul oscuro, agudos e inteligentes.

—Pero ¿dónde tengo la cabeza? Pasad, pasad —lady Ermyntrude Hallows indicó a sus invitados que entraran en el vestíbulo.

Lucinda traspasó el umbral... y se sintió al instante envuelta en una atmósfera cálida, elegante y, sin embargo, hogareña.

Harry tomó la mano de su tía y se inclinó sobre ella; luego la besó en la mejilla.

—Tú tan elegante como siempre, Em —dijo mientras admiraba su vestido de color topacio.

Em abrió los ojos de par en par.

—¿Piropos? ¿Tú?

Harry le apretó la mano afectuosamente y luego se la soltó.

—Permíteme presentarte a la señora Babbacombe, tía. A su carruaje se le rompió una rueda justo antes de llegar a la ciudad. He tenido el honor de traerla hasta aquí. Quería quedarse en la ciudad, pero la he convencido para que cambie de idea y nos honre con el placer de su compañía.

Las palabras salían trastabillando de su lengua en tono embaucador. Lucinda, que acababa de hacer una reverencia, se incorporó y le lanzó una mirada gélida.

—¡Excelente! —Em sonrió y tomó a Lucinda de la mano—. Querida, no sabe lo mucho que me aburro a veces, siempre encerrada en el campo. Y Harry tiene razón: no podía usted quedarse en la ciudad habiendo carreras... Imposible —sus ojos azules se fijaron en Heather—. ¿Y esta quién es?

Lucinda le presentó a Heather, que sonrió alegremente e hizo una reverencia.

Em alargó una mano y le levantó la barbilla para verle mejor la cara.

—Humm, qué guapa. Dentro de un año o dos causarás sensación —la soltó y frunció el ceño—. Babbacombe, Babbacombe... —miró a Lucinda—. ¿No serán de los Babbacombe de Staffordshire?

Lucinda sonrió.

—De Yorkshire —al ver que su anfitriona fruncía aún más el ceño, se sintió obligada a añadir—: Mi nombre de soltera es Gifford.

—¿Gifford? —los ojos de Em se fueron agrandando poco a poco mientras la observaba—. ¡Cielo santo! ¡Tú debes ser la hija de Melrose Gifford! ¿Celia Parkes era tu madre?

Lucinda asintió, sorprendida... y un instante después se sintió envuelta en un abrazo perfumado.

—Dios mío, pequeña, ¡yo conocía a tu padre! —Em estaba loca de contento—. Bueno, era amiga íntima de su hermana mayor, pero conocía a toda la familia. Naturalmente, después del escándalo, tuvimos muy pocas noticias de Celia y Melrose, pero nos avisaron de tu nacimiento —Em arrugó la nariz—. No es que sirviera de gran cosa... Eran muy estirados, tus abuelos. Por ambas partes.

Harry parpadeó mientras luchaba por asimilar aquel torrente de información. Lucinda lo notó y se preguntó qué sentiría al saber que la mujer a la que había rescatado era el fruto de un viejo escándalo.

—¡Qué maravilla! —Em seguía alborozada—. Jamás pensé que llegaría a conocerte, querida. La verdad es que quedan muy pocos que se acuerden, aparte de mí. Tendrás que contarme toda la historia —hizo una pausa para tomar aliento—. ¡Bueno! Fergus traerá vuestro equipaje y yo os llevaré a vuestras habitaciones, después de tomar el té. Supongo que os vendrá bien un tentempié. La cena es a la seis, así que no hay prisa.

Lucinda y Heather fueron conducidas hacia una puerta abierta más allá de la cual se extendía un salón. Lucinda vaciló en el umbral y miró hacia atrás, al igual que Em, que iba tras ella.

—No te quedas, ¿verdad, Harry? —preguntó Em.

Harry sintió la tentación de quedarse. Con la mirada fija no en su tía, sino en la mujer que iba a su lado, tuvo que hacer un esfuerzo por sacudir la cabeza.

—No —fijó la vista a duras penas en su tía—. Vendré a verte esta semana, algún día.

Em asintió con la cabeza.

Movida por un impulso que no alcanzaba a explicarse, Lucinda se dio la vuelta y volvió a cruzar el vestíbulo. Su salvador se quedó callado y la miró acercarse. Ella ignoró con denuedo el extraño aleteo de su corazón. Se detuvo ante él y lo miró con calma a los ojos.

—No sé cómo darle las gracias por su ayuda, señor Lester. Ha sido usted muy amable.

Los labios de Harry se curvaron lentamente; de nuevo, Lucinda se halló fascinada por su movimiento.

Harry tomó la mano que le tendía y, sin apartar los ojos de los de ella, se la llevó a los labios.

—Ha sido un placer, señora Babbacombe —la súbita dilatación de los ojos de Lucinda cuando sus labios le rozaron la piel compensaba con creces las molestias que le había causado—. Me aseguraré de que sus sirvientes sepan dónde encontrarla. Sus criadas estarán aquí antes de que anochezca, estoy seguro.

Lucinda inclinó la cabeza, pero no hizo esfuerzo alguno por apartar la mano.

—Le doy las gracias de nuevo, señor.

—No hay de qué, querida —sin apartar la mirada, Harry levantó una ceja—. Puede que volvamos a vernos... en un salón de baile, quizá. Si es así, ¿sería mucho atrevimiento esperar que me conceda un vals?

Lucinda aceptó cortésmente.

—Sería un honor, señor..., si volviéramos a vernos.

Harry recordó a deshora que aquella mujer era una trampa que se proponía evitar y procuró dominarse. Hizo una reverencia, le soltó la mano y saludó a Em con una inclinación de cabeza. Con una última mirada a Lucinda, salió con paso elegante de la casa.

Lucinda vio cómo se cerraba la puerta tras él, con el ceño fruncido y expresión ausente.

Entre tanto, Em observaba a su invitada con un brillo sagaz en la mirada.

—Agatha lleva conmigo toda la vida —explicó Lucinda—. Era la doncella de mi madre cuando yo nací. Amy trabajaba de criada en Grange, la casa de mi marido. La trajimos con nosotros para que Agatha le enseñara a ser la doncella de Heather.

—Es igual —dijo Heather.

Estaban en el comedor, compartiendo una cena deliciosa preparada especialmente en su honor, según les había informado Em. Agatha, Amy y Sim habían llegado hacía una hora, en un carro conducido por Joshua, que les habían prestado en la Barbican Arms. Joshua había regresado a Newmarket para ocuparse de la reparación del carruaje. Agatha, a la que la señora Simmons, el ama de llaves, había acogido bajo su ala, estaba descansando en una alegre habitación de la planta baja. No tenía el tobillo roto, pero sí muy magullado. Así pues, Amy había tenido que ayudar a vestirse tanto a Lucinda como a Heather, tarea de la que había salido airosa.

O eso pensaba Em mientras miraba la mesa.

—Bueno —dijo y, tras limpiarse los labios con la servilleta, le hizo una seña a Fergus para que le retirara la sopera—. Tienes que empezar desde el principio. Quiero saber todo lo que ha pasado desde que murieron tus padres.

La franqueza de su petición despojaba a esta de toda crudeza. Lucinda sonrió y dejó a un lado la cuchara. Heather se estaba sirviendo el tercer plato de sopa, para deleite de Fergus.

—Como sabrá, como mis padres fueron desheredados por sus familias, no he tenido ningún roce con mis abuelos. Yo tenía catorce años en el momento del accidente. Por suerte, nuestro anciano abogado logró dar con la dirección de la hermana de mi madre... y ella aceptó acogerme.

—Entonces, veamos —Em entrecerró los ojos mientras repasaba su memoria—. Era Cora Parkes, ¿no?

Lucinda asintió con la cabeza.

—Si recuerda, la fortuna de la familia Parkes comenzó a declinar después de la boda de mis padres. Se habían apartado de los círculos de la alta sociedad y Cora se había casado con un molinero del norte..., un tal señor Ridley.

—¡No me digas! —Em estaba pasmada—. Vaya, vaya... ¡Cómo caen los poderosos! Tu tía Cora no quería ni oír hablar de reconciliarse con tus padres —Em levantó sus hombros enjutos—. Para mí que fue una venganza del destino. Así que ¿viviste con ellos hasta que te casaste?

Lucinda vaciló y luego asintió con la cabeza. Em lo notó; sus ojos se afilaron y luego volaron hacia Heather. Lucinda se dio cuenta y se apresuró a explicarse.

—Los Ridley no me acogieron precisamente con los brazos abiertos. Solo aceptaron darme un techo, pensando en utilizarme como niñera de sus dos hijas y acordar luego mi matrimonio lo antes posible.

Em se quedó mirándola un momento. Luego soltó un bufido.

—No me sorprende. Cora siempre se dio muchos humos.

—Cuando tenía dieciséis años, concertaron mi boda con otro molinero, un tal señor Ogleby.

—¡Puaj! —Heather levantó la vista del plato de sopa y fingió estremecerse—. Era como un sapo, viejo y asqueroso —le dijo a Em—. Por suerte, mi padre se enteró. Lucinda solía ir a darme clase. Al final, papá se casó con ella —tras aportar su granito de arena a la conversación, Heather volvió a concentrarse en la sopa.

Lucinda sonrió afectuosamente.

—Así es. Charles fue mi salvador. Hasta hace poco tiempo no supe que pagó a mis parientes para poder casarse conmigo. Él nunca me lo dijo.

Em volvió a bufar.

—Me alegra saber que queda algún caballero por esas tierras.

Entonces, te convertiste en la señora Babbacombe y te instalaste en... ¿Grange, has dicho?

—Sí —Heather había acabado por fin la sopa; Lucinda hizo una pausa para servirse de la fuente de rodaballo que le ofrecía Fergus—. En apariencia, Charles era un caballero acomodado de moderada fortuna. En realidad, sin embargo, poseía buen número de posadas por todo el país. Era muy rico, pero prefería llevar una vida sencilla. Tenía casi cincuenta años cuando nos casamos. A medida que fui haciéndome mayor, me puso al corriente de sus inversiones y me enseñó a ocuparme de ellas. Estuvo enfermo durante años. El final fue un alivio, cuando llegó y, gracias a su mucha previsión, yo pude hacerme cargo de casi todo el trabajo —Lucinda levantó la mirada y descubrió que su anfitriona la miraba fijamente.

—¿A quién pertenecen ahora las posadas? —preguntó Em.

Lucinda sonrió.

—A nosotras... a Heather y a mí. Naturalmente, Grange pasó a Mortimer Babbacombe, un sobrino de Charles, pero la fortuna privada de Charles no formaba parte del patrimonio familiar.

Em se recostó en la silla y la miró con simpatía.

—Ah, por eso estáis aquí. ¿Tenéis una posada en Newmarket?

Lucinda asintió.

—Tras la lectura del testamento, Mortimer nos dio una semana para abandonar Grange.

—¡Qué descaro! —exclamó Em—. ¿Qué manera es esa de tratar a una mujer que acaba de enviudar?

Lucinda levantó una mano.

—Bueno, yo me ofrecí a marcharme tan pronto quisiera él... aunque no pensé que tuviera tanta prisa. Antes ni siquiera nos había visitado.

—Entonces, ¿os encontrasteis en la calle de la noche a la mañana? —Em estaba indignada.

Heather soltó una risilla.

—Al final, todo fue muy fortuito.

—En efecto —Lucinda asintió mientras apartaba su plato—. No teníamos nada organizado, pero decidimos trasladarnos a una de nuestras posadas, a una que estuviera lejos de Grange, donde nadie nos conociera. Una vez allí, me di cuenta de que la posada era mucho más próspera de lo que habría adivinado por las cuentas que nos había presentado hacía poco tiempo nuestro apoderado. El señor Scrugthorpe era nuevo. Charles tuvo que nombrar un nuevo apoderado unos meses antes de morir, cuando falleció el anciano señor Matthews —Lucinda frunció el ceño al ver el dulce que Fergus le puso delante—. Por desgracia, Charles entrevistó a Scrugthorpe un día que no se encontraba bien y yo estaba en la ciudad, con Heather. Por decirlo en dos palabras, Scrugthorpe había amañado las cuentas. Yo lo mandé llamar y lo despedí —Lucinda levantó la vista hacia su anfitriona y sonrió—. Después, Heather y yo decidimos que recorrer el país visitando nuestras posadas era un modo excelente de pasar nuestro año de luto. Era la clase de empresa que Charles habría aprobado.

Em soltó un bufido con el que esta vez quería expresar su admiración por el buen juicio de Charles.

—Parece que su padre era un hombre de gran valía, señorita.

—Era un cielo —el rostro franco de Heather se ensombreció, y la muchacha parpadeó rápidamente y bajó la mirada.

—He nombrado un nuevo apoderado, un tal señor Mabberly —Lucinda alivió con delicadeza aquel emotivo momento—. Es joven, pero extremadamente eficiente.

—Y mira embobado a Lucinda —comentó Heather mientras se servía otra porción de dulce.

—No es de extrañar —contestó Em—. Bueno, señorita Gifford... sin duda tus padres estarían orgullosos de ti. Una dama muy capaz y bien situada a los... ¿veintiséis años?

—Veintiocho —Lucinda esbozó una sonrisa sesgada. Había veces, como ese día, en que se preguntaba si la vida habría pasado de largo a su lado.

—Un logro muy notable —añadió Em—. No me gusta que las mujeres sean unas inútiles —miró el plato, por fin vacío, de Heather—. Si ha acabado, señorita, sugiero que nos retiremos al salón. ¿Alguna de las dos toca el pianoforte?

Las dos sabían tocar y entretuvieron de buena gana a su anfitriona con diversos aires y sonatas hasta que Heather comenzó a bostezar. La muchacha se retiró por sugerencia de Lucinda, sin pararse junto al carrito del té que había junto a la puerta.

—Hemos tenido un día muy ajetreado, en efecto —Lucinda se recostó en un sillón, junto al fuego, y bebió un sorbo del té que Em le había servido. Luego levantó la mirada y sonrió—. No sé cómo darle las gracias por abrirnos las puertas de su casa, lady Hallows.

—Tonterías —contestó Em con otro de sus bufidos—. Y haz el favor de dejar de llamarme de usted. Llámame Em, como todo el mundo en la familia. Eres la hija de Melrose y con eso me basta.

Lucinda sonrió con cierto embarazo.

—Em, entonces. ¿De qué nombre es diminutivo? ¿De Emma?

Em arrugó la nariz.

—Ermyntrude.

Lucinda logró sofocar una sonrisa.

—¿De veras? —dijo débilmente.

—Pues sí. Mis hermanos se lo pasaban en grande llamándome por todos los diminutivos que quepa imaginar. Cuando empezaron a llegar los sobrinos, dije que era Em y se acabó.

—Una decisión muy sabia —se hizo un grato silencio mientras saboreaban el té. Lucinda lo rompió al fin para preguntar—: ¿Tienes muchos sobrinos?

A Em le brillaron los ojos y entornó los párpados.

—Unos cuantos. Pero de los que tenía que defenderme era de Harry y sus hermanos. Una pandilla de sinvergüenzas.

Lucinda se removió.

—¿Tiene muchos hermanos?

—Varones, solo dos, pero son suficientes. Jack es el mayor —prosiguió Em alegremente—. Tiene… déjame ver… treinta y seis años. Luego está Harry, que es dos años menor. Se llevan muchos años con su hermana Lenore, que se casó con Eversleigh hace un par de años. Debe de tener veintiséis, así que Gerald, el pequeño, tiene veinticuatro. Su madre murió hace años, pero mi hermano sigue vivito y coleando —Em sonrió—. Tengo para mí que ese viejo cascarrabias se aferrará a la vida hasta que vea a un nieto llevar su apellido —dijo afectuosamente—. Yo estaba muy unida a los niños… y Harry era mi favorito. Es al mismo tiempo un ángel y un demonio, claro, pero muy buen chico —parpadeó y luego añadió—: En fin, es buen chico en el fondo. Todos lo eran… y lo son. Últimamente veo sobre todo a Harry y a Gerald. Como Newmarket está tan cerca... Harry dirige la cuadra Lester, que, aunque esté mal que yo lo diga, y bien sabe Dios que no sé casi nada de caballos, un tema tan aburrido, es una de las mejores del país.

—¿De veras? —no había ni el más leve rastro de hastío en el semblante de Lucinda.

—Sí —Em asintió con la cabeza—. Harry suele venir a ver correr a sus caballos. Supongo que esta semana también veremos a Gerald por aquí. Sin duda querrá exhibirse con su nuevo faetón. La última vez que vino, me dijo que iba a comprarse uno ahora que los cofres de la familia están llenos a rebosar.

Lucinda pestañeó.

Em no esperó a que encontrara un modo sutil de formular la pregunta. Agitó una mano en el aire y explicó tranquilamente:

—Los Lester siempre han andado faltos de liquidez. Buenas fincas, excelente linaje, pero nada de dinero. La última generación, sin embargo, invirtió en no sé qué empresa naviera el año pasado, y ahora toda la familia nada en la abundancia.

—Ah —Lucinda recordó al instante el lujoso atuendo de Harry Lester. No podía imaginárselo de otra manera. En efecto, su efigie parecía haber quedado grabada en su memoria con singular viveza. Sacudió la cabeza para disipar su recuerdo y sofocó discretamente un bostezo—. Me temo que no soy muy buena compañía, lady... Em —sonrió—. Creo que será mejor que siga los pasos de Heather.

Em se limitó a asentir con la cabeza.

—Te veré por la mañana, querida.

Lucinda dejó a su anfitriona contemplando el fuego.

Diez minutos después, con la cabeza apoyada en la almohada, cerró los ojos solo para descubrirse pensando de nuevo en Harry Lester. Cansada y aturdida, las conversaciones que había mantenido con él ocuparon el centro de la escena mientras repasaba sus recuerdos de ese día, hasta que llegó al momento de su despedida, el cual había dejado en el aire una pregunta que la atormentaba. ¿Cómo sería bailar el vals con Harry Lester?

Una milla más allá, en la taberna de la posada Barbican Arms, Harry permanecía cómodamente sentado tras una mesa, observando la estancia con expresión ceñuda. El humo danzaba en espiral, como una neblina, alrededor de un bosque de hombros en el que los caballeros se codeaban a sus anchas con los mozos de cuadra y los caballerizos y los soplones con los corredores de apuestas. Esa noche, la taberna estaba llena a rebosar. Las primeras carreras —en las que no participaban purasangres— empezaban al día siguiente.

Una tabernera se acercó contoneando las caderas. Puso sobre la mesa una jarra de la mejor cerveza de la posada y sonrió con coquetería, levantando una ceja, mientras Harry lanzaba una moneda a su bandeja.

Harry la miró a los ojos; sus labios se curvaron, pero su cabeza se movió de un lado a otro. Decepcionada, la chica se alejó. Harry levantó la jarra rematada de espuma y bebió un largo trago. Había abandonado el salón, donde solía refugiarse y al que solo los *connaisseurs* tenían acceso, impulsado por las incesantes preguntas acerca de su bella acompañante de esa tarde.

Parecía que todo Newmarket los había visto.

Ciertamente, todos sus amigos y conocidos estaban ansiosos por conocer su nombre. Y sus señas.

Harry no les había facilitado ni una cosa ni la otra; se había limitado a contestar con firmeza y semblante inexpresivo a las preguntas que le formulaban con un brillo en la mirada, diciendo que la dama en cuestión era una conocida de su tía a la que, sencillamente, había acompañado hasta su puerta.

Aquellos datos bastaron para desinflar el interés de la mayoría, pues casi todos los que frecuentaban Newmarket habían oído hablar de su tía.

Harry, sin embargo, estaba cansado de borrar el rastro de la encantadora señora Babbacombe, sobre todo porque intentaba, a su vez, olvidarse de ella. Y de su belleza.

Gruñendo para sus adentros, se zambulló en su jarra e intentó concentrarse en sus caballos, que, por lo general, eran para él motivo de embeleso.

—¡Ah, está ahí! Lo he buscado por todas partes. ¿Qué hace aquí fuera? —Dawlish se dejó caer en una silla, a su lado.

—No preguntes —le aconsejó Harry. Aguardó mientras la camarera, haciendo gala de indiferencia, servía a Dawlish. Luego preguntó—: ¿Cuál es el veredicto?

Dawlish le lanzó una mirada por encima del borde de su jarra.

—Raro —masculló por detrás de la jarra.

Harry levantó las cejas y giró la cabeza para mirar a su criado.

—¿Raro? —Dawlish había acompañado a Joshua, el cochero, a llevar al herrero el carruaje accidentado.

—Joshua, el herrero y yo pensamos lo mismo —Dawlish dejó su jarra y se limpió la espuma de los labios—. Pensé que debía saberlo.

—¿Saber qué?

—Que la chaveta de la rueda estaba amañada antes del accidente. La habían aserrado por la mitad. Y también habían tocado los ejes.

Harry arrugó el ceño.

—¿Por qué?

—No sé si se fijó, pero había un extraño montón de piedras tiradas en el tramo de carretera donde volcó el carruaje. Ni antes, ni después. Solo en ese tramo. El cochero no habría podido esquivarlas todas. Y estaban colocadas al doblar un recodo, de modo que no le dio tiempo a parar.

Harry seguía con el ceño fruncido.

—Me acuerdo de las piedras. El chico las apartó para dejarme paso.

Dawlish asintió con la cabeza.

—Sí, pero el carruaje no pudo esquivarlas. Y, en cuanto la rueda las pisó, saltó la chaveta y se salieron los ejes.

Harry sintió un escalofrío en la nuca. Cinco jinetes embozados, con un carromato, escondidos entre los árboles, avanzando hacia la carretera justo después de que pasara el carruaje. De no haber sido semana de carreras, ese tramo de la carretera habría estado, casi con toda probabilidad, desierto a esa hora del día.

Harry levantó la vista hacia Dawlish.

Su ayuda de cámara le sostuvo la mirada.

—Da que pensar, ¿eh?

Harry asintió lentamente, con expresión severa.

—Sí, en efecto.

Y no le gustaba ni pizca lo que estaba pensando.

CAPÍTULO 3

—Saco sus caballos en un periquete, señor.

Harry inclinó la cabeza distraídamente mientras el palafrenero jefe de la posada corría hacia los establos. Se puso los guantes y se alejó tranquilamente de la puerta principal de la posada para esperar su carrocín en un recuadro de sol, junto a la tapia.

Delante de él el patio bullía lleno de gente. Muchos de los huéspedes de la posada se aprestaban para marcharse al hipódromo con la esperanza de ganar unas cuantas apuestas y empezar de ese modo la semana con buen pie.

Harry hizo una mueca. No iba a reunirse con ellos, al menos hasta que hubiera satisfecho su curiosidad acerca de cierta señora Babbacombe. Había renunciado a decirse a sí mismo que aquella mujer no era de su incumbencia; tras las revelaciones del día anterior, se sentía obligado a servirle de adalid... al menos hasta que se asegurara de que no corría peligro. A fin de cuentas, era la invitada de su tía... por insistencia suya. Dos hechos que sin duda justificaban su interés.

—Entonces, ¿voy a ver a Hamish?

Harry se giró al acercarse Dawlish. Hamish, su jefe de cuadra, había llegado el día anterior con sus purasangres. Los caballos estarían ya acomodados en los establos, más allá de la pista de carreras. Harry asintió con la cabeza.

—Asegúrate de que Thistledown tiene bien curado el espolón. Si no, no quiero que corra.

Dawlish inclinó la cabeza sagazmente.

—De acuerdo. ¿Le digo a Hamish que luego irá a verlo?

Harry observó cómo le quedaban los guantes.

—No. Esta vez, tendré que confiar en vuestra sabiduría. Tengo asuntos urgentes en otra parte.

Notó la mirada perspicaz de Dawlish.

—¿Más urgentes que una yegua ganadora con el espolón herido? —resopló—. Me gustaría saber qué puede interesarle más que eso.

Harry no hizo esfuerzo alguno por aclarárselo.

—Seguramente me pasaré por allí a eso del mediodía —seguramente sus sospechas eran infundadas. Todo aquello podía ser una simple coincidencia; dos damas que viajaban sin escolta y unos bandidos embozados que se habían fijado en el carruaje de las Babbacombe—. Cerciórate de que Hamish se da por enterado esta vez.

—Sí —gruñó Dawlish y, lanzándole una última mirada, se alejó.

Harry se volvió al aparecer su carrocín. El palafrenero jefe llevaba a las bestias con una reverencia que reflejaba su admiración.

—Magníficos animales, señor —le dijo a Harry cuando este subió al vehículo.

—Sí —Harry tomó las riendas. Los caballos estaban inquietos, percibían la cercanía de la libertad. Harry saludó al palafrenero inclinando la cabeza e hizo retroceder el carrocín para salir con elegancia del patio de la posada.

—¡Harry!

Harry se detuvo y, exhalando un suspiro, refrenó a sus monturas.

—Buenos días, Gerald. ¿Desde cuándo madrugas tanto?

Había visto a su hermano menor entre el gentío de la taberna, la noche anterior, pero no había hecho esfuerzo alguno por advertirlo de su presencia. Se giró para mirarlo. Gerald tenía los ojos azules y el pelo oscuro, como su hermano mayor, Jack, y caminaba hacia él con una amplia sonrisa. Al llegar a su lado, apoyó la mano sobre el carrocín.

—Desde que me he enterado de que ayer ibas acompañado de dos bellas damas que, según tú, son amigas de Em.

—Amigas, no, querido hermano. Solo conocidas.

Al toparse con el semblante hastiado de su hermano, Gerald perdió parte de su aplomo.

—¿Lo dices en serio? ¿Son conocidas de Em?
—Eso parece.
Gerald puso mala cara.
—Ah —entonces notó la ausencia de Dawlish y miró a su hermano con interés—. Vas a casa de Em. ¿Te importa si voy contigo? Quiero saludar a la tía... y quizá también a esa preciosidad de negra cabellera que iba contigo ayer.

Por un instante, Harry se sintió sacudido por un impulso sumamente absurdo. A fin de cuentas, Gerald era su hermano menor, y le tenía, a pesar de la condescendencia con que le trataba, mucho cariño. Ocultó aquella emoción inesperada tras su inefable encanto... y suspiró.

—Me temo, querido hermano, que debo desilusionarte. La dama en cuestión es demasiado mayor para ti.
—¿Ah, sí? ¿Cuántos años tiene?

Harry levantó las cejas.
—Más que tú.
—Bueno, entonces puede que lo intente con la otra, la rubia.

Harry bajó la mirada hacia el semblante ansioso de su hermano y sacudió la cabeza para sus adentros.

—Esa es seguramente demasiado joven. Recién salida de la escuela, sospecho.
—Eso no tiene nada de malo —replicó Gerald alegremente—. Alguna vez tienen que empezar.

Harry exhaló un suspiro de fastidio, sintiéndose derrotado.
—Gerald...
—Vamos, Harry, no seas tan quisquilloso. A ti no te interesa la muchacha. Deja que te la quite de en medio.

Harry miró a su hermano parpadeando. Sin duda, cualquier conversación acerca de la situación de la señora Babbacombe sería mucho más franca en ausencia de su hijastra.

—Muy bien, si insistes... —podía confiar en que Gerald se portara decentemente en casa de Em—. Pero no digas que no te lo advertí.

Gerald se subió al carrocín casi con alborozo. En cuanto estuvo a bordo, Harry hizo restallar las riendas. Los caballos se pusieron en marcha al instante. Tuvo que poner en práctica toda su destreza para sortear el tráfico de High Street. Una vez fuera de la ciudad, dejó que se desfogaran. Llegaron a la frondosa avenida de Em en un abrir y cerrar de ojos.

Un mozo de cuadras salió a todo correr para ocuparse del carrocín. Harry y Gerald subieron la escalinata. La puerta de roble estaba abierta de par en par, cosa que ocurría con frecuencia. Los hermanos entraron. Harry lanzó sus guantes sobre la mesa de bronce dorado.

—Parece que tendremos que ir de caza. Confío en que el asunto que tengo que tratar con la señora Babbacombe no me lleve más de media hora. Si consigues entretener a la señorita Babbacombe hasta entonces, te estaré muy agradecido.

Gerald enarcó una ceja.

—¿Lo bastante como para dejarme llevar el carrocín a la vuelta?

Harry pareció indeciso.

—Posiblemente, pero yo no contaría con ello.

Gerald sonrió y miró a su alrededor.

—Bueno, ¿por dónde empezamos?

—Tú empieza por los jardines. Yo me ocupo de la casa. Gritaré si necesito ayuda —agitando lánguidamente la mano, Harry echó a andar por un pasillo. Gerald dio media vuelta y salió silbando por la puerta principal.

Harry no encontró a nadie en el cuartito de estar, ni en el salón. Luego oyó un canturreo y un chasquido de tijeras y se acordó de la salita que había al fondo de la casa y que daba al jardín. Allí encontró a Em, colocando unas flores en un inmenso jarrón. Entró con paso lánguido.

—Buenos días, tía.

Em giró la cabeza y se quedó mirándolo, pasmada.

—Que el diablo me lleve... ¿Qué haces tú aquí?

Harry parpadeó.

—¿Y dónde iba a estar?

—En la ciudad. Estaba segura de que estarías allí.

Tras un momento de vacilación, Harry admitió lo obvio.

—¿Por qué?

—Porque Lucinda, la señora Babbacombe, quiero decir, se fue a la ciudad hace media hora. No ha estado allí nunca y quería echar un vistazo.

Un escalofrío corrió por la nuca de Harry.

—¿Las ha dejado ir sola?

Em se volvió hacia sus flores y agitó las tijeras.

—Cielos, no. Su mozo ha ido con ella.

—¿Su mozo? —la voz de Harry era suave, educada, pero su tono habría bastado para provocar un escalofrío en la columna vertebral más insensible—. ¿Ese chico pelirrojo que vino con ella?

Notó que un rubor elocuente cubría los altos pómulos de su tía.

Desconcertada, Em se encogió de hombros.

—Es una mujer independiente. No sirve de nada intentar persuadirla —sabía perfectamente que no debería haber permitido que Lucinda fuera a la ciudad esa semana sin más escolta que un mozo, pero su estratagema tenía un propósito definido. Girándose, miró a su sobrino—. Podrías intentarlo tú, por supuesto.

Por un instante, Harry apenas pudo creer lo que oía. No se esperaba aquello de Em. Achicó los ojos mientras observaba su cándido semblante. Lo que le hacía falta: un traidor en sus propias filas. Asintió con la cabeza escuetamente y contestó:

—Descuida, lo haré.

Giró sobre sus talones, abandonó la habitación, recorrió el pasillo, salió de la casa y torció hacia los establos. El mozo se sobresaltó al verlo. Harry casi se alegró de que los caballos estuvieran aún enganchados.

Tomó las riendas y se subió al pescante. Hizo restallar el látigo y los caballos se pusieron en marcha. En el camino de regreso a la ciudad, batió todas las marcas.

Solo cuando se vio obligado a frenar en High Street se acordó de Gerald. Masculló una maldición. Su hermano podría haberlo ayudado en su búsqueda. Aprovechando el lento avance del tráfico, escudriñó las aceras atestadas de gente con estudiada indiferencia. Pero no vio ninguna cabeza morena.

Distinguió, en cambio, a gran número de amigos y conocidos que, como él mismo, sabían por experiencia que ese día no merecía la pena perder el tiempo en el hipódromo. No le cabía ni sombra de duda, por otra parte, de que todos y cada uno de aquellos hombres estarían más que dispuestos a pasar el rato junto a cierta bella viuda de negra cabellera... y de que ninguno de ellos lo consideraría perder el tiempo.

Al llegar al final de la calle, comenzó a maldecir. Sin pensar en los riesgos que corría, hizo girar el carrocín y esquivó por los pelos un faetón nuevo cuyo conductor estuvo a punto de sufrir un síncope.

Harry hizo caso omiso del alboroto que se armó, se dirigió a toda prisa a la Barbican Arms y dejó a sus caballos en manos del jefe de caballerizas. Este le confirmó que la calesa de Em estaba allí. Miró en el salón privado y descubrió con alivio que estaba desierto. El Arms era el tugurio favorito de sus camaradas. Volvió a salir a la calle y se detuvo a recapitular. Y a preguntarse qué había querido decir su tía con «echar un vistazo».

En Newmarket no había biblioteca pública. Por fin, se decidió por la iglesia, que estaba en aquella misma calle. Pero ninguna bella viuda paseaba por sus naves, ni recorría las veredas entre las tumbas. Los jardines de la ciudad eran irrisorios, nadie iba a Newmarket a admirar los canteros de flores. El Salón de Té de la señora Dobson estaba haciendo su agosto, pero ninguna viuda elegante y refinada adornaba sus mesitas.

Harry salió a la acera, se detuvo con los brazos en jarras y miró al otro lado de la calle. ¿Dónde demonios se había metido?

Vio por el rabillo del ojo un destello azul y giró la cabeza justo a tiempo de ver una figura de cabello negro que cruzaba la puerta de la posada Green Goose con un muchacho pelirrojo a la zaga.

Lucinda se detuvo nada más cruzar la puerta de la posada y se halló envuelta en la penumbra. En una penumbra húmeda y mohosa. Cuando sus ojos se acostumbraron a la oscuridad, descubrió que estaba en un pasillo. La entrada a la taberna quedaba a su izquierda; a la derecha había dos puertas que llevaban presumiblemente a sendos reservados y, de frente, un mostrador, semejante a una prolongación de la barra de la taberna, con una campanilla de bronce sobre la superficie arañada.

Avanzó sofocando el deseo de arrugar la nariz. Había pasado los veinte minutos anteriores inspeccionando la posada desde el exterior y se había fijado en el encalado descolorido y desconchado de las paredes, en el desorden que reinaba en el patio y en el aspecto desarrapado de dos clientes a los que había visto traspasar el umbral. Alargó una mano enguantada, alzó la campanilla y llamó con decisión. Al menos, eso pretendía. Pero la campana solo emitió un chasquido sordo. Lucinda le dio la vuelta y descubrió que tenía roto el badajo.

Volvió a dejar la campana sobre el mostrador con una mueca de fastidio. Se estaba preguntando si no debería decirle a Sim, que esperaba junto a la puerta, que llamara a voces al posadero, cuando una sombra de grandes proporciones bloqueó la escasa luz procedente del interior de la posada. Acto seguido apareció un hombre fornido y corpulento... enorme. Sus facciones eran toscas, pero sus ojos, hundidos entre los pliegues de grasa, parecían simplemente faltos de curiosidad.

—¿Sí?

Lucinda parpadeó.

—¿Es usted el señor Blount?

—Sí.

A ella se le cayó el alma a los pies.

—¿El posadero?

—No.

Al ver que no decía nada más, Lucinda añadió:

—Es usted el señor Blount, pero no es el posadero —aún había esperanza—. ¿Dónde está el señor Blount que sí es el posadero?

Aquel gigante se quedó mirándola estoicamente un momento, como si a su cerebro le costara asimilar la pregunta.

—Quiere hablar con Jake, mi hermano —dijo por fin.

Lucinda exhaló para sus adentros un suspiro de alivio.

—Exactamente. Deseo ver al señor Blount, el posadero.

—¿Para qué?

Lucinda se quedó atónita.

—Eso, buen hombre, es asunto de su hermano y mío.

Él la miró con expresión calculadora y luego rezongó:

—Espere aquí. Voy a buscarlo —con esas, se alejó renqueando.

Lucinda rezó para que su hermano hubiera salido a la otra rama de la familia. Pero sus plegarias no fueron atendidas. El hombre que reemplazó al primero era igual de grande y rollizo y, al parecer, solo un poco menos falto de luces.

—¿El señor Jake Blount? ¿El posadero? —preguntó Lucinda sin esperanzas de equivocarse.

—Sí —el hombre asintió con la cabeza. Sus ojillos la recorrieron de arriba abajo, sin insolencia, pero con recelo—. Pero la gente como usted no suele alojarse aquí. Inténtelo en la Barbican o en la Rutland, calle arriba.

Dio media vuelta, dejando a Lucinda pasmada.

—Espere un segundo, buen hombre.

Jake Blount retrocedió arrastrando los pies y la miró, pero sacudió la cabeza.

—Este no es lugar para usted, ¿comprende?

Lucinda notó una corriente de aire al abrirse la puerta de la posada. Notó que el señor Blount alzaba los ojos hacia el recién llegado, pero estaba decidida a conservar su atención.

—No, no lo comprendo. ¿Se puede saber qué quiere decir con que este no es sitio para mí?

Jake Blount la oyó, pero parecía más preocupado por el caballero que ahora permanecía tras ella y que había clavado sus duros ojos verdes en él. Blount conocía perfectamente a aquel caballero de cabello rubio y ondulado, cortado a la moda, y ataviado con una levita marrón claro de impecable factura, calzas de ante y botas de Hesse tan bruñidas que uno podía mirarse en ellas. No le hizo falta fijarse en el gabán con capa que colgaba de los anchos hombros del caballero, ni en sus rasgos aristocráticos y sus ojos entornados, ni en su figura alta, espigada y musculosa para comprender que un vástago de la alta sociedad se había dignado a entrar en su humilde posada. Aquello le puso al instante los nervios de punta.

—Eh… —parpadeó y volvió a mirar a Lucinda—. Las señoras como usted no suelen alojarse aquí.

Lucinda seguía mirándolo con pasmo.

—¿Qué clase de señoras se alojan aquí?

La cara de Blount se contrajo.

—A eso me refería… Aquí no se aloja ninguna señora. Como no sean de esas.

Cada vez más convencida de que había entrado en una casa de locos, Lucinda siguió aferrándose a su pregunta.

—¿Y qué clase es esa?

Jake Blount se quedó mirándola un momento. Luego, dándose por vencido, agitó su gruesa mano.

—Mire, señora, no sé qué quiere, pero tengo cosas que hacer.

El posadero miró por encima de su hombro con mucha intención y Lucinda respiró hondo.

Y estuvo a punto de atragantarse cuando oyó que una voz parsimoniosa le decía tranquilamente a Blount:

—Está usted en un error, Blount. Lo único que me trae por aquí es el deseo de cerciorarme de que trata usted como es debido a esta señora —Harry miró a los ojos al posadero—. Y tiene usted razón: no es de esas.

El énfasis que puso en aquellas palabras, pronunciadas con voz sensual, aclaró al instante a Lucinda de qué clase de mujeres habían estado hablando. Dividida entre la vergüenza, el sonrojo y la rabia, titubeó, y un ligero rubor cubrió sus mejillas.

Harry lo notó.

—Y ahora —sugirió suavemente—, si dejamos de lado esa espinosa cuestión, tal vez podamos ocuparnos de los asuntos de la señora. Estoy seguro de que está usted en ascuas preguntándose cuáles son… igual que yo.

Lucinda le lanzó una mirada altiva por encima del hombro.

—Buenos días, señor Lester —le obsequió con una leve inclinación de cabeza. Harry estaba tras ella, alto y fornido, en la penumbra. Inclinó la cabeza con elegancia, pero sus rasgos, severos y cortantes, delataban que estaba impaciente por oír la explicación de Lucinda.

Ella hizo una mueca para sus adentros y volvió a girarse hacia el posadero.

—Tengo entendido que recientemente recibió la visita de un tal señor Mabberly en representación de los propietarios de esta posada.

Jake Blount cambió de postura.

—Sí.

—Y tengo entendido asimismo que el señor Mabberly lo advirtió de que pronto recibiría una visita de inspección.

El grandullón asintió con la cabeza.

Lucinda hizo lo mismo con decisión.

—Muy bien. Ya puede usted enseñarme la posada. Empezaremos por las habitaciones de uso común —se giró sin hacer una pausa—. Supongo que esta es la taberna —se dirigió hacia la puerta. Sus faldas levantaban una ligera polvareda.

Vio por el rabillo del ojo que Blount se había quedado mirándola boquiabierto. Luego, el posadero rodeó a toda prisa el mostrador. Harry Lester se quedó allí parado, observando a Lucinda con expresión inescrutable.

Ella entró en la oscura taberna.

—Tal vez, señor Blount, si abriéramos las ventanas, podría ver lo suficiente como para formarme una opinión.

Blount la miró, azorado, y se acercó renqueando a las ventanas. Unos segundos después, la luz del sol inundó la estancia, al parecer para horror de los dos únicos clientes que había en la taberna: un vejete envuelto en una capa arrugada, apoyado en el rincón de la chimenea, y un hombre más joven con tosco atuendo de viajero. Los dos parecieron encogerse y se apartaron de la luz.

Lucinda miró a su alrededor atentamente. El interior de la posada estaba a la altura de su exterior, al menos en lo tocante a su estado de dejadez. La Green Goose no desmerecía en absoluto la descripción que le había hecho Anthony Mabberly, quien consideraba aquel establecimiento el peor de cuantos poseían las Babbacombe. Las paredes estaban mugrientas y hacía años que el techo no veía ni plumero ni mopa. Todo ello, unido a la aureola de polvo y suciedad que parecía envolverlo todo, convertía la taberna en un lugar sumamente inhóspito.

—Humm —Lucinda hizo una mueca—. Pues vaya con la taberna.

Miró de soslayo a Harry, que la había seguido hasta allí.

—Gracias por su ayuda, señor Lester, pero soy perfectamente capaz de entenderme con el señor Blount.

La verde mirada de Harry Lester, que había recorrido con detenimiento la estancia, se fijó en su cara. Sus ojos eran menos ilegibles que sus facciones, pero, aparte de desaprobación y fastidio, Lucinda no logró adivinar qué significaba su expresión.

—¿De veras? —él levantó un poco las cejas; su tono lánguido era apenas educado—. No obstante, quizá deba quedarme... por si acaso el bueno de Blount y usted encuentran nuevas... dificultades de comunicación.

Lucinda sofocó el impulso de fulminarlo con la mirada. Aparte de ordenarle que saliera de su posada, lo cual se avenía mal con su plan de ocultar que era la dueña del establecimiento, no se le ocurría otro modo de librarse de él. La mirada verde de Harry Lester era aguda y perspicaz; y Lucinda ya sabía que tenía la lengua muy afilada.

Por fin aceptó su sino con un leve encogimiento de hombros y fijó su atención en Blount, que merodeaba junto a la barra sin saber qué hacer.

—¿Adónde da esa puerta?

—A las cocinas.

Blount se quedó de una pieza cuando Lucinda agitó una mano.

—Necesito verlas.

La cocina no estaba en tan pésimas condiciones como esperaba, hecho que atribuyó a los esfuerzos de una mujer pechugona y envejecida que se inclinó respetuosamente cuando Blount la presentó como «la señora». Los aposentos privados de los Blount comunicaban con la amplia y cuadrada estancia que ocupaba la cocina. Lucinda prefirió no inspeccionarlos. Tras examinar atentamente la espaciosa chimenea abierta y enfrascarse en una detallada conversación con la señora Blount acerca del funcionamiento de la cocina —conversación que, a juzgar por sus semblantes, a Blount y a Harry Lester les traía al fresco—, consintió por fin en que le enseñaran los salones.

Los dos salones estaban sucios y cubiertos de polvo pero, tras abrir las ventanas, resultaron tener algunas virtudes. Ambos contenían muebles viejos, pero en buen estado.

—Hmmm —fue el veredicto de Lucinda. Blount parecía consternado.

En el salón de atrás, que daba a un descampado que antaño había sido un jardín, reparó en una sólida mesa de roble con sillas a juego.

—Por favor, dígale a la señora Blount que limpie enseguida el polvo de esta habitación. Entre tanto, iré a echar un vistazo a los dormitorios de la planta de arriba.

Blount se encogió de hombros con aire resignado y se acercó a la puerta de la cocina para darle el recado a su mujer; luego regresó para conducirla a la planta de arriba. En mitad de la escalera, Lucinda se detuvo para comprobar la solidez de la escuálida barandilla. Al apoyarse sobre ella, la oyó chirriar y se sobresaltó... y aún más se sobresaltó al notar que un brazo de acero le rodeaba la cintura y la depositaba en el centro del peldaño. Al instante se vio libre, pero oyó mascullar a su espalda:

—Condenada mujer.

Sonrió y luego, al alcanzar el pasillo de arriba, compuso un semblante impasible.

—Todas las habitaciones son iguales —Blount abrió la puerta de la más cercana y, sin esperar a que se lo pidieran, fue a abrir las ventanas.

El sol iluminó un penoso espectáculo. La pintura amarillenta de las paredes estaba desconchada. El aguamanil y la palangana, resquebrajados. Las sábanas, Lucinda las sentenció a la hoguera sin pensárselo dos veces. Los muebles, sin embargo, eran sólidos y de roble, o eso le pareció. Tanto la cama como la cómoda podían dejarse en buen estado con un poco de esmero.

Lucinda frunció los labios y asintió con la cabeza. Se dio la vuelta y salió por la puerta, pasando junto a Harry, que estaba apoyado en el marco. Él se irguió y la siguió por el pasillo. Blount cerró la puerta del cuarto y corrió a interponerse entre Lucinda y la siguiente habitación.

—Esta habitación está ocupada, señora.

—¿Ah, sí? —Lucinda se preguntó qué clase de huéspedes se alojaban en las tristes habitaciones de aquella posada.

En ese momento, como en respuesta a su duda, una risa femenina traspasó la puerta. El semblante de Lucinda adquirió una expresión fría y severa.

—Ya veo —miró a Blount con reproche y luego, con la cabeza muy alta, siguió avanzando por el pasillo—. Veré la habitación del fondo y después volveremos abajo.

No hubo nuevas revelaciones. Era todo tal y como había dicho el señor Mabberly: el edificio estaba en buen estado, pero había que cambiar su funcionamiento de arriba abajo.

Lucinda bajó de nuevo al vestíbulo, le hizo una seña a Sim para que se acercara y tomó los libros de cuentas que llevaba el muchacho; los puso sobre la mesa, delante de una silla, colocó su bolsito junto a ellos y se sentó.

—Bueno, Blount, me gustaría examinar los libros.

Blount parpadeó.

—¿Los libros?

Lucinda asintió sin desviar la mirada.

—El azul de los ingresos y el rojo de los gastos.

Blount siguió mirándola, pasmado. Luego masculló algo que Lucinda prefirió interpretar como un sí y desapareció.

Harry, que hasta ese momento se había mantenido en el papel de guardián silencioso, se acercó tranquilamente a cerrar la puerta. Luego se giró hacia la invitada de su tía.

—Bien, mi querida señora Babbacombe, quizá ahora pueda aclararme qué se propone.

Lucinda resistió el impulso de arrugar la nariz. Sabía que Harry Lester iba a ponerle las cosas difíciles.

—Me propongo lo que ya he dicho: inspeccionar esta posada.

—Ah, sí —respondió él con tono acerado—. ¿Y espera que me crea que el propietario de este establecimiento la ha designado a usted para semejante tarea?

Lucinda lo miró a los ojos con franqueza.

—Sí.

La mirada que le dirigió Harry estuvo a punto de hacerla perder la compostura. Finalmente agitó la mano para poner fin al interrogatorio. Blount volvería pronto.

—Para que lo sepa, esta posada pertenece a Babbacombe & Company.

Harry se quedó de piedra. Fijó en ella su mirada verde y fascinada.

—¿Cuyos gerentes son...?

Lucinda cruzó las manos sobre sus libros de cuentas y sonrió.

—Heather y yo misma.

No tuvo tiempo de saborear su reacción. Blount volvió a entrar con un montón de libros en los brazos. Lucinda le indicó que se sentara a su lado. Mientras el posadero rebuscaba entre sus libros raídos, ella recogió su bolsito, sacó unas gafas de montura dorada y se las puso sobre la nariz.

—Bueno, vamos a ver.

Entonces procedió a repasar las cuentas de Blount bajo la mirada embelesada de Harry. Este se sentó junto a la ventana en una silla previamente desempolvada y se puso a observar a Lucinda Babbacombe. Era, sin lugar a dudas, la mujer más singular, sorprendente e impredecible que había conocido nunca.

La estuvo observando mientras revisaba entrada tras entrada, añadiendo cifras a menudo contrarias a las de los libros de Blount. El posadero había abandonado hacía rato toda resistencia. Fuera de su elemento y enfrentado a aquel calvario inesperado, parecía ansioso por ganarse el beneplácito de Lucinda.

Mientras revisaba los libros, Lucinda llegó a la misma conclusión: la negligencia de Blount no era intencionada. El posadero no se había propuesto hundir la posada. Sencillamente, le faltaban la sagacidad y la experiencia necesarias para saber qué debía hacer.

Cuando, al cabo de una hora, concluyó sus pesquisas, Lucinda se quitó las gafas y fijó en Blount una mirada penetrante y calculadora.

—Solo para que nos entendamos, Blount, quiero que sepa que depende de mí el recomendar o no a Babbacombe & Company que conserve sus servicios —tocó su libro cerrado con una patilla de sus gafas—. Aunque sus resultados no son ni mucho menos excelentes, voy a informar de que no he encontrado indicio alguno de irregularidades. Todo parece estar claro.

El rollizo posadero parecía tan contento que Lucinda tuvo que sofocar una sonrisa.

—Tengo entendido que recibió este puesto al morir el anterior posadero, el señor Harvey. Los libros muestran claramente que la posada había dejado de funcionar bien mucho antes de su llegada.

Blount parecía perdido.

—Lo cual significa que no se le puede culpar por los malos resultados anteriores —Blount pareció aliviado—. Sin embargo —prosiguió Lucinda, endureciendo su tono de voz—, debo decirle que los resultados actuales, de los que sí es responsable, son sumamente decepcionantes. Babbacombe & Company espera unos beneficios razonables a cambio de su inversión, señor Blount.

El posadero arrugó la frente.

—Pero el señor Scrugthorpe... el que me nombró...

—Ah, sí, el señor Scrugthorpe.

Harry miró a Lucinda, cuyo tono de voz se había vuelto gélido.

—Pues el señor Scrugthorpe dijo que el beneficio no importaba, siempre y cuando la posada fuera tirando.

Lucinda parpadeó.

—¿A qué se dedicaba usted antes, señor Blount?

—Regentaba el Blackbird's Beak, en la carretera de Fordham.

—¿El Blackbird's Beak?

—Una cervecería, sospecho.

—Ah —Lucinda le sostuvo la mirada y luego volvió a mirar a Blount—. Bueno, Blount, el señor Scrugthorpe ya no es el apoderado de Babbacombe & Company, debido en buena medida a su extraña forma de entender los negocios. Me temo que, si desea seguir al servicio de la compañía, va a tener que aprender a regentar esta posada con criterios más comerciales. Una posada en Newmarket no puede funcionar con los mismos principios que una cervecería.

La frente de Blount parecía cada vez más arrugada.

—No sé si la sigo, señora. Una taberna es una taberna, al fin y al cabo.

—No, Blount. Una taberna no es una taberna... Es el principal salón público de la posada y, por tanto, debe ser limpio y acogedor. Espero que no esté sugiriendo que eso —señaló hacia la taberna— es limpio y acogedor.

El posadero se removió en su asiento.

—Supongo que mi señora podría limpiar un poco.

—En efecto —Lucinda asintió con la cabeza—. Su señora y también usted, Blount. Y alguna que otra persona más, si es posible encontrar a alguien que le ayude —cruzó las manos sobre sus libros y miró a Blount a los ojos—. En mi informe voy a sugerir que, dado que no ha tenido ocasión de demostrarle a la compañía de lo que es capaz, en lugar de prescindir de usted, la dirección se reserve el juicio tres meses más y vuelva luego a evaluar la situación.

Blount tragó saliva.

—¿Qué quiere decir eso exactamente, señora?

—Quiere decir, Blount, que haré una lista de todas las mejoras necesarias para convertir esta posada en un establecimiento capaz de rivalizar con la Barbican Arms, al menos en cuanto a los beneficios se refiere. No hay razón para que no sea así. Mejoras como darle una buena mano de pintura a la posada por dentro y por fuera, bruñir la madera, tirar la ropa de cama y comprar otra nueva, sacarles lustre a los muebles y cambiar la vajilla. Y la cocina necesita un hornillo nuevo —Lucinda hizo una pausa para mirar a Blount—. Con el tiempo, contratará a una buena cocinera para servir comidas en la taberna, que será remodelada como es debido. He notado que hay muy pocos sitios en esta ciudad donde los viajeros puedan comer a cuerpo de rey. Ofreciendo los mejores platos, la Green Goose restará clientes a las casas de posta que, debido a que se preocupan principalmente del trasiego de coches, ofrecen una comida mediocre.

Hizo una pausa, pero Blount se limitó a mirarla parpadeando.

—Imagino que le interesa mantener su puesto aquí.

—Oh, sí, señora, por supuesto. Pero... ¿de dónde saldrá el dinero para hacer todo eso?

—Pues de los beneficios, Blount —Lucinda lo miraba fijamente—. De los beneficios antes de descontar sus salarios... y el pago a la compañía. La compañía considera tales cuestiones una inversión en el futuro de la posada. Y, si es usted listo, considerará mis sugerencias como una inversión en su porvenir.

Blount le sostuvo la mirada y asintió lentamente.

—Sí, señora.

—¡Excelente! —Lucinda se levantó—. Haré una copia de las mejoras que voy a sugerirle a la compañía y mañana le diré a mi mozo que se pase por aquí para traérsela —miró a Blount, que luchaba por levantarse, todavía algo aturdido—. El señor Mabberly vendrá a visitarlo dentro de un mes, para que le ponga al corriente de sus progresos. Y ahora, si no hay nada más, le deseo buenos días, señor Blount.

—Sí, señora —Blount se apresuró a abrir la puerta—. Gracias, señora —parecía decirlo de todo corazón.

Lucinda asintió con la cabeza con aire majestuoso y salió de la habitación.

Harry, que se hallaba impresionado a su pesar, fue tras ella. Asombrado todavía, esperó hasta que salieron a la calle y ella pasó a su lado con la cabeza muy alta, como si hubiera vencido al mismísimo Goliat, y luego la agarró de la mano y la obligó a darle el brazo. Ella movió los dedos con nerviosismo y luego se detuvo. Le lanzó una rápida mirada y a continuación miró hacia delante con gran empeño. Su mozo los seguía dos pasos más atrás, con los libros bajo el brazo.

El joven viajero que había estado repantigado en la taberna salió a hurtadillas por la puerta de la taberna tras ellos.

—Mi querida señora Babbacombe —comenzó a decir Harry con lo que esperaba fuera un tono ecuánime—, espero que satisfaga usted mi curiosidad acerca de los motivos por los que una mujer de su posición, por muy dotada que esté para la tarea, va por ahí interrogando a los empleados de su compañía.

Lucinda lo miró fijamente, sin dejarse impresionar. La mirada de Harry Lester reflejaba su irritación.

—Porque no hay nadie más.

Harry le sostuvo la mirada con los labios apretados.

—Me cuesta creerlo. ¿Qué me dice de ese tal señor Mabberly, su apoderado? ¿Por qué no trata él con individuos como Blount?

Lucinda esbozó una sonrisa.

—Tendrá usted que admitir que el señor Blount era todo un reto —le miró de soslayo, provocativamente—. Estoy bastante contenta.

Harry soltó un bufido.

—Como bien sabe, ha obrado usted un pequeño milagro. Ahora, ese hombre se matará a trabajar, lo cual será en sí mismo toda una mejora. Pero esa no es la cuestión —concluyó en tono más duro.

—Verá usted, esa es precisamente la cuestión —Lucinda se preguntaba por qué consentía que aquel hombre le pidiera explicaciones. ¿Tal vez porque hacía mucho tiempo que nadie lo intentaba?—. El señor Anthony Mabberly solo tiene veintitrés años. Es muy competente con la contabilidad y sumamente escrupuloso y honesto... mucho más que Scrugthorpe.

—Ah, sí, Scrugthorpe, ese indeseable —Harry le lanzó una ojeada—. ¿Por qué era tan indeseable?

—Era un estafador. Mi marido lo nombró justo antes de morir, uno de sus días malos, me temo. Tras la muerte de Charles, descubrí por casualidad que los libros, tal y como me los presentaban, no reflejaban los beneficios generados por las posadas.

—¿Qué fue de Scrugthorpe?

—Lo despedí, por supuesto.

Harry advirtió la satisfacción que se adivinaba bajo su tono de voz. Estaba claro que Lucinda Babbacombe no le tenía simpatía al señor Scrugthorpe.

—Así que, hasta hace poco, ¿su apoderado se encargaba de negociar con los arrendatarios?

Lucinda levantó una ceja con aire altivo.

—Hasta que reorganicé los procedimientos de la compañía. El señor Mabberly no sabría cómo tratar con personas como el señor Blount. Es un muchacho algo tímido. Y considero apropiado que Heather y yo misma nos familiaricemos con las posadas que forman nuestro patrimonio.

—Aunque tales convicciones sean muy loables, señora Babbacombe, espero... —Harry se interrumpió al ver que ella se detenía y miraba pensativamente al otro lado de la calle—. ¿Qué sucede?

—¿Humm? —Lucinda levantó la mirada distraídamente—. Ah... Me estaba preguntando si aún hay tiempo hoy para visitar la Barbican Arms —miró de nuevo la bulliciosa posada del otro lado de la calle—. Pero parece que hay mucha gente. Puede que mañana por la mañana sea mejor momento.

Harry la miró con pasmo. Una inquietante sospecha comenzaba a cristalizar en su cerebro.

—Muchísimo mejor —dijo—. Pero, dígame, señora Babbacombe... ¿de cuántas posadas son propietarias su hijastra y usted?

Ella levantó la vista. Sus ojos azules reflejaban una insólita inocencia.

—De cuarenta y cuatro —contestó. Y añadió—: Por todo el país.

Harry cerró los ojos y procuró sofocar un gruñido. Luego, sin decir palabra, lanzándole apenas una mirada elocuente, la acompañó al patio de la Barbican Arms, la ayudó a montar en la calesa de Em y la vio alejarse calle abajo, sinceramente aliviado.

—Entonces, ¿va a quedarse en Newmarket?

El señor Earle Joliffe jugueteaba con una fusta. Hombre recio y de aspecto poco distinguido, permanecía recostado en su sillón, con sus ojos claros —tan claros como su piel viscosa— fijos en el joven ganapán al que había enviado a la ciudad en busca de su presa.

—De eso no estoy seguro —el muchacho tomó un sorbo de su jarra de cerveza.

Se hallaban en una casa de campo desvencijada, a unas tres millas de Newmarket. Aquella casucha era lo mejor que habían podido arrendar con tan poca antelación. Alrededor de la mesa se sentaban cuatro hombres: Joliffe, el muchacho —cuyo nombre era Brawn—, Mortimer Babbacombe y Ernest Scrugthorpe. Este último era un individuo corpulento y de aspecto torvo, a pesar de que llevaba ropajes de clérigo. Mortimer Babbacombe, cuya esbelta figura se hallaba enfundada en el atuendo de un aspirante a dandi, se removía con nerviosismo. Saltaba a la vista que hubiera preferido estar en otra parte.

—Montó en una calesa y se dirigió hacia el este. No pude seguirla.

—¿Lo veis? —rezongó Scrugthorpe—. Os dije que iría a la Green Goose. Tenía que ir, la muy bruja.

Escupió con desprecio al suelo, y aquel gesto incomodó aún más a Mortimer.

—Sí, bueno... —Joliffe miró a Scrugthorpe—. ¿Me permites recordarte que a estas alturas ya debería estar en nuestras manos? ¿Que ya sería nuestra si no fuera por tu falta de previsión?

Scrugthorpe arrugó el ceño.

—¿Cómo iba yo a saber que era semana de carreras? ¿Y que iban a pasar tantos caballeros por esa carretera? Por lo demás, todo salió a pedir de boca.

Joliffe suspiró y levantó los ojos al cielo. Aficionados... eran todos iguales. ¿Cómo era posible que él, que llevaba toda la vida ganándose el sustento a costa de los ricos, se hubiera rebajado a la compañía de aquellos pisaverdes? Bajó la mirada y posó los ojos en Mortimer Babbacombe. Sus labios se curvaron en una mueca de desdén.

—Una cosa más —dijo Brawn, emergiendo de su jarra—. Hoy iba andando por la calle con un tipo... un fulano muy elegante. Parecía el mismo que las rescató.

Joliffe entrecerró los ojos y se echó hacia delante.

—Dinos cómo era ese tipo.

—Pelo rubio, como el oro. Alto. Parecía tener buena planta. Uno de esos aristócratas que llevan capa —Brawn hizo una mueca—. A mí todos me parecen iguales.

A Joliffe, no.

—Ese fulano... ¿se alojaba en la Barbican Arms?

—Parecía. Los caballerizos y la gente de por allí parecían conocerlo.

—Harry Lester —Joliffe tamborileó con las uñas sobre la mesa—. Me pregunto...

—¿Qué? —Mortimer miró con aire de despiste a su antiguo amigo y principal acreedor—. ¿Nos ayudará ese tal Lester?

Joliffe soltó un bufido.

—Como no sea a colgarnos... Pero tiene algunos talentos que merecen consideración —inclinándose hacia delante, apoyó los codos sobre la mesa—. Estoy pensando, mi querido Mortimer, que tal vez no sea necesario que intervengamos —sonrió con una mueca vacía que hizo acobardarse a Mortimer—. Estoy seguro de que darás tu aprobación a cualquier medio para lograr nuestro objetivo sin necesidad de intervenir directamente.

Mortimer tragó saliva.

—Pero ¿cómo puede ayudarnos Lester si no quiere?

—Bueno, yo no he dicho que no quiera, solo que no hace falta pedírselo. Nos ayudará por simple diversión. Harry Lester, mi querido Mortimer, es el libertino mayor del reino, un auténtico maestro en el sutil arte de la seducción. Si, como parece posible, ha puesto sus miras en la viuda de tu tío, la pobre mujer está perdida —la sonrisa de Joliffe se hizo más amplia—. Y, naturalmente, cuando se demuestre que ya no es una viuda virtuosa, tendrás razones de sobra para arrebatarle la custodia legal de tu prima —la mirada de Joliffe se hizo más intensa—. Y en cuanto la herencia de tu linda prima caiga en tus manos, estarás en situación de pagarme, ¿no es cierto, Mortimer?

Mortimer Babbacombe tragó saliva... y se obligó a asentir con la cabeza.

—Entonces, ¿qué hacemos ahora? —Scrugthorpe apuró su jarra.

Joliffe reflexionó un momento y luego dijo:

—Vamos a esperar, con los ojos bien abiertos. Si surge la ocasión de echarle el guante a la dama, lo haremos, tal y como habíamos planeado.

—Sí. Eso es lo que deberíamos hacer, en mi opinión. Es absurdo dejar las cosas al azar.

Los labios de Joliffe se curvaron.

—Se te nota el odio que le tienes, Scrugthorpe. Por favor, recuerda que nuestro principal objetivo es desacreditar a la señora Babbacombe, no satisfacer vuestra sed de venganza.

Scrugthorpe resopló.

—Tal y como iba diciendo —prosiguió Joliffe—, esperaremos con los ojos bien abiertos. Si Harry Lester tiene éxito, nos habrá hecho el trabajo. Si no, seguiremos persiguiendo a la dama... y Scrugthorpe tendrá su oportunidad.

Scrugthorpe sonrió. Lascivamente.

CAPÍTULO 4

A la mañana siguiente, cuando Lucinda entró en el patio de la Barbican Arms, Harry la estaba esperando recostado contra la pared, con los brazos cruzados sobre el pecho y un pie apoyado en la tapia para conservar el equilibrio. Tuvo tiempo de sobra para admirar la belleza desprovista de artificio de la mujer sentada junto a Grimms en la calesa de su tía. Ataviada con un elegante vestido de viaje de color cian y peinada con un severo moño que dejaba al descubierto las delicadas facciones de su cara, Lucinda Babbacombe hacía girar la cabeza a cuantos aún merodeaban por el patio. Por suerte, las carreras de purasangres daban comienzo esa mañana. La mayoría de los conocidos de Harry estaban ya en la pista.

Grimms detuvo suavemente la calesa de Em en medio del patio. Harry soltó un bufido para sus adentros y se apartó de la pared.

Lucinda lo miró acercarse. Su paso ágil y elegante le recordó por fuerza al de un tigre al acecho. Un escalofrío la atravesó. Evitó sonreír y se contentó con componer una tibia expresión de sorpresa.

—Señor Lester —le tendió la mano con calma—. No esperaba verlo esta mañana. Creía que había venido a las carreras.

Harry había levantando las cejas con aire escéptico al escuchar su primer comentario; al oír el segundo, sus ojos verdes brillaron. Agarró su mano y sus ojos se encontraron un instante, durante el cual Lucinda se preguntó por qué jugaba con fuego.

—En efecto —contestó Harry con su despreocupación habitual. La ayudó a apearse y a recobrar el equilibrio cuando pisó el empedrado del suelo—. A mí también me sorprende. Sin embargo, siendo usted la invitada de mi tía por instigación mía, me siento obligado a cerciorarme de que no sufre usted daño alguno.

Lucinda entornó los ojos, pero Harry, distraído por la ausencia de mozos y criadas —Grimms ya había desaparecido en los establos—, no lo notó.

—¿Dónde está su mozo, por cierto?

Lucinda se permitió una leve sonrisa.

—Ha salido a cabalgar con Heather y su hermano. He de darle las gracias por habernos enviado a Gerald. Heather se entretiene mucho con él. Y de ese modo yo estoy libre para ocuparme de los negocios sin tener que preocuparme por ella, desde luego.

Harry no estaba tan seguro... pero en ese momento no le preocupaba la hijastra de Lucinda. Su expresión se endureció mientras la miraba. Sin soltarle la mano, se volvió hacia la puerta de la posada.

—Debería acompañarla un mozo por lo menos.

—Tonterías, señor Lester —Lucinda lo miró de reojo con curiosidad—. ¿No estará sugiriendo usted que a mi edad necesito una carabina?

Al mirar sus ojos azul claro cuya expresión valerosa parecía retadora y, sin embargo, cargada de una extraña inocencia, Harry blasfemó para sus adentros. La muy condenada no necesitaba una carabina, lo que necesitaba era un guardia armado. Harry no se sentía con ánimos, sin embargo, de explicarse por qué razón se había designado a sí mismo para el puesto. Se contentó con responder haciendo un esfuerzo por dominarse.

—En mi opinión, señora Babbacombe, a las mujeres como usted no debería permitírseles salir solas.

Los ojos de Lucinda brillaron; dos pequeños hoyuelos aparecieron en sus mejillas.

—A decir verdad, me gustaría ver los establos —se volvió hacia el arco por el que se salía del patio principal.

—¿Los establos?

Lucinda asintió mientras observaba cuanto la rodeaba.

—A menudo, el estado de los establos refleja la calidad del servicio en una posada.

El estado de los establos delataba que el posadero de la Barbican Arms era un perfeccionista. Todo estaba limpio, ordenado y en su sitio. Los caballos giraron la cabeza para mirar a Lucinda mientras esta avanzaba sobre el empedrado, que, todavía mojado por el relente nocturno, la obligó en más de una ocasión a apoyarse en el brazo de Harry.

Cuando llegaron al suelo de tierra, Lucinda se irguió resueltamente. Apartó con cierta desgana los dedos del calor de la manga de Harry y se paseó a lo largo de la hilera de caballerizas, deteniéndose aquí y allá para admirar a sus curiosos ocupantes. Al fin llegó al cuarto de los arreos y se asomó a él.

—Disculpe, señora, pero no debería estar aquí —un mozo de edad madura salió apresuradamente.

Harry emergió de entre las sombras.

—No pasa nada, Jonson. Yo voy con la señora.

—Ah, es usted, señor Lester —el mozo se tocó la gorra—. Muy bien, entonces. Señora —tocándose de nuevo la gorra, regresó al cuarto de arreos.

Lucinda parpadeó y luego le lanzó una mirada a Harry.

—¿Siempre está tan ordenado? ¿Tan...? —abarcó con un ademán las caballerizas, cuyas medias puertas permanecían cerradas—. ¿Tan pulcro?

—Sí —Harry bajó la mirada hacia ella cuando se detuvo a su lado—. Yo guardo aquí los caballos de mi carruaje. Respecto a la calidad del servicio, puede usted estar tranquila.

—Entiendo —Lucinda llegó a la conclusión de que, en lo tocante a las monturas, la posada no tenía nada que objetar, y fijó su atención en la posada propiamente dicha.

Cruzó la puerta principal y miró con satisfacción las paredes cubiertas hasta la mitad por un friso de madera bien bruñido que emitía un brillo suave. Las paredes encaladas reflejaban el sol, cuyos rayos perdidos bailaban sobre la tarima del suelo.

El señor Jenkins, el posadero, un hombre rollizo y pulcro de aspecto bonachón, salió a su encuentro. Harry hizo las presentaciones y aguardó pacientemente mientras Lucinda explicaba el propósito de su visita. A diferencia de Blount, el señor Jenkins se mostró sumamente servicial.

Lucinda se volvió hacia Harry.

—Mis asuntos con el señor Jenkins me tendrán ocupada al

menos una hora. No quisiera por nada del mundo abusar de su amabilidad, señor Lester. Ya ha hecho usted demasiado. Y aquí, en la posada, no puede sucederme nada.

Harry no se inmutó. Para él, la posada albergaba un sinnúmero de peligros; o séase, sus semejantes. Sostuvo la mirada cándida de Lucinda con expresión impenetrable y agitó lánguidamente una mano.

—En efecto... pero mis caballos no corren hasta más tarde.

Notó que aquel comentario hacía aparecer un destello en los ojos de Lucinda. Ella titubeó y luego asintió con cierta rigidez, inclinando la cabeza antes de volverse hacia el señor Jenkins.

Harry se armó de paciencia y siguió al posadero y a la invitada de su tía a través de pasillos laberínticos y almacenes, de dormitorios y desvanes. Iban por un pasillo del piso de arriba cuando un hombre salió dando tumbos de una habitación.

Lucinda, que estaba frente a la puerta, se sobresaltó. Viendo al hombre por el rabillo del ojo, se preparó para una colisión, pero alguien la apartó y el joven caballero entrado en carnes chocó contra unos recios hombros, rebotó y se estampó contra el marco de la puerta.

—¡Ay! —se irguió y parpadeó—. Ah... hola, Lester. Me he quedado dormido, ¿sabes? No puedo perderme la primera carrera —pestañeó de nuevo y una expresión de perplejidad apareció en sus ojos—. Te hacía ya en la pista.

—Iré luego —Harry se apartó, dejando al descubierto a Lucinda.

El joven parpadeó de nuevo.

—Ah... ah, sí. Lo siento muchísimo, señora. Siempre me están diciendo que debería mirar por dónde voy. Confío en no haberle hecho daño.

Lucinda sonrió.

—No... en absoluto —gracias a su guardián.

—Bien. ¡En fin! Será mejor que me ponga en camino. Nos vemos en la pista, Lester —hizo una torpe reverencia, saludó alegremente con la mano y se alejó a toda prisa.

Harry profirió un bufido.

—Gracias por su ayuda, señor Lester —Lucinda le sonrió de soslayo—. De todo corazón.

Harry advirtió el matiz de su sonrisa. Inclinó la cabeza tranquilamente y le indicó con una seña que prosiguiera su recorrido.

Al concluir su vuelta por la posada, Lucinda estaba impresionada. La Barbican Arms y el señor Jenkins estaban muy lejos de la Green Goose y el señor Blount. La posada estaba como los chorros del oro. No había echado nada en falta. La inspección de los libros fue una simple formalidad. El señor Mabberly le había asegurado que la contabilidad de la Barbican Arms no tenía parangón.

El posadero y ella pasaron unos minutos revisando los planes para ampliar el establecimiento.

—Porque en época de carreras estamos hasta la bandera, y otras muchas veces tenemos más de la mitad de la casa llena.

Lucinda dio su aprobación general y le dejó los detalles al señor Mabberly.

—Gracias, señor Jenkins —dijo, poniéndose los guantes mientras se dirigían a la puerta—. He de decirle que, tras visitar todas las posadas propiedad de Babbacombe & Company menos cuatro, la suya es una de las mejores.

El señor Jenkins pareció henchirse de contento.

—Es usted muy amable, señora. Nos esforzamos por hacer las cosas bien.

Lucinda inclinó la cabeza con elegancia y salió de la posada. Una vez en el patio, se detuvo. Harry se paró a su lado, y ella lo miró a la cara.

—Gracias por servirme de escolta, señor Lester. Se lo agradezco profundamente, teniendo en cuenta que tiene usted otras obligaciones.

Harry era demasiado sagaz como para contestar a aquel comentario.

Lucinda tensó los labios y apartó la mirada rápidamente.

—A decir verdad —dijo con aire pensativo—, estaba pensando en ir a ver las carreras —volvió a mirarlo—. Nunca he visto una.

Harry contempló su expresión vivaz y entornó los ojos.

—El hipódromo de Newmarket no es sitio para usted.

Ella parpadeó, sorprendida. Harry creyó ver una expresión de sincera desilusión en su mirada. Luego, ella apartó los ojos.

—Ah.

Aquella sílaba quedó suspendida en el aire como un potente testimonio de ilusión frustrada. Harry cerró los ojos un momento y luego volvió a abrirlos.

—Sin embargo, si me da su palabra de que no se apartará de mi lado, ni siquiera para admirar la vista, a algún caballo o el sombrero de alguna dama... —bajó la mirada hacia ella, apretando la mandíbula—. Me ofrezco gustoso a acompañarla.

Ella esbozó una sonrisa triunfante.

—Gracias. Es usted muy amable.

Amable, no, tonto. Aquello era lo más estúpido que había hecho nunca, Harry ya estaba convencido de ello. Un mozo de cuadras se acercó corriendo en respuesta a una seña suya.

—Tráigame el carrocín. Y dígale a Grimms que se lleve la calesa a casa de lady Hallows. Yo llevaré a la señora Babbacombe a casa.

—Sí, señor.

Lucinda se atareó poniéndose los guantes y a continuación dejó que la ayudara a subir al pescante del carrocín. Se colocó las faldas y sonrió serenamente, a pesar de que se sentía trémula cuando, con un restallido de las riendas, Harry arreó a los caballos.

El hipódromo quedaba al oeste de la ciudad, en un páramo plano, herboso y despejado. Harry se fue derecho a los establos donde guardaba sus caballos, a un corto trecho de la pista, más allá del recinto público.

Lucinda, que se deleitaba en las vistas, reparó en las miradas curiosas que les lanzaba la gente. Tanto los mozos de cuadra como los caballeros parecían mirarlos con pasmo. Hasta tal punto, que se sintió aliviada cuando las paredes del establo la ocultaron de su vista.

Los caballos eran una maravilla. Lucinda se apeó del carruaje ayudada por Harry y no pudo resistir la tentación de pasearse ante la hilera de caballerizas, acariciando los aterciopelados hocicos que los animales adelantaban para saludarla y admirando la esbeltez y la musculatura de aquellos ejemplares, que, incluso a ella, que nada sabía de caballos, le parecieron de los mejores de Inglaterra.

Harry, que se había enzarzado en una animada conversación con Hamish, vigilaba su avance, fascinado sin darse cuenta por la admiración y el asombro que distinguía en su mirada. Al llegar al final de la fila, Lucinda se giró y lo sorprendió observándola. Entonces levantó la nariz unos centímetros, pero emprendió el camino de regreso, caminando hacia él tranquilamente por entre la luz del sol.

—Entonces, ¿podemos inscribir a la yegua?

Harry apartó de mala gana la mirada y la fijó en Hamish. Su jefe de cuadra estaba también observando a Lucinda Babbacombe, no con la debida admiración, sino con una especie de horrorizado embeleso. Al acercarse ella, Harry le ofreció el brazo; ella puso la mano encima sin darle importancia.

—Solo si tiene completamente curado el espolón.

—Sí —Hamish inclinó la cabeza respetuosamente para saludar a Lucinda—. Parece que sí. Le he dicho al chico que la deje correr. No tiene sentido presionarla si aún está débil. Pero una buena carrera es el único modo de comprobarlo.

Harry asintió con la cabeza.

—Me pasaré a hablar con él en persona.

Hamish asintió con la cabeza y se esfumó con la presteza de un hombre al que las féminas –al menos, las no pertenecientes al género equino– ponían sumamente nervioso. Harry sofocó una sonrisa y miró a su acompañante levantando una ceja.

—Creía que había prometido no distraerse con los caballos.

Ella le lanzó una mirada llena de aplomo.

—Entonces no debería haberme traído a ver los suyos. Son los ejemplares más bellos que he visto nunca.

Harry no pudo disimular una sonrisa.

—Pero no ha visto los mejores. Los de ese lado tienen dos o tres años. Pero, en mi opinión, los más viejos son más elegantes. Venga, se los enseñaré.

Ella parecía ansiosa por dejarse conducir a la otra hilera de caballerizas, donde pudo admirar a las yeguas y los machos castrados. Al final de la fila, un semental bayo sacó la cabeza tranquilamente sobre el portón para olisquear los bolsillos de Harry.

—Este es el viejo Cribb, todo un demonio. Todavía corre con los mejores, aunque ha ganado tantas veces que podría retirarse con todos los honores —Harry dejó que Lucinda acariciara el morro del animal y se acercó a un barril que había junto a la pared—. Tenga —dijo, volviéndose—. Dele esto.

Lucinda tomó las tres manzanas secas que le ofrecía y se echó a reír cuando Cribb se las quitó delicadamente de la palma de la mano.

Harry levantó la mirada... y vio a Dawlish junto al cuarto de arreos, inmóvil, observándolos. Dejó a Lucinda con Cribb y se acercó a él.

—¿Qué ocurre?

Al llegar a su lado, comprendió que Dawlish estaba observando a su acompañante, no a él.

—Por el amor de Dios... Ha sucedido.

Harry frunció el ceño.

—No seas ridículo.

Dawlish lo miró con conmiseración.

—Conque ridículo, ¿eh? ¿Se da cuenta de que esa es la primera mujer a la que le enseña sus caballos?

Harry levantó una ceja.

—Es la primera mujer que muestra interés por ellos.

—¡Ja! Será mejor que vaya preparándose, jefe. Está usted perdido.

Harry levantó los ojos al cielo.

—Para que lo sepas, nunca ha visto una carrera de caballos y tenía curiosidad. No hay que darle más vueltas.

—Sí, ya. Eso dice usted —Dawlish lanzó una mirada derrotada hacia la esbelta figura que permanecía junto a la caballeriza de Cribb—. Pero yo digo que puede usted dar las explicaciones que quiera, que el resultado es el mismo —se retiró sacudiendo tristemente la cabeza y rezongando, y volvió a entrar en el cuarto de arreos.

Harry no sabía si reír o fruncir el ceño. Miró a Lucinda, que seguía charlando con su caballo favorito. De no ser porque pronto estarían rodeados por una multitud, se habría sentido inclinado a compartir el pesimismo de su sirviente. Pero en la pista de carreras, donde estarían a la vista de todo el mundo, no tenía nada que temer.

—Si nos vamos ya —dijo, regresando a su lado—, podemos acercarnos paseando hasta la pista con tiempo de ver la primera carrera.

Ella sonrió y le puso la mano sobre el brazo.

—¿Ese caballo del que hablaban, Thistledown, va a correr?

Harry sonrió mirándola a los ojos y negó con la cabeza.

—No. Corre en la segunda.

Lucinda se sintió atrapada en el verde claro de su mirada y contempló sus ojos intentando adivinar qué estaba pensando. Él tensó los labios y apartó los ojos. Salieron a la luz radiante del sol. Lucinda parpadeó y preguntó:

—Su tía me ha dicho que cría caballos.

Los labios fascinantes de Harry se curvaron.

—Sí, la cuadra Lester.

Animado por las preguntas de Lucinda, Harry se extendió de buen grado acerca de los logros y las dificultades de su empresa. Lo que no dijo, y Lucinda dedujo a través de sus descripciones, fue que la cuadra era al mismo tiempo su mayor logro y el eje alrededor del cual giraba su vida.

Llegaron a los tenderetes que rodeaban la pista mientras los participantes en la primera carrera eran conducidos hasta la barrera de salida. Lucinda solo veía un mar de cabezas. Todo el público parecía atento a la carrera.

—Por aquí. Verá mejor desde las gradas.

Un hombre con chaleco a rayas custodiaba la entrada a las extensas gradas de madera. Lucinda notó que, aunque insistía en ver los pases de las personas que los precedían, se limitó a sonreír y a inclinar la cabeza al ver a Harry, antes de dejarlos pasar. Harry la ayudó a subir los empinados peldaños que había junto a las planchas de madera que servían de asientos... pero antes de que encontraran sitio sonó una corneta.

—Ya salen —un centenar de gargantas repitieron como un eco las palabras de Harry. A su alrededor, todos los asistentes estiraron el cuello.

Lucinda se giró obedientemente y vio una fila de caballos corriendo con ruido atronador por la pista. Desde aquella distancia, apenas se distinguía a los animales. Era el gentío lo que la fascinaba; su excitación creciente, que hacía presa en ella, aceleraba su respiración y la obligaba a concentrarse en la carrera. Cuando el caballo ganador sobrepasó el poste de llegada y el jockey agitó en el aire su fusta, se sintió eufórica.

—Buena carrera —Harry tenía la vista fija en los caballos y los jinetes que se dirigían lentamente hacia las puertas.

Lucinda aprovechó la ocasión para estudiarlo atentamente. Parecía absorto y sus ojos verdes tenían una expresión penetrante y calculadora. Durante un instante, Lucinda vio claramente sus rasgos desprovistos de todo artificio. Harry Lester era un hombre que, a pesar de las muchas distracciones que le ofrecía la vida, vivía totalmente entregado a la dedicación que había elegido.

Él giró la cabeza en ese momento. Sus ojos se encontraron, sus miradas se trabaron. Él estaba de pie, un peldaño por debajo de ella, de modo que los ojos de Lucinda quedaban casi al mismo nivel que los suyos. Se quedó callado un momento. Luego, una sonrisa irónica asomó a sus labios. Lucinda sofocó un estremecimiento.

Harry le señaló con un gesto los prados atestados de gente, delante de ellos.

—Si de verdad quiere conocer el ambiente del hipódromo, debe pasearse entre la gente.

Lucinda esbozó una sonrisa e inclinó la cabeza.

—Lléveme, señor Lester. Estoy enteramente en sus manos.

Vio que él fruncía la frente, pero se hizo la desentendida. Bajó las escaleras de su brazo y salió de las gradas.

—El Jockey Club mantiene las gradas para uso de sus miembros —le informó Harry al ver que miraba hacia atrás.

Lo cual significaba que él era un miembro notorio del club. Hasta Lucinda había oído hablar de la reputación del Jockey Club.

—Entiendo. Las carreras se celebran bajo sus auspicios, supongo.

—Exacto.

Harry la condujo con paso tranquilo por entre el gentío. Lucinda se sentía llena de asombro. Quería verlo todo, comprender la fascinación que arrastraba a Newmarket a tantos caballeros.

La misma fascinación que impulsaba a Harry Lester.

Él le mostró a los corredores de apuestas, cada uno de ellos rodeado por prietos grupos de jugadores ávidos por hacer sus apuestas. Pasaron por delante de los tenderetes y los pabellones. Una y otra vez se detuvieron para saludar a algún conocido de Harry ansioso por intercambiar con ellos unas palabras. Lucinda iba prevenida, pero solo encontró cortesía en las miradas de los demás; todos los que se pararon a hablar con ellos hicieron gala de unos modales impecables. Lucinda no sentía, sin embargo, el impulso de retirar la mano del hueco del brazo de su acompañante. En medio de tantos hombres, resultaba reconfortante tener a Harry Lester a su lado. Pronto descubrió, no obstante, que había algunas damas presentes.

—A algunas les interesa sinceramente el deporte. Sobre todo, a las mayores —Harry, que parecía sentirse a sus anchas en aquel ambiente, bajó la mirada hacia ella—. Algunas de las más jóvenes tienen un interés personal en las carreras. Sus familias, al igual que la mía, están relacionadas desde hace largo tiempo con la hípica.

Lucinda asintió con la cabeza, dibujando con los labios un «ah». Había además otras mujeres sobre las que Harry no había dicho nada y a las que -sospechaba Lucinda- difícilmente podía considerarse señoras. En el hipódromo, sin embargo, dominaban abrumadoramente los hombres. Todos los estratos de la población masculina se hallaban representados allí. Lucinda estaba casi convencida de que no tendría valor ni ganas de volver a asistir a las carreras... como no fuera en compañía de Harry Lester.

—Casi es la hora de la siguiente carrera. Debo hablar con el jockey de Thistledown.

Lucinda asintió con la cabeza y le trasladó con la mirada su intención de acompañarlo.

Harry le lanzó una breve sonrisa y a continuación se concentró en abrirse paso hacia el patio donde aguardaban los caballos y sus jinetes.

—Está muy animada, señor —le dijo el jockey mientras se acomodaba en la silla—. Pero la carrera va a ser dura. Jonquil, la yegua de Herald, es un fenómeno. Y Caught by the Scruff también. Y algunos de los otros tienen mucha experiencia. Será un milagro si gana, con el espolón recién curado y todo eso.

Harry asintió con la cabeza.

—Déjala correr a su aire. Que ella marque el ritmo. Vamos a considerar esto una prueba, nada más. No la fuerce. Ni le pegue con el látigo.

Lucinda se apartó de su lado para ir a acariciar el suave morro del animal. El ojo enorme y marrón de la yegua parecía invitarla a la complicidad. Lucinda sonrió.

—No tienen remedio, ¿eh? —susurró—. Pero tú no quieres

escucharlos. Los hombres son unos ineptos juzgando a las mujeres. No deberían dárselas de entendidos —vio por el rabillo del ojo que Harry esbozaba una sonrisa. Él intercambió una mirada con el jockey, que sonrió—. Sal ahí y corre. Ya verás cómo reaccionan. Te veré en el corro de los ganadores.

Acarició una última vez a la yegua, se dio la vuelta y, haciendo caso omiso de la expresión de Harry Lester, dejó que la llevara de vuelta a las gradas.

Encontraron sitio en la tercera fila, casi enfrente de la línea de llegada. Lucinda se inclinó hacia delante y observó a los caballos que trotaban hacia la barrera. Agitó el brazo al ver aparecer a Thistledown. Harry, que la estaba observando, se echó a reír.

—Ganará… ya lo verá —Lucinda se recostó en el asiento, confiada.

Pero cuando sonó la corneta y cayó la barrera, volvió a inclinarse hacia delante, buscando con los ojos la divisa verde y oro de Harry entre los caballos que corrían por la pista a toda velocidad. Tan enfrascada estaba que ni siquiera notó que se ponía en pie, al igual que los demás espectadores, cuando los caballos doblaron la curva. Cuando tomaron la recta, un hueco se abrió entre sus filas y Thistledown se puso en cabeza.

—¡Ahí está! —Lucinda agarró a Harry del brazo. Solo su sentido del decoro le impidió ponerse a brincar—. ¡Va a ganar!

Harry estaba tan asombrado que no podía hablar.

Pero Thistledown cada vez se adelantaba más. Mediada la recta, sus zancadas se alargaron aún más, y al pasar junto al poste de meta parecía volar.

—¡Ha ganado! ¡Ha ganado! —Lucinda lo agarró de los dos brazos, prácticamente bailando—. ¡Se lo dije!

Harry, que estaba más acostumbrado al dulce sabor de la victoria, contempló su cara risueña, iluminada por la misma alegría que todavía sentía él cada vez que uno de sus caballos llegaba el primero. Sabía que estaba sonriendo, tan satisfecho como ella aunque se mostrara más circunspecto.

Lucinda se giró para buscar a Thistledown, a la que estaban sacando de la pista.

—¿Podemos ir a verla?

—Claro que sí —Harry le agarró la mano y se la puso sobre su brazo—. Prometió ir a verla al corro de los ganadores, ¿recuerda?

Lucinda parpadeó mientras Harry la conducía fuera de las gradas, entre la multitud.

—¿Las señoras pueden entrar en el círculo de los ganadores?

—No hay ninguna norma que lo prohíba. De hecho... —Harry la miró de reojo—, sospecho que al presidente del Comité le encantará conocerla —al ver que ella lo miraba con recelo, se echó a reír y la urgió a seguir adelante. Una vez fuera del recinto, libres ya de los miembros del club que ansiaban felicitarlos, se abrió ante ellos un caminito que llevaba al corral limitado por cuerdas donde Thistledown, cuyo pelaje relucía pese a que no parecía cansada, esperaba pacientemente.

En cuanto Lucinda salió de entre el gentío, la yegua adelantó la cabeza, tirando de las riendas para acercarse a ella. Lucinda se acercó y comenzó a hacerle carantoñas. Harry las observaba con expresión indulgente.

—¡Bueno, Lester! Otro trofeo para la repisa de su chimenea, que, por cierto, me sorprende que no se haya venido abajo a estas alturas.

Harry se giró cuando el presidente del Jockey Club y jefe del Comité de Carreras apareció junto a él. En las manos llevaba una estatuilla sobredorada con forma de mujer.

—Una carrera extraordinaria... realmente extraordinaria.

Harry asintió con la cabeza mientras se estrechaban las manos.

—Sobre todo porque acaba de curársele el espolón. No sabía si hacerla correr.

—Pues ha sido una suerte que se decidiera —el presidente observaba a la yegua y la mujer que charlaba alegremente con el animal—. Una complexión excelente.

Harry sabía perfectamente que lord Norwich no se refería a la yegua.

—En efecto —su tono era seco. Lord Norwich, que lo conocía desde la cuna, lo miró levantando una ceja.

Harry miró la estatuilla y comprobó que la dama iba decentemente vestida; luego señaló a Lucinda con la cabeza.

—Fue la señora Babbacombe la que sirvió de inspiración antes de la carrera. Tal vez debería darle el premio a ella.

—¡Excelente idea! —lord Norwich sonrió de oreja a oreja y echó a andar.

Escudada en su entusiasmo y en el reflujo de su euforia, Lucinda había conseguido ignorar las miradas curiosas de los espectadores. A lord Norwich, sin embargo, no había modo de ignorarlo. Pero Harry se acercó a ellos, aplacando de ese modo sus inseguridades.

Lord Norwich pronunció un breve discurso, alabando a la yegua y las cuadras de Harry, y luego le ofreció galantemente la estatuilla a Lucinda. Sorprendida, ella miró a Harry, que sonrió y asintió con la cabeza.

Lucinda decidió aprovechar la ocasión y le dio las gracias cortésmente a su señoría.

—Calle, calle —lord Norwich parecía arrobado—. Nos vendría bien ver más jovencitas en la pista, ¿sabe usted?

Lucinda lo miró parpadeando.

Harry la tomó del codo y la atrajo hacia su lado. Luego le hizo una indicación a su caballerizo.

—Llévala a los establos.

Thistledown se dejó llevar, no sin antes lanzarle una última mirada a Lucinda. Lord Norwich y el resto de los espectadores se alejaron, concentrados ya en la siguiente carrera.

Lucinda, que seguía sintiendo los efectos, cada vez más débiles, de la euforia, miró a su alrededor y luego levantó los ojos hacia el cielo.

Harry sonrió.

—Debo darle las gracias de todo corazón, querida mía. Por el milagro que ha obrado, sea cual sea.

Lucinda lo miró a los ojos... y se quedó sin respiración.

—No ha habido ningún milagro —sentía el contacto de sus dedos en la mano; vio cómo él le subía la mano y le besaba suavemente el dorso de los dedos. Un prolongado estremecimiento se abrió paso por su espalda, dejando tras de sí una cálida estela. Veló con esfuerzo sus ojos para romper el hechizo. Respiró y procuró recuperar su aplomo de costumbre. Levantó la estatuilla y se la ofreció a Harry mientras lo miraba a los ojos con aire desafiante.

Harry tomó la estatuilla con la otra mano sin apartar la mirada de ella.

Perdieron la noción del tiempo. Permanecieron allí parados, olvidados de todos, en el centro del corro de los ganadores. Los hombres se apiñaban a su alrededor, empujándose unos a otros, pero sin tocarlos. Estaban muy cerca, tan cerca que el delicado volante del corpiño de Lucinda rozaba las largas solapas de la levita de Harry. Este sintió su aleteo al agitarse la respiración de Lucinda, pero se había extraviado en sus ojos, en aquel océano azul y brumoso. Vio cómo se dilataban y se oscurecían sus pupilas. Cómo se ablandaban y se entreabrían sus labios. Cómo le rozaba su corpiño la levita.

Había empezado a bajar lentamente la cabeza cuando recuperó la cordura.

¡Cielo santo! ¡Estaban en el corro de los ganadores, en Newmarket!

Sintiéndose sacudido hasta el fondo del alma, Harry tomó una rápida bocanada de aire. Apartó la mirada del rostro de Lucinda, de sus ojos, que empezaba a inundar la consternación, y del suave rubor que empezaba a teñir sus mejillas, y miró a su alrededor. Por suerte, nadie los había visto.

Con el corazón acelerado, la agarró con firmeza del codo y buscó refugio en la acción.

—Si se ha cansado ya de ver carreras, debería llevarla a casa de Em. Mi tía se estará preguntando dónde se ha metido.

Lucinda asintió con la cabeza. El deje levemente hastiado de Harry no le dejaba elección. Se sentía... no sabía muy bien cómo. Estremecida, sin duda, pero también arrepentida y resentida. Sin embargo, no podía oponerse a su deseo de alejarla de allí.

Pero aún tenían que atender a quienes deseaban felicitarlos, y se vieron detenidos constantemente. Hubo incluso quien se ofreció a comprarle la yegua a Harry. Este atendió a la gente con toda la paciencia de que fue capaz, a pesar de que sentía una imperiosa necesidad de escapar de allí. Con ella. Pero eso era imposible. Lucinda era su perdición, su Waterloo.

De allí en adelante, cada vez que mirara su cara sería como mirar por el cañón de una pistola cargada. Una pistola que podía reducirlo a la más penosa esclavitud.

Si era sensato, no miraría muy a menudo.

Lucinda advirtió sus reservas, a pesar de que Harry las disimulaba muy bien. Su cortesía había pasado a primer plano, pero no se atrevía a mirarla a los ojos, ni a sostener su mirada de desconcierto.

Por fin escaparon del gentío y regresaron en silencio a los establos. Harry la ayudó a subir al carrocín y montó a su lado, con expresión indescifrable.

Condujo de regreso a Hallows Hall sin decir palabra. La fijeza con que vigilaba a los caballos era como un muro que Lucinda no hizo intento de penetrar. Pero cuando se detuvieron ante la escalinata de la casa y Harry ató las riendas y rodeó el carruaje para ayudarla a apearse, Lucinda se mantuvo frente a él, a pesar de que Harry apartó las manos inmediatamente de ella.

—Gracias por una mañana muy... esclarecedora, señor Lester.

Harry la miró un instante; luego dio un paso atrás.

—Ha sido un placer, señora Babbacombe —se inclinó con elegancia—. Ahora debo decirle adiós.

Lucinda observó, sorprendida, cómo volvía a montarse en el pescante del carruaje.

—Pero ¿no va a quedarse a comer? Estoy segura de que a su tía le encantaría.

Con las riendas en la mano, Harry exhaló un profundo suspiro y se obligó a mirarla a los ojos.

—No.

Aquella negativa incondicional quedó suspendida entre ellos un momento. Harry notó comprensión en su mirada y advirtió que dejaba de respirar un momento al asumir su negativa. Pero era mejor así: cortar el capullo antes de que floreciera. Era lo mejor para ella, y también para él.

Pero los ojos de Lucinda no parecían comprender los peligros que él veía tan claramente. Suaves y luminosos, lo miraban con reproche y perplejidad.

Sus labios se tensaron en una amarga mueca de burla dirigida contra sí mismo.

—No puedo.

Era la única explicación que podía darle. Haciendo restallar el látigo, llevó a los caballos hacia la avenida... y se alejó.

CAPÍTULO 5

Tres días después, Lucinda no comprendía aún qué había pasado. Sentada en una silla de mimbre, en un recuadro de sol del invernadero, manejaba lánguidamente la aguja mientras sus pensamientos giraban una y otra vez. Heather había salido a pasear a caballo con Gerald, acompañados por Sim. Su anfitriona andaba por los jardines, supervisando la siembra de un nuevo cantero de flores. Estaba sola, libre para dejarse llevar por sus cavilaciones, aunque de poco le sirviera.

Sabía que tenía muy poca experiencia y, sin embargo, en el fondo de su ser yacía la inquebrantable convicción de que algo —algo sumamente deseable— había cobrado vida entre ella y Harry Lester.

Harry había estado a punto de besarla en el corro de los ganadores.

Aquel momento fallido había quedado grabado en su memoria, y sin embargo no podía reprocharle a Harry que se hubiera retirado. Pero a continuación se había distanciado de ella hasta tal punto que de pronto la había hecho sentirse vapuleada y frágil. Sus palabras de despedida aún la confundían. No podía malinterpretar el alcance de su negativa; lo que verdaderamente la desconcertaba era su «No puedo».

Harry no había vuelto a aparecer desde entonces. Gracias a Gerald, que ahora frecuentaba la casa, Lucinda se había enterado de que seguía en Newmarket. Se suponía, presumiblemente, que ella debía creer que estaba tan ocupado con las carreras que no tenía tiempo para ella.

Lucinda bufó para sus adentros y clavó la aguja en el lienzo. Había llegado —suponía— a asumir hasta tal punto el papel de mujer de negocios que no soportaba que la ningunearan. El tiempo volaba. No podía quedarse eternamente en Hallows Hall. Estaba claro que, si quería saber qué podía suceder, tendría que tomar aquel asunto en sus manos.

Pero ¿cómo?

Cinco minutos después, Em entró por la puerta que daba al jardín. Llevaba manchado de tierra el bajo del vestido viejo que se ponía para trabajar en el jardín y un par de guantes en la mano.

—¡Uf! —se dejó caer en otro sillón, separado del de Lucinda por una mesita a juego, y se apartó el pelo entrecano que le caía sobre la frente—. ¡Se acabó! —miró de soslayo a su invitada—. Pareces muy atareada... toda una mujercita, en realidad.

Lucinda sonrió, pero no levantó la mirada.

—Dime una cosa —dijo Em, cuya mirada afilada desmentía su lánguido tono de voz—. ¿Alguna vez has pensado en volver a casarte?

La aguja de Lucinda se detuvo. Levantó la vista, pero no la fijó en su anfitriona, sino en los grandes ventanales que daban al jardín.

—No hasta hace poco —dijo por fin. Y volvió a su labor.

Em observó su cabeza inclinada con un brillo en los ojos.

—Sí, bueno, siempre es así. De pronto se te ocurre la idea... y ya no se va —agitó en el aire los guantes de jardinería y prosiguió diciendo—: Aun así, con tus cualidades no creo que debas preocuparte. Cuando llegues a Londres, tendrás una larga ristra de pretendientes dispuestos a ponerte un anillo en el dedo.

Lucinda la miró de reojo.

—¿Con mis cualidades?

Em hizo un aspaviento.

—Tu origen familiar, para empezar. No hay nada de malo en él, aunque tus padres fueran desheredados. Tus abuelos no podían cambiar la sangre que corría por sus venas. Y, a ojos del mundo, eso es lo que cuenta —como si aquello la sorprendiera, añadió—: De hecho, los Gifford están tan bien relacionados como los Lester.

—¿Ah, sí? —Lucinda la miró con recelo.

Em prosiguió despreocupadamente:

—Y luego está tu fortuna. Tu patrimonio satisfaría al más exigente. Y tú no eres precisamente un antídoto: tienes estilo, ese algo indefinible... Se nota enseguida. En cuanto las señoras de Bruton Street te echen una ojeada, rivalizarán por imitar tu atuendo, acuérdate de lo que te digo.

—Pero tengo veintiocho años.

Aquel comentario hizo detenerse a Em, que, girando la cabeza, miró a su invitada.

—¿Y?

Lucinda hizo una mueca y miró su labor.

—Sospecho que veintiocho años son muchos para resultar atractiva a los caballeros de Londres.

Em se quedó mirándola un momento más y luego soltó una carcajada.

—¡Bobadas, querida! Los círculos de la alta sociedad están llenos de caballeros cuya principal razón para evitar el matrimonio es precisamente que no soportan a las jovencitas atolondradas —soltó un bufido—. La mayoría tiene más pelo que cerebro, te lo digo yo —se detuvo para estudiar el rostro de Lucinda, vuelto a medias, y añadió—: Es muy frecuente, querida, que los hombres prefieran mujeres más experimentadas.

Lucinda levantó la cabeza y se topó con su mirada. Un ligero rubor se extendió lentamente por sus mejillas.

—Sí, bueno... ese es otro inconveniente —posó la mirada en las verdes praderas que se extendían más allá de la ventana mientras exhalaba un enérgico suspiro—. Yo no tengo experiencia.

Em la miró con pasmo.

—¿Ah, no?

—Mi matrimonio no fue tal. Fue más bien un rescate —Lucinda frunció el ceño y bajó la mirada hacia el tapiz—. Debes recordar que solo tenía dieciséis años... y Charles casi cincuenta. Él era muy bueno. Éramos grandes amigos —bajó la voz y añadió—: Nada más —irguió los hombros y tomó sus tijeras—. La vida, me temo, ha pasado de largo a mi lado. Me han puesto en la estantería sin haberme sacado siquiera de ella.

—Entiendo —Em parpadeó, mirándose las puntas de los botines, que asomaban por el bajo sucio de su vestido. Una amplia sonrisa se dibujó en su cara—. ¿Sabes?, la... inexperiencia no es ningún obstáculo, en tu caso. De hecho —prosiguió con un brillo en los ojos—, podría ser una ventaja.

Lucinda la miró con asombro.

—Verás, tienes que considerar la cuestión desde el punto de vista de un posible marido —Em se giró para mirarla, con los ojos muy abiertos—. Lo que él verá será una mujer madura y capaz, una mujer de gran inteligencia que sabe llevar una casa y una familia y, al mismo tiempo, puede ofrecerle —hizo una pausa para hacer un ademán— una compañía más satisfactoria que cualquier jovencita. Si no le muestras tu inocencia, sino que permites que sea él quien... —hizo otro gesto mientras buscaba las palabras precisas—... se tropiece con ella a su debido tiempo, estoy segura de que se sentirá encantado —le lanzó a Lucinda una última mirada y añadió—: Estoy segura de que Harry lo estaría.

Lucinda entornó los ojos y obsequió a su anfitriona con una larga mirada. Luego, bajando de nuevo los ojos hacia su labor, preguntó:

—¿Ha mostrado alguna vez algún interés en casarse?

—¿Harry? —Em se recostó en el sillón con una sonrisa en los labios—. No, que yo sepa. Claro, que nunca le ha hecho falta. Tenía a Jack delante y a Gerald detrás. Jack está a punto de casarse. Acabo de recibir la invitación a la boda. Así que es improbable que a Harry le dé por pensar en anillos de oro y azúcar glas. A menos, claro, que encuentre un incentivo.

—¿Un incentivo?

—Humm. Sucede a menudo en el caso de caballeros como él que no se sienten inclinados al matrimonio hasta que los beneficios de esa institución se vuelven tan obvios que hasta ellos, que suelen llevar anteojeras, los ven con toda claridad —Em soltó un bufido—. Es culpa de las cortesanas, desde luego, que hacen cola para darles todo lo que quieren, sean cuales sean sus deseos, sin ninguna atadura.

—Sospecho —dijo Lucinda con expresión precavida mientras el «no» de Harry resonaba en sus oídos— que haría falta un... incentivo muy poderoso para que Harry concibiera el deseo de casarse.

—Naturalmente. Harry es un hombre de los pies a la cabeza. Se resistirá como el que más, no me cabe ninguna duda. Ha llevado una vida de desenfreno. Difícilmente querrá cambiar —Em volvió a mirar a Lucinda—. Aunque no creo que eso deba disuadirte.

Lucinda levantó la cabeza. Miró los ojos envejecidos de Em y vio en ellos una profunda comprensión. Vaciló solo un momento.

—¿Por qué no?

—Porque, según yo lo veo, tienes en tus manos el arma más poderosa: la única que funcionará —se recostó en el asiento y clavó la mirada en Lucinda—. La cuestión es: ¿estás dispuesta a utilizarla?

Lucinda se quedó mirando un rato a su anfitriona. Luego volvió a fijar la vista en el jardín. Em esperó pacientemente sin dejar de observarla. Lucinda tenía los dedos entrelazados sobre el regazo, un semblante sereno e inexpresivo y una mirada distante en los ojos azules.

Al fin volvió a mirar a Em.

—Sí —afirmó con calma y determinación—. Estoy dispuesta.

Em sonrió, alborozada.

—¡Excelente! Lo primero que tienes que entender es que se resistirá con uñas y dientes. No se doblegará fácilmente a la idea. Eso no puedes esperarlo de él.

Lucinda frunció el ceño.

—Entonces, ¿tendré que seguir soportando esta... —esta vez fue ella quien hizo un ademán mientras buscaba las palabras precisas—... esta incertidumbre?

—Indudablemente —respondió Em—. Pero tienes que mantenerte en tus trece. Y ceñirte a tu plan.

Lucinda parpadeó.

—¿Mi plan?

Em asintió con la cabeza.

—Hará falta poner en marcha una campaña extremadamente sutil para poner a Harry de rodillas.

Lucinda no pudo evitar sonreírse.

—¿De rodillas?

Em la miró altivamente.

—Desde luego.

Lucinda ladeó la cabeza y observó a su impredecible anfitriona.

—¿Qué quieres decir con «sutil»?
—Bueno —Em se arrellanó en su sillón—. Por ejemplo...

—Buenas noches, Fergus.
—Buenas noches, señor.
Harry dejó que el mayordomo de su tía se hiciera cargo de su gabán y sus guantes de montar.
—¿Está aquí mi hermano? —se volvió hacia el espejo que colgaba sobre la mesa de bronce dorado.
—El señorito Gerald llegó hace media hora. En su nuevo faetón.
Harry tensó los labios.
—Ah, sí... su última hazaña —hizo un ajuste casi imperceptible en los pliegues de su corbata blanca.
—A su tía le alegrará verlo, señor.
Harry miró a Fergus a los ojos a través del espejo.
—No me cabe duda —dejó caer los párpados, velando su mirada—. ¿Quién más hay?
—Sir Henry Dalrymple y su esposa, el señor Moffat y su señora, el señor Butterworth, el señor Hurst y las señoritas Pinkerton —al ver que Harry permanecía inmóvil, con los ojos velados y el semblante inexpresivo, Fergus añadió—: Y la señora Babbacombe y la señorita Babbacombe, por supuesto.
—Por supuesto —Harry recuperó el aplomo, que había perdido por un instante, y se enderezó el alfiler de oro de la corbata. Luego se giró y se dirigió con paso tranquilo hacia el salón. Fergus se apresuró a abrirle la puerta.
Tras ser anunciado, Harry entró.
Lucinda lo miró a los ojos inmediatamente. No tenía experiencia suficiente como para disimular el efecto espontáneo que le produjo verlo. Había estado hablando con el señor Hurst, un caballero rural al que Em —sospechaba Harry— quería casar desde hacía tiempo. Harry se detuvo junto a la puerta.
Lucinda sonrió desde el otro lado del salón —una sonrisa fácil, educada y acogedora—, y se giró de nuevo hacia el señor Hurst.
Harry vaciló un momento y después se acercó tranquilamente

a su tía, que, ataviada con un suntuoso vestido púrpura, permanecía sentada en un extremo del sofá.

—Querida tía —dijo, y se inclinó con elegancia sobre su mano.

—Me preguntaba si vendrías —Em sonrió triunfalmente.

Harry ignoró su sonrisa y saludó con una inclinación de cabeza a la señora que compartía el sofá con su tía.

—Señora Moffat.

Conocía a todas las personas a las que Em se había dignado invitar, solo que no esperaba que las invitase. Aquella era la última noche de la semana de carreras. Al día siguiente, tras las finales de por la mañana, todos los caballeros regresarían a Londres. La invitación a cenar de su tía no era inusual, y sin embargo Harry se había pensado largo y tendido si debía aceptarla. Solo la certeza de que la señora Babbacombe regresaría pronto a Yorkshire, donde estaría muy lejos de su alcance, mientras él se retiraba a Lester Hall, en Berkshire, había conseguido persuadirlo de que debía ir. Eso, y el deseo de verla de nuevo, de mirar aquellos ojos brumosos por última vez.

Tenía la esperanza de compartir mesa con su tía, su hermano, las invitadas de su tía… y nadie más. Teóricamente, las circunstancias inesperadas de la cena, que ofrecían tantas distracciones, deberían haberlo tranquilizado. Pero en realidad ocurría muy al contrario.

Inclinó la cabeza, lanzó una rápida mirada a la cabeza morena de la señora Babbacombe y se alejó del sofá, dirigiendo sus pasos hacia donde sir Henry Dalrymple conversaba con el señor Moffat. Gerald y Heather Babbacombe estaban junto a las ventanas, conversando alegremente con lady Dalrymple. Las señoritas Pinkerton, dos solteronas por elección ya bien entradas en la treintena, charlaban con el señor Butterworth, el secretario de sir Henry.

Harry posó la mirada en Lucinda, que, ataviada con un delicado vestido de seda azul, conversaba animadamente con el señor Hurst. Si notó su mirada, no dio muestra alguna de ello.

—Ah, Lester, ha venido usted por las carreras, supongo —sir Henry sonrió amablemente.

El señor Moffat soltó un bufido bienintencionado.

—¿Qué otra cosa podría traerlo por aquí?

—En efecto —Harry les estrechó las manos.

—Vi ganar a esa yegua suya en la segunda. Magnífica carrera —la mirada ausente de sir Henry delataba que estaba recordando aquel momento. Luego volvió a fijarse bruscamente en él—. Pero, dígame, ¿cree usted que Grand Larrikin tiene alguna oportunidad en el derby de Steeple?

Harry solo escuchó a medias la conversación que siguió acerca de la más reciente adquisición del duque de Rutland. El resto de su atención estaba fijo en su sirena, que parecía ajena a él al otro lado del salón.

Lucinda, sin embargo, era plenamente consciente de las miradas de reojo que de cuando en cuando le lanzaba Harry y, ciñéndose estrictamente a las instrucciones de Em, ignoró su presencia mientras conversaba con el locuaz señor Hurst. Por suerte, a este parecía gustarle tanto el sonido de su propia voz –una reconfortante voz de barítono– que no notó la escasa atención que le prestaba su interlocutora.

Lucinda, que se esforzaba por concentrarse en sus palabras, resistió valerosamente el deseo de mirar a Harry Lester. Desde el momento en que había hecho acto de presencia en el salón, vestido estrictamente en blanco y negro, con el cabello dorado brillando a la luz de las velas y unos modales impecables y lánguidos que atestiguaban su pertenencia a la alta sociedad, los sentidos de Lucinda habían empezado a rebelarse.

Al verlo entrar, le había dado un vuelco el corazón. Em la había advertido de que su invitación no lograría llevarlo hasta allí si no quería ir. Pero había ido, y ello le parecía a Lucinda una victoria, si no en la primera batalla, al menos sí en la escaramuza inicial.

Era tan consciente de su presencia que, cuando Harry dejó al señor Moffat y a sir Henry para acercarse con paso indolente a ella, tuvo que cerrar los puños con fuerza para no volver a saludarlo.

Harry, que iba acercándose por su espalda, notó la súbita tensión de sus hombros desnudos, y bajo sus pesados párpados, sus ojos relucieron.

Al acercarse a ella, pasó los dedos por su antebrazo desnudo para tomarla de la mano. Ella abrió mucho los ojos, pero cuando se giró para sonreírle no había ni rastro de turbación en su rostro.

—Buenas noches, señor Lester.

Harry sonrió, mirándola a los ojos, y se llevó lentamente su mano a los labios. Los dedos de Lucinda temblaron. Luego, permanecieron inermes.

—Sinceramente así lo espero, señora Babbacombe.

Lucinda aceptó el saludo con calma, pero retiró los dedos en cuanto él aflojó la mano.

—Creo que ya conoce al señor Hurst.

—En efecto. Hurst —Harry saludó con una inclinación de cabeza a Pelham Hurst, a quien en el fondo consideraba un asno con muchas ínfulas. Hurst era un año mayor que él; se conocían desde niños, pero se mezclaban tan poco como el aceite y el agua. Como si quisiera confirmar lo poco que había cambiado con los años, Hurst se lanzó a enumerar las mejoras que había introducido en sus campos de cultivo. Harry se preguntó vagamente cómo era posible que creyera que, teniendo a Lucinda Babbacombe delante de los ojos, aquel tema podría interesarlo.

Pero Pelham siguió parloteando.

Harry arrugó el ceño. Le resultaba casi imposible apartar la mirada de la cara de Lucinda Babbacombe mientras Hurst le explicaba con todo detalle la rotación de las cosechas. Aprovechando uno de los raros momentos en que Pelham hacía una pausa para respirar, se giró hacia Lucinda.

—Señora Babbacombe...

Sus ojos azules se giraron hacia él... y pasaron de largo. Sonrió amablemente.

—Buenas noches, señor Lester. Señor Butterworth.

Harry cerró los ojos un momento; luego volvió a abrirlos y se obligó a retroceder para permitir que Gerald y Nicholas Butterworth presentaran sus respetos. Ambos se unieron al círculo junto con Heather Babbacombe.

Había perdido su oportunidad de quedarse a solas con su presa.

Apretó los dientes mentalmente y se mantuvo junto a ella. Sabía que debía ir a saludar a las señoritas Pinkerton, pero excusó el desliz diciéndose que las ponía nerviosas.

Aquella idea le dio que pensar.

Lucinda se sentía como Daniel en el foso de los leones: no sabía si saldría de aquella. Cuando el primer hilillo de sudor se deslizó por su nuca, no adivinó de inmediato qué lo había causado. Pero cuando, unos instantes después, sintió un hormigueo en el escote, frunció el ceño y lanzó una mirada de soslayo.

Harry le devolvió una mirada blanda, ligeramente inquisitiva y toda inocencia. Lucinda levantó las cejas y se concentró de nuevo en la conversación. A partir de ese momento, ignoró sus sentidos lo mejor que pudo y recibió con considerable alivio la llegada de Fergus anunciando que la cena estaba servida.

—Si me permite acompañarla, señora Babbacombe —Pelham Hurst, irreductiblemente convencido de su valía, le ofreció la manga arrugada a Lucinda.

Ella sonrió y estaba a punto de aceptar cuando una voz parsimoniosa le impidió la retirada.

—Me temo, Hurst, que voy antes que usted —Harry sonrió a su conocido de la infancia, pero aquel gesto no suavizó en absoluto la expresión de sus ojos—. Aunque sea solo por unos días.

Tras decir esto, fijó sus ojos verdes en Lucinda... y la desafió a contradecirle.

Lucinda se limitó a lanzarle una sonrisa ecuánime.

—En efecto —le dio la mano a Harry y permitió que él se la pusiera sobre el brazo, al tiempo que le decía a Hurst—: El señor Lester ha sido de gran ayuda durante nuestra estancia en Newmarket. No sé cómo habríamos salido del carruaje volcado si no hubiera pasado por allí.

Aquel comentario impulsó a Pelham, naturalmente, a preguntar por su accidente. Como las señoritas Pinkerton ya habían entrado en el comedor evitando toda compañía masculina, Hurst se sintió libre de caminar junto a Lucinda mientras Harry la conducía hacia el comedor.

Cuando tomó asiento junto a la encantadora señora Babbacombe, se sentía a punto de perder los estribos.

Pero aún iba a tener que soportar más pruebas. Lady Dalrymple, una mujer de espíritu maternal que le reprochaba desde hacía tiempo su soltería, tomó asiento a su izquierda. Y lo que era peor aún: las hermanas Pinkerton se habían sentado enfrente, y lo miraban con recelo, como si fuera una bestia potencialmente peligrosa.

Harry no estaba seguro de que se equivocaran.

Procuró ignorar toda distracción y se volvió hacia su bella acompañante.

—Confío en que esté satisfecha con el resultado de su visita a Newmarket, señora Babbacombe.

Lucinda lo miró a los ojos fugazmente y confirmó que la pregunta estaba, en efecto, cargada de intención.

—No del todo, señor Lester. Tengo la sensación de que ciertos asuntos de mi interés han quedado pendientes, lamentablemente —lo miró de nuevo a los ojos y dejó que sus labios se curvaran—. Pero creo que el señor Blount sabrá arreglárselas.

Harry parpadeó, disipando de ese modo la intensidad de su mirada.

Con una suave sonrisa, Lucinda se giró hacia el señor Hurst, que reclamaba de nuevo su atención. Resistió el impulso de mirar a su derecha hasta que les retiraron el segundo plato. Harry, inefablemente elegante y relajado, estaba conversando con lady Dalrymple.

En ese momento, la señora Moffat llamó la atención de lady Dalrymple para que esta le confirmara cierta información. Harry giró la cabeza... y se encontró con la mirada decididamente tibia de Lucinda.

Resignado, levantó una ceja.

—Bueno, querida, ¿qué va a ser? Hablar del tiempo resulta sumamente aburrido, usted no sabe nada de caballos y, en cuanto al asunto del que yo preferiría hablarle, estoy persuadido que de no le interesa.

Aquello era una ofensiva en toda regla. El brillo de sus ojos resultaba inconfundible. Lucinda se estremeció por dentro... pero sonrió.

—En eso se equivoca, señor Lester —hizo una breve y estudiada pausa antes de continuar, sin apartar los ojos de él—. Me interesa terriblemente oírle hablar de Thistledown. ¿Sigue en la ciudad?

Harry se quedó tan callado que Lucinda contuvo el aliento. Luego levantó lentamente una ceja y sus ojos, cristalinos y duros, brillaron como una gemas.

—No, va de camino a mis cuadras.

—Ah, sí. En Berkshire, ¿no es eso?

Harry inclinó la cabeza. No se fiaba del todo de sí mismo, si hablaba. Vio por el rabillo del ojo que las Pinkerton, extrañamente sensibles a los cambios de atmósfera, empezaban a mirarse la una a la otra con el ceño fruncido.

Lady Dalrymple se inclinó hacia delante para esquivarlo.

—Siento muchísimo que no esté usted aquí para la pequeña fiesta que celebro la semana que viene, señora Babbacombe —dijo—. Aunque supongo que hace usted bien marchándose a Londres. Hay tantas cosas que hacer, tanto que ver... Y usted todavía tiene edad para disfrutar de las reuniones sociales. ¿Va usted a presentar a su hijastra en sociedad?

—Posiblemente —respondió Lucinda, haciendo caso omiso de la súbita tensión que se apoderó de Harry—. Lo decidiremos una vez estemos allí.

—Es lo más sensato —lady Dalrymple asintió con la cabeza y se volvió hacia Em.

—¿Londres?

La pregunta sonó suave e inexpresiva.

—Pues sí —Lucinda lo miró a los ojos con calma—. Tengo que inspeccionar cuatro posadas más, ¿recuerda?

Harry le sostuvo la mirada un momento.

—¿Cuáles son?

De nuevo su voz sonaba suave, como acero envuelto en seda. Una seda finísima.

—La Argyle Arms, en Hammersmith, la Carringbush, en Barnet, la Three Candles, en Great Dover Street, y la Bells, en Wanstead.

—¿Qué ocurre con la posada Bells?

Lucinda giró la cabeza hacia Pelham Hurst.

—Es una posada excelente, se la recomiendo, señora Babbacombe. Yo me alojo allí a menudo. En la ciudad, no me gusta arriesgarme, ¿sabe usted?

Harry lo ignoró por completo. Por suerte Hurst no lo notó, pues en ese preciso momento pusieron una gran tarta de manzana delante de él. Harry aprovechó la ocasión para inclinarse hacia Lucinda y decirle en un susurro acerado:

—¡Está usted loca! Esas son cuatro de las posadas más frecuentadas de toda Inglaterra... Son casas de posta y están en las principales carreteras.

Lucinda se sirvió un flan.

—Eso me han dicho.

Harry apretó los dientes.

—Mi querida señora Babbacombe, puede que el numerito de la inspectora le dé resultado en las posadas de pueblo... —se interrumpió para darle las gracias a lady Dalrymple por pasarle la nata, que enseguida dejó sobre la mesa—, pero en la ciudad no le servirá de nada. Además, no puede visitar sola todas esas posadas.

Lucinda se giró y lo miró con los ojos muy abiertos.

—Mi querido señor Lester, ¿no intentará decirme que mis posadas son peligrosas?

Eso era precisamente lo que Harry intentaba decirle.

Pero Pelham Hurst, que solo oía retazos de la conversación, metió baza.

—¿Peligrosas? ¡En absoluto! En la Bells estará usted tan segura como... como aquí. Se la recomiendo de todo corazón, señora Babbacombe.

Lucinda, que veía de reojo la expresión de los ojos verdes de Harry, procuró mantener los labios rectos y se apresuró a decirle al señor Hurst:

—En efecto, señor. Estoy segura de que no era eso lo que quería decir el señor Lester.

—El señor Lester, como usted bien sabe, quería decir que tiene usted tanta experiencia como una niña pequeña y aún menos posibilidades de sobrevivir a una de sus inspecciones en una de esas posadas sin recibir al menos tres proposiciones y una *carte blanche* —Harry, que había dicho aquello entre dientes, se puso a comer las natillas que habían aparecido delante de él como por arte de magia.

—¿Le apetece un poco de nata? —Lucinda, que se había servido una generosa cucharada, recogió con la punta del dedo una gota. Sus ojos, azules e inocentes, se clavaron en los de Harry mientras se llevaba el dedo a los labios.

Durante un instante, mientras bajaba la cabeza, Harry no vio nada más allá de sus labios, maduros y apetitosos, que parecían rogarle que los besara. No oyó nada. Permanecía venturosamente ajeno al guirigay de la conversación que se desarrollaba a su alrededor. De pronto recuperó el dominio de sí mismo, que empezaba a escapársele, y miró a Lucinda entornando los ojos.

—No, gracias.

Lucinda se limitó a sonreír.

—Engorda —añadió Harry, pero ella siguió sonriendo. Parecía un gato que había dado con el tarro adecuado.

Harry sofocó una maldición y se concentró en el postre. No era asunto suyo que ella se empeñara en meterse en la boca del lobo. Él ya la había advertido.

—¿Por qué no se ocupa Mabberly de esas posadas? Déjele que se gane el sueldo.

—Como le dije en otra ocasión, el señor Mabberly carece de las cualidades necesarias para llevar a cabo una inspección —Lucinda, que se alegraba de que Heather hubiera distraído al señor Hurst, hablaba en voz baja.

Aguardó el siguiente comentario, pero su vecino se limitó a resoplar y guardó silencio.

Su desaprobación la envolvía en oleadas.

Harry soportó el resto de la velada con aparente gallardía, a pesar de que estaba de muy mal humor. Los caballeros no se demoraron tomando su oporto, de lo cual se alegró, pues no le apetecía conversar. Pero, cuando regresaron al salón descubrió que, en lugar de la atmósfera bulliciosa que solía reinar en las cenas de su tía, y que estaba decidido a aprovechar en su beneficio, esa noche las encargadas de entretenerlos con sus talentos musicales iban a ser la señora y la señorita Babbacombe.

Exasperado, Harry se sentó en un sillón al fondo de la habitación y asistió sin entusiasmo a lo que, sin embargo, le pareció una actuación ejemplar. El carrito del té apareció mientras se apagaban los aplausos.

Él fue uno de los últimos en acercarse a por su taza.

—Sí, desde luego —le dijo Em a lady Dalrymple cuando él se acercó—. Estaremos allí. Iré a verla. Será tan divertido volver a vivir todo eso...

Harry se quedó helado, con una mano extendida a medias.

Em levantó la mirada... y frunció el ceño.

—Ah, estás ahí.

Harry parpadeó y tomó la taza. El ceño fruncido de Em hacía entornar sus ojos.

—¿Estás pensando en ir a Londres, querida tía?

—No, no lo estoy pensando —Em le lanzó una mirada beligerante—. Voy a ir. Como Lucinda y Heather van a instalarse allí una temporada, hemos decidido ir juntas. Es lo mejor. He mandado abrir Hallows House. Fergus se va mañana. Será maravilloso estar otra vez en aquel torbellino. Voy a presentar a Lucinda y a Heather en sociedad. Será una distracción maravillosa. Justo lo que hacía falta para animarme.

Tuvo la desfachatez de sonreírle.

Harry se obligó a hacer los comentarios de rigor. Bajo la atenta mirada de lady Dalrymple, no podía decirle claramente a su tía lo que pensaba.

Después de eso, emprendió la retirada a toda prisa. Hasta el señor Moffat y las sutilezas del sistema de drenaje local eran preferibles a la contemplación de la telaraña en la que de pronto se hallaba metido. La única persona con la que podía sincerarse era su hermano.

—Em está chiflada. Las tres lo están —gruñó Harry al reunirse con Gerald junto a la ventana. Heather Babbacombe estaba charlando con la señora Moffat. Harry notó que su hermano apenas le quitaba ojo.

—¿Por qué? ¿Qué hay de malo en que vayan a Londres? Así podré enseñarle a Heather la ciudad.

Harry soltó un bufido.

—Mientras todos los crápulas de Londres intentan enseñarle a la señora Babbacombe sus aguafuertes, no hay duda.

Gerald sonrió.

—Bueno... de eso puedes encargarte tú. Ninguno se acercará si tú revoloteas a su alrededor.

La mirada que le lanzó Harry hablaba por sí sola.

—Mi querido hermano, por si acaso ha escapado a tu inteligencia, que tú mismo reconoces algo dispersa, ahora mismo soy, dentro de la familia Lester, el principal objetivo de las casamenteras. Dado que Jack ha caído en las redes de la señorita Winterton, sin duda redoblarán sus esfuerzos y apuntarán sus armas hacia el aquí presente.

—Lo sé —Gerald le lanzó una sonrisa malévola—. Y no sabes cuánto te agradezco que estés allí para servirles de blanco. Con un poco de suerte, no se acordarán de mí. Por suerte, yo no tengo tanta experiencia como tú.

Saltaba a la vista que era sincero. Harry se mordió la lengua, apretó los labios y buscó cobijo en la conversación de sir Henry, evitando cuidadosamente cualquier otro contacto con su destino. Su sirena. La que conseguiría atraerlo hacia las rocas.

Los invitados se marcharon todos a una. Harry y Gerald, como parientes que eran, esperaron a que los demás se despidieran. Em salió al porche para verlos marchar. Gerald y Heather se quedaron junto a la puerta del salón. En las sombras, junto a la puerta principal, Harry se descubrió junto a su tentación, y notó que su tía no parecía tener prisa por entrar.

—¿Lo veremos en Londres, señor Lester?

Lucinda le lanzó una mirada desprovista de artificio, pero Harry no alcanzó a descubrir si era auténtica o no. Observó su cara levantada y sus ojos muy abiertos.

—No tengo pensado volver esta temporada.

—Qué lástima —dijo ella, pero sus labios se curvaron—. Pensaba pagarle mi deuda, como acordamos.

Harry tardó un momento en comprender.

—¿El vals?

Lucinda asintió con la cabeza.

—En efecto. Pero, si no va a ir a la ciudad, esto es un adiós, señor.

Le tendió la mano. Harry se la tomó y se la estrechó, pero no la soltó. Entornó los ojos y estudió su semblante franco y sus ojos que –lo habría jurado– no sabían mentir.

Le estaba diciendo adiós. Tal vez, a fin de cuentas, todavía fuera posible escapar.

Luego los labios de Lucinda se curvaron levemente.

—Tenga la seguridad de que pensaré en usted mientras bailo el vals en los salones de Londres.

Harry le apretó los dedos... y apretó aún con más fuerza sus guantes. El arrebato de furia y de deseo que se apoderó de él estuvo a punto de hacerle perder los estribos. Lucinda levantó la mirada. Sus ojos refulgían. Sus labios se entreabrieron. No fue gracias a ella, ni a la mirada suave y tentadora de sus ojos, por lo que Harry logró disimular su turbación. Se obligó a soltarle la mano y se inclinó, notando la cara desencajada.

—Le deseo buenas noches, señora Babbacombe.

Con esas, dio media vuelta y se alejó, ajeno a la expresión desilusionada de los ojos de Lucinda.

Desde lo alto de la escalinata, ella lo vio alejarse en su carruaje... y rezó por que Em tuviera razón.

CAPÍTULO 6

Seguía rezando diez días después, cuando, flanqueada por Em y Heather, entró en el salón de baile de lady Haverbuck. El baile de su señoría era el primero de los grandes eventos sociales a los que debían asistir. Habían tardado cuatro días en trasladarse a Hallows House, en Audley Street; los días restantes, los habían ocupado visitando modistas y establecimientos de moda. La noche anterior, Em había celebrado una fiesta selecta para presentar a sus invitadas en sociedad. Em estaba satisfecha con la cantidad de gente que había aceptado su invitación; hacía muchos años que no residía en la capital. Pero había cierta persona que no había respondido a la tarjeta blanca, orlada de oro, que le había sido enviada.

La propia Lucinda había escrito de su puño y letra la dirección de la residencia de Harry en Half Moon Street. Pero había buscado en vano su rubia cabeza.

—Debes dejarlo marchar si quieres que vuelva —le había dicho Em—. Es como uno de sus caballos. Puedes llevarlo hasta el estanque, pero no puedes obligarlo a beber.

De modo que Lucinda lo había dejado marchar, sin un murmullo, sin la menor insinuación de que buscaba su compañía.

Y él aún no había vuelto.

Ahora, elegantemente vestida en seda azul cian y el pelo recogido de tal modo que sus suaves rizos caían alrededor de su frente y de sus sienes, permanecía al borde del salón de baile y miraba a su alrededor.

No llegaban ni pronto, ni tarde. El salón estaba ya lleno, aunque no a rebosar. Elegantes caballeros conversaban con señoras vestidas a la última moda; viudas y carabinas se alineaban a lo largo de las paredes. Sus pupilas, casi todas ellas jovencitas recién presentadas en sociedad, eran fáciles de identificar por los colores pálidos de sus vestidos. Estaban por todas partes; las más atrevidas, charlaban con los caballeros más jóvenes; otras, más tímidas, se hacían compañía mutuamente.

—¡Ay! ¡Mira! —Heather se agarró al brazo enguantado de Lucinda—. Ahí están la señorita Morley y su hermana —Heather levantó la mirada hacia ella—. ¿Puedo ir con ellas?

Lucinda sonrió a las señoritas Morley, que estaban al otro lado del salón.

—Claro, pero búscanos en cuanto acabes.

Heather le lanzó una sonrisa alborozada.

Em resopló.

—Estaremos allí —mirando por los impertinentes, señaló un sofá que había junto a la pared.

Heather hizo una reverencia y se alejó, vestida en muselina de color turquesa, con los rizos rubios recogidos sobre la coronilla.

—Un vestido muy bonito, claro, que fui yo quien lo eligió —declaró Em mientras se encaminaba al sofá.

Lucinda la siguió. Estaba a punto de sentarse junto a Em en el asiento tapizado de brocado cuando el joven señor Hollingsworth apareció junto a ella acompañado por un caballero de más edad e infinitamente más elegante.

—Encantado de verla de nuevo, señora Babbacombe —el señor Hollingsworth casi vibraba de emoción.

Lucinda murmuró un amable saludo. Habían conocido al señor Hollingsworth en Harchard's el día anterior.

—Permítame presentarle a mi primo, lord Ruthven.

El elegante caballero, apuesto y de cabello negro, se inclinó cortésmente.

—Es un honor conocerla, señora Babbacombe.

Lucinda hizo una reverencia y, al levantar la vista, se topó con su mirada. Sofocó una mueca al advertir el destello de curiosidad que había en sus ojos.

—Una rosa entre tantas peonías, querida —Ruthven abarcó

con un ademán desdeñoso a las lindas jovencitas que los rodeaban.

—¿De veras? —Lucinda levantó los ojos con aire escéptico.

Lord Ruthven se mostró impasible. Lucinda pronto descubrió que su señoría no era el único caballero deseoso de la compañía de mujeres más adultas. Otros de parecida posición se fueron acercando y reclamaron con cierta vacilación los buenos oficios de Ruthven para hacer las presentaciones. Su señoría, al que todo aquello parecía divertirle, se mostró dispuesto a complacerlos. Recordando sus deberes, Lucinda intentó retirarse, pero Em soltó un bufido y la ahuyentó con un ademán.

—Yo vigilaré a Heather. Tú ve a divertirte. Para eso son los bailes.

Lucinda se dijo que Em sabía más que ella de vigilar a una jovencita en los bailes de la alta sociedad, luego se encogió de hombros y sonrió a su cohorte de pretendientes. En un lapso de tiempo muy corto, se vio rodeada por una colección de caballeros a los que clasificó para sus adentros como coetáneos de Harry Lester. Eran todos ellos elegantes hasta el extremo. Lucinda no veía ningún inconveniente en disfrutar de su compañía.

Entonces empezó la música y sus melodiosos acordes flotaron sobre las cabezas engalanadas de los invitados.

—¿Me concede el honor de su primer cotillón en la capital, querida?

Lucinda se giró y se encontró el brazo de lord Ruthven ante ella.

—Desde luego, señor. Encantada.

Él esbozó una sonrisa.

—No, querida, soy yo quien está encantado. Tendrá que encontrar otro adjetivo.

Lucinda lo miró a los ojos y levantó las cejas.

—Tengo la mente en blanco, señor. ¿Cuál me sugiere usted?

Su señoría se apresuró a complacerla.

—¿Loca de contento? ¿Extasiada? ¿Transida de felicidad?

Lucinda se echó a reír. Mientras ocupaban sus puestos, lo miró enarcando una ceja.

—¿Qué tal «tan impresionada que no encuentro palabras para expresar lo que siento»?

Lord Ruthven hizo una mueca.

Con el paso de las horas, Lucinda se encontró cada vez más solicitada. Dado que formaba parte de las filas de las matronas, no tenía cartilla de baile, pero era libre de concederle un baile a quien quisiera entre los muchos miembros de su cohorte de admiradores, cuya avidez, sin embargo, despertaba su natural desconfianza. Ruthven parecía demasiado despreocupado e indolente para resultar peligroso, pero había otros en cuyos ojos adivinaba un brillo mucho más intenso.

Uno de ellos era lord Craven, que entró tranquilamente en el salón de baile, ya tarde, supervisó el campo desde lo alto de la escalinata y a continuación se abrió paso disimuladamente, pero con decisión, hacia ella. Convenció al señor Satterly para que hiciera las presentaciones y se inclinó sobre la mano de Lucinda en el preciso instante en que comenzaban a sonar los primeros compases de un vals.

—Mi querida señora Babbacombe, ¿puedo abrigar la esperanza de que se apiade usted de un recién llegado y me conceda el honor de un vals?

Lucinda observó los ojos entornados y oscuros de lord Craven... y decidió que haría mejor apiadándose de otro. Dejó que sus ojos se agrandaran y paseó una mirada inquisitiva por los caballeros que la rodeaban.

Ellos acudieron de inmediato en su auxilio, tildaron la pretensión de lord Craven de escandalosa, descarada e injusta y le ofrecieron un sinfín de alternativas. Lucinda se rio ligeramente y apartó los dedos de la mano de lord Craven.

—Me temo que tendrá usted que arriesgarse a entrar en liza, milord.

A Craven se le desencajó visiblemente el semblante.

—En fin, veamos —Lucinda sonrió a sus pretendientes y estaba a punto de concederle el vals al señor Amberly, quien, pese al arrobo con que la miraba, parecía más inclinado al humor que a la seducción, cuando sintió cierto revuelo a su lado. Un instante después, unos dedos largos y firmes le rodearon el brazo y se deslizaron sobre la piel desnuda, justo por encima de su guante.

—Creo que este es mi vals, señora Babbacombe.

Lucinda se quedó sin aliento. Se giró y vio a Harry ante ella. Sus ojos se encontraron; los de él eran muy verdes y penetrantes, y había en ellos una extraña intensidad. Lucinda sintió que una oleada de dicha se apoderaba de ella y luchó por ocultarla.

Los labios de Harry se curvaron, sus comisuras se alzaron en una sonrisa que se convirtió en mueca al inclinarse ante ella. Cuando se incorporó, su semblante parecía impasible.

—¡Caramba, Lester! Esto es sumamente injusto —el señor Amberly parecía a punto de ponerse a lloriquear. Otros comenzaron a rezongar.

Harry se limitó a levantar una ceja mientras posaba la mirada entornada sobre Lucinda.

—Que yo recuerde, querida, me debe usted un vals. He venido a reclamarlo.

—En efecto, señor —Lucinda saboreó el sonido de su voz grave y flemática, se dio por vencida y sonrió, alborozada—. Yo siempre saldo mis deudas. Mi primer vals en la capital le pertenece.

Harry tensó los labios, pero se refrenó para no sonreír. Con gesto elegante se apoderó de su mano y la posó sobre su manga.

Lucinda le lanzó a Em una mirada triunfante, pero su mentora estaba oculta tras su cohorte de admiradores.

—Caballeros —con una sonrisa luminosa y una inclinación de cabeza, se despidió de sus pretendientes, que miraban con enojo a su inesperado acompañante, al que le permitió que la guiara hasta el centro del salón.

Harry refrenó su lengua hasta que llegaron a la pista de baile, pero en cuanto comenzaron a girar entre la gente, bajó la vista y atrapó la mirada azul de Lucinda.

—Me doy cuenta, señora Babbacombe, de que carece usted de experiencia en lo que a los caprichos de la alta sociedad se refiere. Me temo que debo advertirla de que a muchos de los caballeros que ahora mismo viven pendientes de su sonrisa hay que tratarlos con extrema cautela.

Más preocupada por seguir el paso de Harry que por los caballeros de su cortejo, Lucinda frunció el ceño.

—Eso es evidente.

Harry levantó despacio las cejas.

Lucinda pareció distraerse.

—No soy precisamente una niña, ¿sabe usted? Por lo que a mí respecta, no hay razón por la que no pueda disfrutar de su compañía. No estoy tan verde como para dejarme engatusar por sus encantos.

Harry soltó un bufido. Durante un rato, consideró la posibilidad de asustarla con una advertencia más explícita, y luego descartó la idea. Acordándose de Jake Blount y de la posada Green Goose, se dio cuenta de que Lucinda no se dejaba asustar fácilmente. Pero él no podía darle su beneplácito a aquella caterva de pretendientes.

Miró su cara y vio que seguía con el ceño fruncido, a pesar de que parecía distraída.

—¿Qué ocurre?

Ella se sobresaltó... y lo miró con irritación.

—¿Y bien?

—Ya que quiere saberlo —dijo Lucinda—, no he bailado mucho el vals. Charles no lo bailaba, desde luego. He tomado lecciones, pero en un salón lleno de gente es muy distinto.

Harry no pudo evitar sonreír.

—Relájese.

La mirada que le lanzó Lucinda sugería que consideraba su sentido del humor algo malévolo.

Harry se echó a reír... y la atrajo hacia sí, apretándola para que pudiera adivinar más fácilmente sus movimientos.

Lucinda contuvo la respiración... y luego exhaló lentamente. Aquella postura era casi indecente, pero así se sentía mucho más segura. Cuando Harry comenzó a ejecutar una serie de complicados giros en un extremo del salón, lo siguió sin tropezarse. Más tranquila, empezó a relajarse... solo para descubrir que su capacidad de raciocinio había quedado prácticamente inundada por sus sentidos. Mientras avanzaban por el salón, los recios muslos de Harry rozaban los suyos. Sentía el calor de su cuerpo envolviéndola, y su fortaleza, que la hacía girar en un torbellino. Una extraña tensión se apoderó de ella, dificultándole la respiración. Aquella tensión era idéntica a la que sentía en el brazo que la rodeaba. Levantó la mirada por debajo de las pestañas y descubrió que él estaba sonriendo. Mientras lo miraba, sus labios se tensaron en línea recta.

Le costó un arduo esfuerzo, pero Harry intentó olvidarse de cuanto podía distraerlo como, por ejemplo, las irresistibles curvas enfundadas en seda azul de Lucinda, la suavidad de sus turgencias y la línea sutil de su espalda, el delicado perfume que excitaba sus sentidos y la grácil curva de su cuello, que aquel nuevo peinado dejaba al descubierto, y se obligó a recordar por qué había vuelto a Londres.

—¿Cuándo piensa visitar sus posadas?

Lucinda parpadeó y lo miró a los ojos.

—Pues, a decir verdad, había pensado empezar por la Argyle Arms, en Hammersmith, mañana mismo.

Harry no se molestó en preguntarle si iría convenientemente acompañada. La muy condenada estaba tan cerrilmente segura de sí misma, ignoraba hasta tal punto los peligros que corría y era tan terca que...

—Pasaré a buscarla a las nueve.

Los ojos de Lucinda se dilataron.

Harry lo notó y la miró con el ceño fruncido.

—No tema, iremos en mi carrocín y me llevaré a Dawlish. Todo perfectamente correcto, se lo aseguro.

Lucinda sofocó una risa alborozada. Repasó de memoria las instrucciones de Em. Lo miró con aire pensativo y luego asintió con elegancia.

—Gracias, señor. Estoy segura de que su compañía hará el trayecto más interesante.

Harry achicó los ojos, pero no logró deducir nada de su semblante sereno. Sofocó un bufido de fastidio, la atrajo un poco más hacia sí y decidió disfrutar del resto del vals.

Al acabar este, regresó con ella adonde la esperaban con impaciencia sus admiradores. Harry notó la expectación de sus miradas y se envaró. En lugar de separarse de su bella acompañante con una reverencia —el procedimiento habitual—, cubrió con la suya la mano que reposaba sobre su manga y, así anclado, permaneció a su lado.

Lucinda fingió no notarlo. Se puso a charlar alegremente, haciendo caso omiso de la mirada curiosa de lord Ruthven y de la expresión de reproche del señor Amberly. Notó que Harry no hacía esfuerzo alguno por tomar parte en la conversación. Deseaba mirarlo pero, estando tan cerca, no podía hacerlo sin delatar su interés. Sintió cierto alivio cuando Anabelle Burnham, una joven dama que pasó por allí del brazo del señor Courtney, decidió unirse a ellos.

—Pronostico que va a haber otra aglomeración —la señora Burnham miró a lord Ruthven batiendo las pestañas, antes de fijar sus ojos risueños en Lucinda—. Ya se acostumbrará a ellos, querida. Y debe usted admitir que estas reuniones con tanta gente son... entretenidas.

Otra mirada risueña se dirigió hacia lord Ruthven.

Lucinda luchó por no reírse.

—En efecto —miró de soslayo a su acompañante, que permanecía en silencio—. Y, además, el entretenimiento toma formas muy variadas. ¿No le parece?

Anabelle Burnham parpadeó y su sonrisa se iluminó.

—Desde luego que sí, mi querida señora Babbacombe. ¡Ya lo creo!

Le lanzó otra mirada maliciosa a lord Ruthven y a continuación fijó sus ojos en el señor Amberly.

Lucinda no lo notó: había quedado atrapada en la mirada verde de Harry, cuyas facciones, duras y esculpidas, tenían una expresión impasible que, sin embargo, se hacía más amenazadora por momentos. Notó que sus ojos se entornaban levemente y que sus labios se afinaban. De pronto le costó respirar.

El sonido agudo de los violines la salvó... aunque no sabía de qué.

—Señora Babbacombe, declaro rotundamente que ha de concederle usted este baile a este su humilde servidor.

Lucinda maldijo para sus adentros y miró al señor Amberly, que aguardaba con aire suplicante. Pestañeó... y comprendió que el señor Amberly le estaba rogando que lo rescatara. No pudo evitar sonreír.

Miró a Harry y apartó la mano suavemente de su brazo. Él crispó los dedos un instante y luego la soltó.

—No le he dado las gracias por el vals, señor —Lucinda levantó los ojos hacia los suyos—. Ha sido muy grato.

Los rasgos de Harry parecían de granito. No dijo nada, pero se inclinó elegantemente, sin apenas esfuerzo, vestido con su severo atuendo blanquinegro.

Lucinda inclinó la cabeza, se apartó de él y le dio el brazo al señor Amberly.

Para desilusión de Lucinda, Harry ya no estaba presente cuando, al acabar el baile, el señor Amberly regresó con ella al pequeño grupo que se había reunido junto al sofá que ocupaba Em. Mientras conversaban, Lucinda escudriñó las espaldas que la rodeaban, pero no encontró las que buscaba. Vio a Heather, que tenía los ojos brillantes y parecía divertirse inmensamente. Su hijastra la saludó con la mano y luego volvió a concentrarse en sus amigos, Gerald Lester, las hermanas Morley y otros dos jóvenes caballeros. Lucinda, que de pronto se sentía desalentada, se obligó a prestar atención a sus admiradores. El círculo que la rodeaba volvía a cerrarse en torno a ella. Comprendía ya por qué a aquellos eventos se les llamaba popularmente «aglomeraciones». Al menos, la señora Burnham no la había abandonado.

La alegría de Lucinda, sin embargo, se había disipado. Solo haciendo un esfuerzo lograba componer una sonrisa radiante o intercalar una réplica ingeniosa en el flujo constante de la conversación.

Algo más tarde, los compases de otro vals se difundieron por el salón desde la tarima de los músicos, situada al otro lado de la estancia. Lucinda parpadeó. Ya había bailado con todos los caballeros a los que consideraba de fiar, pero no había previsto otro vals.

Levantó la mirada y vio los ojos de lord Ruthven fijos en ella. Había en su fondo un brillo extraño.

—¿Y bien, querida? —dijo él—. ¿A cuál de nosotros va a favorecer con un segundo baile?

Lucinda levantó las cejas altivamente. Y paseó la mirada por aquellos con los que no había bailado aún. Tres de ellos se apresuraron a ofrecerle su brazo. Uno de ellos, un dandi con fama de libertino varios años mayor que ella pero infinitamente más mundano, parecía el más prometedor. Tal vez tuviera malas intenciones, pero parecía fácil de manejar. Con una sonrisa serena y una fría mirada a Ruthven, Lucinda le tendió la mano.

—¿Señor Ellerby?

El señor Ellerby, a decir verdad, se comportó con el debido decoro en la pista de baile. Al final del vals, Lucinda se estaba felicitando no solo por bailar cada vez con más aplomo, sino por haber juzgado tan certeramente a su pareja, cuando Ellerby retomó bruscamente su papel.

—Hace mucho calor aquí, ¿no le parece, señora Babbacombe?

Lucinda levantó la mirada y sonrió.

—En efecto, cómo no iba a parecérmelo. El salón está, ciertamente, muy lleno.

Tan lleno que ya no veía el sofá de Em, oculto por el gentío. El vals los había dejado en el otro extremo del salón.

—Esa puerta lleva a la terraza. Y los jardines de lady Haverbuck son muy espaciosos. Puede que un paseo le refresque las mejillas, señora Babbacombe.

Lucinda se giró para mirar cara a cara a su acompañante, el brillo de cuyos ojos resultaba inconfundible.

—No querrá marearse, ¿verdad? —el señor Ellerby se inclinó hacia ella al decir esto, apretándole la mano intencionadamente.

Lucinda se envaró. Respiró hondo y había abierto los labios para advertir a su inoportuno acompañante que ella rara vez se mareaba cuando se vio salvada.

—No creo que la señora Babbacombe necesite un paseo por la terraza en este momento, Ellerby.

Aquella voz parsimoniosa pero acerada le produjo un estremecimiento de emoción. El señor Ellerby, por su parte, pareció enojarse.

—Solo era una sugerencia —desdeñó la cuestión con un ademán y le ofreció a Lucinda el brazo mientras miraba a Harry con cara de pocos amigos—. Es la hora de la cena, señora Babbacombe.

—En efecto —dijo Harry.

Lucinda levantó la vista y notó que los ojos verdes de Harry tenían una expresión fría y retadora. Él deslizó los dedos por su brazo y la asió por la muñeca. Lucinda sofocó un escalofrío.

Harry la miró.

—Si lo desea, señora Babbacombe, la acompaño.

Levantó la mano de Lucinda y la puso sobre su manga. Ella lo miró a los ojos y a continuación se giró para despedir a Ellerby.

—Gracias por el vals, señor.

El señor Ellerby parecía dispuesto a batallar, pero se topó con la mirada de Harry. Por fin hizo una reverencia a regañadientes.

—Ha sido un placer, señora.

—No me cabe duda —masculló Harry mientras conducía a Lucinda hacia el comedor.

—¿Cómo dice? —Lucinda lo miró parpadeando.

—Nada —Harry apretó los labios—. ¿No podía haber elegido una pareja de baile más adecuada que Ellerby? Había a su alrededor buen número de auténticos caballeros... ¿o es que no nota la diferencia?

—Claro que la noto —Lucinda ahogó una sonrisa y levantó la nariz—. Pero ya había bailado con todos ellos. No quería que pareciera que les daba alas.

Harry resistió el deseo de rechinar los dientes.

—Créame, señora Babbacombe, haría usted mejor relacionándose solo con caballeros y evitando a los libertinos.

Lucinda imitó uno de los resoplidos de Em.

—Tonterías. No corría ningún peligro.

Levantó la mirada y vio que el semblante de Harry parecía haberse vuelto de piedra.

—Señora Babbacombe, me cuesta creer que fuera usted capaz de reconocer el peligro aunque se tropezara con él.

Lucinda tuvo que fruncir los labios para no sonreír.

—¡Bobadas! —contestó al fin.

Harry la miró con severidad y la condujo con determinación hacia una mesa. No a una de las mesitas para dos que había en los rincones del espacioso comedor, sino a una mesa en la que habría encontrado acomodo un batallón, cerca del bufé del centro del salón. Lucinda tomó asiento en la silla que le ofreció y lo miró con cierta sorpresa.

Pareció aún más sorprendida cuando sus admiradores se fueron acercando tímidamente, y Harry no hizo intento de morderlos. Se sentó a su lado, se recostó en la silla con una copa de champán en la mano y vigiló en silencio la conversación. Su severa presencia actuaba a modo de sordina, asegurándose de que el jolgorio se mantenía dentro de unos límites aceptables. Anabelle Burnham, que se había unido a ellos, lo miró con pasmo y a continuación fijó los ojos en Lucinda y levantó la copa en un brindis silencioso.

Lucinda arriesgó una rápida sonrisa y dejó que su mirada se deslizara hasta la cara de Harry.

Él la estaba mirando fijamente, con los labios formando una línea recta que Lucinda ya empezaba a conocer. Sus ojos eran verdes como gemas e impenetrables.

Lucinda sofocó un escalofrío. Se volvió hacia la mesa y se obligó a prestar atención a sus admiradores menos interesantes.

Tal y como había prometido, Harry la estaba esperando en el vestíbulo de Hallows House a las nueve en punto de la mañana siguiente.

Al bajar las escaleras vestida con una capa azul oscura sobre el traje de viaje de color celeste, Lucinda notó que la miraba de la cabeza a los pies. Cuando llegó al vestíbulo y se acercó a él con la mano extendida, Harry levantó la mirada hacia su cara.

Harry percibió la satisfacción que había en su mirada... y frunció el ceño.

—Por lo menos no se helará —la tomó de la mano y se inclinó sobre ella. Luego se quedó mirando su mano pequeña y fina, posada sobre la suya, mucho más grande—. No olvide los guantes.

Lucinda levantó una ceja... y sacó los guantes de su bolsito.

—Volveré a la hora de comer, Fergus —miró a Harry mientras se ponía los guantes—. ¿Comerá usted con nosotros, señor Lester?

—No. Por favor, transmítale mis disculpas a mi tía —Harry la agarró del brazo y la condujo hacia la puerta. Seguramente la casa de Em era un lugar seguro, pero sus aposentos lo serían aún más. Ya no se fiaba de su tía—. Tengo otros compromisos.

Lucinda se detuvo en lo alto de la escalinata y levantó la mirada hacia él.

—Espero que acompañarme no le cause ningún trastorno.

Harry la miró entornando los ojos. Lucinda era un trastorno que en nada se parecía a cualquier otro que le hubiera salido al paso.

—En absoluto, querida. Recuerde que fui yo quien se ofreció —lo que se negaba a considerar era el porqué—. Pero es hora de que nos vayamos.

La condujo escalinata abajo y la ayudó a subir al asiento de su carrocín. Tomó las riendas evitando toparse con la mirada de Dawlish. Aguardó hasta que el peso de su sirviente equilibró el carruaje y arreó a los caballos.

Lucinda disfrutó plenamente del paseo matutino por las calles aún medio vacías. Vio vendedores de naranjas ofreciendo sus mercancías; oyó los gritos de las vendedoras de fresas llamando a las amas de casa para que salieran a las puertas. La ciudad parecía distinta, limpia y nueva bajo el rocío de la mañana. El tráfico aún no había removido el polvo y los distintos tonos de verde de los árboles de Hyde Park se movían como un caleidoscopio. Harry los condujo velozmente a través de un camino de gravilla y salió del parque por una verja apartada. Una vez tomaron la carretera que llevaba a Hammersmith, Lucinda concentró su atención en los negocios. Harry contestó a sus preguntas acerca de las posadas por las que pasaban, dirigiéndose de vez en cuando a Dawlish. Lucinda notó que este estaba muy cabizbajo; su voz amarga hacía pensar que había muerto alguien en su familia.

Pero se olvidó de Dawlish y de su pesadumbre cuando entraron en el patio de la posada Argyle Arms.

La Argyle Arms resultó tener muchas cosas en común con la Barbican Arms. El señor Honeywell, el posadero, le echó una ojeada a Harry y a continuación los escoltó a lo largo de la amplia posada, que abarcaba tres alas comunicadas entre sí. Estaban en la planta baja de una de ellas, camino de la entrada principal, cuando Lucinda oyó una risa ligera tras una puerta que, supuso, daba a un dormitorio.

Se acordó al instante de la Green Goose. La risa, sin embargo, pertenecía a un hombre. Se detuvo.

—¿Qué hay tras esa puerta?

El señor Honeywell permaneció impasible.

—Un salón, señora.

—¿Un salón? —Lucinda frunció el ceño y miró a su alrededor—. Ah, sí... Esto era antes una casa, ¿no?

El señor Honeywell asintió con la cabeza y la invitó a proseguir con un gesto.

Pero Lucinda permaneció inmóvil, con la vista fija en la puerta del salón.

—Eso hacen cuatro salones… ¿Tantos necesita la clientela?

—No directamente —reconoció el señor Honeywell—, pero estamos tan cerca de la ciudad que a menudo alquilamos salones para reuniones.

Lucinda frunció los labios.

—Me gustaría inspeccionar ese salón, señor Honeywell.

El semblante del señor Honeywell adquirió una expresión recelosa.

—Eh… Ahora mismo está ocupado, señora, pero hay otro igual en la otra ala. Si quiere ver ese…

—Desde luego —Lucinda asintió con la cabeza, pero siguió mirando la puerta—. ¿Quién está usando este?

—Eh… un grupo de caballeros, señora.

Lucinda levantó las cejas y abrió la boca.

—Pero… —el señor Honeywell se interpuso suavemente entre Lucinda y la puerta—, no le aconsejo que los interrumpa, señora.

Sorprendida, Lucinda levantó las cejas y miró un momento en silencio al posadero.

—Mi querido señor Honeywell… —dijo en tono gélido.

—¿Quién hay ahí, Honeywell?

Lucinda parpadeó. Era la primera vez desde hacía una hora que Harry tomaba la palabra.

El señor Honeywell le lanzó una mirada implorante.

—Solo un grupo de muchachos de buena posición, señor. Ya sabe cómo son.

—En efecto —Harry se volvió hacia Lucinda—. No puede entrar.

Lucinda se giró lentamente y miró a Harry.

—¿Cómo dice?

Los labios de Harry se tensaron levemente, pero su mirada no vaciló.

—Déjeme expresarlo de otro modo —su tono era singularmente suave y sedoso, pero bajo él se adivinaba una corriente subterránea que amenazaba con toda clase de peligros—. No va a entrar ahí.

Si Lucinda tenía alguna duda en cuanto a la determinación que escondía aquella amenaza tan poco sutil, la mirada de Harry la disipó por completo. A pesar de que estaba cada vez más enfadada, se sintió asaltada por el impulso de retroceder... y por un deseo totalmente absurdo de desafiarlo para ver de qué era capaz. Ignoró el estremecimiento que recorrió su columna vertebral, le lanzó una mirada fulminante y luego fijó una mirada gélida en el señor Honeywell.

—Tal vez pueda enseñarme ese otro salón.

El posadero exhaló un suspiro casi audible.

Tras inspeccionar el otro salón, que, según le aseguró el posadero una y otra vez, era idéntico al primero, Lucinda dio su visto bueno. Quitándose los guantes, inclinó la cabeza hacia el señor Honeywell.

—Ahora voy a examinar los libros. Puede traerlos aquí.

Honeywell salió en busca de sus libros de cuentas.

Lucinda dejó los guantes y el bolsito sobre la mesa y recorrió lentamente la habitación. Se detuvo en la ventana, respiró hondo para calmarse y se giró para mirar a Harry, que la había seguido de cerca. Lucinda lo vio acercarse lentamente y detenerse frente a ella con una ceja levantada y una mirada desafiante que ella le devolvió.

—Tal vez le interese saber, señor Lester, que no tenía intención de... —hizo un ademán desdeñoso— irrumpir en una reunión privada. Cosa que pensaba dejarle clara al señor Honeywell cuando tuvo usted a bien intervenir.

La expresión de alarma que cruzó fugazmente los ojos de Harry fue un bálsamo para su enojo. Enseguida intentó aprovechar su ventaja.

—Solo quería cerciorarme de que mi posada tiene una clientela decente... derecho que, estoy segura, hasta usted me reconoce —meneó un dedo bajo su nariz—. Ni usted ni el señor Honeywell tenían justificación alguna para llegar a semejante conclusión... ¡como si fuera una niña que no sabe lo que hace! Y usted, señor, no tenía derecho a amenazarme como lo ha hecho —se volvió de lado, cruzó los brazos y levantó el mentón—. Desearía que se disculpara, señor, por un comportamiento tan poco caballeroso.

El silencio recibió sus palabras. Harry observó fijamente su rostro. Luego esbozó una sonrisa.

—Le sugiero, querida, que espere sentada. Esta mañana, mi conducta ha sido sumamente caballerosa.

Lucinda abrió mucho los ojos.

—¿Caballerosa? —bajó los brazos mientras caminaba a su alrededor.

Harry levantó una mano.

—Admito que tanto Honeywell como yo quizá nos precipitamos en nuestras conclusiones —la miró a los ojos con una fugaz expresión apesadumbrada—. Le pido disculpas por ello de todo corazón. Pero en cuanto a lo demás... —su rostro se endureció—. Me temo que tendrá que achacar mi conducta a una provocación de extraordinaria gravedad.

—¿Una provocación? —Lucinda lo miraba con pasmo—. Y, dígame, ¿qué provocación es esa?

El deseo de mantenerla a salvo, a resguardo, el deseo instintivo que lo tenía atenazado y del que no lograba escapar. La verdad resonó en la cabeza de Harry como un eco. Luchó por ahogar su sonido. Miró a Lucinda, cuyos ojos azules escudriñaron los suyos y un instante después parecieron agrandarse. Bajó la mirada hacia sus labios carnosos y rojos: una tentación irresistible. Mientras la miraba, ella entreabrió la boca. En torno a ellos reinaba el silencio; entre ellos crecía la tensión. Consciente tanto de la respiración agitada de Lucinda como de la aceleración de su propio pulso, Harry levantó un dedo y trazó con toda delicadeza la línea de su labio inferior.

El temblor que provocó en ella su caricia reverberó en lo más profundo de su ser.

Se había quedado sin respiración. Si la miraba a los ojos, estaba perdido.

El deseo brotó con inesperada energía. Luchó por sofocarlo. Intentó respirar y apartarse, pero no pudo.

Unos pasos distantes iban acercándose. En el pasillo crujió un tablón del suelo.

Harry bajó rápidamente la cabeza y rozó con los labios la boca de Lucinda en una caricia tan breve que apenas notó el leve movimiento de los labios de ella bajo los suyos.

Cuando la puerta se abrió y entró Honeywell, Harry estaba junto a la chimenea, a unos metros de Lucinda. El posadero no notó nada raro; colocó los pesados libros sobre la mesa y miró a Lucinda con aire esperanzado.

Harry la miró, pero ella estaba de espaldas a la ventana y no vio su expresión.

Lucinda vaciló el tiempo justo para recobrar el aplomo. Luego se adelantó y compuso una expresión tan altiva que el señor Honeywell parpadeó.

—Solo las cuentas de este año, señor Honeywell.

El posadero se apresuró a cumplir sus órdenes.

Mientras se hallaba inmersa en las cuentas, Lucinda luchó por apaciguar sus nervios, inflamados por aquel beso fugaz y por la presencia constante de Harry. Por un instante había sentido que el mundo giraba a su alrededor en un torbellino. Ahuyentó decididamente aquel recuerdo y se concentró en las cuentas del señor Honeywell. Cuando se dio por satisfecha había pasado media hora y se hallaba de nuevo en pleno dominio de sus facultades. Incluso fue capaz de conversar tranquilamente durante el trayecto de regreso a Audley Street.

Harry no hizo ningún comentario en particular; se limitó a contestar de buen grado a todas sus preguntas, pero dejó las riendas de la conversación en sus manos. Cuando se detuvieron ante la escalinata de la casa de Em, Lucinda tenía la impresión de haberse manejado con admirable pericia.

Eligió el momento en que Harry la ayudaba a apearse del carruaje para decir:

—Le agradezco sinceramente que me haya acompañado, señor Lester —se refrenó para no hacer ningún otro comentario, a pesar de que ello le costó un notable esfuerzo.

Harry arqueó una ceja.

—¿De veras?

Lucinda luchó por no fruncir el ceño.

—De veras —contestó, mirándolo a los ojos.

Harry miró su cara, contempló sus ojos maravillosamente azules, en los que relucía un desafío... y se preguntó cuánto tiempo podría seguir sujetándola por la cintura antes de que ella se diera cuenta.

—En ese caso, dígale a Fergus que me mande recado cuando desee usted inspeccionar otra posada —notaba el cuerpo cálido, vibrante, vivo y sutil de Lucinda entre sus manos.

Ella sabía perfectamente que la estaba tocando; sentía el calor de sus dedos atravesándole el vestido. Pero aquel beso, tan rápido que pasó casi antes de empezar, había sido el primer indicio de que la victoria era posible. A pesar de la cascada de emociones inquietantes que aquella caricia fugaz había despertado en ella, estaba decidida a mantenerse en sus trece. Si había abierto brecha en los muros de Harry una vez, aunque hubiera sido inadvertidamente, podría hacerlo de nuevo. Bajó la mirada hacia sus dedos, que descansaban sobre el gabán de Harry.

—Pero no puedo abusar así de su tiempo, señor Lester.

Harry frunció el ceño. Veía brillar sus ojos por entre las pestañas.

—Nada de eso —hizo una pausa y añadió con su acostumbrada cautela—: Como le dije en otra ocasión, dado que es usted la invitada de mi tía por insistencia mía, creo que es lo menos que puedo hacer.

Le pareció oír un bufido de fastidio. Sofocó una sonrisa, levantó la mirada... y se encontró con los ojos de Dawlish, que lo miraban con lástima.

Harry bajó las manos. Su rostro quedó de pronto inexpresivo. Dio un paso atrás, le ofreció el brazo a la invitada de su tía y, desdeñando abiertamente la advertencia de su criado, la acompañó hasta lo alto de la escalinata.

Mientras esperaban a que Fergus abriera la puerta, Lucinda levantó la vista... e interceptó un intercambio de miradas entre Harry y Dawlish.

—Dawlish parece alicaído. ¿Le ocurre algo?

El semblante de Harry se endureció.

—No. Es que no está acostumbrado a levantarse tan temprano.

Lucinda parpadeó.

—¿De veras?

—En efecto —la puerta se abrió, sostenida por un sonriente Fergus. Harry hizo una reverencia—. *Au revoir*, señora Babbacombe.

Lucinda cruzó el umbral, miró hacia atrás y le lanzó una sonrisa.

Una suave e irresistible sonrisa de sirena. Luego dio media vuelta y se dirigió lentamente hacia las escaleras. Harry se quedó allí parado y contempló con embeleso el contoneo de sus caderas al cruzar el vestíbulo.

—¿Señor?

Harry volvió en sí con sobresalto. Se despidió de Fergus con una brusca inclinación de cabeza, dio media vuelta y bajó los escalones. Al subirse al carrocín, clavó en Dawlish una mirada de advertencia.

Luego, fijó su atención en los caballos.

CAPÍTULO 7

Una semana después, Harry estaba sentado frente a su escritorio en la pequeña biblioteca de sus aposentos. La ventana daba a un patio frondoso. Fuera, mayo se precipitaba hacia junio mientras la alta sociedad se entregaba a un frenesí de fiestas de compromiso y enlaces matrimoniales. Harry torció los labios con cinismo; él estaba enfrascado en otros asuntos.

Levantó la cabeza al oír que llamaban a la puerta. Esta se abrió y Dawlish asomó la cabeza.

—Ah, está ahí. Pensé que querría saber que esta noche van donde lady Hemminghurst.

—¡Maldita sea! —Harry hizo una mueca. Amelia Hemminghurst sentía debilidad por los libertinos, cuya hermandad estaría sin duda bien representada entre sus invitados—. Supongo que tendré que asistir.

—Eso me parecía. ¿Irá andando o quiere que saque el carruaje?

Harry reflexionó un momento y luego negó con la cabeza.

—Iré andando —estaría atardeciendo cuando saliera; el corto paseo hasta Grosvenor Square le ayudaría a mitigar la inquietud que las trabas que él mismo se había impuesto parecían causarle.

Mientras jugueteaba distraídamente con una pluma, revisó su estrategia. Al abandonar Newmarket, se había atenido con determinación a sus planes y había regresado a Lester Hall. Allí se había encontrado con su hermano Jack y con su futura esposa, la señorita Sophie Winterton y sus tutores, el señor y la señora Webb, tíos de la muchacha. Aunque no tenía nada en contra de la señorita Winterton, de la que su hermano estaba obviamente enamorado, le había molestado profundamente el brillo que había iluminado los ojos grisáceos de la señora Webb y la expresión contemplativa con que lo había observado. Su interés le había puesto nervioso. Finalmente, había llegado a la conclusión de que estaría más seguro en Londres, a cuyas arpías ya conocía, que en Lester Hall.

Había llegado a la ciudad un día antes que su tía y las invitadas de esta. Sabía que Em, que había crecido en una época mucho más peligrosa, jamás viajaba sin escolta, y ni siquiera se le pasó por la imaginación que la señora Babbacombe pudiera correr algún peligro en el trayecto. Además, el incidente en la carretera de Newmarket había sido sin duda fruto de la casualidad. Acompañada por Em y sus sirvientes, Lucinda Babbacombe estaba a salvo.

Una vez instaladas en la ciudad, sin embargo, la cosa había cambiado sustancialmente. Harry se había mantenido en un plano discreto mientras le había sido posible, evitando cualquier aparición innecesaria con la esperanza de que, de ese modo, las arpías y casamenteras no se percataran de su presencia. Como pasaba la mayor parte del día en su club, en el Manton's, en el Jackson's o en algún otro establecimiento para caballeros, y evitaba Hyde Park durante las horas en las que era de buen tono pasear e iba a todas partes en coche en lugar de aventurarse a caminar por las calles, donde sería presa fácil de viudas y madres ansiosas, había logrado con creces su objetivo. Y, dado que Dawlish pasaba casi todo el día en las cocinas de Hallows House, había podido permitirse el lujo de salir a la luz solo cuando era absolutamente necesario.

Como esa noche. Hasta ese momento, había conseguido proteger a Lucinda Babbacombe por igual de los clientes de las posadas y de los crápulas de la alta sociedad, para estupor general. Y gracias a sus contadas apariciones en las grandes ocasiones y a la mucha atención que le dedicaba a Lucinda, las arpías y casamenteras habían tenido muy escasas oportunidades de hacer presa en él.

Harry tensó los labios y dejó a un lado la pluma. Sabía que no debía echar las campanas al vuelo. La temporada aún no había acabado. Se levantó y frunció el ceño. Confiaba en ser capaz de comportarse como un caballero hasta entonces.

Sopesó la cuestión y finalmente hizo una mueca. Cuadró los hombros y fue a cambiarse.

—Dígame, señor Lester, ¿está disfrutando de los entretenimientos de la temporada?

La pregunta pilló a Harry por sorpresa. Bajó la mirada hacia su pareja de baile y levantó luego la vista para seguir girando alrededor del salón de baile de lady Hemminghurst. Al llegar, la había encontrado rodeada por los solteros más deseados y libertinos de la ciudad, y se había apresurado a librarla de ellos y a estrecharla entre sus brazos.

—No —contestó, y aquella idea le dio que pensar.

—Entonces, ¿qué hace aquí? —Lucinda mantenía los ojos fijos en su cara, esperando una respuesta sincera. Aquella pregunta había ido creciendo en importancia a medida que pasaban los días y Harry no hacía ni el más leve intento de asegurarse su cariño. El comentario de Em comparándolo con un caballo le parecía cada vez más apropiado. Harry la había seguido hasta Londres, sí, pero parecía decidido a no hacerla suya.

La había acompañado a las cuatro posadas de su propiedad y había permanecido a su lado durante las inspecciones, pero, aparte de eso, no había mostrado interés alguno en acompañarla a otros lugares. Cualquier comentario acerca del parque o de las delicias de Richmond o Merton caía en saco roto. La sola insinuación de una visita al teatro lo había puesto tenso.

En cuanto a su conducta en los salones de baile, Lucinda solo podía describirla como la del perro del hortelano. Algunos, como lord Ruthven, encontraban sumamente cómica aquella situación. Otros, como ella misma, empezaban a perder la paciencia.

Harry bajó la vista y la miró a los ojos frunciendo el ceño con aire amenazante.

Lucinda levantó las cejas.

—¿Debo suponer que preferiría estar con sus caballos? —inquirió suavemente.

Harry entornó los ojos, irritado.

—Sí —una imagen asaltó su mente—. Preferiría infinitamente estar en Lestershall.

—¿Lestershall?

Harry asintió con mirada ausente.

—Lestershall Manor, mi cuadra. Se llama así por la aldea, que a la vez tomó su nombre de la casa solariega de mi familia —la antigua mansión necesitaba urgentemente una reforma. Ahora que tenía dinero, se pondría manos a la obra. El edificio, construido parcialmente en madera, podía convertirse en un hogar delicioso. Cuando se casara, viviría allí.

¿Cuando se casara? Harry apretó los dientes y se obligó a mirar de nuevo a su acompañante.

Lucinda le devolvió una mirada retadora.

—¿Por qué no se va, entonces?

«Porque está vacío. Incompleto». Aquellas palabras afloraron a su conciencia antes de que pudiera ahuyentarlas. Los ojos azules y brumosos de Lucinda lo llevaban hacia el abismo. Las palabras le ardían en la lengua. Apretó mentalmente los dientes y compuso una de sus sonrisas más ensayadas.

—Porque estoy aquí, bailando el vals con usted.

No había nada de seductor en su tono. Lucinda mantuvo los ojos muy abiertos.

—¿Puedo abrigar la esperanza de que sea de su agrado?

Harry apretó los labios.

—Mi querida señora Babbacombe, bailar con usted es una de las escasas compensaciones que me permite mi actual estilo de vida.

Lucinda se permitió un parpadeo escéptico.

—¿Tan penosa es, entonces, su vida?

—En efecto —Harry la miró con los ojos entornados—. Ningún libertino debería verse obligado a soportar esta rutina.

Lucinda levantó las cejas sin apartar los ojos de él.

—¿Por qué la soporta, entonces?

Harry oyó los últimos compases del vals y dio otra vuelta antes de pararse. La pregunta de Lucinda resonaba en sus oídos; la respuesta reverberaba como un eco en su interior. Los ojos de Lucinda sostenían su mirada, invitadores, amables y francos. Le costó un gran esfuerzo de voluntad dar marcha atrás y aferrarse al cinismo que le había servido de escudo durante tanto tiempo. Su semblante se endureció, soltó a Lucinda y le ofreció el brazo.

—Sí, ¿por qué será, señora Babbacombe? Me temo que nunca lo sabremos.

Lucinda se refrenó para no rechinar los dientes. Posó la mano sobre su manga y se dijo que, en lo que duraba un vals –lo único que le había pedido nunca Harry Lester–, no le daba tiempo a minar sus defensas. Pero cada vez la irritaba más su empeño en negar lo evidente.

—A su tía la extrañó verlo en la ciudad. Dijo que... le perseguirían las señoras deseosas de casarlo con sus hijas —¿veía quizás el matrimonio como una trampa?

—En efecto —contestó él—. Pero Londres, durante la temporada, no ha sido nunca un lugar seguro para caballeros de buena familia y en situación desahogada —sus ojos se encontraron—. Con independencia de su reputación.

Lucinda levantó las cejas.

—Entonces, ¿considera usted ley de vida esa... persecución?

—Tan imparable como la primavera, aunque mucho más molesta —Harry tensó los labios y abarcó con un gesto el salón—. Vamos, la llevaré junto a Em.

—Eh... —Lucinda miró a su alrededor... y vio que las cortinas de las puertas que daban a la terraza se agitaban suavemente. Más allá se extendía el jardín, un mundo de sombras y estrellas—. La verdad —dijo, mirándolo de soslayo— es que estoy muy acalorada.

Aquella mentira cubrió de rubor sus mejillas.

Harry entornó los ojos mientras la observaba. Lucinda no sabía mentir; sus ojos se enturbiaban cada vez que contaba el más leve embuste.

—Tal vez —prosiguió ella, intentando quitarle importancia a sus palabras— podríamos pasear un rato por la terraza —fingió mirar por los ventanales—. Hay más gente fuera. Quizá podamos explorar un poco los senderos.

En momentos como aquel era cuando más acusaba las deficiencias de su educación. Su boda a los dieciséis años le había impedido aprender a coquetear o incluso a dar pie a un hombre. Al ver que su acompañante no respondía, lo miró con timidez.

Harry estaba esperando a que fijara su atención en él. Su expresión era la de un hombre encolerizado que, pese a todo, tenía conciencia de la necesidad de conservar las formas.

—Mi querida señora Babbacombe, me agradaría inmensamente que pudiera meterse en su linda cabecita que si estoy aquí, en Londres, afrontando toda suerte de peligros, se debe a una sola razón.

Lucinda parpadeó, atónita.

—¿De veras?

—En efecto —con forzada calma, Harry la hizo volver hacia el salón y echó a andar tranquilamente. Sus dedos, crispados alrededor del codo de Lucinda, se aseguraban de que lo seguía—. Estoy aquí para asegurarme de que, pese a mis inclinaciones, las suyas y ciertamente las de su cohorte de enamorados, acaba usted la temporada tal y como la empezó —giró la cabeza para mirarla—. Como una viuda virtuosa.

Lucinda pestañeó otra vez y luego se puso rígida.

—¿Ah, sí? —miró hacia delante y levantó la barbilla—. Ignoraba, señor Lester, que le había nombrado defensor de mi virtud.

—Pues lo hizo, ¿sabe usted?

Ella lo miró, dispuesta a llevarle la contraria, pero se topó con sus ojos verdes.

—Cuando aceptó mi mano y dejó que la sacara de su carruaje, en la carretera de Newmarket.

Lucinda recordó aquel momento, el instante en que se arrodilló sobre el costado del carruaje, sujeta entre sus brazos. Sofocó un estremecimiento... y levantó aún más la nariz.

—Tonterías.

—Muy al contrario —Harry parecía imperturbable—. Recuerdo haber leído en alguna parte que, si un hombre rescata a otro, asume la responsabilidad de velar para siempre por la vida de esa persona. Es lógico que lo mismo pueda decirse si la rescatada es una mujer.

Lucinda arrugó el ceño.

—Eso parece filosofía oriental. Y usted es inglés hasta la médula de los huesos.

—¿Oriental? —Harry levantó las cejas—. De uno de esos países en los que cubren a las mujeres con sudarios y las encierran bajo siete llaves, sin duda. Siempre he atribuido esas ideas tan sumamente sensatas al hecho de que tales civilizaciones son, por lo visto, mucho más antiguas que la nuestra.

Mientras decía esto, llegaron junto a su grupo de admiradores. Lucinda reprimió el impulso de apretar los dientes. No le cabía duda alguna de que, si oía una sola excusa más, acabaría poniéndose en ridículo gritando de rabia. Compuso una sonrisa radiante... y dejó que los cumplidos de sus pretendientes aliviaran su orgullo herido.

Harry lo soportó cinco minutos; después se apartó de su lado. Se paseó por la habitación sin alejarse mucho. Intercambió algunas palabras con algunos conocidos y por fin se retiró a un rincón desde el que podía observar a Lucinda.

Su sola presencia en el salón bastaba para alejar de ella a los donjuanes más peligrosos. Los que la rodeaban eran, en el fondo, auténticos caballeros; jamás se atreverían a abordarla sin una invitación previa. Su interés actuaba, desde luego, como un elemento disuasorio. Pero, aun así, estaba dispuesto a apostar a que ni una sola persona de la alta sociedad entendía cuáles eran sus pretensiones.

Con una sonrisa un tanto agria, apoyó los hombros contra la pared y vio a Lucinda ofrecerle la mano a Frederick Amberly.

Ella se adentró en el salón dispuesta a bailar otro vals -lady Hemminghurst parecía tener fijación por el vals-, adaptó sus pasos a los del señor Amberly, mucho más cortos que los de Harry, y se dejó llevar por la música.

Tres giros más tarde, reparó en la expresión, algo preocupada, de su pareja de baile... y se recordó con severidad que debía sonreír. Pero la sonrisa le salió forzada.

Estaba sumamente irritada.

Se suponía que los libertinos seducían a las mujeres. A las viudas, especialmente. ¿Tan inútil era que no podía quebrantar la resistencia de Harry Lester? No deseaba dejarse seducir, desde luego, pero, dada la inclinación natural de Harry, y su posición social, debía afrontar el hecho de que para un donjuán ese debía de ser el primer paso, y el más natural. Ella se preciaba de su pragmatismo. Debía afrontar la realidad; lo demás, carecía de sentido.

Harry había ido a Londres y bailaba con ella. Pero estaba claro que no bastaba con eso. Hacía falta algo más.

Estaban dando su tercera vuelta al salón cuando volvió a fijar la mirada en el señor Amberly. Por lo visto, si a su avanzada edad quería aprender a dar pábulo a un libertino, iba a tener que tomar lecciones.

El vals los dejó en el otro extremo del salón. Lucinda agarró su abanico, que colgaba de su muñeca, lo abrió y comenzó a abanicarse.

—Hace calor aquí, ¿no le parece, señor Amberly?

—En efecto, querida señora.

Lucinda notó que su mirada se deslizaba hacia los ventanales de la terraza. Ocultó una sonrisa y sugirió suavemente:

—Allí hay una silla. Si espero aquí, ¿podría traerme un vaso de limonada?

El señor Amberly parpadeó y procuró disimular su decepción.

—Por supuesto —la condujo solícitamente hasta la silla y luego, tras rogarle que no se moviera, desapareció entre el gentío.

Lucinda sonrió para sus adentros, se recostó en la silla mientras se abanicaba lánguidamente y esperó su primera lección.

El señor Amberly reapareció llevando dos copas de un líquido de color sospechoso.

—He pensado que preferiría champán.

Lucinda se encogió de hombros para sus adentros, aceptó la copa y bebió un sorbito. Harry solía llevarle una copa de champán para cenar, y aquel licor no embotaba sus facultades.

—Gracias, señor —le lanzó una sonrisa—. Necesitaba un refrigerio.

—No es de extrañar, señora Babbacombe. Otra aglomeración —el señor Amberly agitó ociosamente la mano, señalando el gentío que los rodeaba—. No sé qué ven las anfitrionas en estas fiestas —bajó la mirada hacia el rostro de Lucinda—. Reducen las oportunidades de hablar, ¿no cree?

Lucinda tomó debida nota del brillo de sus ojos y sonrió de nuevo.

—Indudablemente, señor.

El señor Amberly no necesitó más estímulos para ponerse a charlar acerca del tiempo, la alta sociedad y las fiestas venideras con comentarios levemente cargados de intención. A Lucinda no le resultó difícil hacer oídos sordos. Al cabo de quince minutos y tras declinar amablemente una invitación para ir en coche a Richmond, apuró su copa y se la entregó a su acompañante. Él la dejó en la bandeja de un camarero que pasaba por allí y se giró para ayudarla a levantarse.

—Estoy desolado, querida señora, porque mi proyecto de excursión no consiga tentarla. Tal vez aún se me ocurra un destino que encuentre más favor a sus ojos.

Lucinda tensó los labios y sofocó una risita.

—Tal vez —su sonrisa le parecía extrañamente amplia. Dio un paso y se inclinó torpemente sobre el brazo del señor Amberly. De pronto se sintió acalorada. Mucho más que antes de beberse la copa.

—Eh... —los ojos del señor Amberly se aguzaron—. Quizá, mi querida señora Babbacombe, le sentaría bien tomar un poco el aire.

Lucinda giró la cabeza y miró los grandes ventanales. Luego se irguió con esfuerzo.

—Creo que no —tal vez deseara aprender algunos trucos, pero no tenía intención de poner en peligro su reputación. Se giró y parpadeó al ver aparecer una copa delante de ella.

—Le sugiero que se beba esto, señora Babbacombe —dijo una voz cortante, cuyo tono sugería que lo hiciera si sabía lo que le convenía.

Lucinda tomó obedientemente la copa y se la llevó a los labios mientras levantaba la mirada hacia el rostro de Harry.

—¿Qué es?

—Agua con hielo —contestó él, y clavó la mirada en Frederick Amberly—. No hace falta que se quede, Amberly. Yo llevaré a la señora Babbacombe junto a mi tía.

El señor Amberly levantó las cejas, pero se limitó a sonreír suavemente.

—Si insiste, Lester —Lucinda le tendió la mano y él se inclinó con elegancia—. Siempre a sus pies, señora Babbacombe.

Lucinda le obsequió con una sonrisa sincera.

—Gracias por un rato sumamente... agradable, señor.

La mirada del señor Amberly al alejarse sugería que Lucinda estaba aprendiendo.

Luego, ella levantó la vista hacia Harry, que la observaba con los ojos entornados.

—Mi querida señora Babbacombe, ¿le ha explicado alguien alguna vez que seguir siendo una viuda intachable consiste principalmente en no dar pábulo a crápulas declarados?

Lucinda lo miró con estupor.

—¿Darles pábulo? Mi querido señor Lester, ¿qué insinúa usted?

Harry no contestó.

Lucinda sonrió.

—Si se refiere al señor Amberly —prosiguió con aire ingenuo—, solo estábamos conversando. Le aseguro —prosiguió con una sonrisa más amplia— que sé de buena tinta que soy incapaz de alentar a crápula alguno.

Harry profirió un bufido.

—Tonterías —al cabo de un momento, preguntó—. ¿Quién le ha dicho eso?

La sonrisa de Lucinda iluminó el salón.

—Pues usted... ¿no se acuerda?

Harry miró sus ojos radiantes y comenzó a rezongar para sus adentros. Confiaba en que Amberly no hubiera notado lo poco que sabía del mundo la encantadora señora Babbacombe. Quitándole la copa vacía de las manos, la depositó sobre una bandeja, tomó la mano de Lucinda y la posó sobre su brazo.

—Ahora, señora Babbacombe, vamos a pasearnos muy despacio por el salón.

Unos ojos azules y brillantes lo interrogaron.

—¿Muy despacio? ¿Por qué?

Harry apretó los dientes.

—Para que no se tropiece —«Y caiga en brazos de otro truhan».

—Ah —Lucinda asintió juiciosamente, esbozó una sonrisa satisfecha y alborozada y dejó que Harry la guiara, muy lentamente, por entre la multitud.

A Lucinda le estallaba la cabeza cuando montó tras Em en el carruaje. Heather entró después que ellas y enseguida se acurrucó en el asiento de enfrente.

Mientras se colocaba las faldas, Lucinda llegó a la conclusión de que, a pesar del leve malestar que sentía, la velada había sido un éxito.

—Que me aspen si sé lo que está tramando Harry —dijo Em en cuanto la respiración de Heather adquirió la suave cadencia del sueño—. ¿Has avanzado algo con él?

Lucinda sonrió en la penumbra.

—Pues, a decir verdad, creo que al fin he encontrado una grieta en su armadura.

—Ya era hora —bufó Em—. Ese muchacho es más terco de lo que le conviene.

—Tienes razón —Lucinda apoyó la cabeza contra el cojín—. Pero no estoy segura de cuánto tardará esa grieta en convertirse en una brecha, ni con cuánta dificultad. Ni siquiera sé si, al final, servirá de algo.

Em resopló, exasperada.

—Merece la pena intentar cualquier cosa.

—Humm —Lucinda cerró los ojos—. Eso creo yo también.

El lunes, bailó dos veces con lord Ruthven.

El martes, fue a pasear en coche por Hyde Park con el señor Amberly.

El miércoles, recorrió a pie Bond Street del brazo del señor Satterly.

El jueves, Harry estaba en un tris de retorcerle el pescuezo.

—Supongo que esta campaña cuenta con tu aprobación —Harry bajó la mirada hacia Em, que se había sentado, en medio de un halo de majestuoso esplendor, en un sofá del salón de baile de lady Harcourt. No hizo intento de ocultar su ira, apenas reprimida.

—¿Campaña? —Em puso unos ojos como platos—. ¿Qué campaña?

Harry le respondió imitando uno de sus bufidos: el que denotaba incredulidad.

—Permíteme informarte, querida tía, de que tu protegida parece haber adquirido un gusto muy poco saludable por el riesgo.

Tras hacer aquella advertencia, se alejó tranquilamente. No se unió, sin embargo, al nutrido grupo que rodeaba a Lucinda Babbacombe. Se apoyó en la pared, lo bastante lejos como para que ella no lo viera, y se quedó observándola con un brillo en sus ojos verdes.

Estaba absorto en su contemplación cuando una palmada en el hombro estuvo a punto de tirarlo al suelo.

—¡Aquí estás, hermano mío! Te he estado buscando por todas partes. No esperaba verte aquí.

Harry volvió a adoptar su pose indolente y, tras observar los ojos azules de Jack, dedujo que su hermano ignoraba aún sus tribulaciones.

—Estoy pasando el rato. Pero ¿qué te trae por Londres?

—Los preparativos de la boda, ¿qué si no? Ya está todo arreglado —los ojos azules de Jack, que habían estado recorriendo ociosamente el salón, volvieron a posarse en su cara—. El miércoles que viene, a las once en Saint George —esbozó una lenta sonrisa—. Cuento contigo.

Los labios de Harry se tensaron en una sonrisa desganada.

—Allí estaré.

—Bien. Gerald también irá. Aunque aún no lo he encontrado.

Harry miró por encima del mar de cabezas.

—Está allí, al lado de esa muchacha de tirabuzones rubios.

—Ah, sí. Enseguida voy a buscarlo.

Harry notó que los ojos de su hermano, que brillaban suavemente, apenas se apartaban de la esbelta rubia que bailaba con lord Harcourt. Su anfitrión parecía cautivado.

—¿Cómo está nuestro padre?

—Bien. Vivirá hasta los ochenta. O, al menos, hasta que nos vea a todos casados.

Harry refrenó su respuesta instintiva. Jack ya le había oído muchas veces despotricar contra el matrimonio. Pero ni siquiera su hermano conocía los motivos de su animadversión. Ese había sido siempre su secreto.

Harry siguió la mirada de Jack y observó a la prometida de su hermano mayor. Sophia Winterton era una joven encantadora, sincera y honesta en la que sin duda Jack podía confiar. Harry posó la mirada en la cabeza morena de Lucinda y sus labios se tensaron.

Tal vez Lucinda intentara algunas triquiñuelas, como llevaba haciendo desde hacía algún tiempo, pero sus motivos siempre serían transparentes. Era una mujer extremadamente franca y directa. Jamás mentiría o engañaría en cosas de importancia. Sencillamente, no era esa clase de mujer.

Un súbito anhelo brotó dentro de él, seguido al instante por una vieja incertidumbre. Apartó los ojos y miró de nuevo a Jack. Cuando la vida le llevó hasta Sophie, su hermano se había apresurado a hacerla suya. Como de costumbre, se había mostrado en todo momento seguro de sí mismo y de su decisión. Mientras contemplaba su sonrisa, Harry sintió una inesperada punzada de emoción... y se dio cuenta de que era envidia lo que sentía.

Se apartó de la pared.

—¿Has visto a Em?

—No —Jack miró a su alrededor—. ¿Está aquí?

Harry caminó con él por entre la gente hasta que pudo señalarle con el dedo a su tía. Luego dejó que Jack se abriera paso solo hasta ella y, refrenando su irritación, se dejó llevar por sus pies sin rumbo fijo. Pero sus pies lo llevaron junto a Lucinda.

Desde el otro lado del enorme salón de baile, Earle Joliffe vio cómo ocupaba su lugar entre el círculo selecto que rodeaba a Lucinda.

—Extraño. Muy extraño —dijo.

—¿El qué? —a su lado, Mortimer Babbacombe metió un dedo bajo su corbata y aflojó un poco los tiesos pliegues—. Qué calor hace aquí.

Joliffe lo miró con desdén.

—Lo que me extraña, mi querido Mortimer, es que, si hay algún libertino capaz de acceder al tocador de tu tía política, ese es Harry Lester —Joliffe miró de nuevo al otro lado del salón—. Pero tengo la impresión de que se está refrenando. Eso es lo raro —al cabo de un momento, prosiguió diciendo—: Qué gran decepción, Mortimer. Pero, al parecer, también la ha decepcionado a ella. No hay duda de que está oteando el campo —la mirada de Joliffe adquirió una expresión ausente—. Lo que significa que solo tenemos que esperar a que empiecen las habladurías. Estas cosas siempre se cuelan hasta por debajo de las puertas mejor cerradas.

Luego conseguiremos alguna prueba contundente. No creo que sea difícil. Un par de testigos que conozcan sus idas y venidas. Y, al final, tendrás en tus manos a tu dulce primita... y a su aún más dulce herencia.

Era una perspectiva prometedora. Joliffe estaba endeudado hasta el cuello, aunque no le había revelado a Mortimer hasta qué punto se hallaba en apuros. A su antiguo amigo le hacía temblar como un flan la sola idea de deberle a Joliffe cinco mil libras. El hecho de que Joliffe hubiera pedido prestado el dinero, con intereses, a cierto individuo con el que era preferible no enemistarse, provocaría en Mortimer un temblor incontrolado. Y Joliffe necesitaba a Mortimer vivito y coleando, cuerdo e intachable, si quería salvar el pellejo.

Si fracasaba a la hora de ayudar a Mortimer a apoderarse del dinero de Heather Babbacombe, él, Earle Joliffe, un hombre de mundo, acabaría sus días como un pordiosero en los arrabales de Spitalfield. Si tenía suerte.

Joliffe fijó la mirada en Lucinda. Nada más verla, se había sentido mucho más seguro. Era exactamente la clase de viuda que atraía a los libertinos más peligrosos. Con un brillo en la mirada, Joliffe cuadró los hombros y se volvió hacia Mortimer.

—Me temo que Scrugthorpe tendrá que renunciar a sus planes de venganza —sus labios se alzaron—. Claro, que nada en la vida es perfecto. ¿No estás de acuerdo, Mortimer?

—Eh... esto... sí.

Con una última mirada de preocupación a su tía política, Mortimer siguió a Joliffe con desgana por entre el gentío.

En ese momento, los primeros compases de un vals resonaron en el salón. Lucinda los oyó y sus nervios, ya crispados, temblaron. Era el tercer vals de la noche, y casi con toda seguridad el último. Una oleada de alivio se había apoderado de ella cuando, unos instantes antes, Harry había aparecido a su lado. No lo había visto hasta ese momento, a pesar de que había sentido su mirada. Lo había recibido con una suave sonrisa, aunque se hallaba casi sin aliento. Como de costumbre, él se había unido a la conversación pero había permanecido a su lado con el semblante crispado y expresión distante. Ella le había lanzado una mirada de soslayo. Harry había respondido con una mirada impenetrable. Ahora, mientras respondía con una sonrisa en los labios al clamor de quienes le pedían un baile, Lucinda aguardó, expectante, la invitación, pronunciada con aquella voz suave y flemática, de Harry.

En vano.

A su izquierda, se hizo un silencio total.

Siguió un instante de tensión.

Lucinda se envaró. Con considerable esfuerzo, logró mantener la sonrisa. Se sentía hueca por dentro, pero tenía su orgullo. Se obligó a pasear la mirada entre sus admiradores y por fin posó los ojos en lord Craven.

Este no había vuelto a sumarse a su cohorte desde aquella primera noche, dos semanas antes. Esa noche, sin embargo, se había mostrado sumamente solícito.

Lucinda esbozó una breve sonrisa y le tendió la mano.

—Lord Craven...

Craven sonrió con aire altivo y se inclinó elegantemente.

—Será un placer, querida —al incorporarse, la miró a los ojos—. Para ambos.

Lucinda apenas lo oyó. Inclinó automáticamente la cabeza y con una leve sonrisa se excusó ante los que había rechazado. Ni siquiera miró a Harry. Con aparente tranquilidad, dejó que lord Craven la condujera al centro del salón.

Tras ella dejó un incómodo silencio. Al cabo de un momento, lord Ruthven, que de pronto parecía tan frío y distante como el propio Harry, levantó una ceja. En sus ojos faltaba su habitual indolencia cargada de buen humor.

—Espero, Lester, que sepas lo que estás haciendo.

Harry, cuyos ojos parecían hielo verde, sostuvo la mirada desafiante de Ruthven y luego, sin decir palabra, fijó la vista en Lucinda, que giraba por el salón en brazos de lord Craven.

Al principio, Craven intentó abrazarla con excesiva fuerza. Lucinda frunció el ceño y él desistió. A partir de ese momento, Lucinda apenas le prestó atención. Respondía al azar a sus comentarios ingeniosos sin reparar en su tono malévolo. Cuando al fin sonaron los últimos compases del vals y lord Craven la hizo detenerse tras un elegante giro, Lucinda había conseguido calmar su agitación.

Al menos, lo suficiente como para caer presa de una perturbadora sensación de fracaso.

No podía, sin embargo, dejarse vencer por aquella emoción. Irguió los hombros, levantó la cabeza y se recordó las palabras de Em: Harry no se dejaría conquistar fácilmente, pero ella debía insistir.

Así que allí estaba, en el otro extremo del salón, del brazo de lord Craven, que mantenía su mano atrapada en el hueco de su codo.

—Tal vez, señora Babbacombe, podamos aprovechar esta oportunidad para conocernos más a fondo.

Lucinda parpadeó. Lord Craven señaló con un ademán una puerta cercana que permanecía entreabierta.

—Hay mucho ruido aquí dentro. Quizá podamos pasear un rato por el pasillo.

Lucinda titubeó. Un pasillo no parecía un sitio particularmente apartado... y había, en efecto, mucha gente en el salón. Empezaba a dolerle la cabeza. Levantó la mirada... y se topó con la expresión, levemente soberbia, de los ojos de lord Craven. No se fiaba de él, pero Craven acababa de ofrecerle una nueva ocasión de suscitar los celos de Harry.

Dejó que sus sentidos se afinaran y sintió el ardor de la mirada de Harry. Él la estaba observando. Lucinda miró a su alrededor, pero no lo vio entre el denso gentío.

Entonces se giró y miró a lord Craven. Respiró hondo. Le había dicho a Em que estaba dispuesta a todo.

—Quizá un rápido paseo por el pasillo, milord.

Estaba casi convencida de que su estrategia era la adecuada. Pero, por desgracia, esta vez había elegido al sujeto inadecuado.

A diferencia de lord Ruthven, el señor Amberly y el señor Satterly, lord Craven no formaba parte del círculo de Harry y, por tanto, desconocía el juego en el que Lucinda se había embarcado. Todos y cada uno de aquellos caballeros habían decidido ayudarla en todo lo que estuviera en su mano, atraídos por la perspectiva de quitar a Harry de su camino. Lord Craven, en cambio, había llegado a la conclusión de que sus coqueteos con unos y otros reflejaban su insatisfacción con los entretenimientos que se le ofrecían y, tras observar hasta qué punto fracasaban las sutiles argucias de sus compañeros, había decidido poner en práctica una táctica algo más agresiva.

Condujo a Lucinda a través de la puerta con firmeza.

Al otro lado del salón, Harry masculló una blasfemia que sobresaltó a dos señoras que conversaban en un sofá cercano. No perdió el tiempo en disculpas, sino que echó a andar entre el gentío. Sabedor de su reputación, había vigilado de cerca a lord Craven y a Lucinda, pero al final del vals los había perdido de vista un momento, y había vuelto a avistarlos de nuevo justo antes de que Lucinda mirara a su alrededor... y dejara luego que Craven la sacara del salón. Sabía muy bien qué significaba aquella mirada. Aquella condenada mujer lo estaba buscando –a él– para que acudiera en su rescate.

Los invitados, que se habían dispersado tras el baile, se paseaban sin rumbo por el salón. Harry tuvo que sofocar el impulso de abrirse paso a empujones. Se obligó a refrenar su paso. No quería llamar la atención.

Por fin logró apartarse del denso gentío y llegar al corredor del jardín. No se detuvo; se fue derecho hacia el fondo, donde una puerta daba a la terraza. Lady Harcourt se había quejado a menudo de que su salón de baile no se abriera a la terraza y los jardines, como estaba de moda. Harry pisaba con sigilo las baldosas. La terraza estaba desierta. Su semblante se endureció. Refrenó su ira creciente y, con las manos en las caderas, escudriñó las densas sombras del jardín.

Un sonido ahogado llegó a sus oídos.

Dobló corriendo la esquina de la terraza.

Craven había acorralado a Lucinda contra la pared y estaba intentando besarla. Ella había agachado la cabeza, frustrando de ese modo su intento. Tenía las manos sobre su pecho e intentaba apartarlo, llena de nerviosismo.

Harry sintió que la rabia se apoderaba de él.

—Craven.

Craven levantó la cabeza y miró frenéticamente a su alrededor en el instante en que Harry lo agarraba del hombro y lo hacía girarse para propinarle un puñetazo que lo levantó del suelo y lo dejó tendido contra la balaustrada de piedra.

Lucinda, que se había llevado la mano al pecho, sofocó un sollozo... y se lanzó en brazos de Harry. Él la abrazó con ferocidad. Lucinda sintió sus labios en el pelo. El cuerpo de Harry era rígido y duro. Ella sintió la furia que lo atenazaba. Luego Harry la colocó a su lado, protegiéndola con un brazo. Con la mejilla apoyada sobre su levita, Lucinda miró a lord Craven.

Este se levantó con esfuerzo. Parecía algo tembloroso. Se palpó la mandíbula y luego miró a Harry con recelo, parpadeando. Al ver que no se movía, vaciló un instante, se estiró la levita y se enderezó la corbata. Posó un instante la mirada en Lucinda y luego volvió a mirar a Harry. Con estudiada expresión de indiferencia, levantó las cejas.

—Por lo visto he malinterpretado la situación —se inclinó ante Lucinda—. Le ruego acepte mis más humildes disculpas, señora Babbacombe.

Lucinda agachó la cabeza y escondió su cara ruborizada en la levita de Harry.

Lord Craven volvió a clavar los ojos en Harry. Este le devolvió una mirada no del todo civilizada.

—Lester —inclinó brevemente la cabeza, pasó con precaución a su lado y desapareció al otro lado de la esquina.

El silencio envolvió a las dos figuras que quedaron en la terraza.

Harry permanecía rígido y envarado. En su interior, batallaban emociones encontradas. Sintió temblar a Lucinda, y el deseo de reconfortarla brotó con fuerza dentro de él. Cerró los ojos, intentando resistirse y mantenerse impasible. El instinto lo empujaba a estrecharla en sus brazos, a besarla, a poseerla... a poner fin a sus estúpidos juegos. Un deseo primitivo y ardiente de dejar para siempre en ella la huella de su posesión lo sacudió hasta la médula de los huesos. Pero su rabia, el desagrado que le producía saberse manipulado y traicionado por sus propios sentimientos, la conciencia de su debilidad ante Lucinda eran igual de intensos.

La maldijo para sus adentros por haber provocado aquella escena y luchó por sofocar la pasión que había negado durante tanto tiempo.

Fue pasando el tiempo. La tensión era palpable.

Atrapada en su interior, Lucinda no podía respirar. No podía moverse. El brazo que la rodeaba no se tensó, y sin embargo parecía de hierro, inflexible, inquebrantable. Entonces Harry hinchó el pecho y dejó escapar un suspiro trémulo.

—¿Estás bien?

Su voz era grave y plana, desprovista de emoción. Lucinda se obligó a asentir con la cabeza y, haciendo acopio de valor, dio un paso atrás. Harry apartó el brazo. Ella respiró hondo y levantó la mirada. Le bastó con una ojeada a la cara de Harry, a su expresión impenetrable. Sus ojos reflejaban sus turbulentas emociones, que brillaban en sus verdes pupilas. Lucinda sentía su reproche, aunque no sabía exactamente a qué emoción atribuir aquella mirada.

Apartó los ojos, jadeante. El brazo de Harry apareció ante su vista.

—Vamos. Debes regresar al salón.

Con rostro pétreo, como si una máscara esculpida cubriera su turbación, Harry se preparó para resistir el instante en que los dedos de Lucinda se posarían sobre su manga.

A través de aquel leve contacto, Lucinda sintió su rabia y la voluntad que refrenaba los músculos que vibraban bajo su mano. Por un instante, le pareció que sus emociones iban a dominarla. Deseaba que Harry la reconfortara, ansiaba sentirse de nuevo en sus brazos. Pero sabía que él tenía razón, debía regresar cuanto antes al salón. Respiró hondo, temblorosa, y levantó la cabeza. Dejó que Harry la condujera al salón, a la algarabía de risas y voces, al resplandor de las luces y el brillo de las sonrisas.

Compuso una sonrisa radiante, aunque tensa, e inclinó elegantemente la cabeza cuando Harry la depositó junto al sofá de Em. Él dio media vuelta de inmediato. Lucinda lo vio alejarse entre la multitud.

CAPÍTULO 8

—Buenas noches, Fergus. ¿Está la señora Babbacombe en casa? Harry le dio los guantes y el bastón al mayordomo de su tía. Con expresión impasible, miró hacia las escaleras.

—La señora Babbacombe está en el salón de arriba, señor. Lo utiliza como despacho. La señora está echada en su cuarto. A su edad, las fiestas resultan agotadoras.

—No me extraña —Harry se dirigió hacia las escaleras con paso decidido—. No voy a molestarla. No es necesario que me anuncie. Estoy seguro de que la señora Babbacombe me está esperando.

—Muy bien, señor.

El salón de arriba era un cuartito en la parte de atrás de la casa cuyos ventanales daban al jardín trasero. Dos sillones y un sofá, además de cierto número de mesitas, adornaban la alfombra de flores, junto a la chimenea. Frente a los ventanales había una amplia otomana. Apoyado en una pared había un escritorio. Lucinda, vestida en muselina azul, estaba sentada frente a él con la pluma en la mano cuando Harry abrió la puerta. Miró a su alrededor con una sonrisa abstraída en los labios... y se quedó paralizada. Su sonrisa se desvaneció, reemplazada por una máscara de cortesía.

El semblante de Harry se endureció. Traspasó el umbral y cerró la puerta.

Lucinda se levantó.

—No he oído que lo anunciaran.

—Seguramente porque no me han anunciado —Harry hizo

una pausa con la mano aún en el picaporte y observó su expresión altiva. Pasara lo que pasase, iba a escucharle. No estaba de humor para tolerar interrupciones. Sus dedos se cerraron alrededor de la llave. La cerradura se deslizó sin hacer ruido—. Esto no es una visita de cortesía.

—¿De veras? —Lucinda enarcó una ceja y levantó el mentón—. ¿A qué debo, pues, este honor, señor mío?

La sonrisa de Harry parecía una advertencia.

—A lord Craven.

Mientras se acercaba despacio a ella sin apartar la mirada de sus ojos, Lucinda tuvo que sofocar el débil impulso de escudarse tras el sillón.

—He venido a exigirle que, de aquí en adelante, se abstenga de sus jueguecitos, señora Babbacombe.

Lucinda se puso rígida.

—¿Disculpe?

—Hace usted bien en pedirme disculpas —gruñó Harry, deteniéndose frente a ella. Sus ojos relucían—. Esa escenita en la terraza de lady Harcourt fue enteramente culpa suya. Su ridículo experimento, esa nueva costumbre suya de dar alas a los libertinos, tiene que acabar.

Lucinda compuso una mirada altiva.

—No sé a qué se refiere. Me limito a hacer lo que harían muchas damas de igual posición: buscar compañía de mi agrado.

—¿De su agrado? —Harry levantó una ceja—. Tenía la impresión de que lo de anoche habría sido prueba suficiente de lo agradable que puede ser la compañía de ciertos caballeros sin escrúpulos.

Lucinda sintió que el rubor coloreaba sus mejillas. Se encogió de hombros y se giró, apartándose del escritorio.

—Me equivoqué con lord Craven, ciertamente —volvió a mirarlo para añadir—: Y he de darle las gracias de todo corazón por su ayuda —miró a Harry a los ojos con deliberación; luego se volvió tranquilamente hacia las ventanas—. Pero debo insistir, señor Lester, en que mi vida es mía y la vivo a mi antojo. No es asunto de su incumbencia el que yo decida... —hizo un gesto vago— mantener una relación con lord Craven o con cualquier otro caballero.

Un tenso silencio recibió sus palabras. Lucinda hizo una pausa mientras deslizaba los dedos por el alto respaldo de la otomana, con la mirada fija en el paisaje que se extendía más allá de los ventanales.

Tras ella, Harry cerró los ojos. Con los puños apretados y la mandíbula rígida, luchó por refrenar su reacción ante lo que sabía era una provocación deliberada y por dominar los impulsos que las palabras de Lucinda habían despertado en él. Detrás de sus párpados tomó forma una imagen fugaz: Lucinda, forcejeando en brazos de lord Craven. Abrió los ojos bruscamente.

—Mi querida señora Babbacombe —dijo con esfuerzo, mientras se acercaba a ella—, está claro que va siendo hora de que tome cartas en su educación. A ningún donjuán en su sano juicio le interesa mantener una relación... como no sea extremamente limitada.

Lucinda miró hacia atrás y lo vio acercarse. Se giró para mirarlo cara a cara... y de pronto se halló acorralada contra la pared.

Los ojos de Harry atraparon los suyos.

—¿Sabes qué es lo que nos interesa?

Lucinda notó su sonrisa voraz, sus ojos brillantes, percibió la intención que se escondía tras su sedoso tono de voz y levantó la barbilla.

—No soy tan inocente.

Antes de que aquella mentira abandonara sus labios, se quedó sin aliento. Harry se acercó a ella, arrinconándola contra la pared, y solo se detuvo cuando Lucinda no pudo seguir retrocediendo. Sus faldas suaves acariciaban sus muslos y rozaban sus botas.

Los labios de Harry, tan fascinantes, estaban muy cerca. Mientras Lucinda los miraba, se curvaron.

—Puede que no. Pero tratándose de Craven y los de su ralea... o incluso de mí mismo, tiene usted muy poca experiencia.

Lucinda lo miró con aire intransigente.

—Soy muy capaz de valerme por mí misma.

Los ojos de Harry brillaron.

—¿De veras?

Harry se refrenaba a duras penas. Lucinda seguía incitando al demonio que llevaba dentro. Apenas lograba dominar su locura.

—¿Quiere hacer la prueba?

Tomó su cara entre las manos y se acercó un poco más, apretándola contra la pared. La sintió aspirar una rápida bocanada de aire. Un estremecimiento le recorrió por entero.

—¿Quieres que te enseñe qué es lo que nos interesa, Lucinda? —levantó su cara hacia él—. ¿Quieres que te demuestre lo que pensamos... —sus labios se curvaron, burlones— lo que pienso cada vez que te miro? ¿Cada vez que bailo contigo?

Lucinda no contestó. Lo miraba con estupor, la respiración agitada y el pulso acelerado. Él levantó las cejas burlonamente, como si la invitara a contestar. Sus ojos ardían. Luego apartó la mirada. Lucinda notó que se fijaba en sus labios y no pudo refrenar el impulso de pasarse la punta de la lengua por las suaves curvas de la boca.

Sintió que un temblor sacudía a Harry, oyó el gruñido que intentaba sofocar.

Luego él bajó la cabeza y sus labios se encontraron.

Aquella era la caricia que Lucinda había ansiado; el beso al que estaban destinadas sus maquinaciones. Sin embargo, no se parecía a nada de cuanto había soñado. Los labios de Harry eran duros, fuertes, exigentes. Atraparon los suyos y a continuación los atormentaron con sutiles placeres, violentando sus sentidos hasta que se rindió. Aquel beso se apoderó de ella, la sometió a su voluntad y la arrastró, separándola de la realidad para llevarla a un lugar en el que el deseo de Harry imponía su dominio. Él exigía... y ella se sometía completamente.

Cuando él pedía, ella daba; cuando él quería más, ella se entregaba sin vacilar. Lucinda sentía su deseo... y ansiaba su satisfacción. Le devolvió el beso y sintió, exaltada, el arrebato de pasión que se apoderaba de Harry. El beso se hizo más y más apasionado, hasta que ella no pudo sentir nada más allá de él y del violento deseo que brotaba en su interior.

Harry no supo qué alarma, profundamente arraigada, lo detuvo. Tal vez el clamor de su ansia y la consiguiente necesidad de obtener satisfacción. Fuera como fuese, de pronto se percató del peligro, y tuvo que hacer acopio de fuerzas para refrenarse.

Cuando levantó la cabeza, estaba temblando.

Mientras luchaba por recuperar la cordura, contempló el rostro de Lucinda. Ella abrió lentamente los párpados, dejando al descubierto unos ojos tan azules, tan suaves, tan resplandecientes e irresistibles que no pudo respirar. Sus labios, hinchados por el beso, relucían, rojos, maduros y dulces. Se sintió caer de nuevo bajo su hechizo, inclinarse hacia ella, buscar otra vez con ansia su boca.

Respiró hondo, penosamente... y levantó la mirada hacia sus ojos, solo para ver, en sus suaves profundidades, el despertar de una nueva lucidez.

Aquella visión lo sacudió hasta la médula de los huesos.

Ella bajó los ojos hacia sus labios.

Harry se estremeció y cerró los ojos un instante.

—No.

Era la súplica de un hombre derrotado.

Lucinda era consciente de ello. Pero, si no aprovechaba la ventaja que había conseguido, la perdería. Em había dicho que Harry estaría loco de contento, pero era tan terco que, si no jugaba bien sus cartas, tal vez no le diera otra oportunidad.

Lucinda levantó la mirada hacia él. Deslizó lentamente las manos entre los dos y las subió hasta sus hombros. Vio la consternación que llenaba sus ojos. Los músculos de Harry se tensaron, paralizados. Era incapaz de resistirse a ella.

Él lo sabía. Refrenar el deseo avasallador que sentía requería toda su fortaleza. No podía moverse; solo podía ver acercarse su destino mientras los brazos de Lucinda se tensaban alrededor de su cuello y ella se empinaba hacia él.

Cuando sus labios estaban a unos centímetros de los suyos, ella levantó los ojos y los clavó en su mirada torturada. Luego bajó los párpados y lo besó.

La resistencia de Harry duró lo que un suspiro, el tiempo que tardó el deseo en apoderarse de él, desbaratando sus buenas intenciones, sus razones, sus bien fundamentadas excusas.

Con un gruñido que surgió del fondo de su ser, la estrechó entre sus brazos y la envolvió en un abrazo.

Vencida ya toda resistencia, la besó apasionadamente, la acarició, dejó que su deseo estallara y les prendiera fuego a ambos. Ella lo besaba aferrándose a él. Su cuerpo se movía, irresistible y lascivo.

El deseo se alzó entre ellos, salvaje e irrefrenable. Lucinda se abandonó a él, al hondo empuje de su pasión, confiando en disimular de ese modo su torpeza y sus vacilaciones. Si Harry advertía su inexperiencia, todo quedaría en nada... de eso estaba segura.

Las caricias de Harry eran mágicas, y el efecto que surtían sobre ella tan demoledor que la hubiera dejado atónita si hubiera podido pensar. Por suerte, las ardientes nubes del deseo bloqueaban cualquier pensamiento coherente. Sus sentidos giraban en torbellino. Al sentir las manos de Harry sobre sus pechos, un ansia apremiante, diferente a cuanto había conocido, se apoderó de ella.

Harry bajó una mano y apretó sus caderas contra él, amoldándola a su cuerpo para demostrarle cuánto la deseaba. Lucinda dejó escapar un suave gemido y se pegó aún más a él.

La pasión los volvió frenéticos y ansiosos, tan desesperados que a Harry le daba vueltas la cabeza cuando hizo retroceder a Lucinda hacia la otomana. Se esforzó por conservar el dominio sobre sí mismo mientras la despojaba del vestido y las enaguas y le apartaba las manos. El deseo los azuzaba a ambos. Los dominaba. Cubierta solo con su camisa, Lucinda tiró al suelo la corbata de Harry y comenzó luego a desabrocharle la camisa con la misma ansia que se había apoderado de él previamente. Su pecho pareció embelesarla. Harry tuvo que tomarla en brazos y tumbarla sobre la otomana para poder sentarse y quitarse las botas.

Lucinda estaba fascinada: por él, por el bienestar que la embargaba, por el ardor que fluía por sus venas. Se sentía libre, despojada de toda traza de pudor o decoro, segura de que aquello era lo correcto. Harry se desnudó y se volvió hacia ella. Lucinda lo envolvió en sus brazos, deleitándose en el contacto de su piel cálida, ardiente a su cercanía. Sus labios se encontraron y el ansia brotó de nuevo, atravesándola por entero. Harry le quitó la camisa. Al tocarse sus cuerpos, ella se estremeció y cerró los ojos. Se besaron profundamente. Luego Harry la apretó contra los suaves cojines de la otomana. Atrapada en el torrente de su pasión, Lucinda se echó hacia atrás y lo atrajo hacia ella.

Harry se tumbó a su lado y comenzó a acariciarla. Pero el deseo, cada vez más urgente, pronto puso fin a aquellos juegos. Lucinda, que había cerrado los ojos, solo era consciente de un profundo y doloroso vacío, de la abrumadora necesidad que Harry había despertado en ella. Una necesidad que solo él podía saciar.

El alivio y la expectación se apoderaron de ella cuando Harry se movió y su peso la aplastó contra el sofá. Intentó tomar aire, prepararse. Él deslizó las manos bajo sus caderas y la sujetó. Con una suave flexión de su cuerpo poderoso, la penetró.

El suave gemido de Lucinda resonó en la habitación. Ninguno de los dos se movió. El asombro los había inmovilizado.

Lentamente, sintiendo el atronar de su corazón en los oídos, Harry levantó la cabeza y contempló el rostro de Lucinda. Ella tenía los ojos cerrados y un ceño fruncía su frente. Se había mordido el labio inferior. Mientras él la miraba, se relajó un poco y sus rasgos se suavizaron.

Harry aguardó a que sus emociones se amoldaran a los hechos. Esperaba sentir rabia, enojo, decepción.

Pero solo sentía un ansia fiera de poseerla que nada tenía que ver con la lujuria y que parecía surgida de una emoción mucho más poderosa que manaba dentro de él y disipaba el arrepentimiento. Aquella sensación creció, brotando alegremente, fuerte y segura.

Harry no intentó resistirse a ella, ni cuestionarse qué sentía al respecto.

Bajó la cabeza y rozó con los labios la boca de ella.

—¿Lucinda?

Ella contuvo el aliento y luego se apoderó de su boca. Sus dedos revoloteaban en torno a su mandíbula.

Harry levantó una mano para apartarle el pelo de la cara.

Luego, con infinita ternura, la enseñó a amar.

Largo rato después, cuando Lucinda logró al fin volver a la realidad, se descubrió envuelta en los brazos de Harry, con la espalda pegada a su pecho. Él estaba medio recostado, apoyado contra el respaldo de la otomana. Ella exhaló un largo suspiro. El placer iba disipándose y, sin embargo, seguía refulgiendo en su interior.

Harry se inclinó sobre ella. Lucinda notó sus labios en la sien.

—Háblame de tu matrimonio.

Lucinda levantó un poco las cejas. Con un dedo acariciaba en círculos el vello de su antebrazo.

—Para comprenderlo, debes tener en cuenta que quedé huérfana a los catorce años. Mis padres habían sido desheredados por sus familias —le explicó en pocas palabras su pasado mientras le acariciaba el brazo—. Así que nunca consumamos el matrimonio. Charles y yo estábamos muy unidos, pero él no me quería de ese modo.

Harry se calló sus dudas al respecto y le dio en silencio las gracias a Charles Babbacombe por haberla protegido y querido lo suficiente como para conservarla intacta. Con los labios sobre su pelo, sintiendo su perfume sutil, le prometió al espíritu de su difunto marido que, como destinatario de su legado, la protegería de allí en adelante.

—Tendrás que casarte conmigo —dijo de pronto, pensando en voz alta.

Lucinda parpadeó. La alegría que la llenaba se disipó. Al cabo de un momento, preguntó:

—¿Cómo que tendré que casarme contigo?

Sintió que Harry se incorporaba para mirarla.

—Eras virgen y yo soy un caballero. La consecuencia natural de lo que acabamos de hacer es el matrimonio.

Sus palabras eran muy claras; su acento, crispado. Lucinda cerró los ojos; no quería creer lo que estaba oyendo. El último vestigio del placer se evaporó, y la promesa de la ternura que habían compartido se desvaneció.

Lucinda sofocó un suspiro. Sus labios se tensaron con decisión. Abrió los ojos, se giró en brazos de Harry y lo miró fijamente a los ojos.

—Quieres casarte conmigo porque era virgen, ¿no es eso?

Harry frunció el ceño.

—Es lo que se espera.

—Pero ¿es lo que tú quieres?

—Lo que yo quiera no importa —gruñó Harry entornando los ojos—. Por suerte, el asunto es bastante sencillo. La sociedad tiene sus normas. Las cumpliremos... y todos contentos.

Lucinda lo observó un momento. Sus pensamientos eran caóticos. El hombre al que quería acababa de hacerle una especie de proposición de matrimonio. Pero no le bastaba con eso. No quería únicamente que Harry se casara con ella.

—No.

Atónito, Harry la vio desprenderse de sus brazos y levantarse de la otomana. Lucinda buscó su camisa y se la puso.

Él se sentó.

—¿Qué quieres decir con no?

—Que no. Que no voy a casarme contigo —Lucinda luchaba por ponerse las enaguas.

Harry se quedó mirándola.

—¿Por qué no, por el amor de Dios?

Ella se acercó a su vestido y estuvo a punto de tropezar con las calzas de Harry. Él la oyó sofocar una maldición al agacharse para desenredarse los pies. Luego le tiró las calzas y fue a recoger su vestido.

Harry masculló un juramento, agarró las calzas, se las puso y se calzó las botas. Se levantó y se acercó a Lucinda, que estaba metiendo los brazos por las mangas del vestido.

Con los brazos en jarras, se cernió sobre ella.

—Maldita sea, ¡te he seducido! Tienes que casarte conmigo.

Lucinda le lanzó una mirada furiosa.

—Yo te he seducido a ti, si mal no recuerdo. Y no tengo por qué casarme contigo.

—¿Y tu reputación?

—¿Qué pasa con ella? —Lucinda se colocó los hombros del vestido. Se giró para mirarlo y le clavó un dedo en el pecho—. Nadie creería que la señora Lucinda Babbacombe, una viuda, era virgen hasta que llegaste tú. No tienes nada de qué preocuparte.

Levantó la vista y lo miró a los ojos.

Y, de pronto, cambió de táctica.

—Además —dijo, bajando la mirada hacia los botones de su corpiño—, estoy segura de que los libertinos no tienen por costumbre pedir en matrimonio a cada mujer a la que seducen.

Harry apretó los dientes.

—Lucinda...

—¡Y no te he dado permiso para que me tutees! —lo miró

con enojo. No podía permitirle usar su nombre de pila. Harry lo había utilizado, junto con todas las palabras cariñosas que pudieran concebirse, mientras le hacía el amor.

El amor... la emoción que —estaba segura— Harry sentía por ella y se empeñaba en negar.

Aquello no era suficiente. Jamás lo sería.

Giró sobre sus talones y se encaminó hacia la puerta con paso decidido.

Harry lanzó una maldición. Echó a andar tras ella mientras se abrochaba la camisa.

—¡Esto es un disparate! ¡Te he pedido que te cases conmigo, chiflada! ¡Es lo que has estado buscando desde que te saqué de ese maldito carruaje!

Ella agarró el pomo de la puerta, lo giró y dio un tirón. No pasó nada. Se quedó mirando la puerta.

—¿Dónde está la llave?

Harry se metió automáticamente la mano en el bolsillo de sus calzas.

—Aquí.

Lucinda parpadeó, agarró la llave y la metió en la cerradura.

Harry la observaba con incredulidad.

—Maldita sea, te he hecho una proposición. ¿Qué más quieres?

Con la mano en el picaporte, Lucinda se irguió y se giró para mirarlo.

—No quiero que me pidas que me case contigo por cuestiones de apariencia. No quiero que me rescates, ni que me protejas, ni que te cases conmigo por lástima. Lo que quiero es... —se detuvo bruscamente y respiró hondo. Luego levantó los ojos hacia él y dijo con firmeza—: Lo que quiero es casarme por amor.

Harry se envaró. Su rostro se endureció.

—El amor no se considera un elemento esencial para casarse en nuestra clase.

Lucinda apretó los labios y dijo sucintamente:

—Tonterías —abrió la puerta de golpe.

—No sabes lo que dices —Harry se pasó los dedos por el pelo.

—Sé muy bien lo que digo —replicó Lucinda. Lo amaba con todo su corazón y su alma. Miró a su alrededor y vio su levita y su corbata junto a la otomana. Cruzó la habitación rápidamente y los pisoteó.

Harry se volvió para mirarla y bloqueó la puerta cuando ella regresó.

—Ya está —Lucinda le puso la levita y la corbata en los brazos—. Ahora, largo.

Harry respiró hondo para calmarse.

—Lucinda...

—¡Fuera!

Sin previo aviso, le dio un fuerte empujón en el pecho. Harry se tambaleó sobre el umbral.

Lucinda agarró la puerta.

—¡Adiós, señor Lester! Descuide, tendré muy en cuenta sus advertencias respecto a los de su calaña durante las próximas semanas.

Con esas, cerró la puerta de golpe y echó la llave.

La furia que la había sostenido hasta ese momento, se disipó de golpe. Apoyándose contra la puerta, se tapó la cara con las manos.

Harry se quedó mirando la puerta pintada de blanco. Consideró la posibilidad de volver a entrar a la fuerza y luego oyó un sollozo sofocado. Se le encogió el corazón. Lleno de frustración, volvió a embutirlo tras la puerta de su pecho y la cerró con estruendo. Apretando los labios con expresión amarga, dio media vuelta y echó a andar por el pasillo. Se vio de pasada en un espejo. Se detuvo bruscamente, se puso la levita y se ató la corbata alrededor del cuello.

Le costó tres intentos conseguir un aspecto decente. Con un bufido, se dio la vuelta y se dirigió a las escaleras.

Había hecho una oferta. Ella la había rechazado.

La muy condenada podía irse al infierno.

Estaba harto de protegerla.

Había acabado con ella.

Dos horas después, Em descubrió a Lucinda con los ojos rojos e hinchados, y a ella no pudo ocultarle la verdad.

Su anfitriona estaba estupefacta.

—No lo entiendo. ¿Qué demonios le pasa?

Lucinda sollozó y se limpió los ojos con el pañuelo de encaje.

—No lo sé —tenía ganas de gemir. Apretó los labios—. Pero no voy a conseguirlo.

—Nada de eso —bufó Em—. No te preocupes, volverá. Seguramente, lo pilló por sorpresa.

Lucinda se quedó pensando un momento; luego se encogió de hombros cansinamente.

—Me parece que debe haber algo que no sabemos —dijo Em—. Conozco a Harry de toda la vida. Siempre ha sido predecible. Siempre hay un buen motivo, un argumento lógico, tras sus actos. No es un hombre impulsivo —sonrió con mirada ausente—. Jack, por el contrario, es muy impulsivo. Harry es más bien cauteloso —frunció lentamente el ceño—. Hace mucho que lo es, ahora que lo pienso.

Lucinda aguardó, confiando en que su anfitriona le ofreciera alguna idea tranquilizadora, pero Em siguió absorta en sus cavilaciones.

Al cabo de un rato, resopló y se desperezó, haciendo murmurar su falda de bombasí.

—Sea lo que sea, tendrá que hacerse a la idea y pedirte que te cases con él como es debido.

Lucinda tragó saliva y asintió.

—Como es debido... —por lo cual entendía que Harry le dijera que la quería. Después de lo sucedido ese día, y de todo lo que habían compartido, no se conformaría con menos.

Esa noche, Em tomó las riendas de la situación e insistió en que Lucinda se quedara en casa, se acostara temprano y recuperara el aplomo y la frescura.

—No puedes presentarte ante la gente, ni ante él, con esa facha.

Tras superar la endeble resistencia que presentó Lucinda, Em la dejó en manos de Agatha y, tomando a Heather bajo su ala, partió hacia el baile de lady Caldecott.

Divisó a Harry entre la gente, pero no le sorprendió lo más mínimo que su caprichoso sobrino no hiciera intento alguno de cruzarse en su camino. Sin embargo, no era a él a quien Em había ido a ver.

—¿Indispuesta? —los ojos grises de lord Ruthven reflejaban una preocupación sincera—. Espero que no sea nada serio.

«Bueno, lo es y no lo es».

Em lo miró levantando una ceja.

—Usted, lord Ruthven, es mucho más despierto de lo que parece, así que supongo que habrá notado que la señora Babbacombe se ha propuesto doblegar a cierto individuo sumamente terco. Lo cual no es nunca una tarea fácil, desde luego, sino más bien un camino difícil, y lleno de baches. En este momento se encuentra un tanto desanimada —hizo una pausa para mirar de nuevo a lord Ruthven—. Yo diría que, cuando reaparezca mañana, le vendría bien un poco de aliento, ¿no le parece?

Lord Ruthven observó con recelosa fascinación a la tía de Harry.

—Eh... en efecto —al cabo de un momento, durante el cual recordó las muchas veces que Harry le había tomado la delantera cuando ambos ponían sus miras en la misma dama, dijo—: Por favor, transmítale a la señora Babbacombe mis mejores deseos para una pronta recuperación. Naturalmente, estaré encantado de darle de nuevo la bienvenida a nuestro pequeño círculo. Ansío su regreso fervorosamente.

Em sonrió.

—Apuesto a que sí.

A continuación, despidió a lord Ruthven agitando regiamente la mano. Él se inclinó con elegancia y se retiró.

Quince minutos después, el señor Amberly se detuvo ante su sillón. En cuanto hubo cumplido con las formalidades, preguntó:

—Me preguntaba si sería usted tan amable de trasladarle mis saludos a la señora Babbacombe. Tengo entendido que esta noche se encuentra indispuesta. La echamos terriblemente de menos. Quería asegurarle que seguirá contando con mi apoyo inquebrantable en cuanto vuelva a honrar nuestros salones con su presencia.

Em sonrió, complacida.

—Descuide, le daré el recado, señor Amberly.

El señor Amberly hizo una reverencia y se alejó.

A lo largo de la velada, Em tuvo, para su satisfacción, una serie de encuentros parecidos. Uno tras otro, los amigos íntimos de Harry se presentaron ante ella para ofrecerse a ayudar a Lucinda en su ardua empresa.

CAPÍTULO 9

El baile de lady Mott resultó ser la más horrenda aglomeración de la temporada. O eso pensaba Lucinda mientras se abría paso lentamente entre el gentío del brazo de lord Sommerville. A su alrededor, la alta sociedad se apiñaba en masa. Costaba ver más allá de un par de metros en todas direcciones.

—¡Uf! —lord Sommerville le lanzó una mirada de disculpa—. Siento que el baile nos haya dejado tan lejos de sus acompañantes. Normalmente me gusta pasear por los salones, pero no así.

—Es cierto —Lucinda intentaba mantener una sonrisa radiante, a pesar de que se sentía abatida. El calor iba intensificándose a su alrededor. Los cuerpos se apelotonaban—. Debo confesar que aún no comprendo por qué se considera deseable tal aglomeración de gente.

Lord Sommerville asintió con la cabeza juiciosamente.

Lucinda disimuló una débil sonrisa. Lord Sommerville tenía más o menos su edad, pero ella se sentía inmensamente más vieja. Él luchaba aún por hacerse un hueco entre los libertinos de la alta sociedad. En opinión de Lucinda, aún tenía que esforzarse mucho si quería ponerse al nivel de algunos caballeros que ella conocía.

La imagen de Harry se agitó en su memoria, y la ahuyentó con esfuerzo. No tenía sentido lamentarse por lo que ya no tenía remedio.

Desde que había rechazado su proposición, no habían dejado de atormentarla las dudas. Dudas a las que no deseaba enfrentarse. No habían vuelto a verse. Harry no había regresado para hincarse de rodillas ante ella. Probablemente, aún no había comprendido el error que había cometido. O quizá, pese a la firme convicción en contra de Lucinda, no la quería. A fin de cuentas, ¿qué sabía ella de aquellas cosas?

Seguía diciéndose que, si así era, tanto mejor. Al verse forzada por Harry a expresar de viva voz lo que pensaba, se había dado cuenta de lo mucho que significaba para ella un matrimonio edificado sobre el amor. Tenía todo lo que podía desear, salvo eso: un amante esposo con el que poder construir un futuro. ¿Y de qué servía todo lo demás sin eso?

Tenía razón, pero su corazón se negaba a animarse y colgaba de su pecho como un peso opresivo.

Lord Sommerville estiró el cuello para mirar hacia delante.

—Parece que ahí delante hay menos gente.

Lucinda asintió. Su sonrisa se hizo más débil. La pareja que iba delante de ellos se detuvo para saludar a alguien. Atrapados, se pararon. Lucinda miró a su izquierda... y vio un alfiler de oro con forma de bellota prendido entre los pliegues de una corbata anudada con matemática precisión. Ella conocía aquel alfiler, lo había soltado de una corbata hacía poco más de veinticuatro horas.

Sintió una tirantez en el pecho y levantó la mirada.

Unos ojos verdes, del color del mar tormentoso, se encontraron con los suyos. Con el corazón en la boca, Lucinda escudriñó su mirada, pero no logró interpretarla. Harry tenía una expresión dura, impasible. Sus facciones semejaban una máscara impenetrable. Derrotada, Lucinda miró sus labios.

Solo para verlos crispados en una línea severa.

Atónita, levantó de nuevo la vista... y alcanzó a vislumbrar un fugaz brillo de incertidumbre en su mirada. Sintió su vacilación.

Un par de metros y dos pares de hombros los separaban.

Harry volvió a mirarla; sus ojos se encontraron. Él se movió y sus labios se tensaron, levantándose hacia arriba por las comisuras.

—Ah, aquí estamos. ¡Por fin! —lord Sommerville se giró e hizo una reverencia, señalando delante de ellos.

Distraída, Lucinda miró hacia delante y descubrió que el gentío se había despejado, dejando un camino ante ellos.

—Ah, sí.

Miró a Harry.

Él se había girado para saludar a una imponente señora que llevaba a una jovencita a la zaga. Saludó a la muchacha con una discreta reverencia.

Lucinda, que intentaba disipar la opresión que sentía en el pecho, respiró hondo y se volvió, obligándose a escuchar la conversación de lord Sommerville con aparente interés.

Por el rabillo del ojo, Harry la vio alejarse. Se aferró a su visión hasta que se la tragó la multitud. Solo entonces concentró su atención en lady Argyle.

—Será solo una pequeña *soirée*, unos pocos invitados selectos —lady Argyle sonrió—. Para que ustedes los jóvenes puedan charlar y se conozcan mejor, cosa que, con estas apreturas, resulta imposible, ¿no cree?

Sus ojos saltones lo invitaban a darle la razón. Pero Harry era demasiado mayor para dejarse atrapar con aquel truco. Con expresión impasible, bajó la mirada hacia ella desde una gran distancia.

—Me temo, lady Argyle, que tengo otro compromiso. En efecto —prosiguió con un deje de hastío—, no espero pasar mucho tiempo en los salones de baile esta temporada —advirtió la mirada desconfiada de su interlocutora—. Tengo asuntos urgentes en otra parte —murmuró. Con una suave reverencia, aprovechó un hueco que se abrió entre el gentío para escabullirse, dejando a lady Argyle sin saber qué había querido decir exactamente.

Una vez libre, Harry titubeó. Después, decidió seguir el rastro de Lucinda. Su afirmación de que había acabado con ella resonaba como una burla en sus oídos. Intentó acallarla. Tras poner a prueba una serie de tácticas, por fin la encontró en el centro de su inevitable cohorte de admiradores. Ruthven estaba allí, al igual que Amberly y Satterly. Harry entornó los ojos.

Amberly estaba junto a Lucinda, charlando tranquilamente. Hizo un amplio ademán y todos se echaron a reír, incluida Lucinda. Luego le llegó el turno a Satterly. Hugo se inclinó hacia delante y sonrió. Saltaba a la vista que estaba contando un chismorreo o alguna anécdota. Ruthven, que permanecía al otro lado de Lucinda, bajó la mirada hacia ella. Parecía observar atentamente su rostro. Harry apretó los labios.

Oculto por la multitud, fijó la mirada en Lucinda. Ella sonreía mientras Satterly hablaba, pero a su sonrisa le faltaba el calor que Harry conocía. La conversación se hizo general. Ella se rio y replicó a algún comentario, pero sin su alegría de costumbre. La tensión que se había apoderado de Harry comenzó a aflojarse.

Lucinda estaba alicaída... muy posiblemente incluso se sentía infeliz bajo su apariencia de serenidad.

Brotó la culpa, y Harry intentó detenerla. Le estaba bien empleado, a la muy terca. Él la había pedido en matrimonio. Y ella lo había rechazado.

Harry había escapado a una situación peligrosa. La lógica lo invitaba a apartarse de la tentación.

Vaciló, y vio que Ruthven le ofrecía su brazo a Lucinda.

—¿Puedo sugerirle un corto paseo por la terraza, querida? —preocupado por la mirada atormentada de Lucinda, a Ruthven no se le ocurría otro modo de procurarle cierto alivio. Ella paseaba constantemente una mirada sombría por el salón—. Un poco de aire fresco la ayudará a olvidarse de este agobiante salón.

Lucinda sonrió, consciente de que su fulgor se había apagado.

—Sí —dijo, mirando en torno—. El ambiente está demasiado cargado para mi gusto, pero... —titubeó; luego volvió a mirar a Ruthven—. No estoy segura...

Dejó que su voz se apagara, incapaz de darle voz a sus dudas.

—Oh, no se preocupe por eso —el señor Amberly hizo un expresivo ademán—. ¿Sabe qué le digo? Que iremos todos —le sonrió alentadoramente—. Nadie podrá decir nada al respecto, ¿no le parece?

Lucinda parpadeó... y miró a lord Ruthven y al señor Satterly.

—Excelente idea, Amberly —lord Ruthven volvió a ofrecerle el brazo, esta vez con una reverencia galante.

—Justo lo que hacía falta —el señor Satterly asintió con la cabeza y retrocedió, indicándole a Lucinda que le precediera.

Lucinda parpadeó otra vez. Luego, dándose cuenta de que todos la estaban mirando y de que lo único que les alentaba era su preocupación por ella, sonrió agradecida y se relajó.

—Gracias, caballeros, son ustedes muy amables.

—No hay de qué —dijo el señor Satterly.

—Es un placer, querida —añadió el señor Amberly.

Lucinda levantó la mirada y advirtió un brillo melancólico en la mirada de lord Ruthven. Este frunció los labios en una sonrisa irónica.

—Ya sabe, para eso están los amigos.

Lucinda le devolvió la sonrisa. Estaba de pronto más tranquila que en toda la noche.

Oculto entre la multitud, Harry observó alejarse la pequeña comitiva. Ruthven guiaba a Lucinda con Satterly y Amberly a la zaga. Al darse cuenta de que se dirigían a una de las grandes cristaleras que daban a la terraza, la tensión volvió a adueñarse de él. Dio un paso adelante... y se detuvo en seco.

Lucinda ya no era asunto suyo.

Satterly y Amberly se hicieron a un lado para que Lucinda y Ruthven cruzaran la puerta. Luego, los siguieron. Harry parpadeó. Se quedó mirando un instante con los ojos entornados las cortinas detrás de las cuales habían desaparecido los cuatro.

Luego sus labios se curvaron en una sonrisa cínica. Con semejante cohorte, la señora Babbacombe no necesitaba nuevos defensores.

Algo envarado, giró sobre sus talones y se encaminó a la sala de naipes.

—Aurelia Wilcox siempre ha dado las mejores fiestas —el vestido de seda de Em susurraba en la penumbra del carruaje mientras descendía por Highgate Hill. Al cabo de un momento, añadió tímidamente—: Esta noche no he visto a Harry.

—No estaba allí —Lucinda notó el tono cansino de su voz y se alegró de que Heather se hubiera quedado dormida en el asiento de enfrente. Su hijastra estaba disfrutando a lo grande de su presentación en sociedad, si bien de un modo totalmente inocente e inocuo. De no haber sido por ella, Lucinda habría considerado seriamente la posibilidad de marcharse de la capital, a pesar de que ello habría significado reconocer su derrota.

Se sentía vencida. La noche del martes había pasado, y Harry no había dado señales de vida. No lo veía desde el baile de lady

Mott, el sábado por la noche; desde entonces, no había vuelto a hacer acto de aparición en los bailes y fiestas a los que acudían. Su presencia jamás le pasaba inadvertida: la mirada de Harry siempre despertaba en ella una sensación única.

Una sensación que echaba terriblemente de menos.

—Puede que se haya ido ya de Londres —su tono carecía de inflexión, pero aquellas palabras encarnaban su temor más profundo. Había jugado sus cartas y había perdido.

—No —Em se removió en el asiento, junto a ella—. Fergus me ha dicho que Dawlish seguía rondando por la cocina —soltó un suave bufido—. Sabrá Dios con qué propósito —al cabo de un momento prosiguió en voz baja—: Esto no iba a ser fácil. Harry es terco como una mula. Casi todos los hombres lo son para estas cosas. Tienes que darle tiempo para que se acostumbre a la idea. Dejar que su resistencia se disipe de manera natural. Al final, entrará en razón. Espera y verás.

Esperar... Mientras el carruaje traqueteaba sobre el empedrado, Lucinda apoyó la cabeza en el cojín e hizo balance de sus actos. Por más que lo intentaba, no conseguía arrepentirse de nada. Enfrentada a la misma situación, habría vuelto a hacer lo mismo. Ni cavilar sobre el pasado ni pasar sus días ociosamente contribuiría al progreso de su causa. Sin embargo, no podía seducir a Harry de nuevo si no se acercaba a ella.

Y, lo que era peor aún, ya ni siquiera le preocupaba su seguridad, a pesar de que lord Ruthven, el señor Amberly y el señor Satterly habían redoblado sus atenciones. En efecto, de no ser por su apoyo entusiasta, aunque platónico, Lucinda dudaba de haber sido capaz de soportar aquellas últimas noches. Los bailes, que al principio le habían parecido admirables, habían perdido para ella todo su atractivo. Las danzas eran aburridas, los valses un calvario. En cuanto a los paseos, las incesantes visitas y las constantes apariciones exigidas por la alta sociedad, cada vez le parecían más una pérdida de tiempo. Sin duda alguna, su talante de empresaria estaba aflorando de nuevo. A decir verdad, el tiempo que pasaba en los saraos de la alta sociedad le parecía una inversión de muy poco valor. Era improbable que fuera a reportarle los réditos que esperaba.

Por desgracia, ignoraba qué nueva técnica adoptar, cómo reorganizar su estrategia para volver a tener su blanco en el punto de mira.

Su blanco que, en este caso, por desgracia, no era inanimado, había tomado las riendas de la situación, lo cual no le dejaba a ella nada que hacer, salvo esperar, cosa que le parecía sumamente molesta.

Sofocó un bufido. La costumbre de Em se le estaba pegando.

Pero probablemente su anfitriona tenía razón... otra vez. Tenía que esperar; ya había jugado sus cartas.

Ahora era el turno de Harry.

Dos horas después, apoyado con su pose de costumbre en la pared del espacioso salón de baile de la residencia de los Webb en Mount Street, Harry observaba ociosamente el gentío que se había reunido para celebrar los esponsales de su hermano. Su padre estaba allí, por supuesto, sentado en su sillón al otro lado del salón. Junto a él se hallaba Em, resplandeciente con su vestido de seda azul. Su invitada, sin embargo, no había acudido al baile.

Él, naturalmente, no tenía por qué preocuparse de dónde estaba ni de lo que hacía, teniendo en cuenta cómo se estaban comportando sus amigos. Durante los cinco días anteriores, se habían empeñado en acompañar a Lucinda a todas partes y a mirarlo a él con un punto de frialdad. Ruthven, haciendo gala de una olímpica indiferencia por las sutilezas, se había sentido impelido a decirle que estaba siendo «un perfecto imbécil». Ruthven, que era seis meses mayor que él y que aún no había mostrado el más leve interés por buscar esposa; Ruthven, que tenía un título que conservar en la familia. Harry había resoplado, lleno de fastidio, y había informado a su antaño amigo de que, si tan prendado estaba de la dama, pagase él el precio.

Ruthven había parpadeado y a continuación había parecido un poco avergonzado.

Con los ojos entornados, Harry bebió un sorbo de coñac, sujetando la copa con una mano. Pero, en el momento crítico, alguien le dio un golpe en el hombro.

Harry se atragantó. Tras recobrar el aliento, se giró para encararse con su agresor.

—¡Maldita sea! ¡Espero que tu mujer te enseñe buenos modales!

Jack se echó a reír.

—Seguramente, aunque sospecho que a ti de nada te servirá —levantó las cejas mirando a Harry con un brillo en los ojos azules—. Cree que eres peligroso y que necesitas con urgencia una mujer que embote tu filo.

—¿Ah, sí? —contestó Harry con frialdad. Bebió otro sorbo de coñac y apartó la mirada.

Jack no se inmutó.

—Como te lo digo —afirmó—. Pero está convencida de que hará falta una mujer muy valiente, una Boadicea, sospecho, para echarte el guante.

Harry puso los ojos en blanco... pero no pudo evitar imaginarse a Lucinda medio desnuda, pintada con pintura azul y conduciendo una carroza.

—A tu mujer se le ha concedido el don, típicamente femenino, de una imaginación extravagante.

Jack se echó a reír.

—Ya te contaré después de la luna de miel. Nos vamos a Rawling's Cottage una semana. Ahora en Leicestershire reina la calma.

Harry sacudió la cabeza con una media sonrisa en los labios mientras observaba los ojos brillantes de su hermano.

—Mientras no pierdas ningún órgano vital... como el sentido.

Jack se echó a reír.

—Creo que me las apañaré... más o menos —esbozó una lenta sonrisa al divisar a su mujer en el centro de una multitud, junto a la puerta. Se volvió hacia Harry y le tendió la mano—. ¿No me deseas suerte?

Harry lo miró a los ojos. Se irguió... y le estrechó la mano.

—Sabes que sí. Y a tu mujer también.

Jack sonrió.

—Se lo diré —antes de irse, le lanzó una mirada de soslayo—. Cuídate —con una última inclinación de cabeza, se encaminó hacia su destino.

Harry se quedó preguntándose hasta qué punto se le notaba en la cara el apuro en que se hallaba.

Un cuarto de hora después, vio desde lo alto de la escalinata de la casa de los Webb cómo el carruaje que llevaba a Jack y a su flamante esposa doblaba la esquina de South Audley Street y se perdía de vista. El gentío se volvió con un suspiro y regresó al interior de la casa. Harry se quedó atrás para no encontrarse con Em y su padre. Volvió a entrar en el vestíbulo a la cola de la multitud.

El mayordomo acababa de regresar con sus guantes y su bastón cuando una voz fría y desapasionada preguntó:

—¿No se queda un poco más, señor Lester? Apenas hemos tenido ocasión de conocernos.

Harry se dio la vuelta y vio los delicados rasgos de la señora Webb... y sus ojos entre grises y azulados que —estaba seguro de ello— veían mucho más de lo que a él le convenía.

—Gracias, señora, pero debo irme —hizo una elegante reverencia.

Al incorporarse, la oyó suspirar.

—Espero sinceramente que tome usted la decisión acertada.

Harry se halló atrapado, para su malestar, en la mirada grisácea de su interlocutora.

—Es bastante fácil, ¿sabe usted? No es para tanto, aunque a veces lo parezca. Solo hay que decidir qué es lo que más se desea en la vida. Se lo digo yo —le dio unas palmaditas en el brazo con un aire maternal que contrastaba con su exquisita elegancia—. Es bastante fácil, si uno pone el alma en ello.

Por primera vez desde hacía mucho tiempo, Harry se quedó sin palabras.

Lucilla Webb le sonrió candorosamente y a continuación agitó una de sus delicadas manos.

—Debo regresar con mis invitados. Pero intente hacerlo bien, señor Lester. Y buena suerte.

Con un ademán despreocupado, regresó al salón.

Harry escapó de allí. Al llegar a la calle, vaciló. ¿Adónde iría? ¿A sus aposentos? ¿Al Brook's? ¿Al Manton's? Frunció el ceño, sacudió la cabeza y echó a andar.

La imagen de Boadicea volvió a asaltarlo. Su ceño se desvaneció. Sus labios se tensaron y al poco se curvaron. Qué idea tan extravagante. Pero ¿acaso era tan peligroso que las mujeres tenían que ponerse una armadura para vérselas con él?

El libertino que había en él no le hacía ascos a aquella analogía. El hombre, en cambio, no estaba tan seguro de que fuera un cumplido. Estaba convencido, sin embargo, y los hechos se lo habían demostrado repetidamente, de que Lucinda Babbacombe no era de esas mujeres que reconocían el peligro, y mucho menos de las que reflexionaban sobre él. Ella –imaginaba– se habría limitado a mirar a los ojos a los comandantes romanos y a decirles con toda serenidad que estaban allanando sus dominios. Luego esperaría con los brazos cruzados y dando golpecitos con el pie a que se marcharan de sus tierras.

Y, muy probablemente, se habrían ido.

Lo mismo que él...

De pronto, se vio liberado de sus cavilaciones. Respiró hondo, levantó la cabeza... y descubrió que se estaba acercando al final de South Audley Street. Delante de él, el frondoso recinto de Green Park parecía llamarlo.

Sin pensárselo dos veces, siguió andando y cruzó Piccadilly para pasear bajo los árboles. Había poca gente de mundo a la vista. Era aún temprano y la mayoría habría ido a Hyde Park. A su alrededor, las suaves praderas daban cobijo a niños con sus niñeras mientras una o dos parejas paseaban sin rumbo por los senderos.

Siguió caminando lentamente y procuró dejar la mente en blanco para que la paz se apoderara de él.

Hasta que una pelota de cricket le golpeó la rodilla.

Harry sofocó un improperio. Se detuvo, recogió la pelota y la sostuvo en su mano mientras buscaba a su propietario.

O propietarios, más bien.

Había tres. El mayor no tendría más de siete años. Salieron de detrás de un árbol y se acercaron con gran cautela.

—Yo... lo siento muchísimo, señor —dijo el mayor—. ¿Le ha dolido mucho?

Harry aguantó las ganas de echarse a reír.

—Horriblemente —contestó con mucho énfasis. Los tres niños parecieron abatidos—. Pero creo que sobreviviré —los niños se recuperaron y lo miraron con aire esperanzado, con los grandes ojos orlados por largas pestañas y caras tan inocentes como el amanecer.

Mientras tocaba la pelota, Harry se dio por vencido y sonrió. Se agachó para ponerse a su altura y les tendió la pelota, haciéndola girar de modo que bailó como una peonza entre sus dedos.

—¡Hala!

—¿Cómo lo ha hecho?

Los niños olvidaron su cautela y se reunieron a su alrededor. Harry les enseñó el truco, que había aprendido durante los largos veranos de su niñez. Ellos lo miraron con pasmo y se pusieron a practicar, pidiéndole ávidamente su consejo.

—¡James! ¡Adam! ¿Se puede saber dónde os habéis metido? ¡Mark!

Los tres miraron a su alrededor con aire culpable.

—Tenemos que irnos —dijo el mayor. Luego sonrió con una sonrisa que solo un niño podía mostrar—. Muchas gracias, señor.

Harry sonrió. Se levantó y los miró alejarse por la pradera hacia la rolliza niñera que los esperaba con impaciencia.

Seguía sonriendo cuando las palabras de la señora Webb desfilaron de nuevo por su cabeza. «Solo hay que decidir qué es lo que más se desea en la vida».

Hacía años que no pensaba en lo que más deseaba. Lo había hecho una vez, hacía más de diez años. En aquel entonces estaba muy seguro y, cargado de confianza en sí mismo, había perseguido su meta con su habitual despreocupación solo para hallar traicionados sus sueños.

De modo que había arrumbado aquellos sueños, los había encerrado bajo siete llaves en el rincón más profundo de su recuerdo, y no había vuelto a dejarlos salir.

Sus labios se tensaron con cinismo. Dio media vuelta y retomó su paseo.

Pero no podía desviar el curso de su pensamiento.

Sabía muy bien qué era lo que más deseaba en la vida. Era lo mismo que entonces. A pesar de los años transcurridos, en el fondo no había cambiado.

Se detuvo y se obligó a respirar hondo. Oía tras él las vocecillas de los niños que, junto con su niñera, se marchaban del parque.

En torno suyo, otros niños jugaban y retozaban bajo ojos vigilantes. Aquí y allá, un caballero paseaba con su esposa del brazo mientras sus hijos correteaban a su alrededor.

Harry dejó escapar el aliento atrapado en su pecho.

Las vidas de otros estaban llenas. La suya seguía vacía.

Tal vez, a fin de cuentas, fuera hora de volver a sopesar sus alternativas. La última vez había sido un desastre, pero ¿de veras era tan cobarde que no podía encarar de nuevo aquel dolor?

Esa noche fue al teatro. Personalmente, le interesaba bien poco la obra que se representaba sobre el escenario... y menos aún la que tenía lugar en los pasillos, los pequeños dramas de la vida de la alta sociedad. Por desgracia, la encantadora señora Babbacombe había expresado su deseo de ver la última obra de Edmund Kean, y Amberly se había apresurado a ofrecerse a acompañarla.

Oculto entres las sombras, junto a la pared de la platea, frente al palco que Amberly había alquilado, Harry observó tomar asiento al pequeño grupo. La campana acababa de sonar; el teatro entero bullía mientras lo más granado de la sociedad londinense tomaba asiento en los palcos, los caballeros de la platea miraban a las señoras y señoritas y los menos favorecidos lo contemplaban todo desde las galerías superiores.

Sin apartarse de las densas sombras que proyectaban los palcos de encima de él, Harry vio cómo Amberly le ofrecía una butaca a Lucinda haciendo una reverencia. Ella iba vestida de azul, como de costumbre. El vestido que llevaba esa noche era de un delicado tono lavanda y llevaba el escote recamado con hilo de plata. Se había recogido la negra melena en un moño muy alto sobre la pálida cara. Se alisó las faldas, levantó la mirada hacia Amberly y sonrió.

Mientras la observaba, Harry sintió que un escalofrío penetraba lentamente en su alma.

Amberly hablaba y reía, inclinándose hacia ella de modo que Lucinda no tuviera que esforzarse para oírlo.

Harry dirigió bruscamente su atención hacia los otros miembros del grupo. Satterly estaba conversando con Em, que se había sentado al lado de Lucinda. Junto a ella se hallaba Heather Babbacombe. Harry divisó a Gerald de pie tras ella. La actitud de su hermano evidenciaba hasta qué punto se interesaba por su bella pupila.

Harry frunció el ceño, sorprendido. Le resultaba fácil interpretar la expresión de Gerald, incluso desde aquella distancia. Su hermano parecía demasiado absorto. Estaba pensando que debía darle algún consejo cuando se detuvo en seco. Heather Babbacombe era muy joven, sin duda, pero también era una muchacha inocente y honesta. ¿Quién era él para hablar en su contra?

Su mirada volvió a posarse en Lucinda. Sus labios se tensaron en una mueca más burlona que humorística.

¿Quién era él para oponerse al amor?

¿Qué otra razón había para que estuviera allí... como no fuera una profunda necesidad de sosiego? Hasta a Dawlish le había dado por mirarlo con algo peligrosamente parecido a la lástima. Cuando le había preguntado con cierta irritación qué demonios le pasaba, su lacayo se había frotado la barbilla y había dicho: «Es solo que no parece estar divirtiéndose precisamente... si usted me entiende».

Harry lo había mirado con enojo y había entrado en la biblioteca, pero sabía muy bien a qué se refería su ayuda de cámara. La semana anterior había sido un infierno. Había creído que, dado que Lucinda Babbacombe acababa de hacer acto de aparición en su vida, expulsarla de ella sería muy fácil. A fin de cuentas, siempre había sido un maestro en el arte de olvidarse de las mujeres. Evitar cualquier relación duradera formaba parte del bagaje de un libertino.

Pero olvidarse de la señora Babbacombe había resultado una empresa imposible.

Lo cual le dejaba solo una alternativa.

Como la señora Webb había dicho concisamente: lo que más deseaba.

Pero ¿seguiría deseándolo ella?

Harry siguió observando a Amberly, que parloteaba con elegantes ademanes. Amberly era muy ocurrente, y un narrador consumado. La posibilidad de que Lucinda, tras rechazar su proposición, lo hubiera desterrado de su corazón por considerarlo indigno de sus atenciones y hubiera recurrido a otro en busca de consuelo no era muy reconfortante.

Y aún menos lo era la convicción de que, si así había sido, no le daría una segunda oportunidad; él no tenía derecho a exigírsela, ni a estorbar las pretensiones de su amigo.

Harry sintió una opresión en el pecho. Amberly gesticuló de nuevo y Em se echó a reír. Lucinda lo miró con una sonrisa en los labios. Harry forzó la vista, intentando ver la expresión de sus ojos.

Pero Lucinda estaba demasiado lejos; cuando se volvió hacia delante, tenía los ojos velados por los párpados.

Sonó la fanfarria, emergiendo del foso de los músicos ante el escenario, y fue recibida por un guirigay de silbidos desde la platea y de comedidos aplausos desde los palcos. Se apagaron las lámparas de la platea y se encendieron las del escenario. Los actores hicieron su entrada; todos los ojos se dirigieron hacia el escenario.

Todos, excepto los de Lucinda.

Harry, cuyos ojos se habían acostumbrado a la oscuridad, la vio mirar hacia abajo. No parecía estar mirando el escenario, sino sus manos. Quizá estuviera jugando con su abanico. Tenía la cabeza alta, de modo que ninguna de las personas que se hallaban tras ella podía sospechar que no estaba atenta a la obra, como ellos. La luz movediza danzaba sobre su semblante sereno pero triste, reservado pero elocuentemente expresivo.

Harry respiró hondo y se apartó de la pared. La tirantez que notaba en el pecho se había disipado en parte.

Lucinda levantó bruscamente la cabeza y miró a su alrededor, no al escenario, sino al público, sin importarle quién pudiera notar su distracción. Harry se quedó inmóvil mientras su mirada recorría los palcos que había sobre él y pasaba de largo.

A pesar de que la luz era escasa, percibió la esperanza que iluminaba su rostro e investía su cuerpo de una súbita animación.

Observó cómo se disipaba lentamente aquella repentina viveza.

Lucinda parpadeó y volvió a recostarse en su butaca, el semblante sereno pero mucho más triste que antes.

A Harry se le encogió dolorosamente el corazón. Esta vez, no intentó ahuyentar el dolor, ni borrar la emoción, pero, al girarse y avanzar en silencio hacia la puerta, reconoció la dicha que aquellos sentimientos dejaban a su paso.

No se había equivocado con Lucinda Babbacombe. Aquella

condenada mujer estaba tan ridículamente segura de sí misma que ni siquiera había tenido en cuenta el riesgo que suponía amarlo.

Harry abandonó la penumbra de la platea con una sonrisa en los labios.

Dos pisos más arriba, en el gallinero atestado de gente, Earle Joliffe estaba muy lejos de sonreír. De hecho, tenía el ceño fruncido... y la mirada fija en Lucinda y en el grupo que ocupaba el palco de Amberly.

—¡Demontre! ¿Qué rayos está pasando? —siseó.

A su lado, Mortimer Babbacombe le lanzó una mirada perpleja. Joliffe señaló con fastidio el palco de enfrente.

—¿Qué les está haciendo? Ha convertido en gatitos a una manada de los peores lobos de Londres.

Mortimer parpadeó.

—¿En gatitos?

Joliffe soltó un bufido.

—¡En perritos falderos, entonces! Scrugthorpe tenía razón: ¡es una bruja!

—¡Silencio!

—¡Chist! —dijeron a su alrededor.

Joliffe contempló por un momento la posibilidad de liarse a puñetazos, pero al cabo de un momento recuperó la cordura y se obligó a quedarse en su asiento. Sus ojos, sin embargo, permanecían fijos en su chivo expiatorio... que se había metamorfoseado en una domadora de lobos.

Al cabo de un momento, Mortimer se inclinó hacia él.

—Puede que la estén engatusando... poniéndole una venda sobre los ojos. Podemos permitirnos el lujo de darles un poco más de tiempo. Tampoco nos corre tanta prisa el dinero.

Joliffe lo miró con enojo y luego apoyó la barbilla en las manos.

—Esos crápulas no se comportan así con una mujer si andan buscando algo —explicó con los dientes apretados. Su mirada se clavó en Amberly y Satterly—. Están siendo amables, ¡por el amor de Dios! ¿Es que no lo ves?

Mortimer miró hacia el otro extremo del teatro y observó la escena con el ceño fruncido.

Joliffe sofocó una maldición. En cuanto al dinero, les corría prisa, y mucha. La noche anterior se había encontrado inesperadamente con su acreedor, lo cual había servido para demostrarle hasta qué punto estaban desesperados. Sintió un escalofrío al recordar la voz extraña y descarnada que había salido del carruaje, deteniendo su avance en medio de la calle envuelta en niebla.

—Pronto, Joliffe. Muy pronto —había seguido una pausa. Luego—: No soy un hombre paciente.

Joliffe había oído contar suficientes historias acerca de la falta de paciencia de aquel sujeto en cuestión... y acerca de sus consecuencias.

Estaba desesperado, sí. Pero Mortimer tenía tan pocas luces que de nada serviría confiarle sus tribulaciones.

Joliffe se concentró en la mujer sentada al otro lado de la platea en sombras.

—Tendremos que hacer algo... tomar cartas en el asunto —hablaba más para sí mismo que para Mortimer.

Pero Mortimer lo oyó.

—¿Qué? —se volvió hacia él con estupor—. Pero... creía que estábamos de acuerdo en que no había necesidad de involucrarse directamente en el asunto, de hacer nada nosotros mismos.

Había levantado la voz.

—¡Chist! —les dijeron de todos lados.

Joliffe lo agarró de la levita, exasperado, y le hizo levantarse.

—Salgamos de aquí —lanzó una mirada venenosa al otro lado del teatro—. Ya he visto suficiente.

Empujó a Mortimer delante de él hacia la salida.

Nada más salir al pasillo, Mortimer se volvió hacia él, agarrándose a su levita.

—Pero dijiste que no tendríamos que secuestrarla.

Joliffe lo miró con fastidio.

—No hablo de secuestrarla —replicó, y le hizo soltar la levita de un tirón. Miró hacia delante y sus rasgos se endurecieron—. Hay otro camino más acorde con nuestros propósitos —miró a Mortimer con desprecio—. Vamos, tenemos que visitar a ciertas personas.

CAPÍTULO 10

El viernes por la mañana, al tomar asiento ante la mesa del desayuno, Em estaba considerando la posibilidad de hacerle una visita a Harry Lester. Sabía que no serviría de nada, pero la impotencia se apoderaba de ella cada vez que miraba a Lucinda. Serena y pálida, su invitada jugueteaba distraídamente con una tostada fría.

Em sofocó un bufido. Sintiéndose derrotada, se sirvió una taza de té.

—¿Vamos a ir a algún sitio hoy? —sentada al otro lado de la mesa, Heather fijó en ella una mirada casi suplicante.

Em miró a Lucinda de reojo.

—Creo que hoy vamos a pasar un día tranquilo. Por la tarde iremos a dar un paseo en coche por el parque. Esta noche tenemos el baile de lady Halifax.

Lucinda forzó una sonrisa.

—Qué bien lo pasamos en Greenwich —Heather intentó infundir convicción a sus palabras. El día anterior, lord Ruthven había organizado una excursión al Observatorio con la esperanza de animar a Lucinda. El señor Satterly, que se había unido a ellos, y él se habían esforzado con denuedo, pero en vano.

Lucinda se removió en la silla.

—Lord Ruthven fue muy amable al organizar la excursión. Debo enviarle una nota para darle las gracias.

Em dudaba de que Ruthven se lo agradeciera. El pobre hacía cuanto estaba en su mano, pero estaba claro que Lucinda apenas reparaba en él. Su invitada no hacía comentario alguno acerca de lo que ocupaba su mente. Su actitud era impecable; aquellos que no la conocieran no habrían notado nada extraño en ella. Los que la conocían, en cambio, percibían la superficialidad de sus sonrisas, que ya no iluminaban sus ojos, cada vez más brumosos y distantes. Lucinda era reservada por naturaleza; ahora, a pesar de que seguía entre ellos, parecía haberse replegado sobre sí misma huyendo de todo contacto.

—Podríamos ir al museo —sugirió Heather—. Todavía no hemos visto las esculturas de lord Elgin. Dijiste que te gustaría.

Lucinda ladeó la cabeza.

—Quizá.

Heather miró a Em, abatida.

Em sacudió la cabeza. Al principio, Heather le había parecido demasiado joven e inmadura para comprender el sufrimiento de su madrastra. Pero, con el paso de los días, había llegado a darse cuenta de que la muchacha lo veía y lo comprendía todo, y que, sin embargo, con esa confianza propia de la juventud, había imaginado que las cosas se arreglarían por sí solas. Su confianza, pese a todo, empezaba a tambalearse. Estaba tan preocupada como Em, lo cual angustiaba aún más a esta.

La puerta se abrió. Fergus se acercó a Em y le presentó una bandejita de plata.

—El correo, señora. Y acaban de entregar en mano una carta para la señora Babbacombe. El mozo no ha esperado respuesta.

Em notó, acongojada, la tensión que se apoderaba de Lucinda mientras recogía el sobre blanco y lacrado. Una mirada a las señas garabateadas bastó para convencerla de que la misiva no era de Harry. Incapaz de hacer otra cosa, se lo entregó a Lucinda sin decir nada y procuró no mirar su rostro, en el que al romper el sello se disipó la expectación que por un instante lo había iluminado.

Lucinda leyó la breve misiva con el ceño fruncido y luego, haciendo una mueca, la dejó a un lado. Miró su tostada, ya completamente fría, y con un leve suspiro echó mano de la tetera.

Em no estaba de humor para andarse con cumplidos.

—¿Y bien?

Lucinda la miró y se encogió de hombros.

—Es una invitación para no sé qué fiesta en el campo.
—¿De quién?
Lucinda arrugó el ceño.
—No me acuerdo de la dama en cuestión —bebió un poco de té mientras miraba la nota—. Lady Martindale, de Asterley Place.
—¿Martindale? —Em empezó a arrugar el ceño, y luego su cara se iluminó—. ¡Ah, será Marguerite! Es la hija de Elmira, de lady Asterley. Debe de estar echándole una mano. ¡Qué maravilla! —Em se volvió hacia Lucinda—. ¡Es perfecto! Lo que necesitas es entretenerte y que te dé el aire. Elmira y yo somos amigas desde hace muchísimo tiempo, aunque hace siglos que no nos vemos. ¿Cuándo es la fiesta?
Lucinda vaciló y luego hizo una mueca.
—Empieza esta tarde… pero la invitación es solo para mí.
Em parpadeó.
—¿Solo para…? —parpadeó de nuevo y su rostro se aclaró—. ¡Ah, ya entiendo!
Lucinda levantó la mirada.
—¿Qué sucede?
Em se estiró.
—Acabo de acordarme. Harry es muy amigo del hijo de Elmira, lord Alfred Asterley. Son uña y carne desde que estuvieron juntos en Eton.
Vio que Lucinda recogía de nuevo la nota.
—¿Ah, sí?
—Sí —a Em le brillaron los ojos—. Siempre andaban haciendo travesuras. Más de una vez los expulsaron a los dos —permaneció un momento enfrascada en sus pensamientos; luego miró a Lucinda, que seguía escudriñando la invitación—. ¿Sabes? —dijo Em, recostándose en su silla—, no me sorprende que la invitación sea solo para ti. Me imagino perfectamente cómo han sucedido las cosas. Alguien canceló su visita en el último momento y Elmira le preguntó a Alfred si se le ocurriría alguien que pudiera rellenar el hueco de forma conveniente —titubeó y añadió—: Y Alfred y Harry están muy unidos.
Cuanto más pensaba en ello, más convencida estaba de que la mano de Harry se hallaba tras aquella invitación inesperada. Sería muy propio de él maniobrar para llevar a Lucinda al campo, donde estaría

libre de mentores, admiradores e hijastras, para poder enmendar su comportamiento lejos de miradas curiosas. Muy propio de Harry, sí.

Em soltó un bufido.

En la mesa del desayuno, el ambiente había cambiado drásticamente. El aire parecía de pronto impregnado de curiosidad y expectación, en vez de teñido de resignación rayana en la apatía. Los semblantes de las señoras reflejaban diversos grados de empeño y premeditación.

Heather apartó su plato y expresó en voz alta lo que estaba pensando.

—Tienes que ir.

—Desde luego que sí —añadió Em—. Heather y yo somos muy capaces de entretenernos la una a la otra un par de días.

Lucinda, que parecía más animada a pesar de su expresión ceñuda, levantó la mirada de la invitación.

—¿Estás segura de que no es indecoroso que vaya sola?

—¿A Asterley Place? ¡Por supuesto que no! —Em zanjó la cuestión con un aspaviento—. No eres ninguna cría que acabara de presentarse en sociedad. Y no me cabe ninguna duda de que allí habrá mucha gente a la que ya conoces. Las fiestas de Elmira son muy elegantes.

—Ve, por favor —Heather se inclinó sobre la mesa—. Me encantaría que luego me lo contaras todo. Puede que la próxima vez nos inviten a las tres.

Lucinda miró el rostro ávido de la joven. Sus titubeos eran, en realidad, un simple subterfugio. Si cabía la posibilidad, por remota que fuera, de que Harry estuviera detrás de aquella invitación, no le quedaba más remedio: tenía que ir.

Se irguió y, al tomar aire, sintió que una oleada de esperanza la revivía.

—Muy bien. Si estáis seguras de que podéis pasar sin mí...

Em y Heather le aseguraron efusivamente que, en efecto, podían pasar sin ella.

Después de comer, Em se retiró al saloncito de mañana. Se sentía llena de una grata expectación. Se dejó caer en el diván y mientras miraba con agrado a su alrededor se recostó en los cojines, se quitó las pantuflas y levantó los pies. Apoyó la cabeza en un almohadón, cerró los ojos y exhaló un profundo suspiro.

Se preguntaba si sería demasiado pronto para cantar victoria.

Estaba profundamente dormida, soñando con confeti y tul blanco, cuando el chasquido de la cerradura la despertó.

¿En qué estaba pensando Fergus?

Giró la cabeza, exasperada... y vio entrar a Harry.

Parpadeó de nuevo. Abrió la boca... y entonces reparó en la flor blanca que Harry llevaba en el ojal.

Harry jamás llevaba flores en el ojal... como no fuera en una boda.

Él notó su mirada atónita y se encogió por dentro. Debería haber prescindido de la flor. Pero se había vestido con especial esmero. Le había parecido lo más adecuado.

Estaba decidido a hacer las cosas bien. Si ellas hubieran tenido el buen sentido de quedarse en casa el día anterior, aquel calvario ya habría terminado. Refrenó su impaciencia, cerró la puerta y se giró para mirar a su tía, que acababa de recuperar el habla.

—Eh...

—Exacto —dijo Harry sin su habitual languidez—. Si no te importa, tía, quisiera ver a la señora Babbacombe —miró los ojos ligeramente saltones de Em—. A solas.

Em parpadeó.

—Pero si se ha ido.

—¿Que se ha ido? —el semblante de Harry quedó inexpresivo. Por un momento, no pudo respirar—. ¿Adónde?

Em se llevó una mano a la cabeza, que empezaba a darle vueltas.

—Pues... a casa de Asterley, naturalmente —se sentó, con los ojos como platos—. ¿Tú no vas a ir?

Harry la miró, estupefacto.

—He recibido una invitación —reconoció con cierta cautela.

Em se irguió sobre los cojines con una mano en el pecho.

—Gracias a Dios. Solo ha ido por eso —recordó lo que había pasado y miró a Harry con enojo—. No es que vaya a servir de nada, desde luego. Está más claro que el agua que no la han invitado por sugerencia tuya.

—¿Por sugerencia...? —Harry la miraba como si se hubiera

vuelto loca—. ¡Por supuesto que no! —hizo una pausa y luego preguntó—: ¿Por qué demonios crees que iba a hacer una cosa así?

Em apretó los labios y se encogió de hombros.

—Bueno, cabía dentro de lo posible que hubiera sido idea tuya. Estoy segura de que Alfred podría haber puesto otro nombre en la lista de Elmira si tú se lo hubieras pedido.

—¿Elmira?

Em hizo un aspaviento.

—Sé que es Marguerite quien envía las invitaciones, pero aún es la fiesta de Elmira.

Harry apretó los puños y cerró los ojos... y sofocó la ira que empezaba a adueñarse de él. Su padre era mayor que Em... y sufría del mismo mal que su tía: una memoria extrañamente selectiva. Estaba claro que Em recordaba su amistad con Alfred y que, sin embargo, había olvidado por completo que su madre, Elmira, llevaba cerca de ocho años muerta.

Las fiestas en Asterley Place eran, desde entonces, muy distintas a las que recordaba su tía.

Harry respiró hondo y abrió los ojos.

—¿Cuándo se ha ido?

Em frunció el ceño con cierta petulancia.

—Sobre las once —miró el reloj de la repisa de la chimenea—. Estará ya a mitad de camino.

Harry hizo una mueca y giró sobre sus talones.

Em se quedó mirándolo.

—¿Adónde vas?

Él miró hacia atrás con la mano en el picaporte y una expresión dura e implacable.

—A rescatar a Boadicea de un hatajo de romanos poseídos por la lujuria.

Con esas, salió cerrando la puerta a su espalda. Em se quedó mirando, divertida, los inexpresivos paneles de la puerta.

—¿Boadicea?

Harry cruzó la puerta de sus habitaciones, se arrancó el clavel blanco de la solapa y lo tiró encima de la mesa.

—¡Dawlish! ¿Dónde demonios te has metido?

—Estoy aquí —se oyó mascullar desde el fondo del pasillo. Dawlish apareció con un delantal sobre la ropa de calle. Llevaba en las manos unas cucharas de plata y un paño de bruñir—. ¿Qué mosca le ha picado ahora? Creía que había ido a arreglar las cosas.

Harry apretó los dientes.

—Y fui... pero por lo visto debería haber pedido cita. La muy condenada se ha ido a pasar unos días al campo. A Asterley Place.

Rara vez había visto a Dawlish tan perplejo.

—¿A Asterley Place?

—Exactamente —Harry se quitó el gabán—. Y no es que haya cambiado de estilo de vida. La muy terca no tiene ni idea de dónde se va a meter.

Dawlish puso unos ojos como platos.

—Que Dios la ampare —tomó el gabán de Harry.

—Francamente, dudo que pueda —Harry se quitó los guantes y los tiró sobre la mesa, junto con el clavel. Luego se volvió hacia las escaleras—. Vamos, no te quedes ahí parado como un pasmarote. Necesitamos los caballos. Nos lleva más de dos horas de ventaja.

Mientras Harry subía a toda prisa las escaleras, Dawlish parpadeó y a continuación se zarandeó a sí mismo.

—Con usted tan enfadado y los caballos de su humor habitual, reduciremos su ventaja a la mitad en un periquete.

Harry no le oyó. Entró en su dormitorio y tardó apenas un par de minutos en meter algo de ropa en una bolsa. Dawlish entró mientras luchaba por ponerse una levita verde botella. Ya había cambiado sus calzas de paño de color marfil por otras de ante.

—No hace falta que se mate —le aconsejó Dawlish, recogiendo la bolsa—. Iremos pisándole los talones.

Harry salió con el ceño fruncido.

—Llegaremos una hora después que ella —gruñó.

Una hora durante la cual tendría que vérselas con una casa llena de lobos convencidos de que era una presa fácil.

Lucinda se apeó del carruaje ante la escalinata de Asterley Place y miró a su alrededor. La casa presentaba una fachada relativamente reciente, con columnas jónicas que sostenían el tejado del porche y cercos geométricos de corte clásico delimitando las grandes ventanas. El edificio se levantaba en medio de un extenso parque, delante de una espaciosa pradera de césped que descendía hacia las orillas de un lago. A ambos lados se vislumbraban hermosos jardines, y el olor sutil de las rosas se elevaba por encima de una tapia de ladrillo. Los anchos escalones de piedra llevaban al pórtico. Mientras los lacayos corrían a hacerse cargo de su equipaje, Lucinda subió sin prisas a saludar a sus anfitriones, que la esperaban junto al mayordomo.

—Bienvenida a Asterley Place, mi querida señora Babbacombe. No sabe cuánto me alegra verla —lord Asterley, un caballero de estatura media cuya tendencia a engordar era severamente reprimida, se inclinó ante ella y le estrechó la mano.

Lucinda sonrió. Recordaba ya que había conocido a lord Asterley durante sus primeras semanas en la capital.

—He de darle las gracias por su invitación, milord. Ha sido de lo más... oportuna. Le estoy muy agradecida —no podía sofocar la esperanza que brotaba dentro de ella. La ilusión hacía brillar sus ojos y su sonrisa.

Lord Asterley lo notó... y se sintió halagado.

—¿De veras? Cuánto me alegra saberlo, querida —le dio unas palmaditas en la mano y a continuación se volvió hacia la dama que permanecía a su lado—. Permítame presentarle a mi hermana, lady Martindale, que actúa como mi anfitriona en estas pequeñas reuniones.

Lucinda se volvió y al instante se sintió acogida por una cálida sonrisa.

Lady Martindale la tomó de las manos y una sonrisa arrugó su bella cara.

—Por favor, llámeme Marguerite, como todos los demás —lady Martindale era unos años mayor que Lucinda, tenía el cabello rubio, el pecho prominente y un talante tan bonachón como el de su hermano—. Espero que se divierta mientras esté aquí. No dude en avisarme si echa algo en falta.

Lucinda sintió que se relajaba.

—Gracias.

—Los demás van a reunirse en el invernadero. Por favor, únase a ellos en cuanto haya descansado un rato —Marguerite señaló la casa—. Estoy segura de que ya conoce a muchos de nuestros invitados, pero aquí nos preciamos de nuestra falta de etiqueta —se inclinó hacia ella y añadió—: Descuide, no hay nadie que no sepa comportarse, así que no tiene que preocuparse por nada, salvo por decidir con quién quiere pasar el rato —Lucinda le devolvió la sonrisa—. Bueno... la hemos puesto en el cuarto azul —Marguerite miró el vestido de batista de Lucinda—. Y creo que hemos dado en el clavo. Melthorpe le mostrará el camino y se encargará de su doncella y su equipaje. La cena es a las seis.

Lucinda le dio las gracias de nuevo y siguió al mayordomo. Era este un hombre menudo y como encogido entre sus ropas oscuras, con una nariz alargada y unos hombros hundidos que le daban el aspecto de un cuervo.

Al llegar a lo alto de la amplia escalera principal, Lucinda pudo verle los ojos. El mayordomo le señaló un pasillo. Ella echó a andar de nuevo tras él y frunció el ceño para sus adentros. ¿Por qué demonios la miraba Melthorpe con tanta severidad? El mayordomo se detuvo ante una puerta del fondo del pasillo, la abrió y se retiró para permitirle el paso. Al pasar a su lado, Lucinda pudo echarle un vistazo a su cara desde más cerca.

Luego paseó la mirada por la habitación y asintió con la cabeza, complacida.

—Gracias, Melthorpe. Haga el favor de mandarme inmediatamente a mi doncella.

—Como desee, señora.

Lucinda lo observó mientras, con un aire gélido que rozaba la descortesía, Melthorpe se inclinaba y salía de la habitación. Cuando cerró la puerta tras él, frunció el ceño.

Había escasas posibilidades de que hubiera malinterpretado sus modales. Llevaba demasiados años tratando con sirvientes y criados como para caer en ese error. El mayordomo la había mirado, la había tratado como si... Tardó un momento en encontrar una definición precisa para su conducta. Cuando lo hizo, se quedó de una pieza.

La puerta se abrió y apareció Agatha, seguida por un lacayo que portaba su equipaje. Lucinda se quedó mirando mientras su doncella, tan severa como siempre, daba instrucciones al lacayo para que dejara la maleta junto al tocador. Después, cerró la puerta tras él.

—¡Bueno! —Agatha se volvió para mirarla.

Lucinda notó su mirada curiosa, pero no respondió. Sabía por experiencia que obtendría más información si dejaba que Agatha la dosificara a su manera. Y de pronto sentía gran curiosidad por Asterley Place.

Se quitó los guantes y los arrojó sobre la cama, una cama muy amplia, con cuatro postes y cubierta por un dosel. Su sombrero siguió a los guantes. Luego se alisó las faldas y se quedó mirándolas.

—Humm. Demasiado arrugadas. Creo que me pondré mi vestido de té nuevo, hasta la hora de cenar.

Agatha se puso a refunfuñar mientras abría los cierres de la maleta.

—Casi no los he visto, pero parecen todos muy elegantes. Al pasar por la cocina, he visto un buen montón de ayudas de cámara... y por la pinta de algunas doncellas, creo que habrá tortas por las tenacillas de rizar el pelo antes de que caiga la noche. Será mejor que deje que le recoja el pelo.

—Luego —Lucinda se miró en el espejo del tocador—. Habrá tiempo antes de la cena.

—A las seis, han dicho. Ni como en el campo, ni como en la ciudad —Agatha sacó un montón de vestidos de la maleta—. He oído decir a un lacayo que cenan a esa hora para tener más tiempo para sus jueguecitos, vaya usted a saber qué quería decir con eso.

—¿Jueguecitos? —tal vez la familia Asterley se divertía con los juegos de salón propios de una casa de campo. Lucinda arrugó el ceño. No se imaginaba a lord Asterley y a Marguerite presidiendo tales entretenimientos. Apretó los labios y se levantó—: Ven, ayúdame a cambiarme. Quiero reunirme con los otros invitados antes de cenar.

Tal y como le habían dicho, los demás se habían reunido en el invernadero. Este, de grandes proporciones, se alzaba en la parte de atrás de la casa y se hallaba repleto de palmeras que, plantadas en macetas, formaban una suerte de gruta exuberante y frondosa.

En el centro había una piscina alicatada alrededor de la cual se habían dado cita los invitados, algunos sentados en sillones de mimbre y otros de pie, charlando en pequeños grupos.

Lucinda se alegró enseguida de haberse cambiado de ropa. Los invitados formaban, en efecto, un grupo muy elegante, como aves de vistoso plumaje cobijadas entre la espesura. Lucinda saludó a la señora Walker, una elegante viuda, y a lady Morcombe, una dama muy distinguida. A ambas las había conocido en la ciudad.

—Mi querida señora Babbacombe —Marguerite se apresuró a saludarla—. Permítame presentarle a lord Dewhurst. Acaba de regresar de viaje. Por eso no se conocen aún.

Lucinda respondió con calma al saludo de lord Dewhurst mientras, para sus adentros, calibraba a sus acompañantes. No advirtió nada raro a lo que achacar su estado de nerviosismo.

—En efecto —dijo en respuesta a una pregunta de lord Dewhurst—, he disfrutado bastante de mi estancia en la ciudad. Pero los bailes empiezan a resultarme un tanto... —hizo un gesto—... excesivos, ¿no le parece a usted? Hay tanta gente que apenas se oye uno pensar. Y en cuanto a respirar...

Lord Dewhurst se echó a reír. Su risa era suave y tersa.

—Tiene usted razón, querida. Las pequeñas reuniones como esta son mucho más convenientes.

El leve énfasis que puso en la última palabra hizo levantar la mirada a Lucinda. Lord Dewhurst la observaba con viveza.

—Estoy seguro de que pronto descubrirá que en Asterley Place es muy fácil encontrar tanto tiempo como lugar para... pensar.

Lucinda lo miró con extrañeza. Pero antes de que pudiera llegar a una conclusión, él la tomó de la mano y se inclinó.

—Si desea usted compañía, querida, no dude en acudir a mí. Puedo ser sumamente reflexivo, se lo aseguro.

—Eh... sí. Quiero decir que... —Lucinda luchó por concentrarse— tendré en cuenta su ofrecimiento, milord —inclinó la cabeza con cierta rigidez.

Aguardó mientras Dewhurst hacía otra reverencia y se alejaba luego tranquilamente. Después respiró hondo... y lanzó otra mirada, mucho más crítica, a su alrededor.

De pronto se preguntó cómo había podido estar tan ciega.

Todas las damas presentes eran indudablemente mujeres de alcurnia, todas ellas casadas o viudas, pero se hallaban en una edad en la que era fácil imaginar que estuvieran interesadas en solazarse en discretos devaneos amorosos.

En cuanto a los caballeros, todos y cada uno de ellos pertenecían a una clase que conocía muy bien.

Antes de que le diera tiempo a llevar adelante sus reflexiones, lord Asterley se acercó a ella.

—Mi querida señora Babbacombe, no sabe cuánto me alegró saber que estaba usted interesada en nuestras pequeñas reuniones.

—¿Interesada? —Lucinda intentó disimular su asombro y levantó fríamente las cejas.

Lord Asterley sonrió sagazmente. Lucinda casi temió que le guiñara un ojo o le diera un codazo.

—Bueno, quizá no expresamente en nuestras reuniones, pero sí en el tipo de entretenimientos que todos nosotros encontramos tan… —hizo una amplio gesto— satisfactorios —bajó la mirada hacia ella—. Espero, querida, que, si se siente inclinada a ello, no dude en avisarme para… ayudarla a hacer más llevadera su estancia en nuestra casa.

Lucinda inclinó la cabeza educadamente. Como no encontraba palabras para responder a lord Asterley, le dejó creer lo que le conviniera.

Él sonrió e hizo una reverencia. Lucinda descubrió, para su consternación, que le resultaba sumamente difícil indignarse con un hombre tan cordial. Inclinó la cabeza y se acercó a la piscina. Había una silla vacía junto a la señora Allerdyne, una distinguida viuda que –Lucinda se dio cuenta de repente– probablemente no era tan virtuosa como parecía.

La señora Allerdyne se giró cuando Lucinda se sentó en el sillón de mimbre.

—Buenas tardes, señora Babbacombe… ¿o puedo prescindir de cumplidos y llamarte Lucinda?

Lucinda miró con estupor el semblante encantador de Henrietta Allerdyne.

—Sí, por supuesto —miró de nuevo a su alrededor, algo aturdida. Tenía la impresión de haber abierto los ojos a un nuevo aspecto de la vida en los círculos de la alta sociedad.

—Es la primera vez que viene, ¿verdad? —Henrietta se inclinó hacia ella—. Me lo ha dicho Marguerite —explicó cuando Lucinda volvió a mirarla—. No tiene por qué sentirse violenta —le dio unas palmaditas en la mano—. Aquí somos todos amigos, naturalmente. El colmo de la discreción. Descuide, no habrá ni un solo comentario cuando regrese a la ciudad —Henrietta miró a su alrededor con aire despreocupado—. Hace años que es así. Desde que Harry empezó.

Lucinda se quedó sin aliento.

—¿Harry? ¿Harry Lester?

—Mmm —Henrietta intercambiaba miradas cargadas de intención con un caballero muy bien vestido que había al otro lado del salón—. Que yo recuerde, fue a Harry a quien se le ocurrió la idea. Alfred simplemente la llevó a cabo siguiendo sus instrucciones.

Harry... que la había enviado allí.

Por un instante, Lucinda se sintió al borde del desmayo. La habitación quedó oscurecida por una densa bruma y un escalofrío se apoderó de ella. Tragó saliva. Apretó los puños sobre su regazo y luchó contra su aturdimiento. Cuando se sintió con fuerzas murmuró:

—Entiendo —Henrietta, absorta en su caballero, no había notado su turbación... ni su repentina palidez. Lucinda notaba las mejillas heladas. Aprovechó la ocasión para intentar rehacerse. Luego preguntó con la mayor despreocupación de que fue capaz—: ¿Y él viene a menudo?

—¿Harry? —Henrietta inclinó la cabeza mirando a su caballero con una sonrisa y a continuación se volvió hacia ella—. De vez en cuando. Siempre está invitado, pero nunca se sabe si aparecerá —su sonrisa se tornó afectuosa—. A ese no hay quien le ponga el arnés.

—No, desde luego —Lucinda ignoró la mirada inquisitiva de su interlocutora. Dentro de ella empezaba a agitarse una rabia como no había conocido otra.

¿Había pretendido Harry demostrarle lo que pensaba de ella al invitarla allí? ¿Que para él se había convertido en una de aquellas mujeres que se solazaban con cualquier caballero de su antojo? ¿La había enviado allí para que disfrutara de la grata compañía que ella le había asegurado andar buscando?

¿O acaso pretendía darle un escarmiento y pensaba llegar justo a tiempo para sacarla de aquel atolladero?

Apretó la mandíbula, cerró los puños y se levantó bruscamente. Tenía ganas de gritar, de dar vueltas, de tirar cosas. No sabía cuál de los posibles motivos de Harry la enfurecía más. Respiró hondo.

—Espero que venga —masculló entre dientes.

—¿Lucinda? —Henrietta se inclinó para mirarla—. ¿Te encuentras bien?

Lucinda compuso una sonrisa, envarada.

—Perfectamente, gracias.

Henrietta no parecía muy convencida.

Por suerte sonó el gong y todos se retiraron a sus habitaciones. Lucinda logró refrenar su impaciencia y acompañó a Henrietta hasta su puerta. Después recorrió rápidamente el pasillo hasta el cuarto azul.

—¿Qué has oído? —le preguntó a Agatha en cuanto hubo cerrado la puerta.

Agatha levantó la vista del vestido de seda azul marino que estaba extendiendo sobre la cama. Echó un vistazo a la cara de Lucinda… y contestó sin ambages.

—No mucho… pero nada bueno. Montones de indirectas sobre lo que hacen los señores por las noches. Puertas abriéndose y cerrándose a todas horas… —Agatha resopló—. Y cosas así.

Lucinda se sentó ante el tocador y comenzó a quitarse las horquillas del pelo. Miró a su doncella con severidad.

—¿Qué más?

Agatha se encogió de hombros.

—Parece que es lo que se espera aquí. No solo una pareja de vez en cuando, como pasa en todas partes —hizo una mueca—. He oído que un lacayo lo comparaba con una casa de postas. No bien sale un carruaje cuando ya está entrando otro.

Lucinda se recostó en la silla y se quedó mirando a Agatha por el espejo.

—Cielo santo —dijo por fin débilmente. Luego se recobró; fueran cuales fuesen las costumbres de la casa, estaba segura de que ningún caballero de los presentes forzaría los favores de una dama que no estuviera dispuesta a ofrecérselos por propia voluntad.

Su mirada se posó sobre el vestido azul marino.

—Ese no —entornó los ojos—. El de gasa.

Agatha se incorporó con los brazos en jarras.

—¿El de gasa?

Lucinda levantó las cejas sin apartar la mirada del espejo.

Agatha soltó un bufido.

—Pero si es casi indecente.

—Es perfecto para mis propósitos —contestó Lucinda casi ronroneando. No iba a ser ella quien recibiera una lección esa noche.

Agatha comenzó a rezongar, apartó el vestido azul marino y sacó el de gasa, de color celeste tirando a plateado. Lo colocó cuidadosamente sobre la cama, bufó con exasperación y empezó a aflojarle las cintas del corsé a Lucinda. Entre tanto, esta daba golpecitos con el peine sobre la mesa.

—Qué embrollo tan espantoso —frunció el ceño—. ¿Has preguntado por lady Asterley?

Agatha asintió con la cabeza.

—No hay tal señora Asterley. La última, la madre de lord Asterley, murió hace años.

—Ah —Lucinda parpadeó. Después respiró hondo y cuadró los hombros—. En fin, lo de esta noche ya no tiene remedio, pero mañana nos vamos.

—Sí. Eso pensaba yo.

Lucinda advirtió el alivio de su doncella y disimuló una sonrisa afectuosa.

—No te preocupes, pese a todas las evidencias en contra, en el fondo son unos perfectos caballeros.

Agatha profirió un bufido.

—Si usted lo dice... pero un caballero puede ser muy persuasivo a veces.

Lucinda se levantó y dejó que su vestido cayera al suelo. Se apartó y permitió que Agatha la ayudara a enfundarse el vestido de gasa azul. Solo cuando estaba ya lista para bajar al salón se dignó a contestar al último comentario de su doncella.

—Espero que a estas alturas sepas ya —dijo fijando en Agatha una mirada altiva— que soy perfectamente capaz de vérmelas con cualquier caballero que se interponga en mi camino. Así que recógelo todo aquí y dile a Joshua que nos vamos por la mañana —se acercó a la puerta y se detuvo para mirar de nuevo a su doncella—. Y no te preocupes, vieja cascarrabias.

Con esas, se dio la vuelta y salió envuelta en esplendorosa seda azul.

El salón se llenó rápidamente. Los invitados parecían ansiosos de hallarse en su mutua compañía. Lucinda, que ya sabía a qué atenerse, se movió sin dificultades entre ellos, respondiendo a los cumplidos y a la franca admiración que veía en los ojos de los caballeros, cuyas sutiles insinuaciones eludía con pericia. Era de nuevo dueña de sí misma... pero tenía los nervios de punta y se sentía en vilo.

El momento que había estado esperando llegó al fin.

Harry entró en el salón, y Lucinda se percató al instante de cierto revuelo. Debía de haber llegado mientras se estaban cambiando; iba vestido en blanco y negro, como de costumbre, y su hermoso pelo relucía a la luz de las velas. Marguerite interrumpió su conversación para acercarse a saludarlo... con un beso en la mejilla, notó Lucinda. Lord Asterley fue a estrecharle la mano. Otros caballeros inclinaron la cabeza o se acercaron a presentarle sus respetos. Muchas de las damas sonrieron, alborozadas, mientras se atusaban el pelo.

Encontrándose de pronto objeto de una mirada penetrante, Lucinda no sonrió. Su corazón dio un vuelco y luego se aceleró. Sintió una lenta opresión en el pecho. Con expresión distante, inclinó la cabeza un poco y se volvió hacia el señor Ormesby y lady Morcombe.

Y esperó a que Harry se acercara a ella.

Pero Harry no se acercó... ni parecía dispuesto a hacerlo, lo cual quedó claro al cabo de diez minutos. Lucinda apretó los dientes y maldijo para sus adentros, consciente de que la mirada de Harry reposaba sobre sus hombros, desnudos por encima del amplio escote de su vestido, y sobre la parte superior de sus pechos, que quedaba al descubierto. ¿Qué demonios estaba tramando ahora?

En realidad, Harry la estaba maldiciendo. Apenas podía refrenar el deseo de cruzar la habitación, apoderarse de su delicada muñeca y sacarla de allí. ¿Qué diablos pretendía presentándose con aquel vestido de finísima seda, que relucía y brillaba como una provocación? El suave tejido se ceñía a todo lo que tocaba, ocultaba y perfilaba por momentos su esbelta silueta, mostrando sutilmente las bellas curvas de sus caderas y sus muslos y la suave superficie de su espalda. En cuanto a sus pechos, apenas permanecían ocultos: el escote cuadrado había sido cortado por un avaro. Harry apretó los dientes y obligó a sus pies a estarse quietos. Los demás caballeros parecían cautivados, de modo que al menos no tenía que disimular su interés.

—¡Harry, viejo zorro! No esperaba verte aquí. Creía que estabas pensando en seguir el ejemplo de Jack.

Harry miró con intensa irritación a lord Cranbourne.

—Ese no es mi estilo, Bentley. Pero ¿en quién tienes puestas tus miras?

Lord Cranbourne sonrió.

—En lady Morcombe. Es una ciruelita madura... ese carcamal de su marido no sabe apreciarla como debería.

—Hmm —Harry paseó la mirada por la habitación—. Los de siempre, ¿eh?

—Todos, excepto la encantadora señora Babbacombe... pero creo recordar que tú la conoces muy bien.

—En efecto —Harry posó la mirada sobre Lucinda y sofocó de nuevo el impulso de correr a su lado.

—¿Tus intereses van por ahí esta noche?

Harry lanzó una rápida mirada a lord Cranbourne, pero estaba claro que este había formulado la pregunta sin mala intención.

—No en el sentido que tú crees.

Inclinó la cabeza y se alejó tranquilamente, antes de que lord Cranbourne saliera de su asombro y pudiera preguntarle qué había querido decir.

Harry recorrió el salón con estudiada calma, observándolo todo. Su interés se centraba, ciertamente, en Lucinda, pero su principal preocupación consistía en averiguar quién había incluido su nombre en la lista de invitados. Se hallaba a medio camino de Asterley Place cuando se había despejado lo suficiente como para formularse aquella pregunta. Él no había sugerido su nombre, así pues ¿quién había sido? ¿Y por qué?

Se paseó por la habitación observando cuidadosamente no solo a Lucinda, sino a todos aquellos que se le acercaban, ansioso por adivinar cuál de aquellos truhanes —sus compañeros de armas— sería el primero en abordarla.

Cuando Melthorpe anunció la cena con su habitual aire de sepulturero, Lucinda había llegado a la conclusión de que Harry estaba esperando que le sucediera algo, presumiblemente un desastre, para acudir en su ayuda y hacerse de nuevo cargo de ella. Se prometió a sí misma que aquello no volvería a ocurrir y sonrió amablemente cuando el señor Ormesby le ofreció su brazo.

—¿Viene usted a menudo, señor?

El señor Ormesby hizo un gesto despreocupado.

—De vez en cuando. Es agradable alejarse un tiempo del ajetreo de la ciudad, ¿no le parece?

—Desde luego —por el rabillo del ojo, Lucinda vio fruncir el ceño a Harry. Luego Marguerite se detuvo a su lado y reclamó su brazo. Lucinda se volvió hacia el señor Ormesby con una sonrisa radiante—. Si me lo permite, confío en que me instruya usted en la costumbres de Asterley.

El señor Ormesby pareció alborozado.

—Será un placer, querida.

Lucinda parpadeó, y confió en no estar levantando falsas esperanzas.

—Dígame... ¿son muy sofisticadas las cenas?

La de esa noche no lo era, pero era, en todo caso, una cena distinguida, con cuatro platos y dos servicios. La conversación, para alivio de Lucinda, giró en torno a los temas habituales, con intercambio de anécdotas y chismorreos, todo ello del mejor gusto. En efecto, de no haber sido por las sutiles insinuaciones, las miradas elocuentes y algún que otro susurro, Lucinda se habría divertido sin reservas.

—Mi querida señora Babbacombe —lord Dewhurst, sentado a su izquierda, se inclinó para llamar su atención—, ¿le han hablado de la búsqueda del tesoro que ha organizado Marguerite para mañana?

—¿La búsqueda del tesoro? —consciente del creciente ardor de la mirada de su interlocutor, Lucinda se preguntó vagamente si tal empresa, en aquella compañía, podía ser inocente.

—Sí… y también jugamos a una versión del juego de la oca que estoy seguro será de su agrado. Ni que decir tiene que no usamos tablero —lord Dewhurst sonrió—. Nosotros mismos somos las fichas.

Lucinda podía imaginárselo, pero mantuvo una sonrisa serena y aprovechó que le ofrecían unas natillas para eludir cualquier comentario al respecto. Al hacerlo, sorprendió la mirada de Harry fija en ella. Estaba sentado al otro lado de la mesa, algo alejado de ella. A pesar de la distancia, Lucinda sentía su creciente irritación en la extraña tensión que atenazaba su cuerpo, aparentemente relajado, y en el modo en que sus largos dedos asían la copa de vino. Lucinda compuso una sonrisa radiante e ingenua… y se la dedicó al señor Ormesby.

Harry sintió crisparse los músculos de su mandíbula. Tenía los dientes apretados. Se obligó a relajar la mandíbula y se giró al ver que Marguerite le hacía señas desde el otro extremo de la mesa.

Lucinda esperaba tener ocasión de recobrar el aliento, serenarse y fortalecer sus defensas cuando las señoras se retiraran al salón. Pero, en Asterley, a los caballeros no les interesaba el oporto; siguieron a las damas sin mirar siquiera las botellas del aparador.

—La primera noche, solemos tomarnos las cosas con calma —informó el señor Ormesby a Lucinda al reunirse con ella junto a la chimenea—. Para… ir conociéndonos los unos a los otros, usted ya me entiende.

—Exacto —dijo lord Asterley, que había seguido al señor Ormesby—. Mañana, naturalmente, las cosas se animarán un poco —se frotó las manos y miró a los invitados—. Pensábamos empezar navegando un rato por el lago, y pasar luego a la búsqueda del tesoro. Marguerite lo tiene todo organizado. Será en los jardines, por supuesto —fijó en Lucinda una sonrisa perfectamente inocente—. En nuestros jardines hay muchos rincones tranquilos donde encontrar un tesoro.

—¿Ah, sí? —Lucinda logró parecer educadamente distante.

—No empezamos hasta después de mediodía, por supuesto.

Solemos reunirnos en el salón del desayuno a eso de las diez. Así todo el mundo tiene ocasión de recuperar el sueño perdido, ¿sabe usted?

Lucinda asintió con la cabeza y tomó nota de que debía ponerse en camino poco después de las diez. Ignoraba aún qué excusa iba a poner, pero ya se le ocurriría algo al día siguiente.

Lord Cranbourne y lady Morcombe se reunieron con ellos. La conversación giró en torno a los pasatiempos de los días siguientes. Los pasatiempos comunes, naturalmente. En cuanto a los demás, Lucinda era cada vez más consciente de las miradas curiosas que le lanzaban el señor Ormesby, lord Asterley y lord Dewhurst en particular.

Por primera vez desde su llegada a Asterley Place, comenzó a sentirse realmente intranquila. No porque temiera por su virtud, sino por el desagrado que le producía la idea de verse envuelta en una situación embarazosa. El señor Ormesby y lord Asterley no parecían dispuestos a apartarse de su lado. Para alivio de Lucinda, Marguerite reclamó su atención para ayudar a pasar las tazas de té. Ella aprovechó la ocasión para sentarse en una silla, junto al diván, en cuyo extremo se sentaba una mujer muy guapa de edad parecida a la suya. Lucinda recordaba vagamente que se la habían presentado en Almack's.

—Lady Coleby... Millicent —la mujer sonrió e inclinó la cabeza al pasarle una taza de té—. Siempre es un placer dar la bienvenida a un nuevo miembro de nuestro círculo.

Lucinda contestó con una sonrisa algo endeble y se escondió tras su taza de té. Empezaba a preguntarse si no debería haberse marchado tres horas antes, a pesar del revuelo que se habría armado.

—¿Ha elegido ya? —lady Coleby levantó una ceja por encima del borde de su taza.

Lucinda parpadeó.

—¿Elegir?

Lady Coleby abarcó el salón con un gesto.

—Entre los caballeros —Lucinda se quedó perpleja—. Ah, había olvidado que es usted nueva —lady Coleby bajó la taza y se inclinó hacia ella—. Es todo muy sencillo. Una solo tiene que decidir cuál de los caballeros le gusta más. Uno, dos o más, si le place. Luego, se lo hace saber... discretamente, desde luego. No hay que hacer nada más. Está todo maravillosamente bien organizado.

Al hallarse de nuevo frente a la mirada inquisitiva de su interlocutora, Lucinda tragó un sorbo de té.

—Eh... no estoy segura.

—Pues no lo dejé para muy tarde, o los mejores estarán ya ocupados —lady Coleby le tocó la manga—. Yo voy detrás de Harry Lester —le confesó, señalando con la cabeza a Harry, que estaba al otro lado del salón—. Hacía siglos que no venía... por lo menos, desde que vengo yo, y hace más de un año. Es tan elegante, tan exquisito... Tan seductor... —lady Coleby se interrumpió con un delicado escalofrío—. Las aguas profundas ocultan corrientes peligrosas, o eso dicen —bebió un sorbo de té con la mirada fija en Harry—. Nunca hubiera creído que Harry se volvería así. Es extraño. No se parece nada al joven inmaduro e inexperto que pidió mi mano hace tantos años.

Lucinda se quedó paralizada. Luego volvió a dejar lentamente la taza sobre el platillo.

—¿Pidió su mano?

—Pues sí. No oficialmente... no fue para tanto. Fue hace diez años o más —lady Coleby fingió que se le empañaban los ojos y luego soltó una risilla—. Estaba terriblemente enamorado. En fin, ya sabe cómo son los jóvenes —agitó la mano—. Completamente extasiado. Me decía unas cosas tan ardientes y apasionadas... Era todo muy emocionante y ya entonces era muy guapo.

Lucinda estudió la cara de lady Coleby mientras esta observaba a Harry, que parecía enfrascado en su conversación con el señor Harding.

—Pero ¿no aceptó su ofrecimiento?

—¡Cielos, no! Los Lester son pobres como ratones de iglesia. O lo eran. Pero... —un brillo iluminó los ojos castaños de lady Coleby—, ahora que mi marido ha muerto y los Lester han tenido un golpe de suerte... —lady Coleby dejó la frase en suspenso y afirmó—: Un golpe de suerte tremendo, o eso me han dicho, querida. En fin... —volvió a mirar a Harry y la expectación iluminó su cara—. Creo que debería retomar nuestra amistad.

En ese momento, Harry y el señor Harding se separaron, y Harry les lanzó una mirada penetrante desde el otro lado de la habitación.

Lady Coleby sonrió, radiante, dejó su taza de té a un lado y se levantó.

—Y este parece ser el momento adecuado. Discúlpeme, querida.

Lucinda inclinó la cabeza con esfuerzo. Recogió ambas tazas y las llevó al carrito, junto al cual estaba sentada Marguerite, sin apartar la mirada de su anfitriona.

Harry, en cambio, tenía la mirada fija en ella. Titubeó, ceñudo, y apretó los labios. Ningún caballero la había abordado aún. Ninguno había pretendido acapararla. Tres o cuatro parecían seriamente encaprichados, y algunos otros la vigilaban de cerca. Pero ninguno parecía creer tener derechos sobre ella. Todos competían por sus favores como si Lucinda hubiera entrado en su órbita por propia voluntad.

Lo cual no contestaba a su pregunta. Haciendo una mueca, decidió dejar de lado aquel asunto hasta el día siguiente. Estaba a punto de cruzar la habitación para evitar lo que sabía sería una situación confusa y embarazosa cuando sintió que le tocaban la manga.

—Harry... —lady Millicent Coleby pronunció su nombre con un largo suspiro. Abrió de par en par sus ojos castaños y sus mejillas, delicadamente maquilladas, refulgieron.

Harry inclinó la cabeza secamente.

—Millie —levantó la cabeza de nuevo para mirar a Lucinda, que seguía conversando con Marguerite.

—Querido Harry —Millie, que parecía absorta en su corbata, no notó su distracción—, siempre he tenido debilidad por ti... lo sabes, ¿verdad? Tuve que casarme con Coleby, como bien sabes. Ahora eres mucho mayor y entiendes cómo funciona nuestro mundo —Millie dejó que una sonrisa perspicaz curvara sus labios—. Tengo entendido que conoces muy bien cómo funcionan las cosas, Harry. Tal vez podamos... recorrer algunos caminos juntos esta noche.

Millie levantó la mirada en el instante en que Lucinda se despedía de Marguerite y se dirigía hacia la puerta. Harry se vio obligando a fijar su atención en Millie, que se hallaba justo enfrente de él.

—Discúlpame, Millie. Tengo que irme.

Inclinó la cabeza, esquivó a lady Coleby y un instante después se detuvo con la mirada fija en Lucinda... y en los tres caballeros que le habían salido al paso. Haciendo un esfuerzo de concentración, logró distinguir lo que decían.

—Mi querida señora Babbacombe —dijo Alfred, el primero en llegar a su lado—, confío en que la velada haya sido de su agrado.

—Ha sido una suerte que se sumara usted a nuestras filas, señora —Ormesby también se había acercado—. Espero que podamos persuadirla para que pase más tiempo con nosotros. Por mi parte, he de decir que pocas cosas me gustarían más.

Lucinda parpadeó. Antes de que pudiera responder, lord Dewhurst se unió a ellos. La tomó de la mano e hizo una reverencia.

—Ha sido un placer, querida. Confío en que tengamos ocasión de llegar a conocernos mejor.

Lucinda sostuvo la mirada serena pero ardiente de lord Dewhurst... y deseó estar en otra parte. El rubor tiñó sus mejillas. Luego, por el rabillo del ojo, vio a Harry. Observándola.

Respiró hondo para calmarse y sonrió a sus pretendientes. Después, confiando en que comprendieran lo poco que le interesaban sus insinuaciones, afirmó con calma:

—Si me disculpan, caballeros, creo que hoy voy a retirarme temprano.

Esbozó una sonrisa benévola y les hizo una reverencia. Ellos se apresuraron a inclinarse ante ella. Lucinda se incorporó y se fue derecha hacia la puerta. Salió de la habitación con la cabeza muy alta, convencida de haberse librado del atolladero.

Harry la siguió con la mirada.

Luego masculló un improperio, giró sobre sus talones y salió apresuradamente del salón por las puertas que daban a la terraza.

Millie se quedó mirándolo. Luego se encogió de hombros... y se fue en busca del señor Harding.

Lucinda subió las escaleras y atravesó los pasillos pensando no en los pormenores de su inminente partida, ni en lo que acababa de dejar atrás. Lo que ocupaba su mente eran las revelaciones de lady Coleby acerca del desengaño que había sufrido Harry unos años atrás.

Podía imaginarse con toda claridad cómo había sucedido todo; cómo, con el ímpetu propio de la juventud, Harry había puesto su amor a los pies de aquella mujer, solo para verlo pisoteado. Debía de haber sido muy doloroso. Muchísimo. Aquello explicaba muchas cosas: por qué era tan cínico respecto al amor, no respecto al matrimonio, sino al amor necesario para sostenerlo, la vehemencia de la que ahora hacía gala, ese algo especial que hacía que muchas mujeres lo consideraran un peligro —si bien un peligro sumamente excitante— y la cautela con que afrontaba sus propios sentimientos.

Al llegar a su cuarto, Lucinda cerró la puerta con firmeza. Buscó la llave e hizo una mueca, resignada, al descubrir que no había ninguna.

Gracias a lady Coleby y a su insensibilidad, o al menos eso pensaba Lucinda, ya podía comprender por qué era Harry como era. Eso, sin embargo, no excusaba el hecho de que la hubiera metido en aquel lío.

Entornó los ojos mientras meditaba acerca de su perfidia. Cruzó la habitación, encendió el único candelabro que había sobre la mesa y tiró con firmeza del cordón de la campanilla.

La puerta se abrió. Con el cordón bordado aún en la mano, Lucinda se dio la vuelta.

Y vio entrar a Harry por la puerta.

Él paseó la mirada por la habitación y la encontró.

—No tiene sentido que llames a tu doncella. Las normas de la casa prohíben que los criados se paseen por los pasillos de arriba después de las diez.

Lucinda se había quedado de una pieza.

—¿Qué? Pero ¿qué haces aquí?

Harry cerró la puerta y volvió a mirar en derredor.

Lucinda ya había tenido suficiente. Entrecerró los ojos y cruzó la habitación con paso decidido para encararse con él.

—Ya que estás aquí, tengo algo que decirte.

Más tranquilo al ver que estaban solos, Harry fijó la mirada en su cara cuando se detuvo, esbelta y altiva, ante él.

—¿Ah, sí?

—¡Lo sabes muy bien! —Lucinda lo miró con enojo—. ¿Cómo te atreves a hacerme invitar a una reunión semejante? Sé que estás irritado porque no acepté tu proposición... —se interrumpió al darse cuenta de que ella, al igual que lady Coleby, le había rechazado—. Pero las circunstancias en nada se parecen a las de lady Coleby. O a como quiera que se llamara entonces —agitó la mano, exasperada—. Sean cuales sean tus sentimientos al respecto, he de decirte que tu comportamiento me parece intolerable. Completamente insensible y sin justificación alguna. Me resulta inconcebible que hayas...

—No he sido yo.

El acero que se escondía tras las palabras de Harry atajó la reprimenda de Lucinda, que lo miró parpadeando.

—¿No has sido tú?

Harry apretó la mandíbula y tensó los labios mientras la miraba con los ojos entornados.

—Para ser tan inteligente, a menudo se te ocurren ideas de lo más estrafalarias. Yo no dispuse que te invitaran aquí. Muy al contrario —su tono se volvió despreocupado, pero su voz seguía sonando crispada—. Cuando descubra quién te invitó, pienso retorcerle el pescuezo.

—Ah —Lucinda dio un paso atrás cuando Harry se acercó a ella. Sus ojos se encontraron. De pronto se envaró y se plantó en el sitio—. Todo eso está muy bien, ¿pero qué estás haciendo aquí?

—Protegerte de tu último despropósito.

—¿Despropósito? —Lucinda levantó fríamente las cejas... y el mentón—. ¿Qué despropósito?

—La invitación que, sin darte cuenta, acabas de hacer —Harry miró la cama y luego la chimenea. El fuego estaba encendido. La llama era aún débil, pero había suficiente madera en el hogar, delante del cual había colocado un sillón.

Lucinda frunció el ceño.

—¿Qué invitación?

Harry volvió a mirarla y se limitó a levantar las cejas.

Ella soltó un bufido.

—Tonterías. Eso son imaginaciones tuyas. Yo no he hecho invitación de ninguna clase.

Harry señaló el sillón.

—¿Quieres que esperemos, a ver qué pasa?

—No, quiero que te vayas —Lucinda no podía levantar más alto la barbilla—. Es una indecencia que estés aquí.

Los ojos de Harry brillaron.

—Naturalmente. Ese es el propósito de estas fiestas, por si no lo has notado —posó la mirada sobre sus pechos—. Y, hablando de indecencias, ¿quién demonios te ha dicho que ese vestido era decente?

—Un montón de caballeros llenos de admiración —replicó Lucinda, poniendo los brazos en jarras con actitud desafiante—. Y no hace falta que me digas cuál es el propósito de estas pequeñas reuniones, pero, para que lo sepas, no pienso tener nada que ver con ellas.

—Bien. En eso al menos estamos de acuerdo.

Lucinda achicó los ojos. Harry le sostuvo la mirada tercamente.

Alguien llamó a la puerta.

Harry sonrió con frialdad. Señaló con el dedo la nariz de Lucinda.

—Espera aquí.

Sin esperar respuesta, giró sobre sus talones y volvió sobre sus pasos. Abrió la puerta.

—¿Sí?

Alfred dio un respingo.

—¡Eh! ¡Ah! —parpadeó rápidamente—. Ah... eres tú, Harry. Esto... no me había dado cuenta.

—Eso es obvio.

Alfred cambió el peso del cuerpo de un pie a otro y a continuación hizo un gesto vago.

—¡Bueno, bueno! Creo que... vendré más tarde, entonces.

—No te molestes. La recepción será la misma.

Sus palabras sonaron como una clara advertencia. Le cerró la puerta en las narices a su antiguo compañero de colegio antes de que este supiera qué hacer con su semblante bonachón. Luego dio media vuelta... y se encontró a Lucinda mirando perpleja la puerta.

—¡Cielo santo! ¡Qué cara!

Harry sonrió.

—Me alegra que me des la razón.

Lucinda parpadeó y luego señaló la puerta.

—Pero ya se ha ido. Le has dicho que no volviera —al ver que Harry se limitaba a levantar las cejas, dobló los brazos y levantó la barbilla—. No hay razón para que no te vayas tú también.

La sonrisa de Harry se volvió voraz.

—Puedo darte dos razones de peso.

Volvieron a llamar dos veces en un intervalo de una hora.

Tras la primera vez, Lucinda dejó de sonrojarse.

También dejó de insistir en que Harry se marchara. Aquella no era la clase de fiesta campestre en la que se sentía a gusto.

Pasada la una de la noche, al ver que nadie volvía a tocar a la puerta, Lucinda se relajó al fin. Acurrucada contra los cojines de su cama, miró a Harry, que estaba tumbado con los ojos cerrados en el sillón, frente al fuego.

No quería que se fuera.

—Métete en la cama. Yo me quedo aquí.

Él no se había movido, ni había abierto los ojos. Lucinda sintió que su corazón se aceleraba.

—¿Ahí?

Los labios de Harry se tensaron.

—Soy perfectamente capaz de pasar la noche en un sillón por una buena causa —se removió, estirando las piernas—. No es tan incómodo.

Lucinda se quedó pensando un momento y luego asintió con la cabeza. Él parecía tener los ojos cerrados.

—¿Necesitas ayuda con el vestido?

Ella negó con la cabeza.

—No —contestó.

—Bien —Harry se relajó—. Buenas noches, entonces.

—Buenas noches.

Lucinda se quedó mirándolo un momento; luego se acomodó entre las mantas y se tapó. A pesar de que la cama tenía cuatro postes, no tenía cortinas, ni había biombo detrás del que pudiera cambiarse. Se apoyó en los almohadones. Al ver que Harry no hacía ningún ruido, ni se movía, se puso de lado.

La suave luz del fuego acariciaba la cara de Harry, iluminaba los huecos de sus facciones, realzaba su sólida estructura facial y ensombrecía sus densas pestañas al tiempo que perfilaba los nítidos contornos de sus labios.

Lucinda cerró los ojos lentamente y se quedó dormida.

CAPÍTULO 11

Cuando se despertó a la mañana siguiente, el fuego se había apagado y el sillón estaba vacío.

Dejó que se le cerraran los párpados y se acurrucó bajo las mantas. Sus labios se curvaron en una sonrisa indolente; un profundo bienestar la embargaba. Buscó vagamente el origen de aquella sensación... y recordó lo que había soñado.

Era muy tarde –recordaba–, de madrugada. La casa estaba en silencio cuando se despertaba súbitamente y veía a Harry recostado en el sillón, delante del fuego moribundo. Él se removía, inquieto, y ella se acordaba de la manta que había en una silla, junto a la cama. Salía de debajo de las mantas, el vestido irisado deslizándose sobre sus miembros, y con paso sigiloso recogía la manta y se acercaba al sillón junto al fuego.

Se detenía a unos pasos, advertida por un sexto sentido. Harry tenía los ojos cerrados y las puntas de sus largas pestañas casi rozaban sus altos pómulos. Ella observaba su cara, los contornos y los ángulos de sus facciones austeras, la mandíbula cincelada, los labios esculpidos. Su mirada vagaba sobre el rostro de Harry, sobre su cuerpo alargado y bello, que el sueño despojaba de la sutil tensión que solía dominarlo.

Un leve suspiro quedaba atascado en su garganta.

Y entonces sentía la caricia de su mirada.

Al levantar la vista, veía sus ojos soñolientos, abiertos y fijos en su cara. Harry la estaba observando con una suave expresión meditabunda que la mantenía paralizada.

Ella percibía su vacilación y el instante preciso en que Harry la hacía a un lado. Entonces él le tendía la mano con la palma hacia arriba.

Atrapada por sus propias dudas, Lucinda se quedaba un momento en suspenso, temblando. Harry no decía nada; su mano no se movía. Ella exhalaba un largo y profundo suspiro… y le daba la mano. Los dedos de Harry se cerraban suavemente sobre los suyos, y la atraían lentamente hacia sí.

La manta caía de la mano de Lucinda y quedaba olvidada en el suelo. Harry la acercaba, le tendía los brazos, la sentaba con delicadeza sobre su regazo.

Lucinda se dejaba hacer, su corazón ardía al sentir que la pasión de Harry la envolvía, al notar sus recios muslos bajo ella. Luego, Harry la estrechaba entre sus brazos y ella levantaba la cara para recibir su beso.

La primera vez que se habían amado, el deseo los había impulsado hacia la intimidad sin dejar tiempo para el lado más tierno de la pasión. En su sueño, Harry y ella habían explorado por entero aquel aspecto, pasando largas horas frente al fuego, envueltos en las redes de la pasión.

Bajo las mantas, Lucinda cerró los ojos con fuerza y un largo y delicioso estremecimiento recorrió su cuerpo.

Creía sentir las manos de Harry sobre ella, sus largos y hábiles dedos, sus palmas duras y encallecidas por el manejo de las riendas. Él le había abierto las puertas del placer y la había conducido a través de ellas, educando sus sentidos hasta colmarlos de dicha… y de él.

Le había ido quitando el vestido poco a poco, siguiendo la senda marcada por sus labios a partir del escote, que le había bajado muy despacio hasta desnudar sus pechos, a los que había dedicado exquisitas atenciones. Lucinda imaginaba de nuevo el tacto de su pelo, suave como la seda sobre su piel ardiente.

Ignoraba cuánto tiempo había permanecido desnuda entre sus brazos mientras él la amaba y la luz del fuego teñía su piel de bronce y oro, pero tenía la impresión de que habían pasado horas antes de que Harry la levantara y la llevara a la cama.

Él había retirado las mantas y la había depositado sobre las sábanas; después había vuelto a encender las velas del candelabro y lo había puesto sobre la mesita de noche. Ella se había sonrojado y había echado mano de la sábana.

—No, deja que te mire.

Su voz era baja, suave, profunda. Aguas profundas, sí, pero no turbulentas ni peligrosas, sino apacibles y calmas, constantes e infinitamente poderosas. Aquellas aguas habían arrastrado todas sus inhibiciones, dejándola sin reservas. Atrapada en la verde mirada de Harry, había yacido sobre la cama tal y como él la había dejado y lo había mirado desvestirse.

Luego, Harry se había tumbado a su lado y el deseo había ardido de nuevo. Esta vez, él lo había mantenido bajo su yugo y la había enseñado a manejar las riendas. Su poder no era menos intenso, pero esta vez Lucinda había podido apreciarlo por completo, había sentido su presencia en cada instante, en cada movimiento sutil, en cada morosa caricia.

El final había sido igualmente delicioso, pero le había reportado una sensación de paz más honda, una comprensión más profunda de la fuerza que los unía.

Había lágrimas en sus ojos cuando, al acabar todo, había levantado los párpados y contemplado el rostro de Harry.

Y había visto en él lo que casi había perdido la esperanza de llegar a ver alguna vez: resignación, quizá, pero también aceptación. Estaba allí, en sus ojos, brillando bajo las densas pestañas y en sus facciones en reposo. Pero sobre todo estaba en sus labios, que ya no eran duros y severos, sino suaves y maleables. Harry le había sostenido la mirada... y no había intentado ocultar su turbación, ni negar la realidad.

Por el contrario, había bajado la cabeza y le había dado un largo beso, profundo y lento. Luego se había alzado sobre ella y la había envuelto en sus brazos.

Un sueño... nada más. Su sueño, la encarnación de todas sus esperanzas, de sus más íntimos deseos, la respuesta a sus más secretos anhelos.

Lucinda apretó los párpados y se aferró a aquella profunda sensación de paz y bienestar, aunque fuera ilusoria.

Había amanecido; la luz se colaba por los postigos abiertos y jugaba sobre sus párpados. Abrió los ojos con desgana... y la manta, todavía medio doblada, en el suelo, frente a la chimenea.

Sus ojos se abrieron de par en par. Parpadeó y reparó en el candelabro, en la mesita de noche. Lentamente, sin atreverse apenas a respirar, comenzó a girarse. Apenas se había dado la vuelta cuando notó que las sábanas estaban revueltas. Tragó saliva y volvió a tumbarse de espaldas. Miró de soslayo... y dejó escapar el aliento que había estado conteniendo. A su lado, la cama estaba vacía. Pero la almohada, junto a ella, estaba hundida.

Como una prueba definitiva e incontrovertible, un rayo de sol iluminó dos finos cabellos rubios que reposaban sobre la blanca almohada.

Lucinda dejó escapar un gemido y cerró los ojos.

Un instante después, se incorporó bruscamente y apartó las mantas. Solo entonces recordó que estaba desnuda. Volvió a taparse, revolvió entre las mantas y encontró el camisón que Agatha le había dejado preparado la noche anterior. Luchó por ponérselo mientras mascullaba maldiciones y se levantó de un salto.

Cruzó la habitación con paso decidido y tiró violentamente del cordón de la campanilla.

Se marchaba. Inmediatamente.

En la biblioteca de la planta baja, Harry se paseaba de un lado a otro delante de las ventanas. Había mandado a Melthorpe a buscar a su señor, allá donde estuviera, para decirle que su presencia se requería con urgencia.

La cerradura de la puerta chirrió. Harry se giró al entrar Alfred, elegantemente vestido con una chaqueta a cuadros, pantalones de campo y botas altas. Harry, por su parte, se había vestido para salir de viaje con su levita verde botella y sus calzas de ante.

—Ah, estás ahí —Alfred se acercó con una sonrisa, a pesar de haber sido arrancado de la cama de alguien—. Melthorpe no me ha dicho qué pasaba, pero tienes buena cara. Apuesto a que has pasado una noche mucho más emocionante que la mía. La señora Babbacombe parece dispuesta a apropiarse el título de la viuda más deliciosa del año... sobre todo, si es capaz de entretenerte a ti toda la noche...

Su última palabra acabó en una nota estrangulada al propinarle Harry un puñetazo en la cara.

Harry dejó escapar un gruñido y se llevó la mano a la frente.

—Perdona... perdona —arrepentido, le tendió la mano a Alfred, que había quedado tendido cuan largo era sobre la alfombra—. No era mi intención pegarte —su mandíbula se endureció—. Pero así aprenderás a callarte tus opiniones acerca de la señora Babbacombe.

Alfred no hizo amago de aceptar su mano, ni de levantarse.

—¿Ah, sí? —parecía intrigado.

Enojado consigo mismo, Harry agitó la mano.

—Ha sido instintivo. No volveré a pegarte.

—Ah, bueno —Alfred se sentó y se palpó con cuidado el pómulo—. Sé que no tenías intención de pegarme. No tengo nada roto, así que no me has pegado con muchas ganas. Te estoy muy agradecido por ello, pero, si no te importa, me quedaré aquí sentado hasta que me digas qué mosca te ha picado. Solo por si acaso, como tiendo a hablar más de la cuenta, vuelvo a disparar uno de tus instintos.

Harry hizo una mueca y miró a Alfred con los brazos en jarras.

—Creo que alguien nos está utilizando —hizo un gesto señalando a su alrededor—. Me refiero a las fiestas en Asterley Place.

La mirada de Alfred pareció iluminarse de pronto con una expresión de sorpresa.

—¿Cómo dices?

Harry apretó los labios y luego afirmó:

—Lucinda Babbacombe jamás debió recibir esa invitación. Es una mujer de virtud intachable. Créeme.

Alfred levantó las cejas.

—Entiendo —frunció el ceño—. No, no entiendo nada.

—Lo que quiero saber es quién sugirió que la invitaras.

Alfred se sentó y apoyó los brazos sobre las rodillas. Parpadeó mirando a Harry.

—¿Sabes?, creo que no me gusta que me utilicen. Fue un tipo llamado Joliffe. Hemos coincidido un par de veces en algún tugurio. Suele andar por la ciudad. Se llama Ernest o Earle, o algo así. El miércoles por la noche me lo encontré en una taberna de Sussex Place. Mencionó como por casualidad que la señora Babbacombe estaba buscando un poco de diversión y que había prometido hablarme de ella.

Harry arrugó el ceño.

—¿Joliffe? —sacudió la cabeza—. Creo que no tengo el placer.

Alfred soltó un bufido.

—Yo no lo llamaría precisamente un placer. Es un tipo de cuidado.

La mirada de Harry se enfocó de pronto.

—¿Y aceptas la palabra de semejante individuo sobre la reputación de una dama?

—Claro que no —Alfred se apresuró a ponerse fuera de su alcance echándose hacia atrás con expresión dolida—. Hice mis averiguaciones... ya sabes que siempre las hago.

—¿Con quién? —preguntó—. ¿Con Em?

—¿Con Em? ¿Tu tía Em? —Alfred parpadeó—. ¿Qué tiene ella que ver con esto? Esa vieja gruñona... Antes, cada vez que iba a visitarla, me pellizcaba los mofletes.

Harry soltó un bufido.

—Si se entera de que has invitado a su protegida, hará algo más que pellizcarte los mofletes.

—¿Su protegida? —Alfred parecía horrorizado.

—Está claro que tus pesquisas no fueron muy exhaustivas —rezongó Harry, y empezó a pasearse de nuevo por la habitación.

Alfred hizo una mueca.

—Bueno, verás, el tiempo apremiaba y teníamos una vacante. El marido de lady Callan volvió de Viena antes de lo esperado.

Harry volvió a bufar.

—Entonces, ¿a quién le preguntaste?

—Al primo político de la dama, o algo parecido. Mortimer Babbacombe.

Harry arrugó el ceño y se detuvo. Aquel nombre emergió de entre sus primeros recuerdos de Lucinda.

—¿Mortimer Babbacombe?

Alfred se encogió de hombros.

—Un mequetrefe inofensivo y un tanto débil, aunque creo que

no he oído nada en contra suya... como no sea que es amigo de Joliffe.

Harry se situó delante de él.

—A ver si me aclaro. ¿Joliffe te sugirió que la señora Babbacombe deseaba recibir una invitación a Asterley Place y Mortimer Babbacombe confirmó que a Lucinda le interesaba entregarse a una discreta vida de libertinaje?

—Bueno, no con esas mismas palabras. No podía esperarse de él que dijera tales cosas de una dama de su familia, ¿no crees? Pero ya sabes cómo son estas cosas. Yo dejé caer alguna insinuación y le di tiempo de sobra para refutarla. Y no lo hizo. A mí me pareció bastante claro.

Harry hizo una mueca. Luego asintió con la cabeza.

—Está bien —miró a Alfred—. Pero Lucinda se va.

—¿Cuándo? —Alfred se puso en pie con esfuerzo.

—Enseguida. Lo antes posible. Y, además, nunca ha estado aquí.

Alfred se encogió de hombros.

—Naturalmente. Ninguna de las damas ha estado aquí.

Harry asintió, satisfecho con su propia perversidad. Había sido su fértil imaginación la que había ideado aquellas fiestas en las que mujeres casadas y viudas de la alta sociedad podían disfrutar de algunos placeres ilícitos sin correr ningún riesgo. El principal requisito de aquellos encuentros era una total discreción. Todas las damas que asistían guardaban el mismo secreto. En cuanto a los caballeros, el honor, el respeto a sus iguales y la posibilidad de recibir alguna vez una invitación bastaban para asegurar su silencio.

Así pues, Lucinda estaba a salvo a pesar de todo... otra vez.

Harry arrugó de nuevo el ceño.

—Venga, vamos a desayunar —Alfred se giró hacia la puerta—. Ya que estamos levantados, hay que aprovechar las ventajas de haber madrugado. Podemos servirnos doble ración de arroz con pescado y huevos.

Harry lo siguió hacia la puerta, todavía ceñudo.

Una hora después, Lucinda bajó la escalera principal. Agatha iba tres pasos más atrás, atenta y recelosa. Un ceño incipiente arrugaba la frente de Lucinda. El responsable era Melthorpe, que había llamado a su puerta mientras estaban haciendo la maleta para llevarle la bandeja con el desayuno y decirle que el señor la esperaba para emprender viaje en cuanto estuviera lista. Después, apenas unos minutos antes de que bajaran, Agatha había abierto la puerta y se había encontrado con un lacayo que aguardaba pacientemente para bajar su equipaje.

Lucinda no alcanzaba a entender cómo sabían que se iba.

Todo aquello era de lo más desconcertante, y el súbito pánico que se había apoderado de ella y minaba su confianza no contribuía a mejorar la situación.

Al poner el pie en el último tramo de la escalera, lord Asterley salió del comedor. Harry iba tras él. Al verlo, Lucinda maldijo para sus adentros. Fijó la mirada en sus guantes mientras se los ponía y, cuando volvió a levantar la cabeza, había logrado componer una expresión decidida.

—Buenos días, milord. Me temo que he de marcharme enseguida.

—Sí, por supuesto. Lo entiendo perfectamente —Alfred esperó al pie de la escalera con su sonrisa más encantadora.

Lucinda hizo un esfuerzo por no fruncir el ceño.

—Me alegra saberlo. He disfrutado de mi estancia, pero estoy segura de que marcharme esta mañana es lo más conveniente —evitó mirar a Harry, que permanecía detrás de su anfitrión.

Alfred le ofreció su brazo.

—Sentimos mucho que se marche, desde luego, pero ya he hecho traer su carruaje.

Lucinda, que empezaba a sentirse aturdida, puso la mano sobre su manga.

—Es usted muy amable —murmuró. Miró con los ojos entrecerrados a Harry, pero no logró interpretar su semblante cortés.

—Hace un día muy agradable para viajar en coche. Espero que alcance su destino sin ningún contratiempo.

Lucinda permitió que lord Asterley guiara sus pasos al bajar la escalinata. Tal y como había dicho, el carruaje estaba esperando, con Joshua sentado en el pescante. Lucinda se detuvo en el último escalón y se volvió hacia su anfitrión mientras Agatha pasaba a su lado. Le tendió la mano con calma.

—Gracias, milord, por una estancia de lo más interesante... aunque haya sido tan corta.

—Ha sido un placer, querida, un auténtico placer —Alfred se inclinó efusivamente sobre su mano—. Estoy seguro de que nos veremos pronto en Londres —al enderezarse, se encontró con la mirada de Harry por encima del hombro de Lucinda—. En los salones de baile —se apresuró a añadir.

Lucinda parpadeó. Luego se volvió hacia el coche y descubrió que Agatha, con cara de malas pulgas, se había sentado junto a Joshua en el pescante.

—Permítame.

Antes de que pudiera hacer algo respecto al inesperado lugar que ocupaba su doncella, Lucinda se halló conducida al interior del carruaje. Pensó, sin embargo, que partir cuanto antes era sin duda lo mejor y, tomando asiento junto a la ventana, se alisó las faldas. Podía decirle a Agatha que bajara en cuanto salieran de la finca.

Lord Asterley le habló a través de la ventanilla.

—Confío en que haya disfrutado de su estancia. Estamos deseando volver a verla la próxima... —se calló de repente con una mirada cómica en la cara—. Eh... no. Ya no más.

—Exacto —dijo Harry con voz crispada a su espalda.

Lord Asterley retrocedió rápidamente. Lucinda, cuyo rostro parecía crispado, tomó aliento para despedirse de su voraz protector... y vio que Harry saludaba a su amigo con una inclinación de cabeza y se disponía a subir al carruaje.

Lucinda se quedó mirándolo, pasmada.

Harry sonrió con cierta acritud mientras decía *sotto voce* al pasar a su lado:

—Sonríele dulcemente a Alfred... o se quedará aún más desconcertado.

Lucinda hizo lo que le decía y compuso una sonrisa banal. Lord Asterley se quedó saludándolos en la escalinata hasta que se perdieron de vista más allá de la curva de la avenida. Un instante después, Lucinda se volvió hacia Harry.

—¿Se puede saber qué estás tramando? ¿Qué es esto? ¿Otra de tus repatriaciones forzosas?

Harry apoyó los hombros contra el asiento.

—Sí —giró la cabeza para mirarla y levantó las cejas con petulancia—. No irás a decirme que te encontrabas a gusto en Asterley Place... ¿verdad?

Lucinda se sonrojó y cambió de táctica.

—¿Adónde vamos?

No había dejado Asterley Place con tantas prisas solo por las actividades a las que se entregaban los invitados. Después de lo sucedido la noche anterior, ignoraba qué opinión tenía Harry de ella, a pesar de lo que había sentido y de las esperanzas que abrigaba. La convicción de que, si Harry la deseaba, volvería a entregarse a él sin que mediaran los votos nupciales ni ninguna otra promesa, menoscababa su confianza. Tenía previsto buscar cobijo junto a Em, cuyo sentido del decoro mantendría a raya sus flaquezas.

Nunca antes había huido ni de nada ni de nadie, pero no tenía fuerzas para enfrentarse a lo que sentía por Harry.

Con el corazón acelerado, observó a Harry, que se había recostado en el asiento con la cabeza apoyada en los cojines y las piernas estiradas y cruzadas a la altura de los tobillos. Él cerró los ojos.

—A Lester Hall.

—¿A Lester Hall? —Lucinda parpadeó. Harry no se refería a Lestershall, su propia casa, sino a Lester Hall, la casa solariega de su familia.

Él asintió con la cabeza y apoyó la barbilla sobre su corbata.

—¿Por qué?

—Porque allí es donde has estado desde ayer. Te fuiste de la ciudad en tu coche, acompañada de tu doncella y el cochero. Yo te seguí varias horas después en mi carrocín. Em y Heather llegarán en el coche de Em esta misma mañana. Em estaba indispuesta ayer. Por eso no pudo acompañarte.

Lucinda parpadeó otra vez.

—¿Y por qué me fui y las dejé allí?

—Porque mi padre te esperaba anoche y no querías decepcionarlo.

—Ah —al cabo de un momento de vacilación, preguntó—: ¿Y me está esperando?

Harry abrió un ojo, observó la deliciosa estampa que componía Lucinda con su vestido de viaje azul y el pelo pulcramente recogido en un rodete, con el sombrero enmarcándole la cara —cuyo atractivo realzaba la incertidumbre que advertía en sus ojos brumosos y su expresión levemente perpleja— y luego volvió a cerrar los párpados.

—Estará encantado de verte.

Lucinda se quedó pensando un rato.

—¿Dónde está tu carrocín? —preguntó al fin.

—Dawlish regresó con él anoche, llevando un mensaje para Em. No te preocupes, mi tía estará allí cuando lleguemos.

No parecía quedar nada más que decir. Lucinda se reclinó... e intentó comprender lo que acababa de descubrir.

Unas millas después, Harry rompió el silencio.

—Háblame de Mortimer Babbacombe.

Arrancada a la fuerza de sus cavilaciones, Lucinda frunció el ceño.

—¿Por qué te interesa?

—¿Es primo de tu difunto esposo?

—No, era sobrino de Charles. Heredó Grange y el patrimonio adscrito a la finca al morir mi marido.

Harry frunció el ceño con los ojos cerrados.

—Háblame de Grange.

Lucinda se encogió de hombros.

—Es una finca relativamente pequeña. Solo la casa y unos cuantos campos de labor que apenas dan para mantenerla. El dinero de Charles procedía de las posadas, que compró con la fortuna que heredó de su abuelo materno.

Pasó media milla antes de que Harry preguntara:

—¿Mortimer Babbacombe conocía bien Grange?

—No —Lucinda dejó que su mirada vagara por los frondosos campos por los que pasaban—. Esa fue una de las cosas que más me sorprendió, que, sin haber pisado apenas la finca, creo que estuvo un día de visita un año antes de que Charles y yo nos casáramos, estuviera tan ansioso por instalarse allí.

Siguió otro largo silencio, que de nuevo rompió Harry.

—¿Sabes si Mortimer estaba al tanto de la situación financiera de Charles?

Lucinda arrugó el ceño y tardó un momento en contestar.

—Si te refieres a si sabía que Charles era rico, sí, creo que debía de saberlo. Aunque no fue a visitarnos mientras yo viví en Grange, solía recurrir a Charles cuando se encontraba en apuros. Más o menos una vez al año. Charles lo consideraba una especie de pensión dedicada a su heredero, pero a menudo eran sumas bastante elevadas. Las dos últimas veces le dio doscientas y trescientas libras, respectivamente. Sin embargo... —Lucinda se detuvo para tomar aliento. Miró a Harry. Este parecía sopesar sus palabras mientras miraba fijamente el asiento de enfrente con los ojos entornados—. Si te refieres a si Mortimer conocía al detalle la situación financiera de Charles, no estoy del todo segura. Ciertamente, en los últimos diez años Charles no hizo intento alguno de mantenerlo al tanto de tales asuntos —se encogió de hombros—. A fin de cuentas, no eran de su incumbencia.

—Entonces, ¿quizá no supiera que el dinero de Charles no procedía de Grange?

Lucinda soltó un bufido.

—Yo pensaba que cualquier necio se daría cuenta de que Grange no podía generar las cantidades que Charles le mandaba a Mortimer con regularidad.

No, si uno vivía en Londres. Y, además, no sabían si Mortimer Babbacombe no sería, a fin de cuentas, necio hasta ese extremo. Pero Harry se calló aquellas reflexiones. Cerró los ojos y se quedó escuchando el traqueteo de las ruedas mientras barajaba mentalmente los hechos. Alguien –estaba convencido de ello– se estaba entrometiendo en los asuntos de Lucinda, aunque no alcanzaba a entender con qué propósito. No cabía descartar la pura y simple malicia, y sin embargo su instinto le decía que esa no era razón suficiente. En apariencia, Mortimer Babbacombe era el candidato más probable, pero resultaba imposible ignorar el hecho de que no era el heredero de Lucinda, cuya tía de Yorkshire tenía precedencia sobre él. Y, de todas formas, ¿por qué iba a enviarla a Asterley?

¿Quién podía beneficiarse de que Lucinda disfrutara de una discreta relación amorosa?

Harry sacudió la cabeza para sus adentros... y dejó pasar la cuestión. Tendría tiempo de sobra para volver sobre ella cuando emprendieran el regreso a Londres. Hasta entonces, no perdería de vista a Lucinda ni un minuto del día... ni, muy probablemente, de la noche. Lester Hall y sus alrededores eran el lugar más seguro de la tierra para la prometida de un miembro de la familia Lester.

Con los ojos fijos en la vegetación que veía pasar por la ventanilla, Lucinda llegó a la conclusión de que debía sentirse tranquila, no solo por la actitud de Harry, sino también por sus esfuerzos por salvaguardar su buen nombre. Le lanzó una mirada de soslayo. Parecía dormido. A Lucinda, que recordaba cómo había pasado la noche, no le sorprendió. Ella también estaba cansada, pero los nervios no le permitían relajarse.

No obstante, a medida que iban pasando las millas tuvo más tiempo para reflexionar sobre su situación y de pronto se le ocurrió que no tenía prueba alguna de que Harry hubiera cambiado de actitud.

El carruaje pisó un bache y un brazo fuerte se alargó para evitar que cayera al suelo.

Lucinda se enderezó y Harry apartó la mano. Ella se volvió hacia él... y miró con enfado sus ojos, todavía cerrados.

—Ayer estuve hablando con lady Coleby.

Él levantó las cejas lánguidamente.

—¿Ah, sí?

A pesar de su tono, se había puesto tenso. Lucinda apretó los labios y prosiguió.

—Me dijo que una vez estuviste enamorado de ella.

Sintió cómo le martilleaba el corazón en el pecho y la garganta.

Harry abrió los ojos y giró lentamente la cabeza hasta que sus ojos se encontraron.

—Entonces no sabía lo que era el amor.

Sostuvo la mirada de Lucinda un momento y luego se volvió y cerró de nuevo los ojos.

El carruaje siguió avanzando; Lucinda miró enojada a Harry. Después respiró hondo muy despacio. Una sonrisa -de alivio y de esperanza- se dibujó en su rostro. Con los labios aún curvados, recostó la cabeza en el asiento... y siguió el ejemplo de Harry.

CAPÍTULO 12

Tres días después, sentado en una silla de jardín bajo las extensas ramas del roble que había al pie de la pradera de césped de Lester Hall, Harry miraba con los ojos entornados para protegerse del sol la figura ataviada de azul que acababa de salir a la terraza.

Lucinda lo vio; levantó la mano, bajó las escaleras y se dirigió hacia él. Harry sonrió y se quedó mirándola.

El vestido de muselina azul celeste se ceñía a su figura al andar. El sombrero de campesina, cuya cinta decoraban tres florecillas azules, dejaba su rostro en sombras. El propio Harry había prendido allí las flores a primera hora de la mañana, cuando en sus pétalos aún brillaba el rocío.

La sonrisa de Harry se intensificó y una sensación de bienestar se apoderó de él. Aquello era lo que quería, lo que se había propuesto conseguir.

Un grito, acompañado por una risa alegre, desvió su atención hacia el lago. Gerald estaba dando un paseo en barca con Heather Babbacombe. Con el rostro iluminado por la alegría, la muchacha se reía de Gerald, que le sonreía desde su puesto en la popa.

Harry levantó las cejas, resignado a lo que sospechaba ya inevitable. Pero Heather era todavía muy joven, al igual que Gerald. Pasarían aún algunos años antes de que llegaran a comprender lo que había dado comienzo esa estación.

No le había sorprendido en absoluto ver llegar a su hermano a Lester Hall apenas una hora después de que llegaran Lucinda y él. Tal y como había previsto, Em y Heather habían llegado antes que ellos, y Em ya había tomado las riendas de la casa.

Aparte de lanzarle una mirada curiosa y casi de desconfianza, su tía no había hecho comentario alguno acerca de la situación. Para satisfacción de Harry, desde la debacle de Asterley Place, Em parecía contentarse con seguirle la corriente.

Lo mismo que hacía su futura esposa, si bien con cierto recelo.

Harry se levantó al acercarse Lucinda y sonrió abiertamente para darle la bienvenida.

Ella le devolvió la sonrisa y se llevó una mano al sombrero cuando una suave brisa le agitó las faldas.

—Hace una tarde tan agradable que se me ha ocurrido dar un paseo por el jardín.

—Excelente idea —la brisa se extinguió. Harry tomó la mano de Lucinda y se la puso en el brazo con aire satisfecho—. Aún no has visto la gruta que hay al final del lago, ¿verdad?

Lucinda reconoció su ignorancia y dejó que la condujera por el sendero que bordeaba el lago. Heather agitó la mano al verlos. Gerald los saludó con un grito. Lucinda sonrió y devolvió el saludo agitando el brazo. Luego, volvió a guardar silencio.

Y esperó.

Como llevaba tres días esperando.

Su estancia en Lester Hall estaba resultando mucho más placentera de lo que podía haber sido nunca su visita a Asterley Place. Desde el momento en que Harry la había llevado al salón y le había presentado a su padre, sus intenciones habían quedado claras. Todo, cada mirada, cada caricia, cada pequeño gesto, cada palabra y cada pensamiento que habían intercambiado desde entonces, apuntalaba aquella convicción. Pero ni una sola vez durante sus paseos al atardecer por la terraza, durante sus excursiones en coche por los bosques y campos, o durante las horas que habían pasado juntos a lo largo de aquellos tres días, había dicho Harry una palabra al respecto.

Tampoco la había besado, lo cual alimentaba la impaciencia de Lucinda. Sin embargo, no podía reprocharle su actitud, que consideraba tremendamente caballerosa. La sospecha de que la estaba cortejando a la manera tradicional y según las normas aceptadas, con esa sutil elegancia que solo un hombre de su experiencia podía mostrar, había arraigado firmemente en su imaginación.

Todo lo cual estaba muy bien, pero...

Con una mano sobre el sombrero, Lucinda levantó la cabeza y observó el cielo.

—Hace tanto sol que uno olvida que los días pasan volando. Temo que pronto tengamos que regresar a Londres.

—Te acompañaré de vuelta a la ciudad mañana por la tarde.

Lucinda parpadeó.

—¿Mañana por la tarde?

Harry levantó las cejas.

—Si mal no recuerdo, prometimos asistir al baile de lady Mickleham pasado mañana. Y sospecho que a Em le vendrá bien descansar.

—Tienes razón —Lucinda había olvidado por completo el baile de lady Mickleham. Tras un momento de vacilación añadió—: A veces me pregunto si Em no se estará esforzando demasiado por nuestra culpa. Heather y yo jamás nos lo perdonaríamos si le sucediera algo por causa nuestra.

Harry tensó los labios en una sonrisa remolona.

—No temas. Mi tía tiene mucha experiencia. Sabe dosificarse. Además, te aseguro que la idea de ser vuestra anfitriona el resto de la temporada le produce un placer inefable —Harry sabía muy bien que aquella era la pura verdad.

Lucinda le lanzó una mirada desde debajo de las pestañas y luego miró hacia adelante.

—Me alegra saberlo, porque he de confesar que estoy deseando regresar a Londres. Parece que ha pasado un siglo desde la última vez que giré por un salón de baile en brazos de un caballero.

Harry le lanzó una mirada claramente irónica.

—En efecto. Yo también estoy deseando volver a los salones de baile.

—¿Ah, sí? —Lucinda le dedicó una mirada risueña—. No sabía que te gustaran tanto los bailes.

—Y no me gustan.

Lucinda lo miró con sorpresa.

—¿Qué es entonces lo que te atrae?

Una sirena. Harry miró sus ojos azules y levantó las cejas.

—Creo que lo entenderás en cuanto volvamos a encontrarnos entre la multitud.

Lucinda respondió con una sonrisa débil. Miró adelante y procuró no apretar los dientes. Se preguntaba si Harry estaba intentando incitarla a hacer una locura. Como visitar su habitación a altas horas de la noche.

El hecho de que sopesara la idea de mala gana antes de descartarla daba la medida de su frustración. No era ella ya quien tenía la iniciativa. Harry había tomado las riendas al llevarla a Lester Hall, y ella no sabía cómo arrebatárselas... y menos aún si él estaría dispuesto a soltarlas.

—Ya estamos aquí.

Harry señaló un lugar en el que el sendero parecía perderse entre un seto de matorrales. Se acercaron allí; él apartó una cortina de enredaderas, entre las que había una madreselva en flor, y dejó al descubierto unos peldaños de mármol blanco que ascendían hacia una cueva fresca y poco iluminada.

Maravillada, Lucinda pasó agachándose bajo su brazo y, al subir los escalones, se halló en un templete con el suelo de mosaico y formado por cuatro pilares de mármol que separaban, de un lado, la roca desnuda y, del otro, el lago. Los pilares sostenían un techo abovedado y recubierto de azulejos esmaltados, verdes y azules, en los que se reflejaba la luz del sol que el lago descomponía en un sinfín de tonos, del turquesa al verde oscuro. Las frondosas enredaderas y las flores anaranjadas de la madreselva, cuyas sombras agitaba la brisa, envolvían los arcos que miraban al lago.

El templete había sido construido sobre el agua, y su arcada central daba a unos peldaños que descendían hacia un pequeño embarcadero de piedra. Lucinda se detuvo en el centro del templete, extasiada... y descubrió uno de sus secretos. Cada uno de los tres arcos abiertos ofrecía un paisaje distinto. El de la derecha dirigía la mirada hacia un breve tramo del lago y, más allá, hacia una cañada repleta de helechos y matorrales. A su izquierda se extendía un largo brazo del lago, cuya lejana orilla bordeaban sauces y hayas. Frente a ella se extendía, perfectamente enmarcada por el arco, el agua refulgente del lago en primer plano y, más allá, una cuidada pradera de césped que ascendía hacia la imponente fachada de la casa, flanqueada a la izquierda por páramos y maleza y a la derecha por la rosaleda, cuyas matas empezaban a florecer, y los jardines.

—Es precioso —Lucinda se situó junto a uno de los pilares para admirar la vista.

Harry permaneció entre las sombras y se contentó con observar el jugueteo de la luz del sol sobre su cara. Cuando Lucinda se apoyó en el pilar y suspiró, satisfecha, se acercó a ella y al cabo de un momento preguntó:

—¿Has disfrutado de la temporada? ¿Crees que vas a convertirte en una devota admiradora, en una enamorada de la alta sociedad en todo su esplendor, de las aglomeraciones, del carrusel interminable de los bailes y las fiestas?

Lucinda se giró a medias para mirarlo. Escudriñó sus ojos, pero ni estos ni su semblante dejaban traslucir sus emociones. Se quedó pensando un momento y luego respondió:

—La alta sociedad y sus pasatiempos me parecen divertidos, desde luego —sus labios se curvaron en una sonrisa burlona dirigida contra sí misma, y en sus ojos apareció un brillo desganado—. Pero debes recordar que esta es la primera vez que me monto en el carrusel. Todavía estoy disfrutando de la novedad —su semblante se tornó serio, y ladeó la cabeza para mirar con más comodidad a Harry—. Pero la alta sociedad es tu hábitat. ¿No has disfrutado de los bailes de esta temporada?

Harry acarició sus ojos con la mirada y a continuación bajó la vista y la agarró de la mano. Lucinda posó confiada su mano pequeña y fina sobre la palma, mucho más grande, de él. Harry cerró los dedos y esbozó una sonrisa.

—Ha habido... compensaciones.

Levantó los párpados y miró a Lucinda a los ojos.

Ella levantó despacio las cejas.

—¿De veras? —al ver que él no decía nada más, sino que se limitaba a contemplar el lago, Lucinda siguió su mirada hasta Lester Hall, que aparecía bañada por el sol de la tarde. Como le sucedía en Hallows Hall, sintió avivarse viejos recuerdos y suspiró.

—Sin embargo, para contestar a tu pregunta, a pesar de mi fascinación dudo que pudiera soportar eternamente el tren de vida de la alta sociedad. Temo que necesitaría una dieta regular de paz campestre para ser capaz de afrontar la temporada cada año —le lanzó a Harry una mirada de soslayo y descubrió que la estaba observando. Sus labios se tensaron—. Mis padres vivían muy apartados en una casa vieja y laberíntica, en Hampshire. Cuando murieron, me mudé a los páramos de Yorkshire, que, naturalmente, están todo lo retirados que uno pueda imaginar.

El semblante de Harry se relajó sutilmente.

—Entonces, ¿en el fondo eres una chica de campo? —levantó una ceja. Lentamente, sin apartar los ojos de ella, le subió la mano—. ¿Inocente? —besó las puntas de sus dedos y luego le giró la mano—. ¿Cándida? —bajó los párpados al besarle la palma.

Lucinda se estremeció, pero no hizo esfuerzo alguno por ocultarlo. No podía respirar y apenas podía pensar cuando Harry levantó los párpados y sus ojos verdes y francos la miraron. Sus labios se tensaron. Él titubeó y luego se acercó a ella e inclinó la cabeza.

—¿Y mía? —susurró contra sus labios, y acto seguido se apoderó de ellos en un largo y apasionado beso.

Lucinda respondió del único modo que podía hacerlo: se volvió hacia él, levantó los brazos y rodeó con ellos su cuello; después lo besó con un fervor semejante al de Harry.

Impulsado por su instinto, Harry retrocedió, llevándola hasta el otro lado del pilar, donde las sombras los protegerían de miradas curiosas.

El silencio colmaba el pequeño pabellón. La brisa jugueteaba ociosamente con la madreselva, arrastrando su perfume. Un pato graznó desde alguna orilla lejana orlada de juncos. Las sombras se agitaban suavemente por encima de las figuras entrelazadas al socaire del pilar. La primavera florecía y el verano aguardaba, ansioso por que llegara su día.

—¡Oh, qué bonito! ¡Un templete griego! ¿Podemos ir a verlo?

La voz aguda de Heather les llegó fácilmente por encima del agua, devolviéndoles la cordura. Harry exhaló un profundo suspiro... y bajó la mirada. Los ojos de Lucinda se llenaron lentamente de comprensión; Harry notó que sus labios se tensaban al ver su frustración reflejada en la mirada brumosa de Lucinda.

Masculló una maldición e inclinó la cabeza para saborear sus labios una última vez. Luego apartó la mano de su pecho y le colocó rápidamente el corpiño, abrochando sus botoncillos con la misma destreza con que los había desabrochado.

Lucinda parpadeó y luchó por aquietar su respiración mientras se enderezaba el cuello del vestido y se apartaba un mechón de pelo de la cara. Había descolocado la corbata de Harry. Sus manos aleteaban, inseguras.

Harry retrocedió bruscamente y echó mano de los pliegues almidonados de la corbata.

—Tu falda.

Lucinda bajó la mirada... y tuvo que sofocar un gemido de sorpresa. Le lanzó a Harry una mirada indignada, a la que él respondió arqueando una ceja con arrogancia, y luego se bajó la falda de muselina y alisó sus pliegues de modo que colgaran de nuevo libremente. Vio su sombrero en el suelo; lo recogió y se lo puso, enredando los lazos con las prisas.

—Espera, permíteme —Harry separó hábilmente las cintas y se las ató en un pulcro lazo.

Lucinda levantó una mano y le lanzó una mirada altiva.

—Tus talentos resultan sorprendentes.

La sonrisa de Harry era algo severa.

—Y sumamente útiles, reconócelo.

Lucinda levantó la barbilla, se dio la vuelta y compuso una sonrisa radiante al oír la voz de Gerald más allá de la escalinata del templete.

—¡Ten cuidado! Espera a que amarre la barca.

Lucinda salió al sol en lo alto de la escalinata.

—Hola. ¿Lo habéis pasado bien en el lago?

Gerald levantó la mirada hacia ella y parpadeó. Al ver surgir a Harry de entre las sombras, su expresión se tornó recelosa.

Pero Harry se limitó a sonreír, si bien con cierta frialdad.

—Justo a tiempo, Gerald. Así nosotros podemos tomar la barca y tú puedes enseñarle el templete a la señorita Babbacombe y volver luego dando un paseo.

—¡Sí! ¡Hagamos eso! —Heather parecía impaciente porque Gerald la ayudara a bajar de la barca—. Es un sitio tan bonito... y tan solitario...

—Casi siempre —murmuró Harry en voz tan baja que solo Lucinda lo oyó.

Ella le lanzó una mirada de advertencia, pero su sonrisa no vaciló.

—Los azulejos del techo son espléndidos.

—¿Ah, sí? —Heather subió trotando los escalones y entró en el templete sin esperar a que la animaran.

Gerald, entre tanto, miraba como hipnotizado el alfiler de oro con que su hermano solía sujetarse la corbata. El alfiler estaba torcido. Gerald parpadeó, divertido, y miró a Harry a los ojos, pero solo vio una mirada lánguida y aburrida... una mirada que lo advertía de que haría bien evitando a su hermano de allí en adelante—. Eh... sí. Volveremos andando.

Gerald saludó a Lucinda inclinando la cabeza y se apresuró a seguir a Heather.

—¿Señora Babbacombe?

Lucinda se dio la vuelta y vio a Harry con la larga pértiga en una mano, equilibrando la barca, mientras le tendía la otra. Ella le dio la mano y Harry la ayudó a subir a la barca. Una vez ella hubo acomodado sus faldas sobre los cojines del asiento de proa, Harry se colocó en la popa y se alejó de la orilla impulsándose con la pértiga.

El agua oscura se deslizaba sobre el casco. Reclinada en los cojines, Lucinda acariciaba el lago con la punta de los dedos mientras contemplaba a Harry. Él evitaba su mirada, aparentemente concentrado en los alrededores.

Lucinda dejó escapar un leve bufido de incredulidad y posó la mirada en las orillas.

Las comisuras de los labios de Harry se alzaron; su mirada, al posarse en el perfil de Lucinda, tenía una expresión extrañamente suave, pero también cínica. Con las manos en la pértiga, impulsaba la barca a través del agua; ni el crápula más inveterado podía seducir a una mujer manejando una barca. No había planeado su reciente encuentro y, por una vez, se alegraba sinceramente de que su hermano los hubiera interrumpido. Tenía razones de sobra para casarse con su sirena, y demasiadas excusas que ya no necesitaba, de lo cual aún tenía que convencer a Lucinda. La noche que habían pasado en Asterley solo se había sumado a la lista, aumentando el peso de las presiones sociales que, en opinión de Lucinda, habían influido en su decisión; presiones sociales que él mismo había invocado absurdamente para ocultar la verdad.

Harry levantó la mirada hacia el paisaje que se extendía ante ellos: la fachada de Lester Hall, la casa de Jack, no la suya. Sus ojos adquirieron una expresión ausente; su mandíbula se tensó.

Lucinda le había dejado bien claro que para ella era importante conocer los verdaderos motivos por los que deseaba casarse con ella. Durante los días anteriores, Harry se había dado cuenta de que para él también era importante que los conociera, de forma que, antes de zanjar la cuestión, antes de que volviera a pedirle que fuera su esposa, todo quedara aclarado entre ellos.

Su sirena sabría la verdad... y la creería.

A la mañana siguiente, al abrir los ojos, Lucinda vio una rosa sobre su almohada. Conmovida, tomó el delicado capullo y lo acarició suavemente. El rocío de sus pétalos fragmentaba la luz del sol.

Con una sonrisa llena de placer se sentó y apartó las mantas. Cada mañana que había pasado en Lester Hall se encontraba al despertar un presente esperándola en alguna parte de la habitación.

Pero ¿sobre la almohada...?

Aún sonriendo, se levantó.

Quince minutos después cruzó las puertas de la salita del desayuno con expresión serena y la rosa entre los dedos. Como de costumbre, el padre de Harry no estaba presente; era casi inválido y no se levantaba antes de mediodía. Em, por su parte, se ceñía a los horarios de la ciudad y no se levantaría hasta las once. En cuanto a Heather y Gerald, la noche anterior habían anunciado su intención de hacer una larga excursión a caballo. Lucinda suponía que habrían emprendido el camino hacía rato. De modo que Harry se hallaba sentado solo a la cabecera de la mesa, con las largas piernas estiradas y una taza en la mano.

Lucinda sintió su mirada al entrar. Miró con aparente indiferencia el regalo de su amante y luego, con una sonrisa suavemente distante, se la puso en el escote, cobijando con cuidado los pétalos aterciopelados entre sus pechos.

Al levantar la mirada, vio a Harry embelesado. Sus dedos se habían crispado alrededor del asa de la taza y una quietud semejante a la de un depredador a punto de saltar sobre su presa se había apoderado de su figura. Su mirada permanecía clavada en la rosa.

—Buenos días —Lucinda esbozó una sonrisa luminosa y fue a sentarse en la silla que le había apartado el mayordomo.

Harry intentó decir algo, pero tuvo que aclararse la garganta.

—Buenos días —se obligó a mirar a Lucinda a los ojos, y su mirada se agudizó al ver su expresión. Se removió en su asiento—. Se me ha ocurrido visitar la cuadra antes de que volvamos a la ciudad. Me preguntaba si te apetecía acompañarme... y volver a ver a Thistledown.

Lucinda tomó la tetera.

—¿Thistledown está aquí?

Harry asintió con la cabeza y bebió un largo trago de café.

—¿Está lejos?

—A unas pocas millas —observó a Lucinda mientras esta untaba con mermelada una magdalena. Ella apoyó los codos en la mesa, sujetó la magdalena con las manos y le dio un mordisco; un minuto después, la punta de su lengua se deslizó por sus labios. Harry parpadeó.

—¿Iremos a caballo? —a Lucinda no se le ocurrió dar su consentimiento formalmente. Harry sabía desde el principio que iría con él.

Él se quedó mirando la rosa cobijada entre sus pechos.

—No, llevaremos la calesa.

Lucinda sonrió mirando su magdalena... y le dio otro mordisco.

Veinte minutos después, vestida todavía con su traje de paseo de color lila y la rosa en el escote, Lucinda iba sentada junto a Harry, que conducía la calesa por una callejuela.

—Entonces, ¿no pasas mucho tiempo en Londres?

Harry levantó las cejas, con la atención fija en el caballo bayo enganchado al coche.

—Lo menos posible —hizo una mueca—. Pero, teniendo una cuadra, es necesario dejarse ver de vez en cuanto entre los aficionados, o sea, entre los caballeros de la alta sociedad.

—Ah... entiendo —Lucinda asintió sagazmente. El ala del sombrero de campesina enmarcaba su cara—. A pesar de las apariencias, no te interesan en absoluto los bailes, ni las fiestas... y menos aún la buena opinión de la mitad femenina de la alta sociedad. La verdad —abrió mucho los ojos—, no sé cómo has llegado a tener esa reputación. A no ser... —se interrumpió y lo miró inquisitivamente—. Tal vez sea todo un espejismo.

Harry había apartado la mirada del caballo y la había fijado en Lucinda, a la que la luz de sus ojos bastó para hacerla estremecerse.

—Esa reputación, querida, no me la he ganado en los salones de baile.

Lucinda siguió mirándolo con los ojos muy abiertos.

—¿Ah, no?

—No —dijo Harry con firmeza... más en respuesta a su mirada esperanzada que a su pregunta. Con una severa expresión de reproche, hizo restallar las riendas para que el caballo se pusiera al trote.

Lucinda sonrió.

Pronto llegaron a las cuadras. Harry le tiró las riendas de la calesa a un mozo y ayudó a apearse a Lucinda.

—Tengo que hablar con Hamish MacDowell, el jefe de cuadra —dijo mientras caminaban hacia los establos—. Thistledown estará en su caballeriza. Está en el segundo patio.

Lucinda asintió con la cabeza.

—Te espero allí.

Los establos estaban formados por un conglomerado de grandes edificios: los establos propiamente dichos, así como diversos cuartos de arreos y graneros que contenían carruajes de entrenamiento y lo que parecían ser enormes cantidades de forraje.

—¿La cuadra la fundaste tú... o ya existía?

—La fundó mi padre en su juventud. Yo me hice cargo de ella después del accidente... hará unos ochos años —Harry paseó la mirada por la cuadra: los pulcros patios empedrados y los edificios de piedra ante ellos, flanqueados a ambos lados por campos vallados—. Siempre que estoy en casa me ofrezco a traerlo en coche, pero nunca viene —bajó la mirada y añadió—: Creo que ver todo esto, y sobre todo los caballos, le recuerda su incapacidad. Era un jinete magnífico hasta que una caída le dejó en esa silla de ruedas.

—Entonces, ¿tú eres el hijo que más sale a él en el gusto por los caballos?

Harry tensó los labios.

—En eso... y también, dirían algunos, en su otra pasión.

Lucinda lo miró y luego apartó los ojos.

—Entiendo —contestó con cierta aspereza—. Entonces, ¿ahora todo esto es tuyo? —abarcó con un gesto el complejo—. ¿O es de la familia?

Miró a Harry con las mejillas algo coloreadas, pero no hizo intento alguno de excusarse por su pregunta.

Harry sonrió.

—Legalmente, la cuadra sigue siendo de mi padre. Pero a efectos prácticos... —se detuvo y levantó la cabeza para mirar a su alrededor antes de volver a mirar a Lucinda—. Soy el dueño de cuanto veo.

Lucinda levantó las cejas lentamente.

—¿Ah, sí? —si él era su dueño, ¿la convertía eso en su amante? Pero no. Ella sabía muy bien que no era eso lo que pretendía—. ¿Has dicho que Thistledown estaba en el segundo patio? —al ver que Harry asentía, inclinó la cabeza con aire majestuoso—. Te espero allí.

Con la cabeza muy alta, atravesó el arco que daba acceso al segundo patio. Para sus adentros iba resoplando, llena de fastidio. ¿A qué se debía la demora de Harry?

Encontró a Thistledown mediante el sencillo procedimiento de situarse en medio del patio cuadrado y mirar a su alrededor hasta que le llamó la atención una cabeza que se sacudía alegremente.

La yegua parecía alborozada y apretaba el hocico contra sus faldas. Lucinda se sacó del bolsillo los terrones de azúcar que había robado de la mesa del desayuno; su ofrecimiento fue aceptado con todo tipo de muestras de placer equino.

Lucinda apoyó los brazos sobre la puerta de la caballeriza y observó a la yegua mientras esta bebía de su cubo de agua.

—¿Tan difícil le resulta volver a pedírmelo?

Thistledown giró uno de sus ojos oscuros y la miró inquisitivamente.

Lucinda hizo un ademán.

—Las mujeres son muy volubles. En todas las novelas que he leído, la heroína siempre dice que no la primera vez que se lo piden.

Thistledown bufó y fue a frotar el hocico contra su hombro.

—Exacto —Lucinda asintió con la cabeza mientras le acariciaba distraídamente el morro—. Tengo derecho a cambiar de opinión una vez —al cabo de un momento, arrugó la nariz—. Bueno, o al menos a reconsiderar mi decisión a la luz de nuevos acontecimientos.

A fin de cuentas, no había cambiado de idea. Sabía lo que sabía... y Harry también. Era solo cuestión de que el muy terco lo reconociera.

Lucinda resopló. Thistledown relinchó suavemente.

Junto al cuarto de arreos, entre las sombras, Harry vio a la yegua sacudir la cabeza y restregar el hocico contra Lucinda. Sonrió para sí mismo. Luego se giró al oír llegar renqueando a Dawlish.

—Ha visto a Hamish, ¿no?

—Sí. Estoy de acuerdo, ese potro de Warlock promete.

—Sí, seguro que acabará ganando —Dawlish siguió la mirada de Harry y señaló a Lucinda con la cabeza—. Podría presentárselo a la señora para que tenga una charla con él, como hizo con la yegua.

Harry miró a su criado con burlona sorpresa.

—¿Eso que detecto es simpatía? ¿Tú, el misógino?

Dawlish frunció el ceño.

—No sé qué diantre es un misógino, pero por lo menos ha tenido usted el buen sentido de buscarse una que les gusta a los caballos... y que quizá nos ayude a ganar —soltó un bufido—. Lo que me pregunto es por qué no hace algo de una vez para que todos sepamos a qué atenernos.

La mirada de Harry se nubló.

—Estoy atando unos cabos sueltos.

—¿Así se llama ahora?

—A propósito —prosiguió Harry sin inmutarse—, ¿le llevaste ese mensaje a lord Ruthven?

—Sí. Dijo que se encargaría de ello.

—Bien —Harry había vuelto a mirar a Lucinda—. Nos iremos sobre las dos. Yo llevaré el carrocín. Tú puedes ir con Em.

Echó a andar hacia Lucinda sin aguardar a que Dawlish empezara a refunfuñar. Ella se había alejado de la yegua y, tras pasear un rato a lo largo de las caballerizas, se había detenido al final del pasillo, donde una cabeza gris había salido a saludarla.

Miró a su alrededor al acercarse Harry.

—¿Este fue el que ganó en Newmarket?

Harry sonrió y acarició el hocico de Cribb.

—Sí —el caballo le olfateó los bolsillos, pero Harry sacudió la cabeza—. Me temo que hoy no hay manzanas.

—¿Cuándo vuelve a correr?

—Este año ya no —Harry la tomó del brazo y la condujo hacia la salida—. La carrera de Newmarket lo situó a la cabeza de los de su clase, y he decidido retirarlo en su momento álgido, por así decirlo. Pasará el resto de la temporada descansando. Puede que el año que viene vuelva a participar en alguna carrera, pero si sigue interesando tanto como semental, sería una idiotez dejar que malgaste sus energías en la pista.

Los labios de Lucinda se curvaron y luchó por disimular su sonrisa.

Harry lo notó.

—¿Qué ocurre?

Ella se ruborizó ligeramente y lo miró con los ojos entornados. Harry levantó aún más las cejas.

Lucinda hizo una mueca.

—Ya que quieres saberlo —dijo, fijando la mirada en el horizonte—, estaba pensando que dedicarse a la cría de caballos es un trabajo especialmente idóneo para alguien con tu... cualificación.

Harry se echó a reír, y Lucinda pensó que nunca antes había oído aquella risa tan espontánea.

—¡Mi querida señora Babbacombe! —sus ojos la escudriñaban—. ¡Qué ideas se le ocurren!

Lucinda lo miró con enojo y levantó la nariz.

Harry volvió a reírse. Ignorando su rubor, la atrajo hacia sí.

—Por raro que parezca —dijo con una sonrisa—, eres la primera que lo ha dicho en voz alta.

Lucinda imitó uno de los bufidos de Em, el que significaba desaprobación. Pero la desaprobación dio paso a la esperanza cuando se dio cuenta de que Harry no la estaba llevando hacia la calesa, sino hacia un bosquecillo que bordeaba un campo cercano. Entre los árboles se abría una senda lo bastante despejada como para pasear por ella.

¿Quizá...? Lucinda no concluyó aquel pensamiento, distraída al comprobar que el bosquecillo no era en realidad más que un lindero de árboles. Más allá, el sendero empedrado discurría alrededor de un pequeño estanque en el que los nenúfares batallaban con los juncos.

—Hay que despejarlo.

Harry miró el estanque.

—Ya lo haremos.

Lucinda levantó la vista y siguió su mirada... hasta la casa. Grande, laberíntica y provista de anticuados gabletes, había sido construida con la piedra de aquellos parajes y el tejado de pizarra. En la planta baja, las ventanas ojivales permanecían abiertas a la brisa del verano. Un rosal trepaba por una de las paredes y florecía en capullos amarillos ante una de las ventanas del piso de arriba. A cada lado de la casa había un roble grande y frondoso que proyectaba una fresca sombra sobre el camino de gravilla, el cual serpeaba desde una cerca, que no alcanzaba a divisarse, hasta una larga avenida que concluía en una pradera frente a la puerta principal.

Lucinda miró a Harry.

—¿Eso es Lestershall?

Él asintió con la cabeza sin apartar la mirada de la casona.

—Mi casa —sus labios se tensaron un instante—. Mi hogar —señaló hacia delante con un ademán lánguido—. ¿Vamos?

Lucinda inclinó la cabeza; de pronto se sentía sin aliento.

Caminaron hasta el lugar donde el sendero desembocaba en la pradera, cruzaron la explanada de hierba y pasaron agachándose bajo las ramas de uno de los robles para salir al camino de entrada. Al acercarse a los escalones de piedra, Lucinda se fijó en que la puerta estaba entreabierta.

—En realidad, nunca he vivido aquí —dijo Harry mientras

avanzaban por el camino de gravilla—. La casa está algo descuidada, así que he hecho venir a un pequeño ejército para repararla.

Un hombre corpulento ataviado con mandil de carpintero apareció en la puerta cuando pusieron pie en los escalones.

—Buenos días, señor Lester —el hombre agachó la cabeza, el rostro risueño iluminado por una sonrisa—. Todo va como la seda, creo que me dará la razón. No queda casi nada por hacer.

—Buenos días, Catchbrick. Esta es la señora Babbacombe. Si no les importa a usted y a sus hombres, me gustaría enseñarle todo esto.

—En absoluto, señor —Catchbrick se inclinó ante Lucinda con una mirada curiosa—. No es ninguna molestia. Como le decía, ya casi hemos acabado.

El carpintero se apartó y les indicó que pasaran al vestíbulo.

Lucinda cruzó el umbral y entró en un recibidor alargado y sorprendentemente espacioso, de forma rectangular. Por encima del friso de cálida madera de roble, las paredes enyesadas se hallaban desnudas. El bulto cubierto con paños que ocupaba el centro de la estancia parecía contener una mesa redonda y un aparador de recibidor de buen tamaño. La luz entraba a raudales por el amplio montante circular. Las escaleras eran también de roble, con una ornamentada balaustrada labrada, y el descansillo de la mitad tenía una gran ventana que —sospechaba Lucinda— miraba a los jardines de atrás. Dos pasillos flanqueaban la escalera, de los cuales el de la izquierda llevaba a una puerta verde.

—El salón está por aquí.

Lucinda se dio la vuelta y vio a Harry junto a unas hermosas puertas abiertas de par en par y cuyos paneles estaba puliendo meticulosamente un muchacho.

El salón era de proporciones generosas, aunque mucho más pequeño que el de Lester Hall. Tenía una ventana ojival y profunda, provista de un poyete para sentarse, y una chimenea larga y baja coronada por una ancha repisa.

El comedor, que los obreros estaban convirtiendo en un elegante recinto, tenía, al igual que el salón, un gran bulto de muebles cubierto de paños en el centro. Lucinda no pudo resistir la tentación de levantar un pico del paño.

—Habrá que cambiar algunos muebles, pero la mayoría están en buen estado —Harry seguía mirando su cara.

—¿En bastante buen estado? —Lucinda retiró el paño y dejó al descubierto la parte de arriba de un aparador de roble de aspecto antiguo—. Es mucho más que eso. Esta pieza es excelente... y alguien ha tenido el buen sentido de mantenerla bien bruñida.

—La señora Simpkins, el ama de llaves —dijo Harry al ver que Lucinda levantaba las cejas—. La conocerás enseguida.

Lucinda dejó caer el paño, se acercó a una de las dos grandes ventanas, que estaba abierta, y se asomó fuera. Las ventanas daban a una terraza que corría por el lateral de la casa y desaparecía al otro lado de la esquina, a partir de donde discurría por debajo de las ventanas de la salita, que a su vez daba al comedor, como Lucinda descubrió enseguida.

Mientras permanecía ante las ventanas de la salita, mirando los campos ondulados y rodeados de canteros repletos de flores, Lucinda experimentó una profunda sensación de certidumbre, de pertenencia, como si hubiera echado raíces allí donde estaba. Sabía que podía vivir en aquella casa y verla crecer y florecer.

—Estas tres salas están comunicadas —Harry señaló los paneles que separaban la salita del comedor—. Son lo bastante grandes como para celebrar un baile.

Lucinda lo miró parpadeando.

—¿Ah, sí?

Harry asintió con expresión impasible y la invitó a proseguir con un gesto.

—La salita del desayuno está por aquí.

Al igual que la salita de mañana. Mientras la guiaba por las habitaciones alegres y vacías, iluminadas por la luz del sol que entraba por las ventanas emplomadas, Lucinda se fijó en las paredes enyesadas, que aguardaban el empapelado. Las molduras de madera y los frisos estaban ya pulidos y relucían.

Todos los muebles que veía, la mayoría de roble, eran antiguos pero tenían una pátina brillante.

—Solo falta decorarla —le dijo Harry mientras la conducía por un corto pasillo que corría junto a la espaciosa sala que le había descrito como su estudio-biblioteca. Las estanterías de aquella sala habían sido vaciadas y pulimentadas minuciosamente, y los montones de libros esperaban listos para regresar a su sitio una vez estuviera acabada la decoración—. Pero la empresa que he contratado tardará aún un par de semanas en venir... tiempo de sobra para tomar las decisiones que sean necesarias.

Lucinda lo miró entornando los ojos, pero antes de que se le ocurriera un comentario adecuado, le distrajo lo que había más allá de la puerta del final del pasillo. Se trataba de una habitación de proporciones elegantes que miraba al jardín lateral. Las rosas cabeceaban junto a las grandes ventanas, enmarcando un paisaje lleno de verdor.

Harry miró a su alrededor.

—Aún no he decidido para qué va a ser esta habitación.

Lucinda miró en torno, pero no vio muebles tapados. Su mirada, sin embargo, se vio atraída por unas estanterías nuevas que flanqueaban la pared. Eran grandes y abiertas, como hechas a propósito para guardar libros de cuentas. Miró de nuevo a su alrededor. Las ventanas daban buena luz, lo cual era esencial para hacer cuentas y ocuparse de la correspondencia.

Sintió que su corazón latía con una cadencia extraña y se volvió para mirar a Harry.

—¿De veras?

—Mmm —él le señaló la puerta con semblante pensativo—. Ven, voy a presentarte a la señora Simpkins.

Lucinda reprimió un bufido de impaciencia y dejó que la condujera de vuelta por el pasillo y a través de la puerta verde. Allí se encontró con los primeros indicios de vida doméstica. Las cocinas estaban muy limpias, las cazuelas relucían en sus ganchos, clavados a la pared, y en el centro de la amplia chimenea había un hornillo nuevo.

Sentados a la mesa había un hombre y una mujer de mediana edad que se apresuraron a levantarse, azorados, al ver a Lucinda.

—Aquí Simpkins es nuestro hombre para todo y se encarga de vigilar la casa. Su tío es el mayordomo de Lester Hall. Simpkins, la señora Babbacombe.

—Señora —Simpkins hizo una reverencia.

—Y esta es la señora Simpkins, cocinera y ama de llaves... y sin la cual los muebles no habrían sobrevivido.

La señora Simpkins, una mujer de amplio pecho, mejillas sonrosadas y anchura imponente, se inclinó ante Lucinda, pero siguió mirando ceñuda a Harry.

—Sí… y si se le hubiera ocurrido avisarme, señor Harry, habría tenido preparado té y unos pasteles.

—Como habrás adivinado —dijo Harry suavemente—, la señora Simpkins fue en otro tiempo niñera en Lester Hall.

—Sí, y todavía me acuerdo de usted en pantalones cortos, señorito —la señora Simpkins lo miró con el ceño fruncido—. Ande, llévese a dar un paseo a la señora, que yo voy a preparar algo. Cuando vuelvan, tendré el té servido en el jardín.

—No quisiera causarle…

Harry interrumpió a Lucinda con un suspiro.

—No sé si decírtelo, querida, pero Martha Simpkins es una tirana. Será mejor que obedezcas —diciendo esto, la tomó de la mano y la condujo hacia la puerta—. Voy a enseñarle las habitaciones de arriba a la señora Babbacombe, Martha.

Lucinda giró la cabeza y sonrió a la señora Simpkins, que contestó con una sonrisa radiante.

Las escaleras llevaban a una corta galería.

—No hay retratos de familia, me temo —dijo Harry—. Están en Lester Hall.

—¿Hay alguno tuyo? —Lucinda levantó la mirada hacia él.

—Sí… pero no se me parece mucho. Me lo hicieron cuando tenía dieciocho años.

Lucinda levantó las cejas pero, al recordar las palabras de lady Coleby, no hizo comentario alguno.

—Este es el dormitorio principal —Harry abrió un par de puertas al fondo del pasillo. La habitación era larga y tenía un friso de madera que se extendía hasta la ventana ojival y su poyete. Una repisa labrada enmarcaba la chimenea, más grande de lo habitual. En el centro de la estancia había una estructura de grandes proporciones cubierta con lienzos. Lucinda miró aquel bulto con curiosidad, pero se volvió hacia Harry que, con una mano sobre su espalda, la condujo hacia el vestidor contiguo.

—Me temo —dijo él cuando regresaron al dormitorio— que en Lestershall no hay dormitorios separados para marido y mujer

—Lucinda lo miró—. Aunque a ti, naturalmente, eso no debería preocuparte —prosiguió, imperturbable.

Lucinda lo miró apoyarse contra el marco de la ventana. Al ver que se limitaba a devolverle su mirada expectante con una expresión candorosa, soltó un bufido y fijó su atención en el bulto cubierto que ocupaba el centro de la habitación.

—Es una cama —dijo. Se acercó para levantar el lienzo y mirar debajo. Ante ella se extendía una cueva oscura. La cama tenía postes gruesos de color tostado, un amplio dosel y cortinas de brocado a juego—. Es enorme.

—Sí —Harry observaba su expresión absorta—. Y también tiene historia, si las cosas que se cuentan son verdad.

Lucinda levantó la vista.

—¿Qué cosas?

—Se rumorea que esta cama data de la época isabelina, igual que la casa. Por lo visto, todas las novias que han vivido en esta casa la han usado.

Lucinda arrugó la nariz.

—Eso no es nada sorprendente —dejó caer el lienzo y se sacudió las manos.

Los labios de Harry se curvaron lentamente.

—No en sí mismo, quizá —se apartó de la ventana y se acercó a Lucinda—. Pero en el cabecero hay engarzadas unas anillas de metal —levantó las cejas y su expresión se tornó pensativa—. Unas anillas que avivan la imaginación —tomó a Lucinda del brazo y la condujo hacia la puerta—. Debo acordarme de enseñártelas alguna vez.

Lucinda abrió la boca y volvió a cerrarla bruscamente. Dejó que la llevara de vuelta al pasillo. Seguía pensando en las anillas de metal cuando llegaron al final del pasillo tras echar un vistazo a las habitaciones que lo flanqueaban.

—Estas escaleras llevan al desván. El cuarto de los niños está arriba, al igual que las habitaciones de los Simpkins.

El cuarto de los niños ocupaba la mitad del amplio espacio que se abría bajo las vigas del tejado. Las ventanas abuhardilladas, muy bajas, eran perfectas para los pequeños. En realidad, el cuarto estaba formado por cinco salitas que se comunicaban entre sí.

—Los dormitorios para la niñera y el preceptor están en los extremos. Luego están los dormitorios de los niños, uno para niños y otro para niñas. Y esto es el aula, por supuesto —parado en el centro de la espaciosa habitación, Harry miró a su alrededor con cierto orgullo.

Lucinda lo observaba pensativamente.

—Estas habitaciones son incluso más grandes, relativamente hablando, que tu cama.

Harry levantó las cejas.

—He pensado que hacía falta espacio. Pienso tener una gran familia.

Lucinda se quedó mirando sus ojos verdes... y se preguntó cómo se atrevía.

—¿Una gran familia? —preguntó, negándose a emprender la retirada—. ¿También en eso sales a tu padre? —le sostuvo la mirada un instante y luego se acercó a la ventana—. Supongo que querrás tener tres hijos varones.

Harry la siguió con la mirada.

—Y tres niñas. Para que haya un equilibrio razonable —añadió en respuesta a la mirada sorprendida de Lucinda.

Enojada por su propia reacción y por el hormigueo que se había adueñado de su estómago, ella profirió un bufido. Y volvió a mirar a su alrededor.

—Hasta con seis, hay espacio de sobra.

Había creído que aquello zanjaría la conversación, pero Harry aún no había acabado.

—Ah... pero se me ha ocurrido dejar suficiente espacio para los que no vengan en el orden correcto, tú ya me entiendes. A fin de cuentas, engendrar un niño o una niña depende del azar.

Lucinda se quedó mirando sus ojos verdes e impasibles... y sintió ganas de preguntarle si le estaba tomando el pelo. Pero había algo en la sutil tensión de su cuerpo que la convenció de que no era así.

Sintió que un estremecimiento la recorría y decidió que ya había tenido suficiente. Si Harry podía hablar de tener hijos, bien podía concentrarse en las cosas que había que resolver primero. Lucinda se irguió, levantó la cabeza y le sostuvo la mirada.

—Harry...

Él se giró para mirar por la ventana.

—La señora Simpkins nos está esperando con el té y los pasteles. Ven... no podemos decepcionarla —tomó a Lucinda del brazo con una sonrisa inocente y se giró hacia la puerta—. Además, casi es mediodía. Creo que deberíamos volver en cuanto acabemos nuestro refrigerio improvisado. Esta tarde tenemos que marcharnos pronto.

Lucinda lo miró extrañada.

Harry sonrió.

—Sé que estás deseando volver a Londres... y bailar el vals en brazos de tus admiradores.

Lucinda sintió que la embargaba una frustración tan intensa que la aturdió. Al ver que Harry se limitaba a levantar las cejas con aire candoroso, entrecerró los ojos y lo miró con enfado.

Harry tensó los labios y le indicó la puerta.

Ella respiró hondo para calmarse. Si no fuera una dama...

Procurando no rechinar los dientes, le dio el brazo a Harry. Luego apretó los labios en un mohín de enojo y dejó que la condujera abajo.

CAPÍTULO 13

—Entonces, ¿le ha quedado claro? —sentado tras el escritorio de la biblioteca, Harry jugueteaba con una pluma mientras observaba al hombre que ocupaba la silla frente a él.

Unos ojos marrones y anodinos lo miraban desde un semblante vulgar. El atuendo de aquel individuo evidenciaba que no pertenecía a la alta sociedad, pero no daba pista alguna en lo tocante a su profesión. Phineas Salter podía haber sido cualquier cosa... o casi. Por eso precisamente le iba tan bien en su negocio.

El expolicía de Bow Street asintió con la cabeza.

—Sí, señor. Debo hacer averiguaciones acerca de esos caballeros, el señor Earle Joliffe y el señor Mortimer Babbacombe, con el fin de descubrir los motivos por los que podrían estar interesados en perjudicar a la señora Lucinda Babbacombe, tía política del susodicho Mortimer.

—Y ha de hacerlo sin levantar sospechas —la mirada de Harry se agudizó.

Salter inclinó la cabeza.

—Naturalmente, señor. Si esos caballeros están tramando algo, no nos interesa alertarlos. Al menos, hasta que estemos preparados.

Harry hizo una mueca.

—Exacto. Pero insisto también en que la señora Babbacombe no ha de enterarse en ningún caso de nuestras sospechas. Ni de que podría haber motivos para hacer averiguaciones.

Salter frunció el ceño.

—Con el debido respeto, señor, ¿le parece lo más sensato? Por lo que me ha dicho, esos canallas podrían recurrir a medidas drásticas. ¿No convendría que la señora estuviera advertida?

—Si fuera cualquier otra dama, una que se contentara con dejar el asunto en nuestras manos, le daría la razón sin dudarlo. Pero la señora Babbacombe no es de esas —Harry observó a su nuevo empleado; cuando volvió a hablar, su tono sonó didáctico—. Estaría dispuesto a apostar a que, si se enterara de la aparente implicación de Babbacombe en los últimos acontecimientos, la señora Babbacombe pediría su coche y se haría llevar a casa de su sobrino con la intención de pedirle explicaciones. Sola.

El semblante de Salter pareció quedar en blanco.

—Ah —parpadeó—. Es un poco ingenua, entonces.

—No —la voz de Harry se endureció—. No especialmente. Es sencillamente incapaz de reconocer su propia debilidad y, por el contrario, tiene una infinita confianza en su capacidad de persuasión —sus facciones se alteraron y su semblante reflejó como un espejo su tono de voz—. En este caso, prefiero no arriesgarme.

—No, desde luego —Salter asintió con la cabeza—. Por lo poco que sé, ese tal Joliffe no es un individuo con el que deba vérselas una dama.

—Exactamente —Harry se levantó, seguido por Salter. El expolicía era un hombre recio, ancho y pesado. Harry inclinó la cabeza—. Infórmeme en cuanto sepa algo.

—Así lo haré, señor. Puede confiar en mí.

Harry le estrechó la mano. Dawlish, que, por sugerencia de Harry, había presenciado en silencio la entrevista, se apartó de la puerta y acompañó a Salter a la salida. Harry se volvió hacia las ventanas y se puso a jugar ociosamente con la pluma mientras miraba sin verlo el patio que se extendía más allá.

Salter era muy conocido entre los asiduos a la taberna de Jackson y al salón de Cribb. Boxeador de cierta experiencia, era una de las pocas personas no pertenecientes a la alta sociedad a las que se les permitía el acceso a aquellos locales selectos. Pero eran sus otras habilidades las que habían impulsado a Harry a llamarlo. La fama de Salter como policía había sido considerable, pero se había visto empañada. Los magistrados no aprobaban su costumbre de utilizar literalmente a ladrones para atrapar a otros ladrones. Sus éxitos no habían mejorado la opinión de los jueces y Salter había abandonado el cuerpo de policía de Londres. Desde entonces se había labrado un nombre entre ciertos caballeros de la alta sociedad como hombre de confianza cuando era necesario investigar cuestiones delicadas e incluso ilegales.

Cuestiones como, en opinión de Harry, el aparente interés de Mortimer Babbacombe por el bienestar de Lucinda.

Harry se habría ocupado del asunto en persona, pero ignoraba por completo los motivos de Mortimer. No podía dejar pasar el asunto y, dada su convicción de que el sobrino de Lucinda tenía algo que ver con el incidente de la carretera de Newmarket, había optado por la cautela y había recurrido a la discreción y la pericia por las que Salter era conocido.

—¡Bueno! —Dawlish regresó y cerró la puerta—. Menudo lío —miró de soslayo a Harry—. ¿Quiere que la vigile?

Harry levantó las cejas lentamente.

—No es mala idea —hizo una pausa y luego preguntó—: ¿Cómo crees que se tomaría la noticia su cochero? Joshua, ¿no?

—Se preocuparía mucho.

Harry entornó los ojos.

—¿Y su doncella, la eficiente Agatha?

—Más aún, o eso creo. Agatha es muy desconfiada, pero después de que las sacara usted de Asterley y lo organizara todo para echar tierra sobre el asunto, tiene mejor opinión de usted.

Harry tensó los labios.

—Bien. Entonces, reclútala a ella también. Tengo la sensación de que, cuantos más ojos vigilen a la señora Babbacombe, mejor. Solo por si acaso.

—Sí, no tiene sentido correr ningún riesgo —Dawlish se dirigió a la puerta—. Sobre todo, después de lo mucho que se ha esforzado.

Harry levantó las cejas y se volvió... pero Dawlish ya se había ido.

¿Lo mucho que se había esforzado? Sus labios se convirtieron en una línea fina. Con expresión resignada, se volvió de nuevo hacia el jardín. Lo más difícil estaba aún por llegar, pero ya había fijado su rumbo y pensaba ceñirse a él.

La próxima vez que se declarara a su sirena, no quería discusiones sobre el amor.

—¡Ah! —Dawlish asomó la cabeza por la puerta—. Acabo de acordarme de que esta noche es el baile de lady Mickleham. ¿Quiere que disponga los carruajes y todo lo demás cuando vea a Joshua?

Harry asintió con la cabeza. Fuera, el cielo era de un hermoso color azul.

—Antes de irte, avisa de que enganche los caballos.

—¿Va a salir?

—Sí —su expresión se volvió severa—. Voy a ir al parque.

Quince minutos después, Fergus le abrió la puerta de la casa de su tía. Harry le entregó los guantes y se quitó el gabán.

—Supongo que mi tía estará descansando.

—En efecto, señor. Lleva más de una hora echada.

—No quiero molestarla. Es a la señora Babbacombe a quien deseo ver.

—Ah —Fergus parpadeó con cierta perplejidad—. Me temo que la señora Babbacombe está ocupada, señor.

Harry giró lentamente la cabeza hasta que su mirada se posó en el semblante impasible del mayordomo.

—¿De veras?

Aguardó. Para alivio suyo, Fergus se dignó a contestar a su pregunta sin necesidad de que insistiera.

—Está en el saloncito de atrás, en su despacho, con un tal señor Mabberly. Un joven muy educado. Es su apoderado, según tengo entendido.

—Comprendo —Harry titubeó y luego, sabiendo que Fergus lo entendía todo a la perfección, lo despachó con un ademán—. No es necesario que me anuncie —con esas, subió las escaleras refrenando su impaciencia lo justo como para aparentar despreocupación. Pero cuando llegó al pasillo de arriba, sus zancadas se alargaron. Se detuvo con la mano en el picaporte del saloncito. Oía voces amortiguadas dentro de la habitación.

Abrió la puerta con expresión severa.

Lucinda estaba sentada en el sillón, con un libro de cuentas abierto sobre el regazo. Levantó la mirada y, al verlo, se interrumpió en mitad de una frase.

Un joven de aspecto pulcro y sobrio se inclinaba sobre su hombro para mirar las cifras que ella le señalaba con el dedo.

—No te esperaba —dijo Lucinda tras reponerse de la sorpresa.

—Buenas tardes —contestó Harry.

—Buenas tardes —la mirada de Lucinda contenía una advertencia—. Creo que te he hablado alguna vez del señor Mabberly. Es mi apoderado. Me ayuda con las posadas. Señor Mabberly, el señor Lester.

El señor Mabberly le tendió con cierta vacilación la mano. Harry se quedó mirándola un instante y luego se la estrechó brevemente. Y enseguida se volvió hacia Lucinda.

—¿Vas a tardar mucho?

Lucinda lo miró a los ojos.

—Media hora más, por lo menos.

El señor Mabberly se removió y los miró a ambos con nerviosismo.

—Eh… quizá…

—Todavía tenemos que repasar las cuentas de Edimburgo —afirmó Lucinda, cerrando el pesado libro y quitándoselo de las rodillas. El señor Mabberly se apresuró a recogerlo—. Es ese libro de ahí, el tercero —mientras el señor Mabberly se apresuraba a cruzar la habitación para tomar el libro que le había pedido, Lucinda levantó sus ojos límpidos hacia la cara de Harry—. Tal vez, señor Lester…

—Esperaré —dijo Harry y, acercándose en dos zancadas a la silla más cercana, tomó asiento.

Lucinda lo miró, impasible. No se atrevía a sonreír. Entonces Anthony Mabberly volvió y ella fijó su atención en las tres posadas de Edimburgo.

Mientras Lucinda revisaba cifras, cuentas y tasas, comparando el cuatrimestre en el que estaban con el último y con el del año anterior, Harry observaba al señor Mabberly. Pasados unos minutos, había visto suficiente como para sentirse más tranquilo. El señor Mabberly podía mirar a su jefa como si fuera una diosa, pero Harry tenía la clara impresión de que su admiración se debía más a la perspicacia de Lucinda para los negocios que a su persona. En efecto, al cabo de diez minutos estaba convencido de que el interés del señor Mabberly era puramente intelectual.

Harry se relajó, estiró las piernas y permitió que su mirada se posara en su principal desvelo.

Lucinda notó con alivio que se relajaba, lo cual no le resultó difícil, dado que su tensión le había llegado en oleadas. Si Harry se negaba a aceptar que debía tratar con personas como Anthony Mabberly y que, pese a todo lo demás, tenía negocios que atender, sin duda tendrían problemas muy pronto. Pero todo parecía arreglado. Mientras esperaba a que el señor Mabberly sacara el último libro, miró a Harry y lo sorprendió mirándola con cierto hastío.

Él levantó una ceja, pero no dijo nada.

Lucinda volvió a su trabajo y poco después concluyó su tarea.

El señor Mabberly no se entretuvo, pero tampoco se apresuró. Se despidió muy educadamente de Lucinda y se inclinó puntillosamente ante Harry antes de partir con la promesa de llevar a cabo los encargos de Lucinda e informarla a la semana siguiente, como de costumbre.

—¡Buf! —Harry se quedó de pie, mirando la puerta que se había cerrado tras el señor Mabberly.

Lucinda lo miró y dijo:

—Espero que no vayas a decirme que es indecoroso que vea a solas a mi apoderado.

Harry se mordió la lengua. Se giró para mirarla con expresión fría. Mientras la observaba, la mirada de Lucinda se movió, apartándose de él.

—A fin de cuentas —prosiguió—, difícilmente se le puede considerar un peligro.

Harry siguió su mirada hasta el diván que había delante de las ventanas. Volvió a mirarla y sorprendió en su semblante una expresión de incertidumbre, mezclada con un anhelo evidente. Estaban otra vez a solas. Harry sabía que ambos sentían las mismas inclinaciones. Se aclaró la garganta.

—He venido a convencerte de que des conmigo un paseo por el parque.

—¿El parque? —Lucinda lo miró con sorpresa. Em le había dicho que Harry rara vez iba a pasear en coche por el parque durante las horas a las que estaba de moda hacerlo—. ¿Por qué?

—¿Por qué? —Harry la miró con cierto asombro. Luego frunció el ceño—. ¿Qué clase de pregunta es esa? —al ver que la mirada de Lucinda se volvía recelosa, agitó lánguidamente una mano—. Simplemente he pensado que estarías aburrida y que te sentaría bien un poco de aire fresco. Los bailes de lady Mickleham son muy concurridos.

—Ah —Lucinda se levantó lentamente y escudriñó en vano su cara—. Puede que sea buena idea dar un paseo.

—Indudablemente —Harry le señaló la puerta—. Esperaré abajo mientras vas a buscar tu chaqueta y tu sombrero.

Diez minutos después, Lucinda dejó que la sentara en su carrocín, a pesar de que todavía no entendía a qué obedecía la invitación. Sin embargo, Harry estaba allí, y ella no veía motivo para negarse el placer de su compañía. Diciéndose que, después de lo sucedido el día anterior, cuando Harry la había conducido en su coche desde Lester Hall a Audley Street, debería estar cansada de sus comentarios ácidos, se colocó despreocupadamente las faldas y se descubrió deseando oír unos cuantos más.

Harry no la decepcionó.

Tras atravesar las verjas de hierro forjado y entrar en el parque, mientras avanzaban por la avenida en sombras, Harry la miró de reojo.

—Me temo, querida, que, como mis caballos están muy frescos, no podremos pararnos a conversar. Tendrás que conformarte con saludar con la mano y sonreír.

Lucinda, que estaba distraída mirando a su alrededor, levantó las cejas.

—¿De veras? Pero, si no podemos conversar, ¿a qué hemos venido?

—A ver y a ser vistos, naturalmente —Harry apartó de nuevo la vista del caballo de cabeza, que estaba, en efecto, muy nervioso, y la miró—. Tengo entendido que ese ha sido siempre el propósito de estos paseos por el parque.

—Ah —Lucinda sonrió, radiante y serena. Le agradaba ir sentada a su lado al sol y verlo maniobrar por las avenidas de gravilla sujetando las riendas con sus largos dedos.

Harry la miró un momento y luego volvió a mirar a sus caballos. Sin dejar de sonreír, Lucinda miró hacia las carrozas y landós de las señoras de la alta sociedad, que flanqueaban la avenida. La tarde estaba bien entrada; mucha gente había llegado al parque antes que ellos. Harry tuvo que refrenar a sus caballos al aumentar el tráfico. Los faetones y los carrocines de todo tipo se abrían paso entre los carruajes aparcados junto al bordillo. Lady Sefton, que presidía su corte sentada en su carroza, los saludó con la mano. Lucinda advirtió que parecía algo sorprendida.

Lady Somercote y la señora Wyncham también los saludaron, y un instante después la condesa Lieven les obsequió con una larga mirada antes de inclinar la cabeza con elegancia.

Harry soltó un bufido.

—Tiene el cuello tan tieso que siempre creo que se va a oír un crac.

Lucinda sofocó una carcajada. Al doblar la siguiente curva, se toparon con la princesa Esterhazy, que abrió los ojos de par en par y acto seguido sonrió e inclinó la cabeza, complacida.

Lucinda le devolvió la sonrisa, aunque para sus adentros frunció el ceño. Al cabo de un momento preguntó:

—¿Sueles venir a pasear al parque con señoras?

Harry hizo restallar las riendas. El carrocín se introdujo por un hueco entre un faetón y otro carrocín, dejando a sus dueños boquiabiertos.

—Últimamente, no.

Lucinda entornó los ojos.

—¿Desde cuándo?

Harry se limitó a encoger los hombros con la mirada fija en las orejas de los caballos.

Lucinda lo miraba atentamente. Al ver que no decía nada, preguntó:

—¿Desde lady Coleby?

Harry la miró. Sus ojos verdes parecían contener una advertencia, y sus labios formaban una línea severa. Después volvió a fijar la mirada en los caballos. Al cabo de un momento dijo de mala gana:

—Entonces se llamaba Millicent Pane.

Su memoria voló hacia aquellos años. En aquel entonces, él habría querido que se llamara Millicent Lester. Sus labios se curvaron en una sonrisa burlona. Debería haber notado que el nombre no sonaba bien. Miró a la mujer que iba a su lado vestida de azul, como de costumbre, y cuya tez pálida, enmarcada por algunos rizos suaves, ocultaba a medias el ala del sombrero. Lucinda Lester tenía cierto equilibrio. Sonaba bien.

Harry esbozó una sonrisa pero Lucinda, que parecía abstraída, no lo notó. Él advirtió que parecía enfrascada en sus pensamientos.

Al dejar la zona por la que solían pasear los miembros de la alta sociedad, el camino se despejó ante ellos. Harry tiró de las riendas y se unió a la fila de carruajes que esperaba su turno para dar la vuelta.

—Una pasada más y te llevo a casa.

Lucinda le lanzó una mirada de sorpresa pero no dijo nada. Se enderezó y compuso una sonrisa mientras regresaban hacia la zona más frecuentada.

Esta vez, al ir en sentido contrario, vieron caras nuevas, muchas de las cuales —notó Lucinda— parecían sorprendidas. Pero se movían constantemente, de modo que no tuvo ocasión de analizar las reacciones que parecía provocar en los demás el hecho de verlos allí. La de lady Jersey, no obstante, no requirió análisis alguno.

Lady Jersey estaba en su carroza, recostada lánguidamente sobre unos cojines, cuando su mirada penetrante cayó sobre el carrocín de Harry, que se acercaba pausadamente. Enseguida se incorporó, muy tiesa.

—¡Santo cielo! —exclamó con estridencia—. ¡Jamás creí que vería este día!

Harry le lanzó una mirada malévola, pero se dignó a inclinar la cabeza.

—Creo que ya conoce a la señora Babbacombe.

—¡Desde luego que sí! —lady Jersey saludó a Lucinda agitando una mano—. Ya hablaremos la semana que viene, querida.

Su mirada parecía prometer que, en efecto, así sería. Lucinda mantuvo la sonrisa, pero se sintió aliviada cuando pasaron de largo.

Al mirar a Harry de soslayo, descubrió que su semblante tenía una expresión intransigente. En cuanto el tráfico se despejó un poco, hizo restallar las riendas.

—Qué paseo tan corto —murmuró Lucinda cuando divisaron las verjas del parque.

—Puede que sí, pero suficiente para nuestros propósitos.

Su voz sonaba crispada y desalentadora. Lucinda frunció el ceño para sus adentros. ¿Cuáles serían exactamente aquellos propósitos?

Seguía preguntándoselo cuando, vestida en seda azul jacinto, bajó las escaleras esa noche, lista para asistir al baile de lady Mickleham. El hallarse constantemente a la espera de una proposición matrimonial iba minando poco a poco su paciencia. No le cabía duda alguna de que Harry pensaba pedírselo otra vez, pero el cuándo y el porqué de su reticencia le preocupaban cada vez más. Bajó la mayor parte de las escaleras con la mirada ausente y solo levantó la vista al acercarse a los últimos peldaños. Entonces se topó con una mirada verde. Abrió los ojos de par en par y parpadeó.

—¿Qué estás haciendo aquí?

A pesar de su asombro, se fijó en el esmoquin casi austero de Harry, blanco y negro, como siempre, y en el alfiler de su corbata, que parecía brillar maliciosamente.

Notó que sus labios se curvaban en una mueca irónica.

—He venido a acompañaros al baile de lady Mickleham —dijo con acento comedido y, acercándose a la escalera, le tendió la mano.

Lucinda se quedó mirándolo, algo ruborizada. Se alegraba de que ningún sirviente hubiera presenciado la conversación. Cuando sus dedos se deslizaron como por voluntad propia sobre la mano de Harry, levantó los ojos hacia su cara.

—No sabía que consideraras necesario acompañarnos en tales ocasiones.

El semblante de Harry permaneció impasible mientras la ayudaba a bajar los últimos escalones.

La puerta del fondo del vestíbulo se abrió y apareció Agatha llevando sobre el brazo el manto de Lucinda. Al ver a Harry se detuvo, lo saludó con una severa inclinación de cabeza, a pesar de que su mirada era menos hostil de lo que pretendía, y siguió adelante. Harry alargó una mano. Agatha le entregó el manto y, dando media vuelta, volvió sobre sus pasos.

Lucinda se giró. Harry le puso el manto de terciopelo sobre los hombros. Ella levantó la cabeza y se miró al espejo de la pared. Arriba, en el pasillo, una puerta se abrió y se cerró. La voz de Heather llegó hasta abajo, llamando a Em.

Lucinda sabía que, si se atenía a frases amables, Harry lograría eludir la cuestión. Respiró hondo.

—¿Por qué?

Él la miró un momento a los ojos y luego bajó la mirada hacia su cuello. Lucinda vio que sus labios se curvaban, pero no supo si en una sonrisa o en una mueca.

—Las circunstancias han cambiado —comenzó a decir Harry en voz baja. Levantó la cabeza y la miró a los ojos, levantando las cejas con aire desafiante—. ¿No es cierto?

Lucinda escudriñó sus ojos sin decir nada. No le apetecía contradecirle. Pero ¿habían cambiado realmente las cosas? Ya no estaba tan segura de ello.

Heather bajó corriendo las escaleras, seguida por Em, cuya actitud era más circunspecta. Con el ajetreo de buscar mantos y guantes, Lucinda no tuvo ocasión de reflexionar acerca de la nueva táctica de Harry. La alegre charla de Heather y los recuerdos de Em llenaron el corto trayecto hasta Mickleham House, en Berkeley Square. Lucinda permaneció en silencio. Sentado entre las sombras, frente a ella, Harry tampoco dijo nada.

La escalinata atestada de gente resultó un calvario y no les dio ocasión de hablar en privado. Lucinda sonreía y saludaba a cuantos los rodeaban, consciente de las miradas curiosas que los invitados lanzaban a su acompañante. Harry, por su parte, permanecía impasible. Sin embargo, al acercarse a los anfitriones, inclinó la cabeza y le susurró a Lucinda al oído:

—Me quedo con el vals de antes de la cena... y te acompaño a cenar.

Lucinda apretó los labios y le lanzó una mirada elocuente. ¡Quedarse con el vals de la cena! ¡Sí, ya! Bufó para sus adentros y luego se giró para saludar a lady Mickleham.

Tal y como Harry había predicho, los salones estaban llenos a rebosar.

—Esto es ridículo —masculló Lucinda mientras se abrían paso

con dificultad hacia un lado del salón de baile, con la esperanza de encontrar una silla para Em.

—Siempre es así al final de la temporada —repuso Em—. Es como si la gente quisiera entregarse a una especie de frenesí antes de que llegue el verano y deban regresar a casa, al campo.

Lucinda sofocó un suspiro al pensar en el campo y recordar la gruta del lago en Lester Hall y la paz y la quietud de Lestershall.

—Bueno, ya solo queda un par de semanas —dijo Heather—. Así que supongo que deberíamos aprovecharlas al máximo —miró a Lucinda—. ¿Has decidido ya dónde vamos a pasar el verano?

Lucinda parpadeó.

—Eh...

—Creo que tu madrastra piensa que es una decisión un tanto prematura —dijo Harry tranquilamente.

Los labios de Heather formaron una «O». La muchacha pareció conformarse con aquella respuesta elusiva. Lucinda dejó escapar un lento suspiro.

Em encontró sitio en un sillón junto a lady Sherringbourne, y las dos damas comenzaron enseguida a intercambiar revelaciones acerca de los enlaces que se habían forjado ese año.

Lucinda se giró y se encontró de pronto rodeada por su cohorte de admiradores que, tal y como se apresuraron a informarla, habían estado esperando su aparición con el aliento contenido.

—Ha estado fuera una semana entera, querida. Hemos estado desolados —el señor Amberly sonrió benévolamente.

—Yo la comprendo muy bien —comentó el señor Satterly—, pero los bailes son cada vez más vulgares, para mi gusto. Ahuyentan a cualquiera —levantó la mirada hacia Harry con expresión inocente—. ¿No está usted de acuerdo, Lester?

—Desde luego —contestó Harry, y lanzó una mirada férrea a su alrededor. Con él a un lado y Ruthven al otro, Lucinda apenas tenía espacio para respirar. El resto de su cohorte se había reunido ante ellos y creaba un cerco de relativa tranquilidad por el que, Harry estaba seguro de ello, todos se felicitaban.

—¿Y dónde fue usted a recuperarse, mi querida señora Babbacombe? ¿Al campo o al mar?

Había sido lord Ruthven quien había formulado la pregunta

inevitable. Sonrió a Lucinda amablemente y ella advirtió la leve provocación que había tras su sonrisa.

—Al campo —contestó. Luego, impulsada por una especie de demonio interior, liberado por la presencia opresiva de Harry, añadió—: Mi hijastra y yo acompañamos a lady Hallows en una visita a Lester Hall.

Ruthven parpadeó.

—¿Lester Hall? —levantó lentamente la mirada hacia Harry—. He notado que esta semana no has estado en la ciudad, Harry. ¿Tú también has escapado del torbellino para recobrar fuerzas?

—Naturalmente —contestó Harry, imperturbable—. Acompañé a mi tía y a sus invitadas en su visita.

—Ah, desde luego —dijo Ruthven, y se volvió hacia Lucinda—. ¿Le enseñó Harry la gruta que hay junto al lago?

Lucinda lo miró con la mayor inocencia de que fue capaz.

—Sí... y también el cenador de la colina. Las vistas son preciosas.

—¿Las vistas? —lord Ruthven parecía atónito—. Ah, sí. Las vistas.

Harry apretó los dientes, pero no reaccionó, al menos verbalmente. Pero su mirada prometía venganza. Sin embargo, Ruthven, que era uno de sus mejores amigos, la ignoró.

Para alivio de Lucinda, la música puso fin a las pullas de lord Ruthven. Pronto se hizo evidente que lady Mickleham había decidido abrir el baile con un vals.

Aquello produjo el habitual clamor entre los pretendientes de Lucinda. Ella sonrió amablemente... y titubeó. El salón estaba lleno, y la pista de baile estaría aún peor. Bailando el cotillón o la cuadrilla, que exigían más espacio, había pocas posibilidades de que se diera una intimidad inesperada. Pero ¿el vals? ¿Con tantas apreturas?

Aquella idea fue seguida por la certeza de que sus circunstancias habían, en efecto, cambiado. No deseaba bailar el vals con nadie, salvo con Harry. Sus sentidos parecían tenderse hacia él, que permanecía muy tieso a su lado.

Harry la vio levantar la mirada con una súplica inconsciente en los ojos. Su reacción fue inmediata e imposible de reprimir. Cerró la mano sobre la de Lucinda y se la puso sobre la manga.

—Creo que este es mi vals, querida.

Lucinda sintió una oleada de alivio. Recordó inclinar la cabeza y sonreír fugazmente a sus admiradores antes de que Harry la alejara de ellos.

Al llegar a la zona del salón dedicada al baile, se relajó en brazos de Harry y dejó que la estrechara contra sí sin disimulos. Levantó la mirada hacia él cuando empezaron a girar lentamente. Harry la miraba fijamente, con expresión todavía distante, pero algo más suave. Se sostuvieron la mirada. Se comunicaban sin palabras mientras giraban despacio por el salón.

Luego Lucinda bajó las pestañas. Harry la apretó un poco más fuerte.

Tal y como Lucinda había previsto, la pista de baile estaba llena y las parejas se apretaban las unas contra las otras. Harry la mantenía a salvo entre el círculo de sus brazos. Ella era consciente de que, si algo la amenazaba, solo tenía que dar un paso adelante y él la protegería. Su cuerpo recio no constituía una amenaza; Lucinda nunca lo había considerado tal. Harry era su guardián en el sentido más antiguo de la palabra: el hombre al que le había confiado su vida.

El vals acabó enseguida. Lucinda parpadeó cuando Harry dejó caer los brazos. Luego se apartó con desgana, le dio el brazo y dejó que la condujera de nuevo por entre la multitud.

Harry miró su cara con cierta preocupación. Al acercarse a sus amigos, se inclinó y murmuró:

—Si no quieres bailar el vals, di simplemente que estás cansada —Lucinda levantó la mirada hacia él; Harry sintió que sus labios se curvaban—. Es el truco de moda.

Ella asintió con la cabeza... y cuadró los hombros al reunirse con su grupo.

Aquel consejo le resultó sumamente útil, su supuesta fatiga fue aceptada sin rechistar. Con el paso de las horas, empezó a sospechar que sus admiradores disfrutaban tan poco como ella del baile con tanta gente en el salón.

Harry permaneció a su lado, imperturbable, durante la larga velada. Lucinda recibió el vals anterior a la cena con cierto alivio.

—Tengo entendido que el señor Amberly, el señor Satterly y lord Ruthven son muy amigos tuyos, ¿no?

Harry la miró fugazmente.

—Más o menos —contestó con cierta reticencia.

—Jamás lo habría adivinado —Lucinda lo miró con sorpresa. Harry estudió su semblante candoroso y después soltó un soplido y la atrajo hacia sí.

Al acabar el vals, la condujo directamente al comedor. Sin apenas darse cuenta, Lucinda se encontró sentada en una mesa para dos, algo retirada y oculta del resto de la habitación por dos grandes macetas. Una copa de champán y un plato lleno de exquisiteces apareció ante ella. Harry se había recostado elegantemente en la silla de enfrente.

Con los ojos fijos en ella, le dio un mordisco a un pastelillo de langosta.

—¿Te has fijado en la peluca de lady Waldron?

Lucinda se echó a reír.

—Casi se le cae —bebió un sorbo de champán; sus ojos brillaban—. El señor Anstey tuvo que agarrarla y ponérsela en su sitio.

Para regocijo de Lucinda, durante la media hora siguiente Harry la obsequió con un sinfín de anécdotas, chismes y comentarios mordaces. Era la primera vez que lo tenía para ella sola y de tan buen humor, y se entregó al disfrute de aquel momento.

Solo cuando acabó y Harry la acompañó de regreso al salón de baile, se le ocurrió preguntarse a qué obedecía su actitud.

O, más concretamente, por qué parecía desvivirse por cautivarla.

—¿Sigues aquí, Ruthven? —la voz socarrona de Harry la devolvió al presente. Harry estaba mirando a su amigo con cierto brillo desafiante en la mirada—. ¿Has encontrado algo que te interese?

—Nada, me temo —lord Ruthven se llevó la mano al corazón y miró a Lucinda—. Nada comparable al placer de conversar con la señora Babbacombe.

Lucinda tuvo que reírse. Harry, naturalmente, no la imitó. Tomó las riendas de la conversación. La forma en que arrastraba las palabras al hablar resultaba evidente, y mientras su deje hastiado y lánguido llenaba sus oídos, Lucinda cayó en la cuenta de que normalmente Harry jamás utilizaba aquel tono con ella. Ni con Em. Cuando hablaba con ellas, su voz sonaba nítida y cortante. Al parecer, reservaba aquella afectación tan en boga para aquellos a los que deseaba mantener a distancia.

Dirigida por Harry, la conversación resultó, como era previsible, correcta hasta lo ridículo. Lucinda sofocó un bostezo y sopesó una idea que podía al mismo tiempo servir a su causa y rescatar a su pobre cohorte de admiradores.

—Empieza a hacer calor, ¿no les parece? —murmuró, con la mano sobre el brazo de Harry.

Él bajó la mirada levantando las cejas.

—Sí. Sospecho que es hora de que nos vayamos.

Cuando levantó la cabeza para buscar a Em y Heather, Lucinda se permitió proferir un leve resoplido de fastidio. Lo que pretendía era que Harry la llevara a la terraza. Al escudriñar la multitud, vio a Em hablando animadamente con una viuda. Heather, por su parte, estaba con un grupo de amigos.

—Eh... quizá pueda quedarme media hora más si bebo un vaso de agua.

El señor Satterly se ofreció enseguida a llevarle uno y se zambulló entre el gentío.

Harry la miró inquisitivamente.

—¿Estás segura?

Lucinda esbozó una sonrisa débil.

—Sí.

Harry siguió comportándose con tenaz corrección, lo cual –pensó Lucinda más tarde, cuando el gentío comenzó a menguar poco a poco y ella cobró conciencia de las miradas curiosas que les lanzaban los invitados– no era, en su caso, lo mismo que comportarse con circunspección.

Aquella idea la hizo fruncir el ceño.

Su expresión era aún más ceñuda cuando, cobijados en el carruaje de Em, volvían hacia casa por las calles desiertas. Sentada frente a él, estudiaba el semblante de Harry, iluminado por la luna y los destellos intermitentes de las farolas junto a las que pasaban.

Tenía los ojos cerrados, ocultos tras las densas pestañas. Sus facciones no parecían relajadas, sino más bien desprovistas de expresión, y sus labios se hallaban comprimidos en una línea firme y recta. Vista así, su cara parecía guardar algún secreto. Era la cara de un hombre esencialmente discreto que rara vez desvelaba sus emociones.

Lucinda sintió que el corazón le daba un vuelco y que un dolor sordo afloraba a su pecho.

La alta sociedad era el entorno en el que se movía Harry. Conocía cada matiz del comportamiento, cómo había que interpretar cada gesto, por insignificante que fuera. En los salones atestados de gente se hallaba a sus anchas. Ella, en cambio, no. Al igual que en Lester Hall, Harry era allí quien dominaba la situación.

Lucinda se removió en el asiento. Apoyó la barbilla en la palma de la mano y se quedó mirando con el ceño fruncido las casas dormidas.

Libre por fin de su escrutinio, Harry abrió los ojos. Observó su perfil, claro a la luz de la luna. Sus labios se curvaron en una levísima sonrisa. Apoyando de nuevo la cabeza en el cojín, cerró los ojos.

En ese preciso momento, en las habitaciones de Mortimer Babbacombe en Great Portland Street, tenía lugar una reunión.

—Bueno… ¿has averiguado algo interesante? —Joliffe, que ya no era el elegante caballero que en otro tiempo había trabado amistad con Mortimer, formuló aquella pregunta con aire desdeñoso en cuanto Brawn entró por la puerta. Con los párpados hinchados por la falta de sueño y los colores subidos por el alcohol que había consumido para calmar los nervios, Joliffe fijó en su cómplice más joven una mirada amenazadora.

Brawn era tan joven que no se dio cuenta. Se dejó caer en una silla, junto a la mesa de la salita alrededor de la cual se hallaban sentados Joliffe, Mortimer y Scrugthorpe, y sonrió.

—Sí, algunas cosas. Estuve charlando con una criadita… un rato. Me contó algunas cosas antes de que apareciera el mozo y se la llevara. Le oí echarle la bronca por hablar con extraños, así que no creo que por ese lado pueda conseguir nada más —Brawn sonrió—. Es una pena. No me habría importado…

—¡Sigue, maldita sea! —bramó Joliffe, dando un puñetazo a la mesa con tanta fuerza que saltaron las jarras—. ¿Qué demonios pasó?

Brawn lo miró con más estupor que miedo.

—Pues... la señora se fue al campo ese día, como habíamos planeado. Pero por lo visto fue a otra casa, un sitio llamado Lester Hall. Los demás se fueron al día siguiente. La criada me dijo que creía que estaba todo planeado.

—¡Maldita sea! —Joliffe bebió un trago de cerveza negra—. Con razón no he conseguido que ninguno de los que estuvo en Asterley me dijera que la había visto. Pensé que era por discreción, ¡pero la muy condenada no estuvo allí!

—Parece que no —Brawn se encogió de hombros—. Bueno, ¿y ahora qué hacemos?

—Ahora nos dejamos de juegos y la secuestramos —Scrugthorpe levantó la jarra de cerveza—. Como dije desde el principio. Es el único modo de asegurarse. Todos esos intentos de conseguir que esos calaveras nos hicieran el trabajo no nos han llevado a ninguna parte —escupió la última palabra. Su desprecio resultaba casi evidente.

Joliffe le sostuvo la mirada. Al final, Scrugthorpe miró de nuevo su jarra.

—Es mi opinión —masculló antes de beber otro trago.

—Hmm —Joliffe hizo una mueca—. Empiezo a estar de acuerdo contigo. Parece que vamos a tener que tomar cartas en el asunto.

—Pero yo pensaba... —la primera contribución de Mortimer a la conversación se apagó cuando tanto Joliffe como Scrugthorpe se giraron para mirarlo.

—¿Sí? —dijo Joliffe.

Mortimer enrojeció. Se llevó un dedo a la corbata y comenzó a tirar de los pliegues.

—Es solo que... bueno... si hacemos algo... en fin ¿no se enterará?

Los labios de Joliffe se curvaron.

—Claro que sí, pero eso no significa que vaya a ir corriendo a denunciarnos. Sobre todo, después de que Scrugthorpe se tome su venganza.

—Sí —los ojos negros de Scrugthorpe brillaron—. Dejádmela a mí. Yo me aseguraré de que no le queden ganas de hablar de ello —inclinó la cabeza y volvió a su cerveza.

Mortimer lo miraba con creciente horror. Abrió la boca, pero en ese momento advirtió la mirada de Joliffe. Se encogió visiblemente y masculló:

—Tiene que haber otro modo.

—Es muy probable —Joliffe apuró su jarra y echó mano de la botella—. Pero no hay tiempo para más planes.

—¿Tiempo? —Mortimer parecía confuso.

—¡Sí, tiempo! —bramó Joliffe, volviéndose hacia él. Mortimer palideció. Sus ojos se dilataron como los de un conejillo asustado. Joliffe refrenó a duras penas su ira y sonrió, todo dientes—. Pero no le des más vueltas. Déjanoslo todo a Scrugthorpe y a mí. Cumple con tu parte cuando te lo pidamos... y todo saldrá a pedir de boca.

—Sí —dijo Brawn inesperadamente—. Yo estaba pensando que había que cambiar de plan. Por lo que me dijo la criada, parece que la señora está esperando a recibir una oferta, como dicen ellos. Yo no entiendo mucho de estas cosas, pero es absurdo hacerla parecer una furcia si va a casarse con un pez gordo.

—¿Qué? —la exclamación de Joliffe sobresaltó a sus compañeros, que miraron con pasmo a su jefe mientras este miraba estupefacto a Brawn—. ¿Está a punto de casarse?

Brawn asintió con cierto recelo.

—Eso me dijo la criada.

—¿Con quién?

—Con un tal Lester.

—¿Harry Lester? —Joliffe se calmó. Frunció el ceño y miró a Brawn—. ¿Estás seguro de que esa criada estaba bien informada? Harry Lester no es de los que se casan.

Brawn se encogió de hombros.

—Eso no lo sé —al cabo de un momento, añadió—: La chica me dijo que ese tal Lester había ido a buscar a la señora esta tarde para dar un paseo en coche por el parque.

Joliffe se quedó mirándolo. Sus certezas parecían haberse disipado de repente.

—El parque —repitió, aturdido.

Brawn se limitó a asentir y bebió con cautela de su cerveza.

Cuando Joliffe volvió a hablar, su voz sonó áspera.

—Tenemos que hacer algo pronto.
—¿Pronto? —Scrugthorpe levantó la mirada—. ¿Cómo de pronto?
—Antes de que se case. Preferiblemente, antes de que se comprometa. No queremos complicaciones legales.
Mortimer tenía el ceño fruncido.
—¿Complicaciones legales?
—¡Sí, maldito seas! —Joliffe luchó por contener su ira—. Si esa maldita mujer se casa, la tutela de su hijastra pasará a manos de su marido. Y, si Harry Lester toma las riendas, podemos despedirnos del dinero de tu encantadora prima.
Los ojos de Mortimer se agrandaron.
—Ah.
—¡Sí, ah! Y, ya que ha salido el tema, tengo que darte una noticia, solo para fortalecer tu resolución —Joliffe fijó sus ojos en el semblante pálido de Mortimer—. Me debes cinco mil libras. Firmaste un pagaré, y yo se lo pasé, junto con otro a mi nombre, a un individuo que cobra intereses diarios. Juntos le debemos la friolera de veinte mil libras, Mortimer... y si no le pagamos pronto, nos las sacará del pellejo —hizo una pausa, se inclinó hacia delante y preguntó—: ¿Te ha quedado claro, Mortimer?
Mortimer se quedó tan petrificado que ni siquiera pudo asentir con la cabeza. Tenía la cara pálida como un muerto y los ojos redondos y asombrados.
—¡Bueno! —Scrugthorpe apartó su jarra vacía—. Parece que habrá que hacer planes.
A Joliffe se le había pasado la borrachera de repente. Comenzó a dar golpecitos en la mesa con un dedo.
—Necesitamos información sobre sus movimientos —miró a Brawn, pero el muchacho sacudió la cabeza.
—No hay nada que hacer. La criada no volverá a hablar conmigo después de la bronca que le echó el mozo. Y no hay nadie más.
Joliffe entornó los ojos.
—¿Y las otras mujeres?
Brawn soltó un bufido elocuente.
—Hay unas cuantas, sí, pero son más agrias que las uvas verdes.

Hasta a ti te costaría un año conseguir que te dirigieran la palabra... y seguramente no te dirían nada.

—¡Maldita sea! —Joliffe bebió distraídamente un trago de cerveza—. Está bien —dejó la jarra con un golpe seco—. Si no hay otro, lo haremos así.

—¿Cómo? —preguntó Scrugthorpe.

—La vigilaremos todo el tiempo, de día y de noche. Haremos nuestros preparativos y lo tendremos todo listo para apoderarnos de ella en cuanto el destino nos dé una oportunidad.

Scrugthorpe asintió.

—De acuerdo. Pero ¿cómo vamos a hacerlo?

Joliffe miró a Mortimer amenazadoramente.

Mortimer tragó saliva y se encogió en su silla.

Joliffe soltó un bufido desdeñoso y se volvió hacia Scrugthorpe.

—Prestad atención.

CAPÍTULO 14

Cinco noches después, Mortimer Babbacombe se hallaba entre las sombras de un portal de King Street, viendo subir la escalinata de la imponente fachada de Almack's a su tía política.

—En fin —dejó escapar un suspiro, aunque no sabía si de decepción o de alivio y se giró hacia su acompañante—. Ha entrado. No tiene sentido seguir vigilando.

—Sí, claro que lo tiene —aquellas palabras fueron pronunciadas en un gélido siseo. Durante los cinco días anteriores, Joliffe había perdido por completo el buen humor—. Vas a entrar ahí, Mortimer, y a vigilar a tu tía. Quiero saberlo todo. Con quién baila, quién le lleva la limonada... ¡todo! —Joliffe clavó su mirada en la cara de Mortimer—. ¿Está claro?

Mortimer se agarró al marco de la puerta. Su alivio se había disipado rápidamente. Asintió con expresión sombría.

—No sé para qué va a servir —masculló.

—Tú no pienses, Mortimer. Limítate a hacer lo que se te dice —Joliffe observó desde las sombras el rostro redondo y anodino de su acompañante. Era el rostro de un pusilánime, pero, como solía suceder en tales casos, con cierta inclinación a la terquedad. Joliffe frunció los labios—. Intenta recuperar un poco de tu entusiasmo de antes, Mortimer. Recuerda que tu tío ignoró tu pretensión de ser el tutor de tu prima y que el hecho de que nombrara a una joven como tu tía es un ultraje contra tu hombría.

Mortimer se removió, sacando el labio inferior.

—Sí, es cierto.

—En efecto. A fin de cuentas, ¿quién es Lucinda Babbacombe, aparte de una cara bonita que se las ingenió para sorberle el seso a tu tío?

—Cierto —Mortimer asintió con la cabeza—. Y no es que tenga nada contra ella, pero cualquiera reconocería que fue muy injusto que mi tío Charles le dejara todo el dinero a ella... y a mí nada más que unas tierras inservibles.

Joliffe sonrió en la oscuridad.

—Exacto. Solo buscas reparación por las injusticias que cometió tu tío. Recuérdalo, Mortimer —le dio una palmada en el hombro y señaló hacia Almack's—. Te estaré esperando en tus habitaciones.

Mortimer asintió. Enderezó los hombros redondeados y se dirigió hacia el majestuoso soportal.

En el interior de los salones, Lucinda sonreía e inclinaba la cabeza tranquilamente en respuesta a la cháchara de sus acompañantes mientras su mente recorría la interminable senda de las conjeturas. Harry la había llevado a pasear en coche por el parque los cincos días anteriores, aunque solo un rato. Cada noche aparecía en casa de Em sin anunciarse y esperaba a que ella descendiera las escaleras para acompañarlas a bailes y fiestas, durante las cuales permanecía a su lado sin decir una palabra respecto a sus propósitos.

A Lucinda se le había agotado la paciencia, y hasta el disgusto, y se hallaba ahora entre las garras de una insoportable sensación de fatalidad.

Compuso una sonrisa y le ofreció su mano al señor Drumcott, un caballero maduro que se había prometido recientemente con una joven debutante.

—Le ruego me conceda el honor de bailar esta cuadrilla con su humilde servidor, señora Babbacombe.

Lucinda asintió con una sonrisa, pero mientras ocupaban sus puestos se sorprendió escudriñando el salón... y suspiró para sus adentros. Debería alegrarse de que Harry no se hubiera presentado esa noche para acompañarlas a Almack's. Aquello, estaba convencida, habría sido la gota que colmaba el vaso.

Que Harry tenía intención de convertirla en su esposa saltaba a la vista. Lo que desanimaba a Lucinda era el porqué se empeñaba en hacerlo público. El recuerdo de su primera declaración –y de la negativa de ella– la atormentaba. Entonces no sabía nada de lady Coleby y de cómo había rechazado el amor de Harry. Su negativa a casarse con él se había debido a la convicción de que Harry la quería y de que, si se veía obligado a ello, admitiría su amor. Ansiaba oír aquellas palabras en sus labios. Lo necesitaba. Pero cada vez estaba más segura de que a Harry no le sucedía lo mismo.

No lograba desprenderse de la idea de que la estaba acorralando, de que su comportamiento tenía como fin hacerle imposible una nueva negativa. Si, tras todos sus actos, cuidadosamente estudiados, ella volvía a rechazarlo, sería considerada una mujer despiadada y cruel o, más probablemente, como diría Sim, «una mala pécora».

Lucinda hizo una mueca amarga, y tuvo que apresurarse a disimular su expresión con una sonrisa. Mientras se embarcaban en las últimas figuras de la cuadrilla, el señor Drumcott la miraba con cierta preocupación. Ella se obligó a sonreír, pero, teniendo en cuenta su verdadero estado, aquella sonrisa fue una parodia. Si Harry seguía así, la próxima vez que se declarara, ella tendría que aceptarlo aunque él no le ofreciera su corazón junto con su mano.

La cuadrilla acabó. Lucinda ejecutó la reverencia final, se incorporó, cuadró los hombros y le dio las gracias con decisión al señor Drumcott. No seguiría cavilando sobre los motivos de Harry, se dijo con firmeza. Tenía que haber alguna otra explicación... aunque no se le ocurría cuál podía ser.

En ese preciso instante, el objeto de sus reflexiones se hallaba sentado ante el escritorio de su biblioteca, vestido con una levita negra de faldones largos y calzas hasta la rodilla, prendas que consideraba pasadas de moda en grado sumo.

—¿Qué ha averiguado? —Harry apoyó los brazos sobre el cartapacio y fijó la mirada en Salter.

—Lo suficiente como para darme mala espina —Salter se acomodó en la silla delante del escritorio. Dawlish, que le había acompañado hasta la habitación, cerró la puerta, cruzó los brazos y se apoyó en ella. Salter sacó un cuaderno—. Primero... ese tal Joliffe es un pájaro peor de lo que creía. Un auténtico estafador, especializado en ganarse la confianza de mentecatos, preferiblemente recién llegados a la ciudad, crédulos y casi siempre jóvenes, aunque, como ya no está en la flor de la vida, desde hace un tiempo sus víctimas tienden a ser de más edad. Un buen historial, aunque nunca le hayan echado el guante. Últimamente, sin embargo, aparte de sus actividades de costumbre, Joliffe se ha dado al juego, y a lo grande. Y no precisamente en tugurios de mala muerte. Corre el rumor de que está de deudas hasta el cuello, aunque no con sus compañeros de juego. A esos, les ha pagado. Pero la suma total constituye una fortuna. Todo apunta a que ha caído en las garras de un auténtico vampiro. Cierto sujeto que trabaja en la clandestinidad. No tengo ninguna noticia sobre él, salvo que conviene no hacerle esperar mucho. Un error que a menudo resulta fatal, usted ya me entiende.

Levantó la mirada hacia Harry, y este asintió con expresión adusta.

—Respecto a Mortimer Babbacombe... Es un caso perdido. Si no hubiera caído en las redes de Joliffe, habría caído en las de otro estafador. Es un mentecato de nacimiento. Joliffe lo tomó bajo su ala y se hizo cargo de sus pérdidas... así es como suelen empezar estas cosas. Luego, cuando el primo recibe el botín que está esperando, sea cual sea, el estafador se lleva la mayor tajada. Así que, cuando Mortimer recibió su herencia, Joliffe estaba esperándolo. A partir de entonces, sin embargo, las cosas se torcieron.

Salter consultó su libreta.

—Como le dijo la señora Babbacombe, parece que Mortimer no conocía los pormenores de su herencia. Pero Charles Babbacombe había pagado sus deudas anualmente. La última vez, por un montante de tres mil libras. Parece claro que Mortimer daba por sentado que el dinero procedía de las tierras de su tío y que, por tanto, dichas tierras valían mucho más de lo que valen. Mi gente ha hecho averiguaciones. Esa finca apenas genera beneficios. Por lo visto allí todo el mundo sabe que el dinero de Charles Babbacombe procedía de Babbacombe & Company.

Salter cerró el libro e hizo una mueca.

—Todo eso está muy claro, pero debió de ser una sorpresa sumamente desagradable para Joliffe. Lo que no entiendo es por qué anda detrás de la señora Babbacombe. Eliminarla no les beneficiaría. Joliffe tiene mucha experiencia y sin duda sabe que la heredera de la señora Babbacombe es su pariente más cercano. O sea, una tía muy anciana. Sin embargo, vigilan sin cesar a la señora Babbacombe... y no parece que con buenas intenciones.

Harry se puso rígido.

—¿La están vigilando?

—Y mi gente los está vigilando a ellos. Muy de cerca.

Harry se relajó. Un poco. Luego frunció el ceño.

—Estamos pasando algo por alto.

—Eso mismo pienso yo —Salter sacudió la cabeza—. Los tipos como Joliffe no suelen cometer muchos errores. Después del chasco que se llevó con Babbacombe, no habría permanecido a su lado si no barruntara una oportunidad de llenarse bien los bolsillos.

—Hay dinero, ciertamente —dijo Harry—. Pero procede del negocio. Y, como usted sabe, el señor Babbacombe se lo dejó en testamento a su viuda y su hija.

Salter frunció el ceño.

—Ah, sí... la hija. Una muchachita de apenas diecisiete años —frunció aún más el ceño—. Por lo que he podido ver, la señora Babbacombe no es una presa fácil. ¿Por qué fijarse en ella en lugar de en su hija?

Harry miró a Salter con cierto estupor.

—Heather... —dijo con tono extrañamente plano. Al cabo de un momento, exhaló un largo suspiro y se irguió—. Tiene que ser eso.

—¿El qué?

Harry tensó los labios.

—Me han acusado a menudo de tener una mente retorcida, pero puede que por una vez me sirva de algo. Escúcheme bien —su mirada se tornó distante; agarró distraídamente una pluma—. A Heather podrían utilizarla para extraer del negocio todo el dinero que quisieran, pero... ¿y si Lucinda fuera su tutora legal, además de su mentora? Joliffe y compañía tendrían que librarse de ella para acceder a Heather.

Salter asintió lentamente.

—Es posible. Pero, entonces, ¿con qué propósito enviaron a la señora Babbacombe a esa especie de palacio de la depravación?

Harry esperaba que Alfred no oyera jamás a nadie referirse a su hogar ancestral de aquella manera. Dio unos golpecitos con la pluma en el cartapacio.

—Por eso estoy tan seguro de que la tutela de Heather ha de ser la clave de este asunto. Porque, para librarse de Lucinda con tal propósito, mostrarla públicamente como una mujer incapaz de tutelar a una muchacha bastaría para que Mortimer, que es el pariente más cercano de Heather, solicitara la derogación de la custodia de Lucinda en favor de sí mismo. Una vez hecho esto, podrían sencillamente impedir todo contacto entre Heather y Lucinda... y utilizar a Heather para extraer los fondos de su mitad del negocio.

Salter asintió con la mirada perdida.

—Tiene razón, debe de ser eso. Algo retorcido, pero tiene sentido.

—Y, como no han podido manchar la reputación de la dama —dijo Dawlish—, están planeando secuestrarla y quitarla de en medio.

—Cierto —contestó Salter—. Pero mi gente sabe qué hacer.

Harry se refrenó para no preguntar quién era la «gente» de Salter.

—Aun así —prosiguió Dawlish—, no pueden vigilarla constantemente. Y tengo la impresión de que ese tal Joliffe debería estar entre rejas.

Salter asintió con la cabeza.

—Es cierto. Hay un par de suicidios sin explicación en el pasado de Joliffe a los que los jueces nunca han prestado atención.

Harry sofocó un escalofrío. La idea de que Lucinda se viera mezclada con semejantes personajes le resultaba insoportable.

—En este momento la señora Babbacombe está a salvo, pero tenemos que asegurarnos de que nuestra conjetura es cierta. Si no, podríamos estar siguiendo una pista equivocada y con consecuencias potencialmente muy serias. Se me ocurre que podría haber un segundo tutor, lo cual tiraría por tierra nuestra hipótesis.

Salter levantó una ceja.

—Si conoce usted al abogado de la señora, podría hacer algunas pesquisas con toda discreción.

—No lo conozco. Y es muy probable que esté en Yorkshire —Harry se quedó pensando un momento y luego miró a Dawlish—.

La doncella y el cochero de la señora Babbacombe llevan muchos años al servicio de la familia. Puede que ellos lo sepan.

Dawlish se apartó de la puerta.

—Se lo preguntaré.

—¿No podría preguntárselo directamente a la dama? —preguntó Salter.

—No —la respuesta de Harry era inequívoca. Sus labios se tensaron en una mueca—. En este momento, lo último que quiero es preguntarle a la señora Babbacombe por sus asuntos legales. No puede ser tan difícil descubrir los términos de la tutela de Heather.

—No. Y le diré a mis hombres que den la voz de alarma en cuanto olfateen algo raro —Salter se levantó—. En cuanto sepamos qué pretenden esos chacales, encontraremos un modo de tenderles una trampa.

Harry no contestó. Le estrechó la mano a Salter, pero pensó que, si para tenderle una trampa a Joliffe había que poner en peligro a Lucinda, tal cosa jamás sucedería.

Cuando Dawlish regresó de acompañar a la puerta al expolicía, Harry estaba de pie en el centro de la habitación, abrochándose los guantes.

—¡Bueno! —Dawlish abrió los ojos de par en par—. Ahí está, endomingado y sin ir a la fiesta. Será mejor que lo lleve.

Harry bajó la vista y miró con fastidio las calzas que, mucho tiempo atrás, había jurado no volver a ponerse. Con expresión resignada y adusta, asintió.

—Sí, será lo mejor.

Cuando llamó a la puerta de Almack's, al viejo Willis, el portero, estuvo a punto de darle un síncope.

—Jamás pensé que volvería a verlo por aquí, señor —Willis levantó sus pobladas cejas—. ¿Hay algo en el aire?

—Willis, es usted tan cotilla como cualquiera de las señoras que vienen por aquí.

El viejo sonrió tranquilamente. Harry le dio su sombrero y sus guantes y entró en el salón de baile.

Decir que su entrada causó cierto revuelo sería quedarse sumamente cortos. Causó una conmoción, un tumulto y, en ciertas personas, una ansiedad semejante a la histeria, todo ello alimentado por la intensa curiosidad que se agitó en los pechos de las mujeres cuando cruzó, con elegancia pero lleno de determinación, el espacioso salón.

Lucinda lo vio acercarse embelesada, a pesar de que se sentía presa de un torbellino de emociones. Su corazón comenzó a latir con violencia, sus labios se curvaron... y acto seguido sus reflexiones anteriores se apoderaron de ella. Una tirantez se adueñó de sus pulmones, estrujándolos lentamente. La luz de las velas relucía sobre el cabello rubio de Harry. Con aquel atuendo anticuado, parecía menos refinado y elegante, pero más libertino que nunca, si cabía. Lucinda sintió el roce de un centenar de ojos fijos en ella y apretó los labios. Harry los estaba utilizando a todos; estaba manipulando a la alta sociedad entera de la manera más desvergonzada.

Cuando él se acercó, le tendió la mano, consciente de que Harry se apoderaría de ella aunque no se la ofreciera.

—Buenas noches, señor Lester. Qué sorpresa verlo por aquí.

Harry advirtió su leve sarcasmo. Levantó las cejas mientras se llevaba su mano a los labios y depositó un beso suave sobre la punta de sus dedos.

Lo había hecho tan a menudo que Lucinda había olvidado que aquella forma de saludar ya no estaba en boga. Se lo recordó la exclamación colectiva de sorpresa que pareció cundir por el salón. Su sonrisa permaneció en su lugar, pero sus ojos centellearon.

Harry se limitó a sonreír. Y posó la mano de Lucinda sobre su brazo.

—Vamos, querida, creo que deberíamos dar un paseo —inclinó la cabeza para pedir disculpas a los dos caballeros con los que Lucinda había estado conversando—. Gibson. Holloway.

Apenas habían dado dos pasos cuando lady Jersey se cruzó en su camino. Harry se apresuró a hacer una reverencia tan elaborada que parecía casi una burla, pero ejecutada con tanta gracia que resultaba imposible enojarse por su causa.

Sally Jersey soltó un bufido.

—Tenía la intención de preguntarle a la señora Babbacombe por usted —le informó a Harry sin pestañear siquiera—. Pero, ahora que está aquí, ya no hace falta que pregunte.

—En efecto —contestó Harry arrastrando las palabras—. Y me conmueve profundamente, querida Sally, que se interese usted tanto por este pobre hombre.

—Usted ya no es pobre, si mal no recuerdo.
—Ah, sí. Un giro inesperado del destino.
—Un giro que le ha puesto de nuevo en el punto de mira de las señoras aquí presentes. Tenga cuidado, amigo mío, o dará un traspié y caerá en sus redes —los ojos de lady Jersey brillaban. Se volvió hacia Lucinda—. La felicitaría, querida... pero me temo que el señor Lester es incorregible, perfectamente inalcanzable. Pero, si busca usted venganza, lo único que tiene que hacer es llevarlo lo más lejos posible de la puerta y dejarlo suelto. Y, luego, a ver cómo se defiende.

Lucinda levantó las cejas con expresión serena.
—Lo tendré en cuenta, señora.

Sally Jersey inclinó la cabeza majestuosamente y se alejó.
—No te atrevas —murmuró Harry mientras seguían paseando. Su deje cansino se había disipado de repente. Apoyó la mano sobre la de Lucinda, que descansaba sobre su brazo—. No creo que seas tan despiadada.

Lucinda levantó de nuevo las cejas y lo miró, muy seria.
—¿No?

Harry escudriñó sus ojos. Lucinda notó que los suyos se entornaban ligeramente. De pronto se sintió sin aliento, le apretó el brazo y se obligó a sonreír.
—Tú no necesitas que te proteja.

Miró hacia delante con determinación y sin dejar de sonreír, con una expresión tan serena como antes.

Siguió un corto silencio. Después, la voz de Harry resonó en su oído, baja e inexpresiva.
—Te equivocas, querida. Te necesito... y mucho.

Lucinda no se atrevió a mirarlo. Parpadeó rápidamente y saludó con la cabeza a lady Cowper, que le sonreía desde un sillón cercano. ¿Estaban hablando de defenderse de las casamenteras... o de otra cosa?

No tuvo ocasión de aclarar la cuestión, pues las madres, las matronas y las arpías de la alta sociedad se precipitaron sobre ellos en masa.

Para exasperación de Harry, su velada en Almack's resultó aún más tediosa de lo que había previsto. Su evidente obsesión por la mujer que llevaba del brazo, obsesión que había anunciado a bombo y platillo, había disipado por completo toda esperanza de que, como atravesado por un rayo, se olvidara de sus convicciones lo suficiente como para rebajarse a sonreír a una de las hijas de aquellas damas. Las señoras de la alta sociedad se habían dado por enteradas, pero, por desgracia, a todas se les había metido en la cabeza ser las primeras en felicitarlo.

La primera de aquellas felicitaciones apenas veladas llegó de manos de la infatigable lady Argyle, que aún llevaba a la zaga a su hija, una muchacha pálida e insípida.

—No sabe cuánto me alegra verlo otra vez en nuestras pequeñas veladas, señor Lester —le lanzó una mirada aviesa antes de volverse hacia Lucinda—. Debe usted asegurarse de que vuelva, querida —le dio unos golpecitos en el brazo con el abanico—. Es una lástima que los caballeros más apuestos no salgan de sus clubes. No permita usted que vuelva a las andadas.

Lady Argyle les lanzó otra mirada aviesa, batió las pestañas y se alejó con su hija, que no había abierto la boca, a la zaga. Harry se preguntó vagamente si aquella muchacha sabía hablar.

Luego bajó la mirada... y vio el rostro de Lucinda. Nadie más habría notado que le ocurría algo, pero él estaba ya muy acostumbrado a verla relajada y feliz. En ese momento, Lucinda no parecía ni una cosa ni otra; tenía el rostro tenso y a sus labios les faltaba la suavidad que solían mostrar.

Soportaron dos efusivas felicitaciones más en rápida sucesión y luego lady Cowper les salió al paso. Era esta una mujer amable y bienintencionada a la que resultaba imposible cortar sin contemplaciones. Harry le dedicó sonrisas suaves y palabras amables... pero en cuanto lady Cowper los dejó libres, agarró con firmeza el brazo de Lucinda y la condujo hacia el salón de los refrigerios.

—Vamos. Te traeré una copa de champán.

Lucinda levantó la mirada hacia él.

—Esto es Almack's. No sirven champán.

Harry pareció molesto.

—Lo había olvidado. Limonada, entonces —la miró—. Debes de estar sedienta.

Ella no lo negó, ni puso objeciones cuando Harry le llevó un vaso de limonada. Pero incluso en el salón de los refrigerios prosiguió la avalancha de felicitaciones que Harry había desencadenado sin pretenderlo. Harry descubrió muy pronto que no había escapatoria.

Cuando el siguiente baile, un vals —el único de la noche—, les permitió buscar refugio en la pista de baile, Harry se había percatado ya de su error. Aprovechó la ocasión al tomar a Lucinda entre sus brazos para disculparse.

—Me temo que he cometido un error de cálculo —sonrió mirándola a los ojos... y deseó poder ver dentro de ellos. Estaban brumosos, casi empañados. Aquello le preocupó—. Había olvidado lo competitivas que son las grandes señoras —no se le ocurría ningún modo aceptable de explicar que, tratándose de un partido tan excelente como él, y no se engañaba al respecto, las señoras preferían aceptar a Lucinda, una forastera aunque fuera de su clase, que ver triunfar a una rival.

Lucinda sonrió, aparentemente tranquila, pero sus ojos no se iluminaron. Harry la atrajo hacia sí y deseó que estuvieran solos.

Cuando acabó el vals, miró su rostro sin intentar disimular su preocupación.

—Si quieres, nos vamos a buscar a Em. Estoy seguro de que estará hasta la coronilla de todo esto.

Lucinda asintió con la cabeza. Su semblante parecía rígidamente sereno.

El pronóstico de Harry resultó cierto: Em también se había visto asediada y estaba deseando marcharse.

—Esto es un poco como correr debajo del fuego —le dijo a Lucinda con fastidio cuando Harry la ayudó a subir al carruaje—. Pero lo peor es cuando empiezan a insinuar que les gustaría recibir una invitación para la boda —su bufido era más que elocuente.

Harry miró a Lucinda, que ya se había sentado en el carruaje. Un rayo de luz iluminaba su cara. Sus ojos eran enormes y sus mejillas estaban muy pálidas. Parecía cansada, agotada... casi derrotada. Harry sintió que se le oprimía el corazón... y experimentó una congoja más intensa que cualquiera que le hubiera causado Millicent Pane.

Em le tocó el brazo.

—No olvides que mañana la cena es a las siete. Espero que llegues antes.

—Ah, sí —Harry parpadeó—. Claro —mirando por última vez a Lucinda, retrocedió y cerró la puerta—. Allí estaré.

Vio alejarse el carruaje y después, frunciendo el ceño, se encaminó a su club, que se hallaba situado a unos pocos pasos, doblando la esquina. Pero cuando llegó a la puerta iluminada se detuvo y, sin dejar de fruncir el ceño, siguió andando hacia sus habitaciones.

Una hora después, tumbada en su colchón de plumas, Lucinda miraba el dosel de su cama. Lo ocurrido esa noche había aclarado las cosas de manera inequívoca e incontrovertible. Se había equivocado: no cabía otra explicación para el comportamiento de Harry, aparte de la obvia. Lo único que le quedaba por hacer era decidir qué iba a hacer al respecto.

Se quedó mirando los rayos de luna que cruzaban el techo. Amaneció antes de que se durmiera.

Harry no abandonó sus habitaciones a la mañana siguiente, alertado por un mensaje del señor Salter y por ciertas noticias, más bien desalentadoras, que le transmitió Dawlish.

—No lo saben —Dawlish le repitió a Salter lo mismo que le había dicho a Harry cuando a las once se reunieron los tres en la biblioteca—. Los dos están seguros de que la señora Babbacombe es la tutora legal de la señorita Heather, pero no saben si hay otro tutor.

—Mmm —Salter arrugó el ceño y miró a Harry—. He recibido cierta información de mi gente. Joliffe ha alquilado un carruaje con cuatro caballos de tiro. No habló de ningún destino en particular, ni contrató a ningún mozo. Pagó una sustanciosa fianza para llevarse el carruaje sin cochero.

Los dedos de Harry se crisparon alrededor de su pluma.

—Creo que podemos concluir que la señora Babbacombe está en peligro.

Salter hizo una mueca.

—Tal vez, pero he estado pensando en lo que dijo su criado. No se las puede vigilar constantemente. Y, si no se llevan a una, tal vez se lleven a la otra. La hijastra sigue siendo su principal objetivo.

Harry hizo una mueca, a su vez.

—Cierto —estaba decidido a proteger a Lucinda de cualquier

peligro, pero sin duda era cierto que, si Joliffe se desesperaba, quizá Heather se convirtiera en su blanco.

—He estado pensando —prosiguió Salter— que seguramente este asunto del carruaje nos convenga. Significa que Joliffe está planeando dar un golpe no tardando mucho. Nosotros estamos sobre aviso, pero él no. Si logramos aclarar la cuestión de la tutela mientras vigilamos de cerca a Joliffe y sus secuaces, tal vez podamos atraparlos a todos con una orden de arresto antes de que den el próximo paso. Mis fuentes aseguran que Mortimer Babbacombe confesará enseguida. Por lo visto, está desesperado.

Harry siguió jugueteando con la pluma mientras pensaba en las siguientes veinticuatro horas.

—Si necesita la información sobre la tutela para conseguir una orden, habrá que investigar más a fondo —su mirada se posó en Dawlish—. Ve a ver a Fergus. Pregúntale si sabe dónde contactar con un tal señor Mabberly, de las posadas Babbacombe.

—No es necesario —Salter levantó un dedo—. Déjeme eso a mí. Pero ¿qué debo decirle al señor Mabberly?

Harry apretó los labios.

—Es el apoderado de la señora Babbacombe. Ella confía en él, supongo, así que puede decirle lo que sea necesario. Es muy probable que él sepa la respuesta. O, por lo menos, que conozca a alguien que la sepa.

—¿Sigue oponiéndose a preguntárselo a la dama?

Harry sacudió lentamente la cabeza.

—Si mañana por la noche no tenemos respuesta, se lo preguntaré.

Salter aceptó el plazo sin comentarios.

—¿Necesita ayuda para vigilarlas?

Harry sacudió de nuevo la cabeza.

—Hoy no saldrán de Hallows House —miró a Salter con resignación—. Mi tía va a dar una fiesta.

Era la mayor fiesta que Em había dado en años y estaba decidida a disfrutarla al máximo.

Lucinda dijo lo mismo cuando Harry y ella bajaron las escaleras hacia el salón del baile.

—Está nerviosísima. Cualquiera diría que va a hacer su debut en sociedad.

Harry sonrió. La cena selecta que Em había organizado antes de su «pequeño entretenimiento» había sido todo un éxito, y los invitados eran tan escogidos que habrían satisfecho a la anfitriona más exigente.

—Se lo ha pasado en grande estos últimos dos meses. Desde que os conoció a Heather y a ti.

Lucinda lo miró a los ojos un momento.

—Ha sido muy buena con nosotras.

—Y vuestra compañía ha sido muy buena para ella —murmuró Harry cuando llegaron a la cabecera de la escalera.

Em estaba allí, ocupando su puesto para saludar a los primeros invitados, que ya empezaban a congregarse en el vestíbulo.

—No olvides felicitarla por la decoración —le susurró Lucinda a Harry—. Se ha esforzado mucho.

Harry asintió con la cabeza. Em les hizo señas insistentemente para que Lucinda se reuniera con ella, y él inclinó la cabeza y se adentró en el salón. Este estaba magníficamente engalanado con guirnaldas doradas y púrpuras, los colores preferidos de Em, aligeradas aquí y allá por algún toque de azul. A un lado de la estancia, sobre unas mesas, había jarrones llenos de botoncillos, y lazos azules recogían las cortinas de los grandes ventanales. Harry sonrió y se detuvo a mirar al trío apostado en la puerta: Em, con un aparatoso vestido púrpura, Heather vestida de muselina amarilla con un reborde azul en el cuello y el bajo, y Lucinda –su sirena–, deslumbrante con su vestido de seda de color zafiro adornado con delicadas cintas doradas.

Harry llegó a la conclusión de que, en este caso, le resultaría fácil felicitar a su tía sinceramente. Estuvo un rato paseando por el salón, conversando con sus conocidos e incluso deteniéndose a conversar con algunos parientes ancianos a los que Em había tenido a bien invitar, pero en ningún momento perdió de vista a las tres mujeres que daban la bienvenida a los invitados. Cuando por fin Em abandonó su puesto, él ya estaba junto a Lucinda.

Ella le sonrió sin afectación, con un gesto cálido y sin embargo desprovisto de... Harry escudriñó sus ojos azules, cuyo color parecía más suave que nunca, y se dio cuenta con cierto sobresalto de que lo que advertía en ellos era melancolía.

—Si sigue viniendo tanta gente, la fiesta de Em será declarada la peor aglomeración de la temporada —Lucinda puso una mano sobre su brazo y se rio—. Es muy posible que tenga que alegar cansancio desde el primer baile.

Harry le devolvió la sonrisa, pero su mirada siguió siendo afilada.

—Lady Herscult es una de las mejores amigas de Em. Me ha encargado que te lleve directamente a verla.

Con una sonrisa serena y una inclinación de cabeza, Lucinda permitió que la condujera por entre la creciente multitud.

Mientras avanzaban, la gente los paraba para charlar. Todo el mundo parecía sonriente. Descubrieron a lady Herscult en un sillón. La anciana los reprendió severamente antes de dejarlos marchar. Entre tanto, Harry observaba detenidamente a Lucinda, que eludía las preguntas indiscretas con inquebrantable serenidad y una sonrisa tranquila y segura.

El primer vals interrumpió su paseo. Em había decidido avivar la velada con tres danzas, todas ellas valses.

Harry tomó a Lucinda en sus brazos sin pedir permiso y arqueó una ceja.

—Una nueva moda.

Una risa borboteante llegó a sus oídos.

—Dice —explicó Lucinda— que no ve razón para perder el tiempo con cuadrillas y cotillones cuando lo que todo el mundo quiere bailar es el vals.

Harry sonrió.

—Muy propio de Em.

Lucinda sonrió mientras giraban por el salón. Bailaba ya mucho mejor que la primera vez. Se sentía ligera en sus brazos y seguía sus pasos con fluidez y sin esfuerzo. Ni siquiera —sospechaba Harry— era consciente de que la estrechaba con fuerza. Pero seguramente lo notaría si dejaba de hacerlo.

Sus labios se curvaron; ella se dio cuenta.

—¿Por qué sonríes ahora?

Harry no pudo evitar que su sonrisa se hiciera más amplia. La miró a los ojos y sintió que podía perderse en aquel azul.

—Estaba pensando que te he enseñado a bailar el vals de maravilla.

Lucinda levantó las cejas.

—¿Ah, sí? ¿Acaso yo no tengo ningún mérito?

La sonrisa de Harry se torció un poco. La atrajo un poco más hacia sí y sus ojos brillaron.

—Has conseguido muchas cosas, querida. En la pista de baile... y fuera de ella.

Ella levantó las cejas aún más y le sostuvo la mirada. Su expresión era serena; su sonrisa, suave y sus labios extremadamente tentadores. Luego bajó los párpados y apartó la mirada, recostando la cabeza un momento sobre su hombro.

Los músicos habían recibido órdenes de entretener a los invitados con aires alegres y sonatas gratas al oído cuando no estuvieran tocando un vals. Mientras se paseaban entre la multitud sin separarse, trabando conservación de vez en cuando con los invitados, Harry se dio cuenta de que su sirena estaba más tranquila y parecía más dueña de sí misma que la noche anterior, en Almack's.

El alivio que sentía resultaba elocuente; de pronto comprendía que había albergado una profunda preocupación. Seguramente la noche anterior Lucinda se había sentido abrumada por aquella inesperada avalancha de felicitaciones veladas. Esa noche, en cambio, parecía encontrarse a gusto, tranquila y confiada.

Sin embargo, Harry sentía que, si podía descubrir —y erradicar— la causa del extraño atisbo de tristeza que advertía en su porte sereno, sería el hombre más feliz del mundo.

Lucinda era perfecta; era suya... y él siempre había sentido que así sería. Lo único que quería en la vida estaba allí, con ella, al alcance de su mano. Lo único que se interponía en su camino era el tiempo.

Pero el día siguiente llegaría pronto. No era lo que había planeado al principio, pero no estaba dispuesto a esperar más. Había completado todo lo esencial. Sencillamente, Lucinda tendría que creerle.

Pasó el vals de la cena, y también la cena misma, una colección de exquisiteces preparadas por la anciana cocinera de Em, la cual –le aseguró Lucinda– había estado en pie las tres noches anteriores. Repletas de risas y conversaciones ingeniosas, las horas volaron hasta que, al fin, los compases del último vals se alzaron sobre un mar de cabezas engalanadas.

El tercer vals.

Cerca de la puerta, Harry y Ruthven se hallaban hablando animadamente sobre caballos mientras, a su lado, el señor Amberly y Lucinda debatían acerca de jardines, interés que ambos compartían. Al iniciarse la música, Harry se volvió hacia ella en el mismo instante en que Lucinda se giraba hacia él. Sus miradas se encontraron. Al cabo de un momento, los labios de Harry se tensaron, llenos de ironía.

Con los ojos fijos en ella, le ofreció no el brazo, sino la mano.

Lucinda la miró y después levantó la mirada hacia sus ojos verdes. El corazón le latía a toda prisa en la garganta.

Harry levantó lentamente las cejas.

—¿Y bien, querida?

Sin apartar los ojos de él, Lucinda respiró hondo. Con una sonrisa suave y extrañamente frágil, le dio la mano.

Los dedos de Harry se cerraron sobre los suyos. Hizo una elegante reverencia y la sonrisa de Lucinda se hizo más amplia mientras se inclinaba ante él. Harry la hizo incorporarse con una luz en la mirada que ella no había visto antes. La tomó en sus brazos y comenzó a girar por el salón con consumada pericia.

Lucinda se dejó llevar por su paso. La fuerza de Harry la envolvía; Harry era su protección y su apoyo, su amante y su maestro, su compañero y su amigo. Escudriñó sus facciones cinceladas y austeras; con él, podía ser lo que deseaba, lo que quería ser. Su mirada se suavizó, al igual que sus labios. Él lo notó y posó los ojos sobre sus labios. Luego levantó la vista y le sostuvo la mirada. El sutil cambio de sus ojos verdes hizo aflorar un suave ardor bajo la piel de Lucinda, una calidez que nada debía al gentío y sí mucho a lo que había entre ellos.

Siguieron girando a lo largo del salón con gracia natural, sin ver a nadie, ajenos a todo salvo a su existencia compartida, atrapados por el vals y por la promesa que veían el uno en brazos del otro.

Lord Ruthven y el señor Amberly los miraban con una sonrisa satisfecha en sus caras.

—Bueno… creo que podemos congratularnos, Amberly —lord Ruthven se giró y le tendió la mano.

—En efecto —el señor Amberly sonrió y se la estrechó—. ¡Buen trabajo! —sus ojos volvieron a posarse en la pareja que giraba por el salón y su sonrisa se hizo más amplia—. No hay duda.

Lord Ruthven siguió su mirada… y sonrió.

—No, no hay duda.

Al recostarse en el brazo de Harry y dejar que la magia del momento se adueñara de ella, Lucinda comprendió que todo aquello era real. A pesar de que una pequeña parte de ella se sentía abatida, la alegría la embargaba. Harry se declararía muy pronto… y ella sabía qué iba a responder. Lo quería demasiado como para volver a rechazarlo, aunque él le denegara lo que quería. En el fondo, su convicción de que la amaba no había menguado, ni menguaría jamás, estaba segura. Podía aferrarse a aquella convicción si necesitaba fuerzas, como esperaba extraer consuelo de la certeza de su amor. Si no podía ser, no podía ser. Ella era demasiado prosaica como para luchar contra un destino tan ansiado.

Con la última nota del vals, la velada se dio por concluida.

Harry se rezagó y dejó que los demás invitados se marcharan. Gerald se encaminó por fin al piso de abajo, dejando a Harry con Lucinda. La mano de Harry buscó la de ella entre los pliegues del vestido. Entrelazando sus dedos, la hizo volverse para mirarlo. Ignoró a Em, que estaba apoyada contra la balaustrada, junto a Lucinda, y se llevó su mano a los labios para besarle los nudillos. Luego, sin apartar los ojos de los suyos, le dio un delicado beso en la parte interior de la muñeca.

Atrapada en su mirada, Lucinda sintió un delicioso estremecimiento.

Harry sonrió… y deslizó un dedo por su mejilla.

—Hablaremos mañana.

Sus palabras sonaron suaves y bajas, pero fueron derechas al corazón de Lucinda. Ella sonrió suavemente; Harry se inclinó, primero ante ella y luego ante Em. Después, sin mirar atrás, bajó las escaleras. A pesar de todo, seguía pareciendo la efigie viva de un donjuán.

Fuera de Hallows House, agazapado entre las sombras del otro lado de la calle y camuflado entre el pequeño grupo de golfillos y curiosos que siempre se congregaba a la salida de una fiesta, Scrugthorpe mantenía los ojos clavados en el portal iluminado y mascullaba para su rebozo.

—Espera a que te ponga las manos encima, zorra. Cuando acabe contigo, ningún caballerete querrá mancillarse contigo. Serás mercancía dañada... dañada de verdad —se rio con un cacareo suave, frotándose las manos. Sus ojos centelleaban en la oscuridad.

Un golfillo que esperaba alguna ocasión de ganar unas monedas pasó a su lado y lo miró con indiferencia. Un poco más allá, el muchacho pasó junto a un barrendero apoyado en su cepillo cuyo rostro oscurecía un sombrero blando y viejo. El golfillo sonrió al barrendero y fue a recostarse en una farola cercana. Scrugthorpe, que estaba atento a los últimos invitados que salían de Hallows Hall, no se percató de ello.

—Serás mía muy pronto —dijo—. Yo te enseñaré a no darte tantos humos con un hombre y a no andarte con tantos remilgos —su sonrisa se volvió feroz—. Yo te haré poner los pies en la tierra en un periquete.

Un silbido agudo y melodioso traspasó sus sentidos, sacándolo de sus cavilaciones. La tonada, un aire popular, continuó. Scrugthorpe se enderezó y escudriñó las sombras en busca de quien silbaba. Su mirada se posó en el golfillo. El silbido prosiguió. Scrugthorpe lo conocía bien; incluso conocía el curioso deje que el muchacho daba al final de cada estrofa.

Scrugthorpe lanzó una última mirada al portal vacío del otro lado de la calle y luego echó a andar calle abajo con aparente despreocupación.

El barrendero y el golfillo lo miraron alejarse. Luego el muchacho le hizo un gesto con la cabeza al barrendero y ambos se escabulleron entre las sombras, en pos de Scrugthorpe.

CAPÍTULO **15**

A la mañana siguiente, Harry estaba profundamente dormido, tumbado boca abajo en la cama abrazado a la almohada, cuando una mano de buen tamaño cayó sobre su hombro.

Su reacción fue inmediata: se incorporó con los ojos muy abiertos y los músculos tensos, apretando los puños.

—¡Bueno, bueno! —Dawlish había tomado la precaución de retirarse—. Preferiría que perdiera esa costumbre. No hay muchos maridos furiosos por aquí.

Con los ojos brillantes, Harry respiró hondo y exhaló un suspiro cargado de irritación. Se apoyó en un brazo y se apartó el pelo de los ojos.

—¿Qué hora es, demonios?

—Las nueve —contestó Dawlish, que ya se hallaba ante el ropero—. Pero tiene visita.

—¿A las nueve? —Harry se dio la vuelta y se sentó.

—Salter... y ha traído a ese tal Mabberly, el apoderado de la señora.

Harry parpadeó. Se abrazó las rodillas y se quedó mirando a Dawlish.

—Todavía no me he casado con ella.

—Yo voy practicando, por si acaso —Dawlish se apartó del ropero con una levita sobre el brazo—. ¿Esta?

Diez minutos después, Harry bajó la estrecha escalera preguntándose si Lucinda preferiría vivir en una casa más grande cuando estuvieran en la ciudad. Esperaba que no, llevaba diez años alquilando aquellas habitaciones y se sentía a gusto en ellas, como dentro de una levita muy usada.

Abrió la puerta de su estudio y observó a sus visitantes. Salter estaba sentado junto al escritorio y Mabberly, que parecía muy incómodo, había ocupado la silla de enfrente.

Al verlo, el joven se levantó.

—Buenos días, Mabberly —Harry inclinó la cabeza y cerró la puerta—. Salter.

Salter le devolvió el saludo inclinando la cabeza, pero se abstuvo de hacer comentario alguno. Sus labios parecían comprimidos, como si estuviera conteniendo sus palabras.

Más tieso que un atizador, el señor Mabberly inclinó la cabeza levemente.

—Señor Lester. Espero que disculpe esta intromisión, pero este caballero —miró a Salter— insiste en que conteste a ciertas preguntas concernientes a los asuntos de la señora Babbacombe que solo puedo calificar como sumamente indiscretas —Mabberly volvió a fijar su mirada en Harry con aire puntilloso—. Asegura que trabaja para usted.

—Así es —Harry le indicó con un gesto que volviera a tomar asiento y se acomodó detrás del escritorio—. Me temo que necesitamos con urgencia la información que le ha solicitado el señor Salter. Se trata de un asunto que concierne a la seguridad de la señora Babbacombe —tal y como esperaba, la mención del bienestar de Lucinda hizo detenerse a Mabberly en seco—. Es decir —prosiguió suavemente—, suponiendo que usted, en efecto, conozca las respuestas.

El señor Mabberly se removió, mirando a Harry con cierto recelo.

—Da la casualidad de que las conozco. En un puesto como el mío, en el que actúo como representante de la compañía, es absolutamente necesario conocer los intereses de la persona a la que represento —le lanzó una mirada a Salter y luego volvió a fijarla en Harry—. Pero ha mencionado usted la seguridad de la señora Babbacombe. ¿En qué sentido puede ser relevante la información que me han pedido?

Harry le puso al corriente de la situación sucintamente, esbozando apenas los detalles del presunto complot. El señor Mabberly, que conocía bien los asuntos de negocios, comprendió enseguida sus hipótesis. A medida que Harry desplegaba su relato, su semblante franco fue reflejando sorpresa, indignación y, finalmente, una férrea determinación.

—¡Esos canallas! —miró a Harry, algo acalorado—. ¿Y dice usted que piensan pedir una orden de arresto contra ellos?

Fue Salter quien contestó:

—Tenemos motivos suficientes para pedirla siempre y cuando aclaremos ese asunto de la tutela. Sin eso, el móvil es incierto.

Harry fijó en Mabberly sus ojos verdes.

—Así pues, la pregunta es ¿está usted dispuesto a ayudarnos?

—Haré todo lo que pueda —prometió el señor Mabberly con fervor. Hasta él se dio cuenta. Algo azorado, se apresuró a excusarse—. La señora Babbacombe ha sido muy generosa conmigo, ¿comprende usted? Pocas personas habrían nombrado a alguien tan joven como yo para un puesto tan importante.

—Desde luego —Harry sonrió, intentando que su gesto pareciera lo menos amenazador que le era posible a esas horas de la mañana—. Y, como empleado leal de Babbacombe & Company, querrá, naturalmente, ayudarnos a preservar la seguridad personal de sus superiores.

—Por supuesto —el señor Mabberly, que parecía sentirse más cómodo, se recostó en la silla—. La señora Babbacombe es, en efecto, la única tutora legal de la señorita Babbacombe —volvió a sonrojarse ligeramente—. Estoy absolutamente seguro porque, cuando me hice cargo del puesto que ocupo, no tenía la certeza al respecto… y pregunté. La señora Babbacombe es sumamente minuciosa en los negocios… y se empeñó en que viera la escritura legal de la tutela.

Salter se irguió. Su semblante parecía haberse aclarado.

—Entonces, no solo sabe que es la única tutora legal… ¿también puede jurarlo?

El señor Mabberly asintió con la cabeza, girándose para mirar a Salter.

—Desde luego. Naturalmente, me sentí obligado a leer el documento y verificar el sello. Era indudablemente auténtico.

—¡Excelente! —Harry miró a Salter. Su cara parecía haberse iluminado de pronto y todo su cuerpo vibraba, lleno de energía apenas contenida—. Entonces, ¿podemos conseguir esa orden sin más tardanza?

—Si el señor Mabberly me acompaña al juzgado y jura acerca de la tutela de la señora Babbacombe, no creo que haya ningún inconveniente. Tengo amigos en el cuerpo que ya están sobre aviso. Serán ellos los que efectúen el arresto, pero yo, al menos, quiero estar presente cuando detengan a Joliffe.

—Estoy dispuesto a acompañarlo inmediatamente, señor —el señor Mabberly se levantó—. Por lo que parece, cuanto antes se convierta ese tal Joliffe en huésped del gobierno de Su Majestad, tanto mejor.

—No podría estar más de acuerdo —Harry se puso en pie y le ofreció la mano al joven—. Y mientras ustedes se ocupan de Joliffe y sus secuaces, yo mantendré vigilada a la señora Babbacombe.

—Sí, será lo más sensato —Salter le estrechó la mano y todos se volvieron hacia la puerta—. Joliffe parece desesperado. Conviene no perder de vista a la señora... hasta que ese individuo esté a la sombra. Le avisaré en cuanto estén detenidos, señor.

—Envíeme recado a Hallows House —le dijo Harry.

Tras acompañar a sus invitados al vestíbulo, Harry regresó a su estudio y echó un rápido vistazo a su correspondencia. Levantó la vista cuando Dawlish entró con una taza de café.

—Aquí tiene —Dawlish dejó la taza sobre el cartapacio—. Entonces, ¿qué hay de nuevo?

Harry se lo contó.

—Mmm... Así que ese chupatintas no es del todo inútil, a fin de cuentas.

Harry bebió un sorbo de café.

—Nunca he dicho que lo fuera. Dije que era un memo. Pero estoy dispuesto a aceptar que tal vez me haya equivocado al juzgarlo.

Dawlish asintió con la cabeza.

—¡Bien! Entonces, hoy por fin va a acabarse este embrollo. Lo cual no puedo decir que me entristezca.

Harry soltó un bufido.

—A mí tampoco.

—Voy a servir el desayuno —Dawlish miró el reloj que había en un rincón—. Todavía tenemos una hora antes de ir a Hallows House.

Harry dejó su taza.

—Será mejor que la aprovechemos para dejarlo todo recogido aquí. Quiero partir hacia Lester Hall esta misma tarde.

Dawlish lo miró desde la puerta levantando las cejas.

—¡Oh, oh! Por fin va a dar el gran salto, ¿eh? Ya era hora, si quiere mi opinión. Solo que no hubiera creído que eligiera un picnic familiar para celebrarlo. Pero, a fin de cuentas, es su funeral.

Harry levantó la cabeza y se quedó mirando con enojo la puerta, ya cerrada.

Esa tarde, Harry recordó con resignación el comentario de Dawlish. Ni en sus fantasías más atrevidas habría imaginado representar la escena más importante de su vida en semejante escenario.

Estaban sentados sobre unas mantas de colores, en una suave y herbosa pendiente que descendía hacia el sinuoso río Lea. Algunas millas al norte de Islington y no muy lejos de Stamford Hill, los bosques y prados cercanos al río procuraban un grato paraje para todos aquellos que buscaran un remanso de paz. A pesar de que se hallaban casi al pie de una loma de escasa altura, su posición les permitía ver sin obstáculos el valle del río, los prados que daban paso al páramo y las aguas que relucían al sol. Los caminos que conducían a Walthamstow, más allá del valle, discurrían zigzagueando entre las breñas. Los robles y las hayas que crecían a su espalda los cobijaban del sol; la neblina de un hermoso atardecer los envolvía. Las abejas zumbaban, volando entre los campos y los setos en flor. En el cielo zureaban las palomas.

Harry respiró hondo... y le lanzó una mirada pensativa a Lucinda, tumbada junto a él. Más allá de ella se había echado Em, con el sombrero sobre la cara. En otra manta se hallaban sentados Heather y Gerald, enfrascados en una animada conversación. Más lejos, a una distancia conveniente, se habían sentado en torno a unos troncos caídos Agatha y el cochero de Em, Dawlish, Joshua, Sim y Amy, la joven doncella. Con sus trajes negros, parecían una bandada de cuervos.

Harry hizo una mueca y apartó la mirada. El destino había elegido un buen momento para tornarse caprichoso.

Nada más darse cuenta de que era la tutela de Heather lo que perseguían Joliffe y Mortimer Babbacombe, había decidido interponerse entre aquellos truhanes y Lucinda con la mayor premura. Casándose con ella, asumiría la responsabilidad legal de todos aquellos asuntos, automáticamente y sin sombra de duda. Aquel era el único modo eficaz de protegerla, de salvaguardarla de las maquinaciones de aquellos canallas.

El día anterior, sin embargo, había pasado en medio de los preparativos de la fiesta, y en la casa había reinado la confusión. Harry no se había hecho ilusiones de encontrar un momento tranquilo, y menos aún un lugar apacible, para declararse.

En cuanto a ese día, habían organizado aquella excursión hacía una semana para alejarse unas horas de Londres después del ajetreo de la fiesta. Habían ido en dos carruajes, el de Em y el de Lucinda, con los sirvientes montados arriba. Agatha y Amy habían compartido el carruaje de Lucinda con sus señoras y él mismo. Habían comido rodeados de sol y de paz. Ahora, Em parecía decidida a dormir la siesta, y probablemente pasaría al menos una hora antes de que el hambre volviera a apoderarse de Heather y Gerald.

Así pues, desde que había tenido noticia del peligro que corría Lucinda, aquella era la primera ocasión que tenía de apartarla definitivamente de él. Disimulando su propósito tras una expresión desenfadada, Harry se puso en pie. Lucinda levantó la vista y se hizo sombra en los ojos con la mano. Harry le sonrió cariñosamente antes de levantar la mirada hacia sus sirvientes. Con un leve movimiento de cabeza llamó a Dawlish y echó luego a andar tranquilamente hacia los árboles. Cuando estuvo fuera del alcance del oído de su futura esposa y su tía, se detuvo y aguardó a que Dawlish lo alcanzara.

—¿Ocurre algo?

Harry sonrió amablemente.

—No, pero se me ha ocurrido avisar de que, cuando dentro de

un momento me lleve a la señora Babbacombe a dar un paseo, no necesitaremos escolta —al ver que Dawlish achicaba los ojos como si se dispusiera a llevarle la contraria, Harry prosiguió con más dureza—: Estará perfectamente a salvo conmigo.

Dawlish soltó un bufido.

—No se lo reprocho. A cualquiera le daría vergüenza tener que hincarse de rodillas en público.

Harry levantó los ojos al cielo en un silencioso gesto de súplica.

—Se lo diré a los demás.

Harry bajó rápidamente la mirada, pero Dawlish ya había echado a andar con paso decidido por entre los árboles. Él masculló una maldición e hizo lo mismo, volviendo a las mantas extendidas sobre la hierba.

—Vamos a dar un paseo.

Lucinda levantó la mirada al oír sus palabras suaves... que encubrían lo que parecía una orden. A su lado, Em roncaba suavemente. Heather y Gerald estaban en su mundo propio. Lucinda lo miró a los ojos, muy verdes; él levantó una ceja y le tendió la mano. Lucinda se quedó mirándola un instante, saboreando el hormigueo de emoción que la atravesaba, y luego, con estudiada calma, puso los dedos sobre su palma.

Harry la ayudó a ponerse en pie. Puso la mano sobre su brazo y se volvió hacia el frondoso bosque.

El bosque no era extenso. Estaba formado por pequeñas arboledas que separaban campos de labor y prados. Caminaron sin hablar, dejando a los otros atrás, hasta que llegaron junto a un campo de grandes proporciones dejado en barbecho. Las hierbas y las flores se habían adueñado de él; la tierra estaba cubierta de un mar de capullos de vivos colores.

Lucinda suspiró.

—Qué bonito —sonrió mirando a Harry.

Él, que estaba enfrascado observando los alrededores, se volvió hacia ella a tiempo de devolverle la sonrisa. Los árboles los ocultaban de sus compañeros y de cualquier otra persona que paseara por la orilla del río. No estaban aislados, pero sí lo más solos que, dadas las circunstancias, les convenía estar. Harry hizo un gesto indicando hacia delante y por acuerdo tácito se encaminaron hacia el centro del campo, donde una peña grande y lisa ofrecía un asiento natural.

Lucinda se sentó con un revuelo de sus faldas de muselina azul. Harry notó que su vestido hacía juego con los botoncillos dispersos por entre la hierba. Ella se había puesto un sombrero nuevo, pero lo había dejado caer a la espalda, sujeto por las cintas, de modo que su cara aparecía despejada. Levantó la cabeza y se encontró con la mirada de Harry.

El silencio los envolvió; luego, las delicadas cejas de Lucinda se enarcaron inquisitivamente.

Harry contempló su rostro y respiró hondo.

—¡Ejem!

Ambos se giraron y vieron a Dawlish cruzando el campo. Harry masculló una maldición.

—¿Qué pasa ahora?

Dawlish le lanzó una mirada compasiva.

—Ha llegado un mensaje... sobre el asunto de esta mañana.

—¿Ahora? —gruñó Harry.

Dawlish lo miró a los ojos.

—He pensado que querría dejar ese asunto bien atado antes de... distraerse.

Harry hizo una mueca. Dawlish tenía razón.

—Está empeñado en hablar con usted personalmente. Dice que son sus órdenes —Dawlish señaló con la cabeza hacia los árboles—. Está esperando junto a un portillo que hay por allí.

Harry sofocó su irritación y le lanzó una mirada calculadora a Lucinda. Ella respondió con una sonrisa afectuosa. Dedicar cinco minutos a asegurarse de que Joliffe había dejado de ser una amenaza lo dejaría libre para concentrarse en ella por completo y sin reservas. Sin nuevas interrupciones. Harry miró a Dawlish.

—¿Qué portillo?

—Está siguiendo la cerca, un poco más allá.

—No hemos pasado por ninguna cerca.

Dawlish frunció el ceño y observó la arboleda por la que había llegado.

—Está por ahí... torciendo a la izquierda, creo —se rascó la cabeza—. ¿O es a la derecha?

—¿Por qué no le enseña el camino al señor Lester?

Harry se volvió al oír a Lucinda. Ella había recogido unas flores y las estaba trenzando. Harry frunció el ceño.

—Ya encontraré la cerca. Dawlish se queda aquí, contigo.

Lucinda soltó un bufido.

—¡Tonterías! Tardarás el doble —tomó un botoncillo de su regazo y ladeó la cara para mirar a Harry levantando una ceja—. Cuanto antes llegues allí, antes volverás.

Harry dudó y luego negó con la cabeza. Joliffe podía estar ya entre rejas, pero su instinto aún le empujaba a protegerla.

—No, yo…

—¡No seas absurdo! Soy perfectamente capaz de quedarme sola al sol sentada en una roca unos minutos —Lucinda levantó los brazos para señalar a su alrededor—. ¿Qué crees que podría pasarme en este vergel?

Harry la miró un instante, consciente de que muy probablemente no corría ningún peligro. Escudriñó los árboles con los brazos en jarras. Lucinda estaba rodeada por completo por un espacio abierto. Nadie podía acercarse a ella a hurtadillas y sorprenderla. Era una mujer madura y prudente; gritaría si le ocurría algo. Y estaban todos lo bastante cerca como para oírla.

Y, cuanto antes se encontrara con el mensajero de Salter, antes podría concentrarse en ella, en ellos, en su futuro.

—Muy bien —la señaló con un dedo, muy serio—. Pero quédate aquí y no te muevas.

Lucinda esbozó una sonrisa cariñosa, pero condescendiente.

Harry se dio la vuelta y atravesó con paso vivo el campo; la confianza en sí misma de Lucinda era contagiosa.

Como cualquier campesino, Dawlish podía volver sobre sus pasos hasta cualquier parte, pero era incapaz de describir el camino. Él iba delante; al cabo de unos minutos, encontraron la cerca. La siguieron hasta un pequeño claro en el que se abría un portillo con escalones, rodeado por un pequeño ejército.

Harry se paró en seco.

—¿Qué demonios…?

Salter se abrió paso entre el gentío. Harry vislumbró a Mabberly y a tres oficiales de Bow Street entre un variopinto grupo de mozos, palafreneros y caballerizos, recaderos, cocheros, golfillos callejeros, barrenderos y todo tipo de menesterosos de los que podían encontrarse en las calles de Londres. Obviamente, aquella era la «gente» de Salter.

Este se plantó delante de él con expresión severa.

—Tenemos la orden, pero cuando fuimos a ejecutarla, Joliffe y su banda se habían largado.

Harry se puso rígido.

—Creía que estaban vigilándolos.

—Y así es —el semblante de Salter se ensombreció—. Pero alguien debe de habernos descubierto. Esta mañana encontramos a dos de nuestros hombres inconscientes de un golpe en la cabeza... y no hay ni rastro de nuestras palomas.

Harry pensó a toda prisa. Unos dedos helados parecían cerrarse sobre sus tripas.

—¿Se han llevado algún coche?

—Sí —contestó uno de los palafreneros—. Parece que se fueron sobre las diez, justo antes de que llegara el capitán con la orden.

El señor Mabberly se adelantó.

—Se nos ocurrió avisarle de que vigilara muy de cerca a la señora Babbacombe hasta que metamos a ese villano entre rejas.

Harry apenas lo oyó. Su semblante se había quedado en blanco. «¡Oh, Dios mío!»

Dio media vuelta y echó a correr por donde había venido, con Dawlish pisándole los talones. Los demás, alertados por el miedo de Harry, los siguieron.

Harry salió de entre los árboles y escudriñó el campo; luego se paró en seco.

Delante de él, la hierba se mecía empujada por la brisa. Todo era paz y silencio. El campo se solazaba al calor del día y el sol caía a plomo sobre la roca de su centro, ahora vacía.

Harry se quedó mirándola. Cuando echó de nuevo a andar, su rostro parecía de pedernal. Una corta trenza de botoncillos azules había quedado sobre la roca como si alguien la hubiera dejado allí delicadamente. Las flores no estaban troncadas, ni aplastadas. Con las manos en las caderas y la respiración agitada, Harry levantó la cabeza y miró a su alrededor.

—¿Lucinda?

Su voz se perdió entre los árboles. Nadie respondió.

Harry soltó una maldición.

—La tienen —las palabras le ardieron en la garganta.

—No pueden haber ido muy lejos —Salter hizo una seña a su gente—. Es la señora a la que estamos protegiendo. Alta y morena. Muchos de vosotros la habéis visto. Se llama señora Babbacombe.

Unos segundos después estaban peinando la zona rápidamente y con eficacia. Mientras buscaban entre la maleza, la llamaban a gritos. Harry se dirigió hacia el río, con Dawlish a su lado. Ya tenía la voz ronca. Su imaginación era un obstáculo, evocaba visiones con excesiva nitidez. Tenía que encontrarla. Sencillamente, tenía que encontrarla.

Sola en la paz del prado, Lucinda se sonrió y después se puso a hacer una guirnalda con los botoncillos que crecían en abundancia alrededor de la roca. Bajo su aparente calma se hallaba impaciente, pero confiaba en que Harry volviera pronto.

Su sonrisa se intensificó. Alargó la mano para cortar un diente de león que poner en la guirnalda.

—¡Señora Babbacombe! Quiero decir… tía Lucinda.

Lucinda se giró, sobresaltada. Escrutó las sombras de debajo de los árboles y vio a un caballero delgado y bajo que la saludaba con el brazo.

—¡Cielo santo! ¿Qué querrá este? —dejó a un lado la guirnalda y se acercó a los árboles—. ¿Mortimer? —pasó bajo una rama agachando la cabeza y se internó entre la sombra fresca—. ¿Qué estás haciendo aquí?

—Esperándote, zorra —respondió una voz ronca.

Lucinda dio un respingo. Una inmensa zarpa le rodeó el brazo. Sus ojos se agrandaron, llenos de estupor, al ver al dueño de aquella mano.

—¡Scrugthorpe! ¿Qué demonios cree que está haciendo?

—La estoy agarrando —le espetó Scrugthorpe, y empezó a arrastrarla hacia el interior de la arboleda—. Vamos. El carruaje espera.

—¿Qué carruaje? ¡Oh, por el amor de Dios! —Lucinda estaba a punto de ponerse a forcejear cuando Mortimer la agarró del codo.

—Todo esto es sumamente embarazoso, pero si nos escuchas... No tiene nada que ver contigo, en realidad, ¿comprendes? Se trata simplemente de enmendar un error, de corregir un desliz... esas cosas —el joven parecía colgarse de su brazo, más que ayudar a arrastrarla. Sus ojos, de un azul desvaído, le imploraban comprensión.

Lucinda frunció el ceño.

—¿Se puede saber qué está pasando aquí?

Mortimer se lo explicó con frases entrecortadas y titubeos. Lucinda, que estaba absorta intentando comprender su relato, hacía caso omiso de Scrugthorpe, que seguía avanzando tenazmente. Lucinda dejaba que la arrastrara, distraída, y solo desvió su atención un instante para subirse las faldas al pasar por encima de un tronco.

—¡Maldita relamida! —Scrugthorpe le dio una patada a sus faldas—. Cuando la agarre a solas, voy a...

—Y luego está el dinero que se le debe a Joliffe, ¿comprendes?... Hay que pagarlo... Jugar y pagar... El honor y todo eso...

—Y, después, la ataré y...

—El caso es que al final era mucho... No imposible, pero... tenía que encontrarlo, ¿sabes?... Pensé que tendría bastante cuando muriera el tío Charles... pero no estaba allí... el dinero, digo... y ya me lo había gastado... lo debía... tenía que encontrar algún modo de...

—La haré pagar por su lengua afilada, sí, señor. Cuando acabe, estará...

Lucinda hizo oídos sordos a los gruñidos de Scrugthorpe y se concentró en los balbuceos de Mortimer. Se quedó boquiabierta cuando este le reveló su propósito; pero aún más asombroso era su plan para lograrlo. Mortimer concluyó por fin diciendo:

—Así que, ya ves, es todo bastante sencillo. Si me cedes la custodia, todo arreglado... lo entiendes, ¿no?

Habían llegado a la orilla del río. Delante de ellos se alzaba un estrecho puente. Lucinda se paró de golpe, resistiéndose a los tirones de Scrugthorpe, y fijó en Mortimer una mirada cargada de repugnancia.

—¡Serás cretino! —su tono lo decía todo—. ¿De veras crees que solo porque seas tan débil y estúpido que hayas? —le faltaron momentáneamente las palabras; se desasió de un tirón de la mano y Mortimer y comenzó a hacer aspavientos— caído en las garras de un estafador... —sus ojos centelleaban mientras miraba a Mortimer; este permanecía clavado en el sitio, abriendo y cerrando la boca sin decir nada, como un conejo asustado— voy a entregarte de buen grado la fortuna de mi hijastra para que puedas llenarle los bolsillos a algún canalla sin escrúpulos? —había levantado la voz—. ¡Tiene usted la cabeza llena de piedras, señor mío!

—Eh, oiga —Scrugthorpe, algo aturdido por su vehemencia, la sacudió del brazo—, ¡ya está bien!

Mortimer estaba sumamente pálido.

—Pero el tío Charles me debía...

—¡Tonterías! ¡El tío Charles no te debía nada! En realidad, te llevaste más de lo que merecías. Lo que tienes que hacer, Mortimer —Lucinda le clavó un dedo en el pecho—, es volver a Yorkshire y poner en orden tus asuntos. Habla con el señor Wilson, de Scarborough, él te echará una mano. Arréglatelas por ti mismo, Mortimer. Créeme, es la única manera —de pronto preguntó—: Por cierto, ¿cómo está la señora Finnigan, la cocinera? Cuando nos fuimos tenía una úlcera, la pobrecilla. ¿Se encuentra mejor?

Mortimer se quedó mirándola, pasmado.

—¡Ya basta, mujer! —Scrugthorpe, que tenía la cara congestionada, la hizo girarse.

Optando por la acción en vez de por las palabras, la agarró de los hombros y la atrajo hacia sí. Lucinda dejó escapar un leve grito y agachó la cabeza justo a tiempo para evitar los labios carnosos de Scrugthorpe. Este soltó un bufido; ella sintió que le apretaba los hombros, lastimándole la piel. Forcejeó, tambaleándose para hacerle perder el equilibrio. Bajó la mirada, vio sus pies, que, enfundados en zapatos de piel fina, se arrastraban para ganar estabilidad. Lucinda levantó la rodilla y sin querer le golpeó en la entrepierna. Oyó que él inhalaba una súbita bocanada de aire... y le clavó el tacón de la bota con todas sus fuerzas en el empeine.

—¡Ay! ¡Zorra! —aulló Scrugthorpe, dolorido.

Lucinda levantó la cabeza bruscamente y su coronilla golpeó

la barbilla de Scrugthorpe, que hizo crac. Scrugthorpe comenzó a bramar. Se llevó una mano al pie y la otra a la barbilla. Lucinda quedó libre. Se apartó de él... pero Mortimer la agarró.

Furiosa, comenzó a darle golpes en la cara y las manos. Mortimer no era Scrugthorpe, y pronto se halló libre de nuevo, tras empujar a su sobrino entre los matorrales. Recogiéndose las faldas, respiró todo lo hondo que pudo y echó a correr hacia el puente. Tras ella, Scrugthorpe blasfemaba, furioso, mientras la perseguía cojeando.

Lucinda lanzó una mirada atrás... y apretó el paso.

Miró hacia delante y vio a un caballero al otro lado del puente. Iba pulcramente vestido con calzas de montar, levita y botas de hebilla. Lucinda dio gracias al cielo y comenzó a agitar el brazo.

—¡Señor! —sin duda aquel caballero podría ayudarla.

Para su sorpresa, el hombre se detuvo con los pies separados, bloqueándole la salida del puente. Lucinda parpadeó, y aminoró el paso. Se detuvo en el centro del puente.

El hombre llevaba en la mano una pistola.

Lucinda pensó que era una de esas pistolas de cañón largo que los caballeros usaban en los duelos. El sol brillaba en sus cachas plateadas. Bajo ella, el río borboteaba en su marcha hacia el mar. Arriba, en el ancho cielo, las alondras trinaban y se lanzaban en picado. Oyó a lo lejos que alguien gritaba su nombre, pero los gritos eran demasiado débiles para romper la red en la que había caído.

Un escalofrío recorrió su piel.

La pistola se levantó lentamente, hasta que el cañón estuvo al nivel de su pecho.

Con la boca seca y el corazón atronándole los oídos, Lucinda miró a la cara a aquel hombre. Era un semblante inexpresivo. Vio que sus dedos se movían y oyó un chasquido.

Cien metros río abajo, Harry salió de entre los árboles y llegó al sendero del río. Jadeando, miró a su alrededor. Luego levantó la mirada hacia el puente. Y se quedó paralizado.

Pasaron dos segundos mientras veía su futuro, su vida, su amor —lo que siempre había querido— afrontar una muerte segura. Salter y algunos de sus hombres estaban en la otra orilla y se acercaban rápidamente, pero no alcanzarían a Joliffe a tiempo. Otros llegaban corriendo por ese lado del puente. Harry vio levantarse la pistola, vio la leve inclinación hacia arriba necesaria para afinar la puntería.

—¡Lucinda!

El grito surgió de él, lleno de desesperación y rabia... y de algo mucho más poderoso que aquellas dos emociones, y atravesó la neblina que envolvía a Lucinda.

Esta se giró, con la mano sobre la barandilla de madera del puente... y vio a Harry en la orilla, no muy lejos de allí. Parpadeó. Con Harry estaba a salvo. La barandilla era una sencilla estructura de madera sujeta por postes. Delante de ella, la zona que se abría bajo el travesaño de la barandilla estaba vacía, abierta. Apoyó ambas manos en la barandilla y se dejó caer por el hueco.

Cayó al río en el momento en que sonaba un disparo.

Harry la vio caer. Ignoraba si estaba herida o no. Lucinda se sumergió en el río levantando el agua y, cuando se disiparon las ondas, no había ni rastro de ella.

Harry comenzó a maldecir y echó a correr, escudriñando el agua. ¿Sabía nadar Lucinda? Alcanzó la orilla a pocos metros del puente y se agachó. Estaba quitándose una bota cuando Lucinda salió a la superficie y, apartándose el pelo de los ojos, miró a su alrededor y lo vio. Entonces le saludó con la mano, como si todos los días fuera a nadar al río, y avanzó con calma hacia la orilla.

Harry se quedó mirándola, estupefacto. Luego su expresión se endureció y volvió a ponerse la bota. Se levantó y se acercó al borde del río. Sus emociones chocaban con violencia, oscilando entre la euforia y la rabia con tal intensidad que se sentía aturdido. Se quedó parado en la orilla y esperó a que Lucinda llegara hasta él.

Había perdido a Dawlish en los bosques. Los hombres de Salter que lo vieron allí, esperando, decidieron aguardar. Harry era vagamente consciente de que a ambos lados del río se había desatado un revuelo, pero no miró ni una sola vez. Más tarde descubriría que el señor Mabberly se había distinguido al reducir a Mortimer Babbacombe mientras Dawlish dejaba inconsciente de un puñetazo a Scrugthorpe.

Lucinda llegó a la orilla, se quedó parada y miró el puente. Vio con satisfacción que sus asaltantes estaban recibiendo el trato que merecían, echó los brazos hacia atrás y agarró su sombrero empapado. Se desató las cintas que llevaba alrededor del cuello y se quedó mirando, desalentada, el sombrero.

—¡Se ha estropeado! —gimió.

Luego bajó la mirada.

—¡Y mi vestido!

Harry no pudo soportarlo más. Aquella endiablada mujer había estado a punto de morir y solo se preocupaba por la suerte de su sombrero. Se metió en el agua y se cernió sobre ella.

Lucinda, que seguía lamentándose, señaló su sombrero.

—No tiene remedio —levantó la mirada hacia Harry... y vio que sus ojos centelleaban.

Harry le dio un azote en el trasero tan fuerte que le escoció la mano.

Lucinda dio un salto y gritó:

—¡Eh! —luego lo miró fijamente, atónita.

—La próxima vez que te diga que no te muevas, harás exactamente eso... ¿te ha quedado claro? —Harry miraba con enojo sus ojos, que incluso en ese momento tenían una expresión desafiante. Luego fijó la atención en sus pechos y parpadeó—. ¡Cielo santo! ¡Tu vestido! —enseguida se quitó la levita.

Lucinda soltó un bufido.

—Lo que yo decía —aceptó dignamente la levita que Harry le puso sobre los hombros y hasta le permitió que le abrochara los botones.

—Vamos, voy a llevarte a casa inmediatamente —Harry la agarró del brazo y la ayudó a subir a la orilla—. Estás empapada. Lo último que me hace falta es que pilles un resfriado.

Lucinda intentó mirar hacia el puente.

—Ese de ahí era Mortimer, ¿sabes?

—Sí, lo sé —Harry la condujo hacia la arboleda.

—¿Ah, sí? —ella parpadeó—. Tenía la extraña idea de que Charles le había despojado injustamente de la herencia que le correspondía, ¿sabes?, y...

Harry dejó que le contara las explicaciones que le había dado Mortimer para justificar sus actos mientras la conducía por entre los árboles. Resultaba maravillosamente reconfortante oír su voz. Su miedo a que sufriera los efectos retardados de la conmoción se disipó, sofocado por la calma y el aplomo que mostraba Lucinda al hablar. Por fin tuvo que reconocer, a su pesar, que aquel calvario había dejado perfectamente impertérrita a Lucinda. Él, en cambio, tenía los nervios destrozados. La condujo directamente a los carruajes.

Lucinda parpadeó cuando los vio aparecer ante ellos.

—Pero ¿y los otros?

Harry abrió la puerta de su coche mientras Joshua y Dawlish aparecían a todo correr.

—Podemos dejarles un mensaje a Em y a Heather. Mabberly se lo explicará todo.

—¿El señor Mabberly? —Lucinda estaba pasmada—. ¿Es que está aquí?

Harry maldijo su lengua.

—Sí. Ahora, entra —no esperó a que ella montara, la levantó y la montó en el coche. Joshua había trepado al pescante; Harry se volvió hacia Dawlish—. Vuelve y explícaselo todo a Em y a la señorita Babbacombe. Y diles que la señora Babbacombe no ha sufrido ningún daño, aparte del chapuzón.

Dentro del carruaje se oyó un bufido. Harry sintió un cosquilleo en la mano. Puso un pie en el peldaño del carruaje.

—Voy a llevarla a Hallows House. Esperaremos a los demás allí.

Dawlish asintió con la cabeza.

—Todo lo demás está arreglado.

Harry asintió. Se volvió hacia el carruaje, recordó recoger su gabán, que había dejado en la rejilla del techo, y entró agachando la cabeza.

Dawlish cerró la portezuela tras él y dio una palmada en el costado del carruaje. Este se puso en marcha. Harry dejó escapar un profundo suspiro, se recostó en el asiento y cerró los ojos.

Se quedó así un minuto; Lucinda lo observaba con cierto recelo. Luego él abrió los ojos, arrojó su gabán al asiento de enfrente y fue cerrando sistemáticamente las persianas. El sol siguió entrando por el fino cuero, bañando el interior del coche en un resplandor dorado.

—Eh... —antes de que Lucinda pudiera decidir qué decir, Harry se reclinó, alargó los brazos hacia ella y la sentó en su regazo.

Lucinda abrió los labios para protestar sin ganas, pero él los atrapó en un beso largo y abrasador. Sus labios, duros y exigentes, hicieron zozobrar los sentidos de Lucinda hasta que sus pensamientos se disiparon, llevándose con ellos su capacidad de razonar. Le devolvió el beso con idéntico fervor, dispuesta a tomar todo lo que Harry le ofreciera.

Cuando él finalmente alzó la cabeza, ella estaba recostada contra su pecho y lo miraba con aturdimiento, embelesada.

Aquella visión produjo en Harry cierta satisfacción. Dejó escapar un gruñido de complacencia, cerró los ojos y apoyó la cabeza en el cojín del asiento.

—Si vuelves a hacer algo así, será mejor que te prepares para comer de pie el resto de la semana. Por lo menos.

Lucinda le lanzó una mirada sombría y se llevó la mano al trasero.

—Todavía me duele.

Harry levantó los labios y abrió los párpados lo justo para mirarla.

—Quizá debería darle un beso para que se mejore.

Ella abrió los ojos de par en par... y luego pareció intrigada. Harry contuvo el aliento.

—Puede que sea mejor que lo dejemos para luego.

Lucinda levantó una ceja. Le sostuvo la mirada, se encogió de hombros y se acurrucó contra él.

—No tenía intención de caer en una trampa, ¿sabes? ¿Y quién era toda esa gente, por cierto?

—Da igual —Harry la hizo girarse hasta que quedó sentada en sus rodillas, mirándolo a la cara—. Hay algo que quiero decirte... y solo voy a decirlo una vez —la miró a los ojos—. ¿Me estás escuchando?

Lucinda contuvo el aliento... y no pudo dejarlo salir. Con el corazón en la boca, asintió con la cabeza.

—Te quiero.

El rostro de Lucinda se iluminó. Se inclinó hacia él con los labios entreabiertos... pero Harry la detuvo levantando una mano.

—No, espera. No he acabado —la refrenó con la mirada. Luego sus labios se tensaron—. Tales palabras no pueden convencer a nadie viniendo de un hombre como yo. Tú sabes que las he dicho antes... muchas veces. Y no eran ciertas... entonces —la tomó de las manos, que descansaban sobre su pecho, y se las llevó a los labios—. Antes de conocerte, no sabía su significado. Ahora, sí. Pero no podía esperar que te parecieran convincentes, si no me lo parecían a mí mismo. Así que te he dado todas las pruebas que he podido. Te he llevado a conocer a mi padre, te he enseñado el hogar de mis antepasados —Lucinda parpadeó. Harry prosiguió con su lista—. Has visto la cuadra y te he enseñado la casa que espero será nuestro hogar —hizo una pausa; sus ojos brillaron y las comisuras de sus labios se curvaron cuando miró a Lucinda a los ojos—. Y lo de los seis hijos era una broma. Con cuatro bastará.

Aturdida, sin aliento, embriagada de felicidad, Lucinda puso unos ojos como platos.

—¿Solo cuatro? —dejó caer los párpados—. Me decepciona usted, señor.

Harry se removió.

—Quizá podamos conformarnos con cuatro para empezar. A fin de cuentas, no quisiera defraudarte.

El extraño hoyuelo de Lucinda apareció en su mejilla.

Harry frunció el ceño.

—¿Por dónde iba? Ah, sí: las pruebas de mi amor. Te acompañé a Londres y he paseado contigo por el parque, he bailado contigo todos los bailes posibles... y hasta me enfrenté a los peligros de Almack's —le sostuvo la mirada—. Todo por ti.

—¿Por eso lo hiciste... para convencerme de que me querías? —Lucinda tenía la impresión de que iba a estallarle el corazón. Solo tenía que mirarlo a los ojos para descubrir la verdad.

Los ojos de Harry se curvaron en una sonrisa burlona.

—¿Por qué iba a ser, si no? —hizo un amplio ademán—. ¿Qué otra cosa podía impulsarme a postrarme a tus pies? —miró sus pies y frunció el ceño—. Que, por cierto, están empapados —se inclinó y le quitó los botines mojados. Hecho esto, le subió las faldas empapadas y empezó a quitarle las ligas.

Lucinda sonrió.

—Y bailaste tres valses conmigo, ¿recuerdas?

—¿Cómo iba a olvidarlo? —contestó él mientras le bajaba las medias—. No alcanzo a imaginar una declaración más obvia a ojos de todo el mundo.

Lucinda se echó a reír y se frotó los pies helados.

Harry se incorporó y la miró a los ojos.

—Bueno, señora Babbacombe, tras todos estos esfuerzos... ¿me crees cuando te digo que te quiero?

La sonrisa de Lucinda iluminó sus ojos. Levantó ambas manos y le tocó la cara.

—Tonto, solo tenías que decirlo —le besó suavemente los labios.

Cuando se apartó, Harry soltó un bufido incrédulo.

—¿Y me habrías creído? ¿Incluso después de mi paso en falso la tarde que me sedujiste?

La sonrisa de Lucinda era suave.

—Oh, sí —su hoyuelo volvió a aparecer—. Incluso entonces.

Harry decidió dejarlo así.

—Entonces, ¿estás de acuerdo en casarte conmigo sin más alboroto? —Lucinda asintió una vez con determinación—. Gracias al cielo —Harry la estrechó entre sus brazos—. Nos casamos dentro de dos días en Lester Hall. Está todo arreglado. Tengo la licencia en el bolsillo —bajó la mirada y vio las manchas mojadas de su levita. Frunció el ceño y la hizo incorporarse hasta que quedó sentada de nuevo sobre sus rodillas—. Espero que no se haya mojado y se haya corrido la tinta —desabrochó los botones de la levita y le quitó la prenda a Lucinda.

Ella se echó a reír. Se sentía tan feliz que no pudo contener la risa. Alargó los brazos, atrajo la cabeza de Harry hacia sí y lo besó apasionadamente. El beso se hizo más intenso y después Harry se apartó.

—Estás muy mojada. Deberías quitarte estas cosas.

Lucinda levantó las cejas como una sirena y se giró obedientemente para que le desatara los lazos del corsé. Harry la despojó del vestido, que cayó al suelo con un suave ruido de chapoteo.

Su camisa, empapada y casi transparente, se le ceñía como una segunda piel. Bajo ella se adivinaba un suave rubor. Lucinda dejó que los párpados velaran sus ojos mientras, por debajo de las pestañas, miraba cómo Harry iba despegando la delicada tela de la camisa.

Harry sintió el ardor que se avivaba dentro de ella y oyó su repentina inhalación al despojarla de su último velo. Ella se estremeció... pero Harry no pensó que fuera a causa del frío. Lucinda respiró hondo y levantó la vista hacia él.

Miró sus ojos verdes y luminosos, velados por las densas pestañas. Nada podía ocultar el deseo que ardía en sus profundidades.

Lucinda quedó desnuda sobre su regazo. Harry deslizó las manos suavemente sobre su espalda y sus brazos, acariciándola. Se inclinó hacia delante y besó las magulladuras que Scrugthorpe había dejado en sus hombros. Lucinda se estremeció. De pronto, una conversación olvidada hacía tiempo se coló en su memoria y se echó a reír con un brillo en la mirada.

Harry miraba con ansia a la sirena que lo había arrastrado hacia su destino. Intentando aferrarse a la cordura, levantó una ceja inquisitivamente, fingiendo languidez.

Lucinda se echó a reír. Lo miró a los ojos e, inclinándose hacia él, entornó los párpados.

—Em me dijo una vez —murmuró— que tenía que conseguir ponerte de rodillas —levantó los ojos fugazmente y sus labios se curvaron con suavidad—. No creo que se refiriera a esto.

Sentía bajo ella el cuerpo de Harry rígido, duro, poderoso y contenido.

—Ah, sí. Una anciana sumamente sagaz, mi tía —Harry la levantó suavemente y la colocó a horcajadas sobre su regazo, con las rodillas apoyadas sobre el asiento, a ambos lados de él—. Pero suele olvidar que, a veces, es muy difícil que un libertino cambie de... hábitos.

Lucinda tenía sus dudas respecto a aquel cambio de postura.

—Eh, Harry...

—¿Mmm? —a él no le apetecía seguir hablando.

Lucinda se dio cuenta cuando la atrajo hacia sí y sus labios se cerraron suavemente, pero con firmeza, alrededor de uno de sus pezones. Se quedó sin aliento.

—Harry... estamos en un carruaje —dijo, jadeante.

Harry separó los labios de ella, sacó la lengua y lamió la carne sensibilizada. Lucinda se estremeció y cerró los ojos; Harry la sujetaba con las manos sobre sus caderas. Cada vez que ella recobraba el aliento, él volvía a robárselo.

—No puedes hablar en serio —logró musitar ella. Hizo una pausa y aspiró rápidamente—. ¿Aquí? ¿En un carruaje en marcha?

Harry respondió con una risa que sonó diabólica.

—Es perfectamente posible, te lo aseguro —sus manos se movieron—. El balanceo forma parte de la diversión, ya lo verás.

Lucinda intentó desprender su razón de la telaraña sensual que Harry había tejido tan hábilmente a su alrededor.

—Sí, pero... —abrió los ojos bruscamente—. ¡Cielo santo! —tras un momento de estupor, bajó los párpados y musitó suavemente—: Harry...

Siguió un largo momento de jadeante silencio, y luego suspiró:

—¡Oh, Harry!

Una hora después, cuando el carruaje avanzaba lentamente por las frondosas calles de Myfair, Harry bajó la mirada hacia la mujer que yacía en su regazo. Lucinda se había arrebujado en su gabán, seco y caliente. Harry habría jurado que ningún frío habría sobrevivido al fuego que, un rato antes, se había apoderado de ellos. Las ropas de Lucinda yacían en un montón empapado, en el suelo del carruaje. Su levita y sus calzas tendrían a Dawlish ocupado durante horas. A Harry no le importaba. Tenía lo que más ansiaba en la vida.

Miró hacia abajo... y depositó un beso sobre los rizos de Lucinda.

Se había resistido con uñas y dientes, pero estaba dispuesto a admitir que le había conquistado por entero.

Ladeando la cabeza, contempló el rostro de su sirena, apaciblemente dormida.

Ella se removió y luego se acurrucó un poco más contra él, con una mano en su pecho, sobre su corazón.

Harry sonrió, cerró los ojos... y la estrechó entre sus brazos.

Últimos títulos publicados en Top Novel

Un lugar en el valle – ROBYN CARR
Los O'Hurley – NORA ROBERTS
La mejor elección – DEBBIE MACOMBER
En nombre de la venganza – ANNE STUART
Tras la colina – ROBYN CARR
Espíritu salvaje – HEATHER GRAHAM
A la orilla del río – ROBYN CARR
Secretos de una dama – CANDACE CAMP
Desafiando las normas – SUZANNE BROCKMANN
La promesa – BRENDA JOYCE
Vuelta a casa – LINDA LAEL MILLER
Noelle – DIANA PALMER
A este lado del paraíso – ROBYN CARR
Tras la puerta del deseo – ANNE STUART
Emociones secuestradas – LORI FOSTER
Secretos de un caballero – CANDACE CAMP
Nubes de otoño – DEBBIE MACOMBER
La dama errante – KASEY MICHAELS
Secretos y amenazas – DIANA PALMER
Palabras en el alma – NORA ROBERTS
Brisas de noviembre – ROBYN CARR
El precio del honor – ROSEMARY ROGERS
Sin nombre – SUZANNE BROCKMANN
Engaño y seducción – BRENDA JOYCE
Una casa junto al lago – SUSAN WIGGS
Magnolia – DIANA PALMER